Knaur

Von Chelley Kitzmiller ist außerdem erschienen:

Geliebter Rächer

Über die Autorin:

Chelley Kitzmiller ist Buchhändlerin in Kalifornien und schreibt Liebesromane, die im Wilden Westen spielen. Im Jahr 1983 organisierte sie den berühmten »Love Train« – einen Zug, der mit 30 Autorinnen an Bord von Los Angeles nach New York fuhr und Fans im ganzen Land Gelegenheit zu Autogrammstunden gab.

Chelley Kitzmiller

Im Sturmwind der Leidenschaft

Roman

Aus dem Amerikanischen
von Jutta Suthau

160

Knaur

Die amerikanische Originalausgabe erschien 1997 unter dem Titel
Embrance the Wind bei Topaz/The Penguin Group, New York

Besuchen Sie uns im Internet:
www.droemer-knaur.de

Deutsche Erstausgabe Juni 1999

Redaktion Ingola Lammers
Umschlaggestaltung Agentur Zero, München
Umschlagillustration © Pino Daeni /via Agentur Schlück, Garbsen
Satz MPM, Wasserburg
Druck und Bindung Brodard & Taupin, La Flèche
Printed in France
ISBN 3-426-69032-2

2 4 5 3 1

Dieses Buch ist meinem Bruder
Gerald (Gary) Clarke
gewidmet,
dem besten Schriftsteller,
den ich kenne,

Und meinem neuen Freund
und Schriftstellerkollegen
Jack Palance
in großer Dankbarkeit.

Die große Suche

Der Zeitpunkt war gekommen. Er wußte es und fühlte es tief in seinem Inneren. Monatelang war er mit allen uneins gewesen, sogar mit sich selbst. Er hatte sein Ziel, seine Vision verloren und glaubte nicht mehr daran, nach seinen eigenen Idealen leben zu können. Das Schlimmste aber war, daß er begann, am Sinn seiner Existenz zu zweifeln. Er *mußte* gehen, und zwar jetzt, bevor es zu spät war.

Er machte sich zu Fuß auf den Weg und ließ sich nur von seinem Instinkt leiten. Dieser Instinkt war stark – das hatte er seinem Großvater Gianatah zu verdanken, der ihn gelehrt hatte, sich zu vertrauen. Gianatah war es auch, der ihm die Geschichte der Windhöhle erzählt hatte, einer Höhle, die vom Geist des Windes bewohnt war. Von allen Geistern der Berge war der Windgeist der flüchtigste, der sich vor denen versteckte, die seine Macht suchten.

Er führte nur das Nötigste mit sich: einen Bogen und einen Köcher mit Pfeilen sowie ein Messer und einen Feuerstein. Bis zu seiner Rückkehr würde er keine Nahrung brauchen.

Obwohl es möglicherweise Regen geben würde, zog er lediglich die Kniehosen an, die seine Mutter für ihn geschneidert hatte, und ein Baumwollhemd, das er bei einem Händler in Tucson gekauft hatte. Wie er selbst stammte auch seine Kleidung aus zwei verschiedenen Welten – aus der Welt der Apachen und aus der Welt der *White Eyes*, der »Weißen Augen«.

Er wanderte den ganzen Tag, ohne jemals stehenzubleiben oder seinen Schritt zu verlangsamen. Am späten Nachmittag erreichte er den zerklüfteten Vorsprung eines Berggipfels, wo die Erde zu Ende war und der Himmel anfing. Von diesem hervorragenden Aussichtspunkt aus konnte er in das Herz des Arivaipa Canyon hineinschauen, wo die Höhle des Windes hinter den Felswänden versteckt lag.

Sein Blick fiel auf einen Strom, der sich wie flüssiges Silber auf der Sohle des Canyon dahinschlängelte, teils schmal und schnell, teils breit und langsam. Kurz vor Sonnenuntergang stieg er ab, wandte sich dann stromaufwärts und ging immer tiefer in den Canyon hinein. Als es beinahe Mitternacht war und der Mond seinen Zenit erreichte, heulte ein Kojote, und ein kühler Wind berührte ihn mit eisigen Fingern, bevor er an ihm vorbei in die Nacht eilte. Er blieb stehen und schaute hinter sich, als ob er sehen wollte, wie er abzog.

Und er wußte es.

Die Höhle des Windes war nahe.

Er lief weiter, und nachdem er um eine scharfe Biegung gegangen war, gähnten die Wände der Schlucht vor ihm, und der Fluß mündete in einen friedlichen, von Gras umsäumten Teich. Ohne irgendeine Warnung traf ihn ein Windstoß, drückte ihn gegen die Felswand und zerrte an ihm wie ein wilder Tornado. Der Wind brannte in seinem Gesicht und ergriff von seinem Körper Besitz. Er versuchte nicht, dagegen anzukämpfen, denn er wußte, es war kein gewöhnlicher Wind, sondern ein Abgesandter des Windgeistes, der ihn prüfen wollte.

Zögernd ließ der Windstoß nach, als sei er sich nicht sicher, ob er mit ihm fertig war, dann verdichtete er sich zu einem Wirbel und tanzte davon.

Er stieß sich von der Felswand ab, stolperte auf das Wasser zu und stürzte sich kopfüber in den Teich, um seinen ausgedörrten Mund zu befeuchten und sein vom Wind aufgerauhtes Gesicht zu kühlen. Erfrischt watete er zum Ufer zurück und schüttelte sich.

Da sah er sie, eine große, klaffende Öffnung in der Felswand. Windhöhle nannte sie sein Großvater, denn hier wohnte der Wind.
Er dachte an die Anweisungen seines Großvaters und sammelte Holz für ein Feuer. Dann bereitete er sich auf eine lange Nachtwache vor. Gegen Morgen wurden seine Augen schwer, und der Regen, der sich am Vortag angekündigt hatte, begann niederzuprasseln. Er zog seine Kleider aus und legte sie über den Holzstoß in der Hoffnung, die unteren Teile trocken halten zu können. Nackt, nur noch mit seinen Mokassins bekleidet, setzte er sich mit dem Gesicht zur Höhle.
Aufmerksam.
Wartend.
Betend.
Bei Einbruch der Dunkelheit, als der Windgeist immer noch nicht gekommen war, regten sich Zweifel in ihm. Vielleicht waren die Geschichten von der Höhle des Windes eben nur – Geschichten. Wie die, die seine kleine Schwester las. Noch nie hatte er Zweifel an den Legenden der Apachen über die Geister der Berge gehabt. Geradeso wie er niemals die Existenz von Ussen, dem allmächtigen Lebensspender, bezweifelt hatte. Aber während die Nacht voranschritt, nahmen seine Bedenken zu.
Als es schließlich zu regnen aufhörte, machte er Feuer und wärmte sich. Plötzlich flog ein Feuerwerk aus brennenden Holzscheiten in die Luft, und vor ihm erhoben sich Flammen wie feurige Schlangen, die jeden Moment zuschlagen konnten. Er sprang auf die Füße, und dann sah er einen Wirbel aus Wind – wie ein Staubteufel in der Wüste –, der sich ihm näherte. Während er zuschaute, wuchs er zu einem hohen, geschmeidig aussehenden Trichter an. Dann gab es ein Geräusch – ein wildes Brüllen, das von den Felswänden widerhallte.
»S...u...c...h...e...n...d...e...r!«
Der Mensch hob sein Kinn und nahm die Schultern zurück. »Ich bin hier.«

Aus dem oberen Teil des Trichters schob sich der Kopf eines alten Mannes heraus, wie ein Schmetterling, der seinem Kokon entschlüpft. Sein verschrumpeltes Gesicht war unverwechselbar das eines Apachen, und sein langes graues Haar wehte im Wind, der um ihn herumwirbelte. »Warum bist du hier?«
»Ich suche Weisheit und Macht«, antwortete der Mensch ohne Zögern.
»Viele suchen Weisheit und Macht. Warum sollte ich sie gerade dir geben?«
»Damit ich meinem Volk helfen kann.«
Der Windgeist brüllte vor Heiterkeit. »Du hast kein Volk, Halbblut.«
Er biß die Zähne zusammen und hielt den Zorn zurück, der immer in ihm aufstieg, wenn ihn jemand Halbblut nannte.
»Du irrst dich, Wind. Ich habe zwei Völker, und sie befinden sich im Krieg miteinander.«
Der Wind zuckte zurück, als sei er beleidigt. »Die Apachen und der weiße Mann müssen noch viel lernen. Ein Friede, der nichts kostet, würde sie nichts lehren.«
Er hielt ein und atmete tief durch in dem Wissen, es könnte sein letzter Atemzug sein, wenn er den Geist verärgerte.
»Zu viele haben bereits mit ihrem Leben bezahlt.«
Als der Windgeist wegsah, wandte sich der Mann um und griff nach seinen Kleidern.
»Du wendest mir den Rücken zu, Suchender?«
»Weil du dein Gesicht von mir abwendest, Wind«, sagte er über die Schulter hinweg.
»Jetzt bin ich dir z. . .u. . .g. . .e. . .w. . .a. . .n. . .d. . .t.«
Mit seinen Kleidern in der Hand drehte er sich um und stellte sich dem bedrohlichen Wirbelwind.
»Du mußt Geduld lernen, Halbblut, und Toleranz«, sagte der Windgeist.
Als er den Mund öffnete, um zu antworten, fuhr der Wind in sein Gesicht und tauchte in seinen Rachen hinunter.

Unter einem wolkenlosen blauen Himmel erwachte das Halbblut und spürte nichts außer einem schrecklichen Durst und Magenknurren. Hatte er seine Begegnung mit dem Windgeist nur geträumt? Oder besaß er jetzt die Macht des Windes? Und wie konnte er das feststellen?

Verwirrt packte er seine Sachen zusammen und trat den Heimweg an. An der Stelle, wo die Erde aufhörte und der Himmel anfing, blieb er kurz stehen. Plötzlich erhob sich ein Lufthauch vom Boden des Canyon und wirbelte um seine Füße – warm und vertraut.

Dann war er ebenso schnell wieder verschwunden, wie er gekommen war, aber jetzt trugen seine Mokassins kleine weiße Spuren – Spuren des Windes, die ihn schnell und leicht wie der Wind machen sollten.

Der Windgeist hatte ihm die größte aller Mächte gegeben, die Macht über Feinde, die Kriegsmacht.

Es ist unsere Pflicht, die ganze Welt über Morde und Straßenschlachten auf dem laufenden zu halten, über Bälle, Theater, Tragtierkolonnen, Kirchen, Vorträge, Schulhäuser, städtische Militärangelegenheiten, Straßenraub, Bibelgesellschaften, Heuwagen und tausend andere Dinge, die – zur Belehrung der Leser dieser großartigen Tageszeitung – zu verfolgen und zu übermäßiger Bedeutung zu erheben zu dem Wirkungskreis von Lokalberichterstattern gehört.

Mark Twain
Territorial Enterprise

Erstes Kapitel

Die Frage von herausragender Wichtigkeit seit dem Erwerb des Territory war und ist die Feindseligkeit der Apachen. Die Geschichte dieser Indianer ist mit Blut geschrieben. Ihretwegen liegen die ausgebleichten Gebeine unserer Leute an jeder Landstraße und in jeder Siedlung des Territoriums. Ihre Folterungen, Morde und Räubereien hängen wie das dunkle Leichentuch der Nacht über jedem Unternehmen.

Arizona Citizen

TUCSON, ARIZONA TERRITORY
SONNTAG, 15. JANUAR 1871

Ginny Sinclair las skeptisch die ersten paar Zeilen der Rede des Gouverneurs. Ihr melodramatischer Ton erinnerte sie an die Groschenromane, die seit Ende des Krieges so beliebt geworden waren. Sie schüttelte den Kopf, legte die Zeitung beiseite und stand wieder einmal vor der unmöglichen Aufgabe, das winzige Wohnzimmer mit seinen Lehmziegelwänden gemütlich und einladend zu machen.

Ginny öffnete ihre Wäschetruhe und griff nach dem Bündel spitzengesäumter Tischtücher und Deckchen, die sie in jenem letzten Kriegsjahr fertiggestellt hatte, während sie auf die Heimkehr ihres Verlobten wartete. Es gefiel ihr ganz und gar

nicht, die zierlichen Sachen auf solche alten und häßlichen Möbel zu legen, aber das Zimmer – wie auch Ginny im Augenblick – konnte dringend etwas Aufhellung gebrauchen.
Tucson war ganz anders, als sie es sich vorgestellt hatte. Es war viel schlimmer. Wie man es überhaupt als Stadt bezeichnen konnte, überstieg ihr Fassungsvermögen. Nachdem sie erst gestern mit der Nachmittagskutsche gekommen war, mußte sie die Gegend erst noch erkunden, aber was sie bisher gesehen hatte, war alles andere als ermutigend. Es war ein trübseliger Ort mit seinen Lehmziegelbauten und seinen breiten, mit Müll übersäten Straßen, auf denen so große Schlaglöcher prangten, daß sie einen ganzen Menschen oder ein Tier verschlingen konnten ... was sie gelegentlich auch taten, wie der Kutscher behauptete.
Ginny gab sich alle Mühe, ihren Optimismus zu bewahren, aber jedesmal, wenn sie zur Tür hinaussah, wurde er schwächer.
Ginny schaute in die Truhe und sah ihr Lieblingsstück Brüsseler Spitzen. Vorsichtig nahm sie es auf und hielt es gegen das Sonnenlicht, das durchs Fenster schien. Sie machte nicht nur Spitzen, sie sammelte auch kleine Proben erlesener Handarbeit. Dieses Stück hatte sie aufbewahrt, um es in ihr Hochzeitskleid einzusetzen. Aber jetzt würde dieses Kleid niemals genäht werden.
Der Krieg hatte ihren Hochzeitsplänen und -träumen ein Ende gesetzt. Tom, ihre erste und einzige Liebe, zu verlieren war ein vernichtender Schlag für sie gewesen, und daß sie nicht einmal eine Leiche zu beerdigen und zu betrauern hatte, machte es noch schlimmer. Der offizielle Brief hatte erklärt, daß er mit einigen anderen in einen Geschützhagel geraten und auf dem Feld begraben worden war.
Ginny breitete hinter ihrer Spitzenkostbarkeit die Finger aus und bewunderte die Stärke und Feinheit der Leinenfäden. »So zierlich und doch so stark«, flüsterte sie, während sie sie von allen Seiten betrachtete.

»Verflixt noch mal, Ginette, wo sind die alten Ausgaben des *Citizen?*«
Beim Klang der Stimme ihres Vaters wandte Ginny sich um. »Hast du unter dem Arbeitstisch nachgesehen? Ich erinnere mich genau daran, daß du sie gestern abend dort hingelegt hast.«
Sam Sinclair machte ein finsteres Gesicht. Obwohl er erst fünfundvierzig war, hatte sein ausschweifender Alkoholkonsum sein ursprünglich gutgeschnittenes Gesicht mit Furchen durchzogen und fleckig werden lassen. »Ich habe überall gesucht, kann sie aber nicht finden.«
Ginny rollte mit den Augen. Ihr Vater war wie die meisten Männer: wenn er einen flüchtigen Blick über den Raum schweifen ließ, nannte er das *überall suchen.* »Pa, wie kann ich unser Haus einrichten, wenn du mich alle fünf Minuten unterbrichst, um mich nach etwas zu fragen, was du nicht auf Anhieb finden kannst?«
»Das ist das letzte Mal, versprochen.« Er guckte sie über seine Nickelbrille hinweg an.
»Ich komme gleich.« Ginny winkte ab. Als sie ihn hinausgehen sah, entfaltete sich ein Lächeln auf ihrem Gesicht. Es war schon lange her, daß sie ihn so eifrig bei der Arbeit erlebt hatte. Nachdem ihm beim *Alta California* – seine sechste Redakteursstelle seit dem Tod ihrer Mutter vor fünf Jahren – gekündigt worden war, hatte er gedroht, nie wieder für eine Zeitung zu arbeiten. Jetzt jedoch, sechs Monate später, war er dabei, seine eigene Wochenzeitung aufzubauen, und sie war, wenn auch etwas zögerlich, dabei, ihm zu helfen.
Als ihr Vater ihr das erste Mal von seiner Idee erzählte, hätte nichts und niemand Ginny davon überzeugen können, daß es vernünftig war, die *Tucson Sun* unbesehen zu kaufen. Es war eine Zeitung, deren Inhaber schwer krank geworden war, bevor er auch nur die erste Ausgabe hatte herausbringen können. Eine Zeitung, die im Grunde lediglich aus einem gemieteten

Büro, einer riesigen alten, handbetriebenen Druckerpresse aus Washington und den Bleilettern eines halben Dutzends Schriftarten bestand.

Wäre Ginny älter und erfahrener gewesen, hätte sie Weihnachten beim Anblick der Rechnung einen Schlaganfall bekommen. Aber da sie erst fünfundzwanzig war und nach diesen fünf Jahren an das verantwortungslose Verhalten ihres Vaters gewöhnt, hatte die Neuigkeit bei ihr nur Ärger und Sprachlosigkeit ausgelöst.

Das Zeitungsbüro war durch einen kurzen Gang mit dem Wohnzimmer verbunden. Als Ginny hereinkam, stand ihr Vater mit einem Bündel Zeitungen im Arm auf. »Ich, äh ... hab' sie gefunden«, verkündete er schüchtern.

Ginny schnalzte mit der Zunge und schüttelte den Kopf. »Das sehe ich. Waren sie dort, wo du sie gestern abend hingelegt hattest?«

Sam lachte leise. »Ja, aber ich schwöre, ich hab' dort hingesehen und sie nicht gefunden.«

»Pa!«

»Ist ja gut, ist ja gut. Ich geb' es zu, ich hab' nicht nachgesehen. Deine Mutter hat mich immer ausgeschimpft, wenn ich sie von ihrer Arbeit abhielt, damit sie mir etwas suchen half, was direkt vor meiner Nase lag.«

Ginny lächelte, da eine liebe Erinnerung wiederauftauchte und sie vor ihrem geistigen Auge ihren Vater sehen konnte, als er einmal seine langen roten Flanellunterhosen nicht finden konnte. Nachdem er *überall* nach ihnen *gesucht* hatte, hatte Ginny sie unter dem Bett gefunden, wo er sie am Abend zuvor hingeworfen hatte. Bevor ihre Erinnerungen sie überwältigen konnten, ging sie zu ihm und gab ihm einen Kuß auf die Wange. »Mama hätte es gar nicht anders haben wollen, und ich auch nicht. Ich mag dich gerade so, wie du bist ... mit einer Ausnahme.« Sie wechselte absichtlich den Ausdruck in ihrer Stimme, um ihre Ernsthaftigkeit unüberhörbar zu machen.

»Verflixt, Ginette«, sagte er, offensichtlich frustriert. »Ich habe versprochen, daß ich es versuchen würde. Mehr kann ich nicht tun. Du mußt auch an mich glauben.«
»Pa, du mußt mir auch einen Grund dazu geben, an dich zu glauben. Ich will dich gar nicht daran erinnern, daß du dieses Versprechen schon öfters abgegeben hast. *Diesmal* mußt du mir schwören, daß du dir keinen *einzigen* Drink genehmigst.«
Ginny mochte die Rolle nicht, in die sie sein Alkoholproblem drängte. Sie hatte das Gefühl, es ließ sie wie ein zänkisches Weib klingen oder zumindest wie eine Nörglerin.
Er legte den Stapel Zeitungen auf dem Arbeitstisch ab und nahm sie in die Arme. »Ich schwöre es, Liebes. Ich werde dich nicht im Stich lassen. Diesmal nicht.«
Ginny schmiegte ihre Wange an sein wollenes Hemd. »Ich hoffe es, denn sonst geht es nicht mehr weiter. Das hier ist die Endstation.«
Sam drückte sanft den Kopf seiner Tochter unter sein Kinn und ließ einen langen Seufzer los. »Ich weiß. Aber jetzt wird alles anders. Du wirst schon sehen.«
»Unsere Ersparnisse sind fast aufgebraucht«, erinnerte sie ihn, entschlossen, ihm begreiflich zu machen, wie prekär ihre finanzielle Lage war.
»Wir werden schon zurechtkommen«, versuchte er sie zu beruhigen und tätschelte ihr den Rücken, als ob sie noch ein kleines Mädchen wäre. »Ich bin ein verdammt guter Zeitungsmann, weißt du. Es gibt nichts an diesem Geschäft, was ich nicht verstehe, und nichts, was ich unversucht lassen würde, um Anzeigenkunden und Abonnenten anzuwerben.«
Ginny sah zu ihm auf und dachte sich, das wäre eine gute Gelegenheit, ihm zu sagen, daß sie zusätzlich zu den Aufgaben, die sie angenommen hatte – Verwaltung und Schriftsatz – für die Zeitung auch schreiben wollte. Sie wollte nicht nur über die örtlichen Vergnügungen, Tänze und Bürgertreffen berichten, sondern auch Meldungen und vielleicht sogar Leitartikel

schreiben. Wie ihr Vater hatte auch sie ein brennendes Verlangen, Menschen zu informieren und zu bilden. Sie wollte schreiben, um dazu beizutragen, die Welt – oder zumindest Tucson – zu verbessern.

»Ich bin froh, daß du die Dinge so siehst, denn es gibt etwas, was ich mit dir besprechen wollte ...«

Der Schrei einer Frau ließ Ginny mitten im Satz innehalten. Ginny und Sam warfen sich fragende Blicke zu, rannten zur Tür und eilten hinaus. Noch ein Schrei und das donnernde Fluchen eines Mannes lenkten ihre Blicke nach Westen.

Im Gegenlicht sah Ginny zwei hohe Frachtwagen die Straße heraufpoltern, jeder von einem Achtergespann von Maultieren gezogen. Der schwere Schlag der Hufe hallte zwischen den Lehmziegelbauten. Entlang der ausgefahrenen und zerfurchten Straße öffneten sich Fenster. Aus den Läden und Wohnungen strömten Menschen zu anderen, die sich bereits auf der Straße befanden. Das ärgerliche und ängstliche Murmeln schwoll an und wurde zu Geschrei.

Ginny drängte sich nahe an ihren Vater. »Was ist los? Was ist denn passiert?« fragte sie und versuchte angestrengt, die Ursache der Aufregung auszumachen.

»Mein Gott. Sieh dir das an.« Er nahm seine Brille ab und starrte die sich nähernden Wagen an.

»Was ansehen?« fragte Ginny und betrachtete eingehend den Soldaten, der den ersten Frachtwagen lenkte. Sie sah nichts Außergewöhnliches.

»Es sieht so aus, als ob sie die Wagen für Schießübungen benutzt hätten.«

»Wer denn?« Kaum hatte sie die Frage geäußert, als sie das gleiche sah wie ihr Vater. Mehrere Dutzend Pfeile ragten seitlich aus den Wagen hervor wie die Stacheln eines Stachelschweins. »Apachen«, flüsterte Ginny. Ein Angstschauer jagte ihr den Rücken hinunter.

Aus dem Augenwinkel sah sie die Frau des Bäckers auf die

Straße und zu dem vorderen Wagen laufen. »Ist das die Frachtkolonne von Fish and Company?« fragte sie mit sich überschlagender Stimme.
Der Wagenlenker, ein müde aussehender Gefreiter, sah von seinem hohen Sitz aus zu ihr hinunter. »Das, was noch davon übrig ist, Ma'am«, antwortete er und nickte feierlich.
Die Frau griff nach dem Wagensitz. »Mein Junge – Johnny! Johnny O'Rourke. Er lenkte einen der Wagen und ...«
»Es tut mir leid, Ma'am. Der einzige, den wir lebend antrafen, ist der alte Amos hier«, unterbrach sie der Soldat und wies zu dem Mann, der zu seiner Rechten zusammengesunken auf dem Nebensitz saß.
Atemlos fragte die Frau: »Und die anderen?«
»Hinten auf der Ladefläche, Ma'am.«
Ginny brach fast das Herz, als sie sah, wie die Frau langsam vom Wagen zurückwich und ihm nachstarrte. Als der zweite Wagen heranfuhr, trat ein Mann in weißer Schürze zu der Frau und nahm sie in die Arme.
»Wo bringen Sie die Leichen hin?« rief er dem Lenker zu.
»Die Straße hinunter zur Fish-and-Company-Handelsvertretung«, war die Antwort.
Ginny spürte, wie sich ihre Kehle zuschnürte. Sie unterdrückte ein Schluchzen und war dankbar, daß sie nicht über die hohen Wagenwände schauen konnte. Wenn die Leichen auch nur annähernd so wie die Wagen aussahen – mit all diesen Pfeilen ... Sie unterbrach ihre Gedanken und vermied es, sich dieses Bild auszumalen.
Das Quietschen von Leder und das Klirren von Zaumzeug begleitete den Trupp von Soldaten, die einige Meter hinter den Wagen ritten. Für Ginny sahen sie wie fronterfahrene Soldaten aus, die in loser Kolonne, immer zwei und zwei, ritten. Sie sahen erschöpft aus, ihre Gesichter waren verzerrt und ihre Rücken gekrümmt. Sie konnte auch Spuren getrockneten Blutes auf ihren Uniformen erkennen.

Plötzlich kam zwischen den Gebäuden ein Reiter hervorgeprescht, galoppierte auf die Straße und schloß zum Ende der Kolonne auf. Ginny konnte sein Gesicht nicht sehen, weil sein Kopf abgewandt war, aber irgend etwas an dem Mann fesselte ihre Aufmerksamkeit. Ganz offensichtlich war er kein Soldat. Dafür war sein Haar zu lang, und seine Kleidung hatte keinerlei Ähnlichkeit mit einer Uniform. Statt dessen war sie eine seltsame Mischung, wie Ginny sie noch nie gesehen hatte, weder in San Francisco noch im Osten. Interessiert nahm sie jedes Detail wahr und prägte es ihrem Gedächtnis ein in der Annahme, sie könnte die Information vielleicht später für einen Artikel gebrauchen. Der Mann trug ein blaukariertes, langärmeliges Hemd, lose, aber von zwei bedrohlich aussehenden Patronengurten zusammengehalten, von deren Ladung mehr als die Hälfte fehlte. Der untere Gurt war mit roter Farbe bemalt und hielt ein Pistolenhalfter, in dem ein Revolver mit beinernem Griff steckte. Er trug ihn um seine Hüften wie die Revolvermänner auf den Bildern, die sie gesehen hatte. Seine rechte Hand ruhte leicht auf seinem Oberschenkel, so als ob er jeden Moment seinen Revolver ziehen und schießen müßte. Allein durch seinen Anblick wußte Ginny, daß in seiner Hand jede Waffe tödlich wäre.

Ihr Blick wanderte zu dem Wildlederriemen, der in Kreuzstichen an der Außennaht seiner graubraunen Hose hinunterlief. Wo seinem muskulösen Oberschenkel entlang und an seinem Knie die Lederriemen auseinanderklafften, konnte sie Haut sehen. Sein Hosenbein verschwand in einem stiefelhohen Mokassin, der über seiner Wade zusammengebunden war.

Im Gegensatz zur Haltung der Soldaten saß dieser Mann aufrecht und mit gestrafften Schultern auf seinem Pferd. Alles an ihm strömte Stolz aus ... und, wenn sie sich nicht irrte, auch Arroganz.

Unter ihm tänzelte ebenso stolz sein großer Falbe mit hocherhobenem Kopf, als ob ihn das langsame Tempo ungeduldig machte.

Sie sind von derselben Sorte, dachte sie und starrte unverblümt den Mann und sein Pferd an. Es war etwas an ihnen, das ihre schriftstellerische Vorstellungskraft entfachte.

Irgendwo in ihrem Hinterkopf wußte sie, daß sie ins Büro gehen mußte, um Papier und Bleistift zu holen, und dann zum Geschäft hinüber, wo nach den Worten des Lenkers die Wagen entladen würden. Hier gab es ohne Zweifel eine Geschichte, Fragen, die gestellt werden mußten, Informationen und Namen, die aufgenommen werden mußten – wenn sie sich nur losreißen könnte.

»Ich frage mich, wer der da ist«, bemerkte ihr Vater über ihre Schulter hinweg. »Muß wohl einer dieser indianischen Späher sein, die die Army anheuern wollte, wie ich gelesen habe.«

Ginny nickte, während ihr Blick immer noch wie festgenagelt war. Der Mann hatte also auch die Aufmerksamkeit ihres Vaters erregt.

»Besorge mir Papier und Bleistift«, bat er sie mit Dringlichkeit in der Stimme. »Wir müssen zur Handelsvertretung hinübergehen und ihre Geschichte bekommen.«

Welcher Zauber Ginny auch immer im Bann gehalten hatte, er löste sich jedenfalls durch die Bitte ihres Vaters, und sie rannte zum Büro. Aber als sie den Arbeitstisch mit seinen Setzkästen, Stapeln von Kanzleipapier, Stiften und Tinte erreichte, hatte sie vergessen, wozu sie gekommen war.

Sie starrte auf das Durcheinander, aber das einzige, was sie vor ihrem inneren Auge sehen konnte, war seine Hand, die wartend und bereit zum Handeln auf seinem Oberschenkel lag.

»Ginny!« Die Stimme ihres Vaters löschte das Bild aus und holte sie in die Gegenwart zurück.

»Ich komme schon«, rief sie zurück, während sie sich ein paar Bleistifte und einige Blatt Papier griff. Auf dem Weg hinaus schnappte sie sich ihren Schal vom Kleiderständer.

»Was hat dich denn so lange aufgehalten?«
»Ich ... ich konnte kein Papier finden«, gab sie zurück und hoffte, die kleine Lüge würde ihr vergeben werden. Es war besser, zu lügen, als ihm zu sagen, daß sie über einen Mann nachgesonnen hatte ... einen Mann, dessen Gesicht sie noch gar nicht gesehen hatte.
»Wenn wir uns beeilen, bekommen wir vielleicht vor Wasson noch ein Interview.«
Halb gehend, halb rennend, fiel Ginny neben ihm in Schritt. Sie erreichten das Geschäft in dem Moment, als die Soldaten die Leichen abladen wollten. Eine große Menge von Stadtbewohnern stand dabei und sah zu.
Nichts, was Ginny sich hätte vorstellen können, wäre dem gleichgekommen, was sie sah. Sie hielt sich an ihren Bleistiften fest, senkte den Kopf und kniff die Augen zu in der Befürchtung, wenn sie weiter hinsähe, würde es ihr hier vor der halben Stadt schlecht werden.
»Reg dich nicht auf, Ginette«, flüsterte ihr Vater. Er legte einen Arm um ihre Schultern und drückte sie sanft. »Ich brauche dich zum Notizenmachen.«
»Es geht mir gut«, versicherte sie ihm. »Gib mir nur einen Moment.« Sie öffnete ihre Augen und starrte zu Boden, entschlossen, sich in den Griff zu bekommen. Als begierige Leserin hatte sie Hunderte von Zeitungsberichten über Schlachten gelesen – Vicksburg, Bull Run, Little Round Top – und von Angriffen und Folterungen der Indianer. Sie hatte auch Illustrationen davon gesehen – schreckliche Szenen von Tod und Zerstörung –, aber über ein grausiges Gemetzel zu lesen und Illustrationen anzuschauen war etwas ganz anderes, als es mit eigenen Augen zu sehen.
Während die erste Leiche herausgehoben wurde, stöhnten einige Menschen auf vor Kummer, Verzweiflung und Wut. Die emotionale Anspannung schnürte Ginny schmerzhaft die Kehle zu.

»Schreib auf«, bat ihr Vater und beugte sich zu ihr. Ginny atmete tief ein und machte ihren Bleistift bereit.
»Die Frachtwagenkolonne von E. N. Fish and Company wurde von Apachen angegriffen. Mehr als hundert Menschen versammelten sich vor der Fish-and-Company-Handelsvertretung, um zuzusehen, wie die Leichen von den Fuhrmännern entladen wurden.« Als einer der Soldaten nahe bei Ginny und ihrem Vater vorbeiging, nahm Sam ihn am Arm. »Corporal, wenn Sie mir einen Augenblick Ihrer Zeit schenken könnten. Ich bin Sam Sinclair, und das hier ist meine Tochter Ginny. Ich bin der neue Eigentümer der *Tucson Sun.* Ich wüßte es sehr zu schätzen, wenn Sie mir schildern könnten, was genau passiert ist.«
Der Soldat wandte Sam sein mattes Gesicht zu. »Fragen Sie jemand anderes. Ich gehe in den Saloon.«
Ginny stellte sich ihm in den Weg. »Bitte«, sagte sie und hielt ihr Papier vor sich umklammert wie eine Bibel. »Wir sind gerade erst aus San Francisco gekommen. Wir wissen sehr wenig über die Situation mit den Indianern, und wir wollen kompetent und angemessen darüber berichten. Da Sie offensichtlich das Kommando haben, sollte Ihr Name als Informationsquelle erscheinen.« Ginny hoffte, daß sie in den Augen ihres Vaters nicht ihre Grenzen überschritt, aber sie wollte ihm eine Hilfe sein.
»Na ja, ich ...« Er brach ab und räusperte sich.
»Klar. Ich denke, ich habe einen Moment Zeit. Was wollen Sie denn wissen?«
Sam trat neben Ginny. »Wo und wann wurden die Wagen angegriffen?«
»Fünfzehn Meilen außerhalb der Stadt, vielleicht auch mehr. Auf der Überlandpoststrecke. Kincade sagt, sie sind bei Sonnenaufgang angegriffen worden, dann können Sie sich ausrechnen, wann es passiert ist.«
»Kincade?«

»Ja, das Halbblut, das mit uns hereinritt. Großer Kerl. Reitet einen Falben.«
»Waren es Apachen, die die Wagen angriffen?« erkundigte sich Sam weiter.
»Wer denn sonst?«
»Haben Sie eine Ahnung, was den Angriff ausgelöst hat?«
Der Corporal lachte. »Die Apachen brauchen keinen Auslöser, Mister. Töten und Stehlen ist einfach das, was sie gewohnheitsmäßig *tun.* Das hält uns ganz schön auf Trab, kann ich Ihnen sagen. Ich kann's gar nicht erwarten, bis meine Dienstzeit rum ist und ich wieder nach Ohio flitzen kann.«
Ginny notierte jedes Wort des Corporals, ebenso seine Ausdrucksweise. Als ihr Vater schließlich mit seinen Fragen fertig war, waren die Leichen der Frachtbegleiter – insgesamt neun – ausgeladen und neben dem Geschäft aufgebahrt worden, damit Verwandte und Freunde sie abholen konnten.
Sam dankte dem Corporal und schüttelte ihm die Hand.
»Da Ihr Hauptquartier in Camp Lowell ist, nehme ich an, daß wir Sie gelegentlich in der Stadt sehen werden.«
»Das denke ich auch«, meinte er und lächelte Ginny direkt an. Ginny erwiderte sein Lächeln und hoffte, er würde es lediglich als Freundlichkeit verstehen und nicht als Ermutigung. Sich wieder mit einem Soldaten einzulassen war das letzte, was sie wollte.
Als der Corporal über die Straße marschierte, sah Ginny ihre Notizen durch und ergänzte die letzten I-Punkte und T-Striche. Sie spürte, wie ihr Vater ihr über die Schulter sah.
»Habe ich etwas ausgelassen?« fragte sie.
Sam schüttelte den Kopf. »Soweit ich sehen kann, nicht.«
Ginny seufzte erleichtert. »Ich fragte mich ...«
»Ich mich auch«, unterbrach er sie. »Was brachte dich auf die Idee, der Corporal habe das Kommando?«
»Nun, hatte er es denn nicht?« fragte sie mit gespielter Unschuld. Sie würde nicht zugeben, daß sie ein wenig weibliche

Raffinesse angewandt hatte, um den Corporal dazu zu verführen, mit ihnen zu reden.

»Nein, aber du hast ihm mit Sicherheit geschmeichelt, indem du das angenommen hast.«

Ginny faltete ihr Papier in der Mitte und schaute ihrem Vater ins Gesicht. »Ich muß in Zukunft vorsichtiger sein. Bei so vielen Soldaten hier möchte ich den Fehler nicht noch einmal machen.«

Ein breites, wissendes Lächeln glättete die Falten in Sams Gesicht und erinnerte Ginny an den gutaussehenden Mann, der er vor dem Tod ihrer Mutter gewesen war. Wenn sie ihm nur dieses Lächeln bewahren und ihn seine Sorgen vergessen machen könnte. Aber genausowenig, wie sie diese neun Fuhrmänner von den Toten zurückbringen konnte, war sie in der Lage, ihn vergessen zu lassen.

Eine kleine Gruppe von Geschäftsleuten, angeführt von John Wasson, dem Herausgeber des *Arizona Citizen*, bewegte sich durch die Zuschauer auf den Laden zu. Wasson war etwa zehn Jahre jünger als ihr Vater, oder auch mehr, hatte tiefsitzende Augen und einen mürrischen Gesichtsausdruck. Er hatte Ginny und ihren Vater an der Haltestelle der Postkutsche abgeholt. Ginny war über seine Freundlichkeit sowohl erfreut als auch überrascht gewesen in Anbetracht der Tatsache, daß sie Konkurrenten waren. Später erfuhr Ginny, daß ihr Vater Wasson schon gekannt hatte, als er noch Redakteur der *Oakland Daily News* war.

In dem Augenblick bemerkte Ginny Kincade, den Halbblutindianer, der mit dem Trupp Kavallerie in die Stadt geritten war. Er stand vor dem Geschäft, die Arme vor der Brust gekreuzt, und lehnte lässig an einem Pfosten. Ein verboten gutaussehendes Gesicht mit hohen Backenknochen zeugte von seinem indianischen Erbe. Er trug sein blauschwarzes Haar straff zurückgekämmt und mit einem roten Stoffstreifen zusammengebunden. Er machte keinen Versuch zu verbergen,

daß er sie musterte. Seine schwarzen Augen waren kritisch zusammengekniffen. Sie erinnerten Ginny an polierten Onyx, kalt und hart.
Ginny stockte der Atem. Noch niemals hatte sie jemand so angesehen wie Kincade jetzt, als ob er sie überprüfte. Sie zog die Enden ihres Schals über ihrem Mieder zusammen und wandte Wasson ihren Blick zu.
»Wer war verantwortlich für dieses Sonderkommando?« fragte Wasson den jungen Soldaten, der links neben Kincade stand.
Das Murmeln der Leute vor dem Laden erstarb.
»Major Garrity«, erwiderte der Soldat.
»Und wo ist der Major jetzt?«
»Er ritt voraus zum Camp Lowell, um Bericht zu erstatten.«
Ginny hatte den Eindruck, der Zeitungsmann war verärgert, weil der Major nicht mehr da war, obwohl sie sich nicht vorstellen konnte, warum – es sei denn, er hatte gehofft, ihn zu interviewen. »Steckt Cochise hinter dem Angriff?« fragte er.
Der Soldat zuckte gleichgültig mit den Schultern. »Fragen Sie Kincade. Er ist der Indianerexperte.«
Wasson schaute nach rechts. Kincade lehnte an einem Pfosten.
»Nun? War es die Bande von Cochise?«
Ginny spürte, wie ihr Vater sie anstupste – ein stilles Zeichen dafür, daß sie Notizen machen sollte. Sie feuchtete den Bleistift mit der Zungenspitze an und machte sich zum Schreiben bereit. Auch wenn sie nicht wußte, wer Cochise war, spürte sie, daß Kincades Antwort absolut lebenswichtig war.
Dunkle Brauen hoben sich über unergründlichen schwarzen Augen. »Nein, es waren nicht Cochises Krieger.« Er sprach mit ruhiger Autorität.
Wasson machte eine ungeduldige Grimasse. »Na gut, wer war es dann?«
»Lahtes Bande.«
»Sind Sie sich sicher?«

Kincade blitzte Wasson verächtlich an. »Natürlich«, bestätigte er kurz.
Ginny spürte die aufkeimende Zwietracht zwischen den beiden Männern, die fast greifbar war. Auch bemerkte sie ungewohnte Gefühle in sich hochkommen, während sie Kincades satter, sonorer Stimme zuhörte. Sie war so tief, daß sie Ginny an fernen Donner erinnerte.
Wasson rieb sein bärtiges Kinn. »Irgendeine Ahnung, wohin sie abzogen?«
Kincade schüttelte den Kopf. »Ich kann auch nur raten, wie Sie.«
»Ich hätte gedacht, Sie wüßten es besser, schließlich sind Sie ja einer von ihnen.«
Die Zuschauer wurden plötzlich still. Ginny verkrampfte sich, während sie von einem zum anderen blickte. Irgend etwas verriet ihr, daß sie schon öfters die Schwerter gekreuzt hatten, aber daß Wasson diesmal zu weit gegangen war. Sie kaute auf dem Bleistift.
Kincade stieß sich von dem Pfosten ab und ging über die Straße.
Ginnys Augen weiteten sich vor Schreck, als sie merkte, daß er direkt auf sie zukam. Sie hörte ein Knirschen, als ihre Zähne auf den Bleistift bissen. Er blieb weniger als eine Armlänge vor ihr stehen und funkelte zu ihr hinunter. Das Feuer in seinen Augen war so heiß, daß sie fürchtete, die Hitze nicht zu überstehen.
»Ich heiße Bonner Kincade«, stellte er sich vor. »Schreibt sich: K-I-N-C-A-D-E.«
Sag etwas! befahl ihr ihr Gehirn. Aber sie hatte keine Ahnung, was. Und selbst wenn ihr etwas eingefallen wäre, hätte sie es nicht an dem melonengroßen Kloß in ihrem Hals vorbeigebracht. Also starrte sie ihn einfach an.
Ohne Warnung griff er den Bleistift und zog ihn zwischen ihren Zähnen hervor.
»Willkommen in Tucson, Miss Sinclair.«

Zweites Kapitel

> Die Apachen haben niemals auch nur die geringste Bereitschaft gezeigt, in Frieden zu leben, bis sie durch militärische Gewalt gründlich bezwungen wurden, und bevor sie nicht in diese Lage gebracht worden sind, betrachten sie jeden Kompromißversuch als Eingeständnis von Schwäche und Feigheit.
>
> *Arizona Citizen*

Ginny blieb vor Überraschung der Mund offenstehen. Sie stand Bonner Kincade gegenüber, und ihre Augen waren groß vor Unglauben und Ärger, während die seinen sie aufmerksam und kritisch musterten. Ihr Gehirn suchte nach einer passenden Entgegnung, aber ihr versagte die Stimme, als sie sah, wie sich seine Kiefermuskeln anspannten und sein dunkler, unergründlicher Blick ihren Körper von oben bis unten musterte.

Sein Gesicht drückte unverhüllt Widerwillen, Zweifel und Neugier aus. Dann dachte sie nur einen Moment lang, sie hätte seinen Mundwinkel zu einem wollüstigen Lächeln zucken sehen, aber bevor sie sich sicher war, gab er ihr den Bleistift zurück und ging weg.

Ginny starrte ihm nach, während ihr Herz in einem wilden Rhythmus gegen ihren Brustkorb schlug, einem Rhythmus, der sich seltsamerweise mehr nach Aufregung als nach Ärger anfühlte.

Er ging so, wie er ritt, groß und aufrecht, lässig und arrogant. Er überquerte die Straße, stieg auf sein großes Pferd und ritt davon.

Erst nachdem er um eine Ecke gebogen war, merkte Ginny, daß sie die Luft angehalten hatte, und atmete aus. Doch ihre Erleichterung währte nur kurz, denn sobald sie sich umdrehte, bemerkte sie, wie die braven Bürger von Tucson sie beobachtet hatten, während sie Bonner Kincade betrachtete.

Ginny spürte, wie ihr Gesicht vor Verlegenheit brannte, obwohl sie gar nicht wußte, warum sie verlegen sein sollte. Sie hatte nichts Unrechtes getan. Aber die Bürgerschaft war offensichtlich anderer Meinung, denn Ginny erkannte Mißbilligung und Kritik in ihren Gesichtern. Sie mußten ihre überraschte Reaktion als Flirten mißverstanden haben.

Das war nur Bonner Kincades Schuld, dachte sie. Wenn er sie nicht herausgepickt hätte ... Aber er hatte es nun mal getan, und sie konnte nichts mehr daran ändern.

Schnell wurde ihr allerdings klar, daß sie etwas sagen oder tun mußte, um sich zu rechtfertigen. Wenn sie das nicht tat, wenn sie einfach so davonliefe, dann würden die Leute das als Schuldeingeständnis werten.

Dieses Risiko konnte sie nicht eingehen, es stand zu viel auf dem Spiel. Sie und ihr Vater waren zu weit gereist und hatten zu viel geopfert, um alles wegen eines Mißverständnisses zu verlieren.

Ginny spürte, die beste Möglichkeit, um die Situation zu retten, bestand darin, sich bitter darüber zu beklagen, daß Bonner Kincades Verhalten unverschämt, kränkend und demütigend gewesen war. Aber bei wem sollte sie sich beklagen? Ihr Blick fiel auf John Wasson, den Hauptkonkurrenten ihres Vaters, und sie wußte, er war derjenige, mit dem sie sprechen mußte. Er hatte sich schon als freundlich erwiesen, aber darüber hinaus schien er in der Stadt auch einigen Einfluß zu besitzen. Wenn sie ihn davon überzeugen konnte, daß ihr

Unrecht geschehen war, dann würden es alle anderen sicher auch glauben.
Sie straffte ihre Schultern, hob ihr Kinn und bewegte sich in seine Richtung, blieb aber stehen, als sie sah, daß er mit einem zuvorkommenden Lächeln im Gesicht auf sie zukam, das seinen sonst strengen Mund weicher machte.
»Achten Sie nicht auf Bonner Kincade, Miss Sinclair. Er hat eine Abneigung gegen Journalisten – eigentlich gegen alles und jeden, der auch nur entfernt mit einer Zeitung zu tun hat –, aber ganz besonders hat er etwas gegen mich. Er behauptet, ich übertreibe das Apachenproblem hier im Territory.«
Ginny wußte nicht, ob John Wasson das Apachenproblem übertrieb oder nicht, aber ihr war bekannt, daß seine Leitartikel sich für die Ausrottung der Apachen aussprachen. Und sie wußte, daß es auch noch andere gab, die seiner Meinung waren, aber zu denen gehörte sie nicht. Ihrer Meinung nach konnte nichts und niemand die Auslöschung eines ganzen Volkes rechtfertigen.
Sie hatte sich darauf eingestellt, sich über Bonner Kincades Verhalten zu beklagen, aber plötzlich wollte sie ihn nicht mehr beschuldigen. »Ich habe keine Ahnung, was Mr. Kincade so ärgerlich gemacht hat«, sagte sie statt dessen und sah zu Boden, während sie sich fragte, was sie zum Umdenken bewogen hatte.
»Ich bin sicher, Sie haben überhaupt nichts getan, Miss Sinclair. Er ist einfach so.«
Ginny atmete erleichtert auf. John Wasson schien ihre Lage vollkommen zu verstehen, und genau das hatte sie gehofft.
»Es kam alles so unerwartet. Ich wußte gar nicht, was ich denken sollte«, fügte sie noch hinzu.
»Natürlich nicht«, bekräftigte er und legte seine Hand auf ihren Arm. »Sie sind neu in der Stadt, deshalb möchte ich Ihnen einen kleinen, gutgemeinten Rat geben. Wenn Sie sehen, daß Bonner Kincade auf Sie zukommt, dann drehen Sie sich um und gehen in die andere Richtung. Er macht nur Ärger.

Die Leute nehmen sich wirklich vor ihm in acht, und das sollten Sie auch tun.«
Als Ginny zu ihm aufblickte, bemerkte sie, daß er sie eingehend betrachtete. War das wirklich ein freundlicher Rat, oder wollte er sie tadeln? So oder so gingen ihr seine Worte gegen den Strich. Sie war schließlich kein Schulmädchen mehr. Sie war eine erwachsene Frau und längst volljährig. Eine selbständige Frau. Wenn irgend jemand entscheiden würde, vor wem sie sich hüten sollte oder nicht, dann würde sie selbst es tun.
Ginny atmete tief ein, um sich zu beruhigen, und erinnerte sich an das, was auf dem Spiel stand. Sie bedankte sich und versuchte überzeugend zu klingen, obwohl sie eigentlich nicht hinter ihren Worten stand. »Ich weiß Ihren Rat zu schätzen.«
Er betrachtete sie noch einen Moment und lächelte dann beifällig. »Gern geschehen.«
Ginny erwiderte sein Lächeln, aber nur, weil es offenkundig unhöflich gewesen wäre, es nicht zu tun. Sie hoffte, ihr Gesichtsausdruck hatte nicht ihre wahren Gefühle verraten. Sie sah ihren Vater von der Handelsvertretung kommen und winkte ihn zu sich.
»Pa, wo warst du denn?« Sie wußte, sie klang wahrscheinlich so, als ob sie sich Sorgen gemacht hätte, aber in Wirklichkeit hatte sie gar nicht bemerkt, daß er weg gewesen war, bis sie ihn auf sich zukommen sah.
»Ich habe mit der Familie eines Opfers gesprochen. Warum?«
Wasson sprach als erster. »Ihre Tochter hat gerade die Erfahrung machen müssen, Bonner Kincade, einen der zivilen Kundschafter der Army, kennenzulernen.«
»Ach?« Sam schaute Ginny besorgt an. Ginny winkte ab. »Es war eigentlich nichts. Er war nur ein wenig unverschämt.«
Sam sah zur Menge hinüber. »Wo ist er? Vielleicht sollte ich ihn an seine Manieren erinnern.«
Wasson lachte schallend und gab Sam einen Klaps auf den

Rücken. »Glauben Sie mir, mein Freund, Sie sollten Bonner Kincade lieber nicht ansprechen, nicht, wenn Ihnen Ihr Leben und das Ihrer Tochter lieb ist. Er ist vielleicht nur halb Apache, aber er ist ein hundertprozentiger Wilder.« Mit diesen Worten verabschiedete Wasson sich und ging zum Geschäft hinüber.

Ginny fröstelte plötzlich und zog ihren Schal fester um ihre Schultern. Sie sah nach den Frachtwagen mit den Pfeilen, die ihnen aus den Seiten standen. Vor ihrem inneren Auge bauten sich bedrohliche Bilder von indianischen Bogenschützen auf. Fünfzig Apachen oder mehr, die durch die Wüste galoppieren und eine kleine Frachtkolonne verfolgen. Bonner Kincade führte den Haufen mordlustiger Wilder an, sein Gesicht war von roter und weißer Kriegsbemalung gestreift.

»Ginette?«

Ginny hörte ihren Namen und blinzelte. »Was?«

»Du hast kein Wort von dem gehört, was ich gesagt habe, oder?«

»Ich ... nein«, gab sie zu und versuchte immer noch, sich von der beunruhigenden Vorstellung zu befreien.

»Ich fragte, was dieser Kincade so Unverschämtes getan hat.«

Ginny blieb eine Erklärung erspart, als John Wasson mit seiner durchdringenden Stimme zu der Menschenmenge sprach und die Aufmerksamkeit ihres Vaters von ihr ablenkte.

»Ich bin erst seit ein paar Monaten hier«, begann Wasson, »aber ich weiß, daß niemand in den Territories mehr gelitten oder mehr Menschenleben und Besitz verloren hat als ihr.«

Seine Worte klangen nur allzu vertraut für Ginny. Dann fiel es ihr wieder ein. Das waren die Worte, die sie am Morgen im *Citizen* gelesen hatte. John Wasson betete die Rede des Gouverneurs herunter.

»Immer und immer wieder habt ihr die Regierung gebeten, mehr Soldaten zu schicken, und sie lehnen es immer noch ab.«

Er erinnerte Ginny an einen Prediger, der zu seiner Gemeinde sprach und in jedem Satz bestimmte Worte dramatisch hervorhob. »Ich will die Truppe, die wir haben, nicht diskreditieren, aber sie ist vollkommen *unzureichend,* was der heutige Vorfall und andere Zwischenfälle immer und immer wieder *bewiesen* haben.« Er machte eine Pause und sah von einem zum anderen. »Wir haben heute neun tapfere Männer verloren«, erinnerte er mit leiser Wut und traf Ginny damit ins Herz – und alle anderen ebenso, wie verkniffene Gesichter und unterdrückte Schluchzer zeigten. Dann hob er seine Hand und ballte sie zur Faust. »Wie viele werden *noch* sterben, bis ihr – die Bürger von Tucson – *handelt?*«

Zorniges Murmeln und ärgerliche Laute grollten durch die Versammlung wie ein kleines Erdbeben. In der Nähe von Ginny meldete sich ein Mann zu Wort. »Glauben Sie nicht, Wasson, daß wir es versucht haben? Ich schätze, die Hälfte der Männer hier hat es versucht. Aber sobald wir einer Bande von Wilden nachjagen, schicken sie eine andere, um unsere Häuser niederzubrennen und unser Vieh wegzutreiben.«

Wasson sah dem Mann direkt in die Augen. »Ja, ich weiß. Glauben Sie mir, ich weiß es. Aber ihr habt die Dinge falsch angepackt.«

Ein anderer rief aus: »Falsch angepackt? Sie wissen ja nicht, wovon Sie reden, Wasson. Ich nehme an, Sie glauben auch, daß die Army die Sache falsch angepackt hat?«

»Ja, das glaube ich! Wie viele von diesen Soldaten in Camp Lowell und Camp Grant haben Heim und Familie im Arizona Territory? Wie viele werden sich hier niederlassen, wenn ihre Dienstzeit abgelaufen ist? Wie viele haben sich der Army angeschlossen, um zu kämpfen? Wie viele haben Angehörige oder Eigentum an die Apachen verloren? Ich werd' euch verraten, wie viele: verdammt wenige!«

Je länger er sprach, desto besser verstand Ginny, worauf er hinauswollte. Von all den Soldaten im Territorium gab es nur eine Handvoll, für die etwas auf dem Spiel stand. Die meisten

saßen lediglich ihre Zeit ab, kassierten ihren Sold und warteten auf das Ende ihrer Dienstzeit, damit sie heimkehren konnten an einen beträchtlich zivilisierteren Ort als Arizona.
Die Leute sprachen leise untereinander, aber niemand schickte sich an, etwas laut zu erwidern.
Wasson umfaßte den Pfosten neben ihm und lehnte sich vor. »Gouverneur Safford und ich sind uns einig darüber, daß das, was Sie brauchen – was *wir* brauchen«, korrigierte er sich, »Freiwillige aus unseren eigenen Reihen sind – Männer, die gegen das Klima abgehärtet sind, mit den Gewohnheiten der Indianer und des Landes vertraut sind und die Heim und Herd schützen wollen.«
Wie schwärmende Bienen summten die Gespräche unter den Versammelten.
»Ich bin kein Indianerjäger«, blökte ein ergrauter alter Bergmann, der viel zu alt war, um überhaupt noch zu kämpfen. »Aber den roten Teufeln würd' ich's schon zeigen, wenn wir mehrere wären.« Er hob sein altes Steinschloßgewehr in die Luft und ließ einen langen, schrillen Schrei los.
»Es muß kein großer Trupp sein«, erklärte Wasson, »aber sie müssen die Apachen *kennen* und persönlich betroffen sein. Im Augenblick will ich nur, daß ihr darüber nachdenkt.«
»Nur ein toter Indianer ist ein guter Indianer!« rief jemand, dessen laute Stimme die von Wasson übertönte.
»Kugeln sind zu schade für sie«, setzte ein anderer drauf.
Wie ein schnell wachsendes Krebsgeschwür verbreitete sich der Haß in der Menge, bis sie alle einer Meinung zu sein schienen.
Eine Großmutter in einem kornblumenblauen Kleid trat neben Wasson. Mit ihrer ausgestreckten Hand hielt sie eine zerlesene Bibel umklammert. »Die Heilige Schrift sagt: ›Auge um Auge, Zahn um Zahn.‹« Sie hob die Bibel zum Himmel, als ob sie Gott selbst um Bestätigung anriefe.
»Vielen Dank, Mavis«, meinte Wasson in gönnerhaftem Ton.

»Es ist gut, daß Sie uns daran erinnern, was in der Schrift steht.« Er half ihr die Stufen hinunter und gab sie in die Obhut einer jüngeren Frau.

Was auch immer als nächstes kommen sollte – weitere Reden von Wasson oder noch mehr religiöser Fanatismus –, Ginny hatte für heute genug gehört und gesehen. Sie gab Papier und Bleistift ihrem Vater und entschuldigte sich wegen Kopfschmerzen, die sie tatsächlich aufkommen spürte.

Obwohl sie so schnell wie möglich wegwollte, hatte Ginny es nicht eilig, nach Hause zu kommen. Dort gab es ja nichts – keine lieben Erinnerungen, keine innere Verbindung mit dem Ort. Nichts als düstere Zimmer und ein vollgestopftes Büro. Das war nicht gerade der ideale Ort, um ihre Gedanken zu ordnen – unruhige Gedanken, die vor einer guten Stunde geboren worden waren. Zuvor waren ihre einzigen Sorgen das Geld und ob ihr Vater sein Versprechen halten konnte. Jetzt machte sie sich plötzlich Sorgen über Angriffe von Indianern, fragte sich, ob ihr guter Ruf noch intakt war, und versuchte, ihre unerklärliche Sinnesänderung Bonner Kincade gegenüber zu verstehen.

Sie ging vom Geschäft aus in südliche Richtung und sehnte sich nach einem Park mit Rasen und einem großen Weidenbaum, unter den sie sich setzen und über alles nachdenken konnte – so, wie es sie in San Francisco und New York gab. Aber in Tucson konnte sie nirgends Gras entdecken, hier gab es nur Staub und Sand.

Ein Spaziergang, dachte sie. Ein Spaziergang würde ihr Zeit zum Nachdenken geben. Statt weiter auf der Hauptstraße nach Süden zu gehen, bog sie nach links auf die Congress Street ab und blieb für einen Moment an der Ecke stehen, um sich die festen Damenschuhe anzusehen, die auf einem Tisch vor dem Geschäft von Lord & Williams ausgestellt waren. Sie streckte ihren Fuß ein wenig unter ihrem Rock hervor, sah sich ihre

eigenen, etwas feinen Schuhe an und stellte fest, daß sie auf den Straßen von Tucson nicht lange halten würden.
Ginny war froh um die kurze Ablenkung und ging weiter. Auf der anderen Straßenseite sah sie ein halbes Dutzend Pferde angebunden vor dem Congress Hall Saloon stehen. Eines der Pferde war der große Falbe. Ginnys Herz setzte einen Schlag lang aus. Etwas blaß sah sie sich um, um sicherzugehen, daß der Besitzer des Pferdes nicht in der Nähe war. Der letzte Mensch, dem sie jetzt über den Weg laufen wollte, war Bonner Kincade.
Ginny beschleunigte ihren Schritt und war schon fast an dem Saloon vorbei, als sie einen Hund jaulen hörte. Sie wandte sich um und sah, wie ein Mann die Flügeltüren aufstieß und bösartig einen verwahrlost aussehenden Hund mit dem Fuß auf die Straße hinausstieß.
»Ich hab' doch gesagt, du sollst abhauen«, nuschelte der Mann. »Ich will dich nich' mehr. Du frißt zuviel, verflixt noch mal.«
Er war betrunken, sehr betrunken. Aber er hatte kein Recht, den Hund zu treten.
Der Mann wankte nach draußen und wedelte mit den Armen. »Na, mach schon, lauf!« schrie er und stürzte auf den Hund zu, der winselnd im Staub lag. »Du räudiger Köter, ich werd' dir den Teufel aus dem Leib treten.«
Ginny bebte vor Wut. Sie konnte nicht daneben stehen und zusehen, wie der Säufer den Hund umbrachte. »Nein«, rief sie aus und rannte mit fliegenden Röcken auf ihn zu. Sie hatte ihn nur aufhalten wollen, aber statt dessen sauste sie direkt in ihn hinein, und er taumelte gegen einen Pfosten.
Als er sich davon löste, sah er benommen drein. »Himmel!«
Ginny funkelte den Mann an. Sie war sich sicher, daß das einzige, was sie an dem Mann verletzt hatte, sein Ego war, und eilte zu dem Hund, der auf der Seite lag. Sie bückte sich zu ihm nieder und strich mit den Händen über seinen pelzigen Körper, um nach gebrochenen Knochen zu suchen. Sie konnte keine

Knochenbrüche spüren, aber sie stellte fest, daß das arme Tier am Verhungern war und mehrere Wunden hatte.

»Komm, steh auf«, lockte sie ihn, da sie sehen wollte, ob er gehen konnte. »Auf, jetzt, auf!« Aber der Hund hob nicht einmal den Kopf. Entweder war er schwer verletzt, oder er hatte seinen Willen verloren. »Ich lass' dich nicht hier liegen«, versicherte sie, während sie dem Tier den Kopf streichelte und in seine feucht schimmernden braunen Augen schaute. Solch traurige Augen, dachte Ginny, und das bedauernswerte Geschöpf berührte ihr Herz. »Na gut, dann trage ich dich«, meinte sie schließlich und schob vorsichtig ihre Arme unter den knochigen Körper. So krankhaft abgemagert der Hund auch war, wog er doch immer noch gute fünfzig Pfund, ein bißchen weniger als die Hälfte von Ginnys Gewicht.

»Hände weg von meinem Hund.«

In ihren Bemühungen, den Hund hochzuheben, hatte Ginny den Säufer vergessen. Sie schaute auf und sah, wie er auf sie zu schwankte, mit einem gemeinen Blick und einem Revolver in der Hand.

Ginny versuchte zu denken. Selbst wenn sie es schaffte, den Hund hochzuheben, könnte sie nicht vor einer Kugel davonlaufen. Konnte sie mit dem Mann verhandeln? Wahrscheinlich genausowenig wie mit ihrem Vater, wenn er betrunken war – also gar nicht. Ob sie ihn beschämen und dadurch bewegen konnte? Höchst unwahrscheinlich. Betrunkene fühlten keine Scham. Vielleicht irgendein Handel?

»Ich kaufe Ihnen den Hund ab«, stieß sie hervor. »Fünf Dollar.«

Er lachte wiehernd. »Hund ist nicht zu verkaufen.«

»Hund? Ist das sein Name?«

»Ja – einfach, nich'?«

»Zwanzig Dollar.«

Er wedelte mit dem Revolver. »Du hörst wohl nicht gut, Fräuleinchen? Er wird nicht verkauft.«

»Aber Sie wollen ihn doch nicht. Warum verkaufen Sie ihn mir nicht?«

Er streckte seinen Arm aus und spannte den Hahn. »Ich zähle bis drei, und dann schieße ich ihm eine Kugel durch seinen häßlichen Kopf.«

Denk nach, Ginny, denk, feuerte sie sich selbst an. Du mußt etwas tun ... Sie ließ sich hinter dem Hund auf den Boden plumpsen und drückte ihn an sich. »Wenn Sie diesen Hund erschießen, dann müssen Sie mich auch erschießen.« Sie hoffte, die Konsequenzen, die es haben könnte, wenn er ein menschliches Wesen – und noch dazu eine Frau – erschoß, könnten ihn aufhalten. Ihr Mut sank, als sie sah, wie er zielte. Sie schloß die Augen und betete.

Einen Moment später ging der Schuß los.

Ginnys Körper zuckte krampfartig. Sie preßte den Kopf auf die Brust und wartete auf den schrecklichen Schmerz. Aber der Schmerz kam nicht. Vor Erleichterung schrie sie fast auf.

»Hund?« Das Tier winselte mitleiderregend, und Ginny nahm das Schlimmste an. Schnell untersuchte sie ihn vom Kopf bis zur Schwanzspitze und stellte fest, daß auch er nicht angeschossen war. Es schien unmöglich, aber es war so. Sie schmiegte ihr Kinn an den Kopf des Tieres und dankte Gott.

»Du mörderischer Halbblutbastard!« jaulte der Trunkenbold. »Du hast mich angeschossen, verflixt noch mal.«

Ganz in ihrer Nähe hörte Ginny Bonner Kincades tiefe, bedrohliche Stimme.

»Wenn du nicht willst, daß ich noch ein Stück aus deinem anderen Daumen herausschieße, dann schlage ich vor, du machst, daß du hier wegkommst, Mulligan.«

Die kalte, nüchterne Warnung ließ Ginny bis auf die Knochen frösteln. Sie wandte sich um und sah Bonner mit einem noch rauchenden sechsschüssigen Revolver in der Hand neben der Schwingtür stehen.

Mulligan gab einen heftigen, keuchenden Laut von sich, der

nach Überraschung und Unglauben klang. »Himmel, Kincade! Ich wollte doch nur den Hund erschießen!«
Ginny wagte einen Seitenblick zu Mulligan hin. Er hielt mit der Linken seinen rechten Arm. Zwischen seinen Fingern tropfte Blut heraus, rann seine Arme hinunter und bespritzte seine Stiefel und den Boden. Einen Meter vor seinem rechten Stiefel lag sein Revolver, kalt und unbenutzt.
»Ich zähle jetzt bis drei, Mulligan, dann schicke ich durch *deinen* häßlichen Kopf eine Kugel.« Als Ginnys Blick zu Kincade zurückschwenkte, sah sie, wie er seinen Revolver hob. »Eins …« Er provozierte ihn mit denselben Worten, die Mulligan auch gebraucht hatte.
Ginny starrte in seine dunklen, funkelnden Augen und wußte, daß er nicht zögern würde, Mulligan zu töten. Und irgendwie war ihr auch klar, daß Mulligan weder der erste noch der letzte war, den er töten würde.
»Die Leute haben schon recht, Halbblut«, zischte Mulligan zwischen tabakfleckigen Zähnen hervor, »wenn sie sagen, daß du genau wie die anderen kaltblütigen Wilden bist. Vielleicht bist du sogar noch schlimmer, weil du dich für einen Weißen hältst.«
Ginny entging nicht der Blick blanker Wut, der über Kincades Gesicht huschte. Selbst in seiner Benommenheit schien Mulligan zu wissen, daß er zu weit gegangen war. Er hielt seine heile Hand wie eine weiße Flagge hoch.
»Zwei …«
Kincade spannte den Hahn. Der gab ein hohles Klicken von sich, als er die Trommel zur nächsten Patrone weiterdrehte.
»Ich geh' ja schon!« rief Mulligan. »Laß mich nur meine Knarre aufheben.« Er bückte sich, um danach zu greifen, aber eine Serie von dicht nebeneinander einschlagenden Kugeln ließ sie wie ein Frosch auf der Straße hüpfen.
Ginny hielt sich die Ohren zu in dem vergeblichen Versuch, den Knall zu dämpfen. Pulverdampf wirbelte durch die Luft

und stach ihr in Augen und Nase. Betäubt und regungslos saß sie mit dem Rücken zum Wassertrog.
Mulligan stolperte da, wo der Revolver gewesen war, sammelte sich dann auf und rannte wie ein erschrecktes Kaninchen davon.
Ein Schatten fiel über Ginny. Sie sah mit feuchten Augen auf und sah Bonner Kincade vor sich stehen. Seine langen Beine erinnerten sie an zwei Eichen. Ihr Magen krampfte sich zusammen vor Furcht, während sie auf die Wildlederbänder starrte, die seine Mokassins über seinen Waden zusammenhielten. *Hundertprozentig wild.*
Ohne den Kopf zu bewegen, hob sie ihren Blick. Er war so groß. Seine Beine schienen gar nicht aufzuhören. An seinem linken Bein, in der Mitte des Oberschenkels, sah sie ein weiteres Wildlederband, das sein Pistolenhalfter fixierte. Ihr Blick glitt in die Mitte und zu dem Körperteil, der sie nichts anging. Als es ihr bewußt wurde, senkte sie den Kopf.
Die Leute hier in der Gegend nehmen sich vor ihm in acht. Das solltest du auch.
Das tat sie auch, jetzt noch mehr als je zuvor.
Ohne Warnung hockte er sich vor ihr nieder und zog ihre Hände von den Ohren weg. »Alles in Ordnung?«
Ginny erschrak. »Was?« Wegen des Lärms, der immer noch in ihren Ohren hallte, hatte sie ihn nicht hören können.
»Können Sie mich hören?«
»Kaum«, antwortete sie auf seine Frage. Er nickte und setzte sich zurück, offenbar bereit zu warten, bis sie wieder hören konnte.
So nahe, kaum mehr als eine Handbreit entfernt, machte es Ginny genauso verlegen, wenn sie seinen Blick vermied, wie wenn sie ihn ansah. Was dachte er wohl? Seine Augen verrieten überhaupt nichts; auch sein Gesichtsausdruck nicht, der immer noch verschlossen und reserviert war. Sie beneidete ihn darum, denn es hatte oft Situationen gegeben, in denen sie ihre

Gedanken für sich hätte behalten wollen, aber ihre Augen und ihr Gesichtsausdruck hatten sie immer verraten. Deshalb war es schwierig für sie, zu lügen, und praktisch unmöglich, ein Geheimnis zu bewahren.

Hielt er sie für töricht, wegen des Hundes einzuschreiten? Ihr Vater wäre sicher der Meinung gewesen, aber andererseits fand er ja immer, daß sie zu weit ging.

Wußte Kincade, wenn er sie ansah, daß sie ihn fürchtete? Wenn er ihre Furcht sehen konnte, dann hatte er vielleicht auch ihre Faszination gesehen.

Unter seinem prüfenden Blick wurde ihr immer unwohler. Schließlich knackte es in ihren Ohren, und sie hatte ihr Gehör wieder. Bonner mußte ihren erleichterten Blick gesehen haben, denn er lehnte sich vor.

»Ist es jetzt besser?«

Sie nickte.

Er streckte die Hand aus und streichelte dem Hund den Kopf. »Jetzt, da er Ihnen gehört – was haben Sie mit ihm vor?« Seine Stimme hatte ihre kalte, gefühllose Schärfe verloren.

Ginny sah auf den Hund in ihren Armen nieder und zuckte mit den Schultern. »Ich weiß nicht. Wahrscheinlich nehme ich ihn mit nach Hause«, meinte sie und strich mit den Fingern durch das Fell des Hundes. »Was kann ich sonst tun?«

»Er sieht so aus, als ob es ihm nicht gutgeht. Ich könnte ihn doch von seinem Elend befreien.«

Ginnys Kopf schoß hoch. »Nein! Wie können Sie so etwas auch nur vorschlagen? Ein bißchen Futter und Betreuung könnten ihn doch wieder auf die Beine bringen.« Sie funkelte Bonner herausfordernd an.

Bonner ließ einen zischenden Seufzer los, der seine Frustration zum Ausdruck brachte. »Ganz wie Sie meinen, Lady.«

Bei seinem Sarkasmus sträubten sich Ginny die Nackenhaare. »Sie glauben vielleicht, es ist die Mühe nicht wert, zu versuchen, ihn zu retten, aber ich bin nicht Sie«, erinnerte sie ihn und sah ihm unverwandt in die Augen. »*Ich* gebe nicht so schnell auf.«

»Nein, Sie sind ganz bestimmt nicht wie ich.« Sein Blick blieb auf ihr ruhen, als er sich aufrichtete.

Ginny versuchte aufzustehen, mußte aber feststellen, daß sie unter dem Gewicht des Hundes hilflos war. Sie mühte sich ab, ihn in eine andere Lage zu bringen, aber es gelang ihr nur, ihr rechtes Bein auszustrecken, das eingeschlafen war.

»Möchten Sie, daß ich Ihnen helfe?«

Sie wollte, und sie wollte auch wieder nicht. Sie sah zu Kincade auf und versuchte, sich klar darüber zu werden, was schlimmer war – den ganzen Nachmittag mit einem halbtoten Hund in ihrem Schoß vor dem Saloon zu sitzen oder Kincades Hilfsangebot anzunehmen. Dem Hund zuliebe würde sie sich helfen lassen, aber bevor sie es äußern konnte, beugte sich Kincade schon nieder und schob seine Hände zwischen sie und den Hund, wobei einer seiner Handrücken ihre Brust streifte und der andere ihren Oberschenkel.

Ginny erstarrte bei der unerwarteten Berührung und schnappte erschrocken nach Luft. Anstatt sich zurückzuziehen, wie es ein Gentleman getan hätte, versuchte er weiter, den Hund zu fassen zu bekommen.

Das klägliche Wimmern des Hundes lenkte sie von Bonners Händen ab. »Ruhig, mein Junge, ruhig«, beruhigte sie ihn und hielt weiter ihre Arme unter dem Tier, um den schlaffen Körper abzustützen, während Bonner ihn zu sich zog.

»Ich habe ihn«, sagte Bonner und hob den Hund mit Leichtigkeit hoch.

Ginny ging auf die Knie, hielt sich am Rand des Wassertroges hinter ihr fest und zog sich hoch. Ihr rechtes Bein prickelte von der Hüfte bis in die Zehenspitzen. Sie wagte noch nicht, es zu belasten, oder sie würde gleich wieder am Boden sitzen.

Aus dem Augenwinkel heraus sah sie zwei bunt gekleidete

mexikanische Mädchen vor der Schwingtür stehen. Das verschmitzte Lächeln auf ihren rotbackigen Gesichtern verriet Ginny, daß sie ihre peinliche Begegnung mit Bonner mitbekommen hatten. Sie biß die Zähne zusammen und ärgerte sich über ihre wissenden Blicke, während sie die Taubheit aus ihrem Bein stampfte. Sie versuchte sich selbst einzureden, daß es gleichgültig war und daß sie Glück hatte, wenn sie die einzigen in Tucson waren, die gesehen hatten, was geschehen war.

Langsam wandte sie den Kopf und machte sich auf die neugierigen Blicke gefaßt, die unweigerlich auf ihr ruhen mußten, aber niemand sonst war in der Nähe. Die Straße war praktisch leer, abgesehen von den Pferden, die an den Pfosten angebunden waren. Sie konnte es sich nur so erklären, daß fast alle noch drüben beim Geschäft waren. Entweder das, oder man war in Tucson schon so sehr an Pistolenschüsse gewohnt, daß niemand mehr darauf achtete.

Egal, was der Grund dafür war, sie war jedenfalls dankbar. Sie ließ einen erleichterten Seufzer los und stampfte ein paarmal mit dem Fuß auf, um den Rest des Prickelns loszuwerden.

»Sind Sie soweit?« fragte Bonner ungeduldig.

Er wartete bei dem Pfosten mit »Hunds« schlaffem Körper über seinen Armen. Sie ging auf ihn zu, da sie endlich nach Hause wollte.

»Können Sie mein Pferd nehmen? Den Falben am Ende.« Ginny mußte nicht erklärt werden, welches Pferd das seine war. Sie hatte den Falben bereits beim ersten Mal bewundert. Er hatte eine blasse Segeltuchfarbe, aber sein Schwanz, seine Schienbeine und seine Hufe waren fast schwarz. »Wie heißt er?« fragte sie, während sie die Zügel losband.

»Er hat keinen Namen.«

»Er hat keinen Namen?« fragte sie in dem Glauben, nicht richtig gehört zu haben.

»Nein, er hat keinen Namen«, erwiderte er kalt.

»Aha.« Erst ein Hund namens »Hund«. Und nun ein Pferd ganz ohne Namen. Was noch? fragte sie sich. »Komm, Junge«, sagte sie, griff nach den Zügeln, die nicht festgebunden waren. Sie sah zu Bonner, der sie beobachtete.

Drittes Kapitel

> Es wäre für die Regierung wirtschaftlicher und sowohl für Weiße als auch Indianer menschlicher, den Krieg mit unnachgiebiger Härte fortzuführen, bis sie [die Apachen] vollständig gedemütigt und unterworfen sind.
>
> *Arizona Citizen*

Ginny führte das Pferd einige Schritte hinter Kincade, während ihre Gedanken vor Mißtrauen und Sorge Amok liefen. Im Lichte dessen, was John Wasson über Kincades heftige Abneigung gegen jeden, der mit einer Zeitung zu tun hat, geäußert hatte, erregte das heldenhafte Verhalten des Mannes ihr Mißtrauen. Da sie nicht sicher war, was ihn dazu motivierte, ihr zu helfen, schien es ihr das beste zu sein, soviel Distanz wie möglich zu ihm zu halten.

Eine andere Sorge war, wie ihr Vater reagieren würde, wenn sie Bonner Kincade mit nach Hause brachte. Er wäre sicher ärgerlich. Nicht weil es Kincade war, sondern weil er unverschämt gewesen war. Sam Sinclair, ein Gentleman, würde wahrscheinlich eine Entschuldigung verlangen.

Und Bonner Kincade, ein Mann von ganz anderer Art, würde das wahrscheinlich ablehnen.

Ginny stellte sich einen Streit vor, in dem ihr Vater seine Wortgewandtheit benutzen würde, um seine Ansicht durchzusetzen und Kincade ins Gebet zu nehmen. Wenn der Streit in eine Konfrontation mündete, dann hätte er keine Chance gegen

Kincade, dessen Trommelrevolver eine entschieden andere Sprache sprach.
Kopfschüttelnd tadelte sie sich selbst dafür, daß ihr wieder einmal die Phantasie durchgegangen war.
Zumindest etwas war so, wie sie es sich wünschte: die Straße war immer noch leer. Es ärgerte sie, daß sie sich Sorgen machen mußte, mit Kincade gesehen zu werden. Normalerweise würde sie keinen Pfifferling dafür geben, was die Leute dachten. Sie war nie mit gesellschaftlichen Konventionen konform gegangen. Aber jetzt mußte sie ans Geschäft denken. In einer Pionierstadt wie Tucson war eine Zeitung oftmals der größte zivilisatorische Einfluß auf die Menschen, den es gab. Es leuchtete ein, daß die Leute von den Herausgebern nicht nur erwarteten, daß sie auf ihre Bedürfnisse und Wünsche eingingen, sondern auch, daß sie in jeder Hinsicht über alle Zweifel erhaben waren.
Anstatt auf der Straße weiterzugehen, nahm Kincade hinter dem Saloon eine Abkürzung und führte sie durch eine enge Gasse, in der säuerlich riechende Whiskyfässer und kaputte Tische und Stühle verstreut lagen. Am Ende der Gasse blieb er stehen und wandte sich um.
»Lassen Sie mein Pferd hier«, wies er sie an. Ginny sah sich nach etwas um, wo sie es anbinden konnte. »Lassen Sie einfach seine Zügel fallen.« Anscheinend hatte er ihre Gedanken gelesen.
»Aber ... wird es nicht weglaufen?«
»Nur wenn es will.«
»Und was ist, wenn es will?«
»Dann muß ich mir ein anderes Pferd besorgen.«
Zögernd ließ Ginny die Zügel fallen und ging weg. Sie eilte auf die Straße, um Kincade einzuholen, und war verblüfft, als sie sah, daß sie nur ein paar Meter vom Büro der *Sun* entfernt waren. Woher wußte er, wo sie wohnte?
Ginny hastete voraus zur Tür. »Pa?« Sie hielt Kincade die Tür auf und schloß sie hinter ihm wieder.

»Wer ist Pa? Sam Sinclair?«

»Ja, mein ...« Ginny verstummte mitten im Satz. So schnell, wie sich Neuigkeiten hier verbreiteten, war es ein Wunder, daß es für eine Zeitung überhaupt noch etwas zu berichten gab.

Er sah sich im Büro um. »Wo wollen Sie ihn haben?«

»Da hindurch«, antwortete sie und zeigte auf den kurzen Gang, der zum Wohnzimmer führte. Sie folgte ihm in das Zimmer und rief wieder nach ihrem Vater. Immer noch keine Antwort. Er mußte zurückgeblieben sein, um weitere Interviews durchzuführen und Informationen über den Überfall aufzuspüren. In diesem Fall könnte er noch stundenlang ausbleiben, was bedeutete, daß sie es nur mit Bonner zu tun hatte.

Nur mit Bonner? Guter Gott, sie würde sich lieber mit einem Dutzend ärgerlicher, übermäßig fürsorglicher Väter auseinandersetzen als mit *einem* Bonner Kincade.

Ginny verschlug es die Sprache beim seltsamen Anblick von Bonner Kincade, wie er mitten in ihrem Zimmer stand, umgeben von ihren leinenen Tischdecken und Spitzendeckchen. Sie bemerkte, wie sie ihn eingehend betrachtete. Seine indianisch dunklen Augen und das schwarze, schulterlange Haar betonte auf vorteilhafte Weise seine kantigen Gesichtszüge. Die Tage, die er auf einem Erkundungsritt unterwegs gewesen war, hatten einen dunklen Stoppelbart produziert, der ihm ein dunkles und leicht verwegenes Aussehen verlieh. Sein Gesicht war mager und hart, sein Ausdruck wie vorher – unergründlich. So ganz anders als jeder andere Mann, den sie kannte.

»Schauen wir mal«, meinte sie in dem Versuch, ihre Gedanken zu ordnen und zu entscheiden, was mit dem Hund geschehen sollte. »Wie wär's, wenn ich ihn neben das ...« Sie schüttelte den Kopf. »Nein, dort würde Pa über ihn fallen.« Sie strich mit den Fingern eine Locke zurecht, die sich selbständig gemacht hatte und über ihr rechtes Ohr fiel. »Ah ja, unter das Fenster.« Er ging zum Fenster und bückte sich, um den Hund abzusetzen. »Warten Sie!« Er funkelte sie an und hob eine Augenbraue. »Ich muß ihm noch ein Bett machen.« Er richtete sich wieder auf. Sie ignorierte sein ungeduldiges Stirnrunzeln und öffnete die Truhe, in der sie ihre kostbaren Spitzen aufbewahrte, und zog eine alte Patchworkdecke heraus. Dann ging sie um ihn herum zum Fenster, kniete sich nieder und breitete die Decke auf dem Fußboden aus. »Hier, das sollte genügen.« Sie setzte sich auf die Fersen zurück und lächelte ihre Handarbeit an.

»Sind Sie sicher?« fragte er mit einem amüsierten Glitzern in den Augen.

Ginny spannte sich an. »Natürlich bin ich sicher.« Der Blick, mit dem er sie ansah, gefiel ihr nicht – so, als ob sie eine wirrköpfige Frau sei, die sich nicht entscheiden konnte. Zugegebenermaßen war sie im Augenblick nicht ganz sie selbst, aber das lag an ihrem schwachen Nervenkostüm.

Er beugte sich wieder hinunter und legte den Hund auf die Decke. »Bringen Sie mir etwas Wasser und ein paar saubere Lappen.«

Ginny lehnte sich vor, um dem Hund den Kopf zu streicheln. Seine Augen waren offen, und er schien sie direkt anzusehen. »Es ist nett von Ihnen, ihn baden zu wollen«, meinte sie zu Kincade, »aber jetzt habe ich die Verantwortung für ihn.« Sie schickte sich an aufzustehen. »Ich möchte Ihnen sagen, wie dankbar ich bin. Sie haben sein und mein Leben gerettet.« Sie hoffte, daß man ihrer Stimme oder ihrem Gesichtsausdruck nicht anmerkte, wie dringend sie ihn zum Gehen bewegen wollte. Wenn er nicht bald das Haus verließe, würde sie noch wer weiß was für Dummheiten machen.

»Kommen Sie her.« Er nahm ihre Hand und zog sie wieder hinunter. »Hier ist das Problem.« Er griff dem Hund in den Nacken, zog eine lose Hautfalte hoch und ließ sie wieder los. »Sehen Sie, wie langsam seine Haut zurückfällt? Er ist ausgetrocknet. Und er ist zu schwach, um selbst zu trinken. Ich brauche einen nassen Lappen, um etwas Wasser in seine Schnauze zu träufeln.«

Ginny wurde rot vor Verlegenheit. »Oh«, gab sie tonlos von sich. »Ich dachte, Sie wollten ihn baden und ...« Sie räusperte sich. »Entschuldigen Sie, ich gehe nur schnell und hole ...« Sie sprang auf die Füße und eilte in die Küche. Sobald sie die Tür hinter sich geschlossen hatte, stieß sie die Luft aus und verschränkte die Arme vor ihrer Brust.

Sie hatte sich immer für eine vernünftige Frau gehalten, keine, die sich Gefühlswallungen und Phantasien hingab. Bis heute. Heute dagegen hatte sie in ein paar Stunden mehr beunruhigende Gefühle erlebt als im ganzen letzten Jahr!

Es war besorgniserregend, machte sie verrückt und entglitt vollkommen ihrer Kontrolle. »Ich kann nicht wieder hineingehen!« wisperte sie zu sich selbst. Sie guckte zur Hintertür. Vielleicht konnte sie einfach hinausschlüpfen und ... laufen? Sie war noch nie zuvor in ihrem Leben vor irgend etwas davongelaufen.

Im Moment befand sie sich auf sicherem Terrain, rieb mit den Händen ihre Arme und beschloß, sich zusammenzunehmen. Sie benahm sich einfach lächerlich.

»Ich brauche auch etwas Whisky«, rief Kincade und beendete damit ihre kleine Atempause.

Ginnys Augenbrauen hoben sich fragend. Dann dämmerte ihr, daß er dem Hund die Wunden reinigen wollte. Sie unterdrückte ein kurzes Lachen. Gott sei Dank hatte sie nicht gefragt, ob er ein Glas wollte.

»Hier muß es irgendwo eine Flasche geben«, rief sie zurück, als ob sie bezweifelte, daß es Schnaps im Haus gab. Das war ein Spiel, das sie vor Fremden spielte.

Fast sofort fand sie eine Flasche. Daß sie halbleer war, ließ sie fast umsinken, aber sie kämpfte dagegen an und vertraute auf das Versprechen ihres Vaters. Pa wußte, wieviel auf dem Spiel stand. Sie beeilte sich, eine tiefe Schüssel mit Wasser zu füllen und ein paar saubere Lappen zu finden.

Kincade hockte immer noch vor dem Hund. Sie setzte die Sachen auf dem Boden ab und kniete sich neben ihn.

»Zeigen Sie mir, was ich tun muß.«

Er tauchte einen der Lappen in die Wasserschüssel »Halten Sie ihm die Schnauze auf«, bat er sie. Der Hund rührte sich nicht einmal, als sie seine Kiefer auseinanderzog. Er protestierte auch in keiner Weise, als Kincade den feuchten Lappen gegen Zähne und Zahnfleisch des Tieres preßte. »Braver Junge«, lobte er, als der Hund das Wasser schluckte, das in seinen Mund tröpfelte. Kincade wiederholte geduldig diese Prozedur – träufelte dem Hund Wasser in die Schnauze und lobte ihn dann.

Von dem Mitgefühl in Kincades Stimme überrascht, sah sie ihn verstohlen unter ihren Wimpern hervor an und suchte nach einem Ausdruck von Gefühl in seinen harten maskulinen Zügen. Statt dessen sah sie einen Mann, der eine dünne Maske von Höflichkeit trug. Er war ein Späher der Army, wenn es nötig war, und ein wildes Halbblut, wenn er es wollte. Ein Mann, der ebenso gefürchtet wie respektiert wurde.

»Das müssen Sie alle paar Stunden wiederholen, bis zum Morgen. Er wird auch Nahrung brauchen. Rindfleisch – Leber, wenn möglich. Hacken Sie es ganz fein, und geben Sie es ihm ein. Halten Sie seine Schnauze, wenn es nötig ist, und geben Sie ihm nicht zuviel auf einmal.«

Ginny nickte. »Ich habe von gestern abend noch ein wenig Rindfleisch übrig, das ich ihm sofort geben kann. Sobald Pa zurück ist, gehe ich zum Metzger.«

Da ihre Knie schmerzten, lehnte Ginny sich zur Seite, um sich hinzusetzen. Als ihr Fuß sich in ihrem Rock verfing, verlor sie das Gleichgewicht. Reflexartig griff sie nach Bonners Knie, aber es war schon zu spät. Sie plumpste mit dem Hinterteil auf den Boden und brachte damit die Öllampe zum Klirren, die auf dem Tisch beim Fenster stand.

»Entschuldigung«, murmelte sie und zog ihre Hand weg. Sie biß sich auf die Lippen und rückte näher an den Hund heran. »Glauben Sie, daß er noch andere Verletzungen hat, außer daß er ausgetrocknet und halb verhungert ist?«

»Keine Knochenbrüche«, antwortete er tonlos. »Ich weiß nicht, in welchem Zustand seine inneren Organe sind. Mulligan hat ihn ziemlich brutal getreten, und ich bezweifle, daß es das erste Mal war. Wenn es ihm in ein, zwei Tagen nicht bessergeht, sollten Sie vielleicht doch darüber nachdenken, ihn einzuschläfern.«

»In Ordnung.« Sie konnte es nicht ertragen, ein Tier unnötig leiden zu sehen.

Kincade reinigte zügig die offenen Wunden des Hundes und schlug vor, eine Pferdesalbe zur Beschleunigung des Heilungsprozesses zu verwenden. Obwohl er länger als eine halbe Stunde in der Hocke gewesen war, kam er mit geschmeidiger Wendigkeit auf die Füße und trat zurück.

»Da werden Sie die nächste Zeit ziemlich zu tun haben.« Er bot ihr seine Hand an, um ihr aufzuhelfen.

Sie nahm an. »Ich habe keine Angst vor Arbeit. Und wenn es mir gelingt, ihn gesund zu pflegen, dann werde ich einen lebenslangen Begleiter haben.«

Er ließ ihre Hand los und sah sie lange und eindringlich an. »Vielleicht, vielleicht auch nicht. Aller Wahrscheinlichkeit nach wird er mit der ersten Hündin, die vorbeikommt, davonlaufen. Was Sie *brauchen,* ist ein Mann, der sich um Sie kümmert.«

Ginny sträubten sich die Haare bei seiner Anmaßung. »Ich habe einen Mann, danke. Mein Vater. Und wir passen gegenseitig auf uns auf.«

Kincade lachte spöttisch über ihren Ärger. Er stellte sich bewußt vor sie hin, und seine Größe zwang sie dazu, ihren Kopf zurückzubeugen, damit sie ihm ins Gesicht sehen konnte. »Eine Frau wie Sie kann in einer Stadt wie Tucson eine Menge Schwierigkeiten verursachen.«

»Eine Frau wie ich?« Vor Ärger konnte sie kaum atmen. »Glauben Sie ja nicht, Sie kennen mich«, warnte sie und stieß ihm ihren Zeigefinger mitten in die Brust. »Sie wissen überhaupt nichts über mich.«

Er griff nach ihrer Hand. »Seien Sie sich da nicht so sicher, Miss Sinclair. Sie wären überrascht, wieviel ich weiß.« Er packte fester zu und zog sie mühelos zu sich. Sein Blick wanderte über ihr Gesicht und ließ sich auf ihren Lippen nieder.

Zu spät wurde Ginny bewußt, daß sie es versäumt hatte, ihren Abstand zu ihm zu bewahren. Wäre sie vorsichtig gewesen, würde sie jetzt nicht so nahe bei ihm stehen, so nahe, daß sie seine Körperwärme spüren konnte. Ihr Magen krampfte sich zu einem Knoten zusammen, und ein Prickeln kroch ihr den Nacken hoch. Seine letzte Äußerung war voller beunruhigender Anspielungen, unter anderem darauf, daß er sehr gut wußte, welche Wirkung er auf sie ausübte. Sie schluckte und atmete tief ein. Wenn sie ihm ohne Zwischenfall entkommen konnte, würde sie sich, so schwor sie sich, vor Bonner Kincade hüten. Er hatte eine stärkere maskuline Ausstrahlung als alles, was sie gewohnt war. Mit soviel geballter Männlichkeit konnte sie nicht umgehen.

Aber Ginny würde ihm nicht das letzte Wort lassen. »Wenn Sie mich tatsächlich kennen, Mr. Kincade, dann wissen Sie, daß ich kein naives Schulmädchen bin, was sich so einfach einschüchtern läßt.« Sie entriß ihm ihre Hand, trat zurück und funkelte ihn an. Die Konfrontation wurde durch lautes und falsches Singen draußen unterbrochen.

»*Weep no more, my lady. Oh, weep no more today* ...« Die Bürotür öffnete und schloß sich. »*We will sing one song for the old Kentucky home* ...«

Der Klang von Schuhen, die über den Holzboden schlurften, drang an Ginnys Ohr. »Es ist Pa«, erklärte sie, und ihr Blick schweifte von Kincade zur Tür. Ein Stich fuhr ihr ins Herz, als ihr Vater ins Wohnzimmer wankte.

»For the old Kentucky home, far away.« Seine Stimme verlor sich, als er sie sah. »Da bist du ja«, meinte er und guckte sie über seine Brille hinweg an. »Wo warst du denn?«
»Pa...«, Ginny versuchte zu verhindern, daß er sich zum Narren machte.
Er kam weiter ins Zimmer herein, schwankte erst nach links, dann nach rechts. »Ich hab' die ganze Stadt abgesucht nach...« Seine blutunterlaufenen Augen schwenkten zu Kincade. »Wer zum Teufel sind denn...« Er blinzelte, und dann: »Sie!«
Ginny ging um Kincade herum, wobei ihr Arm seinen streifte. Sie stand vor ihrem Vater, und ihre Qual wegen seines Zustands drohte das bißchen Fassung, das ihr geblieben war, zu erschüttern.
»O Pa! Du hast doch versprochen, daß du nicht...« Ihre Stimme versagte, als ob etwas in ihr zerbrochen sei.
Sam Sinclair winkte ab. »Aus dem Weg, Ginette«, nuschelte er und versuchte vergeblich, sie zur Seite zu schieben. »Ich will mit dem Kundschafter hier sprechen. Er muß sich für sein ungehobeltes Verhalten noch bei dir entschuldigen.«
»Er hat sich schon entschuldigt, Pa«, log sie in der Hoffnung, den Ärger ihres Vaters zu besänftigen.
Es wirkte nicht. Er nahm sie bei den Schultern.
Plötzlich war Kincade zwischen ihnen und schob sie hinter sich, wo sie sicher war.
Die zwei Männer standen sich gegenüber, Auge in Auge, und Kincade überragte ihren Vater.
»In der Stadt reden alle darüber, wie Sie vor der Handelsvertretung meine Tochter behandelt haben.«
Das war genau der Streit, den Ginny befürchtet hatte.
Kincade schien vom Ärger ihres Vaters unberührt zu sein, aber Ginny wußte aus dem Vorfall mit Mulligan, daß Bonners Gesicht nichts von seinen Emotionen verriet – wenn er überhaupt welche hatte. Ihr Blick fiel auf seine Schußhand und

versicherte sich, daß sie nicht zu nahe an seinem Pistolenhalfter war.
»Pa! Bitte! Laß doch einfach ...« Ihr Flehen wurde zu einem Schreckensschrei, als ihr Vater plötzlich nach Kincades Kinn boxte. Zu ihrer Erleichterung verfehlte er sein Ziel. Im nächsten Moment fiel er bewußtlos vornüber.
Kincade fing ihn auf und hielt den betrunkenen Mann so mühelos, wie er den Hund gehalten hatte. Er sah Ginny an. »Wo wollen Sie ihn haben?«
Entsetzt zeigte Ginny hinter sich in Richtung der Schlafzimmer. Sie konnte nur noch »da hinein« hauchen. Kincade hievte ihren Vater wie einen Sack Mehl über seine Schulter und trug ihn durchs Wohnzimmer. Bevor Ginny seinen Irrtum bemerkte, war er schon in ihrem Schlafzimmer. Bis sie zur Tür kam, hatte Kincade sich bereits umgedreht und kam auf sie zu, immer noch mit ihrem Vater über der Schulter. Sie trat zur Seite, um ihm den Weg freizumachen, und langte hinter sich, um die gegenüberliegende Schlafzimmertür zu öffnen.
»Da hinein«, sagte sie schwach.
»Sind Sie sich sicher?« fragte er mit einer hochgezogenen Augenbraue.
Sie wollte schon entgegnen, daß sie sich natürlich sicher war, aber dann besann sie sich eines Besseren, denn ihr wurde bewußt, daß sie sich über gar nichts mehr sicher war. Sie überließ Kincade ihren Vater und zog sich in die Küche zurück, wo sie sich an die Arbeit machte, das Roastbeef vom Abend zuvor kleinzuhacken. Sie mußte etwas tun, um sich aufrecht zu halten.
Sie hatte sich eingeredet, ihr Vater würde sein Versprechen halten. Es war nicht das erste Mal, daß sie ihr Vertrauen in ihn gesetzt hatte und er sie enttäuschte. Es war lediglich eine andere Situation. Es war wohl Situation Nummer eintausendundzwanzig, oder war es eintausendunddreißig?
Gedankenverloren hackte sie weiter das Fleisch. Als Kincade

ein paar Augenblicke später im Türrahmen erschien, sah sie nicht auf.
»Wie geht es ihm?« fragte sie.
»Er schläft.«
Mit dem Messer schob sie das gehackte Fleisch zu einem sauberen Hügel zusammen und hackte dann weiter. »Danke, daß Sie ihm nicht weh getan haben.«
»Er stellte keine Bedrohung dar.«
Ginny gab ein trockenes Lachen von sich. »Nicht mit seinen Fäusten, das ist klar. Aber mit der Feder ist er tödlich.«
Ohne Warnung bedeckte Kincade ihre Hand mit seiner und nahm ihr vorsichtig das Messer weg. »Sie sind dabei, das Fleisch zu Pulver zu verarbeiten.«
Ginny besah sich, was sie angerichtet hatte. »Ich glaube, ich konnte mich nicht mehr bremsen.« Sie sah zu ihm auf. »Es ist nur ... er hatte versprochen, er würde nicht mehr ...«
Kincade legte das Messer nieder. »Vertrauen Sie mir.«
Ginny beobachtete seine so starke, so fähige Hand. Sie fragte sich unwillkürlich, wie viele Menschen er wohl getötet hatte. Das war dieselbe Hand, die auf Mulligan gezielt hatte, die abgedrückt und ihr Leben gerettet hatte. Dieselbe Hand, die den Hund so zart berührt hatte ... und auch sie.
Unentschlossen, was sie tun sollte, wandte sie schließlich ihren Blick ab und trat zurück. »Entschuldigen Sie, ich habe noch zu tun.«
Kincade starrte auf sie hinunter. Ein leichtes Lächeln umspielte die gefährliche Kurve seines Mundes. »Ein anderes Mal«, meinte er und war zur Tür hinaus.

Ginny verbrachte den Rest des Nachmittags bei dem Hund, redete ihm gut zu und gab ihm zu fressen und Wasser. »Ich muß mir einen Namen für dich ausdenken«, sagte sie zu ihm, während sie mit der Hand seine Seite rieb. Er war so mager. Sie konnte jede Rippe einzeln spüren, und bei seinem Hüftknochen gab es eine tiefe Mulde. Als er nichts mehr fressen oder trinken konnte, ließ sie ihn schlafen.

Sie ignorierte das wändeerschütternde Schnarchen ihres Vaters, ging in das Zeitungsbüro und machte sich an das Durcheinander auf dem Schreibtisch, an dem sie schon am Morgen gearbeitet hatte. Bis sie heute abend ins Bett ging, wollte sie das Büro vollkommen in Ordnung haben, damit sie am nächsten Morgen beginnen konnte, jede Einzelheit des Zeitungsgeschäftes zu lernen.

Während sie bei dem Hund saß, hatte sie Gelegenheit gehabt, ernsthaft nachzudenken, und als ihre Gedanken zu Bonner Kincade kamen, verdrängte sie sie aus ihrem Kopf. Über einen Mann wie ihn mußte man sachlich nachdenken, ohne Emotionen.

Da ihr klar war, daß sie auf ihren Vater nicht zählen konnte, beschloß sie, eine aktivere Rolle im Geschäft zu spielen, als ursprünglich vorgesehen war. Sie mußte diskret vorgehen. Er würde es nicht schätzen, wenn sie sich in Angelegenheiten einmischte, die er als seine Verantwortung betrachtete.

Ginny räumte den Schreibtisch fertig auf und wandte sich dann dem Arbeitstisch zu. Ihr Vater hatte sein Versprechen gebrochen, aber das war nicht das Ende der Welt. Wenn er nüchtern war – was meistens der Fall war –, dann war er ein unglaublich fähiger Mann: ordentlich, begeisterungsfähig, ehrgeizig. Horace Greely, der große Journalist, hatte ihn einmal den talentiertesten Frontberichterstatter genannt, den er je gekannt hatte. Ginny wußte, daß er von seinen Redakteursposten nicht wegen Mangel an Schreibtalent entlassen worden war, sondern weil er nicht pünktlich zur Arbeit erschien, Termine versäumte und Verabredungen vergaß – Dinge, um die sie sich kümmern konnte.

Am Morgen war sie nahe daran gewesen, mit ihm über ihre journalistischen Ambitionen zu sprechen. Sie hatte sich darauf gefaßt gemacht, daß er argumentieren würde, es gäbe in einer

Zeitungsredaktion keinen Platz für eine Frau, ausgenommen Verwaltung, Buchhaltung und Schriftsatz. Und das letztere auch nur, weil sehr viel Fingerfertigkeit vonnöten war, um die winzigen Bleilettern aus dem Kasten zu nehmen. Sie hatte sich auch auf eine Entgegnung vorbereitet, die einfach in dem Argument bestand, daß sie es sich zur Zeit nicht leisten konnten, irgend jemanden einzustellen, und da sie ja Erfahrung besaß – schließlich hatte sie Fortsetzungsromane für *Godey's Lady's Book* und für den *Alta California* geschrieben –, war sie vollkommen qualifiziert, auf diesem Gebiet auszuhelfen.

Er konnte höchstens nein sagen.

Und das konnte man umgehen.

Viertes Kapitel

> Sie [die Apachen] stellen ihren Wunsch nach Frieden nicht auf die Annahme, daß es falsch ist, einen weißen Mann oder eine weiße Frau zu töten oder ihr Eigentum zu stehlen.
>
> *Arizona Citizen*

Vor dem Büro der *Sun* atmete Bonner tief durch. In Richtung der Gasse, wo er sein Pferd gelassen hatte, gab er einen lauten Pfiff von sich, wandte sich dann ab und ging die Main Street entlang in Richtung Süden. Hinter ihm antwortete ein Wiehern, dem das Geräusch von trottenden Hufen folgte. Schnaubend holte ihn der Falbe ein. Bonner spürte, wie ihn die Pferdenase in den Rücken stupste. Er ignorierte es. Dann kam ein zweiter Stupser, viel stärker als der erste.

»Verflixtes Pferd.« Er langte hinter sich und nahm die Zügel in die Hand. »Du mußt noch Manieren lernen«, ermahnte er es halb im Scherz.

Das Pferd schüttelte wie zum Protest seine Mähne.

Bonner sah den Falben genau an. Der Wallach war intelligenter, als gut für ihn war. Bonner hatte das Pferd zum ersten Mal als wilden Hengst gesehen, der eine Herde Stuten und Fohlen tief in das Tal des Donners hineinführte. Er hätte nie erwartet, daß das Pferd ihn bei jeder Gelegenheit austricksen würde, als er es schließlich verfolgte. Es war eine Jagd die er niemals vergessen würde; sie hatte ihn fast eine Woche Zeit gekostet

und kam nur zu einem Ende, weil ein Erdrutsch die Herde in einem Canyon eingeschlossen hatte.
Die Stuten und Fohlen gab er seinem alten Freund Toriano, dessen Camp sich in das Tal schmiegte, den Falben behielt er für sich und arbeitete täglich vom Morgengrauen bis zur Abenddämmerung mit ihm, um sein Vertrauen zu gewinnen. Wenn er daran dachte, wie er ihn das erste Mal geritten hatte, stiegen schmerzhafte Erinnerungen in ihm auf – ein gebrochenes Schlüsselbein, ein gebrochenes Nasenbein und eine Unzahl Prellungen und blauer Flecken. Aber das war es wert gewesen. Sobald er kastriert war, war der Falbe das beste Reitpferd, das Bonner je erlebt hatte. Er besaß eine scharfe Intelligenz, so daß er sogar die schwierigsten Befehle sehr schnell verstand. Er war leicht ansprechbar und intuitiv, was für Bonner ein zusätzlicher Vorteil war. Und er war schnell – so schnell wie die rasenden Winde, die über den Wüstenboden wirbelten.
Aber was Bonner am meisten bewunderte und schätzte, war sein wilder Geist. Bonner glaubte, daß der Geist für das Pferd das war, was *diyi,* die Macht, für die Apachen war. Die Achtung vor dem Tier verbot ihm, ihm einen Namen zu geben oder es je festzubinden.
Ginny Sinclair würde das niemals verstehen. Es wäre Zeitverschwendung gewesen, ihr das erklären zu wollen. Sie war eine Städterin, die von allen möglichen strengen Vorstellungen mehr eingeschnürt wurde als durch ihr Korsett. In ihrer Welt mußten die Dinge gezähmt und benannt werden.
Bonner rieb sich mit der Hand das Gesicht, während er den Beginn des Tages, als er mit den Soldaten in die Stadt geritten war, wieder vor seinem geistigen Auge sah. Ginny und ihr Vater standen vor dem Büro der *Sun* und sahen der Kolonne zu. Es hatte ihn nicht viel Mühe gekostet, sich auszurechnen, wer die beiden waren. Seit Wochen hatte die Stadt vom Verkauf der Zeitung gewußt und sich über die neuen Eigentümer, einen Vater und seine Tochter, Gedanken gemacht.

Er hatte ihr absichtlich nicht viel Aufmerksamkeit gewidmet. Daß er halb Apache und halb weiß war, machte die Dinge schwierig genug, er brauchte sich nicht noch mehr Schwierigkeiten einzuhandeln, indem er öffentlich eine *nina blanca,* ein weißes Mädchen, beachtete. Von weitem hatte sie wie ein Schulfräulein ausgesehen mit ihrem welligen braunen Haar, das sie aus der Stirn gekämmt hatte, und ihrem hochgeschlossenen blauen Kleid. Aber kein Schulfräulein würde jemals einen Mann so anschauen, wie sie ihn angesehen hatte. Durch ihren direkten Blick war er sich extrem auffällig vorgekommen. Später, vor dem Handelsgeschäft, hatte er sie wiedergesehen und selbst genau hingeschaut, was *sie* offensichtlich irritiert hatte. Er hätte seine Rache etwas länger genossen, wenn Wasson nicht auf den Plan getreten wäre. Bonner hielt nicht viel von Wasson – weder von seiner Person noch von seiner Politik oder seiner Zeitung.

Wasson hatte ihm seine Laune verdorben. Bonner war inzwischen daran gewöhnt, daß die Leute abfällige Bemerkungen über sein gemischtes Blut machten. Meistens ignorierte er es einfach. Aber diesmal nicht, diesmal war es anders.

Die Dinge hatten sich noch verschlimmert, als er Ginny Sinclair etwas aufschreiben sah. Sein erster Gedanke war, daß etwas, das er gesagt oder getan hatte, am Ende gedruckt in der *Sun* stehen würde. Ihr den Bleistift aus dem Mund zu ziehen war eine ziemliche Dummheit gewesen, aber er wollte ihr zu verstehen geben, daß er kein Material für einen Artikel war.

Sein einziger Trost bei der ganzen Angelegenheit war es gewesen, daß er seine Neugier, ob sie aus der Nähe so hübsch war wie von weitem, hatte befriedigen können.

Sie war noch hübscher.

Ihre Gesichtszüge waren so fein wie das englische Porzellan, das er in den Bostoner Schaufenstern gesehen hatte. Und sie hatte einen Mund, der ihn an die knospenden Rosen seiner Mutter erinnerte. Aber ihre Augen faszinierten ihn. So blau

und klar wie ein Bergbach, verrieten sie jede Gefühlsregung – Faszination, Verlegenheit und Furcht, und sie hatte wahrscheinlich nicht geahnt, daß er all das sah.
Widerwillig gestand er sich ein, daß er ebenso von ihr fasziniert war, aber er würde das für sich sich behalten. Das letzte Mal, als er Interesse an einer Städterin zeigte, drohte der Vater des Mädchens damit, ihn zu töten, wenn er sich ihr jemals wieder nähern sollte. Das war vor zwölf Jahren gewesen, als er siebzehn war. Er hatte einen ganzen Krug *tulapi* gebraucht, um über seinen Schmerz und die Demütigung hinwegzukommen. Die Erfahrung hatte sich unauslöschlich seinem Gedächtnis eingeprägt und einen bitteren Nachgeschmack hinterlassen, was weiße Frauen anging.
Bonner schob diese Gedanken beiseite, als er Jim und Indy Garritys weißgekalkten Lehmziegelbau erreichte.
Wann immer er in der Stadt war, hatte er eine Einladung zum Abendessen bei ihnen, und er machte fast regelmäßig Gebrauch davon. Schließlich konnte ein Mann nicht nur von Bohnen und Dörrfleisch leben.
»Komm, Junge, wir machen es dir gemütlich«, sagte er zu seinem Pferd und führte es hinter das Haus zum Stall. Im Nu hatte er dem Tier Sattel und Zaumzeug abgenommen und es gestriegelt. Heu, Getreide und frisches Wasser waren bereits hergerichtet.
Anschließend wusch und rasierte er sich; seine aufmerksame Gastgeberin hatte alles bereitgelegt. Nachdem er saubere Kleidung aus seinen Satteltaschen angezogen und sein Haar gekämmt hatte, war er bereit für das Abendessen.
Bonner pflegte nur wenige Freundschaften. Er kannte Jim Garrity schon seit der Zeit vor dem Sezessionskrieg. Als Jim in den Osten ging, um sich den Truppen der Union anzuschließen, blieb Bonner im Territory, um der Union als Zivilist zu dienen, indem er dafür sorgte, daß die Unionstruppen der Nordstaaten sicher durch die Gebiete der Apachen passieren

konnten. Ein Auftrag, an dem Jim beteiligt war, ging schief, und er wurde zu Unrecht angeklagt, vier Männer ermordet zu haben. Ein paar Stunden vor seiner Hinrichtung konnte er gerade noch fliehen und ging nach Westen, wo er sechs Jahre lang mit Torianos Clan im Tal des Donners lebte und sich den Lebens- und Kampfstil der Apachen aneignete.
Letztes Jahr handelte Colonel Taylor, der frisch ernannte befehlshabende Offizier von Camp Bowie, mit Jim einen Deal aus, durch den Jim eine volle Amnestie bekam und in seinen Rang wiedereingesetzt wurde. Er entschied sich dafür, bei der Army zu bleiben, weil er den Eindruck hatte, daß er nur auf diese Weise den Apachen wirksam helfen konnte.
Dieses Bestreben war ein gemeinsames Ziel von Bonner und Jim. Beide erkannten, daß die Apachen trotz ihrer Findigkeit und Gerissenheit nicht den Krieg gegen die White Eyes gewinnen konnten. Sie hatten zuwenig Krieger, und ihre wenigen Waffen waren veraltet. Und doch konnten sie anscheinend die Fruchtlosigkeit ihrer Versuche nicht einsehen und fuhren fort, Krieg zu führen, zu kämpfen und zu sterben.
Bonner zollte Jims schwieriger Entscheidung Respekt. Nachdem er all diese Jahre mit einer Chiricahua-Gruppe gelebt hatte, konnte es für ihn nicht einfach gewesen sein, Soldaten in der Kriegskunst der Apachen auszubilden zu dem einen Zweck, gerade die Menschen zu jagen, die sich mit ihm angefreundet hatten. Wenn sie erst begriffen, daß ihre Feinde sie in ihren eigenen Schlupfwinkeln und Befestigungen finden und sie in ihrer eigenen Kriegstaktik übertreffen konnten, würden sie, so hoffte Jim, die Aussichtslosigkeit ihres Kampfes einsehen, kapitulieren und sich einem Leben im Reservat fügen.
Bonner hatte eine ähnliche Hoffnung. Je eher die Apachen nachgaben, so entmutigend dieser Gedanke auch erschien, um so mehr Menschenleben – auf seiten der Apachen und auch der Weißen – würden verschont.
Vor sechs Monaten hatte Bonner der Army seine Dienste als

Dolmetscher angeboten. Offiziell war er ein Späher in Zivil, aber wer auch immer seine Dienste anforderte, dem wurde er zugeteilt.

Bonner schob die Gedanken an seine Arbeit beiseite, als er an die schwere Holztür klopfte und wartete, bis Indys Stimme ihn bat einzutreten. Während er die Tür öffnete, nahm er den Geruch von frischem Brot, Roastbeef und Apfelkuchen wahr.

»Bonner!« Eine schöne, brünette Frau flog durch den Raum, um ihn zu begrüßen. »Du bist spät dran, ich habe mir schon solche Sorgen gemacht.«

»Auf der Hauptstraße kamen wir in Schwierigkeiten«, erklärte er, warf sein gebrauchtes Handtuch in den Korb neben der Tür und löste seinen Revolvergurt.

Sie nahm ihn ihm ab und hängte ihn auf. »Wo ist Jim?« fragte sie, und in ihren haselnußbraunen Augen spiegelte sich Angst.

Bonner schalt sich wegen seiner Dummheit. Seine gedankenlose Bemerkung hatte sie veranlaßt, einen falschen Schluß zu ziehen. »Er ritt der Kolonne voraus, um Bericht zu erstatten. Er müßte jeden Augenblick kommen.«

Erleichterung trat in ihre Augen, und sie entspannte sich. »Was für Schwierigkeiten?«

»Lahte und seine Bande überfielen Fishs Frachtwagen. Jim wird es dir erzählen.«

Sie bot ihm den Stuhl an, der dem Herd am nächsten war, setzte sich dann ihm gegenüber hin und faltete die Hände über ihrem Bauch. Obwohl Bonner Indy erst seit kurzem kannte, wußte er, daß sie etwas Besonderes war. Toriano hatte es am besten ausgedrückt, als er sie »Superweib« nannte. Genau das war sie – und noch mehr.

»Ich bin keine zerbrechliche Mimose, weißt du«, bemerkte sie, und Bonner lächelte. »Ich werde nicht in Ohnmacht fallen.«

Immer noch sah Bonner sie schweigend an.

Sie war auf den Namen Independence – Unabhängigkeit – getauft, ein Name, dem sie in allem, was sie tat, gerecht wurde.

Bonner wußte nicht, wie Jim mit ihr zurechtkam, aber Jim Garrity war ja auch der anerkannte Meister der Taktik im Territory. Er hatte das Unmögliche fertiggebracht, als er eine Gruppe von Außenseitern unter den Soldaten trainiert hatte, gut wie jeder Apachenkrieger zu kämpfen und zu überleben.

»Du bist so schlimm wie Jim«, warf Indy ihm vor und fing allmählich an, sich aufzuregen. »Nur weil ich ein Baby bekomme, heißt das nicht, daß du mir nicht erzählen kannst, was …«

»O doch, das heißt es!« Jim Garritys plötzliches Erscheinen in der Tür überraschte Indy so sehr, daß sie aufsprang. Jim ließ seine schmutzigen Kleider in den Korb fallen, nahm seinen Kampfhut ab und hängte ihn neben Bonners Waffengurt. Wie Bonner war auch er großgebaut und von ähnlicher Gestalt. Beide hatten dunkles Haar und dunkle Augen, aber da hörte die Ähnlichkeit auch schon auf.

»Ich wußte ja, daß ich dich früher oder später dabei erwischen würde, wie du versuchst, Bonner militärische Geheimnisse zu entlocken.« Er blinzelte Bonner zu.

»Du hast mich halb zu Tode erschreckt«, erklärte Indy und errötete auf reizende Weise, während sie auf ihren Mann zuging und ihm in die Arme fiel.

»Ich werde noch Schlimmeres tun, wenn du nicht aufhörst, deine hübsche Nase in Dinge zu stecken, die dich nichts angehen«, neckte er sie, bevor er sie küßte.

Bonner fühlte sich wie ein Eindringling, deshalb stand er auf und ging zu dem Regal für Indys Bücher hinüber, bei dem er Jim letzten Monat geholfen hatte. Nach dem Tod ihres Vaters im letzten Jahr hatte Indy ihr Haus in St. Louis verkauft und ihre persönlichen Sachen nach Tucson bringen lassen, erst mit der transkontinentalen Eisenbahn bis Sacramento, und von dort per Frachtwagen nach Tucson. Einige der Titel hatte Bonner in seiner eigenen Sammlung auf der Ranch, aber es waren ein paar Dutzend darunter, von denen er noch nie gehört hatte und die ihn faszinierten.

Bonner war schon immer an Büchern und Bildung interessiert gewesen. In den alten Zeiten, lange vor dem Krieg, hatte sein Vater sich in große Ausgaben gestürzt, um einen Tutor aus dem fernen Boston zu holen, der Bonner und seinen jüngeren Bruder Logan unterrichtete. Als Logan in den Osten aufs College ging, blieb Bonner auf der Ranch, um seinem Vater zu helfen. Aber er hörte nie auf, sich zu bilden, und las alles, was er in die Finger bekam.
»Du kannst dir gern alles ausleihen, was du möchtest«, bot Indy ihm an.
»Hast du etwas Interessantes entdeckt?« fragte Jim und setzte sich in den Stuhl, aus dem Bonner aufgestanden war.
Bonner nickte und zog ein Buch aus dem Regal. »Das hier, *Frankenstein.* Habt ihr es gelesen?« Er blätterte in den Seiten und hielt ab und zu inne, um ein paar Zeilen zu lesen.
»Ich nicht, aber Indy hat es gelesen. Sie bekam schreckliche Alpträume davon.«
»Das stimmt«, pflichtete Indy bei. »Es handelt von einem Arzt, der aus Teilen toter Körper ein Lebewesen schafft.«
Bonner zog eine Augenbraue hoch, als er eine besonders anschauliche Szene las. »Ich hoffe, Logan hat es nicht gelesen. Er hat schon genug seltsame Ideen in bezug auf den Arztberuf.«
»Schäm dich, Bonner Kincade, so über deinen Bruder zu sprechen«, schalt Indy und bohrte ihren Zeigefinger in seine Brust. »Ach, ich würde etwas darum geben, wenn er hier wäre und mein Baby entbinden würde. Ich habe nicht soviel Vertrauen zu Dr. Wilbur. Er hat irgend etwas an sich, was mich stört.«
Jim nahm Indys Hand und zog sie auf seinen Schoß. »Nur weil sich ein Mann hier und da einen Drink genehmigt, macht ihn das noch nicht zum Säufer«, verteidigte er den Doktor. »Er ist ein guter Chirurg, Indy. Ich habe ihn arbeiten sehen.«
»Ich auch«, pflichtete Bonner bei.
Indy seufzte resigniert. »Na gut, ich reagiere vielleicht etwas

übertrieben. Vergeßt, was ich gesagt habe. Übrigens, Bonner, hast du in letzter Zeit von Logan gehört?«
Bonner schüttelte den Kopf. »Er ist kein großer Briefschreiber.«
»Und wie geht es King und Ruey?« erkundigte sie sich.
»Pa hatte einen unglücklichen Sturz von seinem alten Maultier, der ihn ein paar Tage ans Bett gefesselt hat. Aber das letzte Mal, als ich zu Hause war, ging es ihm schon besser. Ma ist eifrig damit beschäftigt, Häute zu gerben, um für Martines Pubertätsfeier ein Kleid zu machen.«
»Sie wird im Juni zwölf, nicht wahr?«
»Am ersten Juni«, antwortete Bonner.
»Ich habe mir immer eine kleine Schwester gewünscht«, sagte Indy mit einem sehnsüchtigen Lächeln. »Besonders, wenn mein Bruder gemein zu mir war. Und das war er meistens.«
»Ich schenke dir Martine«, bot Bonner an.
Indy lachte. »Danke, aber ich habe deine Schwester kennengelernt, weißt du noch? Natürlich ist sie niedlich und sehr, sehr lieb, aber sie ist ...«
»Eine Nervensäge!« beendete Bonner ihren Satz. »Sie läuft mir nach wie ein kleiner Hund.«
»Und du liebst es«, gab sie mit einem wissenden Lächeln zurück.
Es stimmte, er hatte es gern. Aber es gab auch Zeiten ...
Indy stand vom Schoß ihres Mannes auf und ging in Richtung Küche. »In fünf Minuten steht das Essen auf dem Tisch.«
Bonner schlug das Buch zu und griff nach einem anderen, während seine Gedanken zurückwanderten zu einem Moment vor einigen Stunden, als Ginny Sinclair ihren Finger in seine Brust gebohrt hatte.
Genau wie Indy vor ein paar Minuten. Gedankenverloren rieb er sich das Kinn, während sein Blick Indy in die Küche folgte.
Das Tischgespräch drehte sich um Gouverneur Saffords Rede, die im *Citizen* gedruckt erschienen und zur gleichen Zeit am

Samstagnachmittag bei der Versammlung der sechsten Legislative ausgeliefert worden war. Die Versammlung hatte am anderen Ende der Stadt in einem Warenhaus stattgefunden, das dem Territory als Regierungsgebäude diente.

Da Bonner und Jim dienstlich unterwegs gewesen waren, als die Rede gehalten wurde, las Indy ihnen Teile daraus vor. Dann machte sie eine Pause, um etwas zu verschnaufen und ein paar Bissen zu sich zu nehmen.

Jim trommelte mit den Fingerspitzen auf die Tischplatte. »Es ist schwer zu sagen, ob Safford den Reservatsplan der Friedenskommission befürwortet oder verurteilt.«

Indy sah zwischen ihren Wimpern hindurch auf. »Wenn ihr meint, das sei verwirrend, dann hört euch erst mal das hier an. Hier steht, er glaube, daß die Coyoteros und die Mojave-Apachen ernsthaft Frieden wollen. Im Juni, als er ihr Reservat besuchte, stellte er fest, daß sie sehr arm waren und keinen Samen zum Pflanzen hatten, außer dem bißchen, das ihnen von den militärischen Behörden zur Verfügung gestellt worden war. Er gibt zu, daß die Indianer keine andere Wahl hatten, als das Reservat zu verlassen, um Wild zu jagen.«

»Mit anderen Worten«, warf Bonner ein, »wenn sie das Reservat nicht zum Jagen verlassen hätten, wären sie verhungert.«

»Genauso klingt es«, pflichtete Jim bei und legte mit einem Scheppern seine Gabel nieder. »Ich möchte mal ein paar ausgewählte Regierungsbeamte sehen, wie sie versuchen, für eine Weile von den Nahrungsrationen der Apachen zu leben.«

Offensichtlich frustriert fuhr Jim sich mit den Fingern durch das Haar.

»Soll ich weiterlesen?« Indy sah von einem zum anderen. Bonner nickte. »Ich glaube, ich weiß, worauf das hinausläuft, aber lies es mir trotzdem vor«, bat er und stützte sich mit den Ellbogen auf den Tisch.

»Hier steht: ›Seitens der Siedler gibt es viel Unzufriedenheit und ungute Gefühle, weil sie glauben, daß Teile dieses Stammes sich mit marodierenden Banden gegen sie zusammentun und, sobald ihr schändliches Werk getan ist, in ihre Reservate zurückkehren, wo sie sicher sind.‹«

Bonner gab einen verächtlichen Laut von sich, lehnte sich dann in seinem Stuhl zurück und starrte an die Zimmerdecke.

»Laßt mich noch diesen letzten Teil hier lesen«, meinte Indy und suchte die Textstelle. »›Eine weitere Quelle des Unbehagens stellt für die Siedler in der Nachbarschaft des Reservats der Umstand dar, daß die Grenzlinien des alten Reservats durch ein Gutachten mit Regierungsbefugnis erweitert wurden, so daß viel wertvolles Farmland der Siedler, die sich in gutem Glauben in der Nähe des Reservats niedergelassen haben, jetzt zum Reservat gehört.‹« Sie sah mit traurigen Augen auf. »Da steht noch mehr, aber es ist mehr oder weniger sinnlos, es zu lesen.«

»Die White Eyes werden niemals zufrieden sein«, stieß Bonner in bitterem Ton hervor. In solchen Situationen lief er Gefahr, sein Ziel, seine Vision aus den Augen zu verlieren, wenn er die Rolle, die er für sich gewählt hatte, hinterfragte. Er war ein Dolmetscher – jemand, dem die Apachen vertrauen konnten; er würde nicht nur ihre Worte, sondern auch die Bedeutung dahinter übersetzen. Er konnte dolmetschen, bis er schwarz wurde, und es würde den Apachen nicht helfen. Am Ende würden die White Eyes genau das bekommen, was sie von Anfang an gewollt hatten – die Auslöschung des Volkes der Apachen.

Das einzige, was Bonner davon abhielt, seine Ideale aufzugeben, war die Lektion, die er vom Windgeist gelernt hatte. *Ein Friede, der nichts kostet, wird die Menschen nichts lehren.* Wind hatte ihn ermahnt, Geduld und Toleranz zu üben, und hatte ihm ein starkes *diyi* gegeben – Macht gegen Feinde – die wahre Kriegsmacht, die den Apachen helfen würde.

»Safford ist raffiniert, das muß man ihm lassen. Er tut alles, um bei beiden Seiten Anklang zu finden«, erklärte Jim. »Auf der einen Seite spricht er die Humanitätsapostel aus dem Osten an, die möchten, daß das Militär die Apachen in die Reservate lockt. Auf der anderen Seite spricht er die Leute im Territory an, die behaupten, Reservate seien nicht mehr als Nachschublager und Unterschlupfe, wo die Apachen sich ausruhen können, bevor sie sie wieder verlassen, um noch mehr Greueltaten zu begehen.«

Indy sah mit großen und besorgten Augen ihren Ehemann an.

»Es muß doch einen Mittelweg geben, irgend etwas dazwischen.«

»Crook«, äußerte Bonner so plötzlich, daß seine Gastgeber überrascht waren.

Jim warf ihm einen verstehenden Blick zu. »Du glaubst, General Crook ist der Mittelweg?«

Bonner nickte. »Crook macht keine Show. Er glaubt wie wir, je länger die Apachen mit den White Eyes im Krieg liegen, desto mehr Menschen werden getötet.«

»Es gibt tatsächlich Gerüchte von einem Vorschlag, ihn hierherzuholen«, gab Jim zu. »Aber bis jetzt ist es nur Gerede. Nach seinen Worten ist er der Indianerkriege überdrüssig, weil sie nur harte Arbeit bedeuten ohne entsprechende Resultate. Davon abgesehen mag er das Klima nicht.« Jim legte seine Gabel hin. »In der Zwischenzeit haben wir Stoneman. Er ist ein guter Mann, wenn auch ein wenig naiv.«

Indy blickte auf die Zeitung hinunter und schüttelte den Kopf.

»Was ist?« fragte Jim.

Sie sah ihn mit finsterem Gesicht an. »Ich kann nicht glauben, daß Gouverneur Safford tatsächlich eine Bürgermiliz empfiehlt. Ist das nicht etwa so, als ob man das Gesetz selbst in die Hand nimmt?«

Bonner verschränkte die Arme über der Brust. »Das Gesetz des weißen Mannes ist nicht auf Apachen anwendbar, Indy.«

»Ich dachte, das Schlimmste davon hätten wir schon hinter uns«, meinte sie, faltete die Hände über ihrem Bauch und streichelte ihn. Die Geste wirkte seltsam beschützend, und Bonners Eingeweide krampften sich zusammen. »Aber es scheint nur immer noch schlimmer zu werden. Hört das denn niemals auf?«

»Mit der Zeit wohl doch«, mutmaßte Jim, während er seinen Teller wegschob. »In der Zwischenzeit kenne ich ein Apachenproblem, das sofort gelöst werden kann.« Er zog die Zeitung unter Indys Arm hervor, knüllte sie zusammen und warf sie in das offene Kaminfeuer. »Das ist in etwa das einzige, wozu sie taugt.«

»Vielleicht geht der neue Herausgeber der *Sun* mit weniger Vorurteilen an die Sache heran«, schnitt Bonner ein neues Gesprächsthema an. »Das heißt, wenn er nicht bereits von den örtlichen Händlern oder Politikern gekauft worden ist.«

Indy sah überrascht auf. »Er ist da? Hast du ihn kennengelernt?«

»Ich bin immer noch der Meinung, Tucson braucht eine dritte Zeitung so nötig, wie ein Hund Flöhe braucht«, gluckste Jim in sich hinein. »So, wie die Dinge stehen, ist es nur noch eine Frage der Zeit, bis der *Arizonan* seine Druckerpresse zusammenpackt.«

»Also, wer hat die *Sun* gekauft?« bohrte Indy weiter und sah Bonner erwartungsvoll an.

»Sam Sinclair. Er kam mit der Samstagnachmittagskutsche in die Stadt. Man sagt, er sei schon lange Zeit im Zeitungsgeschäft, früher als Frontberichterstatter, später als Redakteur.«

»Das hört sich jedenfalls so an, als ob er kompetent sei«, bemerkte Jim. »Trotzdem wird er ziemlich arbeiten müssen, um mit Wasson konkurrieren zu können.«

Indy stand auf und stellte die Teller zusammen. »Hat er eine Frau?«

»Es sind anscheinend nur er und seine Tochter, Ginny.« Sobald er es ausgesprochen hatte, bombardierte Indy ihn mit weiteren

Fragen. Bonner mochte es gar nicht, ausgefragt zu werden, aber weil es Indy war, die fragte, beklagte er sich nicht. Als sie schließlich fertig war, wußte sie alles, was er über Sam und Ginny Sinclair wußte.

Vielleicht nicht alles, korrigierte er sich stillschweigend. Seine Gedanken wanderten zurück zu der Szene vor dem Congress Hall Saloon, als er ihr den Hund abgenommen hatte, und später, als sie nach ihm gegriffen hatte, um das Gleichgewicht zu halten.

»Ich glaube, ich werde Miss Sinclair einen Besuch abstatten und sie in unserer Stadt willkommen heißen«, unterbrach Indy seine Erinnerungen. »Ist sie hübsch?«

Bonners Blick glitt zu Jim, der versuchte, sein Lachen zu verbergen. Er wandte sich Indy wieder zu. »Ich denke, man könnte sie hübsch nennen«, antwortete er schulterzuckend.

Gewöhnlich war er kein Mann vieler Worte, aber Indy verstand es, ihn zum Sprechen zu bringen. Er hatte so ziemlich alles gesagt. Wenn der Apfelkuchen nicht gewesen wäre, hätte er eine Ausrede gefunden und wäre zum Saloon hinübergegangen, um das Glas auszutrinken, bei dem er gewesen war, als er gehört hatte, wie Ginny Mulligan bat, ihr den Hund zu überlassen.

Er machte sich im Geiste eine Notiz, morgen bei ihr vorbeizuschauen, um zu sehen, wie es dem Hund ging. Trotz ihrer Mühe könnte es sein, daß ihr jemand helfen mußte, den Hund einzuschläfern.

»Ein Stück Kuchen für deine Gedanken«, holte Indy ihn zurück.

»Das sind sie nicht wert, glaub mir.«

»Ich wette, sie drehen sich um Ginny Sinclair«, wagte sie sich vor. »Erzähl mir noch mehr, wie ist sie?« Indy schnitt ihrem Mann ein großzügiges Stück Kuchen ab, legte es auf einen Teller und stellte ihn vor ihn hin. Dann sah sie Bonner an, machte aber keine Anstalten, ihm ein Stück abzuschneiden.

Bonner wußte, was Bestechung ist, und er war sich auch im klaren darüber, daß Indy wußte, er würde für ein Stück ihres Apfelkuchens so ziemlich alles tun. Er dachte einen Moment nach. »Sie ist dir sehr ähnlich.«
»Wirklich? Wie das?«
Sie teilte ein großes Stück Kuchen ab.
Bonner lief das Wasser im Munde zusammen.
»Sie will den Wilden Westen zähmen und alle, die dazugehören.«
Indy korrigierte die Position des Messers und schnitt ein Stück ab, das entschieden kleiner war als das, das sie ihrem Mann gegeben hatte. »Aha.«
Ihr Kommentar war kurz und bündig. Wie sein Kuchenstück. Sie servierte ihm die Scheibe, nahm dann die Kuchenplatte und trug sie in die Küche zurück.
Bonner sah auf seinen Teller. »Frauen!«
»Wenn es um Frauen geht, hast du noch eine Menge zu lernen, mein Freund.« Jim spielte den weisen Ratgeber.
»Ich muß noch viel lernen?« lachte Bonner. »Ich habe bisher nicht halb so viele Fehler gemacht wie du.« Er sah Indy mit der Kaffeekanne zurückkommen, und das erinnerte ihn an einen Fehler, von dem Jim ihm einmal erzählt hatte – einen sehr großen Fehler.
»Kaffee?« fragte Indy und hielt die Kanne über Bonners Tasse bereit.
»Bitte«, würgte Bonner hervor und lehnte sich vom Tisch weg, während Indy einschenkte. Er warf Jim einen Seitenblick zu und hatte ein wachsames Auge auf die Kaffeekanne.
Jim warf Bonner einen taxierenden Blick zu. »An deiner Stelle würde ich den Mund halten.«
Bonner kräuselte eine Augenbraue. »Ich habe nur deine Seite der Geschichte gehört. Vielleicht könnte ich eine Erkenntnis gewinnen, wenn ich die andere Seite auch hören würde«, neckte er Jim und genoß sein offensichtliches Unbehagen.

»Frauen sind seltsame Wesen. Als Mann kann man alle Hilfe brauchen, die man kriegen kann.«
Indy machte Bonners Tasse voll und ging dann hinter ihm vorbei zu Jims Platz. »Ich habe anscheinend etwas verpaßt. Welche Frauen sind seltsame Wesen?«
Jim senkte die Augen und vermied den fragenden Blick seiner Frau.
Indy sah von einem zum anderen. »Jim? Wovon sprecht ihr zwei denn?« Ihre Stimme klang mißtrauisch.
»Nichts, Indy. Gieß einfach den Kaffee ein, bevor du ihn verschüttest wie damals ...«
Indy schnappte nach Luft.
»Jim Garrity! Du hast geschworen, nie mehr davon zu sprechen.« Sie guckte zu Bonner, der nicht anders konnte, als zu lächeln. Das war tatsächlich der Moment, auf den er gewartet hatte. »Du hast es Bonner erzählt, stimmt's?« Sie stellte die Kanne so ruckartig auf den Tisch, daß heißer Kaffee herausschoß.
»Es war ein langer Tag, und er brauchte etwas Aufheiterung«, räumte Jim ein und warf Bonner einen bösen Blick zu.
Indy verdrehte die Augen. Als Jim den Kopf schüttelte, wandte sie sich an Bonner. »Ich weiß nicht, was er dir erzählt hat, aber du mußt wissen, daß nichts davon passiert wäre, hätte er mir geradeheraus gesagt, daß er kein Apache war. Er war wie ein Krieger angezogen. Mein Vater lud ihn zu uns ein, um mit ihm zu verhandeln. Ich wollte, daß er sich wohl fühlt, also bot ich ihm einen Stuhl an. Als er sich nicht setzte, nahm ich an, er verstünde kein Englisch und ...«
»Sie zeigte mit dem Finger auf mich«, unterbrach Jim, »und sagte ›du‹.« Jim stand auf und stellte sich mit einem breiten Grinsen im Gesicht neben seinen Stuhl. »Dann machte sie so.« Er tätschelte die Luft gerade über der Sitzfläche. »Und sagte ›Sitzen!‹ Als ob ich ein Hund wäre!«
Indy war entsetzt. »Jim Garrity!«
»Und dann«, fuhr Jim fort und setzte sich wieder, »brachte sie

eine Kanne Kaffee heraus. Genau so eine wie die da«, erzählte er und zeigte auf die blaugefleckte Kanne. »Bis sie schließlich meine Tasse füllte, zitterten ihre Hände so sehr, daß sie alles verschüttete – über den Tisch, über mich, über alles.«

»Richtig«, fiel sie mit triefendem Sarkasmus ein.

»Weil du gerade, als ich einzugießen begann, *in perfektem Englisch* zu mir sprachst. Wenn jemand die Güte gehabt hätte, mich zu informieren, daß du kein Apache warst – aber nein! Du mußtest mich *all* das tun und sagen lassen! Oh«, stöhnte sie. »Ich könnte in den Boden versinken, wenn ich nur daran denke.«

Bonner konnte nicht anders, er mußte laut lachen, als Indy ihre Aussage unterstrich, indem sie hochrot anlief.

Jim sah Bonner von der Seite an und warf ihm eine Bemerkung auf *apache* zu, die ihm eine Grimasse entlockte.

Bonner stand auf. »Ich glaube, ich verabschiede mich jetzt lieber.«

Fünftes Kapitel

Die Stimme der Wahrheit und der Vernunft.

Motto der Tucson Sun

Mit dem Frankenstein-Roman unter dem Arm bedankte Bonner sich bei Jim und Indy und ging in die Nacht hinaus. In nur ein paar Stunden war die Temperatur drastisch gesunken. Es war so kalt, daß es schneien könnte.

Er verfluchte die Kälte in dem Wissen, daß Gianatahs Gruppe ihr Winter-Camp am Arivaipa Creek aufgeschlagen hatte, ohne ausreichend mit Winterdecken und Umhängen versorgt zu sein. Ständige Konflikte zwischen den Blaujacken und der viel größeren Gruppe von Cochise hatten die Leute seines Großvaters den ganzen Sommer und Herbst in Bewegung gehalten, um Schwierigkeiten zu vermeiden. Folglich war wenig Zeit zum Jagen und noch weniger zum Präparieren der Häute geblieben.

Bei seinem letzten Ausflug zum Arivaipa Canyon hatte Bonner zwei Maultiere vollbepackt mit Wolldecken mitgenommen. Aber der alte Mann hatte sie mit der Begründung, sie seien mit dem Geruch der White Eyes behaftet, abgelehnt.

Bonner ging um den Lehmbau herum zum Stall und sattelte sein Pferd. Er nahm seinen Wollmantel aus der Satteltasche und steckte dafür das Buch hinein. Er hatte nicht weit zu reiten, nur ein paar Meilen den Santa Cruz River hinauf zu einem kleinen Pappelwäldchen, das er sich vor ein paar Monaten als

Lagerplatz ausgesucht hatte. Gleich nach seiner Ankunft dort würde er ein Feuer machen und sich für die Nacht niederlassen. Als er durch die Stadt ritt, leuchtete der Mond auf die Straße herunter, die bis auf einige frischgebackene Leutnants, ein paar streunende Hunde und einen wilden Esel, der von einem Futterwagen Heu fraß, verlassen war.

In der Straße brach ein wildes Durcheinander aus, als die unseligen Streuner zu nahe an den Heuwagen kamen. Schreiend, mit flach angelegten Ohren griff der kleine Esel wütend die Hunde an und vertrieb sie.

Ein Stück die Straße hinauf bemerkte Bonner Licht in den Fenstern des Büros der *Tucson Sun.* Als er näher kam, sah er Ginny Sinclair am Schreibtisch sitzen. Während er ihr Profil betrachtete, legte sie ihren Stift hin, richtete sich in ihrem Stuhl auf und drehte ihren Kopf von links nach rechts, als ob sie die steifen Muskeln lockern wollte.

Bonner zog die Zügel an, als er sah, wie sie sich an den Hinterkopf griff und eine Haarnadel aus ihrem Haar zog. Das Pferd blieb stehen. Bonner rutschte im Sattel nach vorne, eine Hand auf seinem Oberschenkel, die andere am Sattelknauf. Sein Blick haftete auf ihrem Profil, und er sah zu, wie sie eine Haarnadel nach der anderen aus ihrem Knoten zog.

Er räusperte sich. Sein ganzes Wesen schien darauf zu warten, daß ihr Haar frei herunterfiel, während *sie* es anscheinend gar nicht eilig hatte. Die Geduld und Selbstbeherrschung, die er als kleiner Junge von seinem Großvater gelernt hatte, verließen ihn jetzt.

Die Zeit schien stillzustehen. Die Main Street und ihre in Mondlicht getauchten Lehmziegelbauten reduzierten sich auf einen einzigen Punkt.

Das Fenster.

Eine Haarsträhne fiel über ihr Ohr.

Bonner schluckte.

Sie neigte den Kopf nach vorne, hielt mit einer Hand den

gelockerten Haarknoten und suchte mit der anderen nach versteckten Nadeln.
Seine Finger krallten sich in seinen Oberschenkel.
Endlich ließ sie los. Ihr glänzendes Haar fiel ihren Rücken hinunter wie Wasser über ein Flußbett. Apachenkriegern wurde beigebracht, alles und jeden wahrzunehmen, und doch hatte er bis vor ein paar Minuten ihr Haar nicht bemerkt. Er fragte sich, wie das möglich war, wie er dieses satte Braun hatte übersehen können – und diese Locken.
Er schüttelte den Kopf, um seine Gedanken zu ordnen. Die Faszination, die er für sie empfand, war beunruhigend. Seit er sich heute nachmittag von ihr verabschiedet hatte, hatte er ständig an sie denken müssen. Und jetzt saß er hier, mitten in der Main Street, auf seinem Pferd und beobachtete sie wie ein junger Lüstling.
Von sich selbst angewidert, lenkte Bonner sein Pferd weg. Er hielt abrupt an, als Ginny aufstand. Sie stemmte die Hände in die Hüften, warf ihren Kopf zurück und streckte sich. Sein Blick fiel von ihrem Haar auf ihre Armee und ihre vorspringenden Brüste.
Sein Mund wurde trocken.
Er war schon von einer Reihe von Frauen bereitwillig verführt worden, und einige waren Expertinnen in der Kunst des Verführens gewesen. Aber was Ginny Sinclair unwissentlich tat, war verlockender als all die Techniken, die jene Expertinnen ihr Leben lang vervollkommneten.

Ginny schloß die Augen, lockerte ihre Schultern und ließ ihren Kopf kreisen. Sie krümmte sich bei dem Geräusch von knackenden Knochen. Sie hatte zu lange am Schreibtisch gesessen, um ein passendes Motto für die Zeitung zu finden. Es hatte sie über eine Stunde gekostet, aber schließlich war ihr eines eingefallen, das vielleicht auch Pa mögen und gutheißen würde. *Die Stimme der Wahrheit und der Vernunft.*

Danach war sie alle Ausgaben des *Citizen* seit seiner Gründung letzten Herbst durchgegangen und hatte sich eine Fülle von Notizen über Inhalt und Format gemacht, wie auch über Schwächen und Stärken der Zeitung. Später würde sie sich einige zurückliegende Ausgaben des *Arizonan* ansehen, der nach Meinung ihres Vaters wegen der politischen Einstellung des Verlegers das Jahr nicht überleben würde.

Es war spät, und sie war müde. Es war ein langer, spannungsgeladener Tag gewesen. Sie langte über den Tisch und machte die Lampe aus.

Die letzte Stunde, oder noch länger, hatte sie dagegen angekämpft, melancholisch zu werden, aber jetzt, in der Dunkelheit und Stille der Nacht, gab sie den Kampf auf ließ sich von der Stimmung einhüllen.

Unerwartete Erinnerungen an Tom tauchten auf. Sie versuchte, sie zu verdrängen, aber sie blieben hartnäckig, bis sie sie schließlich zulassen mußte. Tom, wie er sie bat, ihn zu heiraten. Seine freudige Erregung, als sie ja gesagt hatte. Ihre Körper, wie sie feierlich und voller Freude zusammenkamen. Es war für sie beide das erste Mal gewesen, und es war lustig und innig und wundervoll gewesen.

Das war vor über sechs Jahren geschehen. Ginny hatte gedacht, sie wäre über den schrecklichen Schmerz, den sein Tod verursacht hatte, hinweg, und sie hätte sich damit abgefunden, ihr restliches Leben ohne ihn zu verbringen. Aber jetzt ...

Sie schloß die Augen, kreuzte die Arme und umarmte sich selbst. Im selben Augenblick wußte sie, der Grund für ihre Stimmung war nicht Tom, den sie immer noch liebte und vermißte, sondern daß sie sich danach sehnte, geküßt und berührt zu werden – weil ihr Körper danach lechzte, die wundervolle Leidenschaft wieder zu erleben, die er vor so vielen Jahren in ihr erweckt hatte.

Sie atmete tief ein und legte ihr Kinn auf ihre Schulter. Sie stellte sich vor, sie spürte, wie starke Hände ihre Arme strei-

cheln und über ihren Brustkorb bis zu ihrer Taille glitten. Sie erschauerte und merkte im ersten Moment gar nicht, daß es nicht ihre Vorstellung, sondern ihre eigenen Hände waren, die ihr sinnlichen Genuß verschafft hatten.
Scham und Schuldgefühle überwältigten sie. Sie ballte die Fäuste und versteifte ihre Arme. Sie wünschte sich, sie wäre ein Mann. Wenn ein Mann sich danach sehnte, sein Bedürfnis nach Leidenschaft zu lindern, dann besuchte er einfach ein Freudenhaus. Aber eine Frau – eine achtbare und selbst eine modern eingestellte Frau wie sie – hatte keine solche Möglichkeit.
Das Geräusch galoppierender Pferdehufe zog ihren Blick zum Fenster hinaus. Sie konnte einen Reiter die Straße hinunterjagen sehen.
Bonner Kincade.
Der Schock lähmte ihren Körper. Sie hatte von draußen nichts gehört. War er nur zufällig vorbeigeritten, oder hatte er sie beobachtet? »O Gott!« entfuhr es ihr, und ihr ging noch einmal jede Bewegung durch den Kopf, die sie in den letzten paar Minuten gemacht hatte. Unruhig pochte der Puls in ihrem Hals beim Gedanken daran, wie sie ihren Rücken gebogen und gestreckt hatte. Aber schlimmer war die Erinnerung, wie sie sich umarmt hatte, sich berührt hatte. Sie stöhnte vor Ärger. Warum mußte ausgerechnet er ihren einzigen schwachen Moment mitbekommen?
Verlegen, verwirrt und voller Selbstmitleid eilte sie aus dem Büro ins Wohnzimmer. Sie setzte sich auf den Fußboden und verbrachte die nächsten Minuten mit dem Hund, überschüttete ihn mit ihrer Aufmerksamkeit und versuchte mit aller Macht, nicht daran zu denken, was Bonner Kincade gesehen oder nicht gesehen hatte.
»Vielleicht brauchst du einen Namen«, unterbrach sie ihre Gedanken. Sie legte den Kopf auf die Seite, konzentrierte sich voll auf den Hund und suchte angestrengt nach irgend etwas in

seiner Färbung oder seinen Gesichtszügen, das ihr helfen würde, etwas Passendes zu finden. Sie kraulte ihn hinter den Ohren und schaute in seine Augen. »Solch traurige Augen, so ein trauriges Gesicht.« Sie wollte einen Namen für ihn finden, der eine tiefere Bedeutung hatte. »Ich werde darüber schlafen«, sagte sie zu ihm, während sie ein letztes Mal seinen Kopf tätschelte, und ging dann in ihr Zimmer.

Bis sie in ihr Bett kroch, hatte Ginny nicht daran gedacht, im Schlaf ihren unruhigen Gedanken zu entkommen. Aber er würde sie aus dem Gefängnis ihrer Erinnerungen befreien ... und von den Gedanken an Bonner Kincade.

Sie schloß die Augen und betete um einen tiefen, traumlosen Schlaf.

Montag morgen wachte Ginny erschrocken von einem lauten Bellen auf. Der Hund! Mit klopfendem Herzen griff sie nach ihrem Morgenmantel am Fußende des Bettes, rannte zur Tür und blieb wie angewurzelt auf der Schwelle stehen. Ihr Vater stand mitten im Wohnzimmer, und ihm gegenüber saß der Hund aufrecht und mit gefletschten Zähnen.

Sie erfaßte die Situation schnell und wertete sie als einen Fall von gegenseitiger Überraschung und Furcht. Pa war aus seinem Zimmer gekommen, ins Wohnzimmer gegangen und hatte den Hund erschreckt, der bellte und wiederum Pa erschreckte.

Da sie ihrem Vater die Szene von gestern nacht noch nicht verziehen hatte, entschied Ginny, dem Hund ihre fürsorgliche Zuwendung und ihren Trost zukommen zulassen. Sie schlang den Gürtel des Morgenmantels um ihre Hüften und ging an ihrem Vater vorbei, als ob er gar nicht da wäre.

Als der Hund sie sah, richteten sich seine Ohren auf, und sein Schwanz klopfte auf den Boden. »Du siehst heute besser aus«, meinte sie und bückte sich zu ihm hinunter, bis sie ihm direkt in die Augen sehen konnte. Seine Erholung über Nacht erschien ihr wie ein Wunder. Als er jedoch einen Augenblick

später winselte und sich wieder hinlegte, begriff sie, daß es ihm noch nicht so gutging, wie sie geglaubt hatte.
Hinter ihr räusperte sich ihr Vater. »Ginette? Was tut dieses Tier in unserem Wohnzimmer?«
Ginny stand auf und drehte sich zu ihm um. Sie haßte diese Konfrontationen am Morgen. Daß er niemals auch nur das kleinste bißchen Reue zeigte, machte sie immer ärgerlich, aber dieses Mal war sie richtig wütend. Sie funkelte ihn an. So wie er jetzt aussah – frisch gestriegelt und gewaschen mit noch nassem, zurückgekämmtem Haar und sauber getrimmtem Bart –, würde niemand glauben, daß er derselbe Mann war, der gestern nacht ins Wohnzimmer geschwankt war und sich blamiert hatte.
Über seine metallenen Brillenränder hinweg sah er sie an, und sein Gesichtsausdruck verriet keinerlei Unrechtsbewußtsein.
»Er erholt sich«, antwortete sie reserviert und warf ihm einen tadelnden Blick zu.
»Wovon erholt er sich?«
»Von Unterernährung, Vernachlässigung und Mißbrauch«, stieß sie hervor, unfähig, sich zu bremsen.
»Wo hast du ihn denn gefunden?« fragte er mit unendlicher Geduld.
»Vor dem Congress Hall Saloon.« Der Anblick von Bonner Kincade mit rauchender Pistole in der Hand schoß ihr durch den Kopf. »Ich habe ihn vor einem *Betrunkenen* gerettet, der ihn erschießen wollte, weil er zuviel frißt.« Sie beobachtete ihren Vater, um zu sehen, was ihr Stachel bei ihm ausrichten würde. Er zuckte nicht einmal.
»Zuviel frißt? Na, er besteht doch nur aus Haut und Knochen«, wandte er ein und betrachtete anscheinend eingehend den Hund. »Und was hast du mit ihm vor?« Sein Blick schwenkte zu ihr.
In einem winzigen Augenblick verwandelte sich sein fragender

Gesichtsausdruck in einen wissenden. »Als ob ich das nicht erraten könnte.« Er warf ihr ein schräges Lächeln zu und gluckste dann in sich hinein.
Ginny schluckte und atmete tief ein. Sie brauchte nur zurückzulächeln, und der gestrige Abend würde hinter ihnen liegen – nur eine Erinnerung. Es wäre so leicht vorzutäuschen, daß sie ihm verziehen hatte – genau das hatte sie bisher immer getan. Aber dieses Mal konnte sie nicht und wollte auch nicht. Diesmal spürte sie ganz deutlich, daß sie ihm ihren Ärger und ihre Wut über sein gebrochenes Versprechen und sein Benehmen von gestern abend zeigen mußte.
»Ich behalte ihn natürlich, wenn du das meinst«, erklärte sie etwas trotzig.
Die Heiterkeit wich aus dem Gesicht ihres Vaters. »Das ist ein großer Hund, Ginny. Er wird uns arm fressen. Ganz zu schweigen davon, daß er einen Ort braucht, wo er rennen kann. Er gehört auf eine Ranch.«
»Er gehört zu einem Menschen, der sich um ihn kümmert und ihn liebt.«
»Na gut.« Er rollte mit den Augen. »Ich weiß, wie du bist, wenn du dir etwas in den Kopf gesetzt hast, und offensichtlich willst du unbedingt diesen Hund behalten. Aber erwarte nicht von mir, daß ich ihn füttere oder ausführe.«
Ginny verschränkte die Arme. »Das tu ich nicht. Ich bin allein für ihn verantwortlich.«
Er betrachtete den Hund eingehend. »Er ist ein freundliches Tier. Aber weißt du, er hat etwas an sich, was mich an jemanden erinnert, ich weiß nur nicht an wen.«
Ginny betrachtete das als eine weitere List, um sie über ihren Ärger hinwegzubringen und die Szene vergessen zu lassen, aber sie würde nicht aufgeben.
»Es ist sein Gesichtsausdruck«, meinte er und sah mit zusammengekniffenen Augen den Hund noch genauer an. »Oder vielleicht sind es seine Schnurrhaare. Irgendwie umrahmen sie

sein Gesicht. Ja, es sind die Schnurrhaare – sie sehen aus wie der Backenbart von Horace Greeley.«

»Aber Pa! Wie unmöglich, solch einen Vergleich anzustellen!«

»Nein, nein. Ich meine es nicht abfällig. Horace und ich – na ja, du weißt schon. Wir kennen uns schon sehr lange, und ich würde nie schlecht von ihm sprechen. Aber komm, Ginny, benutz deine Phantasie. Schau dir die Schnurrhaare an! Willst du wirklich behaupten, daß dich das Gesicht nicht an Greeley erinnert?«

Ginny war entschlossen, ihm in keiner Weise entgegenzukommen. Sie ignorierte ihn, ging im Zimmer herum und rückte Dinge gerade, die gar nicht schief waren, nur um irgend etwas zu tun.

Er holte tief Luft und atmete geräuschvoll aus, als ob er seine Niederlage einsah. »Ich glaube, ich gehe wohl besser an die Arbeit. Ich habe eine Zeitung herauszubringen.«

Ginny guckte ihn von der Seite an, während sie ein Spitzendeckchen glättete. »Ja, das stimmt.«

Er nickte, drehte sich um und ging.

Ginny wartete, bis sie die Bürotür hinter ihm ins Schloß fallen hörte, bevor sie ausatmete. Einen Moment hätte sie gern mit ihm gelacht, aber sie war hart geblieben und hatte keinen Punkt abgegeben.

Sie warf sich vor, zugelassen zu haben, daß sein Trinken außer Kontrolle geraten war. Sie hätte schon vor langer Zeit etwas unternehmen sollen, als sie angefangen hatte zu begreifen, was geschah. Das Dumme war nur, sie hatte es damals nicht als Problem erkannt. Sie hatte den Whisky aus medizinischer Sicht betrachtet – als ein Stärkungsmittel, das ihm half, nach dem Tod seiner Frau über den Schmerz hinwegzukommen. Ginny verstand die Art von Schmerz, denn sie hatte erst im Jahr zuvor Tom verloren.

Sie zog sich in die Küche zurück, brachte den Herd in Gang und setzte Kaffee auf. Als nächstes machte sie für den Hund etwas zu fressen und fütterte ihn, während sie auf ihren Kaffee wartete. Daß er sich aufgesetzt und ihren Vater angebellt hatte, war ermutigend.

Sie bekam noch mehr Hoffnung, als er eigenständig Wasser trank und alles fraß, was sie ihm vorsetzte. »Braver Junge«, lobte sie ihn. »Sobald es wärmer wird, gehe ich mit dir nach draußen«, versprach sie ihm, obwohl sie vermutete, daß er wohl kein Wort davon verstand. Sie genoß es jedoch, mit ihm zu sprechen und vorzugeben, daß er sie verstand.

»Weißt du, Pa hatte recht mit deinem Bart. Er erinnert mich tatsächlich an den von Mr. Greeley«, flüsterte sie so leise, daß ihr Vater sie nicht hören konnte. »Vielleicht sollte ich dich so nennen – Greeley!« Ginny lachte hinter vorgehaltener Hand. »Greeley«, wiederholte sie und betrachtete ihn versonnen. »Es paßt.«

Während sie den Namen immer wieder vor sich hin sagte, nur um zu hören, wie er klang, stand sie auf und ging in die Küche zurück. Es war ein guter Name, und noch dazu ein bedeutungsvoller, wenn auch vielleicht nur für ihren Vater. Jedesmal wenn er ihn aussprach, würde er an den Mann erinnert werden, der ihn einmal den talentiertesten Frontberichterstatter genannt hatte, den er je kannte. Vielleicht würde ihm der Name des Hundes helfen, sich daran zu erinnern, wer er einmal war und was er immer noch sein konnte.

Ginny saß in der Küche und genoß ihre erste Tasse Kaffee. Die zweite nahm sie mit in ihr Zimmer und trank sie, während sie sich wusch und anzog. Es war noch nicht ganz acht Uhr, als sie fertig war und ins Büro ging.

Ihr Vater saß am Schreibtisch und studierte ihre Notizen. Als sie hereinkam, sah er auf. »Diese Notizen von dir, Ginny, die sind wirklich recht bemerkenswert. Mir war gar nicht bewußt gewesen, daß du so viel über das Zeitungsgeschäft weißt.«

Zu jeder anderen Zeit wäre das Kompliment für sie eine große

Genugtuung gewesen. Aber jetzt machte es sie lediglich mißtrauisch. »Alles, was ich weiß, habe ich gelernt, indem ich dir zusah und zuhörte«, erklärte sie nüchtern.
Trotz ihrer Sachlichkeit schien er über ihre Äußerung überrascht. Er wurde rot und sah auf ihre Notizen. »Du hast ausgezeichnete Arbeit geleistet bei der Analyse der Stärken und Schwächen des *Citizen*«, fuhr er eilig fort. »Trotz all seiner Beredsamkeit fehlt Wassons Artikeln tatsächlich irgend etwas Literarisches, obwohl ich nicht genau meinen Finger darauf legen kann. Die Mehrheit der Artikel scheint politisch inspiriert zu sein. Und du hast recht, es gibt kaum etwas, was für Frauen interessant wäre. Nur oberflächliche Kenntnis gesellschaftlicher Neuigkeiten, fast nichts über Abstinenz oder Frauenwahlrecht und keine Fortsetzungsgeschichten von der Art, wie du sie schreibst.«
Er zögerte einen Moment, bevor er aufsah. »Ich weiß, ich sollte dich nicht darum bitten, weil du schon so viele andere Arbeiten übernommen hast. Aber meinst du, du könntest vielleicht Zeit finden, eine wöchentliche Kolumne zu schreiben? Eine, die speziell auf Frauen abzielt, mit Artikeln über Frauenwahlrecht, die Abstinenzbewegung, Mode, gesellschaftliche Nachrichten, was immer du für wichtig hältst.«
Freudige Erregung sprudelte in Ginny hoch, aber sie zwang sich, es sich nicht anmerken zu lassen, weil sie fürchtete, es sei nur eine weitere Masche, um sie auf seine Seite zu ziehen. Hin- und hergerissen zwischen ihrem Entschluß, ihm eine Lektion zu erteilen, und ihrem brennenden Wunsch zu schreiben, konnte sie ihn nur anstarren.
Eine Fülle von Emotionen spielte über sein Gesicht, die alle sehr aufrichtig zu sein schienen. Es war seine Aufrichtigkeit, die ihr half, ihre Angst loszulassen. »Bitte. Du könntest mich wenigstens darum bitten.«
Er stand vom Schreibtisch auf und ging zu ihr hinüber. »Ich bitte dich nicht nur, Liebes, ich flehe dich an. Die *Tucson Sun*

braucht eine Frauenkolumne, und du bist die einzige, die sie schreiben kann.«

»Ich mache es«, sagte sie mit Tränen in den Augen.

»Ich meine, wir könnten auch einige deiner Fortsetzungsgeschichten wieder abdrucken, besonders die Joaquin-Murietta-Geschichte, die du für den *Alta California* damals geschrieben hast. Wegen unseres beschränkten Platzes müßten wir sie über etwa acht Wochen laufen lassen, um alles abdrucken zu können, aber ich glaube, es ist etwas, was sowohl Männern als auch Frauen gefallen würde.«

»O Pa.« Sie nahm seine Hand. »Ich hatte eigentlich gestern vorgehabt, dich zu fragen, ob du mich möglicherweise für die Zeitung schreiben lassen würdest, aber dann wurden wir unterbrochen.«

»Ja, das stimmt.« Er senkte den Kopf, um sie dann flehentlich anzublicken. »Ich muß dir etwas sagen ... erklären.«

»Es gibt nichts, was entschuldigen könnte, daß du dein Versprechen mir gegenüber gebrochen hast. Das kann ich dir auf keinen Fall verzeihen.«

Er rieb sich das Kinn. »Ich kann es dir nicht verdenken, aber nimm bitte zur Kenntnis, daß ich es nicht absichtlich getan habe. Wasson lud mich ein, mit ihm im Saloon einen zu trinken, und ich konnte nicht ablehnen, Ginny. Ich habe dir bereits erzählt, daß ich ihn schon kannte, als er noch in Oakland arbeitete. Er meinte, er wolle mir einen praktischen Rat geben.«

Ginny hatte sich inzwischen an die wachsende Liste der Entschuldigungen von ihrem Vater gewöhnt Erst schob er sein Trinken auf den Verlust seiner Frau, dann auf den Verlust seiner Arbeitsstelle und zuletzt auf die Gegend, in der sie lebten. Es hatte immer einen logischen und stichhaltigen Grund für seinen Alkoholkonsum gegeben, und obwohl sie wußte, daß es auch diesmal nicht anders war als sonst, hörte sie zu.

»Welchen Rat gab er dir denn?« hörte sie sich fragen.

»Er meinte, wenn ich schlau wäre, würde ich die Druckerpresse der *Sun* und die ganze Ausrüstung zusammenpacken und in eine andere Stadt verfrachten, wo es nicht soviel Wettbewerb gibt.«

»Und was hast du ihm geantwortet?«

»Ich erklärte ihm, daß ich mich nicht vor Konkurrenz fürchte und daß ich keinerlei Absicht habe, zusammenzupacken und in eine andere Stadt zu gehen.«

Ginny seufzte erleichtert. »Was hat er darauf geantwortet?«

»Nichts. Er spendierte mir noch einen Drink, und wir tranken auf den geschäftlichen Wettbewerb. Dann ging er.«

»Aber du gingst nicht. Du bist geblieben und hast ein drittes Glas getrunken. Und ein viertes.«

»Ich machte mir Sorgen.«

»Schnaps löst keine Probleme, Pa, er verursacht sie!«

»Ich mußte daran denken, wieviel auf dem Spiel stand und ...«, er brach ab und begann noch einmal, »... was aus uns werden sollte, wenn ich es nicht schaffen würde.«

»Du wirst es schaffen. Du hast selbst zugegeben, daß du ein verdammt guter Zeitungsmann bist. Und das stimmt auch. Du mußt an dich glauben.«

»Es tut mir leid, wenn ich schwierig war.«

Ginny ließ ihre Arme fallen. »Schwierig? Was du getan hast, nennst du *schwierig?*«

»Ich weiß, ich muß wohl etwas unvernünftig werden, wenn ich ein, zwei Schnäpse habe.«

»Pa!« Sie starrte ihn an. »Du erinnerst dich wohl nicht mehr an das, was du getan hast, wie?« fragte sie ungläubig.

»Natürlich erinnere ich mich. Ich habe mein Versprechen gebrochen.«

»O Pa! Glaube mir, du hast viel mehr getan, als nur dein Versprechen zu brechen.« Es war ihr nie in den Sinn gekommen, daß er sich nicht an das erinnerte, was er getan hatte. Aber das erklärte, warum sein Gesichtsausdruck und sein Verhalten

niemals Schuldbewußtsein widerspiegelte und er niemals Reue zeigte. Sie überlegte, ob sie ihm erzählen sollte, wie schwierig er wirklich gewesen war, wie sehr er sich blamiert hatte, wie grob und unvernünftig er gewesen war; wie er versucht hatte, Bonner Kincade zu schlagen, und dann bewußtlos geworden war. Aber sie verwarf den Gedanken. Er würde ihr wahrscheinlich ohnehin nicht glauben.
»Ich weiß nicht, ob das gut oder schlecht ist«, gab er zurück. »Über manche Dinge spricht man besser nicht. Also, wollen wir nicht unsere Werbeschrift besprechen? Danach kannst du mir helfen, Greeley nach draußen zu bringen.«
»Greeley?«
»Den Hund«, half Ginny nach.
Ihr Vater hob seine Augenbrauen. »Du hast den Hund Greeley genannt?« Sie nickte, und er brach in schallendes Gelächter aus.

Sechstes Kapitel

Ankündigung

Wir bieten den Einwohnern des Arizona Territory diese erste Ausgabe der *Tucson Sun* an, die jeden Samstag veröffentlicht werden soll. Zusätzlich zur Berichterstattung über lokale Angelegenheiten in Spanisch und Englisch werden wir Nachrichten aus aller Welt bringen, einen Finanz- und Wirtschaftsteil, Börsenberichte und Aktienkurse, Vergnügungen, Artikel, die für Frauen von Interesse sind, und eine Fortsetzungsgeschichte. Wir werden uns bemühen, alle neuen Quellen zu verifizieren, und wir garantieren politische Neutralität.

Tucson Sun

Der Tag war noch kaum angebrochen, als Bonner ins Camp-Lowell-Reservat ritt. Gestern abend hatte er beschlossen, Tucson für eine Weile zu verlassen, und nun mußte er Colonel Dunn wissen lassen, daß er für die nächsten paar Wochen nicht zur Verfügung stand.

Es war Zeit für ihn, nach Hause zu reiten und dort nach dem Rechten zu sehen – zu erfahren, wie es seinem Vater ging, und dafür zu sorgen, daß Martine keine Dummheiten machte.

Außerdem war es nicht ratsam, in Tucson herumzulungern, ohne etwas zu tun zu haben, wie die gestrigen Ereignisse bewiesen hatten. Es war zu schwierig, Unannehmlichkeiten zu vermeiden. Da er ein Halbblut war, störten sich die Leute

gewöhnlich an seiner Gegenwart, egal, wo er war oder was er tat. Handgreiflichkeiten würden sich nicht vermeiden lassen.
So oder so, niemand hatte jemals mehr als einmal eine Waffe auf ihn gerichtet; das war eine Tatsache, die inzwischen für seinen Geschmack ein wenig zu bekannt wurde. Viel von seinem Können verdankte er seinem .44er Kaliber Remington-Revolver, den er sich hatte maßschneidern lassen, als er das letzte Mal Logan besucht hatte. Er würde von jetzt an mit seinen Herausforderern etwas nachsichtiger umgehen müssen, so wie mit Mulligan. Er wollte nicht den Ruf bekommen, die Hand schnell am Schießeisen zu haben. Jeder Revolvermann im Territory wäre dann hinter ihm her, um ihn zu töten.
Der Gedanke ans Sterben beunruhigte Bonner nicht. Aber er fürchtete, er würde nicht lange genug leben, um sein Versprechen seinem Volk gegenüber zu halten.
Er zügelte sein Pferd und ließ es in Schritt fallen. Camp Lowell lag in der nordwestlichen Ecke eines knapp eineinhalb Quadratkilometer großen Reservats. Es hatte eine gute Lage auf kiesigem Tafelland, frei von Buffalogras und Beifuß, weniger als eine Meile östlich von Tucson entfernt. Damit lag es so weit vom Bett des Santa Cruz River entfernt, daß es nach allgemeiner Ansicht frei von Malaria war.
Etwa hundert Mann waren dort zur Zeit stationiert, jeweils eine Kompanie Infanterie und eine Kavallerie. Sie stellten Begleitschutz für zivile Reisende und Wagenkolonnen, die sich über die Überlandroute direkt im Süden des Postens bewegten, und hielten die elfköpfigen Vorposten in Cienega de las Pimas und Tres Alamos. Sie dienten den Camps der Umgebung auch als Versorgungsdepot, dessen Vorräte per Vertrag oder in Tucson auf dem offenen Markt gekauft wurden.
Bonner ritt an dem Wachhaus aus Lehmziegeln vorbei, das das einzige richtige Gebäude im Lager war. Südlich des Exerzierplatzes gab es zwei vollkommen gerade Reihen von Zelten, die

von Rekrutierten bewohnt wurden. Er mußte darüber lachen, wie sie Seite an Seite aufgereiht standen, wie Flaschen auf einem Zaun.
Genau diese Art von peinlicher Sorgfalt in der Ausführung von Befehlen, Berücksichtigung von Konventionen und Durchführung von Schlachtplänen und Strategien, die vor langer Zeit für eine ganz andere Art von Feind entwickelt worden waren, trug dazu bei, die Grenzarmee den Apachen gegenüber so wirkungslos zu machen.
Den Apachen halfen ihr Mangel an Struktur, ihre Flexibilität und ihre Unberechenbarkeit, den Blaujacken erfolgreich auszuweichen. Der Versuch, die US-Army davon zu überzeugen, daß sie etwas anders machen mußte als bisher, kam jedoch dem Versuch gleich, einen militanten Abstinenzler davon zu überzeugen, daß Whisky seine Vorzüge habe.
Bonner ließ sein Pferd in einem kleinen Pappelwäldchen. Die Zelte der Offiziere wurden von hohen mexikanischen Hütten geschützt. Er meldete sich bei dem Gefreiten, der vor Colonel Dunns Quartier Wache stand.
»Kommen Sie nur herein«, übertönte Dunn die Stimme des Gefreiten. Bonner schob die losen Enden der Zeltplane beiseite und trat ein. Trotz der frühen Stunde machte Dunn den Eindruck, als ob er schon einige Zeit wach war. Er saß an seinem Schreibtisch in sauber gebürsteter Uniform, an der die polierten Knöpfe wie Gold-Nuggets glänzten. Ohne von seinen Papieren aufzuschauen, winkte er Bonner zu einem dreibeinigen Hocker vor seinem Schreibtisch. »Ich bin gleich soweit«, bemerkte er, während er offensichtlich dringend die Arbeit, mit der er beschäftigt war, abschließen wollte.
Bonner betrachtete lange die Inneneinrichtung des Zeltes. Als Steilwandzelt war es beträchtlich größer als die Zelte der einfachen Soldaten, aber fast genauso eingerichtet – mit einem schmalen Feldbett einen guten halben Meter über dem Boden, einem kleinen Feldtisch und einer Feldkiste. Das Bettzeug lag

eingerollt am Kopfende der Pritsche, um ungebetene tierische Gäste daran zu hindern, hineinzukrabbeln. Banner verglich das Zelt mit einem *wikkiup* der Apachen und stellte fest, daß das *wickiup*, so simpel es auch war, bei weitem bequemer und ruhiger war. Zum Beispiel flatterte und klapperte es nicht so im Wind wie ein Zelt.

Der einzige Vorzug, den das Zelt hatte, war der Feldkocher, der mitten auf dem Holzfußboden stand. Trotz seiner geringen Größe strahlte er eine Wärme aus, die an diesem Morgen besonders guttat, und außerdem hielt er die Kaffeekanne warm.

Bonner überlegte sich, ein paar dieser kleinen Kocher zu kaufen und sie zur Rancheria seines Großvaters hinauszubringen, damit sie die *wickiups* wärmen konnten, aber dann besann er sich eines Besseren, als ihm klar wurde, daß Gianatah auf die Kocher genau wie auf die Decken reagieren würde.

Die Feindseligkeit seines Großvaters den White Eyes gegenüber war typisch – wenn auch nicht ganz grundlos –, besonders unter vielen der älteren Krieger und Schamanen. Ihr Haß und Mißtrauen machte sie blind gegenüber der Tatsache, daß die Zeiten, in denen die Apachen wie Nomaden lebten, vorbei waren. Sie konnten nicht mehr wie der Wind umherziehen.

Schließlich legte der Colonel seine Papiere zu einem sauberen Stoß zusammen und beschwerte sie mit einem Stein. »Ich bin froh, daß Sie hier sind. Es gibt etwas, was ich mit Ihnen besprechen will. Aber zunächst – was bringt Sie zu so früher Stunde hierher?« Dunn war ein schmächtiger Mann mit scharfen und kantigen Gesichtszügen, die ihn unglücklich aussehen ließen, selbst dann, wenn er es gar nicht war. Bei ihrem ersten Zusammentreffen vor einigen Monaten hatte Bonner von Dunn den Eindruck gehabt, er sei ein Offizier, der sehr viel Wert auf Heeresdienstvorschriften legte, aber jetzt, nachdem er ihn schon auf mehreren Erkundungsritten begleitet hatte, wußte er es besser.

»Ich verlasse Tucson für ein paar Wochen. Ich muß mich um einige persönliche Dinge kümmern.«
»Haben einige dieser *Dinge* vielleicht damit zu tun, Lahte aufzuspüren?« fragte Dunn und sah Bonner forschend an.
Der Mann konnte seine Gedanken lesen. »Vielleicht«, gab Bonner zurück.
»Gibt es etwas, was Sie mir über den Überfall auf die Wagenkolonne erzählen wollen?«
Bonner beugte sich nach vorne. Da das Thema angeschnitten war, würde er herausfinden, was Dunn dachte. »Es kommt mir merkwürdig vor, daß Lahte es riskieren würde, so weit nach Süden zu kommen, während Cochise unterwegs ist, um ihn zu töten.«
»Ja, das sehe ich ebenso. Und weiter?« ermunterte ihn der Colonel.
»Von den zehn Fuhrmännern waren fünf neu angeheuert, allesamt jung und unerfahren. Für sie war es das erste Mal, daß sie Apachenland betraten.«
Der Colonel zog eine Augenbraue hoch. »Das habe ich nicht gewußt. Sie wären keine große Hilfe, wenn es darum geht, einen Überfall abzuwehren, nicht wahr?« Es war eine Frage, die keiner Antwort bedurfte. Dunn dachte einen Moment nach. »Sonst noch etwas?«
»Die Fracht war nicht sehr wertvoll – Mehlfässer, Säcke mit Reis, Kartoffeln, Maismehl, einige Ballen Musselin und Kattun ... und zweiundzwanzig Sharps-Karabiner mit Munition. Das war Army-Überschuß, von einer Gruppe Bergarbeiter in Santa Rita extra bestellt.«
Der Colonel atmete tief durch. »Möglicherweise ist das alles Zufall.«
»Möglicherweise, aber irgendwas sagt mir, daß es kein Zufall ist.«
»Sie wissen, daß nach Andeutungen von General Stoneman in Wirklichkeit gewisse Händler die Feindseligkeiten der Indianer veranlassen, um die Truppen im Territory zu halten?«

»Mehr Soldaten, mehr Vertragslieferungen ans Militär, größere Profite«, kommentierte Bonner. »Ich habe noch nicht alle Mosaiksteinchen zusammen, und ich bin mir nicht einmal sicher, ob sie zusammenpassen, aber ich glaube, Lahte könnte einiges erklären – wenn ich ihn finden kann.«

»Sie könnten recht haben, aber ich bete zu Gott, daß es nicht so ist. In jedem Falle möchte ich Sie bitten, Ihre Pläne zu verschieben.« Der Colonel sah ihm direkt in die Augen, als er die Samstagsausgabe des *Citizen* von seinem Schreibtisch nahm. Er hielt sie hoch, damit Bonner sie sehen konnte, und zeigte auf einen Abschnitt, den er deutlich markiert hatte. »Haben Sie die Rede des Gouverneurs gelesen?«

»Mir ist ihr Inhalt bekannt«, antwortete Bonner.

»Gut. Dann wissen Sie von seiner Empfehlung, die Bürger von Tucson sollten eine Miliz von Freiwilligen zusammenstellen, um sich selbst zu schützen?«

»Das ist nicht das erste Mal, daß dieses Thema aufgeworfen wird.«

Dunn sah finster drein und stand auf. »Stimmt. Aber es ist das erste Mal, daß der Gouverneur es offen und offiziell unterstützt. Ich weiß nicht, was Sie denken, aber ich meine, die Wahrscheinlichkeit ist ziemlich groß, daß sie es diesmal tun.« Er sah an Bonner vorbei in die Ferne. »Ich nehme es ihnen nicht übel, wenn sie Heim und Familie schützen wollen, aber wir wissen beide, daß es unter ihnen Fanatiker gibt, die die anderen davon überzeugen wollen, daß die einzige Möglichkeit, sich zu schützen, darin besteht, jeden Apachen zu töten, den sie finden können.«

Bonner verschränkte seine Arme und streckte die Beine von sich.

Colonel Dunn kam hinter seinem Schreibtisch hervor und verschränkte die Hände hinter seinem Rücken. »Sie und ich, wir haben ja schon früher darüber gesprochen«, fuhr er fort. »Sie kennen meine Ansichten, was die Situation der Apachen

anbelangt, und ich kenne die Ihren. Keiner von uns will erleben, daß das Volk der Apachen ausgelöscht wird, aber wir wissen beide, daß es nicht so weitergehen kann wie bisher. Die Leute des Territory werden die Oberhand behalten, und allmählich wird das Problem gelöst werden. Allerdings bezweifle ich, daß die Apachen mit dieser Lösung zufrieden sein werden.«
Bonner war derselben Meinung wie Colonel Dunn. Vor ein paar Jahren hätte ihn das vielleicht niedergeschmettert, aber jetzt nicht mehr. Der Geist des Windes hatte ihm das Wissen um sein Ziel geschenkt – den Grund für sein Dasein, der darin bestand, den Apachen zu helfen, die kommenden Veränderungen anzunehmen, und ihnen eine neue Lebensweise beizubringen.
»Ich kenne Ihre offizielle Position bei der Army, Kincade«, begann der Colonel. »Sie sind ein ziviler Späher, ein Dolmetscher. Ich habe kein Recht, Sie hier um Ihre Hilfe zu bitten, aber ...«
»Was wünschen Sie von mir?« unterbrach ihn Bonner in der Hoffnung, ihn zum Kern der Sache zu bringen. Der Mann übertraf Martine im Lange-Reden-Halten, und das wollte etwas heißen.
Dunn breitete seine Hände über der warmen Luft aus, die von dem Kocher aufstieg. Er sah zur Seite und fing Bonners forschenden Blick auf. »Ich brauche Sie für eine Weile als mein Auge und Ohr in der Stadt. Ich will wissen, wie die Leute auf den Vorschlag reagieren, sich zusammenzutun und eine Miliz aufzustellen. Mich interessiert, wer am meisten redet. Mir ist klar, daß die Army sie nicht an der Organisation hindern kann, aber ich will nicht überrumpelt werden. Und ich will *nicht,* daß sie der Army in die Quere kommen.«
Bonner dachte darüber nach. Ein Bild von Ginny Sinclair huschte durch seinen Kopf, wie sie am Fenster stand und sich umarmte. Es brachte ihn sogar jetzt, bei Tageslicht, in Versuchung.
In Tucson zu bleiben war genau das, was er nicht wollte, aus

mehr Gründen, als er sich eingestehen wollte. Aber er schuldete Dunn einen Gefallen, weil er eingewilligt hatte, Militärpatrouillen von Gianatahs Rancheria fernzuhalten. Er hatte keine Wahl.

»Eine Woche«, stimmte Bonner schließlich zu. »Ich bleibe eine Woche, aber das ist alles, was ich Ihnen geben kann.«

»In Ordnung«, sagte Dunn und streckte Bonner die Hand hin.

Bonner verließ das Zelt und ritt in die Stadt. Er nahm sich vor, zuerst beim »Shoo Fly«-Restaurant zu halten, und freute sich auf ein Schinken-und-Bohnen-Frühstück von Mrs. Wallen. Das »Shoo Fly« war so gut wie jeder andere Ort, um zu hören, was die Leute redeten, und Mrs. Wallen war sowohl eine verläßliche Informationsquelle als auch einer der wenigen Menschen in der Stadt, die er Freunde nennen konnte.

Es gab noch ein paar Rancher aus dem Tal des San Pedro River, die ab und zu in die Stadt kamen, um Vorräte einzukaufen, und Doc Wilbur, der Bankier, der sich um die finanziellen Angelegenheiten seines Vaters kümmerte. Die Senhoritas im Congress Hall Saloon waren besonders freundlich, und es gab eine, Mercedes, die ihm bei einigen Gelegenheiten ihre Freundlichkeit gratis angeboten hatte. Und dann gab es noch Jim und Indy – ihre Freundschaft war für ihn am wertvollsten.

Am Ende der Liste dachte er an noch eine Person – Ginny Sinclair. Ginny könnte niemals seine Freundin sein. Das, was er Ginny gegenüber empfand, war kein Gefühl, das man Freunden gegenüber hatte. Gestern nachmittag hatte er daran gedacht vorbeizuschauen, um nach dem Hund zu sehen, aber nach dem Erlebnis von gestern abend hatte er die Idee verworfen. Und jetzt war der Gedanke wieder da und versuchte hartnäckig, das Shoo Fly und Mrs. Wallens Schinken mit Bohnen aus seinem Kopf zu verdrängen.

* * *

Im Laufe des Morgens wuchs Ginnys Vertrauen in die beruflichen Qualitäten ihres Vaters immer mehr. Bis jetzt hatte sie keine Ahnung gehabt, daß er so gut darauf vorbereitet war, ins Geschäft einzusteigen.

Er zog einen Stapel allgemeiner und humoristischer Artikel hervor, die er noch vor ihrer Abreise aus San Francisco geschrieben hatte, und erklärte, daß sie je nach Bedarf als Lückenfüller benutzt werden konnten. Er zeigte ihr mehrere Verträge von pharmazeutischen Firmen und bereits vorbereitete Metallplatten mit Werbung. Die Platten waren in New York hergestellt worden und konnten so, wie sie waren, ohne weitere Setzerarbeit in die Druckvorlage eingefügt werden. Er hatte einen Brief von einem Juristen aus der Gegend von San Francisco, der bei ihm inserieren wollte, und einen aus Sacramento. Er hatte es auch arrangiert, die *Sun* mit einigen Zeitungen aus dem Osten auszutauschen, denen er Regierungsangelegenheiten und Auslandsnachrichten entnehmen würde.

»Ich kann gar nicht glauben, daß du all das fertiggebracht hast, ohne daß ich es mitbekommen habe«, staunte sie und sah ihn bewundernd an.

»Es hat gar nicht soviel Zeit gekostet«, erwiderte er abwehrend. Sam Sinclair war ein bescheidener Mann. Komplimente oder Lob anzunehmen war ihm nie leichtgefallen. »Ich dachte, wir nehmen das gleiche fünfspaltige und vierseitige Format wie der *Citizen*«, meinte er zuversichtlich. »Wir werden über alle Standardthemen berichten: Indianerangelegenheiten, Recht und Ordnung, Bildung, Kirchen und Informationen, die die Stadt betreffen. Das Wichtigste sind der Ton und die Stimmung der Zeitung. Die Leute brauchen ein Gleichgewicht. Für jede Schießerei, jeden Diebstahl oder Indianerüberfall müssen wir etwas Positives zu berichten finden.«

Ginny hatte eine Idee. »Wie wäre es mit einer Kampagne, um die Stadtväter dahin zu bringen, die Straßen regelmäßig auszubessern und zu erhalten? Ich las in einem Leserbrief in einer alten Ausgabe des *Citizen,* daß monatelang nichts an den Straßen gemacht wurde. Wenn es regnet, werden einige dieser Schlaglöcher wie Seen aussehen.«

»Betrachte das als deine erste Hausaufgabe«, sagte ihr Vater zu ihrer Überraschung.

»Bist du sicher?«

»Natürlich bin ich mir sicher. Du müßtest doch jetzt alles über Kampagnen und Feldzüge wissen.« Ginny war klar, daß er sich auf ihren Einsatz für die Frauenwahlrechtsbewegung in San Francisco bezog. »Die erste Ausgabe wird am kommenden Samstag erscheinen«, verkündete er und wechselte elegant das Thema. »Morgen fangen wir an, in den Geschäften Anzeigenkunden zu werben, also zieh dir etwas Nettes an.« Mit einem verschmitzten Glitzern in den Augen hob er die Brauen.

»Pa! Ich glaube nicht ...«

Er legte seinen Finger auf ihre Lippen und brachte sie zum Schweigen. »Wir werden alle Hilfe brauchen, die wir bekommen können, Ginette. Eine hübsche junge Frau in einem hübschen Kleid wird ein willkommener Anblick für einige dieser bärbeißigen alten Händler sein.«

Ginny stieß seinen Finger weg und wollte ihm gerade vorhalten, daß er genauso bärbeißig war wie einige dieser Händler, als die Tür des Büros aufging.

Eine Frau, ungefähr in Ginnys Alter, kam herein. Ginnys erster Gedanke war, daß sie nicht wie die anderen Frauen in der Stadt aussah. Sie war nicht nur außerordentlich hübsch und modisch gekleidet, sondern sie hatte auch eine kultivierte Ausstrahlung, die darauf hindeutete, daß sie aus einer großen Stadt im Osten kam. Sie trug einen schön gewobenen indianischen Korb.

»Kann ich Ihnen helfen?« Ginny empfing sie am vorderen Schreibtisch.

Die Frau lächelte. »Guten Morgen, oder ist es schon Nachmittag? Ich fürchte, ich habe die Zeit vergessen.«

»Es ist fast zwölf Uhr«, antwortete Ginny. Die Frau stellte ihren Korb auf den Tisch und atmete tief aus.
Ihr wollener Umhang klaffte vorne etwas auseinander, und Ginny konnte sehen, daß sie schwanger war. »Möchten Sie sich setzen?«
Sie schüttelte den Kopf. »Sie müssen Ginny sein.«
»Ja.«
»Ich bin Independence Garrity. Bitte, nennen Sie mich Indy. Mein Mann und ich haben ein Häuschen am Stadtrand. Erst gestern abend habe ich erfahren, daß Sie angekommen sind. Ich habe Apfelkuchen für Sie gebacken, um Sie in Tucson willkommen zu heißen.« Sie nahm den Kuchen aus dem Korb und zog die rotweiße Kattundecke weg. Duftender Dampf strömte aus den Spalten in der Kruste.
Ginny schnupperte und stöhnte. Ihre Mutter pflegte Apfelkuchen zu backen, die sich nie länger als einen Tag hielten. »Ich ... Vielen Dank. Es duftet köstlich.«
»Habe ich jemanden von Apfelkuchen sprechen hören?« Sam Sinclair kam aus dem hinteren Teil des Raumes und stellte sich neben Ginny.
»Pa, dies ist Indy Garrity. Indy, mein Vater, Sam Sinclair.«
»Sind Sie vielleicht Major Garritys Ehefrau?« fragte Sam.
»Sie kennen meinen Mann?«
»Nein, aber gestern wurde sein Name erwähnt auf die Frage, wer die Soldaten kommandierte, die die Frachtwagen hereinbrachten. Wenn ich mich recht erinnere, gab es vor einigen Monaten einen Artikel über ihn in der Tageszeitung *Alta California.* Ich glaube, daß er wegen Mordes vor ein Kriegsgericht gestellt worden war, und danach wurde seine Unschuld bewiesen.«
Ginny erinnerte sich ebenso an den Artikel, aber was ihr vor allem in Erinnerung geblieben war, war die Tatsache, daß der Major dem Galgen entgangen war und einige Jahre bei den Apachen gelebt hatte.

»Ich wußte nicht, daß sich die Nachrichten über die lokalen Zeitungen hinaus verbreitet haben«, gab Indy zu.
»So war es tatsächlich«, meinte Sam. »Ich arbeitete noch beim *Alta California* und bekam die Nachricht über den Telegraphen von der Zeitung in San Diego und brachte sie in meiner Kolumne über die pazifische Küste. Es war eine tolle Geschichte.«
Indy Garrity wurde blaß. »Sie müssen entschuldigen, aber es ist alles noch zu frisch, als daß ich es als tolle Geschichte sehen könnte. Vielleicht werde ich es eines Tages als solche betrachten, aber jetzt noch nicht.«
»Es tut mir leid, ich wollte nicht ...« Sam breitete die Hände aus. »Verzeihen Sie mir! Ich bin ein Zeitungsmann. Ich habe an den Artikel gedacht und wie er aufgebaut war, an das wer, was, wann, wo und warum.«
»Das verstehe ich«, gab Indy großzügig zurück. Aber Ginny bezweifelte, daß sie es wirklich begriff. Nur ein Journalist konnte verstehen, was ihr Vater meinte.
Ginny wandte sich an ihren Vater. »Du kannst mich doch einen Moment entbehren, Pa, oder?« Auf sein Nicken drückte sie beruhigend seinen Arm und lächelte Indy an. »Möchten Sie etwas trinken? Ich habe aus San Francisco eine Dose chinesischen Tee mitgebracht.«
Indy strahlte. »Das wäre wunderbar.«
Ginny nahm den Kuchen vom Tisch und ging voraus durch den Flur ins Wohnzimmer.
Als Indy Greeley sah, ging sie zu ihm und bückte sich. »Ach, du Armer. Ist das nicht Mulligans Hund?«
»Er gehört jetzt mir«, stellte Ginny fest. »Ich habe ihn Greeley genannt, nach Horace Greeley, dem Herausgeber der *New York Tribune*.« Ginny bot Indy einen Sitzplatz an und entschuldigte sich dann, um den Kuchen in die Küche zu bringen und Tee zu machen. Als sie zurückkam, war sie überrascht, Indy auf dem Boden neben Greeley sitzen zu sehen.

Indy sah auf, als Ginny hereinkam. »Ich hoffe, es macht Ihnen nichts aus, daß ich hier neben Greeley sitze. Ich durfte als Kind nie irgendwelche Haustiere haben«, erklärte sie, »und deshalb adoptiere ich jedes Tier, das an meine Tür kommt – selbst ein paar, die nicht kommen. Die letzten zwei Wochen habe ich versucht, mich mit diesem kleinen wilden Esel anzufreunden, der ab und zu in die Stadt kommt.« Sie streichelte Greeley und sah lächelnd auf ihn hinab. »Sagen Sie, wie ist es Ihnen gelungen, ihn diesem Säufer Mulligan abzunehmen?«

Ginny erzählte Indy die Geschichte ohne die peinlichen Einzelheiten. Am Ende lächelte Indy übers ganze Gesicht.

»Ich muß zugeben«, räumte sie ein, während sie aufstand und sich neben Ginny auf das Roßhaarsofa setzte, »Bonner Kincade ist zum Teil der Grund dafür, daß ich hier bin. Bonner und mein Mann Jim arbeiten zusammen und sind auch Freunde. Gestern abend war Bonner bei uns zum Abendessen, und er erwähnte, daß er Sie kennengelernt hatte. Als ich noch mehr aus ihm herausquetschen wollte, wich er hartnäckig allen meinen Fragen aus, was mich natürlich sehr mißtrauisch machte. Bonner spricht nicht viel, aber ich bringe ihn normalerweise dazu, mit mir zu reden, obwohl ich ihn ein bißchen umschmeicheln und manchmal regelrecht bestechen muß. Er liebt meinen Apfelkuchen. Aber gestern abend brachte ihn nicht einmal mein Kuchen dazu, von Ihnen zu sprechen.«

Momentan war Ginny sprachlos darüber, daß Indy Bonner kannte. Aber noch verblüffender war die Vorstellung, wie Bonner Kincade an einem mit Porzellan und Besteck gedeckten Tisch sitzt und Apfelkuchen ißt. Sie konnte sich nicht vorstellen, daß eine Frau, die so weltgewandt und kultiviert wie Indy Garrity offensichtlich war, einen Mann wie Bonner zum Abendessen einlud. In den unzähligen Visionen, die sie die letzten vierundzwanzig Stunden von Bonner gehabt hatte, war er ihr als halbnackter Apachenkrieger in Lederhosen erschienen, wie er in *Harper's Weekly* so lebendig abgebildet war, und

sie hatte sich vorgestellt, wie er vor einem prasselnden Lagerfeuer kauerte, auf seinem Pferd durch die Wüste galoppierte oder gar einen Kriegstanz aufführte.
Ginny sah, wie Indys Augen größer wurden, und wußte, daß ihr Schweigen verdächtig wirkte. »Das überrascht mich nicht«, stieß sie schließlich hervor. »Von dem Augenblick an, in dem wir uns zum ersten Mal begegneten, schienen wir Meinungsverschiedenheiten zu haben. Ich hörte, das könnte mit seiner Abneigung gegen Zeitungsleute zusammenhängen.«
Indy richtete sich auf, als ob sie einen Schmerz in ihrem Rücken lindern wollte. »Ja, das könnte der Grund dafür sein«, meinte sie, aber sie schien nicht sehr überzeugt zu sein. »Es stimmt, daß er Journalisten nicht mag. Und offengestanden kann ich es ihm nicht verübeln. Die Zeitungen im Territory haben immer die Probleme mit den Apachen übertrieben, aber in letzter Zeit noch mehr, besonders der *Citizen.* Es ist kein Geheimnis, daß John Wasson, wie auch der größte Teil von Tucson, das Volk der Apachen ausgerottet sehen möchte. Der größte Teil des Territory ebenso.«
Ginny schlürfte nachdenklich ihren Tee. »Die ganze Angelegenheit ist so traurig. Ich nehme an, es gibt keine einfache Lösung.«
Indy lächelte nachsichtig. »Nächste Woche möchte ich Sie und Ihren Vater einmal zum Abendessen einladen. Es interessiert Sie vielleicht, was mein Mann für einen friedlichen Ausgang tut.« Sie stellte ihre Teetasse auf den Tisch neben dem Sofa.
Ginny nickte. »Wir würden uns freuen.«
»Gut. Und wenn Bonner noch in der Stadt ist, werde ich auch ihn einladen.«

Siebtes Kapitel

BEGRÜSSUNG!

Erwartungsvoll greifen wir zur Feder und grüßen Sie, unsere Leser. Eine lebendige örtliche Zeitung, die frei von Geschwätz und pauschaler Verleumdung ist, in einer intelligenten Umgebung wie der unseren erfolgreich herauszugeben ist wirklich eine Ehre und ein Privileg. Im vollen Bewußtsein der Größe der Aufgabe, die vor uns liegt, machen wir kühn und beherzt einen Anfang, ermutigt durch den Umstand, daß viele andere einen ähnlichen Weg gegangen sind und daß die großartige Stadt Tucson uns vollen Erfolg wünscht.

Tucson Sun

DONNERSTAG, 19. JANUAR 1871

Ginny und ihr Vater verbrachten den Dienstag und Mittwoch damit, Geschäfte in Tucson zu besuchen und möglichen Anzeigenkunden ein gedrucktes Plakat von der Werbeschrift der *Sun* und ihrem Layout zu zeigen.

Ginny spielte die pflichtbewußte Tochter und Helferin, sorgsam darauf bedacht, nicht das Ausmaß ihrer Tätigkeit zu verraten. Buchhalterin, Sekretärin und Schriftsetzerin waren anerkannte Tätigkeiten für Frauen in Zeitungsbüros, aber redaktionelle und journalistische Aufgaben zählten nicht dazu.

Es war Ginny ein Rätsel, warum die weibliche Hälfte der Bevölkerung in diesen Bereichen für nicht kompetent gehalten wurde, aber so war es nun einmal, jedenfalls zur Zeit. Vielleicht konnte sie eines Tages, wenn die *Sun* einen Ruf haben würde, einige Änderungen vornehmen.

Ginny wußte, sie mußte besonders vorsichtig sein, um ihre schreibende Tätigkeit geheimzuhalten. Wenn es jemand herausfand, würden sie und ihr Vater der Lächerlichkeit und Verachtung preisgegeben. Lediglich ihr Fortsetzungsroman durfte ihren Namen tragen. Er würde zwar nicht der Kritik entgehen, aber es wäre eine andere Art von Kritik.

Sie drehten ihre Runden und gingen von Geschäft zu Geschäft. Meistens sprach Sam, und Ginny war von seiner Geschäftstüchtigkeit beeindruckt, besonders von seiner Fähigkeit, Händler, die bereits bei den beiden anderen Zeitungen inserierten, davon zu überzeugen, es einmal mit der *Sun* zu versuchen. Er garantierte ihnen, daß sie einen entscheidenden Unterschied erleben würden – nicht nur was das Aussehen ihrer Anzeige betraf, sondern auch das Resultat. Am späten Mittwochnachmittag erklärte er Ginny, er habe genug Anzeigen, um die Erstausgabe herauszubringen.

Heute, da sie nur noch einen Tag von ihrem Termin am Freitag entfernt waren, hatten Ginny und ihr Vater noch vor Sonnenaufgang begonnen, im Büro zu arbeiten. Sie hatten einen zweckmäßigen Arbeitsablauf entwickelt: Ginny nahm die winzigen Bleilettern aus dem Setzkasten und gab sie ihrem Vater, der sie in einem Winkelhaken anordnete und sie dann auf das Setzschiff stellte.

Es war noch nicht Mittag, als sie die letzten Anzeigen fertig hatten. Ginny streckte sich und massierte ihre steifen Finger. »Ich muß mit Greeley hinausgehen und ihm Wasser geben«, sagte sie zu ihrem Vater und verließ dann mit Greeley, der ihr auf dem Fuße folgte, das Büro.

Dem Hund ging es sehr gut, aber er war noch lange nicht

wieder voll hergestellt. Er fraß und trank jetzt ganz allein, und er konnte aufstehen und umherlaufen, wenn auch nur langsam und nur für jeweils ein paar Minuten. Seine Pflege hatte sie wertvolle Zeit gekostet, aber Ginny bereute keinen Augenblick.

Ginny nahm ihren Schal von einer Stuhllehne, öffnete die Küchentür, die ins Freie führte, und ging mit Greeley hinaus. Die Luft roch nach Regen, aber es gab nur ein paar dunkle Wölkchen am Himmel.

Während sie Greeley zusah, wurde sich Ginny bewußt, daß sie sich wünschte, Bonner würde vorbeischauen, damit sie ihm zeigen konnte, wie gut sich der Hund machte. Andererseits hoffte sie, daß er nicht käme, damit sie ihrem Vater nicht erklären mußte, woher Bonner von Greeley wußte. Bisher erinnerte Pa sich immer noch nicht an irgend etwas aus jener Nacht, und es wäre ihr lieb gewesen, wenn es so bliebe.

Ein weiterer Grund, warum sie Bonner nicht begegnen wollte, lag in der unwiderstehlichen Faszination, die er auf sie ausübte. Es war anders als alles, was sie je erlebt hatte – eine körperliche Reaktion, die so stark war, daß sie fiebrig wurde vor Verlangen. Nicht einmal Tom hatte sie in solch einem Ausmaß erregt. Es war bestürzend für sie, dermaßen die Kontrolle über ihre Gefühle und ihren Körper zu verlieren. Allein schon bei Bonners Bild vor ihrem geistigen Auge – seine dunklen Augen, sein arroganter, betont lässiger Gang, seine große, eindrucksvolle Figur – wurde ihr warm, und ihr Magen krampfte sich zusammen.

Sie hatte sich schon beträchtliche Sorgen deswegen gemacht. Sie versuchte verzweifelt, ihre Gefühle zu unterdrücken, aber sie wußte nicht wie.

Hinzu kam noch, daß sie nicht verstehen konnte, warum sie ihn verteidigt hatte – erst vor John Wasson und dann vor ihrem Vater. Inzwischen sollte sie es eigentlich herausbekommen haben. Es hatte genügend Gelegenheiten gegeben – all die Zeit, die sie in Ruhe Greeley gefüttert und gepflegt hatte. Eine logische Antwort wäre, daß sie versucht hatte, Schwierigkeiten zu vermeiden, aber sie wußte, das war es nicht, obwohl sie nicht genau sagen konnte, was es war.

Ginny stöhnte frustriert. Das sah ihr gar nicht ähnlich. Überhaupt nicht. Sie erkannte sich kaum wieder – und all das nur *seinetwegen*, wegen der Gefühle, die er in ihr auslöste; sie kam sich liederlich vor.

Liederlich.

Der Gedanke erstarrte in ihrem Kopf, und plötzlich wußte sie, was Sonntag abend passiert war, kannte den wahren Grund hinter ihrer melancholischen Stimmung und ihrer Sehnsucht.

Bonner Kincade.

Sie starrte auf den Boden, und ihr Puls war so heftig, daß sie ihn fast hören konnte. Hatte sie unbewußt geahnt, daß er vor ihrem Fenster stand? Nein, was für ein lächerlicher Gedanke. Oder?

Sie stieß sich von der Wand ab. »Komm, Greeley! Beeil dich und tu, was du tun mußt. Es ist kalt hier draußen.«

Greeley beschnüffelte noch ein weiteres wildes Gewächs, das neben der Lehmziegelmauer aufgegangen war. Offensichtlich gefiel ihm das besser. Er hob sein Bein und besprühte es, danach das unmittelbar daneben. Nur schade, daß Greeleys Bewässerung das Unkraut nicht abtötete, dachte Ginny abwesend. Das würde ihr das Ausreißen später ersparen. Sie schüttelte ihren Kopf und staunte, was ihr alles in den Sinn kam, wenn sie versuchte, ihre Gedanken von Bonner abzulenken.

»Greeley!« rief sie ungeduldig. Er kam mit hängendem Kopf zu ihr. Ginny seufzte und bückte sich zu ihm hinunter, beschämt über ihre Ungeduld. »Es tut mir leid, daß ich dich angeschrieen habe.« Sie fühlte sich wie ein Scheusal und versuchte, es dadurch zu kompensieren, indem sie ihre Arme um ihn legte und ihn sanft drückte. Als das nichts half, holte sie ihn in die

Küche und versuchte es mit Bestechung. »Wie wäre es mit einem netten Stückchen Huhn?« fragte sie in der Hoffnung, sein Lieblingsessen würde ihn aufrichten. Es wirkte, und er war wieder zufrieden.
Sie nahm einen Schluck Wasser, ging ins Büro zurück und wünschte sich, Hühnchenreste würden bei ihr ebenso wirken wie bei Greeley.

Ginny war allein im Zeitungsbüro, da ihr Vater gerade gegangen war, um dem Bericht über einen Diebstahl nachzuspüren. Mit dem Bleistift zwischen den Zähnen las sie ihren ersten Artikel durch, der eine Serie einleiten sollte, die für die Verbesserung der Straßen von Tucson eintrat. Der leichte und heitere Ton gefiel ihr. Ginny schrieb aus dem Blickwinkel ihres Vaters und setzte den wirklichen Zustand der Straßen in eine komische Situation, mit der sie hoffte, die Aufmerksamkeit des Stadtrates zu gewinnen.

> Da ich neu in der Stadt bin, fragte ich nach dem Weg zu Bostick's Shaving Saloon. Mir wurde gesagt, ich solle die Main Street hinuntergehen und am zweiten Misthaufen nach rechts abbiegen, in die Congress Street hinein, mich dann nach links halten, an dem toten Esel vorbei, und da wäre es schon.

Dann nahm sie die Größe und Gestalt der Schlaglöcher aufs Korn.

> Von besonderer Bedeutung ist ein Schlagloch in der Congress Street, das so tief ist wie der Grand Canyon. Mrs. Thompson berichtet, daß ihr Kutschpferd sich letzten Montag ein, zwei Meter von dort entfernte, wo sie es stehen gelassen hatte, und in das Loch fiel. Seitdem hat man von Roß und Wagen nichts mehr gesehen.

Dank der Tatsache, daß ihr Vater jeden Anzeigenkunden über seine Meinung bezüglich des Zustands der Straßen befragt hatte, standen Ginny eine Anzahl beredter Kommentare für ihren Artikel zur Auswahl. Nachdem sie die Äußerungen aus Gründen der Klarheit und Schicklichkeit ein wenig redaktionell bearbeitet hatte, fügte sie so viele Meinungen und Namen ein, wie es nur eben ging. Je mehr Leute zitiert wurden, um so besser, meinte ihr Vater. Er wußte, die Leute liebten es, ihren Namen gedruckt zu sehen. Es gab ihnen das Gefühl, daß man auf sie hörte.

Die Glöckchen über der Tür läuteten und kündigten einen Kunden an. Als sie sah, daß es Indy Garrity war, legte Ginny ihre Arbeit zur Seite und beschwerte sie mit einem schweren Tintenglas. Sie war es leid, daß der Wind jedesmal, wenn die Tür aufging, ihre Papiere durch das ganze Büro fegte.

Indy hatte versprochen, heute mit den Namen von Tucsons angesehensten Frauen vorbeizukommen, wie auch einer Liste von Frauenorganisationen. Fast jede Stadt hatte eine Wohltätigkeitsorganisation, und einige hatten sogar einen Suffragetten-Club, der für das Wahlrecht der Frauen kämpfte. Ginny hoffte, daß es zumindest eine Literarische Gesellschaft für Frauen gab. Indy hatte zugegeben, eine leidenschaftliche Leserin zu sein.

»Brrr. Es ist kalt draußen«, sagte Indy und schloß die Tür hinter sich.

»Das ist dieser höllische Wind.« Ginny kam hinter ihrem Schreibtisch hervor und nahm Indy ihren wollenen, mit Fransen besetzten Schal ab. »Stell dich an den Ofen und wärm dich auf!«

»Ich fürchte, du wirst über meine Neuigkeiten enttäuscht sein«, meinte Indy einen Augenblick später, während sie über dem Ofen ihre Hände rieb. »Es gibt in ganz Tucson keine Frauenorganisation.«

Ginny blieb auf ihrem Weg zum Kleiderhaken stehen und

drehte sich um. »Keinen literarischen Verein?« Sie sah alle ihre Felle davonschwimmen.

Indy schüttelte den Kopf.

»Auch keinen Wohltätigkeitsverein?«

Indy zuckte schwach mit einer Schulter. »Nein, nichts. Aber es ist noch schlimmer«, seufzte sie. »Es gibt keine Frauenorganisationen, weil sowenig weiße Frauen in Tucson leben.«

»Wie viele sind es?«

»Einunddreißig.«

Ginny wurde blaß. »Einunddreißig?« flüsterte sie.

»Ein paar von ihnen sind Offiziersfrauen, wie ich, aber die meisten sind die Frauen von Händlern und anderen Geschäftsleuten. Natürlich habe ich die guten Schwestern von Sankt Josef nicht mitgezählt, oder die zwei Wäscherinnen draußen in Camp Lowell.«

»Ich – ich verstehe nicht ganz. Pa erzählte mir, daß die bundesweite Volkszählung letztes Jahr die Einwohnerschaft von Tucson mit dreitausendzweihundert angab. Darunter muß es doch mehr als nur einunddreißig Frauen geben!«

»Einunddreißig *weiße* Frauen«, wiederholte Indy nachdrücklich. »Der Rest sind Mexikanerinnen und Indianerinnen. Nur sehr wenige von ihnen sprechen Englisch, ganz zu schweigen vom Lesen. Ich glaube, ich war zu beschäftigt damit, uns häuslich einzurichten und zu lernen, Ehefrau zu sein, daß ich es nicht bemerkte. Es ist zu schade, denn ich freute mich schon auf gegenseitige Besuche, Tee-Einladungen und all diese Dinge, die ich von zu Hause gewohnt war.«

Ginny ging langsam an ihren Schreibtisch zurück und setzte sich. »Ich kann es nicht glauben. Das ist schrecklich.« Sie stützte ihre Arme auf den Schreibtisch und lehnte sich vornüber.

»Ich weiß, es ist enttäuschend, aber nur weil es noch keine Organisationen gibt, heißt das noch nicht, daß wir nicht eine aufbauen könnten. Ich wäre bereit, dir zu helfen, einen literarischen Club zu gründen. Wir brauchen für den Anfang nur vier oder fünf Frauen, und dann, wenn die Stadt größer wird ...«

Ginny schüttelte den Kopf. »Nein, du verstehst nicht, worum es mir geht. Es ist nicht nur das – es geht um meine Artikel über Frauenbelange und meinen Fortsetzungsroman und ...« Ginny brach ab, als ihr klar wurde, was sie da sagte.

»Wovon redest du – deine Artikel und dein Fortsetzungsroman?«

Ginny biß sich auf die Unterlippe. Wenn ihr Gesichtsausdruck sie nicht verriet, dann konnte sie sich immer auf ihren Mund verlassen. »Ach, es ist eigentlich gar nichts. Hier und da schreibe ich ein bißchen«, gab sie zu. »Aber das Lesen ist meine wahre Leidenschaft«, fügte sie hinzu in der Hoffnung, das Gespräch auf etwas anderes zu lenken. »Du hast recht, nichts kann uns davon abhalten, einen literarischen Club zu gründen.«

Indy sah sie prüfend an. »Ginny Sinclair. Ich wundere mich über dich. Ich dachte, wir würden Freundinnen und Vertraute werden.«

»Tatsächlich?«

»Natürlich! Und ich glaube es immer noch«, bekräftigte sie. »Aber wie können wir Vertraute sein, wenn eine von uns nicht ganz ehrlich ist? Ich habe schon immer Autoren bewundert, besonders Leute, die Geschichten schreiben. Ich habe einen gewaltigen Respekt vor ihrer Vorstellungsgabe und ihrer Fähigkeit, aus nichts etwas zu schaffen.«

»Aber was würdest du von einer Frau denken, die das tut?« fragte Ginny vorsichtig.

»Ich würde denken, daß sie sehr mutig ist – eine ganz besondere Frau. Eine Frau, die zu kennen mir eine Ehre wäre.« Indy griff sich einen Stuhl, zog ihn an den Schreibtisch heran und setzte sich. »Wirst du es mir jetzt verraten, oder muß ich dir Wort für Wort aus der Nase ziehen?«

Ginny verdrehte die Augen und lachte. »Alle werden wissen, daß ich Fortsetzungsromane schreibe, weil mein Name darunter stehen wird, aber wenn die Leute herausfinden, daß ich Artikel für die *Sun* schreibe – dann sind wir ruiniert.«
Indy legte ihre rechte Hand auf ihr Herz. »Ich werde keinem Menschen etwas davon verraten, nicht einmal meinem Mann. Ich verspreche es.«
Ginny betrachtete lange die Frau, die ihr gegenübersaß. »Na gut«, stimmte sie zu und enthüllte dann nach und nach ihre wahren Aufgaben bei der Sun.
Eine Viertelstunde später beendeten die Ladentürglocken ihr Gespräch.
Indy stand auf. »Ich muß jetzt wirklich weiter. Du hast Kunden«, bemerkte sie, als sie sich zu dem Jungen umdrehte, der ins Büro gekommen war. »Aber bevor ich gehe, möchte ich fragen, ob du heute abend mit deinem Vater zu uns zum Essen kommen möchtest? Etwa sechs Uhr. Ich weiß, das ist eine recht kurzfristige Einladung, aber Jim verriet mir erst heute früh, daß er zwei Tage frei hat.«
»Wir würden uns sehr freuen«, antwortete Ginny, ohne auch nur einen Moment zu zögern.
»Gut. Ich habe damit gerechnet, deshalb habe ich eine Wegbeschreibung gezeichnet«, erklärte sie und gab sie Ginny. »Bis heute abend.«
»Ja, bis heute abend«, wiederholte Ginny. Noch bevor Indy ihren Schal vom Haken nahm, winkte Ginny den Jungen an ihren Schreibtisch. »Was kann ich für dich tun, junger Mann?«
Er war ein Junge von etwa vierzehn oder fünfzehn Jahren. Statt ihre Frage zu beantworten, ging er nur zum Tisch und gab ihr einen Zettel, der so zerknittert war wie die Kleider an seinem Leib.
Sie bedankte sich und nahm den Zettel entgegen. Bald nachdem Ginny das Büro letzten Montag eröffnet hatte, kamen Leute, um Nachrichten abzugeben – alles, von Todesanzeigen über

Berichte von Indianerraubzügen bis hin zu bösartigen Gerüchten. Vieles davon konnte sie wegen schlampiger, unleserlicher Handschriften nicht verwenden, weil es nur unbestätigte Gerüchte waren.

Ginny legte die Notiz auf den Tisch und versuchte, die Falten zu glätten. Die Handschrift war gekritzelt, aber lesbar. »Wer hat das geschrieben?« fragte sie und hielt ihren Bleistift bereit, um den Namen niederzuschreiben.

»Mein Pa«, antwortete der Junge. »Er sagt, Sie sollen's in Ihre Zeitung tun.«

Ginny lächelte nachsichtig. »Und wie heißt dein Vater?«

»Rupert Stinnett.«

Während Ginny den Namen aufschrieb, läutete es wieder. Diesmal war es Bonner Kincade, der mit einem Windstoß zur Tür hereinkam. Als ihr Blick den seinen traf, spürte Ginny, wie ihr der Schreck in die Glieder fuhr. Er schloß die Tür und bedeutete mit einer Geste seines Kopfes, daß er in der Ecke warten würde, bis sie fertig war.

Mit vor der Brust verschränkten Armen und seinem rechten Fuß lässig über den linken gekreuzt lehnte er an der Wand. Die gleichgültige Pose stand in scharfem Kontrast zu dem sechsschüssigen Revolver, der um seine mageren Hüften geschnallt war. Man sah ihm an, wie arrogant, selbstbewußt und gefährlich er war. Sie hätte seine Gegenwart beunruhigend gefunden, selbst wenn ihr nicht klar gewesen wäre, daß er der Grund ihrer gefühlsmäßigen Verwirrung vom Sonntagabend war.

Seine onyxfarbenen Augen starrten sie an, und aus ihrer Tiefe schien ein wissendes Leuchten zu kommen.

Ein plötzlicher Anflug von Bestürzung lähmte sie. Er hatte sie wirklich durchs Fenster beobachtet. Sie war sich nicht sicher gewesen, aber jetzt wußte sie es. Er versuchte nicht einmal, es zu verbergen. Sie spürte, wie ihr Gesicht und ihr Hals heiß wurden, aber sie war machtlos dagegen.

»Hey, Lady«, brachte eine Stimme sie in die Gegenwart zurück. Ihr Blick ging wieder zu dem Jungen; sie wischte sich mit der Hand über die Stirn und war ganz und gar nicht überrascht, daß sie feucht war. Sie las die Notiz noch einmal durch und versuchte sich daran zu erinnern, was sie dazu hatte sagen wollen.

»Das ist etwas verwirrend«, meinte sie schließlich. »Hier steht, daß Apachen zwei Pferde aus eurem Gehege stahlen, während alle schliefen.«

»Das stimmt«, bestätigte der Junge.

»Wenn alle geschlafen haben, woher weiß dann dein Vater, daß es Apachen waren, die die Pferde stahlen?«

»Er weiß es eben, das ist alles. Sie stehlen immer bei uns.«

»Ich fürchte, diese Information reicht nicht aus, um sie in die Zeitung zu setzen. Es muß einen Zeugen oder irgendeine Art von Beweis geben.«

»Mr. Wasson hat nix gesagt von Zeugen oder Beweisen.«

»Mr. Wasson gibt den *Arizona Citizen* heraus. Dies hier ist die *Tucson Sun.*« Ginny gab ihm den Zettel zurück. »Es sind zwei verschiedene Zeitungen, und jede hat ihre eigenen Grundsätze und Regeln. Es tut mir leid, aber ohne bessere Informationen kann ich es nicht drucken.«

»Mein Pa wird nich' erbaut sein, daß Se das nich' drucken wollen. Er sagt, die Leute müssen wissen, was die Wilden treiben, damit se auf ihr Zeug aufpassen können.«

Ginny zwang sich zu einem höflichen Lächeln. »Richte deinem Pa aus, er soll bei mir vorbeischauen, wenn er das nächste Mal in der Stadt ist, und ich werde ihm sehr gern unsere Regeln, nach denen wir veröffentlichen, erklären. Wenn du mich jetzt entschuldigst, ein Kunde wartet auf mich.« Sie stand auf und schaute über den Kopf des Jungen hinweg zu Bonner. »Mr. Kincade?«

Der Junge drehte sich ruckartig um und stampfte aus dem Büro hinaus, ohne die Tür hinter sich zu schließen. Ginny war insgeheim dankbar dafür, denn die kalte Luft, die hereinkam, tat ihrem glühenden Gesicht gut.

Bonner schloß die Tür und stellte sich davor.
»Ich bin vorbeigekommen, um zu fragen, wie es dem Hund geht.«
»Es geht ihm gut. Möchten Sie ihn sehen?«
»Wenn es keine Mühe macht.«
Ginny ging nach hinten und rief: »Greeley?« Sie sah hinter der Druckerpresse, seinem Lieblingsschlafplatz, nach, aber er war nicht da. »Greeley, wo bist du denn, Junge?«
»Sie haben den Hund ›Greeley‹ genannt?«
Ginny erschrak und drehte sich um. Sie hatte Bonner nicht kommen hören. Ihre Augen waren auf einer Höhe mit dem dritten Knopf seiner Jacke.
»Ich ... Ja«, sagte sie atemlos. »Nach Horace ...«
»Ich weiß. Der berühmte Journalist. Es ist nur ein eigenartiger Name für einen Hund.«
Ginny spannte sich an. »Nicht so seltsam wie ›Hund‹ oder gar kein Name«, schoß sie zurück.
Er gab ein kurzes, verächtliches Lachen von sich.
Hinter sich hörte Ginny, wie Greeley sich schüttelte, und war froh, einen Grund zu haben, sich umzudrehen. »Da bist du ja. Du hattest dich wohl versteckt.« Sie ging zu ihm und streichelte seinen Kopf.
Bonners beiläufige Bemerkung zu Horace Greeley hatte sie überrascht. Sie hätte nicht gedacht, daß er irgend etwas über Journalisten wußte, egal, ob berühmt oder nicht. Sich vorzustellen, wie Bonner Horace Greeleys Artikel las, fiel ihr genauso schwer wie der Gedanke, daß er bei Indy Garrity und ihrem Mann am gedeckten Tisch Apfelkuchen aß.
»Er ist noch längst nicht wieder voll hergestellt, aber ...«
Da ihre Bemerkung ihn nicht zu interessieren schien, brach Ginny ab.
Bonner hockte sich nieder, und seine Oberschenkelmuskeln dehnten das Wildlederband, das in Kreuzstichen an der Außenseite seiner Hose entlanglief. »Komm her, Junge«, lockte er

und klopfte sich aufs Knie. Greeley machte versuchsweise einen Schritt nach vorne, und dann noch einen.
Ginny trat zurück, um nicht im Weg zu sein, und versuchte, ihren Blick auf Greeley zu halten und weg von der bronzenen Haut, die von der klaffenden Naht enthüllt wurde.
»Seien Sie vorsichtig, er könnte beißen«, warnte sie, als sie sah, wie Bonner Greeley seine Hand zum Beschnüffeln hinhielt. Sie hatte keine Ahnung, wie Greeley auf ihn reagieren würde. Er mochte ihren Vater nicht und knurrte ihn jedesmal an, wenn er ihn sah, aber wenn er merkte, daß Sam nicht vorhatte, ihn zu berühren, zog er sich zurück und benahm sich. Bonner drehte seine Handfläche nach oben und begann, mit ihm zu sprechen. Ginny wußte nicht, welche Wirkung Bonners tiefe, volltönende Stimme auf Greeley hatte, aber sie wirkte ganz sicher auf sie und rief Gefühle in ihr wach, die sie nicht haben wollte, vor allem nicht jetzt. Er sprach weiter auf den Hund ein und fiel in eine Sprache, von der sie nur annehmen konnte, daß es die Apachensprache war. Es schien eine komplizierte Sprache zu sein, voller Knacklaute und nasalierter Vokale, aber so, wie Bonner sie sprach, klang jedes Wort romantisch.
Die Worte wühlten sie auf und verstärkten seine Präsenz, bis sie spüren konnte, wie seine Gegenwart sie einhüllte, als ob er seine Arme um sie gelegt hätte. Erschreckt von seiner Macht über sie, zog Ginny sich innerlich zurück.
Ginny bemerkte, daß Greeley seine Augen geschlossen hatte und sich von Bonner die empfindliche Gegend hinter den Ohren kraulen ließ. Dann legte sich der Hund zu Ginnys höchstem Erstaunen hin und präsentierte Bonner seinen Bauch.
Bonner lächelte, und Ginny dachte, er sah übertrieben selbstzufrieden aus. Sie hatte ihn bisher noch nicht vor reiner Freude lächeln sehen, nur sarkastisch. Sie bemerkte, wie sie Greeley um die Fähigkeit, ihn so zu erfreuen, beneidete. Bonner streichelte Greeley noch einmal von oben bis unten und stand dann

auf. Während er sich Ginny zuwandte, wich das Lächeln aus seinem Gesicht.
»Das haben Sie gut gemacht«, lobte er sie. »Ich hätte nicht geglaubt, daß er es schafft.«
Sie war von dem Kompliment überrumpelt und brauchte lange, bis sie darauf antworten konnte. »Es ... es hat mir Freude gemacht, ihn zu pflegen«, gab sie zurück und stolperte wie ein Schulmädchen über ihre Worte. Warum erregte es sie schon, wenn sie nur seine Stimme hörte und ihn lächeln sah?
»Sie hatten recht, mich daran zu hindern, ihn zu töten.«
Es hatte eine Zeit gegeben, in der sie über solch ein Zugeständnis Schadenfreude empfunden hätte, aber jetzt war es anders. »Ich konnte ihn nicht einfach aufgeben, ohne es zumindest zu versuchen.«
»Das sehe ich jetzt ein. Ich könnte mir vorstellen, daß Sie nichts und niemanden aufgeben, es sei denn, Sie werden dazu gezwungen.«
Ginny wußte nichts darauf zu erwidern. Er hatte recht, aber sie fühlte sich unwohl bei dem Gedanken, daß er so viel von ihr zu wissen schien, während sie über ihn fast nichts wußte. Ihr Vater meinte immer, daß sie zu sehr kämpfte, oft um unwichtige Dinge, und daß sie nicht wußte, wann sie aufgeben mußte. Aber es war einfach so, daß sie keine andere Art zu leben kannte und auch nicht kennen wollte. »Es wäre mir lieber, wenn Sie nicht versuchten, mich zu analysieren, Mr. Kincade«, meinte sie kühl. Sie wollte sich abwenden, aber er erwischte sie am Arm.
»Wenden Sie sich nicht von mir ab, Ginny. Ich habe Sie nicht analysiert.« Er drehte sie um, bis sie ihm ins Gesicht sehen mußte.
Die Art und Weise, wie er ihren Namen ausgesprochen hatte, berührte sie. Anstatt ihn wegzuschieben, wie sie es hätte tun sollen, sah sie zu ihm auf. »Was wollen Sie von mir?« schnappte sie.

»Ich möchte, daß Sie aufhören, sich vor mir zu fürchten.«
»Reden Sie keinen Unsinn. Warum sollte ich vor Ihnen Angst haben?«
»Ich glaube, Sie wissen, warum, Ginny.«
Ginnys Atem ging stoßweise, und sie setzte zu einer Widerrede an, aber was immer sie vielleicht geäußert hätte, verlor sich irgendwo in den unermeßlichen schwarzen Tiefen seiner Augen. Sie fühlte sich hineingezogen, hinter ihre spiegelnde Oberfläche, die ihr eigenes eingeschüchtertes Bild reflektierten, an einen geheimnisvollen Ort voll alter Weisheiten.
Die Glocken über der Tür ließen eine Warnung erklingen und hielten Bonner davon ab, noch mehr zu sagen. Ginny schoß von ihm weg wie ein aufgeschrecktes Reh und stolperte an ihren Schreibtisch. Ihr Herz klopfte so stark, daß sie glaubte, es würde ihr aus der Brust springen. Sie hörte Männerstimmen durch den Spalt in der Tür. Aus ihrer Unterhaltung konnte sie absehen, daß sie ein, zwei Momente hatte, um sich zu fassen, bevor sie hereinkamen.
Mit einem tiefen Seufzer setzte Ginny sich und zwang sich, ruhig zu atmen und zu ignorieren, daß Bonner Kincade nur ein paar Meter entfernt stand und ihre intimsten Geheimnisse kannte. Ginny stöhnte leise, während ihr Magen sich zusammenzog. Wenn sie sich nicht schnell wieder in den Griff bekam, dann wäre Bonner nicht der einzige, der genau wußte, was sie dachte und fühlte.
Die Tür ging nun ganz auf, und zwei Männer kamen herein. Ginny kannte sie nicht. Sie hatten die Hüte tief in die Stirn gezogen und die Mantelkrägen hochgestellt, um den eiskalten Wind abzuwehren.
»Guten Tag, die Herren. Was kann ich für Sie tun?« Obwohl ihr Gesicht sich heiß anfühlte, ihr Herz mit doppelter Geschwindigkeit schlug und der Kragen ihrer Bluse so eng war, daß sie kaum Luft bekam, glaubte sie, einigermaßen ruhig zu klingen.

Der ältere der beiden Männer nahm seinen Hut ab und trat vor. Ginny meinte, ihn letzten Sonntag vor dem Handelsgeschäft gesehen zu haben, wußte aber seinen Namen nicht.
»Ich bin Edward Fish«, stellte sich der Mann vor – so, als ob sie das hätte wissen müssen. Sie sah ihn absichtlich verständnislos an. Er zog die Stirn in Falten, und Ginny verbarg ein Lächeln. »Ich bin Händler hier in der Stadt. Ich möchte mit Sam Sinclair, dem Herausgeber, sprechen. Es geht um eine wichtige Angelegenheit.« Der scharfe Ton des Mannes war die Ohrfeige, die Ginny brauchte, um ihre Fassung wiederzuerlangen.
»Er ist gerade nicht hier, Mr. Fish.« Ein passender Name, dachte sie, während sie in seine kalten, flachen Augen sah. Sie ließen sie an eine Wagenladung frisch gefangenen Thunfischs denken, die sie an einem Kai von San Francisco gesehen hatte. »Gibt es etwas, was *ich* für Sie tun kann, Mr. Fish? Ich bin Ginny Sinclair, Sam ist mein Vater.« Es hatte schon zwei andere Gelegenheiten gegeben, die Ginnys Professionalität auf die Probe gestellt hatten. Sie hatte den Eindruck, Mr. Fish würde Nummer drei werden.
Als ob er spürte, daß die Dinge nicht ganz glatt gingen, kam der andere Mann nach vorne und schob seinen Begleiter zur Seite. »Laß mich das machen, Ed.« Mr. Fish zog sich zögernd in den Hintergrund zurück. »Ich entschuldige mich für meinen Freund hier«, begann der jüngere Mann behäbig mit einem starken Südstaatenanklang in seiner Stimme. »Mein Name ist Clay Foster. Ich bin der Eigentümer von Foster's Emporium.« Er nahm seinen Hut ab und hielt ihn vor die Brust. »Es freut mich wirklich sehr, Sie kennenzulernen, Miss Sinclair, obwohl ich zugeben muß, daß ich schon eine Menge von Ihnen gehört habe. Und wenn ich das bemerken darf: Was ich gehört habe, wird Ihnen in keiner Weise gerecht.«
Clay Foster war ein charmanter Gauner, besser aussehend, als für ihn gut war, mit vollem blonden Haar, das über seine Stirn fiel, langen, dichten Wimpern, um die ihn jede Frau beneiden

würde, und Augen, so braun wie Whisky. Ginny war immun gegen seine Schmeicheleien, aber es war trotzdem nett, sie zu hören. Es war schon lange her, daß ein Mann ihr gesagt hatte, sie sei hübsch.

»Was kann ich für Sie tun, Mr. Foster?« fragte sie mit zur Seite gelegtem Kopf.

Er warf ihr ein hinreißendes Lächeln zu und neigte sich leicht zu ihr, als er ihr ein offiziell aussehendes Dokument reichte.

»Wir wären sehr dankbar, wenn Sie dies hier Ihrem Vater geben könnten, sobald er zurückkommt.«

Ginny überflog das Schriftstück. Mehr als ein Dutzend angesehener Bürger hatten auf dem unteren Teil der Seite unterschrieben.

»Diese Versammlung – da geht es darum, eine Bürgermiliz aufzustellen, nicht wahr?«

»Ich glaube nicht, daß Miliz das richtige Wort dafür ist, Miss Sinclair. Wir wollen uns Komitee für öffentliche Sicherheit in Tucson nennen. Eigentlich sind wir nichts weiter als eine Gruppe besorgter Bürger.«

»Aha. Aber in Anbetracht Ihrer Absichten, Mr. Foster, glaube ich wirklich, daß Miliz der korrekte Ausdruck ist.«

»Bitte, nennen Sie mich doch Clay.«

Ein Geräusch irgendwo hinter ihrem Schreibtisch lenkte Clay Fosters Aufmerksamkeit auf sich. Bonner! O Gott! Für einen Moment hatte sie vollkommen vergessen, daß er immer noch im Büro war. Während sie um ihre Fassung rang, drehte sie sich um und sah, wie Bonner sich über den Arbeitstisch beugte und etwas schrieb. Greeley lag ihm zu Füßen.

»Ah, Kincade«, sprach Clay Foster Bonners breiten Rücken an. »Der letzte Ort, an dem ich erwartet hätte, dich zu sehen, ist ein Zeitungsbüro. Aber andererseits kommst du ziemlich herum, nicht wahr?«

Bonner warf einen kurzen Blick über seine Schulter, nickte Foster flüchtig zu und widmete sich wieder seinem Schreiben.

»Ich habe King oder Ruey schon ein halbes Jahr lang nicht mehr im Laden gesehen. Ihr großer Grundbesitz muß sie recht auf Trab halten.«

Bonner drehte sich nicht um und erwiderte auch nichts. Einen Moment später nahm er das Blatt Papier und ging zu Ginnys Schreibtisch, ohne durch seinen Gesichtsausdruck irgend etwas über seine Gedanken zu verraten. »Pa hatte vor einigen Wochen einen Sturz und mußte liegen«, antwortete er knapp und gönnte Foster nicht einmal einen kurzen Blick.

»Ach, wirklich! Es tut mir außerordentlich leid, das zu hören. Sag ihm, daß seine neuen Stiefel Anfang nächster Woche da sind. Wenn er möchte, schicke ich sie ihm.«

»Das ist nicht nötig, ich hole sie ab.« Bonner legte das Blatt Papier auf den Tisch. Zu Ginny gewandt sagte er: »Ich möchte, daß Sie diese Anzeige in den nächsten vier Ausgaben veröffentlichen. Schicken Sie die Rechnung an King Kincade, Firehorse Ranch. Ich werde nächste Woche hier sein, um sie zu bezahlen ... wenn ich die Stiefel meines Vaters abhole.« Der Blick in seinen Augen verriet Ginny, daß er mit ihr noch nicht fertig war.

Ginny las sich die Anzeige durch. *Zuchthengst zum Decken frei. Firehorse Ranch. Sprechen Sie mit Bonner oder King Kincade.*

Ginny verschluckte sich und hielt sich die Hand vor den Mund und hustete. »Nächste Woche geht in Ordnung«, brachte sie mühsam mit rauher Stimme hervor. »Bis dahin habe ich Ihre Rechnung fertig.«

»Gut.«

Ohne ein weiteres Wort verließ Bonner das Büro, und die offene Tür ließ einen weiteren kalten Windstoß herein. Ein Geschenk des Himmels.

»Entschuldigen Sie, Miss Sinclair, ich möchte Ihnen nicht vorschreiben, was Sie tun sollen, aber wenn ich so kühn sein darf, Ihnen zu empfehlen, daß Sie versuchen sollten, nicht

anwesend zu sein, wenn Mr. Kincade zurückkommt, um seine Rechnung zu bezahlen.« Clay Foster sah sie lange und bedeutungsvoll an. »Er ist nicht die Art Mann, mit dem eine anständige junge Frau wie Sie gesehen werden sollte.«
Ginny wurde plötzlich ärgerlich. »Sie sind allerdings sehr kühn, Mr. Foster, solch eine Empfehlung auszusprechen, und ich hoffe, Sie verstehen, warum ich Ihren Rat nicht annehmen kann, so gut er auch gemeint sein mag. Aber sehen Sie, mein Vater und ich haben eine geschäftliche Übereinkunft – er ist der Redakteur und Herausgeber, und ich erledige die Verwaltung. Es gehört zu meinen Aufgaben, Rechnungen zu schreiben und Zahlungen anzunehmen.« Sie breitete in einer hilflosen Geste ihre Hände aus.
»Verstehe«, sagte er eisig.
»Sie sollten lieber auf Clay hören, Fräuleinchen«, warnte Mr. Fish von der Tür her. »Bonner Kincade ist so wild wie sein namenloses Pferd und doppelt so gefährlich. Geschäftliche Übereinkunft oder nicht, Sie gehen ein hohes Risiko ein, wenn Sie sich auch nur in seiner Nähe aufhalten. Und nicht nur in bezug auf Ihren Ruf! Wenn wir vorhin nicht hereingekommen wären, hätte er vielleicht ...«
»Mr. Fish!« unterbrach ihn Ginny. »Das ist jetzt genug! Ich wäre Ihnen dankbar, wenn Sie Ihre Meinungen für sich behalten würden. Ich weigere mich, mir Ihre verleumderischen Bemerkungen anzuhören.«
Edward Fishs Gesicht verzerrte sich vor Wut. »Ich will berücksichtigen, daß Sie neu in der Stadt sind und unsere Gepflogenheiten noch nicht kennen. Deshalb sage ich dies so deutlich wie möglich: Eine weiße Frau, die mit einem Halbblut verkehrt, ist kein bißchen besser als eine Hure.«
Ginny sprang auf. »Und ich muß annehmen, Mr. Fish, daß Sie offensichtlich vergessen haben, daß Sie mit einer Dame sprechen.« Sie sah wieder zu Clay Foster und fügte hinzu: »Ich wäre Ihnen beiden dankbar, wenn Sie daran denken könnten,

daß dies ein Zeitungsbüro ist, ein geschäftlicher Ort, und keine verrauchte Stammtischkneipe.«
»Humph!« Ed Fish drückte sich den Hut wieder auf den Kopf und ging hinaus, die Tür ließ er offenstehen.
Clay Foster schüttelte den Kopf. »Ich bitte Sie vielmals um Verzeihung, Miss Sinclair. Seit Sonntag, als die Kavallerie seine Frachtwagen mit all diesen Leichen in die Stadt brachte, ist er nicht mehr er selbst. Ich entschuldige mich an seiner Stelle. Ich hoffe, Sie werden nicht zu unfreundlich von ihm oder mir denken.«
Ginny hob ihr Kinn und sah ihm offen ins Gesicht. »Nun, ich werde überhaupt nicht an ihn oder an Sie denken, Mr. Foster. Also, möchten Sie für Ihre Versammlungsankündigung im voraus bezahlen, oder möchten Sie eine Rechnung?«

Achtes Kapitel

Unser Brief aus Camp Grant

> Nachdem wir bereits letzte Woche den Hauptteil des Berichtes unseres Korrespondenten über Col. Bernards Indianersäuberung veröffentlicht haben, muß diesmal eine kurze Zusammenfassung vom Rest seines Briefes (auf den 6. Januar datiert) genügen ... Er lobt zu Recht die Offiziere und Männer – Col. B. dafür, daß er seinem Ruf als Indianerjäger gerecht wird, sowie Leutnant Robertson und Leutnant Kyle wegen Mut und Besonnenheit.
>
> *Arizona Citizen*

Bonner Kincade führte sein Pferd die holperige Scharte von Straße hinunter, die irgendein Narr Main Street genannt hatte. An der Art, wie ihm die Leute auswichen, erkannte er, daß sein finsteres Gesicht sie ermahnte, ihm aus dem Weg zu gehen.

Er war ganz besonders schlechter Laune. Sie war in dem Moment über ihn gekommen, als Clay Foster in das Büro der *Tucson Sun* gekommen war und sein Gespräch mit Ginny unterbrochen hatte. Die schwelende Abneigung, die er dem in Georgia geborenen Händler gegenüber empfand, ging bis in Bonners Jugend zurück. Damals nannte Foster ihn einen Bastard mit der Begründung, seine Mutter und sein Vater seien nach dem Gesetz in Wirklichkeit gar nicht verheiratet gewesen.

Bonner hatte sich zur Aufgabe gemacht, herauszufinden, von welchem Gesetz Foster gesprochen hatte. Er entdeckte ein territoriales Gesetz – mit der Absicht, die weiße Rasse »rein« zu halten –, das Weißen verbot, Indianer, Neger, Mulatten und Mongolen zu heiraten. Aber da seine Eltern geheiratet hatten, bevor Arizona ein Territory wurde, fielen sie nicht unter dieses Gesetz. Und der Ausdruck »Bastard« ließ sich weder auf Bonner noch auf seinen Bruder oder seine Schwester anwenden.
Die Wahrheit hatte Foster nicht davon abhalten können, Bonners Familie mit Schimpfwörtern zu belegen.
Aber Bonners Faust konnte es.
Im Laufe der Jahre hatte Bonner eine kalte Abneigung zu Foster und ähnlichen Leuten entwickelt, und er war stolz auf seine Fähigkeit, sie zu ignorieren. Aber heute war etwas in seinem Inneren ausgerastet, als der Mann seinen Charme eingeschaltet und begonnen hatte, in seinem markigen, gedehnten Südstaatenakzent Ginny Komplimente zu machen. Ginnys Reaktion – oder eher das Fehlen einer solchen – hatte ihn davon abgehalten, Fosters Sprechwerkzeuge zu polieren. Die meisten Frauen hätten gekichert und sich auf diese Schmeicheleien hin etwas eingebildet, Ginny jedoch hatte sie einfach ignoriert.
Das überraschte ihn. Und wenn er es sich recht überlegte, überraschte ihn alles an Ginny. Der eiserne Wille, die Verletzlichkeit, die Verwirrung und Nervosität, die sich bei ihr jedesmal zeigte, wenn er in ihre Nähe kam.
Sein Instinkt verriet ihm, daß sie Angst vor ihm hatte, aber nicht wegen seines Apachenbluts oder wegen des gefährlichen Bildes, das die Leute von ihm malten, sondern wegen der Gefühle, die er bei ihr auslöste – Wünsche und Bedürfnisse, die sie weder sich selbst noch ihm gegenüber eingestehen wollte.
Er hatte sich ehrlich bemüht, sie davon zu überzeugen, daß es nicht in seiner Absicht lag, ihre Situation auszunützen, aber als

sie ihn mit ihren vor Verlangen fiebrigen Augen angesehen hatte, hatte er es sich anders überlegt.
Wenn die Glocken über der Tür sie nicht unterbrochen hätten, dann hätte er die Beherrschung verloren und sie gepackt und geküßt. Das wäre eine schöne Bescherung gewesen, wenn man sie erwischt hätte – eine weiße Frau und ein Halbblutapache. Das war genauso ein Tabu wie eine weiße Frau und ein Neger. Ginnys Ruf wäre ruiniert gewesen, und ihn hätte man am nächsten Baum aufgehängt.
Da er das Bedürfnis hatte, seine Gedanken zu ordnen, sprang er auf sein Pferd und ritt hinüber zum Camp Lowell. Er brachte Colonel Dunn die Neuigkeit, daß die Versammlung wegen der Bürgermiliz auf Montag abend angesetzt war, und informierte ihn über die offizielle Ankündigung in den Samstagszeitungen. Er hatte seine Aufgabe erfüllt und teilte Dunn mit, daß er nach Hause reiten und irgendwann in der nächsten Woche zurück sein wollte. Er hatte nur eine Stunde gebraucht, aber als er das Zelt verließ und nach draußen kam, war es schon dunkel. Er wollte gerade aufsitzen, als jemand seinen Namen rief.
»Kincade! Warte einen Moment.« Bonner drehte sich um und sah, wie Jim Garrity ihm auf einem Rotschimmel entgegenkam. Der Major ließ sein Pferd neben Bonners Falben anhalten. »Ich bin froh, daß ich dich erwische. Wo geht es hin?«
»Nach Hause, um nach meinem Pa zu sehen.« Er stieg auf und setzte sich in den Sattel.
Jim lehnte sich vor. »Ich habe etwas, worüber ich mit dir sprechen möchte.«
»Kann das warten? Ich habe einen langen Ritt vor mir. Wenn ich nicht bald hier wegkomme, kann ich genausogut hierbleiben.«
»Ich brauche nur eine halbe Stunde. Ich habe von Stoneman eine persönliche Nachricht erhalten«, sagte er, als ob das schon alles erklärte. »Wenn du mit mir heimreitest, machst du keinen Umweg. Komm, wir können unterwegs reden.«

Da es Bonner nicht eingefallen wäre, Jim Garritys Bitte auf die leichte Schulter zu nehmen, willigte er ein. Sie ließen ihre Pferde langsamen Schritt gehen und ritten aus Camp Lowell hinaus.

Jim verschwendete keine Zeit auf Vorreden, sondern erzählte Bonner seine Neuigkeiten. »Nächsten Samstag wird General Stonemans Bericht nach Washington veröffentlicht. Er wird die Empfehlung aussprechen, in allen Stellungen bis auf acht den Betrieb einzustellen und alle Quartiermeisterdepots außer Yuma aufzulösen. Camp Lowell und das Quartiermeisterdepot in Tucson stehen auf seiner Liste der Schließungen.«

Bonner dachte einen Moment über die Information nach, bevor er Jim einen Seitenblick zuwarf. »Du weißt, daß das einen höllischen Aufruhr geben wird? Die Bürger werden schreien, daß die Army sie im Stich läßt, und die Händler und Unternehmer werden sich darüber beklagen, daß das Militär ihnen ihre Haupteinnahmequelle wegnimmt.« Bonner sah Jim an, daß er über Stonemans Beschluß nicht erfreut war. Aber er war es ebensowenig.

Sie folgten einer ausgetretenen Spur, die sie nach Tucson zurückführte. Anstatt mitten durch die Stadt zu reiten, hielten sie sich mehr an die Randbezirke.

Jim holte tief Luft und ließ sie mit einem Stöhnen wieder heraus. »Ich versuchte, Stoneman vor den Konsequenzen zu warnen, wenn er mit seinen Plänen weitermacht. Ich erklärte ihm auch, daß er meiner Ansicht nach dabei sei, seine eigene Karriere zu ruinieren, aber es kümmerte ihn nicht. Er blieb hart. Er ist der Meinung, daß die Posten, deren Schließung er empfohlen hat, keinen Nutzen mehr haben und nichts weiter als eine unnötige Ausgabe für die Regierung darstellen.« Jim sah Bonner an. »Es stimmt. Eine Konzentration der Truppen würde Geld sparen und die militärische Effektivität erhöhen.«

»Da stimme ich zu«, meinte Bonner, »aber jetzt, da die Gemü-

ter so erhitzt sind, ist es töricht, so viele Schließungen auf einmal zu empfehlen.«
Jim nickte. »Ausgabenkürzungen und Truppeneffizienz sind nicht die einzigen Gründe für seine Empfehlungen. Er behauptet, daß es einen Tucson-Ring gibt – eine Gruppe von korrupten Unternehmern, Händlern, Indianeragenten und Politikern, die nicht nur der Regierung riesige Mengen Geld abschwindeln, sondern auch die Feindseligkeiten der Indianer veranlassen, damit die Truppen im Territory bleiben.«
Bonner starrte in die Nacht. »Seit er das Kommando übernommen hat, hat er Andeutungen in diese Richtung gemacht.«
»Er dachte, er könnte sie erschrecken und zum Aufhören bewegen, indem er seinen Verdacht publik machte, aber es half nichts.«
»Nennt er Namen?«
»Nicht in seinem Bericht, aber in seinem Brief erwähnte er einige, einschließlich Clay Foster.«
»Foster?«
»Nach Stonemans Worten verdient dein alter Freund im Durchschnitt zwischen fünf- und zehntausend Dollar pro Woche an seinen Lieferverträgen mit der Regierung. Er hätte einen riesigen Schaden zu erwarten, wenn die Army ganz plötzlich abziehen würde.«
»Fünf- bis zehntausend in der Woche?« Bonner starrte Jim ungläubig an, und die Gedanken rasten ihm durch den Kopf. Nach einer ganzen Weile bemerkte er: »Dann war meine Vermutung also richtig.«
»Was für eine Vermutung?«
»Diese Frachtwagen von Fish, die wir in die Stadt brachten – ich habe mich gefragt, ob nicht irgendein Händler Lahte zu einem Überfall angestiftet hat im Austausch gegen die Karabiner und die Munition, die auf den Wagen waren.« Er fuhr sich mit den Fingern durchs Haar. »Die ganze Sache schien mir gar so zufällig zu sein und zu gelegen zu kommen – der Überfall,

die Rede des Gouverneurs, die die Army beschuldigte, keinen angemessenen Schutz zu gewährleisten, gefolgt von seiner Befürwortung einer freiwilligen Bürgermiliz.« Nachdenklich fuhr er fort: »Ich weiß, daß die Zeitungen den Wortlaut der Rede vorher bekamen, damit sie sie zeitgleich mit dem Auftritt des Gouverneurs herausbringen konnten. Aber was ist, wenn Foster sie vorher ergattern konnte?«

Jim setzte sich in seinem Sattel auf. »Himmel, Bonner, weißt du, was du hier andeutest?«

Bonner nickte. »Je länger ich darüber nachdenke, desto mehr bin ich davon überzeugt, daß Foster die ganze Sache geplant hatte.«

»Ich muß zugeben«, fügte Jim mit Abscheu hinzu, »es ist genau die Munition, die der Tucson-Ring braucht, um der Army zu zeigen, wie nötig es ist, die Truppen im Territory zu belassen. Es könnte sie vielleicht sogar davon überzeugen, noch ein paar Kompanien mehr hier zu stationieren.« Er schüttelte den Kopf. »Aber warte mal! Ich kann mir vorstellen, daß Foster seine eigenen Wagen überfallen ließ, aber diese Wagen gehörten doch E. N. Fish and Company.«

»Aber die Hälfte der Waren gehört Foster, einschließlich der Gewehre und der Munition.«

»Woher weißt du das?«

Bonner grinste selbstgefällig. »Es gibt eine kleine Senhorita, die ich hier und da besuche und die seinen Wareneingang kontrolliert.«

»Das paßt«, gluckste Jim, aber dann wurde seine Stimme wieder ernst. »Mit Ausnahme der Waffen war die Ladung selbst nicht viel wert. Aber die neun Männer, die getötet wurden – das wäre den entsprechenden Leuten eine Menge wert. Das würde Öl in Gouverneur Saffords Feuer gießen, sozusagen.«

»Interessant, daß wir die Dinge gleich beurteilen.«

»Ich muß dir sagen, Bonner, ich kann mir nicht vorstellen, daß Fish so etwas tut. Ich weiß, er nimmt kein Blatt vor den Mund

und ist streitlustig, aber er geht regelmäßig in die Kirche, und er ist Familienvater.«

»Ich glaube nicht, daß Fish etwas damit zu tun hatte. Ich glaube, Foster hat ihn benutzt. Was ich mir allerdings nicht erklären kann – warum würde Foster die Bewegung unterstützen, die eine Bürgermiliz aufstellen will? Mir scheint, eine Miliz würde die Dinge für ihn doch schwieriger machen.«

Bonner machte eine Pause, um seine Gedanken zu ordnen. »Es sei denn, er glaubt, die Army würde sie als Unruhestifter sehen – in dem Fall wäre es ein weiterer Grund, die Truppen in der Nähe zu lassen.«

»Da hast du recht«, pflichtete Jim bei. »Oder vielleicht glaubt er, sie würden nur reden und nicht handeln. Das glaube ich jedenfalls. Wenn es darum geht, loszuziehen und gegen Apachen zu kämpfen, wird jeder von ihnen eine gute Ausrede parat haben, warum sie nicht mitmachen können.«

Einige Minuten später erreichten sie Jims Lehmziegelbau. »Komm doch kurz mit hinein und laß uns versuchen, die Dinge zu klären.«

Bonner schüttelte den Kopf. »Ich kann nicht, ich muß los. Aber ich bin am späten Montagnachmittag zurück. Ich will die Versammlung nicht versäumen. Ich muß herausfinden, wer am meisten über den Überfall vom Samstag spricht.«

Jim stieg von seinem Pferd. »Es wird interessant werden, soviel ist sicher. Indy und ich wollen auch hingehen.«

Die Haustür ging auf, und Indy Garrity trat heraus. Sie sah außergewöhnlich hübsch aus in einem hellgrünen Kleid mit spitzenbesetztem Mieder. »Jim Garrity, du bist spät dran!«

»Bonner und ich hatten etwas zu besprechen.«

»Also, das könnt ihr beim Abendessen zu Ende besprechen. Ich habe einen gebackenen Schinken, süße Kartoffeln mit Honig, grüne Bohnen und Brötchen.«

Jim guckte Bonner an und wandte sich dann seiner Frau zu. »Er kann nicht bleiben. Er muß für ein paar Tage nach Hause.«

»Ach, papperlapapp!« Sie winkte energisch ab. »Er kann gehen, wenn er zu Abend gegessen hat.« Sie stellte sich auf die Zehenspitzen, um ihrem Mann einen Kuß zu geben, und ging dann um die Pferde herum zu Bonner.

»Das kannst du mir nicht abschlagen, Bonner Kincade. Ich habe *zwei* Apfelkuchen gebacken. Und um dir zu zeigen, daß ich dir vergeben habe, wie du neulich meinem Mann geholfen hast, mich in Verlegenheit zu bringen, schneide ich dir ein Stück ab, so groß, wie du willst.« Sie stand beim Kopf des Falben und hatte die Hände in die Seiten gestemmt. Bonner bekam eine ungefähre Vorstellung davon, was Jim meinte, wenn er von Indys Entschlossenheit sprach.

Ausgerechnet in diesem Augenblick mußte sein Magen knurren, und an der Art, wie Indy die Augenbrauen hochzog, konnte er ablesen, daß sie es gehört hatte.

»Ich werde ein Gedeck für dich auflegen.« Sie lächelte zu ihm hinauf und wandte sich dann um, um ins Haus zu gehen.

»Faszinierend, nicht wahr?« fragte Jim.

»Was?« Bonner stieg ab.

»Wie eine gewisse Art von Frau dich dazu überreden kann, Dinge zu tun, die du eigentlich gar nicht tun willst.«

Bonner reagierte schnell und meinte: »Sie ist schwanger. Ich wollte sie nicht aufregen.«

»M-hm.« Ohne ein weiteres Wort führte Jim sein Pferd hinter zum Stall.

Bonner stand einen Augenblick lang still und dachte über Jims Äußerung nach. Es war wirklich faszinierend. Was für eine Art von Frau war sie, daß sie das fertigbrachte? Er rief Jim zu, auf ihn zu warten. Wenn es wirklich eine *gewisse* Art gab – dann wollte er sie ganz sicher erkennen können, wenn sie ihm über den Weg laufen sollte.

* * *

Ginny überflog gerade Indys Bücherregale und berührte die Lederrücken mit ihrem Zeigefinger, während sie die Titel las. Einige ihrer Lieblingsromane waren dabei: *Jahrmarkt der Eitelkeiten, Jane Eyre, Sinn und Sinnlichkeit* und ein Dutzend weitere. Ginny glaubte, daß ihre Liebe zum Lesen sie dazu inspiriert hatte, es selbst mit dem Schreiben von Fortsetzungsromanen zu versuchen. Mit Ausnahme der Geschichte von Joaquin Murietta waren alle anderen reine Fiktion gewesen, romantische Geschichten von einsamen jungen Frauen und gutaussehenden Männern. Es hatte ihr ein Großteil Befriedigung gegeben, sie zu schreiben, aber zu wissen, daß die Leute sie gern lasen, bedeutete ihr noch mehr.

»Du kannst dir jederzeit etwas davon ausleihen«, bot Indy ihr an, als sie wieder hereinkam. Sie war auf hübsche Weise errötet – ob von der Kälte oder vom Wiedersehen mit ihrem Mann konnte Ginny nicht erkennen.

»Vielen Dank für das Angebot. Ich mußte alle meine Bücher zusammen mit den Möbeln, die mein Vater und ich in San Francisco angeschafft hatten, verkaufen, weil wir uns die Fracht hierher nicht leisten konnten.«

»Ach, wie schade.« Indys Stimme klang mitfühlend. »Es hätte mich schrecklich aufgeregt, wenn ich mir meine Bücher nicht hätte nachschicken lassen können. Sie waren das einzige, was ich vom Anwesen meines Vaters haben wollte.« Indy zog Louisa May Alcotts *Kleine Frauen* aus dem Regal und hielt es in der Hand. In der Mitte des Buches fielen die Seiten auseinander, wo eine Strähne Babyhaar zwischen den Seiten lag. Sie lachte leicht. »Ich kann mich noch daran erinnern, wie entrüstet ich war, als mir meine Mutter diese Strähne abschnitt. Sie versprach mir, sie würde sie hier auf Seite einhundertundachtzig sicher für mich aufbewahren.« Sie berührte die leicht gelockte Strähne mit ihrer Fingerspitze. »Eines Tages erzähle ich dir die ganze unerquickliche Geschichte meiner Familie. Sie würde gutes Material für eine deiner Geschichten abgeben.«

Sie machte ein zuversichtliches Gesicht und streifte dann mit ihrer Hand das Bücherregal entlang. »So ziemlich alles hier habe ich mindestens einmal gelesen. Wenn du mir verrätst, was für eine Art Buch du gern hast, könnte ich dir vielleicht ein paar Titel empfehlen.«

»Mein Geschmack ist recht vielfältig. Ich mag von allem ein wenig«, antwortete Ginny mit einem Schulterzucken.

»Na gut, denk mal darüber nach und gib mir dann Bescheid.« Indy sah auf das Buch in ihren Händen und blätterte die Seite um. Fast abwesend sagte sie: »Ich muß Bonner fragen, ob ihm das Buch gefällt, das er sich neulich ausgeliehen hat. Ich hätte nicht gedacht, daß *Frankenstein* ihn ansprechen würde, aber er wollte es lesen. Ich habe Alpträume davon bekommen – allerdings bezweifle ich, daß es auf ihn die gleiche Wirkung hat. Bonner Kincade kommt mir nicht gerade vor wie ein Mann, der vor irgend etwas Angst hätte.« Indy begann zu lachen, hörte dann plötzlich auf und meinte: »Ach, da ich gerade von Bonner spreche – das hätte ich fast vergessen. Ich hatte heute keine Gelegenheit, ihn zum Abendessen einzuladen, weil ich ihn in der Stadt nicht finden konnte, aber zum Glück ritt er mit Jim nach Hause und wird sich zu uns gesellen. Ist das nicht schön?«

Einen Moment lang sprachlos vor Überraschung, starrte Ginny auf die Bücher. »J-ja, s-sehr – schön.« Ihr versagte die Stimme.

Indy schien zerknirscht zu sein. »O Ginny, es tut mir so leid! Ich hatte einfach angenommen, daß es dir nichts ausmachen würde. Bonner, nun, er ist eine Art Freund der Familie, und ich ...«

Ginny legte ihre Hand auf Indys Arm. »Es macht mir nichts aus. Wirklich nicht. Es ist nur, daß er ... ich meine ... wann immer ich in seiner Nähe bin ... macht er mich so nervös.«

Indys Augen wurden größer. »Ach so.«

In dem Augenblick ging die Tür auf. Indy blieb noch einen Moment stehen mit einem Zwinkern in den Augen, während sie Ginny ansah. Dann gab sie Ginny das Buch, das sie in der Hand hatte, tätschelte beruhigend ihren Arm und entschuldigte sich, um ihrem Ehemann entgegenzueilen. Ginny starrte auf das Buch. Niemand brauchte ihr zu sagen, wann Bonner Kincade hereinkam und sie bemerkte, denn sie spürte es. Sie sah von dem Buch auf und wurde von einem Augenpaar angezogen, das so dunkel war wie eine mondlose Nacht.

Nur ein paar Stunden zuvor hatte sie sich in diesen Augen verloren. Und wenn sie nicht achtgab, dann würde es wieder passieren, hier, vor allen anderen.

Bonner war es, der seinen Blick zuerst abwandte. »Du hast mir nicht gesagt, daß du Gäste hast«, meinte er zu Indy. »Ich störe hier.« Er wandte sich der Tür zu.

Indy griff seinen Unterarm und zog ihn zurück. »Du störst ganz und gar nicht, Bonner Kincade. Ich hatte ohnehin vorgehabt, dich mit einzuladen, aber ich konnte dich in der Stadt nicht finden. Jetzt beruhige dich, ich will euch miteinander bekannt machen.« Sie schritt durch den Raum zu Sam Sinclair. »Sam, ich möchte Ihnen meinen Mann vorstellen, Major James Garrity. Und Bonner Kincade haben Sie natürlich schon kennengelernt. Jim, Bonner, dies ist Sam Sinclair, der neue Eigentümer der *Tucson Sun.*«

Sam lächelte und reichte Jim die Hand. »Schön, Sie kennenzulernen, Major Garrity. Ich habe schon allerhand von Ihnen gehört.«

Jim gluckste. »Ich hoffe, Sie glauben nicht alles, was Sie hören, Mr. Sinclair.«

Sams Lächeln wurde schwächer, als er sich Bonner zuwandte und ihre Blicke sich trafen. Er stand einen Augenblick da, als ob er versuchte, sich an irgend etwas zu erinnern.

Ginny klappte das Buch zu und hielt sich daran fest. Jetzt wünschte sie sich, sie hätte ihrem Vater erzählt, wie er sich im Rausch Bonner gegenüber verhalten hatte. Wenn ihn die direkte Begegnung mit Bonner jetzt an ihre Konfrontation

erinnerte, dann wäre er entweder schrecklich verlegen oder schrecklich wütend.
»Ich erinnere mich an Sie«, sagte Sam Sinclair schließlich. Ginny sank das Herz. »Sie sind der zivile Späher der Garnison«, fuhr Sam fort. »Sie ritten am Sonntag mit der Kolonne in die Stadt. Ich bemerkte zu Ginny, Sie seien ein Späher, aber ich wurde von jemandem korrigiert« – er legte die Finger seiner linken Hand an seine Schläfe –, »ich kann mich nicht genau erinnern, von wem, vielleicht von Wasson.« Er starrte ihn noch einen Moment an und gab ihm dann die Hand.
Ginny atmete erleichtert auf. Ihr Vater erinnerte sich immer noch nicht an die Szene. Sie hoffte, Bonner würde so viel gesunden Menschenverstand haben, es nicht zu erwähnen.
Indy trat vor. »Es tut mir leid, ich hatte gedacht, Sie beide seien sich bereits offiziell vorgestellt worden.«
»Es freut mich, Ihre Bekanntschaft zu machen, Sir«, erklärte Bonner und guckte zu Ginny, während er Sam die Hand schüttelte. »Das Territory kann einen verantwortlichen Journalisten wie Sie gut gebrauchen.«
»Sind Sie mit meiner Arbeit vertraut, Mr. Kincade?«
»Nicht mit Ihren aktuellen Artikeln, aber mit denen, die während des Krieges erschienen, als Sie Frontberichterstatter waren.«
»Sieh mal einer an«, staunte Sam. »Ich hätte nicht gedacht, daß außer Ginny und mir noch irgend jemand an meine glorreichen Zeiten denkt. Ach …« Er ließ Bonners Hand los und wandte sich zu Ginny um. »Meine Herren, bitte entschuldigen Sie meine schlechten Manieren. Ich möchte Ihnen beiden meine Tochter und Helferin Ginny vorstellen.«
Jim neigte seinen Kopf. »Angenehm, Sie kennenzulernen, Miss Sinclair. Meine Frau hat mir schon viel von Ihnen erzählt.«
»Ich freue mich, Sie endlich kennenzulernen, Major«, erwiderte sie mit den besten Umgangsformen, die ihre Mutter ihr beigebracht hatte. Sie straffte sich für ihre offizielle Vor-

stellung Bonner gegenüber, als ob sie wirklich eine nötig hätte.
»Miss Sinclair«, sagte Bonner förmlich, und sie bemerkte, daß er ihr die Entscheidung überließ, mitzuteilen, daß sie sich schon begegnet waren.
In dem Bewußtsein, wie gänzlich unmöglich es für sie war, Geheimnisse für sich zu behalten und etwas vorzutäuschen, beschloß sie, es sei das beste, die Wahrheit zu sagen, oder doch zumindest einen Teil davon. »Es freut mich, Sie wiederzusehen, Mr. Kincade.«
»Ihr kennt euch? Wo war ich denn, als ihr beide euch kennengelernt habt?« fragte Sam und sah Ginny an.
Ginny legte ihren Finger ans Kinn, um deutlich zu machen, daß sie nachdachte. »Warte mal, das erste Mal hast du Opfer des Indianerüberfalls interviewt. Das zweite Mal – nun ja, das war heute. Mr. Kincade kam ins Büro, um eine Anzeige aufzugeben wegen ...« Sie war nicht in der Lage fortzufahren. Um ihre Verlegenheit zu verbergen, zuckte sie mit den Schultern, als ob ihr der Inhalt der Anzeige entfallen war.
In Bonners Augen blitzte Vergnügen auf. »Mein Vater und ich züchten Pferde«, erklärte er. »Ich gab eine Anzeige auf, in der ich unseren Zuchthengst zum Decken anbot.«
»Zuchthengst zum Decken?« wiederholte Sam.
»Stimmt«, bestätigte Ginny schnell. »Ich ... ich hatte vergessen, wie das genannt wird.« Sie schluckte und sah mit flehendem Blick zu Indy hin.
»Ach, du meine Güte!« rief Indy plötzlich und schnupperte in die Luft. »Ich rieche meine Brötchen. Ginny, könntest du mir vielleicht helfen, das Essen aufzutragen?«
»Natürlich, gern.« Dankbar für die Rettung folgte ihr Ginny in die winzige Küche des Häuschens. »Danke. Du bist eine wahre Freundin.«
Indy drehte sich um und sah ihr unumwunden ins Gesicht. »Das bin ich. Aber du mußt dich in den Griff bekommen.

Zwischen dir und Bonner sprühen genug Funken, um ganz Tucson anzuzünden.«

Ginny guckte unsicher zur Seite. »Ich weiß nicht, was es ist«, gab sie zu, »aber er brennt wie Feuer in meinem Blut. Ich kann nicht aufhören, an ihn zu denken. Ich kenne ihn noch nicht einmal eine Woche, und ich ...« Sie konnte sich nicht dazu bringen, auszusprechen, was sie dachte – daß sie ihn begehrte, mehr als alles andere in ihrem Leben. »Ich muß diesen Unsinn stoppen. Es hat überhaupt keinen Sinn.«

Ein verstohlenes Lächeln umspielte Indys Lippen. »So habe ich Jim gegenüber gleich beim allerersten Mal empfunden, als ich ihn zu Gesicht bekam«, gestand sie. »Zeit hat gar nichts damit zu tun. Manchmal passiert es so schnell, daß du nicht darauf vorbereitet bist. Es könnte in einem Moment, einem Tag oder einer Woche geschehen ... und man kann es auf keinen Fall erklären. Aber« – sie senkte den Blick und ihre Stimme – »es gibt da ein paar Dinge, die du wissen mußt, bevor das irgendwie weitergeht.«

»Was für Dinge?«

Indy legte ihre Hand auf Ginnys Arm. »Wir reden nach dem Essen darüber, wenn wir unter uns sind. Inzwischen solltest du jedesmal, wenn du so nervös wirst wie vor ein paar Minuten oder nicht weißt, was du sagen sollst, einfach zu mir herüberschauen.«

»Zu dir schauen? Wie soll das helfen?«

»Ich kann es nicht erklären. Ich weiß einfach, daß es helfen wird. Vertraue mir.«

»In Ordnung. Aber du weißt nicht, was für eine Wirkung er auf mich hat. Ich werde den ganzen Abend zu dir hinübersehen.«

Als Indy und Ginny das Essen auftrugen, kamen die drei Männer an den Tisch. Es war ein kleiner, runder Tisch, der mit sechs Leuten überfüllt gewesen wäre, aber für fünf gerade gemütlich war. Ginny setzte sich zwischen Jim und Bonner, während Indy sich zwischen Bonner und Sam setzte.

Der Duft von gebackenem Schinken ließ Ginny das Wasser im Munde zusammenlaufen. Sie gab offen zu, daß sie keine sehr gute Köchin war. Sie hatte nicht das Talent, einen Schuß von diesem und eine Prise von jenem dazuzugeben, was ihre Mutter zu einer so guten Köchin gemacht hatte.
Trotz ihres Gesprächs mit Indy waren Ginnys Nerven in solch einem Zustand, daß sie nicht wußte, wieviel sie essen konnte. Aber es sollte nicht so aussehen, als ob ihr das Essen nicht schmeckte, deshalb nahm sie von allem eine kleine Portion.
»Das sieht alles ganz wunderbar aus, Mrs. Garrity«, freute Sam sich. »Ich habe keine solche Mahlzeit nach Hausfrauenart mehr gehabt, seit meine Frau verstarb.« In dem Moment, in dem der Satz ausgesprochen war, verzog er das Gesicht, offenbar in der Erkenntnis, daß sein Kompliment an Indy gleichzeitig eine Kränkung für Ginny war. »Verstehen Sie mich nicht falsch«, versuchte er schnell, die Sache auszubügeln. »Meine Ginette ist eine gute Köchin. Es ist nur so, daß sie nie viel Zeit hatte, um ...«
»Ist ja gut, Pa!« unterbrach ihn Ginny. »Du hast mich nicht verletzt. Ich behaupte nicht, eine gute Köchin zu sein.«
»Ich würde auch nicht kochen, wenn ich nicht müßte«, warf Indy ein. »Ich würde viel lieber das tun, was du tust, Ginny. Natürlich habe ich kein Talent zum Schreiben. Ich kann nicht einmal einen guten Brief schreiben.«
Ginny würgte eine grüne Bohne hinunter. So viel war also Indys Versprechen, niemandem von ihrer Schreibtätigkeit zu erzählen, wert. Mit einem Schlag brachte sie es fertig, es ihrem Mann und Bonner gleichzeitig zu erzählen. Ginny war überzeugt, daß Indy es nicht absichtlich getan hatte, aber das schaffte das Problem nicht aus der Welt.
Ginny reagierte schnell. »Ich schreibe nur Geschichten«, erklärte sie und starrte die plötzlich erblassende Indy eindringlich an.
»Was für Geschichten, Miss Sinclair?« erkundigte sich Jim.

Major James Garrity war ein Mann, der die Aufmerksamkeit einer jeden Frau auf sich ziehen würde. Er hatte schwarzes Haar und dunkelbraune Augen. Ginny übersah auch nicht die verwegene Linie seines Mundes und das lebendige Glitzern in seinen Augen. »Ich schreibe Fortsetzungsgeschichten, von der Art, wie sie in wöchentlichen Folgen in Zeitungen und einigen Frauenzeitschriften erscheinen.«

»Wenn ich es mir recht überlege«, warf Indy dazwischen, »kann es nicht sein, daß ich eine deiner Geschichten in *Godey's Lady's Book* gesehen habe? Ich bin mir ziemlich sicher.«

»Denen habe ich einige verkauft«, gab Ginny zu. »Und jetzt werden wir sie in der *Tucson Sun* wieder abdrucken, nicht wahr, Pa?«

»Ja, tatsächlich«, bestätigte Sam, und ein stolzes Lächeln erwärmte sein von Furchen durchzogenes Gesicht. »Die *Sun* soll sich in Stil und Format wesentlich von den anderen Zeitungen im Territory unterscheiden.«

»Sind Sie schon lange im Zeitungsgeschäft?« fragte Jim.

»Dies ist das erste Mal, daß ich meine eigene Zeitung herausgebe, aber ich fing an, als ich jung war – als Handlanger eines Lehrlings, damals lernte ich bei einer Zeitung in New York die Grundlagen des Schriftsetzens.« Er schüttelte den Kopf und lachte. »Das waren noch Zeiten.«

Jim bekam einen nachdenklichen Blick. »Dann machen Sie sich keine Sorgen wegen der zwei anderen Zeitungen in der Stadt?«

Sam zeigte mit der Gabel auf Jim. »Der *Arizonan* wird keinen Bestand haben. Ich habe mit Dooner gesprochen. Er weiß, daß er an Terrain verliert, und er macht nur weiter, bis er etwas anderes findet. Er gibt seinem politischen Engagement die Schuld für die meisten seiner Probleme.« Sam sah auf seinen Teller und schnitt sich ein paar Bissen Schinken zurecht. »Im kommenden Frühling wird es nur noch zwei Zeitungen in Tucson geben, und sie werden so verschieden sein wie Tag und Nacht.«

Bonner beugte sich vor und meldete sich das erste Mal zu Wort. »Ich nehme an, Sie haben die alten Ausgaben des *Citizen* gelesen?«

Auf Sams Nicken hin fuhr Bonner fort. »Dann wissen Sie, wo Wasson steht bezüglich der Lage der Indianer.«

Sam nahm seine Serviette und tupfte sich die Lippen ab. »Ja, das weiß ich.« Er machte eine kleine Pause und sah erst Jim und dann Bonner an. »Ich möchte Ihnen beiden versichern, daß Sie meine persönliche Meinung nicht im Nachrichtenteil finden werden, egal, wie ich die Situation der Indianer beurteile. Ich glaube fest daran, daß Nachrichten lediglich Nachrichten zu sein haben – die fünf ›W‹ einer Nachricht zählen, das Wer, Was, Wann, Wo und Warum. Die Meinung des Herausgebers sollte sich einzig und allein auf die Leitartikel beschränken.«

»Das wird eine erfrischende Abwechslung sein«, meinte Bonner und nickte Jim zu.

Bisher war es Ginny gelungen, Bonner zu ignorieren, indem sie ihre Aufmerksamkeit auf Jim und ihren Vater konzentrierte, aber jetzt – vielleicht, weil er sich vorgebeugt hatte – war sie sich seiner Gegenwart nur zu bewußt. Sie setzte sich aufrecht hin, preßte ihr Rückgrat gegen die Stuhllehne und faltete die Hände im Schoß. Je länger sie so dasaß, desto nervöser wurde sie. Sie sah zu Indy hinüber, deren hochgezogene Augenbrauen und zusammengepreßten Lippen sie ermahnten, sich zusammenzunehmen.

»Ich kannte John Wasson schon, als er noch bei einer Zeitung in Oakland arbeitete«, bemerkte Sam. »Er ist ein guter Zeitungsmann, aber er ist zu parteiisch, und er hat einen bissigen Stil. Wenn er beschließt, mich oder die *Sun* in seinem *Citizen* herauszufordern, dann wird er eine Überraschung erleben, denn ich weigere mich, Schmähungen mit ihm auszutauschen, und werde mich auch nicht auf einen Leitartikelkrieg einlassen. Das ist einfach nicht mein Stil.«

»Möchte irgend jemand eine zweite Portion?« Indy reichte die grünen Bohnen und Biskuits noch einmal durch die Runde.

Bonner hatte Ginny mit der Aufmerksamkeit einer Katze beobachtet. Auf perverse Art genoß er ihre Nervosität, weil er wußte, daß er der Grund dafür war. Er fand ihre Entschlossenheit, ihre Gefühle zu verbergen, bewundernswert, aber er betrachtete sie als Zeit- und Energieverschwendung, denn es half nichts.

Die Leute sagten oft, er hätte keine Gefühle – er hätte Nerven aus Stahl und sei eiskalt. Sie würden es nicht glauben, wenn sie wüßten, durch welche Hölle er heute abend ging. Jedesmal wenn Ginny sich vorbeugte, erlaubte ihm ihr tief ausgeschnittenes Dekolleté einen kurzen Blick auf die weiche und runde Fülle ihres Busens. Die hochgeschlossenen Blusen, in denen er sie bisher gesehen hatte, hatten in keiner Weise angedeutet, wie gut sie ausgestattet war.

Heute abend trug sie ihr Haar gerade nach oben gebürstet und oben auf ihrem Kopf in losen Locken aufgetürmt, die hüpften, wenn sie sich bewegte. Ihr Gesicht war seltsam eindrucksvoll mit seinen hohen Wangenknochen, geschwungenen Augenbrauen und der alabasterfarbenen Haut, die so vollkommen glatt war, daß es ihn danach verlangte, sie zu berühren, nur um auszuschließen, daß sie eine Sinnestäuschung war.

Obwohl er spürte, daß sie sich dessen nicht bewußt war, war sie unbeschreiblich verführerisch, und er war ein verflixter Narr, sich in Versuchung bringen zu lassen. Er konnte sich damit nur Schwierigkeiten einhandeln.

Da es in seiner Leistengegend zunehmend enger wurde, wurde es für ihn unbequem, sich vorzubeugen. Er lehnte sich zurück und verfluchte einen gewissen Teil seines Körpers dafür, daß er so eigenwillig war. Sein rechtes Bein rührte zufällig an Ginnys linkes Bein, und er hörte sie nach Luft schnappen. »Entschuldigung«, murmelte er stirnrunzelnd. Aber es tat ihm überhaupt

nicht leid. Tatsächlich hätte er es am liebsten noch einmal getan – diesmal absichtlich –, nur weil er ihre Reaktion genoß.
»Es ist nichts passiert«, gab sie zurück, aber ihr unruhiger Blick strafte sie Lügen. Sie sah hastig weg und in Indys Richtung. Bonner beobachtete Ginny noch einen Moment, wandte dann seinen Kopf nach links und erwischte Indy dabei, wie sie in Ginnys Richtung unhörbar Worte formte.
Er hatte es doch gewußt! Die beiden steckten unter einer Decke und sprachen über ihn, wenn er gerade nicht hinsah. Er schenkte Indy ein Lächeln, das sie einschüchtern sollte, und bat: »Könntest du das bitte wiederholen? Ich habe nicht alles mitbekommen.«
Indy ließ ihren Mund zuschnappen und funkelte ihn an. »Ich hoffe, ihr habt noch Platz für den Nachtisch«, verkündete sie mit einer Stimme, die so süß und durchdringend war wie ein Pfeil, dessen Spitze in Honig getaucht worden war.
Irgend etwas verriet ihm, daß er gerade einen taktischen Fehler gemacht hatte. Er setzte sein gewinnendstes Lächeln auf. »Du hast doch gesagt, du hast zwei Apfelkuchen gebacken, oder?«
Sie ignorierte ihn und stand auf. »Kaffee? Tee?« Nachdem alle ihre Wünsche geäußert hatten, ging sie in die Küche.
»Major«, sprach Sam Jim an, während er noch ein Stück gebackenen Schinken von der Platte in der Mitte des Tisches nahm. »Es gibt da ein paar Dinge, die ich Sie gern fragen würde. Ich weiß nur sehr wenig über die Situation der Indianer im Territory, und ich muß gewisse Dinge verstehen, um mit Selbstvertrauen und Kompetenz darüber schreiben zu können.«
Jim aß erst seinen Bissen auf, bevor er sprach. »Gern. Was möchten Sie denn wissen?«
»Alles, was Sie mir sagen können, aber für den Augenblick gebe ich mich mit der Frage zufrieden, ob Sie glauben, daß die Situation zwischen den Weißen und den Apachen gelöst werden kann.«

»Allmählich, ja. Aber es wird nicht einfach werden, solange keine der beiden Seiten dazu bereit ist, irgendwelche Zugeständnisse zu machen. Was meinst du, Bonner?«
Jim war der gewandtere Gesprächspartner, nicht er. Und dies war ein Thema, über das er nicht gern sprach, weil es keine einfachen Antworten gab, und das war es, was die meisten Weißen wollten – einfache Antworten. Zögernd antwortete er. »Frieden zwischen den Weißen und den Apachen ist noch weit weg. Wenn es Frieden geben wird, dann nicht wegen einer gegenseitigen Abmachung oder eines Vertrages, sondern weil die Apachen keine andere Wahl haben, als sich zu ergeben und in den Reservaten des weißen Mannes zu leben, unter den Gesetzen des weißen Mannes.«
Ginny griff nach ihrem Wasserglas und streifte ihn leicht mit ihrem Arm. Ihr Duft strömte über ihn. »So, wie Sie das sagen, habe ich den Eindruck, daß Sie von dem Reservatsplan nicht viel halten«, meinte sie und sah ihn aus dem Augenwinkel an. »Ich weiß nur, was ich über Präsident Grants Friedenspolitik gelesen habe, aber es scheint mir eine umsetzungsfähige Idee zu sein – meinen Sie nicht?«
Er wandte sich ihr zu. »Das dachte ich zunächst auch, als Grant das Amt für Indianische Angelegenheiten einrichtete. Aber die ganze Verantwortung dafür, den Plan zum Funktionieren zu bringen, übertrug er anderen und trieb die Sache nicht so voran, wie er ursprünglich vorgeschlagen hatte.«
»Also, wie weit ist der Friede noch entfernt?« fragte Ginny, während sie ihr Glas an die Lippen hob. Wenn er sich nicht täuschte, dann bebten ihre Lippen.
Bonner zögerte, da er im Augenblick nicht fähig war, zu denken, vom Reden ganz zu schweigen. »Zehn oder fünfzehn Jahre.«
Nachdem sie einen Schluck Wasser getrunken hatte, setzte sie ihr Glas wieder ab und erwiderte seinen Blick. »Bei dem Tempo, in dem Indianer Weiße töten und Weiße Indianer,

weiß ich nicht, ob in zehn oder fünfzehn Jahren überhaupt noch jemand übrig sein wird, um sich über den Frieden Gedanken zu machen. Warum können sie nicht jetzt irgendeinen Vertrag machen und die Sache abschließen?«

Wenn nicht ihr ernsthafter Gesichtsausdruck gewesen wäre, hätte er gelacht. »Ich enttäusche Sie ungern, Miss Sinclair, aber Verträge mit der Regierung sind das Papier nicht wert, auf dem sie geschrieben sind.«

»Bei all den Konflikten zwischen den Weißen und den Apachen muß es für Sie sehr schwierig sein ...«

»Ein Halbblut zu sein?« beendete er den Satz für sie und spielte eine Gleichgültigkeit diesem Ausdruck gegenüber vor, die er in Wirklichkeit nicht empfand, zumindest nicht, wenn Ginny betroffen war. »Es gibt Momente, in denen es schwieriger ist als in anderen. Das Schwerste ist zu erkennen, wer im Recht ist und wer nicht.« Er sah auf den Tisch. »Ich gebe zu, es gibt Zeiten, in denen es für mich unmöglich ist, das zu wissen, *weil* ich bin, wer ich bin.«

Ginny starrte ihn an, und ihre Augen reflektierten den Lichtschein der Lampe.

»Major Garrity«, sagte Sam, »Ihre Frau erzählte Ginny, daß Sie einiges für eine friedliche Lösung tun. Was könnte das sein?«

Jim sah über den Tisch hinweg zu Indy. »Bonner und ich versuchen, realistisch zu denken. Wir wissen, je länger die Indianerkriege dauern, desto mehr Menschen werden verletzt und getötet. Wir sind der Überzeugung, wenn wir die Niederlage der Apachen beschleunigen, wird das dazu beitragen, Leben zu retten.«

»Ich fürchte, ich verstehe Sie nicht, Major«, gab Ginny zu.

Bonner schätzte die Tatsache, daß sie wirklich interessiert zu sein schien und nicht nur Konversation betrieb. Die Liste der Dinge, die ihm an ihr gefielen, wuchs, und er wünschte, es wäre nicht so.

»Um die Niederlage zu beschleunigen, bilde ich zum Beispiel Weiße in der Kunst der indianischen Kriegsführung aus«, erläuterte Jim. »Wissen Sie, es ist eine Tatsache, daß die normalen Soldaten keine echten Gegner für die Apachen sind. Indem ich also einige ausgewählte Soldaten unterrichte, so zu denken und zu kämpfen wie die Apachen, können wir ihnen in ihren eigenen Hochburgen begegnen, anstatt in der Wüste vor ihnen davonzulaufen.«

»Sie sprachen von der *Kunst* der Kriegsführung der Apachen?«

»Ganz recht, Miss Sinclair. Ein Apachenkrieger ist der großartigste Guerillakämpfer, den es gibt. Er ist schnell und gerissen. Er weiß sich so gründlich zu verkleiden, daß Sie eher auf ihn treten würden, als ihn zu erkennen. Er kann an jedem Hang Nahrung finden, und er weiß immer, wo er Wasser findet. Bonner kann es Ihnen bestätigen. Er ist als Krieger erzogen worden.«

Bonner verspannte sich und funkelte Jim an. Himmel, wie er es haßte, wenn Jim ihn als Beispiel benutzte. Aus dem Augenwinkel heraus sah er, wie Ginny sehr still und sehr blaß wurde.

Nach einem kurzen Schweigen übernahm Jim wieder das Gespräch. »Es gibt an beiden Völkern gute und schlechte Züge«, meinte er. »Einer der schlechten Züge der Apachen ist es, daß sie darauf bestehen, alles so zu tun, wie sie es schon immer getan haben. Sie nehmen keine Veränderungen, Verbesserungen oder Fortschritte an.«

Sam setzte sich auf. »Aber sie müssen doch sehen, wie sich alles um sie herum verändert – wie der weiße Mann Fortschritte gemacht hat.«

Jim schüttelte den Kopf. »Sie sehen nur, daß die Weißen in immer größerer Zahl kommen und daß ihre Waffen noch mehr Unheil anrichten können als vorher.«

Bonner war froh, daß das Gespräch ohne ihn weiterlief. Er

spürte, daß es Ginny ebenso ging. Ihr Gesichtsausdruck änderte sich ständig und spiegelte die verschiedensten Gedanken und Gefühle wider, und in einem ganz kurzen Augenblick sah er etwas wie Verständnis in ihren Zügen.

Neuntes Kapitel

Die Indianerfrage
Aufruf zur öffentlichen Versammlung

Die feindlichen Indianer von Arizona vergrößern das Gebiet ihrer Verwüstungen eher, anstatt es zu verkleinern, wie auch die Anzahl ihrer Raubzüge. Wir haben erfahren, daß die Militärbehörden vorhaben, die Camps Crittenden, Lowell und Whipple aufzugeben und die Besatzung der Camps Bowie, Grant und McDowell zu verringern, die alle eigentlich erhalten und verstärkt werden müßten, um einen angemessenen Schutz der Bürger zu gewährleisten. Wir halten es für höchst ratsam, zusammenzukommen und solche gerechten und wahren Anliegen vorzubringen bei denen, die auf dem Gelände Befehlsgewalt haben, die zu höherer anstatt weniger Sicherheit für Leib und Leben führen können. Wir werden uns am Montag, den 23. Januar 1871 um 19.30 Uhr im Rathaus von Tucson versammeln. Gezeichnet: E. N. Fish, P. R. Tully, Samuel Hughes, D. A. Bennett und eine große Anzahl angesehener Bürger.

Tucson Sun

Indy und Ginny deckten den Tisch ab und trugen die Apfelkuchen auf. Ginny setzte sich, während Indy austeilte. Sie bemerkte, daß Indy für Bonner ein extra großes Stück abschnitt.

»Groß genug?« fragte Indy und stupste Bonners Schulter an, als sie ihm den Teller vorsetzte.

»Besser als letztes Mal«, antwortete er und ließ ein Lächeln um seine Mundwinkel spielen. Er spießte mit seiner Gabel ein Stück Apfel auf und kaute es genußvoll. »Mmmm.« Er sah zu ihr auf. »Unübertroffen.«

Ginny war etwas neidisch auf die Tatsache, daß Bonner Indys Küche so sehr mochte. Vielleicht führte der Weg zum Herzen eines Mannes wirklich durch seinen Magen. Sie lächelte in sich hinein. Er brachte sie fast dazu, daß sie kochen lernen wollte.

Als er fertig war, lehnte er sich zurück. »Das war gut. Wirklich gut.« Er wischte sich den Mund mit der Serviette, stand dann auf und stellte sich hinter seinen Stuhl. »Ich hoffe, Sie entschuldigen mich, aber es ist schon spät.«

»Ich bin froh, daß du geblieben bist«, sagte Jim.

»Möchtest du etwas Kuchen mitnehmen?« fragte Indy. »Du hast einen langen Ritt vor dir.«

Bonner lächelte und schüttelte den Kopf. »Was? Ein Mann zum Durchfüttern ist dir wohl nicht genug?«

Indy legte ihren Kopf auf die Seite. »Ich möchte nur nicht, daß du Hunger bekommst.«

Bonner reichte Ginnys Vater die Hand. »Sam, ich freue mich darauf, Ihre Erstausgabe zu lesen.«

Sam stand auf und schüttelte Bonner die Hand. »Ich freue mich darauf, wieder einmal mit Ihnen zu sprechen.«

»Ich auch.«

»Gute Reise.«

»Danke, Sir.« Bonner wandte sich Jim zu. »Wenn nichts dazwischenkommt, bin ich zur Bürgerversammlung zurück.«

»Wenn du rechtzeitig in die Stadt kommst, dann komm zum Abendessen zu uns«, lud Indy ihn ein, während sie begann, das restliche Geschirr abzutragen.

Bonner nickte, dann schweifte sein dunkler Blick zu Ginny. »Gute Nacht, Miss Sinclair.« In seinen Augen flackerte echtes Gefühl auf, das Ginny die Luft anhalten ließ. Unter dem Tisch legte sie die flache Hand auf ihren Magen, um die Wellen der

Sehnsucht einzudämmen. Es war der Blick in seinen Augen, derselbe, den er ihr heute schon einmal zugeworfen hatte, als er das Büro verlassen hatte – der Blick, der sagte, daß sie noch nicht miteinander fertig waren.
»Es war angenehm, Sie wiederzusehen, Mr. Kincade«, hörte sie sich sagen.

Ginny aß schweigend den Rest ihres Nachtischs, während ihr Vater und Jim sich weiter unterhielten. Sie versuchte, sich zum Zuhören zu zwingen. Aber ein Teil von ihr weigerte sich, sich zu konzentrieren, weil er fest in Bonner Kincades starken Armen saß und mit ihm auf seinem großen Pferd in die Nacht hinausritt.
Ginny erschrak, als Indy genau vor ihrem Gesicht in die Hände klatschte. »Mücken! Ich habe diese Insekten so über, daß ich schreien könnte!« Indy stand vor ihrem Stuhl und lehnte sich über den Tisch mit der festen Absicht, den fliegenden Störenfried zu fangen. »Ich habe mir von einem mexikanischen Farmer, den ich kenne, ein paar Küken bestellt«, erklärte sie Ginny, während sie in die Luft schnappte. »Im März will Jim mir einen Hühnerstall bauen.« Ihre Augen folgten dem kreisenden Insekt, und als es auf dem Tisch landete, erschlug sie es mit der Handfläche. »Erwischt!« verkündete sie stolz.
Ginny war vollkommen verblüfft. »Entschuldige, wenn ich frage, aber was haben Mücken und Hühner miteinander zu tun?«
»Na, Hühner fressen alle möglichen Insekten – kriechende, fliegende, große, kleine«, erklärte sie. »Durch die Schwangerschaft habe ich viel gelesen. Was mir Sorgen macht, ist Malaria. Wir sind so nah am Fluß, und im Sommer werden die Moskitos zum ernsthaften Problem. Ich habe irgendwo gelesen, eine kleine Hühnerschar würde die Moskitos im Umkreis des Hauses in Schach halten und mich gleichzeitig mit frischen Eiern

versorgen. Wer weiß? Vielleicht fange ich damit ja eine neue Mode an«, meinte sie selbstgefällig.
Ginny nickte langsam mit dem Kopf. »Verstehe.« Zumindest glaubte sie, es zu verstehen, aber sie war sich nicht sicher. Im Augenblick schien gar nichts viel Sinn zu ergeben, Indy eingeschlossen, deren wechselnde Stimmungen Ginny immer wieder überraschten.
»Wollen wir nicht unsere Umhänge nehmen und ein bißchen nach draußen gehen?« schlug Indy vor. »Ich möchte dir meinen kleinen Freund vorstellen.« Während Ginny zur Tür ging, verschwand Indy noch einmal kurz in die Küche und kam einen Moment später mit einem Bündel Karotten unter dem Arm wieder. Sie blieb kurz bei ihrem Mann stehen und erklärte: »Wir gehen für ein paar Minuten nach draußen.«
Jim sah auf und lächelte sie an. »Kraul Paco für mich!«
Sie beugte sich über seine Schulter und gab ihm schnell einen Kuß. »Das mache ich«, sagte sie und winkte Ginny, ihr zur Haustür zu folgen.

Ein kürbisfarbener Mond stand über dem zerklüfteten Grat eines fernen Berges. Aus dem Nordwesten kommende Gewitterwolken stahlen langsam das Mondlicht und verdunkelten den Himmel. Die Winterluft war voll von tierischen Gerüchen, dem Duft würziger Speisen und von brennendem Mesquiteholz. Ein paar Häuschen weiter schrie ein Baby, und einige Hunde bellten. Ginny stellte sich neben den Pfosten, an dem die Pferde angebunden wurden, und hörte der blechernen Musik und dem wilden Lachen aus einem Saloon in der Nähe zu. Der schrille Schrei einer Frau unterbrach den Lärm und erinnerte Ginny an die beiden mexikanischen Frauen, die ihre Begegnung mit Bonner vor dem Congress Hall Saloon mitbekommen hatten, als sie Greeley rettete.
»Wird es hier überhaupt jemals ruhig?« fragte sie.
Indy ging auf die Straße hinaus und sah umher. »Nicht bevor

die Saloons schließen, so etwa gegen ein Uhr«, antwortete sie.
»Was machst du denn?« fragte Ginny.
Indy drehte sich um und kam zurück. »Ich suche nach Paco, aber ich sehe ihn nicht«, erklärte sie, offensichtlich enttäuscht. »Manchmal kommt er erst sehr spät.«
»Wer denn?«
»Paco, der kleine, wilde Esel, von dem ich dir erzählt habe.«
»Ah.«
»Ich gebe ihm noch ein paar Minuten.« Ein plötzlicher Wind brachte Indy dazu, ihren Umhang fester um ihre Schultern zu wickeln. Sie lehnte sich neben Ginny an den Pfosten. Nach einer Weile begann sie, ihren Bauch zu massieren.
Lange Zeit schwiegen sie beide.
Ginny sah Indy verstohlen von der Seite an. In einem Augenblick ist sie dabei, jedes Insekt in Tucson zu erlegen, und im nächsten streichelt sie ihren Bauch, um ihr ungeborenes Kind zu beruhigen. Ginny kam zu der Überzeugung, daß die Stimmungsschwankungen mit der Schwangerschaft zusammenhängen mußten.
»Ginny, ich ...« begann Indy und wandte sich mit melancholischer Miene Ginny zu. »Vorhin, in der Küche, sagte ich dir, daß es Dinge gibt, die du wissen mußt, bevor deine Beziehung mit Bonner irgendwie weitergeht. Aber bevor ich das erkläre, möchte ich dir sagen, daß ich dich bereits als Freundin betrachte, und ich glaube – ich hoffe – daß du mich ebenso siehst.«
Ginny lächelte. »Aber natürlich. Ich mochte dich schon in dem Moment, als du ins Büro kamst und dich vorgestellt hast, und ich wußte, wir würden Freundinnen werden. Gute Freundinnen.« Sie faßte Indys Hand wie zum Beweis für ihre Worte.
»Dann versuche bitte zu verstehen, daß ich dir das jetzt sage, weil ich dich gern habe und nicht möchte, daß dir weh getan wird.« Indy drückte Ginnys Hand. »Nichts würde mir mehr Freude machen, als dich und Bonner zusammen zu sehen, als

Paar. Nach meinem Mann ist Bonner Kincade der mutigste und angenehmste Mann, den ich kenne. Ich achte und bewundere ihn sehr.«

»So geht es mir auch, obwohl ich ihn erst seit ein paar Tagen kenne.«

Indy zog ihre Hand aus der von Ginny und steckte ihr Haar zurück in ihren Knoten. »Bonner hat in seinem Leben einige sehr schwierige Entscheidungen treffen müssen. Er hätte sich einen leichteren Weg aussuchen können, auf dem er nicht gehaßt und geächtet worden wäre. Er hätte den Weg des weißen Mannes gehen können. Vermögen und Einfluß seines Vaters hätten ihm erlaubt, alles zu tun, was er wollte. Statt dessen beschloß er, zu seinem indianischen Erbe zu stehen und in Arizona zu bleiben, um für den Frieden im Territory zu arbeiten.« Sie senkte ihre Stimme zu einem Flüstern: »Ginny, du bist neu in der Stadt, aber du weißt bereits, wie die Leute hier den Apachen gegenüber eingestellt sind.« Ginny nickte. »Nun, Menschen mit gemischtem Blut werden sogar noch mehr gehaßt. Wenn es sich herumspräche, daß zwischen dir und Bonner etwas im Gange ist, dann wäre dein Ruf ruiniert. Die Leute würden dir schreckliche, grausame Dinge direkt ins Gesicht sagen. Sie würden dich Hure nennen oder ein weißes Indianerweib ...« Indy seufzte und schüttelte den Kopf. »Sie würden dich ständig hetzen und quälen, wo du gehst und stehst. Ich würde das jetzt nicht sagen, wenn ich es nicht schon erlebt hätte. Ich möchte nicht, daß dir das passiert.«

Ginnys Blut erstarrte ihr in den Adern. Sie wußte, daß Indy die Wahrheit sagte. Ohne ihr Verschulden hatte sie bereits zweimal die Kritik der Stadt auf sich gezogen. Sie trat zur Seite, um ihre Gedanken zu ordnen. »Ich gebe zu, Bonner fasziniert mich«, sagte sie nach einer langen Pause. »Wie ich dir schon in der Küche sagte, ich weiß nicht, was an ihm mich so fesselt.« Sie mühte sich ab, um ihre Gefühle besser zu schildern, aber es gab einfach keine Worte dafür. »Ich möchte nicht, daß du glaubst, ich sei für deine Warnung nicht dankbar«, sagte Ginny. »Ich schätze deine Besorgnis mehr, als du wissen kannst. Aber beunruhige dich nicht. Was immer das ist, was ich für Bonner fühle – es wird vorbeigehen, da bin ich mir sicher. Ich war in letzter Zeit in einer etwas melancholischen Stimmung und ... nun ... wie ich sagte, es wird vorübergehen.« Sie machte eine wegwerfende Geste mit der Hand.

Indys Augen waren voller Verständnis. »Ich habe gesehen, wie du dich in Bonners Gegenwart verhalten hast, Ginny. Ich glaube nicht, daß dein Gefühl für ihn etwas ist, das vorübergeht, wenn du über deine melancholische Stimmung hinweg bist. Ich glaube, es geht viel tiefer.«

Ginny winkte ab. »Du verstehst es nicht.« Sie zögerte, Indy ihre Vergangenheit anzuvertrauen, aber es schien der einzige Weg zu sein, um ihr die Situation verständlich zu machen. »Vor sechs Jahren war ich verlobt. Mein Verlobter Tom war auf der Militärakademie West Point als Ingenieur ausgebildet worden, und keiner von uns glaubte, er würde je an die Front geschickt werden. Dann bekam er seinen Gestellungsbefehl, und wir ... man könnte sagen, wir verloren die Beherrschung. In der Nacht vor seiner Abreise liebten wir uns.« Sie war überrascht darüber, daß ihr Geständnis sie nicht verlegen machte. »Eine Weile später kam ein Brief, in dem sein Tod mitgeteilt wurde.« Sie atmete tief ein und starrte hinauf in den Nachthimmel. »Wenn ich in Bonners Nähe bin, dann habe ich Gefühle – die gleichen Gefühle, die ich in jener Nacht mit Tom hatte, aber sie sind sogar noch stärker«, erklärte sie und hoffte, Indy würde ohne nähere Einzelheiten begreifen.

Indy lächelte und berührte Ginnys Arm. »Man nennt es Begehren, Ginny, und ich verstehe es. Auch ich habe es erlebt.«

Ginny sah Indy an.

Indy nickte. »Ich hatte – und habe immer noch – diese Gefühle für Jim. Manchmal ist es so überwältigend, daß ich – wir – die Beherrschung verlieren.«

»Aber Tom und ich ... wir hatten uns schon lange Zeit gekannt. Jahrelang. Ich war in ihn verliebt.« Zu ihrer Bestürzung versagte ihr die Stimme.

Indy sah Ginny direkt in die Augen. »Begehren und Liebe sind nicht immer miteinander verknüpft. Liebe ist das, was du hier drin spürst«, sagte sie und legte eine Hand auf ihr Herz. »Begehren ... nun, Begehren ist eine Art tiefe Sehnsucht, ein Verlangen, das ...«

Indys weitere Worte gingen in einem Geräusch, wie Ginny es noch nie gehört hatte, unter. Sie guckte in die Dunkelheit und suchte nach der Ursache.

»Das ist Paco, er hört uns.« Indy lachte und legte ihren Arm um Ginnys Schulter. »Für diese Nacht habe ich genug geredet. Ich wollte nur, daß du dir der Probleme bewußt bist.« Sie sah in die Richtung, aus der die trottenden Hufe kamen. »Da kommt er.«

Paco wieherte wieder. Der Klang war eine Kreuzung zwischen einem Nebelhorn und der quietschenden Pfeife einer Lokomotive. Ein kleiner grauer Esel kam in Sicht. Ginny hatte ganze Packtierkolonnen von Eseln am Fenster des Büros vorbeigehen sehen, traurig aussehende kleine Geschöpfe, die sperrige Ladungen Holz oder Bergarbeitervorräte trugen. Paco sah ganz und gar nicht traurig aus.

Vor Vergnügen lachend ging Indy ihm entgegen. »Jetzt ist es aber Zeit, daß du kommst.« Er blieb vor ihr stehen und schob sein Maul in ihre Hand. Sie kraulte seine Mähne, die steif von ihm abstand wie die Borsten einer Bürste. »Ginny, komm und begrüße ihn«, lockte Indy. Ginny zwang sich zu lächeln, ging zu den beiden und kraulte Paco hinter einem Ohr, während Indy ihn mit Karotten fütterte. »Ich glaube, er ist einer dieser Tragtierkolonnen davongelaufen«, fügte sie hinzu.

»Mhm«, ließ Ginny hören, aber sie dachte nicht an Paco, sondern an Tom. Ihre Augen verschleierten sich, und sie ballte die Fäuste, während sie sich daran zu erinnern versuchte, was für eine seiner Eigenschaften sie dazu gebracht hatte, sich in ihn zu verlieben. Sie versuchte, sich sein Gesicht vorzustellen, aber das Bild, von dem sie geglaubt hatte, sie würde es bis ans Ende ihres Lebens mit sich tragen, war verschwommen und unkenntlich. Sie versuchte, sich an seine Stimme zu erinnern, aber das einzige, woran sie denken konnte, war Bonners Stimme ... wie ferner Donner.

»Ginny.«

Einen Moment lang glaubte sie, in ihrer Phantasie hätte Bonner ihren Namen ausgesprochen, und dann hörte sie es wieder hinter sich, tief, sonor und unverkennbar.

Indy schnappte nach Ginnys Arm. »Bonner Kincade, du hast mich zu Tode erschreckt – sich an uns anzuschleichen wie ein Indianer!«

»Ich bin ein Indianer, erinnerst du dich?«

»Halbindianer«, verbesserte Indy.

»Halbindianer«, stimmte er zu, und seine Stimme war seltsam angespannt.

»Hast du etwas vergessen?« fragte Indy.

Er nickte, und sein Blick glitt zu Ginny. »Mehr oder weniger.«

Ginnys Puls schlug bei seinem Anblick höher. Hätte sie es nicht besser gewußt, dann hätte sie geschworen, daß Magie im Spiel war und daß ihre Gedanken ihn zurückgebracht hatten. Ein Gefühl der Erwartung durchströmte sie und spielte sowohl mit ihrem Verstand als auch mit ihrem Körper. Ihr Mund wurde trocken, und sie konnte nicht sprechen.

Indy sah von einem zum anderen. »Wir wollten gerade hineingehen. Möchtest du uns begleiten? Vielleicht noch ein Stück Apfelkuchen essen?«

»Nein, danke.«

»Ginny und ich sprachen gerade von dir.« Indy strich über Pacos Mähne. »Ich versuchte, ihr begreiflich zu machen, was passieren würde, wenn du und sie ... ich hoffe, du findest nicht, daß ich mich einmische, Bonner. Aber ich möchte keinen von euch beiden in Schwierigkeiten sehen.«

Rührung brachte das Licht in seinen Augen zum Flackern. »Nein, es macht mir nichts aus, Indy. Das ist teilweise der Grund dafür, daß ich zurückgekommen bin – um zu erklären.«
Indy biß sich auf die Unterlippe und nickte. »Was ihr beiden auch immer beschließt, Jim und ich werden voll und ganz hinter euch stehen.« Sie ging zum Haus, blieb stehen und drehte sich noch einmal um. »Wenn drinnen jemand fragen sollte, was ich nicht glaube, dann sage ich einfach, daß Ginny sich mit Paco anfreundet.« Als Indy die Tür öffnete, hörte Ginny, wie ihr Vater und Jim immer noch diskutierten.
Ein plötzlicher Windstoß fuhr in Bonners Haar, peitschte um seine gemeißelten Gesichtszüge und gab ihm damit ein fast wildes, ungezähmtes Aussehen. Seine schwarzen Augen hielten Ginny auf der Stelle fest. »Wir müssen miteinander reden.«
Reden. Ginny mußte fast lachen. Sie hatte den ganzen Abend damit verbracht, gegen ihr Verlangen nach ihm anzukämpfen, und da war er nun – hier waren sie beide, zusammen, allein. Das letzte, was sie tun wollte, war reden trotz Indys unheilverkündender Warnungen. Zitternd fragte sie: »Worüber wollen Sie reden?« Sie brachte nur ein heiseres Flüstern hervor.
Bonner gab Paco einen Klaps auf die Flanke, und der kleine Esel trottete die Straße hinunter. Dann wandte er sich wieder Ginny zu. »Ich glaube, Sie wissen, worüber.« Er lehnte sich gegen den Pfosten und wirkte so selbstsicher. Er sah aus, als ob er jeden geheimen Gedanken kannte, den sie je über ihn gehabt hatte.
Er streckte die Hand aus und erwischte die Kante ihres Umhangs. »Kommen Sie her«, sagte er, und zupfte ein bißchen. Sie konnte nicht anders, sie mußte auf ihn hören und ging einen Schritt auf ihn zu, aber sie wäre fast zurückgesprungen, als er ihr seine Hand auf die Schulter legte. »Ruhig, Ginny. Wir werden nur reden, sonst nichts.«
Da war es wieder, dieses Wort. *Reden!* Ihr stockte der Atem, als sie spürte, wie sein Daumen sich um die Spitzen legte, die

ihren rechteckigen Halsausschnitt säumten. Sein Daumen brannte auf ihrer Haut, während seine Hand langsam abwärts glitt, dahin, wo ihr Ausschnitt über ihren Brüsten einen rechten Winkel bildete. Lange Sekunden blickte er versonnen auf ihren wogenden Busen, schweigend, ohne Lächeln, ließ dann seine Hand sinken und stopfte sie in seine Jackentasche. »Sie sind eine schöne Frau, Ginny Sinclair, und ich gebe zu, daß ich nichts lieber täte, als Sie auf mein Pferd zu setzen, Sie auf die Hügel zu bringen und Sie die ganze Nacht lang zu lieben.« Ginny schluckte. Vor kurzem hatte sie genau davon geträumt. »Aber ich weiß, es würde in einer Katastrophe enden«, fügte er unerwartet hinzu. »Und ich glaube, Sie wissen es auch.«

Von ihrem Verlangen ermutigt, fingerte Ginny an der Kante seiner Wildlederjacke herum. Sie war weich und geschmeidig. »Ich bin eine erwachsene Frau, Bonner. Ich kann selbst Entscheidungen treffen. Ich bin mir sicher, daß es einige gäbe, die eine Beziehung zwischen uns verdammen würden, aber Tucson ist voll von zivilisierten und intelligenten Leuten. Ich kann nicht glauben, daß sie alle so handeln würden.«

Bonners Lippen wurden schmal und verengten sich gefährlich. »Diese zivilisierten, intelligenten Leute würden uns das Leben zur Hölle machen«, sagte er mit einer Stimme, die wie ein Peitschenhieb wirkte.

Ginny schüttelte, den Kopf. »Ach Bonner, ich glaube, daß Sie zu viel ...«

Bonner griff nach ihren Armen und hielt sie so fest, daß sie nach Luft schnappte. »Wachen Sie auf, Ginny! Die Einwohner von Tucson sind keine lieben und netten Weltverbesserer von der Ostküste, die die armen, mißhandelten Indianer richtig und human behandeln wollen. Sie wollen Blut, Apachenblut. Und obendrein wollen sie das Blut eines jeden Menschen, von dem sie glauben, daß er mit den Apachen sympathisiert. Wenn Sie das nicht sehen, sind Sie eine Närrin!«

»Sie beurteilen die Leute von Tucson genauso pauschal, wie Sie behaupten, daß die die Indianer beurteilen!«

Bonner schüttelte sie. »Verdammt noch mal, Ginny! Hören Sie mir zu!«

»Bonner.« Ein Schluchzen kam aus Ginnys Kehle. »Lassen Sie mich los, Sie tun mir weh.« Der Druck seiner Finger ging durch bis auf die Knochen.

Er ließ sie abrupt los und starrte sie dann finster an, während sie ihre Arme rieb. »Wie kann ich Ihnen das begreiflich machen? Ich bewundere Ihren Mut, Ihre Haltung, niemals aufzugeben, aber der Haß zwischen den Apachen und den Leuten dieses Territory ist etwas, was Sie nicht ändern oder bekämpfen können, egal, wie sehr Sie sich darum bemühen.«

Sie hob ihr Kinn, und ihre Augen blitzten. »Sie haben recht, Mr. Kincade. Ich bin eine Närrin. Ich habe Sie überschätzt. Sie fürchten sich vor Vorurteilen. Sie fürchten sich davor, gegen sie aufzustehen. Sie sind nicht der Mann, für den ich Sie hielt.«

Kalter, dunkler Zorn kroch wie eine Gewitterwolke über sein Gesicht. »Sie haben recht, ich bin nicht der Mann, für den Sie mich hielten. Ich bin kein weißer Mann«, stieß er zwischen seinen Zähnen hervor. »Mein Blut ist vielleicht nur zur Hälfte Apachenblut, aber hier bin ich *ganz* Apache«, sagte er und schlug sich mit der Faust auf die Brust. »Die Geister der Berge sprechen zu mir. Der Glaube meines Volkes ist stark in mir. Diese Kleidung, die ich trage, dieser Revolver und Gurt, das ist alles an mir, was weiß ist.« Er zog das Messer aus der Lederscheide an seiner Taille. »Dies ist der Mann, der ich bin, Ginny«, sagte er. Er begann, sie zu umkreisen. Sie spürte, wie seine Hand ihr Haar streifte, aber sie wußte nicht, was er getan hatte, bis er seine Hand öffnete. »Ich bin ein Krieger. Ein Wilder.«

Sie starrte auf eine Locke ihres eigenen Haares.

»Sie lesen die Zeitungen, Ginny. Sie schreiben Dinge wie ›*Apachen – der bloße Name ruft Schrecken in den Herzen*

tapferer Männer hervor. Messerbewehrte Wilde im Lendenschurz.‹ Was macht Sie glauben, ich sei anders?«
Wenn er vorgehabt hatte, ihr richtig Angst vor ihm einzujagen, dann war ihm das ganz und gar gelungen. Sie war plötzlich sehr darauf bedacht, ihm zu entkommen, aber er stand zwischen ihr und dem Haus. »Ich ... ich muß gehen«, erklärte sie mit zitternder Stimme. »Mein Vater und ich ... wir haben noch eine Menge Arbeit zu erledigen, um die Zeitung am Samstag herauszubringen.« Sie schluchzte auf, aber sie versuchte, es durch ein Lachen zu kaschieren. »Gute Nacht.«
Sie strebte an ihm vorbei und zur Tür. Noch drei Schritte, und sie wäre für ihn außer Reichweite.
Eins.
Zwei.
Sie spürte, wie er ihren Arm schnappte. »Ginny, warten Sie. Ich ... Himmel! Ich kann Sie nicht so gehen lassen«, preßte er hervor. Sein Atem streichelte ihr Nackenhaar. Sie wehrte sich nicht und machte auch keine Anstalten davonzulaufen. Sie konnte einfach nicht, ihre Füße waren wie festgewachsen.
Katastrophe. Haß. Abneigung. Närrin. Wilder. Die Worte dröhnten in ihrem Kopf, während sie ihre Hand hob, um hinter sich sein Gesicht zu berühren. Ihre Fingerspitzen wanderten von seiner Schläfe zu seinem Kinn und registrierten die Beschaffenheit seiner Haut. Sie schloß die Augen, als er ihre Hand nahm und sie an seine Lippen drückte.
»Bonner.« Sie öffnete den Mund, um seinen Namen auszusprechen, aber sie war sich nicht sicher, ob überhaupt ein Laut herauskam. Ihr Herzschlag übertönte alles andere.
»Ich weiß, ich sollte bitten – aber ich will Sie küssen, Ginny. Nur einen Kuß.«
Es war schon so lange her, daß sie geküßt worden war. Sechs Jahre. Diese ganze Zeit hatte ihr Körper gewartet ...
Er legte seine Hand an ihre Wange und drehte ihr Gesicht zu

sich. Er betrachtete sie schweigend. Dann hob er ihr Kinn an seinen Mund und küßte sie, innig und besitzergreifend.

Er schmeckte nach Äpfeln, Gewürzen und Zucker. Sein Duft war ganz und gar männlich, und er schien ihr ganzes Wesen zu erfüllen. Sein Kuß brachte sie an einen Ort, wo sie noch niemals zuvor gewesen war. Es war alles neu für sie, aufregend und ziemlich beängstigend. Wellen von Gefühlen tobten durch ihren Körper, während sein Mund seinen Zauber auf sie ausübte. Sie machte Anstalten, sich umzudrehen, damit sie seinen Kuß erwidern konnte, aber er hielt sie fest. Einen Moment später wußte sie, warum.

Nur einen Kuß.

»Gute Nacht, Ginny.«

Zehntes Kapitel

Camp Thomas – Die Offiziere und Soldaten verwenden all ihre Energie darauf, den Posten zu vervollständigen ... Nach allem, was verlautet, wird er bald fertiggestellt und einer der vollständigsten und bequemsten im Binnenland sein. Die Indianer liefern Holz zu 4,00 Dollar pro Klafter und Heu zu 30,00 Dollar pro Tonne.

Arizona Citizen

Ginny trat zurück, als ihr Vater stolz die Aufmacherseite der Zeitung von der Handpresse hob und sie vor sich in die Höhe hielt.

»Ladies und, äh, Gentlemen«, verkündete Sam und sah erst Ginny und dann Greeley an. »Ich überreiche Ihnen hiermit die erste Ausgabe der *Tucson Sun!*«

Ginny klatschte Beifall, und Greeley bellte.

Als die Farbe getrocknet war, untersuchten Sam und Ginny die Seite sorgfältig und befanden sie für absolut makellos.

»Also, das ist eine Zeitung«, erklärte Sam. Ginny wußte, daß er sich vor allem über das Layout freute, das sich genug von den anderen unterschied, um Aufmerksamkeit zu erwecken – keine einzige Anzeige auf der ersten Seite, ausschließlich Nachrichten. Die Anzeigen befanden sich im Inneren und auf der Rückseite, und sie waren so zwischen die Artikel geschoben, daß jede sich hervorhob. Er hatte das Layout entwickelt, als er bei der Tageszeitung *Alta California* arbeitete, aber es war ihm

nie gelungen, den Herausgeber davon zu überzeugen, es einmal zu versuchen.
Seite an Seite arbeiteten Ginny und ihr Vater die Nacht hindurch auf ihr Ziel von dreihundert Exemplaren hin. Am Samstag, kurz vor Sonnenaufgang, legten sie die letzten Zeitungen zusammen, stapelten und bündelten sie und stellten die Bündel neben die Tür. Sam schob den zweirädrigen Karren, den er vom Wagenbauer gekauft hatte, zur Tür hinüber und fing mit dem Aufladen an.
Ginny wußte, daß er es kaum erwarten konnte, die Zeitungen auszuliefern. Er wünschte sich, daß Tucson aufwachen und die *Sun* lesen konnte, bevor die beiden anderen Zeitungen erschienen. »Gib mir nur eine Minute, damit ich die Tinte von meinen Händen waschen kann«, bat Ginny, und ging zur Tür, die in den Flur führte.
»Ginette. Warte. Bevor du gehst – muß ich dich einen Moment sprechen.«
Sie wandte sich um. »Ist etwas nicht in Ordnung?«
Er schüttelte leicht den Kopf. »Nein. Alles ist in Ordnung«, versicherte er ihr. »Ich möchte nur einen Moment mit dir sprechen, das ist alles.«
Ginnys Augenbrauen drückten Besorgnis aus. »Worüber denn?« Sie befürchtete sofort das Schlimmste, daß er sein Gedächtnis wiedergefunden hatte oder daß er wußte, was sie für Bonner fühlte.
Sams Gesichtsausdruck war ernst, als er durch den Raum schritt und vor ihr stehenblieb. »Deine Mutter – Gott segne sie – beklagte sich stets, daß ich immer so beschäftigt war und mir keine Zeit nahm, um ihr zu sagen, daß ich sie liebte. Und ... nun ... sie hatte recht.«
Ginny war erleichtert, daß sich ihr Verdacht nicht bestätigte. Es war jedoch verwunderlich, daß er ihre Mutter erwähnte. In den fünf Jahren seit ihrem Tod hatte er sie nur erwähnt, wenn er betrunken war. Es war, als ob ihm der Schnaps eine beson-

dere Erlaubnis gab, sich an sie zu erinnern und von ihr zu sprechen.

»Sie wußte doch, daß du sie liebtest. Sie brauchte es nicht aus deinem Mund zu hören.«

Sam neigte seinen Kopf nach vorne. »Ich hätte mir mehr Zeit für sie nehmen sollen, ihr sagen sollen, wieviel sie mir bedeutete ... und ich hätte die Worte aussprechen sollen«, beharrte er. »Jetzt ist es zu spät.« Er hob seinen Blick und sah sie an. Zum ersten Mal bemerkte Ginny, wie verloren er aussah. Ihr wurde in dem Moment bewußt, wenn sie auch Tom verloren hatte und Bonner niemals haben würde, so war ihre Einsamkeit doch nichts im Vergleich zu der ihres Vaters. »Ich möchte mit dir nicht den gleichen Fehler machen«, erklärte er. »Ich möchte glauben, daß ich eine Lektion gelernt habe – eine schwere Lektion, aber eine gute.« Er legte seine Hände auf ihre Arme, als ob er sichergehen wollte, daß er ihre volle Aufmerksamkeit hatte. »Du mußt wissen, wie sehr ich dich liebe und wie stolz ich darauf bin, daß du an meiner Seite arbeitest.«

Ginnys Augen füllten sich mit Tränen. Nach all dem, was sie in den letzten fünf Jahren durchgemacht hatten – das Trinken, die vielen verlorenen Arbeitsstellen, drei größere Umzüge –, da tat es ihr gut, um seine Liebe zu ihr und seinen Stolz auf sie zu wissen. »O Pa.« Sie ging auf die Zehenspitzen und legte ihre Stirn an sein Kinn. »Ich liebe dich auch.«

Er lachte leise und drückte ihr dann einen Kuß aufs Haar. »Danke, Liebling. Jetzt geh und wasch die Tinte ab, damit wir diese Zeitungen auf die Straßen hinausbringen können.«

Sie kamen eine Stunde später zurück. Ginny hängte das Schild GESCHLOSSEN ins Fenster und schloß die Tür ab. Ihr Vater ging geradewegs ins Bett und Ginny in die Küche, um Wasser für ein Bad heiß zu machen. Sobald sie ihre Kleider abgelegt hatte, sah sie, daß es ihr gelungen war, Tinte an Stellen zu bringen, die nicht einmal das Tageslicht gesehen hatten.

Nach ihrem Bad ging sie zu Bett in dem Glauben, sie würde einschlafen, sobald ihr Kopf das Kissen berührte. Statt dessen lag sie wach und beobachtete die Sonne, die über dem Haus des Bäckers auf der anderen Straßenseite am Himmel erschien.

Seit sie Donnerstag nacht von Indy zurückgekommen war, hatte Ginny fast rund um die Uhr gearbeitet – geschrieben, redigiert, korrigiert und gesetzt. Sie hatte sich erbarmungslos angetrieben, nicht nur, um ihrem Vater zu helfen, sondern auch, um sich so sehr zu beschäftigen, daß sie keine Zeit hatte, an Bonner zu denken und daran, wie sie zuletzt auseinandergegangen waren. Aber jetzt, da die Erstausgabe der *Tucson Sun* ihre Hände verlassen hatte, war die Zeit gekommen.

Ungebetene Tränen traten ihr in die Augen und tropften auf das Kopfkissen hinunter. »Hör auf, Ginny, hör auf«, schalt sie sich und trocknete sich mit dem Ärmel ihres Nachthemds die Augen. Sie wünschte sich sehnlichst, sie wäre Bonner Kincade nie begegnet. Von dem Augenblick an, als sie ihn mit den Soldaten in die Stadt reiten sah, hatte seine dunkle Gegenwart ihre Gedanken und Träume erfüllt.

Die Kehle schnürte sich ihr zusammen, als sie ihn im Geiste vor Indys Haus stehen sah, die kraftvolle Vollkommenheit seines Körpers, wie er sich vor dem großen, orangefarbenen Mond abzeichnete. Sie hatte versucht, ihm ein Signal zu geben, während er ihr eine andere Botschaft schickte. Sie hatte ihm signalisiert, daß sie ihn begehrte und bereit war, das Risiko einzugehen. Seine Aussage dagegen drehte sich ganz darum, was ihnen geschehen könnte und daß sie die Vorurteile der Leute nicht beseitigen konnte, egal, wie sehr sie es auch versuchte, und daß sie sich einbildete, sie wisse alles über ihn, während sie in Wahrheit gar nichts von ihm wußte.

Er hatte sich selbst als Wilden bezeichnet und hatte ihr eine Seite von sich gezeigt, die sie zu Tode erschreckt hatte. Und dann, kaum eine Minute später, hatte er darum gebeten, sie küssen zu dürfen, und eine ganz andere Seite von sich gezeigt, einen sanften und zärtlichen Bonner.

Erregung, Furcht, Leidenschaft. Das war eine berauschende Kombination von Gefühlen, die Ginny den Verstand geraubt, ihre Selbstbeherrschung zerstört und sie wund vor Bedürftigkeit und dringendem Verlangen zurückgelassen hatte.

Sie hatte ihn begehrt. Sie begehrte ihn immer noch. Jetzt mehr denn je.

Ginny wälzte sich auf die Seite und rollte sich ganz klein zusammen. Sie hatte sich noch nie so leer gefühlt.

* * *

»Vorwärts, ihr schielenden Söhne eines x-beinigen Esels. Bewegt euch schon, oder ich verkauf' euren ganzen Haufen dem Schlachter!«

Ginny wachte erschrocken auf. Die Quelle der dröhnenden Stimme schien sich genau vor ihrem Fenster zu befinden. Sie stützte sich auf einen Ellbogen und sah durch die Vorhänge hinaus. Ein Gespann von Maultieren, so lang wie ein ganzer Häuserblock, das einen hohen Frachtwagen und vier Wagen hintereinander zog, rumpelte vorbei, und das Zaumzeug klimperte wie Weihnachtsglocken. Der Maultiertreiber, ein Riese von einem Mann mit einem wallenden weißen Bart, der fließend in sein Haar überging, saß auf einem Sitz, der so hoch war wie die flachen Dächer der Gebäude, an denen er vorüberfuhr.

Ginny warf die Decken zur Seite und griff nach ihrem Morgenrock am Fußende des Bettes. Während sie aufstand und sich streckte, fragte sie sich, wieviel von diesem Tag sie verschlafen hatte und warum sie sich jetzt kein bißchen ausgeruhter fühlte, als bevor sie ins Bett gekrochen war.

Sie ging durch das Zimmer und sah ihr Spiegelbild in dem Spiegel über der Frisierkommode. Sie war schockiert über das,

was sie sah: verquollene Augen, fleckige Wangen und eine rote Nase.
Sie setzte sich und starrte sich weiter im Spiegel an. Sie sah nicht nur schrecklich aus, sondern ihr wurde auch klar, daß die Person, die sie sah, nicht die logisch denkende und vernünftige Ginny Sinclair war, die sie bisher gekannt hatte. Irgendwas mußte mit dieser Ginny passiert sein. Diese neue Ginny war eine einsame, impulsive Frau, die von ihren Gefühlen und Leidenschaften gesteuert wurde.
Unzufrieden mit sich selbst stand sie auf, zog sich warm an und ging dann mit Greeley zur Bürotür hinaus.
Die Main Street summte geradezu vor Aktivität. Sie war noch nicht lange draußen, als ihr auffiel, daß sich mehr Menschen und Tiere auf der Straße befanden als normalerweise. Eine Gruppe mexikanischer Hausfrauen, deren Gesichter von dunklen Schleiern verhüllt waren, eilten vorbei, und Wasser schwappte aus ihren Eimern. Ihr Geschnatter erinnerte Ginny an einen Baum voller ärgerlicher Eichelhäher. Vor der Bäckerei standen zwei modisch gekleidete Matronen, die sich unterhielten. Ginny dachte, sie seien vielleicht ansprechbar, und wollte über die Straße gehen, sich vorstellen und sie fragen, ob sie vielleicht daran interessiert wären, einem literarischen Club beizutreten. Sie schaute erst nach Greeley und sah, daß er geschäftig alles mögliche beschnüffelte, machte dann Anstalten, über die Straße zu gehen, wurde aber von einem militärischen Trupp, der von Major Jim Garrity angeführt wurde, daran gehindert. Ginny winkte, und Jim berührte zum Gruß den Rand seines Hutes.
Kaum waren sie vorbeigeritten, als Greeley zu bellen begann. Er klang gereizt, erschien ein bißchen außer sich zu sein. Ginny beeilte sich nachzusehen, was der Grund dafür war.
Er wühlte in dem Holzstoß unter dem Fenster ihres Vaters herum, schnüffelte, schnaubte und kratzte am Holz.
»Greeley!« Ihr Vater würde es nicht sehr schätzen, von einem

Hund aufgeweckt zu werden. Der jedoch ignorierte sie ganz und gar und fing wieder zu bellen an.
»Greeley, um Himmels willen, was ist denn mit dir los?«
Dann dämmerte ihr, daß es in dem Holzstoß etwas geben mußte, das ihn zum Bellen veranlaßte. Mit dem Gedanken, er könnte eine Maus gerochen haben, näherte Ginny sich etwas beklommen und zaghaft. Sie haßte Mäuse. »Was ist denn da drin, Junge?« Mit den Händen auf dem Rücken verschränkt lehnte sie sich vorsichtig nach vorne, um den Holzstoß zu untersuchen. Sie hatte nicht vor, mit den Händen darin zu stöbern, bevor sie nicht wußte, was da drinnen war, aber nichts schien sich zu rühren. »Ich kann nicht sehen ...« Sie brach ab, als sie etwas Glänzendes sah. Was es auch war, es war unter einigen Stücken Mesquiteholz verborgen. Sie beäugte es aus verschiedenen Blickwinkeln, bevor sie sicher war, daß es nicht herausspringen und sie beißen würde. Schließlich schob sie das Holz etwas beiseite und griff in den Stapel.
»O nein«, flüsterte sie, als sie eine Whiskyflasche herauszog. Die Flasche war halbvoll, und es war Pas Lieblingsmarke. Sie guckte zum Fenster hoch. Ein Zufall? Oder war er dazu übergegangen, seine Flaschen zu verstecken, damit sie sie nicht finden konnte?
Sie untersuchte das Etikett, von dem eine Ecke eingerollt war, und stellte fest, daß es alt oder zumindest verwittert aussah. Die Flasche mußte schon einige Zeit in dem Holzstoß gesteckt haben, und das bedeutete, daß sie nicht ihrem Vater gehören konnte. Sie war durch ihre Schlußfolgerung erleichtert und in Hochstimmung. Sie überlegte gerade, was sie damit tun sollte, als Greeley knurrte.
Verwirrt schaute Ginny zu ihm hinunter. »Was ist denn jetzt wieder los?« Mit flach angelegten Ohren starrte er auf die Flasche. »Ist es das?« fragte sie und hielt sie ihm hin. Erbärmlich winselnd und mit dem Schwanz zwischen den Hinterbeinen schreckte Greeley davor zurück. Ginny vergrub die Flasche

in ihrer Rocktasche und beugte sich zu ihm hinunter, um ihn zu streicheln. »Alles in Ordnung, Junge«, sagte sie in beruhigendem Ton. »Komm.« Sie stand auf und winkte ihm, ihr zu folgen. Nach einer Weile kam er mit hängendem Kopf langsam angekrochen. Er sah aus, als ob er zu seiner eigenen Beerdigung unterwegs wäre.

Sobald Greeley drinnen war, lebte er auf. Ginny gab ihm zu fressen und brachte ihn in sein Bett, das eine ganze Ecke des Wohnzimmers einnahm. Sie setzte sich ihm gegenüber auf das Sofa und betrachtete ihn eingehend. Sie war sich nicht sicher, was sie von dem, was gerade geschehen war, halten sollte. War es möglich, daß die Whiskyflasche Greeley an die Prügel erinnerte, die er von Mulligan bekommen hatte? Sie stützte sich mit dem Ellbogen auf den Tisch, legte das Kinn in die Hand und fuhr fort, den Hund anzustarren.

Eintönig, trostlos, häßlich. Ginny wußte nicht, welcher dieser Ausdrücke Tucson am besten beschrieb. Nicht einmal die drei zusammen wurden der Wirklichkeit gerecht. Wo sie auch hinsah, überall sah sie lange, schmale Lehmziegelbauten, einige mit Lehm verputzt, einige wenige weiß gestrichen.

Sie verbrachte den Rest des Nachmittags damit, sich mit den verschiedenen Läden und Geschäften vertraut zu machen und Lebensmittel einzukaufen. Es gab keine Warenknappheit in Tucson, aber die Preise waren beträchtlich höher als in San Francisco, höchstwahrscheinlich wegen der hohen Transportkosten, die im Durchschnitt etwa zwölf Cent pro Pfund betrugen, wenn die Waren aus San Francisco kamen. Ein Dutzend Eier kostete einen Dollar fünfundzwanzig, ein Pfund Kaffee vier Dollar und ein Pfund Schinkenspeck fünfundsiebzig Cent.

Wohin sie auch ging, überall sprachen die Leute über die bevorstehende Versammlung. Ginny stellte fest, daß sie unterschätzt hatte, wie wichtig die Versammlung für die Stadt war. Ein große Gruppe von Männern hatte sich vor *Mansfield's*

Pioneer News Depot and Bookstore versammelt, und viele von ihnen hatten Zeitungen unter dem Arm, oder sie ragten aus ihren Taschen. Ginny erkannte einige der Männer als Geschäftseigentümer, die sie und ihr Vater als Anzeigenkunden geworben hatten.

»Guten Tag, die Herren«, grüßte sie, als einige von ihnen in ihre Richtung blickten. Eine Schneelawine hätte keine frostigere Wirkung auf ihre Unterhaltung ausüben können als ihre Gegenwart. Sie hörte einen gemurmelten Chor von Grüßen, die von gezogenen Hüten und halbherzigem Lächeln begleitet wurden. Sie spürte, wie sie sie beobachteten, als sie in den Laden hineinging.

Ginny nahm vom *Arizona Citizen* und vom *Weekly Arizonan* je ein Exemplar, aber sie sah keine einzige *Sun*.

»Ausverkauft!« erklärte Jacob Mansfield, der rundgesichtige Ladenbesitzer, als Ginny sich erkundigte, was aus den zwanzig Exemplaren geworden war, die sie und ihr Vater am frühen Morgen ausgeliefert hatten. »Wir hätten ein Dutzend mehr verkaufen können, wenn wir sie gehabt hätten«, kommentierte er in fast perfektem Englisch, aber mit starkem deutschem Akzent. »Ich sagte allen, die eine wollten, daß sie sie direkt bei Ihnen und Ihrem Vater bekommen könnten, stimmt das?«

Überrumpelt nickte Ginny schnell. »Ja, natürlich«, antwortete sie mechanisch. Sie hatten doch noch ein paar Exemplare zurückbehalten, oder nicht? Sie konnte sich nicht daran erinnern.

»Mündliche Nachrichten verbreiten sich hier schnell, wenn es um irgend etwas Neues geht.«

»Und was spricht man über die *Sun*, wenn ich fragen darf?«

»Den Leuten scheint das Layout zu gefallen, und sie hatten ihren Spaß mit dem Artikel über die reparaturbedürftigen Straßen«, erzählte er.

Ginny war bis jetzt nicht bewußt gewesen, wie besorgt sie

gewesen war. Sie atmete erleichtert auf. »Mein Vater wird sich freuen, das zu hören. Sonst noch etwas? Was meint man denn über die Bürgerversammlung?«

Er strich über seinen langen, dunklen Bart und rollte mit den Augen. »Nun, das ist die große Neuigkeit. Über die Versammlung wurde viel geredet, und es gab allerhand Aufregung. Sie wissen ja, die *Sun* war natürlich nicht die einzige Zeitung, die darüber berichtete.«

»Ja, ich weiß. Aber bis vor kurzem wußte ich nicht, wie die Leute auf die Nachricht über die Zusammenkunft reagieren würden. Ich habe noch nie so viel Aufregung gesehen.«

»Die Aufstellung der Bürgermiliz ist der erste Hoffnungsschimmer seit langer Zeit für viele von diesen Leuten. Der Himmel weiß, daß die Army nichts getan hat. Wenn die Soldaten hier in Tucson den Fandangos und dem Billard etwas weniger Zeit widmen würden und statt dessen etwas mehr dem Schutz unserer Bürger, dann gäbe es keinen Bedarf nach einer Truppe von Freiwilligen.«

»Das nehme ich auch an.« Ginny bezahlte ihren Einkauf. »Vielen Dank, Mr. Mansfield.«

Ginny war begierig darauf zu sehen, ob John Wasson den unbewiesenen Bericht des Stinnet-Jungen im *Citizen* gedruckt hatte und durchsuchte die Spalten, sobald sie sich abgewandt hatte. Sie fand einen kleinen Artikel auf der zweiten Seite. Er war nicht größer als zweihundertundfünfzig Wörter und stand ziemlich weit unten. Die Information war stark ausgeschmückt gegenüber dem, was die schriftliche Notiz und der Junge ausgesagt hatten. Niemand, der es hier las, würde vermuten, daß es keine Zeugen gegeben hatte und daß der komplette Vorfall lediglich Spekulation war.

Tief in Gedanken versunken, lief Ginny aus dem Zeitungsgeschäft hinaus und geradewegs in ein Paar starker Arme hinein. »Oooh, entschuldigen Sie! Ich ...« Der Mann hielt sie an ihren Schultern fest. Vor lauter Zeitung konnte sie nicht

sehen, wer es war. Sie schob die Wand aus Papier nach unten.
»Ach, Mr. Foster. Es tut mir leid, ich habe Sie nicht gesehen.«
»Das ist auch kein Wunder, mit einer Zeitung vor dem Gesicht«, sagte er. Es lag etwas in seinen Augen, das Ginny nervös machte.
Sie trat zurück und war froh, von ihm befreit zu sein. »Ja, nun ... Sie haben ganz recht. Ich habe Meldungen verglichen, sozusagen, und paßte gar nicht auf, wohin ich ging.«
Sie faltete ihre Zeitung ordentlich zusammen und verstaute sie in ihrer Einkaufstasche. »Nett, Sie wiederzusehen, Mr. Foster.« Sie machte Anstalten, sich zu entfernen, wurde jedoch von seiner Hand auf ihrem Ellbogen aufgehalten.
»Bitte, laufen Sie nicht so eilig weg, Miss Sinclair. Ich möchte Sie gern einen Moment sprechen – wegen der *Sun.*« Sie drehte sich halb um und sah ihn an. Als er sah, daß er ihre Aufmerksamkeit hatte, fuhr er fort: »Ich muß zugeben, ich hatte bezweifelt, daß es Sinn haben könnte, eine dritte Zeitung in die Stadt zu bringen. Aber jetzt, da ich die *Sun* gesehen habe ... nun, ich meine, ich bin es Ihnen schuldig zu erklären, daß ich inzwischen keine Zweifel mehr daran habe.«
Ginny beäugte ihn zweifelnd. »Ich kannte Ihre anfängliche Meinung gar nicht, Mr. Foster; warum halten Sie es für nötig, mir von Ihrem Sinneswandel zu erzählen?«
Er zögerte. »Weil ich Sie mag, Miss Sinclair. Ich bewundere Ihre Loyalität Ihrem Vater gegenüber, Ihre Intelligenz, Ihren Fleiß, sogar Ihren Mut. Und ich wollte mein Gewissen beruhigen, indem ich Ihnen mitteile, daß Sie und Ihr Vater meiner guten Wünsche und meiner Unterstützung sicher sein können.«
Ginny betrachtete ihn unsicher. »Danke, Mr. Foster. Ich werde es meinem Vater ausrichten.«
»Ich wünschte mir, Sie würden mich Clay nennen. Es klingt so viel freundschaftlicher.«
»Das ist wahr, Mr. Foster. Wir sind jedoch keine Freunde,

sondern lediglich Bekannte«, hielt sie ihm sehr ernsthaft entgegen und sah, wie sich sein Kiefer anspannte.

»Ja, nun, der Mangel könnte leicht behoben werden, wenn Sie mir erlauben würden, ihnen gelegentlich meine Aufwartung zu machen.«

Ginny hatte nicht den Wunsch, von Clay Foster besucht zu werden. Trotz seines guten Aussehens gab es etwas an ihm, was nicht echt wirkte. »Ich fühle mich geschmeichelt, Mr. Foster, aber ich kann mich nicht von der Arbeit entfernen, bevor wir nicht eine Art Zeitplan haben.« Ginny schlug die Augen nieder. »Ich bin sicher, Sie verstehen das, da Sie ja selbst Geschäftsmann sind.«

»Foster«, dröhnte eine Stimme irgendwo hinter Ginny. Sie drehte sich um und sah einen außergewöhnlich dicken Mann mit dem Gesicht einer Bulldogge und gewölbter Brust auf sie zukommen.

»Rolfe!« rief Clay Foster aus und ergriff die ausgestreckte Hand des Mannes. »Ich wußte gar nicht, daß Sie wieder in der Stadt sind. Darf ich Ginny Sinclair vorstellen, ihrem Vater gehört die neue Zeitung, die *Tucson Sun.*«

»Miss Sinclair, oder?« Der Mann lächelte mit hochgezogenen Augenbrauen. »Ich bin Rolfe Brown.«

»Es freut mich, Sie kennenzulernen, Mr. Brown.« Er schien ein freundlicher Mensch zu sein.

»Ich habe heute früh als erstes die *Sun* gelesen. Beeindruckend. Sehr beeindruckend. Besonders gefiel mir die Berichterstattung über den Angriff letzte Woche auf die Wagen von Fish. Sehr dramatisch. Einfühlsam. Genau das, was die Leute an der Ostküste zum Weinen bringt.« Sein Mund zuckte in einem kleinen Lächeln. »Ich muß es wissen, denn ich war vor kurzem noch einer von diesen Leuten, die sich darauf freuten, die Zeitungen aus dem Westen mit großer Begeisterung zu lesen. Also, wenn Clay nicht gewesen wäre, der mich dazu überredet hat, nach Tucson zu kommen und eine Bank zu

eröffnen, auf die er all sein Geld legen kann, dann würde ich immer noch über all das hier nur lesen, anstatt es zu erleben.«
Der Mann brach in Lachen aus und klopfte Foster auf den Rücken. »Ich weiß nicht, ob ich ihm danken oder ihn hassen soll.«
Clay Foster sah nicht amüsiert aus. Mit verkniffenem Mund nickte er kurz. »Werden wir Sie bei der Versammlung Montag abend sehen?« erkundigte er sich.
»Natürlich, mich *und* meine Gattin. Sie ist entschlossen, an allem, was in *ihrer* Stadt vor sich geht, Anteil zu nehmen. Und Sie kennen Emma.« Er schüttelte den Kopf und rollte mit den Augen.
Ginny lächelte. Sie mochte Rolfe Brown. Trotz seiner Verbindung mit Clay Foster schien er vollkommen aufrichtig zu sein.
»Mr. Brown, ich ziehe gerade in Erwägung, einen literarischen Club für Frauen hier in der Stadt zu gründen. Könnten Sie bitte Ihre Frau fragen, ob sie Interesse hätte, sich zu uns zu gesellen?«
Er zog eine Augenbraue hoch. »Nun, ich – natürlich. Ich glaube, das würde ihr gefallen. Der Himmel weiß, wir haben so viel Bücher, daß sie glatt ihre eigene Bibliothek aufmachen könnte.«
»Ich wäre Ihnen dankbar. Das Büro der *Sun* liegt an der Main Street, gegenüber der Bäckerei. Vielleicht könnten Sie sie bitten, vorbeizuschauen.«
»Das mache ich. Jetzt muß ich gehen, aber es war schön, Sie kennenzulernen, Miss Sinclair. Und Sie sehe ich später, Foster.«
»Sieh mal einer an! Nicht weniger als einen literarischen Club«, sagte Foster grinsend. »Bevor wir uns umsehen, wird Tucson eine pulsierende Weltstadt sein.«
Der Ton in Clay Fosters Stimme machte Ginny glauben, er mache sich über sie lustig. Sie sah ihm direkt in die Augen, reckte ihr Kinn vor und lächelte. »Ich habe auch schon daran

gedacht, einen Frauenstimmrechtsverein zu gründen«, bemerkte sie aus purer Widerspenstigkeit.
»Einen Frauenstimmrechtsverein! Meine Güte! Ich halte das für keine gute Idee, Miss Sinclair.«
Ginny spannte sich an. »Aber Mr. Foster, Sie wollen mir doch nicht erzählen, daß Sie einer jener Männer sind, die einer Frau ihr Wahlrecht nicht gönnen wollen.«
»Nun, ich ... ich bin weder für noch gegen die Frauenwahlrechtsbewegung, Miss Sinclair.«
»Vielleicht verstehen Sie sie nicht?«
»Ich verstehe sie sehr gut.«
»Aus dem männlichen Blickwinkel, natürlich.«
»Nun, ich kann sie schwerlich aus der weiblichen Perspektive sehen, oder, Miss Sinclair?«
Ginny bemühte sich, ihre Stimme unbeschwert und ausgeglichen zu halten. »Zufälligerweise schreibe ich gerade für meinen Vater einen speziellen Artikel über eine Frauenrechtskonferenz in San Francisco. Er wird in der nächsten Ausgabe erscheinen. Ich denke, Sie werden ihn recht aufschlußreich finden.« Sie hob ihr Kinn höher. »Eigentlich sollte ich mich gleich wieder dahintersetzen. Guten Tag, Mr. Foster.« Sie drehte sich auf dem Absatz um und schritt davon.
Während Ginny die Straße hinaufstrebte, beglückwünschte sie sich dafür, wie sie mit Clay Foster fertig geworden war. Sie war noch nicht weit gekommen, als sie ihren Vater sah.
»Pa«, rief sie und gewann sofort seine Aufmerksamkeit. Er kam zu ihr herüber, und sie drückte seinen Unterarm. »Ich glaube, die *Sun* hat Erfolg«, sagte sie so leise, daß niemand außer ihrem Vater sie hören konnte. »Mr. Brown, der Bankier, hat uns gerade große Komplimente gemacht. Und Mr. Mansfield, der Eigentümer des Zeitungs- und Buchladens, meinte, den Leuten gefalle das Format. Er hat bereits alle Exemplare verkauft, die wir ihm heute morgen geliefert hatten. Ich kann mich nicht erinnern, aber haben wir ein paar aufgehoben? Er empfahl

denen, die keine mehr bekommen hatten, sie sollten vorbeikommen und sie bei uns holen.«
»Ich habe fünfundzwanzig beiseite gelegt, aber die Hälfte davon sind schon weg. Die Leute kamen an die Tür und fragten danach.«
»O Pa! Dein Traum ist wahr geworden!«
»Ja, das stimmt, Ginny, das stimmt«, pflichtete er bei und tätschelte liebevoll ihren Arm. Er wandte sich der Gruppe Männer zu, an der Ginny auf ihrem Weg zum Zeitungsladen vorbeigekommen war. »Was ist denn hier los?«
Ginny schüttelte den Kopf. »Ich weiß es nicht. Sie standen da, als ich in das Zeitungsgeschäft ging.«
»Hast du Bleistift und Notizpapier dabei?«
»Natürlich! Bin ich nicht deine Tochter?«
Sam lachte. »Gehen wir doch ein bißchen näher heran, damit wir hören, worüber sie reden.«
»Pa, das ist Horchen!«
»Nein, das ist es nicht, Liebes. Nicht, wenn es Journalisten betrifft.«
»Ach, Pa«, grinste sie.
»Es ist höchste Zeit, daß jemand die Sache in die Hand nimmt!« übertönte die Stimme eines Mannes die anderen.
»Ich will Sühne für meinen Jungen!« Ginny erkannte den Bäcker wieder, dessen Sohn letzte Woche getötet worden war, während er einen der E.-N.-Fish-Wagen gelenkt hatte.
»Macht euch nicht zu große Hoffnungen«, rief der Pferdeverleiher dazwischen. »Das ist ja nicht das erste Mal, daß die Stadt eine Miliz zusammenstellt. Das haben sie damals '65 auch schon gemacht. Die hat kein Jahr überdauert, weil es kein Geld für sie gab. Die Männer wären fast verhungert.«
Rolfe Brown sprach mit einer Stimme, die seinem Leibesumfang entsprach. »Die Dinge liegen jetzt anders, Gentlemen. Tucson ist gewachsen. Wir haben einige starke Anführer wie Foster, Fish und Hughes, mutige und entschlossene Männer.

Sie werden dafür sorgen, daß die Sache richtig gemacht wird.«
Ginny zog eine Grimasse, als Clay Foster als starker Anführer genannt wurde.
»Ich glaube es erst, wenn ich es sehe«, murrte der Pferdeverleiher. »Bis dahin mache ich mir noch nicht mal die Mühe, meinen alten Henry-Stutzen zu polieren.«
Ginny kritzelte so schnell sie konnte Notizen aufs Papier und hoffte, nichts auszulassen. Ein paar Minuten später löste sich die Gruppe auf.
»In den Saloons wird es heute abend munter zugehen«, meinte Sam und sah sehnsüchtig einem Trio von Männern hinterher, die die Straße hinuntergingen.
Ginny wußte, wo seine Gedanken waren. »Ich muß noch fertig einkaufen. Magst du mit mir kommen?«
Sam lächelte. »Klar. Gehen wir.«

Ginny verbrachte den Sonntagnachmittag damit, den Artikel zu schreiben, den sie Clay Foster gegenüber erwähnt hatte.

Die Frauenrechtskonferenz

Vom 17. Mai an wird San Francisco eine Konferenz beherbergen, die sich mit allen Aspekten der Frauenrechte beschäftigt. Frauen aus dem ganzen Land und aus den verschiedensten Lebensumständen, Schichten und Berufen sind eingeladen teilzunehmen und ihre Erfahrungen und Sachkenntnisse mit ihren Schwestern zu teilen.
Eines der größten Hindernisse für das Wachstum und den Fortschritt der Frauenwahlrechtsbewegung entspringt der überlieferten und allgemein akzeptierten Vorstellung, daß Frauen durch göttliche Einrichtung den Männern weit unterlegen sind, was Intellekt, Verstand, Urteilskraft und Weitsicht betrifft. Man glaubt, sie seien

nicht fähig, sich selbst zu ernähren und ein selbstbestimmtes Leben zu führen, und folglich seien sie auch unfähig, die schwierigen Bürgerpflichten angemessen zu schätzen.

Trotzdem möchten die Frauen die Männer nicht als Tyrannen oder unrechtmäßige Machthaber denunzieren. Eigentlich vertrauen sie auf den Gerechtigkeitssinn der Männer. Die angesehensten und beliebtesten führenden Männer jedoch, deren Meinungen großes Gewicht haben, stehen abseits von dieser Bewegung. Damit erklären sie mehr oder weniger vor der Öffentlichkeit, daß Frauen kein Recht haben zu wählen.

Ginny konnte nur hoffen, daß Clay Foster sich in dem Artikel als einer dieser angesehenen und beliebten Führer wiedererkennen würde, der durch sein Abseitsstehen die Einführung des Frauenwahlrechts behinderte. Sie hatte den Mann erst zweimal getroffen, aber sie hatte bereits ein klares Gespür dafür, was für eine Art Mann er war, und sie wollte nichts mit ihm zu tun haben.

Sie fuhr mit dem Artikel fort, indem sie das Gesetz mißbilligte, das einem Mann die Macht gibt, sofort nach der Heirat das Einkommen seiner Frau zu seinen eigenen Zwecken zu verwenden. Sie hob hervor, daß in mehreren anderen Ländern Frauen die Rechte auf ihren Besitz auch nach der Eheschließung behalten und große Geschäftstüchtigkeit zeigen.

Es war später Nachmittag, als Ginny den Artikel abschloß und ihren Füller niederlegte. Sie ging zum Schreibtisch ihres Vaters hinüber und sah ihm über die Schulter. »Was tust du gerade?«

»Ich vergleiche unsere Berichterstattung mit der von Wasson und Dooner.« Seine Brille war bis zu seiner Nasenspitze hinuntergerutscht.

»Und wie machen wir uns im Vergleich?« fragte sie, begierig, seine Einschätzung zu hören.

»Unsere Artikel sind im allgemeinen kürzer als die ihren. Wir haben mehr Zitate, mehr Fakten. Keine persönlichen Meinungen, keine Spekulation. Und wir sind nicht so langatmig.«
»Ist das in deinen Augen gut oder schlecht?«
»Meine Meinung ist unwichtig. Auf die Meinung der Öffentlichkeit kommt es an. Es gab heute eine Menge positiver Bemerkungen, aber wir müssen in Betracht ziehen, daß die Nachricht von der Bürgerversammlung eine Menge Zeitungen verkauft hat. Es wird noch Wochen dauern, bis wir wissen, wo wir im Vergleich mit unseren Konkurrenten stehen.«
Ginny trat zurück, verschränkte ihre Finger und streckte sich. »Ich fange mit dem Abendessen an. Wie lange, glaubst du, brauchst du noch?«
»Ich bin fast fertig. Ich bin in ein paar Minuten da.«
Ginny ging in die Küche und stellte die Zutaten für das Abendessen zusammen. Sie hatte den ganzen Tag über an die Versammlung heute abend gedacht. Jetzt war ihr klar, wie wichtig sie für die Stadtbevölkerung war, und wußte auch, was für sie wichtig ist, ist für die Zeitung ebenso von Bedeutung.
Sie ließ ein Ei fallen und sah, wie es auf ihren Schuh spritzte. Ein paar Minuten später ließ sie den Teekessel fallen.
»Zum Kuckuck!«
Sie öffnete die Küchentür, um einen Hauch frische Luft zu bekommen. Sie hatte versucht, sich einzureden, daß sie wegen der Versammlung heute abend nervös war – weil sie gute Notizen machen wollte, Aber sie wußte, es war nicht die Versammlung, die ihre Nerven blankgelegt hatte.
Es war das Wissen, daß Bonner Kincade dasein würde.

Elftes Kapitel

»Der Indianer ist eine seltsame Institution. Und doch ist er ein menschliches Wesen. Eine ganze Menge Leute scheinen begierig darauf zu sein, diese Tatsache zu vergessen.«

General George Crook,
Tucson Sun

Bonner ritt mechanisch hinunter aus den Gebirgsausläufern der Santa Catalina Mountains hinaus. Tucson lag geradewegs vor ihm, und seine Lichter glitzerten wie eine Handvoll Rohdiamanten vor einem samtblauen Himmel. Bei Tag sah Tucson mehr wie ein Erdklumpen aus – braun und formlos. Mit jedem Regen wurde etwas davon weggewaschen, nur um zurückzukehren, sobald die Sonne wieder herauskam. Bonner haßte die lange, dürre Strecke, die zwischen dem Vorgebirge und dem Nordrand der Stadt lag. Sie erinnerte ihn immer an die unermeßliche Kluft der Mißverständnisse, die zwischen den Apachen und dem weißen Mann standen. Er fragte sich, ob es irgend etwas oder irgend jemanden gab, der diese Kluft überbrücken und die beiden Völker in Frieden zusammenbringen konnte.

Er drängte seinen Falben zu einem schnellen Galopp, bestrebt, die letzten paar Meilen hinter sich zu bringen. Er war zu spät dran für das Abendessen vor der Versammlung, wozu Indy ihn letzten Donnerstag eingeladen hatte. Er hoffte, daß das »Shoo Fly« offenbleiben würde für alle, die sich nach der Versammlung noch zu Kaffee und Kuchen zusammensetzen wollten. Aber das große Geld würde in den Saloons durch den Whisky eingenommen werden, wo die Mehrzahl der Versammlungsteilnehmer sich treffen würde, um alles, was vorgegangen war, wiederzukäuen.

Sein Besuch bei seiner Mutter und seinem Vater war kurz gewesen – zu kurz, wie immer, aber in diesem Falle war er besonders froh, daß er sich die Zeit genommen hatte, um sie zu sehen.

Das Bein seines Vaters schien nicht so schnell zu heilen, wie es nach Bonners Ansicht eigentlich sollte. Die Schwellung war zurückgegangen, aber die Blutergüsse waren geblieben. Ein stabiler Gehstock half ihm, sich ohne allzu große Schwierigkeiten fortzubewegen, aber es war offensichtlich, daß das Bein noch nicht sein ganzes Gewicht tragen konnte. Natürlich behauptete er, keine Schmerzen zu haben, aber Bonner wußte es besser. Es gab einige Dinge, die ein Mann nicht verbergen konnte.

Bonner hatte versucht, seinen Vater dazu zu überreden, mit ihm in die Stadt zu kommen, um Doc Wilbur zu konsultieren, aber er hatte es hartnäckig verweigert. »Es heilt«, hatte King gesagt. »Es wird jeden Tag besser. Frag nur Ruey, sie wird es dir auch sagen.«

Er *hatte* seine Mutter gefragt, und sie hatte ihren Ehemann bestätigt, was Bonner nicht anders erwartet hatte. Sie war als Apachenfrau dazu erzogen worden, ihrem Mann in allen Dingen zu gehorchen. Sie würde sich seinen Wünschen nicht widersetzen, selbst wenn er unrecht hatte.

Bonner beschloß, morgen in Doc Wilburs Praxis vorbeizuschauen, ihm den Zustand seines Vaters zu beschreiben und den Arzt nach seiner Meinung zu fragen. Dessenungeachtet würde Bonner ein Telegramm an seinen Bruder Logan aufsetzen und auch ihn um Rat fragen. Er würde es mit der nächsten Kutsche zum Telegraphenamt in San Diego schicken. Dort würden sie es nach San Francisco weiterleiten, und dann würde es nach Osten gehen. Logan würde es wahrscheinlich bis zum Ende der Woche erhalten.

Es war schon vier Jahre her, daß sein Bruder zu Hause gewesen war. Logan und ihr Vater kamen nicht sehr gut miteinander aus, aber er würde kommen, wenn er glaubte, daß sein Vater ihn brauchte. Und das konnte wirklich der Fall sein. Bonner wollte den Zustand seines Vaters nicht übertreiben, aber er dachte, es würde nicht schaden, in Logan ein kleines Schuldgefühl zu wecken, daß er so lange weg gewesen war.

Martine war nicht dagewesen, als Bonner auf der Ranch angekommen war. Nach den Worten seiner Mutter verbrachte seine kleine Schwester mehr Zeit in den Bergen mit ihrem Großvater, der ihr die Lebensweise der Apachen beibrachte, als sie zu Hause war.

Vor siebzehn Jahren, als Bonner in ihrem Alter war, hatte auch er sehr viel Zeit mit Gianatahs Gruppe verbracht, mit anderen Jungen seines Alters Spiele gespielt und die Fertigkeiten und Verhaltensweisen eines Kriegers gelernt. Zwei Jahre später war Logan in seine Fußstapfen getreten.

Aber damals waren die Dinge anders gewesen. Damals war es nicht so gefährlich wie jetzt, da ganze Kompanien von Soldaten durch die Berge patrouillierten und die alten Unterschlupfe der Apachen auskundschafteten. Trotz Colonel Dunns Versprechen, seine Männer von Gianatahs Schar fernzuhalten, konnte es immer noch passieren, daß die beiden Gruppen sich trafen und es Schwierigkeiten geben würde.

Bonner hatte mit seinen Eltern ausführlich über Martines Zukunft und ihre Bildung gesprochen. Sie hatten beschlossen, daß Bonner sich nach dem Lehrplan der St. Joseph's Academy for Young Ladies in Tucson erkundigen würde. Die Schule war letztes Jahr eröffnet worden, und die Schwestern nahmen interne und externe Schülerinnen.

Bonner hatte es zwar seinen Eltern gegenüber nicht erwähnt,

aber er glaubte nicht, daß St. Joseph die beste Wahl für Martine wäre. Er wußte, sie wollten versuchen, sie so nahe wie möglich bei sich zu behalten, aber er erinnerte sich an eine Anzeige dieser Schule in der Zeitung, die erwähnte, daß *besondere Aufmerksamkeit* den einfachen und kunstvollen Handarbeiten gewidmet würde. Musik, Zeichnen, Malen und Blumenmachen stand ebenfalls auf der Liste. Aber akademische Fächer wurden überhaupt nicht erwähnt.

Bonner konnte sich nicht vorstellen, daß Martine sich für längere Zeit hinsetzen würde, um zu sticken oder Blumen zu machen. Sie nähte gern Häute zusammen, um Kleider und Messerscheiden und ähnliches zu machen, aber er bezweifelte, daß sie jemals ein Sticktuch oder ein Deckchen machen würde. Er dachte, er könnte vielleicht die Zeitungen durchforsten, um eine Hauslehrerin zu finden, die für ein paar Jahre auf der Ranch leben würde. Eine Tutorin, die Martine nicht nur Geschichte, Geographie und Mathematik beibringen könnte, sondern auch ein paar Umgangsformen – und wie man sich als Lady anzieht und benimmt. Der Himmel wußte, es mußte eine außergewöhnliche Person sein, um Martine aus ihren wildledernen Kniehosen zu schälen und in ein Kleid zu stecken, ganz zu schweigen davon, sie dazu zu bringen, sich hinzusetzen und ihre Hausaufgaben zu machen.

Wenn sich keine passende Hauslehrerin finden ließe, müßten sie Martine auf eine Schule an der Ostküste schicken, was vielleicht ohnehin die beste Wahl wäre. Dort würde einem Halbblut oder Indianer nicht der Makel anhaften, den sie im Westen ganz sicher zu spüren bekäme.

Er bezweifelte, daß Martine irgendeiner ihrer Vorschläge gefallen würde, aber Bonner wollte sie mit allen denkbaren Möglichkeiten aufwachsen sehen.

Plötzlich kam ihm ein Gedanke. In seinem Telegramm an Logan würde er erwähnen, daß ihr Vater eine Hauslehrerin für Martine suchte und was für Qualifikationen sie bräuchte.

Vielleicht kannte Logan gerade solch einen Ausbund an Gelehrsamkeit, Tugend und Mut.
Schließlich würde er Logan mitteilen, daß Martines Pubertätsfeier bevorstünde, und ihn an sein Versprechen erinnern, daß er zu diesem Anlaß nach Hause kommen würde.
Nach dem Abschicken der Nachricht würde er bei Foster die Stiefel für seinen Vater abholen und bei der *Sun* vorbeischauen, um seine Anzeige zu bezahlen.
Er hatte fast ständig an Ginny gedacht, seit er sie letzten Donnerstagabend allein hatte stehen lassen. Jetzt war ihm klar, daß es ein Fehler gewesen war, zurückzukommen. Seine Absicht war gut gewesen. Er hatte nachgedacht, bis ihm der Kopf rauchte, um ihr all die Gründe zu erklären, warum sie ihre Gefühle füreinander ignorieren mußten.
Aber Indy hatte ihn aus dem Konzept gebracht, indem sie das, was er hatte sagen wollen, vorweggenommen hatte. Es hatte ihn zunächst überrascht. Er hätte nicht gedacht, daß ihre gegenseitige Anziehung so offensichtlich war, aber andererseits war Indy eine scharfsinnige Frau. Es war aufmerksam von ihr gewesen, Ginny zu warnen, aber Bonner war klar, daß Ginny sie nicht so ernst genommen hatte, wie es nötig gewesen wäre.
Ginny hatte auch *ihn* nicht richtig ernst genommen, und deshalb hatte er sich auf diese Einschüchterungstaktik verlegt – um ihr echte Angst vor ihm einzujagen – vor der wilden Apachenseite in ihm, die wahrzunehmen sie sich weigerte. Es war ihm gelungen, aber statt sich über seinen Erfolg zu freuen, fühlte er sich danach mies. Es war eine Sache, einen Mann mit seinen Messertricks zu erschrecken, aber eine wehrlose Frau – das war etwas anderes.
Schuldgefühle hatten seine Urteilsfähigkeit beeinträchtigt. Er hätte sie einfach in Ruhe lassen sollen. Es wäre besser für sie gewesen – und für ihn ebenso. Statt dessen hatte er versucht, etwas wiedergutzumachen, und bevor er wußte, was geschah, hatte er sie geküßt.

Jetzt würde diese Erinnerung immer zwischen ihnen stehen.
»Indianerversammlung im Rathaus. Zeit zum Handeln.« Der Trommler schlug Alarm, während die Leute auf den Straßen unterwegs waren.
Trotz der Kälte hatte sich eine große lärmende Menge vor dem Rathaus versammelt und wartete auf Einlaß. Ginny und ihr Vater waren frühzeitig angekommen, damit sie die Leute treffen und hören konnten, was sie sagten.
»Aus zwangloser Unterhaltung kannst du bessere Informationen bekommen als von all den vorbereiteten Reden und Interviews, die dir die Politiker geben«, flüsterte Sam Ginny zu.
Ginny sah mehrere Personen, die sie mit Namen kannte. John Wasson begrüßte die Leute und schüttelte ihnen die Hände, als ob er jedem von ihnen eine persönliche Einladung geschickt hätte.
»Sam, Miss Sinclair, herzlichen Glückwunsch! Tolle Erstausgabe«, verkündete er mit seiner durchdringenden Stimme.
»Das ist nett, daß Sie das sagen, John, in Anbetracht der Tatsache, daß wir Konkurrenten sind«, antwortete Sam mit ruhiger Stimme.
Ginny hatte den Eindruck, als ob sich John Wasson über die Reaktion ihres Vaters amüsierte.
»Nun, nichts hält einen Mann so auf dem Sprung wie Konkurrenz. Ich werde etwas unternehmen müssen, um mit Ihnen mithalten zu können, aber andererseits habe ich nichts anderes erwartet. Sie waren schon immer ein hervorragender Zeitungsmann.« Wasson wandte sich Ginny zu. »Und bevor ich es vergesse, Miss Sinclair, Ihre Geschichte über Joaquin Murietta hat mir wirklich gefallen. Vor einigen Jahren hatte ich Gelegenheit, Joaquin in einem Bergarbeitercamp in Kalifornien zu treffen, und er war genau so, wie Sie ihn schilderten, *gutaussehend, verwegen und äußerst gefährlich.*«
Ginny spürte, wie ihre Wangen rot anliefen, als Wasson ihre

eigenen Worte zitierte. »Das ist sehr großzügig von Ihnen, Mr. Wasson.«
»Ganz und gar nicht, Miss Sinclair. Ich bestätige nur gern Talent, wenn ich darauf stoße. Ich hätte schon immer gern Geschichten geschrieben, aber ich scheine nicht genug Phantasie dafür zu besitzen«, erklärte er lächelnd.
In dem Punkt hätte Ginny ihm am liebsten widersprochen, da sie ja seine Artikel und Leitartikel der letzten sechs Monate gelesen hatte, aber sie hielt ihren Kommentar zurück.
»Jedenfalls«, fuhr Wasson fort, »glaube ich, die Einwohner von Tucson werden sich freuen, kurze, gut geschriebene Geschichten zu lesen zu bekommen. Sie werden eine willkommene Atempause von den Problemen sein, die unser Territory plagen. Werden Sie auch Nachrichten und Leitartikel schreiben?«
Ginny guckte zu ihrem Vater. »Nein. Meine Beiträge werden sich auf Fortsetzungsgeschichten und einen gelegentlichen Artikel, der Frauen betrifft, beschränken, wie zum Beispiel Frauenwahlrecht, Abstinenz, Mode und soziale Aktivitäten. Die Leitartikel und die lokalen, nationalen und Auslandsnachrichten werde ich meinem Vater überlassen. Er kennt sich damit aus«, erwiderte Ginny in der Hoffnung, überzeugend zu wirken.
»Eine kluge Entscheidung, Miss Sinclair. Wenn Sie beide mich jetzt bitte entschuldigen, ich muß noch meine Begrüßungen absolvieren.«
Ginny schlang ihren Arm in den ihres Vaters. »Wie hab' ich das gemacht?«
»Du warst großartig.«
Sie atmete erleichtert auf.
Edward Fish kam mit zwei anderen Männern an. Seine Lippen wurden schmal vor Mißbilligung, als er Ginny entdeckte. Das einzige, was der Mann möglicherweise gegen sie haben konnte, war die Tatsache, daß sie sich von ihm nicht hatte einschüchtern lassen.

Clay Foster ritt auf einem protzigen Palomino zum Stellplatz der Pferde. Er erwiderte ihren Blick mit einem Nicken und schloß sich dann Fishs Gruppe an, die in der Nähe der Rathaustüren stand.

»Ich erfriere gleich«, klagte Ginny. »Ich wünschte, sie würden sich beeilen und uns hineinlassen.«

Sam sah auf seine Taschenuhr. »Es ist nur noch eine Minute.« Als er die Uhr in seine Westentasche gesteckt hatte und aufschaute, stupste er Ginny. »Da kommen deine Freunde.«

Ginny sah auf und sah Indy Garrity auf das Rathaus zugehen. Sie wurde von zwei ungewöhnlich großen, beeindruckenden Männern eskortiert – Major Jim Garrity und Bonner Kincade. Bonner. Schauer der Sehnsucht überliefen sie. Sie hatte diesen Moment kommen sehen, und obwohl sie versucht hatte, sich seelisch darauf vorzubereiten, war sie unfähig, die Erregung, die in ihr aufflammte, zu beherrschen. Sie konnte nicht anders, sie fragte sich, ob er es auch spürte.

Sie wandte sich ab, entschlossen, ihre Gefühle für ihn dahin zu stecken, wo sie hingehörten – in die Vergangenheit, denn es konnte keine Zukunft geben. Ihre Hände fingerten nervös unter ihrer schweren Wollstola herum.

»O Ginny«, rief Indy und lief auf sie zu. »Die *Sun* ist *wunderbar,* und ich *liebe* deine Geschichte über Joaquin Murietta. Ich hatte ja keine Ahnung, wieviel Talent du hast. Ich kann es kaum erwarten, das nächste Kapitel zu lesen.«

Indys enthusiastische Reaktion brachte eine kleine, schmalbrüstige Frau zu ihnen. »Entschuldigen Sie mich, ich konnte nicht anders, ich mußte lauschen. Ich bin Mrs. Emma Brown.« Sie sah Ginny an. »Sie müssen Ginny Sinclair sein. Auch ich fand Ihre Geschichte wunderbar und freue mich so sehr auf mehr. Mein Mann Rolfe erzählte, daß er mit Ihnen gesprochen hatte und daß Sie einen literarischen Club gründen wollen.«

Ginny sah zu Indy, und die beiden lächelten einander an. »Mrs. Brown, dies ist meine Freundin, Mrs. Indy Garrity. *Wir* – Indy und ich – wollen den Literatur-Club gründen«, korrigierte Ginny. »Und wir würden uns sehr freuen, wenn Sie sich uns anschließen würden – und jede andere Frau, von der Sie wissen, daß sie interessiert ist.«

Aus dem Augenwinkel beobachtete Ginny, daß Jim und Bonner bei ihrem Vater standen. Einen Moment später sah sie, wie Mr. Brown auf die Gruppe zuging, begleitet von einigen anderen Geschäftsleuten, die Sam anscheinend großzügig mit Lob überhäuften, lächelten und ihm auf die Schulter klopften.

Ginny hatte den Eindruck, daß ihr Vater tatsächlich rot wurde über all der Anerkennung. Sie kniff die Lippen zusammen, um einen Gefühlsausbruch zu verhindern, aber ihre Augen verschleierten sich trotzdem.

Hinter ihr öffneten sich endlich die Türen des Verwaltungsgebäudes, und die Leute beeilten sich, der Kälte zu entfliehen und hineinzukommen. Mrs. Brown verabschiedete sich von Ginny und Indy und versprach, diese Woche noch im Büro der *Sun* vorbeizuschauen, um ein erstes Treffen auszumachen.

Indy nahm Ginny am Arm und ging mit ihr vor den Männern in den Versammlungssaal. »Wo möchtet ihr gern sitzen?«

»Pa?« fragte Ginny und wandte sich leicht nach hinten.

»Etwa in der Mitte des Raumes, aber am Ende einer Reihe. Auf diese Weise können wir jeden hören und sehen.«

Jim ging an den beiden Frauen vorbei und voraus. Er blieb bei einer der mittleren Reihen stehen, nahm Indys Hand und zog sie zwischen die Holzbänke. Ginny folgte Indy und war erleichtert, ihren Vater gleich hinter sich zu sehen. Es wäre für sie unerträglich gewesen, einen ganzen Abend lang neben Bonner Kincade zu sitzen.

Als sie sich anschickten, ihre Plätze einzunehmen, bemerkte Ginny, daß Bonner nicht bei ihnen war. »Wo ist Bonner?« fragte sie und suchte den Raum nach ihm ab.

»Er mag es nicht, so eingepfercht zu werden«, sagte Jim. »Dann fühlt er sich unwohl.«

Ginny nickte. Höchstwahrscheinlich hatte Bonner sich selbständig gemacht, um so weit von ihr wegzubleiben, wie er nur konnte. Sie setzte sich und strich ihren Rock über den Knien glatt, dann machte sie ihre Schreibutensilien bereit.

> Etwa achtzig Bürger wohnten der Versammlung bei. Die große Mehrheit bestand aus Händlern, Transportunternehmern, Saloon- und Hotelbesitzern, Juristen, Nachschublieferanten, und einige Rancher waren ebenfalls anwesend.
> J. E. McCaffry ging zum Podium, stellte sich vor und leitete die Wahl eines Vorsitzenden, eines Sekretärs und die Ernennung eines Finanzkomitees. Richter John Anderson, Richter am Nachlaßgericht des Territory, wurde zum Vorsitzenden gewählt. William J. Osborne – Sekretär. Die Herren Rowell, Fish und Alsop – Finanzausschuß.

Richter Anderson übernahm das Podium und erledigte schnell die Versammlungsformalitäten. Danach eröffnete er die Diskussion mit einer vorbereiteten Ansprache. »Die Absicht dieser Versammlung ist es, Ihnen allen die Gelegenheit zu geben, Ihre Beschwerden über die Situation mit den Indianern und der Armee vorzubringen. Danach werden wir darangehen, aufgrund dessen, was wir gehört haben, über eine angemessene Vorgehensweise zu entscheiden.« Er machte eine Pause, in der seine scharf beobachtenden Augen den vollen Saal prüfend betrachteten. Er räusperte sich. »Jeder Mann und jede Frau hier weiß, daß der gegenwärtige Zustand des Arizona Territory äußerst beklagenswert ist wegen der andauernden erfolgreichen Überfälle feindlicher Indianer.«
Ein Murren ging durch den Raum, und von irgendwoher hörte man auch ein unterdrücktes Schluchzen.
Ginny erlebte noch einmal vor ihrem inneren Auge die beäng-

stigende Szene, als ein messerschwingender Bonner Kincade eine Locke ihres Haares abschnitt.

Richter Anderson fuhr mit etwas milderer Miene fort: »Die meisten unter uns haben den Verlust eines ihrer Lieben, eines Freundes, wertvoller Besitztümer oder die Zerstörung von Heim oder Geschäft zu beklagen.«

»Alle von uns!« schrie jemand.

Der Richter sah in die Richtung, aus der die Stimme gekommen war. Entschlußkraft und Scharfsinn zeichneten noch einmal seine strengen Gesichtszüge. »Wie dem auch sei, welche Entscheidungen hier heute abend auch fallen werde, ich bete darum, daß sie mit Rücksicht auf die besten Interessen der Menschen getroffen werden – aller Menschen, und das schließt die Indianer ein.«

Bei dieser Empfehlung schnappten einige der Anwesenden in offener Mißbilligung nach Luft.

Der Richter straffte sich und kniff die Augen zusammen. »Was wir – wir alle –, immer wieder vergessen, ist die Tatsache, daß die Indianer *vor* uns hier waren. Dies war ihr Land, und wir haben es ihnen ohne ihre Erlaubnis weggenommen. Mit anderen Worten, wir haben es ihnen im Namen des Schicksals gestohlen. Wir reden sehr viel darüber, was die Apachen uns antun, aber vergessen wir nicht, daß Hunderte von Apachen – Männer, Frauen und Kinder – von Weißen getötet wurden.« Sein Blick wanderte langsam über die Menschenmenge. »Jetzt gebe ich Ihnen, den Einwohnern dieses großartigen Territory, die Diskussion frei.«

Der Applaus war vereinzelt und halbherzig. Ginny sah sich im Saal um und hatte den starken Eindruck, daß der Kommentar des Richters außer ihr und ihren Freunden wohl niemandem gefallen hatte. Die braven Bürger von Tucson blickten so finster drein, als ob er sie verraten hätte. Offensichtlich wollten sie nicht daran erinnert werden, daß sie den Indianern das Land gestohlen oder Hunderte von Indianern umgebracht hatten.

Sie wollten hören, daß sie die Opfer waren und als solche ein moralisches Recht hatten, das Territory von der schlimmen Bedrohung der Apachen zu befreien.
Begleitet von einem Hauch eisiger Luft wurden die Türen des Verwaltungsgebäudes aufgestoßen, und Bonner Kincade trat ein. Ginny hielt den Atem an. Er sah wütend und bedrohlich aus, und seine Wildlederjacke und kniehohen Mokassins schrien einen an: Feind!
Apache.
Jeder im Saal drehte sich um und sah ihn an.
»Was tut dieses verdammte Halbblut hier?« sagte der Mann, der hinter Ginnys Vater saß, heimlich zu seinem Nachbarn, aber nicht so leise, daß Ginny ihn nicht gehört hätte. »Der glaubt, nur weil sein Daddy ein großer Mann im Territory ist, ist er anders als andere Rothäute, aber er ist auch nich' besser als alle diese blutrünstigen Schlächter.«
Bonner nicht, schrie Ginny in Gedanken den Mann an. Sie hätte alles darum gegeben, zu Bonners Verteidigung aufzustehen und jedem zu erzählen, wie er sie und Greeley vor dem sicheren Tod gerettet hatte, wie er ihrem betrunkenen Vater gut zugeredet hatte und wie sanft er sie im Mondlicht geküßt hatte. Aber sie konnte natürlich nicht. Sie konnte gar nichts sagen.
»Ich würd' aufpassen, daß er dich nich' hört«, sagte ein anderer Mann. »Ich hab' einmal gesehen, wie er 'nen Mann niedergestochen hat, und das war kein schöner Anblick, das kann ich dir sagen.«
Leise, geflüsterte Kommentare drangen an Ginnys Ohr.
Ziemlich weit vorne schoß ein Mann von seiner Bank hoch. »Ich hab' gedacht, das hier is' 'ne Versammlung für die Bürger von Tucson.«
Richter Anderson betrachtete den Mann. »Es ist eine Versammlung für die Bevölkerung des Arizona Territory, Sherod. Was ist Ihr Problem?«

»Kincade hier, er ist das Problem. Indianer und Mischlinge sind keine Bürger. Jeder weiß das.«
»Setzen Sie sich, Sherod. Sie irren sich. Bonner Kincade ist ein langjähriger Einwohner dieses Territory und ein ziviler Späher für die US-Army.«
»Donner und Doria, Richter«, schrie der Mann. »Wie können wir über das reden, was wir mit den Rothäuten vorhaben, wenn solche wie er im Raum sind? Also, kaum machen wir Pläne, dann wird er schon zu Cochise flitzen und alles verraten.«
»Sheriff Ott, wollen Sie bitte Sherod hinausbegleiten und ihm den nächsten Saloon zeigen, wo seine Klagen auf mehr Gehör stoßen werden als hier?«
Der Sheriff ging den Mittelgang entlang und blieb am Ende der Reihe stehen, wo Sherod saß. »Los, Sherod, der Richter sagt, du bist draußen.«
»Ich geh' nich'. Ich hab' 'n Recht drauf, meine Meinung zu sagen, genau wie alle anderen.« Er verschränkte die Arme und weigerte sich hartnäckig, sich zu rühren.
Ott griff hinunter, packte ihn am Kragen und schleifte ihn aus der Holzbank. »So oder so gehst du raus, Sherod. Es liegt bei dir.«
»Is' ja gut, is' ja gut.« Der Mann kam auf die Füße und ging zur Tür. »Halbblut, Bastard!« Er spuckte einen Klumpen Tabak in Bonners Gesicht, verfehlte aber sein Ziel und traf statt dessen den Sheriff.
»Jetzt reicht's, Sherod. Du kommst hinter Gitter!«
»O Gott«, sagte Ginny im Flüsterton und schloß die Augen. Wie konnte jemand nur so grausam sein?
Indy nahm Ginnys Hand. »Laß dich von solchen Leuten nicht treffen, Ginny. Bonner läßt es an sich abprallen. Und es würde ihm nicht gefallen, wenn er den Eindruck hätte, daß er dir leid tut.«
Ginny nickte.
Indy kam näher an Ginnys Ohr heran. »Das ist genau das,

wovor ich dich neulich warnen wollte«, wisperte sie leise. »Die Leute behandeln ihn ständig so – belegen ihn mit Schimpfwörtern, stellen seine Integrität, seine Loyalität in Frage. Was dir auch einfällt, sie legen es ihm zur Last. Selbst Jim und mich kritisiert man wegen unserer Freundschaft mit Bonner.«

Ginny biß sich auf die Unterlippe und nickte. Sie guckte über Indys Schulter und sah, wie Bonner ganz nach hinten ging und sich an die Wand lehnte. Er sah nicht im geringsten aufgeregt aus über das, was gerade geschehen war. Weil sie wußte, daß er kein kalter Mann ohne Gefühle war, daß er in Wirklichkeit warmherzig und mitfühlend war, konnte sie sich nicht vorstellen, daß es ihn völlig kalt ließ.

Ihr jedenfalls tat es in der Seele weh. Zutiefst.

John Wasson stand auf und lenkte die Aufmerksamkeit der Menge auf sich. Er hielt ein Stück Papier hoch. »Ich habe eine Depesche aus Washington bekommen, die General Stonemans Bericht nach seiner Inspektion der ganzen Abteilung von Arizona wiedergibt«, erklärte er. »Ich habe vor, im *Citizen* vom nächsten Samstag dieses Dokument zusammenzufassen und daraus Auszüge zu bringen, und meine Konkurrenten werden es mit Sicherheit ebenso tun.« Er wandte sich um und lächelte Sam und Ginny zu. »Ich glaube jedoch, die Information ist wichtig genug, um sie heute abend vor dieser Versammlung bekanntzumachen.«

»Wenn Sie glauben, daß es eine Information ist, die wir brauchen, John, dann hören Sie auf, um den heißen Brei herumzuschleichen, und sagen Sie uns, was es ist.« Allmählich konnte man die Ungeduld des Richters spüren.

Ginny und Indy sahen einander an und lächelten. Das geradlinige und sachliche Auftreten des Richters machte ihn zum idealen Mann, um mit solch einer emotional aufgeladenen Menge umzugehen.

»Wie jeder weiß, hat General Stoneman im Mai letzten Jahres das Kommando über das Department von Arizona übernommen. Zu jener Zeit gab es achtzehn Militärposten, davon sind drei inzwischen stillgelegt worden. Jetzt empfiehlt er eine Truppenkonzentration in acht Stellungen. Alle Quartiermeisterdepots außer Yuma sollen aufgelöst und die zivilen Angestellten entlassen werden.« Wasson machte eine Kunstpause und ließ seinen Blick durch den Saal schweifen. »Er *behauptet*, daß diese Maßnahme die Effizienz der Kommandantur erhöhen und dem Department helfen wird, die Ausgaben zu senken. Die Camps Bowie und Grant sollen bleiben, aber Camp Lowell steht auf der Liste derjenigen, die geschlossen werden sollen.«

Schockiertes Schweigen folgte der Bekanntmachung.

Dann gab es geradezu eine Explosion von Stimmen.

»Unsere eigene Regierung läßt uns im Stich!«

»Stoneman ist ein verflixter Narr!«

»Man wird uns völlig schutzlos zurücklassen!«

»Ich pack' zusammen und hau' ab aus diesem gottverlassenen Territory. Wenn die Rothäute Amok laufen, wird es für Mensch und Tier nicht mehr sicher sein.«

Ginny dachte an Bonner, der ganz hinten im Saal stand und all das hörte. Sie fragte sich, wie er überhaupt noch irgendwelche Sympathien für die Weißen haben konnte.

Die Raserei nahm zu.

Leute standen von ihren Sitzen auf und schrien Wasson, den Richter und sich gegenseitig an.

Indy hielt sich die Ohren zu.

Ginny schrieb alles nieder, was sie mitbekam.

Richter Anderson schlug mit der Hand auf das Podium. »Bitte jetzt Ruhe im Saal«, drängte er. »Leute, ich sagte, beruhigen Sie sich«, wiederholte er. Niemand schien auf ihn zu hören. »So ein Ausbruch wird nicht ...«

»Jetzt liegt es an uns!« rief jemand. »Der Army sind wir egal.«

»Ruhe!« brüllte der Richter.

Ginnys Bleistiftmine brach.

Sam reichte ihr eine neue.
Sie fing eine neue Seite an und versuchte, mit dem Tumult Schritt zu halten. Sie hob ihre Augen, um die Reaktion des Richters abzuschätzen, und ihr Herz schlug wild, als sie sah, wie er unter seinen Mantel griff und eine Deringer-Pistole herauszog.
»Ich befehle dieser Versammlung, still zu sein!« Er hob die Pistole über seinen Kopf und drückte ab. Die kleine Deringer sprach laut und deutlich.
Auf den Knall folgten Schreckenslaute, Flüche und der schrille Schrei einer Frau.
Pulverdampf wirbelte über dem Richter durch die Luft, und von der Decke regnete etwas Putz herunter. »Jetzt, da ich Ihre ungeteilte Aufmerksamkeit habe«, sagte er mit leiser und kalter Stimme, »teile ich Ihnen mit, wenn es einen weiteren solchen Ausbruch gibt, dann ziele ich tiefer! Benehmen Sie sich jetzt, oder ich vertage die Versammlung, und ihr könnt euch einen anderen Vorsitzenden suchen! Wenn Sie sprechen möchten, dann werden Sie von jetzt an Ihre Hand heben und warten, bis ich Sie aufrufe.«
Ginny amüsierte sich insgeheim über die verdrießlichen Gesichter in der Menge. Sie konnte nicht widerstehen, eines auf ihr Papier zu zeichnen und es Indy zu zeigen, die verstohlen hinter der Hand kicherte.
»Edward Fish, ich sehe Ihre Hand.«
»Ja, Herr Vorsitzender. Ich möchte sagen, ich glaube, Stoneman hat vor, jeden Händler in Tucson zu ruinieren, vielleicht sogar das Territory. Wir sind mit unserer Existenz abhängig von den Verträgen mit der Army. Wenn Camp Lowell und das Depot des Quartiermeisters erst geschlossen sind, dann werde ich innerhalb eines Jahres bankrott sein!«
»Ich weiß nicht recht, warum Sie das glauben, Ed«, erwiderte der Richter. »Nach meinem Verständnis ist die Regierung dazu verpflichtet, den Bedarf an Vorräten auszuschreiben und dem

günstigsten Gebot den Zuschlag zu geben. Wenn Sie so weitermachen wie bisher, sollte sich nichts verändern.«
Ed Fish rümpfte verächtlich die Nase. »So *sollte* es sein, aber das wird nicht unbedingt der Fall sein. Wenn der Quartiermeister in Yuma sitzt, nehme ich an, daß die Kalifornier den Zuschlag bekommen. Zumindest werden sie nicht solche Frachtausgaben wie wir haben. Außerdem mache ich eine Menge Geschäfte mit den Soldaten selbst. Wenn die weg sind, sind auch diese Geschäfte dahin.«
»Möchte noch jemand etwas beitragen?« fragte der Richter. »Sie dort in der hinteren Reihe.«
»Was dieses Territory braucht, ist Stonemans Entlassung aus seinem Kommando!«
Beim ersten zustimmenden Summen hob der Richter die Hand, um es zu ersticken. »Danke für Ihren Kommentar.«
Clay Foster hob die Hand und wurde vom Vorsitzenden aufgerufen. »Ich stimme diesem Herrn zu. Stoneman ist ohnehin nur ein Pappsoldat. Wenn er unserem Indianerproblem so viel Aufmerksamkeit schenken würde wie dem Aufbau neuer Armystellungen und dem Herausputzen der alten, dann wären wir heute abend nicht hier und versuchten zu entscheiden, wie wir vorgehen wollen. Wo waren unsere Soldaten, als Lahte den Fish-&-Co.-Frachtwagenzug überfiel? Sie waren unterwegs, um eine neue Straße abzustecken. Wenn sie die Gegend patrouilliert hätten, wie es sich gehört hätte, dann hätten wir jetzt nicht neun neue Gräber auf unserem Friedhof!«
Ginny hob ihren Blick vom Papier und guckte zurück zu Bonner. Kummer und Sorge prägten jetzt seine dunklen, wohlgeformten Gesichtszüge und zeigten der Welt, daß er nicht der blutrünstige Wilde war, für den sie ihn hielt. Aber niemand sah hin. Niemand, außer Ginny. Sie bekämpfte einen überwältigenden Drang, aufzustehen und nach hinten zu gehen, um ihn zu trösten. Irgendwie spürte er, daß sie ihn beobachtete. Sein

Blick traf den ihren, und sofort wechselte er die Miene, um ihr zu zeigen, wie unbeteiligt er war.
»Major Garrity, Sie hatten die Verantwortung für diesen Trupp. Möchten Sie vielleicht dazu Stellung nehmen?« fragte der Richter.
Ginny wandte sich um und sah, wie Jim aufstand.
»Ja, Sir, vielen Dank. Fürs Protokoll möchte ich feststellen, daß meine Männer und ich nicht wegen einer neuen Straße unterwegs waren, sondern wir patrouillierten die Hauptroute der Wagen. Ich schlage vor, daß Mr. Foster seine Fakten überprüft, bevor er so etwas behauptet und es fälschlicherweise in einer unserer lokalen Zeitungen gedruckt wird.« Er ließ seine Augen durch den Saal schweifen und begegnete selbstbewußt den Blicken. »Sobald wir den Rauch sahen, ritten wir auf schnellstem Wege an den Tatort.«
»Ihr seid ja ein paar tolle Soldaten, wenn ihr dann nicht da seid, wenn unsere Leute euch brauchen«, rief eine Frau.
Jim sah der Frau geradewegs in die Augen. »Wir können nicht überall gleichzeitig sein, Ma'am. Ich wünschte, wir könnten es.« Jim wandte sich zu Foster um und funkelte ihn wild an. »Leider waren neun der zehn Fuhrmänner bereits tot oder lagen im Sterben, als wir ankamen, und einige der Wagen standen in Flammen.« Jim setzte sich, stand aber gleich wieder auf. »Entschuldigen Sie, aber es gibt noch etwas, was ich sagen möchte, solange wir beim Thema von Lahtes Überfall sind.«
»Sie haben das Wort, Major Garrity.«
»Letzte Woche bekam ich von General Stoneman eine *persönliche* Nachricht. Darin gab er Informationen weiter, die in seinem Bericht stünden, was Mr. Wasson sicherlich verifizieren könnte, falls es Unstimmigkeiten gibt. Schon seit einiger Zeit hat der General angedeutet, daß Nachschublieferanten unsere Soldaten ausnützen, indem sie Wucherpreise für Brennstoff, Viehfutter und Rindfleisch verlangen. Sein Bericht wird konkrete Vorkommnisse erwähnen, um das zu belegen. Er

hat auch Grund zur Annahme, daß einige der Händler von Tucson – Tucson-Ring genannt – zu ihrem eigenen Vorteil Apachen zu Feindseligkeiten veranlassen.« Jim machte eine Pause, während ein Raunen durch die Menge ging. Schließlich fuhr er fort: »Beweismaterial, das ich von Bonner Kincade bekommen habe, weist darauf hin, daß die Wagen von E. N. Fish von einem Mitglied des Rings sabotiert wurden – von einem Händlerkollegen, Herr Richter!«

Ginny hatte keinen Grund für ihren Verdacht, aber sie hätte gewettet, daß Clay Foster etwas damit zu tun hatte.

»Das glaube ich nicht!« rief Ed Fish mit zornrotem Gesicht. »So etwas wie einen Tucson-Ring gibt es nicht. Mein Gott, glauben Sie nicht, daß *ich* davon wüßte?«

Der Richter zeigte auf einen Mann in der ersten Reihe.

»Das ist klar, daß die Army versucht, den Verdacht von den Indianern abzulenken, und daß Bonner Kincade beteiligt ist. Aber unsere eigenen Händler zu beschuldigen – ich sage Ihnen, Ihre Kühnheit ist grenzenlos, grenzenlos!«

»Der Vorsitzende ruft Clay Foster auf.«

»Major Garrity, erwarten Sie wirklich von den braven Bürgern von Tucson, daß sie Beweisen trauen sollen, die von einem nichtsnutzigen Mischling beigebracht wurden?«

Der Muskel in Jims Wange schnippte, als er Clay Foster mit seinem Blick fixierte. »Ich würde Bonner Kincade mehr als Ihnen trauen, Foster, und zwar jederzeit. Aber Tatsache ist, daß dies hier keine Angelegenheit des Vertrauens ist. Wir haben Beweise, und wir sind dabei, formell Anzeige zu erstatten.«

Als Jim sich setzte, schlang Indy ihren Arm um den seinen, um ihre Unterstützung zum Ausdruck zu bringen.

»Rupert Stinnett hat die Hand erhoben.«

Ginny reckte den Hals, um den Vater des Jungen zu sehen, der ihr die zweifelhafte Notiz über den Diebstahl gebracht hatte. Ein dunkler Backenbart umrahmte wie ein Dornenstrauch sein dünnes Gesicht, und ein Schnauzbart betonte seine herabgezogenen Mundwinkel.

»Mir scheint, wir sollten auf Nummer Sicher gehen, daß jeder weiß, was los ist. Also, ich hab' 'ne kleine Ranch südlich der Stadt. Bis vor einigen Tagen hatte ich ein paar gute Arbeitspferde, aber die Apachen kamen mitten in der Nacht und liefen mit ihnen davon. Und das ist nicht das erste Mal, daß sie das getan haben. Weil ich nicht selber in die Stadt kommen konnte, hab' ich meinen Jungen mit einer Notiz geschickt, die er den Zeitungen geben sollte, damit andere Leute in der Gegend gewarnt werden konnten. Mein Junge kommt zurück aus der Stadt und erzählt mir, daß zwei von den Zeitungen die Nachricht genommen und dafür gedankt haben, aber die dritte hat ihm nur Ärger gemacht und sich geweigert, die Information zu drucken. Ich hab' gedacht, die Zeitungen sind dazu da, den Leuten zu helfen, und nicht, um ihnen zu schaden.«

Ginny kochte. Sie hob ihre Hand, obwohl sie noch nicht einmal wußte, was sie sagen wollte.

»Der Vorsitzende ruft die hübsche junge Frau zu meiner Linken auf.«

Sie stand auf. »Richter Anderson, mein Name ist Ginny Sinclair, und ich würde gern auf Mr. Stinnetts Beschwerde eingehen, da ich es war, die seinen Jungen mit der Nachricht abwies. Mr. Stinnetts Notiz behauptete, die Apachen hätten zwei Pferde aus seinem Gehege gestohlen, während alle schliefen. Meine Frage an seinen Sohn war: Wenn alle geschlafen haben, woher wußte sein Vater dann, daß es die Apachen waren, die die Pferde stahlen? Der Junge erwiderte, sein Vater *wisse* es einfach und daß sie ihn immer beraubten. Wir haben bei der *Tucson Sun* ein Motto, das nicht nur aus Worten besteht, sondern unseren Geschäftsstil zum Ausdruck bringt. Die *Sun* ist die Stimme der Wahrheit und der Vernunft. Da ich nicht ermitteln konnte, ob die Nachricht, die ich erhielt, der Wahrheit entsprach, betrachtete ich es nicht als vernünftig, sie zu drucken. Ich danke Ihnen.«

Ginny wollte sich gerade hinsetzen, als ihr Vater ihren Arm nahm und neben ihr aufstand. »Als der Eigentümer und Herausgeber der *Sun* möchte ich feststellen, daß ich vollkommen mit meiner Tochter übereinstimme.«

Als sie sich setzten, nahm Ginny ihren Vater in den Arm. »Danke, Pa.«

»Es war mir ein Vergnügen, Liebes.«

Der Richter nahm einen Schluck Wasser und sagte dann: »Ich rufe Rolfe Brown auf.«

»Ich bin aus dem Osten, und wenn Clay Foster nicht gewesen wäre, wäre ich nie hierhergekommen. Ich hatte immer geglaubt, das Arizona Territory ist nichts als wertlose Wüste, die sich nicht als Lebensraum eignet. Ich konnte nicht verstehen, wie irgend jemand bei vollem Verstand hier freiwillig leben konnte.« Er sah sich um und zuckte dann mit den Schultern. »Es ist wahr, die meisten aus dem Osten denken so. Vielleicht darf ich so kühn sein, einen Vorschlag zu machen: wenn Sie wollen, daß die Regierung in Washington aufhorcht und Ihrer Misere Aufmerksamkeit schenkt, dann müssen Sie ihnen die enormen Bodenschätze ins Bewußtsein rufen, die in diesem Territory einzigartig sind, wie die gesetzgebende Gewalt letztes Jahr berichtete.«

»Gut gesprochen, Mr. Brown. Weiter?« Der Richter zeigte auf Clay Foster.

»Es ist schon schlimm genug, daß die Bundesregierung es nicht schafft, uns gegen die Apachen zu verteidigen, aber jetzt wollen sie sie auch noch in Reservate stecken, wo die Regierung sie beschützen und ernähren kann! Die Reservate sind nichts anderes als Unterschlupfe, die die Wilden als Basis für ihre Raubzüge benutzen können.«

Ginny ballte die Fäuste. Die *Wilden* waren die hinterlistigen und verlogenen Händler, die für die Tötung ihrer eigenen Leute verantwortlich waren.

Es wurde noch mehr über das Für und Wider des vorgeschlagenen Reservatsystems gesprochen, über Grants Friedenspolitik und die zeitlich begrenzten *feeding stations,* wo den Indianern Nahrung und Decken ausgehändigt wurden. Gegen Colonel Green im Fort Apache wurden Beschwerden vorgebracht, weil er einer Anzahl Apachen, die öffentlich bekundet hatten, in Frieden leben, Häuser bauen und Farmen aufbauen zu wollen, Unterkunft und Schutz gewährte. Hauptsächlich hatte man etwas dagegen, daß Green die Apachen dafür bezahlte, daß sie Holz und Heu lieferten, damit sie Nahrung, Decken und Kleidung kaufen konnten. Die Unternehmer im Saal waren dagegen, weil die Indianer ihre Preise unterboten.
Ausführlich wandte sich die Diskussion dem unmittelbaren Problem zu, was man wegen der Apachen unternehmen sollte. War eine Freiwilligenmiliz die Antwort auf ihre Gebete? Oder sollten sie ein letztes Mal versuchen, die Regierung dazu zu bringen, auf ihre Klagen zu hören, in der Hoffnung, daß sie das Problem erkennen und sofort durchschlagende Maßnahmen ergreifen würde?
Ginny hörte zu, abwechselnd erstaunt über die Tiefe des Hasses den Apachen gegenüber und begierig nach Einzelheiten, die sie aufschreiben konnte.
Schließlich rief der Richter zur Abstimmung auf. Ginny fühlte sich ermutigt, als eine Bürgermiliz einstimmig abgelehnt wurde. Die Mehrzahl der Leute fanden, daß sie der Regierung noch keine echte Chance gegeben hatten und daß die Army immer noch das Beste war, da sie die Männer, die Ausrüstung und das Geld hatte. Falls – nachdem jede Anstrengung unternommen worden war – immer noch keine Lösung in Sicht wäre, wurde man noch einmal über eine Truppe von Bürgern entscheiden.
Richter Anderson erklärte die Versammlung für vertagt.
Ginny machte weiterhin Notizen, selbst als sie ihrem Vater, Jim und Indy aus dem Gebäude folgte. *Das Volk ist begeistert*

und optimistisch. Hoffnung für Arizonas Zukunft, wenn Washington nur zuhört. Apachen keine Hoffnung.
Sie steckte sich ihren Bleistift hinter das Ohr und bedeckte ihr Schreibbrett. Sobald sie draußen waren, suchte sie nach Bonner, aber er war nirgends zu sehen.
Sam wandte sich an Jim. »Diese Geschichte mit dem Tucson-Ring und der Sabotage – mein Gott, Jim, das ist unglaublich! Ich werde nicht fragen, wen Sie verdächtigen, weil ich annehme, daß Sie darüber Stillschweigen bewahren müssen, bis Sie formal Anzeige erstatten, aber ich möchte Sie fragen, ob ich einen Exklusivbericht für die *Sun* haben könnte. Ich werde der Geschichte gerecht werden.«
Jim nickte. »Ich weiß, daß Sie das tun werden, Sir. Und wenn es meinen Vorgesetzten recht ist, wird es auch mir recht sein. Der einzige Grund dafür, daß ich heute etwas sagte, lag darin, daß ich mir dachte, wenn der Ring weiß, daß die Army ihnen auf der Spur ist, dann würden sie es sich gut überlegen, bevor sie noch mehr von unseren Bürgern überfallen lassen.«
»Aber, Jim ...« Ein besorgter Blick kroch Sam übers Gesicht. »Das sind ruchlose Mörder, von denen Sie hier sprechen. Glauben Sie nicht, daß Sie sich selbst und Bonner in Gefahr bringen?«
»Bonner, ich und Indy – wir haben darüber gesprochen, und wir kamen alle drei überein, daß wir das Risiko eingehen müssen.«
Sam sah Ginny an und lächelte. »Ich glaube, wir wissen ein wenig, wie es ist, Risiken einzugehen, nicht wahr, Liebes?«
Ginny lächelte zurück. »Nun, das ist nicht ganz dasselbe, Pa. Aber ich würde sagen, hierher an die Grenze der Zivilisation zu ziehen und in einer Stadt von gerade mal dreitausend Einwohnern, von denen die meisten kein Englisch sprechen, die dritte Zeitung zu gründen, war doch so etwas wie ein Risiko, ja.«
Sam tätschelte Ginnys Arm. »Aber letzten Endes wird es sich lohnen.«

»Das hoffe ich, Pa.«
Jim legte seinen Arm um Indy. »Genauso geht es auch uns, wir glauben auch, daß es das wert sein wird. Neun Männer sind tot wegen der Habgier des Rings, und Lahte hat vierundzwanzig Karabiner mehr, und Gott weiß wieviel Munition, um noch mehr Einwohner von Arizona zu töten.«
»Ginny, Liebes, ich möchte noch ein paar Minuten mit Rolfe Brown sprechen. Er scheint jemand zu sein, den ich gern ein bißchen besser kennenlernen möchte. Ich werde nicht lange weg sein.«
»Ich warte hier auf dich, Pa.«
»Nein, es ist kalt, geh du nur nach Hause.« Er sah Jim an. »Da Sie und Ihre Frau denselben Weg gehen, macht es Ihnen sicher nichts aus, meine Ginny sicher nach Hause zu bringen, nicht wahr?«
»Natürlich nicht«, erwiderte Jim.
»Aber Pa, du brauchst mich vielleicht für die Notizen.«
»Ich werde ihn nicht interviewen, ich möchte nur mit ihm reden. Jetzt sei ein braves Mädchen und geh heim.«
»Pa, versprich mir ...« Sie bremste sich. Er war ein erwachsener Mann. Entweder würde er sein Versprechen ihr gegenüber halten, oder nicht. »Bleib nicht zu lange aus. Wir haben morgen eine Menge zu tun«, erinnerte sie ihn.
»Ich werde bald zurück sein.« Er küßte sie auf die Wange. »Du hast heute abend großartige Arbeit geleistet, Liebes. Ich bin stolz auf dich.«
»Danke, Pa. Ich bin auf dich auch stolz. Bitte, laß mich nicht im Stich.« Ihre Augen unterstrichen ihre flehentliche Bitte.
»Ich lass' dich nicht im Stich, ich verspreche es.«

Zwölftes Kapitel

> Um die Bereitstellung von 30 000 Dollar für die Ansiedlung der Apachen in einem Reservat in New Mexico zu verteidigen, erklärte der Ehrenwerte A. A. Sargent: »Die Indianer, von denen die Rede ist, sind die blutrünstigsten und grausamsten von allen auf diesem Kontinent. Sie haben Hunderte unserer Bürger in Arizona gefoltert und getötet und haben einen großen Teil des Territory zur Wüste gemacht. Sie haben Siedlung und Wirtschaft behindert in dieser ganzen riesigen Region, die sie früher kontrolliert haben.«
>
> *Arizona Citizen*

Die Stadt lag kalt und nackt unter dem winterlichen Mond. Die Straßen bebten von der Aufregung der Menschen, die jetzt aus der Versammlung kamen und in ihre bevorzugten Saloons strebten.

Ginny ging schweigend und ganz in Gedanken versunken neben Jim und Indy her. Die Zusammenkunft heute abend hatte ihr in mehr als einer Hinsicht die Augen geöffnet. Richter Andersons einleitende Bemerkungen hatten sie erkennen lassen, daß es zumindest einigen der in Tucson lebenden Menschen bewußt war, daß Weiße den Indianern sowohl ihr Land als auch ihre Freiheit geraubt hatten. Und doch, trotz des Wissens, daß sie ihnen unrecht getan hatten, weigerten sie sich, die Apachen als etwas anderes als Wilde anzusehen, die zu ihrem Vergnügen kämpften und raubten.

Das Bürgertreffen hatte ihr einen guten Eindruck über die Einstellung der Einwohner des Arizona Territory den Indianern und der Army gegenüber vermittelt. Außer dem wenigen, das sie von Bonner und Jim mitbekommen hatte, wußte sie praktisch nichts darüber, wie die Indianer die Dinge empfanden.

Sie fragte sich, ob einer der beiden Zeitungsmacher der Stadt mehr wußte als sie – oder überhaupt mehr wissen wollte.

Das Trio war noch keinen Block weit gegangen, als Indy plötzlich stehenblieb. »Wir haben Bonner vergessen! Er hat das Abendessen verpaßt. Ich dachte, er würde vielleicht mit uns kommen wollen, um ein Stück Kuchen zu essen.«

»Er wird wohl ohne uns vorausgegangen sein«, meinte Jim.

Sie bogen um die Ecke, als im selben Moment ein Whiskyfaß auf die Straße rollte. Jim stoppte es mit dem Fuß und stieß es an den Straßenrand.

»Du hältst dich immer für etwas Besonderes, Kincade«, brüllte eine zornige Stimme, die aus dem Schatten rechts von Ginny kam. »Aber die Wahrheit ist, du bist nichts als Abschaum!«

Ginny blinzelte in die Dunkelheit. Weder Clay Fosters süßlich-gedehnter Südstaatenakzent noch der stählerne Bariton, der folgte, waren zu verkennen.

»Was willst du, Clay – Fäuste? Revolver? Messer? Du hast die Wahl. Es ist dein Kampf, nicht meiner.«

»O nein!« Ginny schlug die Hände vor den Mund.

»Jim, halte sie auf!« plädierte Indy eindringlich. Jim schüttelte den Kopf. »Foster hat ihn jahrelang angestachelt. Sie müssen es ein für allemal ausfechten. Gerade heute, nach all dem, was er gesagt hat.«

»Ich nehme es jederzeit mit deinen Fäusten auf, Halbblut.« Foster bewegte sich aus dem Schatten ins Mondlicht.

Ginny verschränkte die Arme vor ihrem Körper und preßte ihren Umhang fest an sich. Sie hatte noch nie bei einem Kampf zugeschaut, und sie wollte auch jetzt keinen sehen. Es war

beängstigend, aber auch aufregend. War es nicht mit allem so, was irgendwie mit Bonner Kincade zu tun hatte?
Während Clay Foster sorgfältig seinen Mantel zusammenfaltete und ihn über einen Pfosten hinter sich legte, zog Bonner seine Wildlederjacke aus und warf sie Jim zu, der Revolvergurt folgte.
»Vergiß dein Messer nicht, Indianerjunge«, höhnte Foster, während er lächelnd seine Hemdsärmel bis über die Ellbogen aufrollte.
Bonner zog sein Messer aus der Scheide und schob es Jim über den Boden zu.
Ginny grabschte nach Jims Arm. »Jim, bitte, tu doch was!«
Jim nickte. »Hey, Bonner, du solltest lieber dein Hemd ausziehen, du willst es doch sicher nicht ruinieren. Indy möchte, daß du nachher mit uns nach Hause kommst und Kuchen ißt.«
Indy gab ihrem Mann einen Rippenstoß. »Jim Garrity«, schimpfte sie mit empörtem Flüstern, »wie kannst du das nur so leichtnehmen?«
»Würdet ihr beide wohl aufhören, euch Sorgen zu machen? Bonner weiß, was er tut.«
Bonner zog sein Hemd über den Kopf und warf es hinter sich. Ginnys Hand schnellte an ihm vorbei und fing das Hemd auf. »Du hast schon genug zu halten«, sagte sie zu Jim. Sie atmete Bonners maskulinen Duft ein, während sie das Hemd sorgfältig über ihren Arm legte und es mit zitternden Fingern glattstrich. Genau dieses Hemd hatte er an jenem Abend getragen, als er sie geküßt hatte.
»Von mir aus kann's losgehen, Foster. Du fängst an.«
Bonner stand etwa in der Mitte der Straße und wandte Ginny seinen breiten Rücken zu. Ihr stockte der Atem, als sie sah, wie das Mondlicht sein schwarzes Haar versilberte und sich über seinen lederbraunen Körper ergoß. Er stand mit leicht gespreizten Beinen da, die Arme gestreckt und die Hände an den

Oberschenkeln. Durch seine angespannte Haltung wirkte seine Wildlederhose wie angegossen auf seinen Oberschenkeln und dem Gesäß. Sie starrte auf die leichte Wölbung seiner Oberschenkelmuskeln und fragte sich, ob die Nähte aus Wildlederband halten würden.

Ginny schalt sich dafür, daß sie in dieser Situation an Bonners muskulöse Männlichkeit dachte, aber sie konnte ihre eigensinnigen Gedanken genausowenig bändigen, wie sie ihre Augen von seinem Körper lösen konnte.

Foster hob seine Fäuste wie ein Boxer und stieß mit dem linken Arm nach Bonners Kopf. Bonner fing den Schlag mit seinem rechten Unterarm ab und trat Clay ans Knie.

Foster wich zurück und beäugte Bonner aufmerksam, als ob er seine Strategie neu überdachte. Er war fast so groß wie Bonner, aber seine Arme waren nicht so lang und sehnig. Plötzlich schoß er nach vorn und zielte mit einer schnellen, geraden Rechten auf Bonners Leistengegend.

Bonner wich dem Schlag aus, wirbelte herum, stieß seinen Unterarm gegen den Kopf seines Gegners und schlug ihn zu Boden.

Bonner stand über dem Liegenden, seine breite Brust schimmerte in dem schwachen Licht wie poliertes Kupfer. »Wir können jetzt aufhören, wenn du willst.«

Foster stöhnte und rollte auf die Seite. »Nein, danke. Ich habe so lange auf diese Gelegenheit gewartet, und ich will sie erledigen. Du hast ein paar Bewegungen drauf, die ich noch nie gesehen habe, aber ich hab' ein, zwei drauf, die du noch nicht gesehen hast, das gleicht sich aus.«

»Wie du meinst.« Bonner trat zurück und wartete. Foster rappelte sich auf und probierte irgendeine kunstvolle Beinarbeit, dann einen linken Haken und einen Würgegriff, aber jedesmal landete er wieder auf dem Boden.

»In Ordnung, Kincade«, murrte Foster. »Ich gebe zu, du bist stärker und schneller als ich.« Er rollte sich auf die Seite und

stand langsam auf. »Deshalb wird es dir sicher nichts ausmachen, wenn ich die Verhältnisse ein wenig ausgleiche, oder?«
Ginny sah Foster herumwirbeln und schnappte nach Luft, als sie ein Messer glänzen sah. Bonner drehte sich gerade noch rechtzeitig weg, und die Klinge verfehlte ihn knapp.
Ginny war schockiert. Aber noch bevor sie reagieren konnte, schob Jim einen Arm vor sie und hielt sie zurück. »Er spielt falsch!« protestierte sie und griff mit beiden Händen nach Jims Arm. Wie um sie zu umzingeln, stellte Indy sich auf die andere Seite und legte ihren Arm um Ginnys Schultern.
»Ruhig, Ginny«, flüsterte Indy. »Du darfst Bonner nicht ablenken.«
»Aber Jim hat sein Messer!«
»Wenn Bonner es will, wird er darum bitten. Schhhh.«
Ginny schaute weg, unfähig, dem Blutbad zuzusehen, das sie erwartete. Sie konnte nicht verstehen, wie Jim und Indy tatenlos dastehen konnten. Sie verhielten sich, als ob solche Zweikämpfe eine normale, alltägliche Angelegenheit wären. Beim ersten Stöhnen – sie wußte noch nicht einmal, von wem es kam – zuckte sie zusammen und fürchtete, ihr würde übel.
Eine unendlich erscheinende Zeit hörte Ginny nichts als Keuchen und Stöhnen. Eine kleine Gruppe von Leuten, die in der Versammlung gewesen waren, versammelte sich. Alle waren mucksmäuschenstill. Sie standen nur da und sahen zu, genau wie Jim und Indy.
Langsam wandte Ginny sich wieder dem Geschehen zu. Bonner stand nun so, daß sie ihm ins Gesicht sehen konnte, etwa sieben Meter entfernt, aber selbst aus dieser Entfernung konnte sie das Blitzen in seinen schwarzen Augen sehen. Er war nach vorne gebeugt und bewegte sich unendlich leicht vorwärts und rückwärts, ein paar Zentimeter nach links, dann nach rechts, aber er stand nie länger als einen Moment still.
Foster hob das Messer über seinen Kopf, stieß ein wütendes

Brüllen aus und ging auf Bonner los. Bonner parierte den Abwärtsschlag mit seinem rechten Unterarm, den er waagerecht über seinen Kopf riß, und ging dann einen Schritt zurück.
»Das wird mir langsam lästig, Foster.«
»Längst nicht so lästig, wie du mir bist, Halbblut!«
Ginny bemerkte, daß Foster kurzatmig war, während Bonner normal und ruhig atmete.
Plötzlich sprang Bonner Foster wie eine Katze an – es war eine Bewegung, die aus dem Nichts kam, unvorbereitet und nicht vorauszusehen. Bonner griff Fosters Messerhand und drehte sie um, bis der Knochen krachte.
Die Klinge fiel zu Boden, und Bonner stieß sie mit dem Fuß zu Jim, der sie aufhob und zu Bonners Messer in seinen Gürtel steckte.
Foster entwand sich Bonners Griff, schnappte sich seinen Mantel, wickelte ihn wie einen riesigen Verband um seine Hand und wankte davon in Richtung Stadtmitte.
Es war vorbei.
Die Menge löste sich auf. Ein Mann knurrte seinem Begleiter zu, daß der Kampf nicht lange genug gedauert hatte und nicht blutig genug war. Ein anderer beklagte sich, daß er mehr hätte auf den Indianer setzen sollen, weil jedermann wußte, daß ein Indianer einen Weißen besiegen konnte.
Jim ging zu Bonner hinüber und gab ihm seine Waffe. »Willst du Fosters Messer als Souvenir?«
»Behalte es als Steakmesser, es hat eine ziemlich gute Klinge.«
Jim reichte ihm ein grobes Tuch, mit dem Bonner sich den Schweiß von Gesicht, Brust und Armen wischte.
Zum ersten Mal spürte Ginny, daß ihr Tränen übers Gesicht liefen. Schnell wischte sie sie weg.
»Ich bin froh, daß *das* vorüber ist«, sagte Indy und ging zu Bonner. »Wie wär's, wenn du mit uns nach Hause kämst? Mir scheint, du könntest ein Bad und etwas Ruhe gebrauchen.«

Bonner schüttelte den Kopf. »Heute nicht, Indy. Aber vielen Dank für die Einladung.« Er lehnte sich vor und küßte sie auf die Wange.

Jim reichte ihm seine Jacke und seinen Revolvergurt. »Sieh zu, daß du Ärger vermeidest, ja?«

»Immer.« Bonner ging zu Ginny.

Sie hielt ihm das Hemd hin, senkte dann den Kopf und sah zu seinen Mokassins hinunter. Sie wollte nicht, daß er bemerkte, wie aufgewühlt sie war. »Ich bin froh, daß du nicht verletzt bist«, sagte sie und versuchte, das Zittern in ihrer Stimme zu verbergen.

Durch ihre Wimpern sah sie, wie er den Kopf auf die Seite legte. Er hob mit seinem Finger ihr Kinn hoch. »Du hast geweint.«

»Ich ... ich hatte Angst um dich.«

Aus seiner Kehle kam ein leiser Laut, dann griff er nach dem Bleistift hinter ihrem Ohr.

Ginny trat zurück und aus seiner Reichweite. Sie konnte nicht zulassen, daß er sie berührte. Es wäre um sie geschehen.

»Gute Nacht.« Sie drehte sich um und ging weg.

»Danke für eure Begleitung ...« Ginny stand an der Tür zum Büro der *Sun* und winkte Jim und Indy nach. Sie beobachtete, wie die beiden Hand in Hand die Straße hinuntergingen, und konnte nicht anders, als sie um ihre Gemeinsamkeit zu beneiden, um ihre Liebe und ihr kostbares Baby, das sie bald zu einer Familie machen würde.

Ginny schloß langsam die Tür, drehte sich um und lehnte sich mit dem Rücken dagegen. Sie war fast froh, daß ihr Vater allein weggegangen war, denn auf diese Weise konnte sie jetzt ein paar Stunden für sich haben.

Den ganzen Weg nach Hause hatte sie versucht, sich einzureden, daß es *richtig* gewesen war, von Bonner wegzugehen. Sie wußte, es war das gewesen, was alle von ihr erwarteten – das

Vernünftigste für alle Beteiligten. Aber das *Richtige?* Es fühlte sich überhaupt nicht richtig an.
Andererseits, nach all dem, was sie heute abend gesehen und gehört hatte, wußte sie: das, wovor Indy und Bonner sie gewarnt hatten, war Realität. Wenn sie irgendeine Beziehung zu Bonner hätte, selbst eine einfache Freundschaft, würde sie damit sich selbst, ihren Vater und die *Sun* einem Risiko aussetzen.
Sie hatte noch niemals so viel Haß erlebt. Wie ein Geist war er über der Versammlung geschwebt – unsichtbar, unfaßbar, aber er ließ trotzdem seinen kalten, tödlichen Hauch spüren.
Ginny hörte ein Geräusch und sah Greeley in einem Strahl von Mondlicht stehen. Er hatte einen alten Schuh im Maul und wedelte mit dem Schwanz, offensichtlich wollte er ihre Aufmerksamkeit wecken. Sie hatte ihm gestern den Schuh gegeben in der Hoffnung, daß er damit spielen würde, aber bis jetzt hatte er keinerlei Interesse daran gezeigt.
»Was für ein guter Junge du bist, Greeley.« Sie hockte sich nieder und vergrub ihr Gesicht in seinem Fell. Er ließ den Schuh fallen und leckte ihre Hand. »So ein braver Junge«, flüsterte sie, schlang die Arme um ihn und hielt ihn fest. Er war weich und kuschelig, wie die große Stoffpuppe, die sie als Kind gehabt hatte. Die Puppe hatte sie während ihrer Kindheit mit ihrer stillen, bedingungslosen Liebe getröstet. In der kurzen Zeit, die sie jetzt Greeley hatte, war ihr bewußt geworden, daß er ganz wie die Puppe war – immer für sie da, berechenbar, beständig und liebevoll.
»Ich frage mich, wann Pa heimkommen wird«, überlegte sie und sah in seine großen braunen Augen. »Ich hoffe inständigst, daß er keine Dummheiten macht.« Greeley legte den Kopf auf die Seite. Ginny lächelte und tätschelte ihn. »Es nützt nichts, sich deswegen Sorgen zu machen. Mutter sagte mir immer, ich solle mich nicht mit Schwierigkeiten beschäftigen, bevor sie überhaupt da sind.« Sie hob den Schuh vom Boden

auf, neckte Greeley damit und warf ihn durch das Zimmer. Der Hund sprang dem Schuh nach und brachte ihn zu ihr zurück, damit sie ihn wieder werfen konnte. Ginny tat ihm den Gefallen wieder und wieder, bis sie sah, daß er müde wurde.

»Das reicht für heute«, erklärte sie. »Jetzt gehen wir hinaus, und dann machen wir uns bereit zum Schlafengehen.« Sie ließ ihn hinter der Küche ins Freie und lobte ihn, als er recht schnell wiederkam. Dann ging sie in ihr Zimmer und zog ihr Nachthemd an. Greeley saß neben ihrem Spiegeltisch und sah ihr zu, wie sie ihr Haar löste und die Nadeln herauszog.

Nicht zum ersten Mal dachte Ginny darüber nach, wie anders ihr Leben möglicherweise verlaufen wäre, wenn Tom nicht gefallen wäre. Sie hatte sich immer vorgestellt, sie hätten in einem großen Haus in Albany gewohnt, drei oder vier Kinder gehabt, und sie hätte ihre Freizeit damit verbracht, Geschichten zu schreiben.

Aber jetzt fragte sie sich seltsamerweise, ob solch ein Leben für sie befriedigend gewesen wäre.

Irgend etwas Seltsames geschah mit ihr. Sie war dabei, sich zu verändern. Sie hatte es schon vage am Samstag wahrgenommen, als sie ihr Spiegelbild betrachtet und gedacht hatte, sie sei nicht mehr die alte logische und vernünftige Ginny.

Vor ihrer Übersiedelung nach Tucson wäre sie nicht vor einer Menschenmenge aufgestanden, um sich zu verteidigen, wie sie es heute abend getan hatte. Müßte sie nur an sich selbst denken, hätte sie Bonner nach dem Kampf nicht stehenlassen.

Sie zog die letzten Nadeln aus dem Haar und starrte wieder in den Spiegel. Es war durchaus möglich, daß das Leben, das sie mit Tom zusammen geplant hatte, letzten Endes vielleicht doch nicht so vollkommen gewesen wäre.

Ihren Gedanken nachhängend bürstete sie ihr Haar aus, bis sie draußen die Stimme ihres Vaters hörte.

»Ich will sie nich' aufwecken.«

Mitten in ihrer Bewegung hielt Ginny inne. Sie schaute zu Greeley hinunter und sah, wie er die Ohren spitzte.
Jemand rüttelte an der Klinke der Bürotür.
»Verflixt! Zugesperrt. Aber ich hab' ja 'nen Schlüssel. Ich hab' 'ne Menge Schlüssel.«
Ginny sank das Herz. Obwohl sie sich gesagt hatte, sie würde sich um ihren Vater keine Sorgen machen, hatte sie irgendwie doch gewußt, daß der Abend genau so enden würde. Im Spiegel sah sie, wie sich Verzweiflung auf ihrem Gesicht breitmachte. Was war nur mit ihr los? Warum machte sie sich immer noch etwas vor? Vorzugeben, ihr Vater habe kein Alkoholproblem, brachte sie beide nicht weiter.
Sie hörte wieder das Klappern der Türklinke. Entweder hatte ihr Vater seinen Schlüssel verloren oder verlegt. Sie war versucht, einfach sitzenzubleiben und ihn zu ignorieren, aber es war kalt draußen.
Greeley stand gleichzeitig mit Ginny auf. Mit wedelndem Schwanz ging er vor ihr zur Tür und hob unterwegs seinen Schuh auf, mit dem er ihren Vater begrüßen wollte, genau wie er es vorhin bei ihr gemacht hatte.
Ginny griff nach ihrer Stola und tappte barfuß über den kalten Fußboden durch das Wohnzimmer und den Flur ins Büro, wo sie den Docht der Öllampe höher stellte. Was für eine Ausrede würde Pa heute abend haben? fragte sie sich. Die Kälte? *Nur* der Geselligkeit wegen? Er hatte immer irgendeine gute Entschuldigung parat. Mit seiner Phantasie hätte er nicht nur Journalist, sondern auch Romanschriftsteller werden können.
Es gelang ihr, ihren Ärger zu beherrschen und die Tür mit einem Lächeln zu öffnen. »Hallo, Pa. Hast du deinen Schlüssel verloren?« Ihr Lächeln schwand, als sie Bonners regloses Gesicht sah. Er hatte den Arm um ihren Vater gelegt, um ihn aufrecht zu halten.
»Ich hab' 'n Freund mitgebracht«, lallte Sam. Er war so betrunken, daß sich sein Mund bewegte, selbst wenn er gar nicht

sprach. »Hassu wassu essen? Wir ham Riesenhunger, nich, Bonner?«
Halb schleifte, halb trug Bonner, kochend vor Wut, ihren Vater hinein. Sam sah mit seinen schlaffen Armen und seinem baumelnden Kopf wie eine große Puppe aus. Ginny hatte ihn noch nie so betrunken erlebt.
Sie starrte ihn an, während ihr Ärger sich in Pein verwandelte. Es tat ihr weh, ihn so zu sehen. Aber es schmerzte sie noch mehr, der Tatsache ins Auge sehen zu müssen, daß seine Versprechen nichts zu bedeuten hatten, daß seine Entschuldigungen nichts als leere Worte waren.
Ginny schwor sich, *nie mehr* vorzugeben, daß er irgend etwas anderes war als ein Säufer und ein Lügner.
»Ginny?«
Einen Moment lang war Bonner verblüfft durch den Anblick von Ginnys Haar. Es war länger, als er gedacht hatte, fast hüftlang, und durch und durch gewellt. Im Licht der Lampe wurde die braune Farbe durch goldene Lichtreflexe bereichert. Er war so sehr an schwarzhaarige mexikanische Mädchen und Apachenfrauen gewöhnt, daß Ginnys Haar ein Genuß für seine Augen war.
Sie antwortete nicht. Er konnte an ihrem leeren Blick sehen, daß ihre Gedanken in einer anderen Welt waren. »Ginny«, sagte er noch einmal, diesmal lauter, und gewann ihre Aufmerksamkeit. »Was soll ich mit ihm tun?«
Sie schüttelte den Kopf und zuckte mit den Schultern.
Sie sah am Boden zerstört aus.
»Ich komm' allein zurecht«, protestierte Sam und versuchte, sich aus Bonners Griff zu befreien.
Bonner hatte bis heute abend nicht gewußt, daß Sam gewohnheitsmäßig trank, aber jetzt wußten es alle. Trotz all seiner gewinnenden Charakterzüge, die er in nüchternem Zustand hatte, war er ein gehässiger Betrunkener mit einem losen Mundwerk. Heute abend hatte er von der Stadtbevölkerung ein

paar zu viele gekränkt und war nahe daran gewesen, von ein paar Pistoleros, die er beleidigt hatte, erschossen zu werden. Normalerweise hielt Bonner sich aus anderer Leute Angelegenheiten heraus, aber er mochte Sam Sinclair, und er wußte, Ginny würde nicht wollen, daß ihr Vater verletzt wurde, deshalb war er dazwischengegangen und hatte ihn nach Hause gebracht.

Ginnys Gesichtsausdruck war betrübt. »Bring ihn ins Wohn...«

Greeleys leises Knurren hielt sie davon ab, ihren Satz zu beenden. Als sie sich umdrehte, stand der Hund vor der Tür zum Flur. Er ließ seinen Schuh fallen und fletschte die Zähne.

»Greeley! Was ist denn mit dir los?« Ginny ging auf ihn zu.

»Ginny, nicht!« warnte Bonner. »Ich glaube, dein Vater hat ihn gereizt.«

Ginny sah über ihre Schulter hinweg zu Bonner. »Was soll ich denn tun?«

»Wir gehen wieder hinaus. Wenn er sich beruhigt hat, bring ihn in dein Zimmer.«

Bonner ignorierte Sams gelallten Protest, drehte ihn um und brachte ihn wieder hinaus.

In dem Moment, als sich die Tür hinter ihnen schloß, hörte Greeley auf zu knurren. Ginny näherte sich ihm vorsichtig. »Komm, Junge, wir gehen ins Bett.« Der Hund nahm seinen Schuh wieder auf und ging mit erhobenem Kopf und wedelndem Schwanz voraus, als ob nichts geschehen wäre.

Als Greeley kürzlich die Whiskyflasche in dem Holzstoß gefunden hatte, hatte sie sich gefragt, ob er sie mit seinem früheren Herrn in Verbindung brachte. Jetzt wußte sie es sicher.

Sie machte hinter ihm die Tür zu und ging ins Büro zurück. Bonner kam mit ihrem Vater gerade wieder herein.

»Verflixt, Kincade, laß mich los!«

Bonner biß die Zähne zusammen und bemühte sich, nicht die

Geduld zu verlieren. »Maul halten, Sam.« Einen Mann, der nicht wußte, wann er genug hatte, konnte er weder ertragen noch respektieren.
»Ich lass' mir nicht von dir den Mund verbieten.« Sam bekam so einen starken Schluckauf, daß sein Kopf zurückschnellte. »Das is' mein Haus, und kein verflixter heidnischer Bastard wird mir befehlen ...«
Zum Äußersten getrieben, ließ Bonner Sam los und trat zurück.
Sam stolperte rückwärts und fiel dann wie ein Stein zu Boden. Soweit es Bonner anging, konnte Sam sich entweder selbst aufsammeln oder dort liegenbleiben. Bonner hatte für den Zeitungsmann den Leibwächter gespielt, weil er ihn mochte, aber er würde ganz bestimmt keinen Finger rühren für einen, der ihn Bastard nannte. Er hatte genug Schimpfwörter abbekommen und würde sich kein weiteres mehr gefallen lassen.
»Bonner!« Ginny eilte zu ihrem Vater und kümmerte sich um ihn. »Das wäre nicht nötig gewesen«, warf sie Bonner vor. »Er ist betrunken. Er weiß nicht, was er sagt.«
»Mach dir nichts vor, Ginny. Er weiß recht gut, was er sagt. Betrunken hat er ganz einfach mehr Mumm als nüchtern.« Als sie in die Hocke ging, fiel ihre Stola zu Boden, und Bonner sah, daß sie ein Nachthemd trug. Er konnte kaum glauben, daß er es bis zu diesem Augenblick nicht bemerkt hatte. Die einzige Erklärung dafür war, daß er nicht über ihr Haar und ihre Stola hinausgeschaut hatte, vielleicht, weil er damit beschäftigt gewesen war, Sam ins Haus zu bringen.
Der Stoff ihres Nachthemds spannte sich über ihrem Gesäß. Ein sehr hübsch gerundetes Gesäß, soweit er sehen konnte, und er konnte recht gut sehen, aufgrund der Tatsache, daß das Nachthemd dünn und weiß war und auf dem Tisch hinter ihr eine Petroleumlampe stand.
Am liebsten würde er sie schütteln, weil sie so zur Tür gekommen war – und noch dazu mit offenem Haar. Sie war ganz Frau.

Eine sehr verführerische Frau. Bis jetzt hatte er sich zurückgehalten, aber er hatte seine Grenzen. Er war schließlich nur ein Mensch, weder blind noch aus Stein.

»Komm, Pa, wir bringen dich ins Bett.« Es gelang Ginny, ihren Vater in eine sitzende Haltung zu manövrieren, sie stellte sich hinter ihn, bückte sich und griff ihm unter die Arme. »Stell deine Füße unter dich und hilf mir.« Ihre Stimme klang angespannt.

Eine flüchtige Sekunde lang wurde Bonner ein freier Blick auf ihre Brüste beschert. Er erinnerte sich, wie er durchs Bürofenster ihre Silhouette gesehen und gedacht hatte, wie vollkommen proportioniert ihr Körper war, aber nichts an dieser Erinnerung hatte die Schönheit vermuten lassen, die er jetzt gerade gesehen hatte.

Allmächtiger, dachte er, von sich selbst angewidert. Er spürte, wie sich die Muskeln in seiner Lendengegend anspannten. Er sah weg und wieder hin, als er Ginny stöhnen hörte. Sie versuchte unter größter Anstrengung, Sam zu seinem Zimmer zu ziehen, und Sam widersetzte sich ihr mit all seiner Kraft.

»Laß mich los, verdammt. Du sollst mir nich' helfen.«

Bonner spürte einen Gewissensbiß. Sam war mindestens vierzig Kilo schwerer als sie, aber er sah, daß sie nicht aufgeben würde. Verflixte, eigensinnige Frau. Sie war eine größere Plage als Martine, und das wollte etwas heißen.

»Zum Henker, Ginette! Nimm deine Hände ...« Sams Arm schoß hervor und schnappte nach einem Stuhlbein.

Bonner konnte ihr keinen Moment länger zusehen. »Ich kümmere mich um deinen Vater. Geh du und mach sein Bett zurecht«, wies er sie an, während er versuchte, seine Gedanken zusammenzuhalten. Es wäre ihm völlig egal, wenn der Stuhl über Sam purzeln würde – der Narr verdiente eine schöne Beule am Kopf –, aber Ginny könnte sich verletzen.

Ginny bewegte sich nicht. »Ich hab' gesehen, wie du dich gerade eben um ihn gekümmert hast. Du wußtest, daß er hinfallen würde, wenn du ihn losläßt, aber du hast es trotzdem getan«, schnappte sie. »Also, nein, danke. Ich werde allein mit ihm fertig.«

»Und wie.« Er schob sie zur Seite, bückte sich und nahm Sam wie ein Baby in seinen Armen hoch.

»Erdbeben!« brüllte Sam, und seine Augen waren wild vor Furcht.

»Nein, Pa, das ist kein Erdbeben«, sagte Ginny, nahm seine Hand und tätschelte sie beruhigend. In panischer Angst krallte er sich in ihr Nachthemd und zerriß die Naht an der Schulter. Sie löste seine Finger, trat zurück und arbeitete wütend daran, den Träger ihres Nachthemds wieder zusammenzuknüpfen.

Bonner ersparte ihr weitere Verlegenheit, indem er an ihr vorbei in Sams Zimmer ging. Ginny folgte ihm auf dem Fuß, eilte zum Bett und schlug es auf. Sobald er Sam niedergelegt hatte, begann sie, ihrem Vater Schuhe und Socken auszuziehen.

»Macht er so etwas öfters?« fragte Bonner.

Ginny sah von den Schnürsenkeln ihres Vaters auf. »Oft genug, sonst wären wir nicht hier. Er hat innerhalb von fünf Jahren sechs Redakteursposten verloren, unsere Ersparnisse aufgebraucht und dafür gesorgt, daß wir von New York nach San Francisco und dann nach Tucson zogen.« Sie ließ seine Schuhe neben dem Bett auf den Boden fallen.

»Gibt es einen Grund für sein Trinken?«

Ginny zuckte mit den Schultern. »Gleich nachdem meine Mutter gestorben war, begann er zu trinken. Erst war es nur ein Glas Brandy, das ihm helfen sollte einzuschlafen. Das habe ich wirklich für harmlos gehalten. Er fühlte sich so einsam und elend.« Sie schüttelte den Kopf. »Dann brauchte er am Morgen einen Whisky, der ihm bei der Arbeit half. Später brauchte er dann einen Whisky am Nachmittag, um ihm durch den Tag zu helfen. Ich hätte etwas unternehmen sollen, um ihn zum Aufhören zu bewegen, aber als ich schließlich begriff, was los

war, war es bereits zu spät.« Sie würde es immer bedauern, daß sie nicht eingegriffen hatte.
Sie sah nach Bonner, der mit den Händen in den Hüften neben dem Bett stand. »Hilfst du mir, seinen Mantel auszuziehen?« bat sie. Bonner hob Sam hoch, und Ginny zog seine Arme aus den Ärmeln. Sie legte das schwere Kleidungsstück über den Stuhl neben dem Bett. »Ich nehme an, ich sollte ihm die Hose ausziehen, damit er bequem schlafen kann«, bemerkte sie und griff nach seiner Gürtelschnalle.
»Überlaß das mir«, bot Bonner an und legte seine Hände auf die ihren.
Seine Berührung lähmte sie. Sie starrte auf seine großen, gewandten Hände hinunter und fragte sich, wie sie sich anfühlen würden, wenn sie andere Stellen ihres Körpers berührten. Sie wären wild und fordernd, dachte sie zunächst, korrigierte sich dann jedoch und sagte sich, sie wären sicher sanft und ermutigend. Es dauerte ein paar lange Sekunden, bis ihr Verstand wiederkehrte und sie ihre Hände zurückzog.
»Das brauchst du nicht zu tun«, wandte sie ein und sah zu ihm hoch.
»Ich weiß. Aber wenn Sam aufwacht, wird er sich wesentlich besser fühlen, wenn du ihm sagst, daß *ich* ihm die Hose ausgezogen und ihn zu Bett gebracht habe.«
Ginny errötete. »Du hast recht. Es wäre ihm wirklich peinlich.« Einen Moment lang gab es ein angespanntes Schweigen. Ginny fingerte nervös an ihrem Nachthemd herum. »Danke. Ich warte draußen im Wohnzimmer. Möchtest du eine Tasse Kaffee oder irgend etwas?« Bonner schüttelte den Kopf, und Ginny ging zur Tür. »Indy sagte doch, du hättest das Abendessen verpaßt«, redete sie drauflos. »Wie wär's, wenn ich dir ein paar Reste aufwärmte? Du mußt doch am Verhungern sein nach ...« Sie zögerte, dachte an die Versammlung, seinen Kampf mit Clay Foster und wie er ihren betrunkenen Vater heimgebracht hatte. »Nach alldem«, sagte sie statt dessen.

»Ich habe im ›Shoo Fly‹ gegessen, aber vielen Dank.«
»Gern geschehen. Ich werd' nur ... Ach, egal. Bitte, decke ihn gut zu, ich möchte nicht, daß er krank wird.«
Bonner nickte, während seine Finger bereits Sams Gürtelschnalle öffneten.
Sie drehte sich um und ging zur Tür. Sie fragte sich, woher es kam, daß sie jedesmal, wenn sie mit Bonner in engeren Kontakt kam, sich wie ein Quatschkopf verhielt.
Ginny konnte gar nicht schnell genug aus dem Zimmer kommen. Sie schloß die Tür hinter sich, blieb einen Augenblick stehen und atmete ein paarmal tief durch.
Sie ging ins Wohnzimmer, wo sie ihren Umhang auf dem Boden liegen sah. Sie hob ihn auf, wickelte ihn sich um die Schultern und hielt die Enden fest zusammen, um sich vor Bonners durchdringendem Blick zu schützen. Ihr wurde bewußt, daß es jetzt etwas spät war, um sich auf Sittsamkeit zu besinnen. Sie war sich sicher, daß sie bereits alles enthüllt hatte, was sie hatte. Aber spät war immer noch besser als gar nicht.
Einen Augenblick später kam Bonner ins Wohnzimmer. »Er wird am Morgen irrsinnige Kopfschmerzen haben.«
»Gut«, meinte Ginny mit kalter Stimme.
»Was?«
»Ich sagte, gut. Ich hoffe, es sind die schlimmsten Kopfschmerzen, die er je hatte. Er verdient es, zu leiden ... dafür, daß er sein Versprechen gebrochen hat.« Sie schaute weg, weil sie Bonners dunklen, fragenden Augen nicht standhalten konnte.
»Was für ein Versprechen?«
»Daß er zu trinken aufhören würde. Deshalb habe ich nämlich zugestimmt, hierherzuziehen und ihm zu helfen, die *Sun* aufzubauen. Ich wäre nicht gekommen, wenn ich geglaubt hätte, daß er es wieder tun würde. Ich nehme an, das zeigt dir, wie dumm ich bin, nicht wahr?« Das Ausmaß dessen, was ihr Vater ihr angetan hatte, indem er zum zweiten Mal sein

Versprechen gebrochen hatte, traf sie wie eine Flutwelle. Sie konnte sehen, wie sich das vertraute Muster wieder herauskristallisierte: Es fing immer mit einem feuchtfröhlichen Abend an, wie heute. Dann brauchte er den halben folgenden Tag, um sich zu erholen – um seinen Kopf zusammenzukriegen, wie er es immer ausdrückte. Dann würden die versäumten Arbeiten kommen und die verpaßten Interviews. Sie brauchte es sich gar nicht weiter auszumalen.

Sie wußte, wohin das alles führen würde. Sie brauchte nicht in eine Kristallkugel zu schauen, um zu wissen, daß es nur eine Frage der Zeit war, bis die *Tucson Sun* nur noch Erinnerung war.

»Du hast an ihn geglaubt«, stellte Bonner fest. »Das heißt nicht, daß du dumm bist. Die meisten Leute hätten ihn schon vor langer Zeit aufgegeben. Geradeso, wie ich Greeley aufgegeben hatte.«

Sie schätzte die freundlichen Worte, aber sie halfen ihr nicht. »Danke, daß du Pa heimgebracht hast. Wo hast du ihn denn gefunden?«

»Im Congress Hall Saloon. Er kam mit Rolfe Brown herein, aber nach ein paar Drinks ging Brown. Ginny, dein Vater ist ein anderer Mensch, wenn er betrunken ist, dann ist er laut und ein Unruhestifter.«

»Pa? Ein Unruhestifter? Das ist eine Lüge. Er mag vieles sein, aber er ist bestimmt kein Unruhestifter«, sagte sie bestimmt und wandte sich ab.

Blitzschnell schnappte Bonner sie am Arm und wirbelte sie herum, so daß ihr Umhang herunterfiel und zu ihren Füßen liegenblieb. Bevor sie zur Besinnung kam, hatte er ihre Schultern an die Wand des Wohnzimmers gedrückt.

»Wilder, Bastard, Heide, Lügner – heute abend hat jeder für mich ein Schimpfwort parat.« Er drückte sich an sie heran, sein Gesicht, seinen Mund – kaum zwei Zentimeter von ihr entfernt. Sie versuchte, sich ihm zu entwinden, aber er hielt sie

fest. »Denk, was du willst, nenn mich, wie du willst, Ginny, aber dein Vater war heute abend verdammt nah dran, von ein paar Pistoleros umgebracht zu werden.«
»Umgebracht?« Ihre Augen weiteten sich vor Schreck.
»Wenn ich ihn da nicht herausgeschleift hätte, dann hätte ihn der Leichenbestatter in einer Kiste heimgebracht.«
»O Bonner!« Sie umklammerte seinen Arm. »Es ... es tut mir leid, ich hatte nicht begriffen ...«
Bonner versenkte seine Finger in ihrem Haar und ballte sie zur Faust. »Es scheint mir, Miss Sinclair, es gibt eine Menge Dinge, die Sie nicht begreifen, bevor es *zu spät* ist.« Seine dunklen Augen sahen nach unten. Ihr Schulterband hatte sich gelöst, und die ganze Seite ihres Nachthemds war über ihre Brust heruntergerutscht.
Bonner hatte nun genug davon, zurückhaltend zu sein und zu versuchen, sie vor ihm zu schützen. Es war ihre Schuld, daß er halb verrückt war vor Verlangen nach ihr. Sie hätte sich darum kümmern können, sich angemessen zu bedecken. Jetzt war es zu spät.
Ginny folgte seinem Blick und machte einen halbherzigen Versuch, den Stoff wieder hochzuziehen.
Er ergriff ihre Hand und hielt sie fest. »Nein, Ginny, diesmal nicht«, murmelte er zwischen den Zähnen hervor.
Ihre Schulfräuleinkleider hatten ihre Geheimnisse gut versteckt, aber jetzt wollte er mehr sehen. »Wenn du von mir erwartest, daß ich mich wie ein Gentleman benehme und jetzt gehe, dann kannst du das vergessen.« Langsam streifte er den linken Träger ihres Nachthemds herunter, bis beide Brüste enthüllt waren.
Das Verlangen in seinen Augen erhitzte Ginnys Blut. Sie wollte ihn. Und wie sie ihn wollte. Mehr als das – sie *brauchte* ihn. Sie sehnte sich nach seiner Berührung. Aber es gab eine pedantische kleine Stimme, die »Risiko« flüsterte.
»Bonner«, würgte sie hervor. »Du vergißt ...« Er umschloß

ihre linke Brust mit seiner Hand und umkreiste die Brustwarze mit dem Daumen. Sie schluckte, versuchte, sich zu konzentrieren, und begann dann noch einmal. »Du und Indy, ihr sagtet beide an jenem Abend ... es sei zu gefährlich.« Angenehme Schauer folgten seiner Berührung. »Die Versammlung heute abend ... die ließ mich begreifen ... oooh«, stöhnte sie, als er seinen Kopf senkte und ihre Brustwarze leckte. Mit einer Willenskraft, von der sie nicht gewußt hatte, daß sie sie besaß, fuhr sie fort: »Deshalb bin ich heute abend von dir weggelaufen.« Sie drehte ihren Kopf auf die Seite gegen die Wand und versuchte die überwältigenden Gefühle, die ihren Körper in Besitz genommen hatten, zu ignorieren. »Bonner, du hörst mir gar nicht zu.«

»Ich hör' dir zu, aber inzwischen ist mir alles egal.« Er strich mit seiner Hand zwischen ihren Brüsten abwärts und über ihren Bauch. »Und wie ist es mit dir?« fragte er. »Gibst du wirklich etwas darauf, was die Leute sagen?« Seine Hand glitt tiefer. »Wenn ja, dann höre ich jetzt auf. Aber wenn es dir egal ist, dann werde ich jetzt mit dir schlafen.« Er preßte seine Hüften gegen die ihren, als ob er das, was er sagte, bekräftigen wollte. »Ich bin kein geduldiger Mensch, Ginny, deshalb solltest du dich lieber beeilen und eine Entscheidung treffen.«

Die Tatsache, daß sie gar nichts sagte, schien Antwort genug zu sein. Er küßte sie, bevor sie sich anders besinnen konnte, küßte sie so stürmisch und gründlich, daß sie an nichts anderes denken konnte als an das, was er mit ihr anstellte.

In Ginnys Kopf drehte sich alles, während Bonners Mund sich mit äußerster Präzision auf ihrem bewegte. Seine Lippen waren feucht und heiß, und sie taten Dinge mit ihr, die sie sich nie hätte vorstellen können. Sie schloß die Augen, um sie gleich wieder aufzureißen, als er mit seiner Zunge ihre Lippen teilte und tief in ihren Mund tauchte.

Ein tiefes, heiseres Stöhnen kam aus ihrem tiefsten Inneren, und sie spürte das Verlangen, ihn zu halten und von ihm gehalten zu werden. Sie schlang ihre Arme um seinen Hals und klammerte sich an ihn, so fest sie nur konnte.

Sie hätte nicht im Traum daran gedacht, daß ein Mann eine Frau so küssen konnte, wie Bonner sie küßte. Dies hier hatte keinerlei Ähnlichkeit mit irgendeinem Kuß, den Tom ihr gegeben hatte. Sie war sich noch nicht einmal sicher, ob es überhaupt ein Kuß war, denn es fühlte sich mehr wie der Liebesakt selbst an.

Sie protestierte, als er den Kuß unterbrach. Seine Hände hielten ihr Gesicht. »Ich habe dich begehrt von dem Moment an, als ich dir diesen komischen Bleistift aus dem Mund zog«, erklärte er mit rauher Stimme, die ihr eine Gänsehaut bis zu den Zehen bereitete. »Und dann in jener Nacht, als ich dich im Fenster sah – du nahmst gerade die Nadeln aus deinem Haar, eine nach der anderen, so langsam, daß ich glaubte, ich würde verrückt werden.« Er fuhr mit seinen Fingern durch ihr Haar. »Ich saß einfach dort auf meinem Pferd und beobachtete dich wie verhext. Du bist eine Hexe, Ginny, weißt du das?«

Mit ihrer Fingerspitze berührte sie seine Lippen, um ihn zum Schweigen zu bringen. Er machte sie verlegen. Sie schüttelte fast unmerklich den Kopf. Was sollte sie sagen? Sie sah sich selbst nicht als verführerische Hexe. Sie war Ginny, ganz einfach Ginny.

Er sog an der fleischigen Kuppe ihres Fingers und sprach weiter. »Plötzlich standst du auf und strecktest dich.« Er nahm ihre Arme und drückte ihre Schultern zurück, so daß sie ihre Wirbelsäule durchbiegen mußte. »Dann umarmtest du dich selbst und strichst mit den Händen an deinem Körper hinab, genau so.« Er zeichnete den Pfad nach, den ihre Finger an ihrer Seite hinunter bis zur Taille gewandert waren. »Gott, Ginny, ich wollte am liebsten zu dir kommen und der Mann sein, von dem du träumtest.«

Seine Worte und seine Hände raubten ihr den Atem. »O Bonner«, hauchte sie, »weißt du es denn nicht? Du *warst* doch der Mann, von dem ich geträumt habe.«

Seine Kehle wurde von einer unerwarteten Gefühlsaufwallung eingeschnürt, die nichts zu tun hatte mit dem Blut, das in seinem Unterleib pulsierte und ihn so hart machte, daß es schmerzte.

Bonner unterdrückte ein Stöhnen, während er sein Becken gegen das ihre preßte. Er hatte ein verzweifeltes Verlangen danach, einfach ihr Nachthemd anzuheben und sich in sie zu schieben, aber für den Augenblick erfreute er sich an der kleinen Befriedigung, die ihr Aufbäumen in ihm auslöste.

Ginny spürte, daß sie sich auf neuem Terrain befand. Obwohl sie mit Tom geschlafen hatte, kam sie schnell zu der Erkenntnis, wie naiv sie gewesen war. Tom war geduldig und sanft mit ihr gewesen und hatte ihre Reaktionen liebevoll hervorgelockt. Er hatte praktisch mit seinen Händen ihren Körper verehrt. Aber Bonner – Bonner machte nicht den Anschein, geduldig oder sanft zu sein. Jede seiner Bewegungen verlangte nach einer entsprechenden Reaktion von ihr.

»Du hast doch keine Angst vor mir, Ginny, oder?«

Plötzlich war seine Hand unter ihrem Nachthemd und glitt über ihr nacktes Gesäß und ihre Schenkel, wurde immer kühner, näherte sich immer mehr ihrer intimsten Stelle.

»J-ja.« Dann flüsterte sie krampfhaft: »Nein.« Sie konnte sich nicht entscheiden. Mal fürchtete sie sich vor allem, dann wieder vor gar nichts. Es war verrückt. »Du bist zu schnell für mich!«

»Ich kann nichts dafür, Ginny, du fühlst dich so gut an, und ich will dich so sehr.«

»Aber es ist sechs Jahre her, seit ich ...« Seine Hand schob ihre Beine auseinander und ließ sie vergessen, was sie eigentlich sagen wollte. Er ließ seine Finger in sie hineingleiten und streichelte ihr zartes Fleisch. Sie wiegte sich auf seiner Hand,

wollte mehr, hatte jedoch keine Vorstellung davon, was »mehr« war. Das Gefühl war neu für sie – neu und erregend.
»Küß mich, Ginny«, verlangte er.
Sie öffnete ihren Mund, und er erfüllte ihn mit seiner Zunge, die er immer wieder hineinstieß und damit die Bewegung seiner Finger tief in ihrem Inneren nachahmte, bis sie sich vor Verlangen und Erwartung wand.
»Bonner, bitte ...« Sie hatte keine Ahnung, worum sie ihn bat, aber sie betete, daß er es wußte und tun würde, bevor sie ihren Verstand verlor. Sie befand sich auf einem Grat, zerrissen zwischen zitternder Erfüllung und verzweifelter Sehnsucht nach mehr.
Mit dem Instinkt eines Tieres erspürte Bonner die Tiefe ihrer Leidenschaft und versuchte, Ginny zu einem erschütternden Höhepunkt zu bringen, indem er tiefer, schneller und intensiver eintauchte und währenddessen ständig auf apache zu ihr sprach, sie mit Liebesworten ermutigte.
Ginny gab sich ihm ganz hin und preßte sich gegen seine Hand. Sie spürte Hitze Kälte, Brennen, Hunger und noch einige andere Gefühle, für die sie keine Worte fand. Ein Krampf durchzuckte sie, dann noch einer und noch einer, und ihr Körper bebte wild.
Sie klammerte sich fest an seine Schultern, da sie befürchtete, ihre Beine würden unter ihr nachgeben. »O Gott. Bonner! Ich ...« Ihr angestauter Atem löste sich in einem langen Strom. Sie bemühte sich, den Moment der Erfüllung festzuhalten, aber seine Hand lockte sie loszulassen. Alles loszulassen. Lange Minuten danach fuhr er fort, sie zu liebkosen, ihre Befriedigung zu verlängern, sie neu zu erregen.
Bonner kam fast selbst zum Höhepunkt, als er die ersten Erschütterungen ihres Körpers wahrnahm, und dann die feuchte Wärme ihrer Erregung an seiner Hand spürte.
Als Ginny wieder ein wenig zur Besinnung kam, wollte sie Bonner die gleiche Erregung und Befriedigung spüren lassen,

die er ihr gegeben hatte, aber sie hatte nur eine vage Vorstellung von dem, was sie tun sollte. »Ich möchte … ich möchte dich berühren«, wisperte sie atemlos. Sie ließ ihre Hand an seiner Seite hinuntergleiten zu seiner Hüfte und zu der harten Schwellung seiner Männlichkeit. »Ich habe noch nie …« Überrascht zog sie sich zurück und überlegte noch einmal. Er war ein großer, starker Mann. Sie hätte sich denken können, daß er überall groß war.

»Ich zeig es dir«, sagte er. Er nahm ihre Hand und führte sie zurück.

Erwartung erfüllte ihn, er griff an sein Bein hinunter und löste das Wildlederband, das sein Pistolenhalfter eng an seinem Schenkel hielt, öffnete seinen Revolvergurt und ließ ihn zu Boden gleiten. Er wurde ungeduldig wegen all der Errungenschaften der Zivilisation, die er erst loswerden mußte.

Vor lauter Eile riß er fast den Knopf ab, um seine Hose zu lockern. Dann konnte er sich endlich befreien.

Er erschauerte unwillkürlich, als er spürte, wie Ginnys zitternde Finger sich um sein volles Fleisch legten und seiner Hand entgegenkamen. Er zeigte ihr, wie sie ihn stimulieren konnte, und vergrub seine Lippen an ihrem Hals, während sie ihn mit ihrer Erforschung seiner männlichen Anatomie entzückte. Sie war erstaunlich kühn und frech mit ihren raffinierten kleinen Berührungen, die ihm gar nicht in den Sinn gekommen wären. Kurz bevor seine Erregung ihren Höhepunkt erreichte, nahm er ihre Hand und zeigte ihr, wie sie ihn noch mehr erfreuen konnte.

Ein leiser Ausruf entfuhr ihm. Ginny freute sich, daß sie ihm die Befriedigung verschaffen konnte, die er ihr geschenkt hatte. Plötzlich schob er einen Arm um ihre Schultern und den anderen hinter ihre Knie und hob sie hoch. Erschreckt schnappte sie nach Luft.

»Wohin bringst du mich?«

»Ich habe dir vorhin schon gesagt – ich will mit dir schlafen.«

»Aber mein Vater …«
»Das Risiko ist es wert, Ginny.«
Ginny hatte inzwischen den Eindruck, mit allem, was sie tat, das Schicksal herauszufordern. Aber dies hier war ein Risiko, über das sie nicht mehr nachzudenken brauchte. Sie wollte ihn ganz und gar – ungeachtet der Konsequenzen.

Dreizehntes Kapitel

»Die Schwierigkeit liegt darin, daß sie [die Apachenl das Holz so schnell liefern [dreißig Klafter pro Tag], daß wir in ein paar Tagen genug für den Winter haben werden. Als sie Heu lieferten, brachten sie bis zu fünfzehn Tonnen an einem Tag herein; und man darf nicht vergessen, daß sie das erstere von Hand abbrechen oder mit abgenutzten Äxten hauen und das letztere mit Messern schneiden und alles auf dem Rücken transportieren. Es ist wunderbar, mit welchem Eifer sie ans Werk gehen. Es ist wahr, fast alles wird von Frauen und Kindern erledigt, aber auch ein paar Männer arbeiten mit.«

Major John Green, Camp Apache,
in der *Tuscon Sun*

Endlich – endlich war es soweit!
Jeder Blick, jedes Wort, jede zufällige Berührung – alles hatte auf dies hier zugesteuert.
Ginny weigerte sich, auf ihr Gewissen zu hören, das sie wegen Mangels an gesundem Menschenverstand schalt. Sie würde auch nicht auf seine grausigen Prophezeiungen wegen der Folgen ihrer Handlungen hören.
Jetzt war es Zeit, auf ihr Herz zu hören, und ihr Herz sagte ihr, daß das hier richtig war.
Das Wissen, daß die Stadt Tucson sie als verrufene Frau denunzieren würde, schon allein wegen ihres freundschaftlichen Umgangs mit Bonner Kincade, machte den Moment

noch aufregender, ebenso das Wissen, daß ihr Vater jeden Augenblick aufwachen und sie beim Liebesakt erwischen konnte.

Alle Bedenken zerstreuten sich, als Bonner sie auf dem Sofa in einer halb aufrechten, halb liegenden Position absetzte. Dann stand er neben ihr, groß und gutaussehend, aufregend und gefährlich – zehnmal männlicher als alles, was sie je erlebt hatte.

Genau dieser Gedanke kam wieder, als er sein langes Hemd über den Kopf zog und damit nicht nur seinen muskulösen Oberkörper und die sehnigen Arme enthüllte, sondern auch seine harte Männlichkeit. Plötzlich fiel ihr auf, daß er nicht nur soviel männlicher war, als sie es gewohnt war, sondern möglicherweise auch »mehr Mann«, als ihr Körper aufnehmen konnte.

Etwas besorgt schluckte sie und sah auf. Seine Augen verrieten, daß er genau wußte, was sie dachte.

»Sag nicht, ich hätte dich nicht gewarnt.« Er beugte sich über sie, stützte sich mit den Händen neben ihren Schultern ab, und mit seinem rechten Knie fand er neben ihrem Bein auf dem Sofa Halt.

Trotz ihrer Besorgnis brannte ihr Körper vor Erwartung. »Wovor gewarnt?«

Er sah sehr ernst drein. »Daß eine Frau wie du eine *Menge* Aufregung verursachen kann.«

Sie schnaufte erschrocken, erinnerte sich daran, wann er es gesagt hatte, und sah nun, wie diese Worte sich jetzt auf ihn bezogen.

»Ich bin keine Jungfrau«, gestand sie, inständig hoffend, daß es ihn nicht enttäuschen würde.

»Ich weiß. Gott sei Dank!«

Seine Reaktion überraschte sie, aber bevor sie darüber nachdenken konnte, erschreckte er sie wieder, indem er sich zurücklehnte und ihr Nachthemd hochriß. Seine intensive Betrachtung ihres Körpers rief bei ihr zahllose Gefühle hervor.

»Gott, Ginny, bist du schön«, erklärte er mit angehaltenem Atem. Mit gespreizten Fingern umfaßte er ihre Rippen und ließ seine Hände dann weitergleiten. Ihre Haut prickelte unter seiner Berührung, ihr Magen krampfte sich zusammen, und flüssige Hitze wallte durch ihren Unterleib. Seine Daumen brannten einen Pfad hinunter zu dem Dreieck dunklen Haars, dann schob er ihre Beine auseinander und bewegte sich zwischen ihnen.

»Komm zu mir, Ginny.« Sie hörte eine Dringlichkeit in seiner Stimme, die einen Moment zuvor noch nicht dagewesen war. Er schob seine Hände unter ihre Hüften, zog sie näher zu sich, auf sich, und drang in sie ein.

Der Schreck ließ sie nach Luft schnappen, und sie grub ihre Fingernägel in seine bloßen Schultern. Sie hätte genausogut noch Jungfrau sein können, so sehr wehrte sich ihr Körper dagegen, ihn aufzunehmen. Sie spürte, wie sie sich dehnte und öffnete. »Nein. Halt«, bat sie und war sich sicher, er war zuviel für sie.

Wie zuvor erkannte sie durch einen Blick in seine Augen, daß er ihre Gedanken erraten hatte.

Er zog sich ganz leicht zurück, aber gerade lange genug, daß sie zu Atem kommen konnte. »Sag nicht, ich soll aufhören, Ginny«, bat er. »Versuche, dich zu entspannen, ich mache langsam und vorsichtig weiter.« Er wiegte sich vor und zurück, langsam und vorsichtig, wie er gesagt hatte, bis ihr Körper sich schließlich öffnete und ihn voll aufnahm.

Sie keuchte. Erregung und Furcht ließen ihren Puls laut in ihren Ohren hämmern. Sie schloß die Augen. Trotz seiner Vorsicht waren seine ersten starken Stöße reine Qual. Oder war es Ekstase? Sie wußte es nicht. An irgendeinem Punkt – sie konnte nicht sagen, wann, und es war ihr auch egal – war jeder Schmerz, den sie gespürt hatte, zur Lust geworden ... glückselige Lust ... absolute Lust.

Sie versank in ihre eigene Welt – eine Welt, in die Tom sie nie

gebracht hatte. Ein Welt von Blitzen, Feuer und wunderbar starken Empfindungen. Sie öffnete die Augen und sah, wie Bonner mit äußerster Konzentration auf sie herabblickte.
Ein klagender Schrei aus dem Zimmer ihres Vaters brachte Ginny in die Realität zurück. Sie stemmte sich gegen Bonners Brustkorb: »Ich glaube, ich habe Pa gehört.«
»Du hast se angelogen, verflixt«, nuschelte Sam. »Du hast ihr gesagt, sie hätten dich nicht eingezogen.«
Ginny versuchte, sich zu befreien, aber Bonner, immer noch von ihr umschlossen, hielt sie nieder.
»Er spricht nur im Schlaf. Es ist alles in Ordnung«, meinte er, während er horchte und betete. Aber einen Augenblick später wußte er, daß nicht alles in Ordnung war. Ginny hatte Angst, erwischt zu werden, und er konnte es ihr nicht verübeln. Unbefriedigt und stöhnend zog er sich sachte zurück.
Er stand auf, zog seine Hose hoch und schüttelte den Kopf. »Komm«, sagte er und half ihr hoch. »Bring dich in Ordnung.«
Der Stoff ihres Nachthemds glitt an ihr herab, als sie aufstand, und bedeckte ihre Schönheit. Als er seine Hose zuknöpfte, sah er, daß Ginny große Schwierigkeiten hatte, den zerrissenen Träger zusammenzubinden, wahrscheinlich deshalb, weil ihre Hände so sehr zitterten.
Er hob ihren Umhang vom Boden auf und wickelte ihn um sie.
»Danke«, sagte sie, und ihre Stimme zitterte ebenso wie ihre Hände.
Bonner fand, sie sah aus, als ob sie im nächsten Moment in Tränen ausbrechen würde, oder in Hysterie, oder als ob sie einen Gehirnschlag bekäme – er war sich nicht sicher. Er wußte nur, daß er an ihrem Unbehagen schuld hatte. Er hatte seinen Kopf nicht gebraucht. Er hätte es besser wissen sollen, als mit ihr zu schlafen, während sich ihr Vater nebenan befand.
»Es tut mir leid, Ginny ...«
»Du mußt's ihr sagen, Tom«, unterbrach Sams Stimme Bonners Entschuldigung. »Sie hat ein Recht drauf, es zu wissen.«

Ginny drehte sich um und starrte auf die Tür zum Zimmer ihres Vaters. Sie hatte von Leuten gehört, die im Schlaf reden, aber so, wie Pa sprach, wartete sie regelrecht darauf, daß Tom antwortete.

»Wer ist Tom?« fragte Bonner.

»Mein ... Verlobter«, erklärte sie, immer noch völlig verwirrt.

»Verlobter?«

Sie schüttelte den Kopf. »Er starb vor sechs Jahren. Im Krieg. Ich ... ich kann mir nicht vorstellen, wovon Pa spricht.«

Bonner sah zu der geschlossenen Tür hin. »Wahrscheinlich hat er Halluzinationen.« Er fuhr sich mit den Fingern durchs Haar. »Verdammt!«

Ginny sah zu ihm hoch. Sie litt genausosehr unter Frustration und Bedauern wie anscheinend Bonner. »Ich glaube, ich sehe lieber nach ihm.« Sie drehte sich um und strebte zur Tür, wo sie stehenblieb, einen Moment horchte und dann leise klopfte. »Pa? Ist alles in Ordnung?« Keine Antwort.

Sie öffnete die Tür einen Spaltbreit und lugte hinein. »Pa?« Er lag flach auf dem Rücken und starrte zur Decke. Sie machte die Tür ganz auf und ging hinein. Es gab keine Anzeichen dafür, daß er sie bemerkte.

»Pa?« Ginny beugte sich über ihn und forschte in seinen Augen nach einem Zeichen von Wachsamkeit. Nichts. Er blinzelte nicht einmal. »Pa, ich bin's, Ginny. Wach auf. Du hast einen Alptraum.«

»Du bist schlimmer als 'n Kopfgeldjäger«, fuhr Sam fort, und seine Stimme hob sich vor Ärger. »Was für ein Mann bist du, einen Ersatzmann anzuheuern, der an deiner Stelle kämpft? Es ist mir egal, daß das Gesetz es erlaubt. Du bist 'n Feigling, und da gibt's keine Rechtfertigung.«

Ginny blieb der Mund offenstehen. »Pa! Du redest irre.«

Ihr Vater starrte weiterhin mit Augen, die nichts sahen, zur Decke.

»Ginny«, rief Bonner von der Türschwelle her.

Unfähig, den Blick von ihrem Vater abzuwenden, bewegte sie sich rückwärts zur Tür. Seine Worte dröhnten in ihrem Kopf.
Feigling. Ersatzmann anzuheuern.
Feigling. Ersatzmann anzuheuern.
Fassungslos und erschüttert preßte Ginny ihre zitternde Hand auf den Mund. Warum hatte ihr Vater es ihr nicht gesagt? Warum hatte er ihr all diese Jahre über die Wahrheit verschwiegen? Sie hatte ein Recht darauf, es zu wissen.
Sie spürte eine Hand auf ihrer Schulter und wandte sich um. Bonner nahm ihren Arm und führte sie aus dem Zimmer. Sobald er die Tür hinter sich geschlossen hatte, öffnete er die gegenüberliegende Tür und ging mit ihr hinein.
Greeley wedelte zum Gruß mit dem Schwanz, trat dann zurück und beobachtete die beiden.
»Dein Vater hat Halluzinationen. Das kommt vor bei starken Trinkern. Ich sehe das sehr oft.« Er zog die Bettdecken zurück und setzte sie auf die Bettkante.
»Er hat nicht phantasiert«, widersprach sie und ließ sich nicht durch seine anscheinend logische Schlußfolgerung von ihrem Wissen abbringen. »Er hätte das auf keinen Fall erfinden können.«
Er griff hinter sie, stopfte ihr zwei Kopfkissen in den Rücken und schob sie dann sanft gegen ihren Widerstand zurück. »Du würdest dich wundern. Sprich mit ihm, wenn er wieder nüchtern ist. Bis dahin weißt du nicht, was wirklich wahr ist.«
Sie klammerte sich an seine Unterarme und hatte Angst loszulassen. »Ich glaube, ich weiß es doch. Und ich glaube, mir gehen zum ersten Mal seit sechs Jahren die Augen auf.« In seinen schwarzen Pupillen konnte sie ihr Spiegelbild sehen. Sie sah wild und aufgelöst aus mit völlig zerzausten Haaren, geschwollenen Lippen und Tränen in den Augen. »Wenn ich zurückschaue ... dann kann ich jetzt alles so klar sehen ... all die Ausreden, die kleinen Vertuschungen ... Lügen, alles Lügen.«

Er setzte sich aufs Bett. »Wenn er dich wirklich angelogen hat, dann vielleicht deshalb, weil er es nicht fertigbrachte, dir zu sagen, daß er sich davor fürchtete, in den Krieg zu ziehen. Eine Menge Männer hatten Angst.«
»Es geht über die Lügen hinaus. Es ist eine Frage der Ehre. Du hast gehört, was Pa sagte – daß Tom einen Ersatzmann anheuerte, der für ihn in den Krieg zog. Ich kenne das Einberufungsgesetz, und ich weiß auch, was für eine Sorte Männer es ausnutzten – habgierige, unehrliche Männer, Feiglinge.« Ihrer Kehle entrang sich ein Schluchzen. »Ich habe an Tom geglaubt. Ich vertraute ihm. Ich *liebte* ihn. Ich glaubte ihn zu kennen. Wie konnte ich mich nur so in ihm täuschen?« Tränen liefen ihr über die Wangen. »O Gott. Als ich den Brief bekam, in dem stand, daß er tot war – da starb ich mit.«
Bonner strich ihr das Haar aus dem Gesicht. »Hör auf, Ginny, das ist Vergangenheit. Tom ist tot. Was für Lügen er auch erzählt hat, er hat sie verantworten müssen.«
Ihre Augen fixierten die seinen. »Nicht vor mir.« Sie starrte auf Bonners Hemd, während sie Erinnerungen an Tom überkamen. »All diese Jahre über habe ich ihn für einen anderen gehalten. Ich habe ihn so hoch gestellt, daß niemand an ihn heranreichte.« Ginny spürte, wie eine kalte, feuchte Nase ihren rechten Arm stupste. Greeley war auf das Bett gesprungen und lag neben ihr. Aus Gewohnheit streichelte sie sein Fell. »Ich bin so dumm gewesen, auch in bezug auf Pa. Ich habe mir selbst etwas vorgemacht. Er wird nie zu trinken aufhören. Es ist nur eine Frage der Zeit ...« Der Kloß in ihrem Hals erstickte den Rest des Satzes.
»Sag das nicht Ginny«, bat Bonner, nahm sie in die Arme und zog sie an sich. »Du bist nicht dumm.«
Er hielt sie einfach im Arm und ließ sie weinen. Er streichelte ihr Haar, ihren Rücken, küßte ihre Schläfe, ihre Stirn, ihre tränennassen Wangen.
Er wußte, wie es war, wenn man belogen wurde, wenn man an

jemanden glaubte und später herausfand, daß er nicht der war, für den man ihn gehalten hatte. Er wußte auch, wie es war, wenn man seinen eigenen Instinkten nicht mehr traute.

Schließlich schlief sie ein. Nachdem er sie hingelegt hatte, streichelte er Greeley. »Paß auf sie auf, Junge.« Dann wandte er sich um und ging zur Tür.

Ginny erwachte aus einem tiefen Schlaf, auf ihren Lippen Worte, die sie vorher nicht hatte aussprechen können. »Es steht gar nichts auf dem Spiel ...« Sie öffnete blinzelnd die Augen, im selben Moment, wie sich die Tür schloß.

Sie warf die Decken beiseite und sprang aus dem Bett. »Autsch!« Durch ihren linken Fuß fuhr ein Schmerz. Sie fiel zurück und kam hart auf der Bettkante auf. Über dem Quietschen der Matratzenfedern hörte sie, wie die Bürotür zufiel.

Er war weg.

Sie atmete tief ein, beugte sich vor und sah auf den Boden. Greeleys Schuh – sie war auf den Absatz getreten.

Sie kroch unter die Decken zurück, verfluchte sich, weil sie eingeschlafen war, verfluchte Greeley, weil er seinen Schuh da hingelegt hatte, wo sie darauf treten konnte, verfluchte Bonner dafür, daß er so verdammt anständig war, und schließlich verfluchte sie noch ihren Vater, weil er sein Versprechen gebrochen hatte.

* * *

Ein Wintersturm kam auf. Er konnte ihn spüren, konnte ihn in der Nachtluft riechen.

Bonner ritt aus der Stadt hinaus, zu dem Lagerplatz, den er sich in dem kleinen Pappelwäldchen neben dem Fluß hergerichtet hatte. Die Dichte der Bäume bildeten einen natürlichen Schutz trotz ihrer kahlen Zweige.

Nachdem er seinem Pferd den Sattel abgenommen und es zum Grasen losgeschickt hatte, machte Bonner sich daran, Holz für ein Feuer zu suchen. Er brachte mehrere Armvoll zum Lager, und als er genug hatte, grub er mit den Händen eine Feuergrube in die sandige Erde.

Das Feuer in Gang zu setzen half ihm, sich daran zu erinnern, wer er war. Die ersten winzigen gelben Flämmchen, die er beobachtete, wie sie zu großen, hungrigen Flammen wurden, halfen ihm, seine Geister wiederzubeleben.

Sobald er sich nicht mehr um das Feuer kümmern mußte, trat er in die Schatten zurück, zog sich bis auf die Mokassins aus und nahm dann das Wildlederband ab, das sein Haar zusammenhielt.

In der Dunkelheit dort wartete er, während er sich fragte, ob er immer noch *diyi* hatte. Es war schon lange her, seit er zu seinem Geist gesprochen hatte. Er bedauerte, so lange gewartet zu haben. Sein Geist war stark – er würde ihm helfen, die Dinge klarer zu sehen.

Er füllte seine Lungen mit Luft, trat dann in den Schein des Feuers und ließ sich in seinen rituellen Gesang fallen. »Hee-ay-hay-ee-ee! Hee-ay-hay-ee-ee!«

Aus dem Norden kam eine beißende Brise, die das Feuer anfachte und es heißer machte.

Er sang, bis ihm die Kehle vor Anstrengung schmerzte. Das Feuer knisterte und knackte.

Funkensprühende Holzstückchen schossen in den Himmel. Der Ruf der Eule ließ die Nacht erzittern. »Hee-ay-hay-ee-ee! Hee-ay-hay-ee-ee!« In der Ferne pfiff der Wind und schwoll zu einem donnernden Gebrüll an, als er sich dem Fluß näherte.

»S...u...c...h...e...n...d...e...r!«

Der bedrohliche Trichter tanzte wirbelnd über den Wüstenboden und brachte alles auf seinem Weg in Aufruhr.

»Hee-ay-hay-ee-ee! Hee-ay-hay-ee-ee!«

»S...u...c...h...e...n...d...e...r!«

»Ich warte auf dich, Wind.«

Der Windgeist umkreiste das Lager wie ein spielendes Kind.

Wie schon früher tauchte der Kopf aus dem Trichter auf und sah mit kohlschwarzen Augen Bonner an. »Was willst du, Suchender? Mehr Weisheit? Ich habe dir bereits viel gegeben.«

»Ich möchte über die Frau etwas wissen.«

»Sie hat viel *diyi.*«

»Aber sie durchkreuzt meine Pläne.«

»Weil du dazu bestimmt bist, sie zu beschützen.«

»Sie bringt mich dazu, die Dinge, die ich tun muß, aus den Augen zu verlieren.«

Der Windgeist warf seinen prachtvollen Kopf. »Sie ist es, die dir helfen wird, deine Ziele zu erreichen.«

»Eine Frau? Eine weiße Frau?«

»Die Macht der Frau ist stark. Du brauchst sie.«

»Wie kann sie ...«

»Geduld, Suchender. G...e...d...u...l...d«, flüsterte der Wind, während sein eisiger Atem um Bonners Körper schlich und ihm das Haar in Augen und Mund peitschte. Breitbeinig und mit geballten Fäusten stand Bonner da und trotzte dem schwindelerregenden Wirbel des Windgeistes.

Dann war es vorbei.

Vierzehntes Kapitel

Fast jede Frucht wird (eines Tages) in Arizona genauso wie in Kalifornien wachsen, aber jedes Unternehmen von dauerhafter Natur steht und fällt mit der ewigen Indianerfrage.

Arizona Citizen

Am frühen Dienstagmorgen ritt Bonner hinaus ins Camp Lowell und berichtete Colonel Dunn über die Bürgerversammlung.
»Waren viele Leute da?« fragte der Colonel und setzte sich auf den Stuhl hinter seinem Schreibtisch.
Bonner nahm den Klappstuhl gegenüber und streckte seine langen Beine aus. »Siebzig oder achtzig insgesamt.«
»Und wie war das Ergebnis?«
»Gespalten«, erwiderte Bonner trocken. »Zuerst wollte die Hälfte eine zivile Miliz. Die andere Hälfte wollte an den Kongreß und andere hochrangige Regierungsgremien appellieren. Die vorsichtigere Gruppe überzeugte die anderen, die Miliz gegenwärtig noch zurückzuhalten.«
»Gut.«
»Inzwischen werden sie die Justiz des Territory bitten, Informationen zu sammeln und Zeugenaussagen über Verwüstungen von den Indianern anzuhören.«
»Wozu das?«
Bonner zuckte mit den Schultern. »Sie sind davon überzeugt,

in Washington eher Gehör zu finden, wenn ein offizielles Gremium wie die territoriale Justizbehörde ihr Anliegen vorbringt.«

Der Bursche des Colonels kam mit einer Kaffeekanne in das Zelt. Bonner nahm die große Tasse, die Dunn ihm anbot.

»Vielleicht haben sie so tatsächlich eine bessere Chance. Ich weiß es nicht. Zumindest gibt es uns hier etwas mehr Zeit«, meinte Dunn. »Die Lage ist im Augenblick viel zu angespannt dafür, daß auch noch ein Haufen Hitzköpfe im Territory herumrennen und jeden Indianer, den sie sehen, erschießen.« Nachdenklich schlürfte er seinen Kaffee.

»Wenn sie keinen Erfolg haben, dann *werden* sie eine Bürgerarmee aufstellen«, erinnerte ihn Bonner.

»Allerdings wird sich hoffentlich die Lage bald zum Besseren wenden, so daß sie nicht mehr das Bedürfnis danach haben – was mich zu Ihrer neuen Aufgabe bringt.« Dunn räusperte sich und sah in seine Kaffeetasse.

Bonner starrte ihn neugierig an, weil der andere plötzlich seinem Blick auswich. »Worum geht es?«

Dunn sah auf. »Ich schicke Sie ins Camp Grant. Sie werden morgen bei Tagesanbruch aufbrechen. Wie lange Sie bleiben, hängt von Lieutenant Whitman, dem kommandierenden Offizier, ab.« Der Colonel stand auf und schaute auf einige Papiere auf seinem Schreibtisch hinunter. »In letzter Zeit sind mehrere kleine Gruppen von Apachen zu ihm ins Lager gekommen, und er bittet um einen Übersetzer, damit sie sich besser verständigen können.«

Der Colonel ging zum Zelteingang und sah hinaus. »Während Sie dort in der Gegend sind, möchte ich, daß Sie zur Rancheria Ihres Großvaters gehen und mit ihm reden. Überzeugen Sie ihn davon, daß es an der Zeit ist, mit seiner Gruppe in ein Reservat zu ziehen.« Dunn klang sehr sachlich, als ob er eine gewöhnliche, alltägliche Bitte vorbrächte.

Aber sein Anliegen war alles andere als alltäglich.

Bonner kniff die Augen zusammen. »Ich muß Sie sicherlich nicht daran erinnern, daß Gianatah und seine Leute in Frieden leben. Sie haben jahrelang keine Schwierigkeiten gemacht. Es gibt keinen Grund dafür, ihn und seine Gruppe umzusiedeln.«

»In Wirklichkeit, Kincade, gibt es eine Reihe von Gründen dafür«, widersprach der Colonel mit einem Anflug von Frustration in der Stimme, »und ein nicht unwesentlicher Grund ist, daß Ihr Großvater und seine Leute in einem Reservat sicher sind.«

»Sicher? Sie haben nichts zu fürchten, solange Sie Ihr Versprechen halten, Ihre Soldaten aus ...«

»Darum geht es mir, Kincade. Ich kann dieses Versprechen nicht länger halten. Ich habe Befehle!«

»Befehle!« Bonner spuckte Dunn das Wort wie einen Fluch ins Gesicht.

»Ja, Befehle. Sie wissen so gut wie ich, daß alle aufgebracht sind und behaupten, die Army kümmere sich nicht um die Situation mit den Apachen. Ich habe die Nachricht bekommen, daß ich stärkere militärische Aktionen unternehmen muß, um die Apachen zu unterwerfen.«

Dunn ließ die Zeltplane fallen. Er ging an seinen Schreibtisch zurück und machte eine Pause, als ob er sich für die nächste Runde rüsten wollte. »Die Leute in der Regierung glauben, die einzige Möglichkeit, Frieden zu schaffen, bestehe darin, die Apachen in Reservate zu bringen.« Er nahm einen Stein, der als Briefbeschwerer diente, in die Hand und umklammerte ihn. »Ihr Großvater ist ein sehr einflußreicher Mann. Selbst als Unterhäuptling findet er bei allen Arivaipa-Apachen Gehör. Wenn er mit uns zusammenarbeitet, werden die anderen folgen.«

»Zusammenarbeit?« lachte Bonner. »Ach, kommen Sie, Colonel. Er wird alles andere als kooperativ sein, wenn es darum geht, in ein Reservat umzusiedeln.«

»Es ist mir egal, wie er geht, Kincade. Ich will nur, daß er geht.« Dunn knallte den Stein auf den Tisch. »Sprechen Sie mit ihm. Reden Sie ihm gut zu.« Dunn stützte sich mit beiden Händen auf die Tischplatte und beugte sich vor. »Betrachten Sie das als Befehl.«

Bonner stand auf, ging zur Zeltöffnung und goß seinen Kaffeerest hinaus. »Tut mir leid, Colonel«, sagte er und stellte seine Tasse auf den Stuhl. »Ich bin ein *ziviler* Mitarbeiter, erinnern Sie sich? Ich brauche keine Befehle entgegenzunehmen.« Er wandte sich um und ging.

»Kincade, Sie unverschämter Mist...«

Bonner erhob seine Hand und unterbrach ihn. »In letzter Zeit habe ich eine echte Abneigung entwickelt gegen Leute, die mich mit Schimpfwörtern belegen ... Sir.«

Der Colonel schnaufte. »Kincade – ich sollte Sie in den Bunker werfen lassen.«

»Es tut mir leid, Colonel, das können Sie nicht tun. Wie ich schon sagte, ich bin ein ...«

Dunn hob als Geste der Hilflosigkeit die Hände in die Höhe. »Ich weiß, ich weiß, Sie sind *Zivilist.* Aber es steht nirgendwo geschrieben, daß ich Ihnen weiterhin *Aufträge* geben muß – das heißt, Sie könnten feststellen, daß Sie keinen Job mehr haben.« Dunn streckte sich und sah ihn selbstgefällig an. »Die Vorstellung, jemand anderen zu Ihrem Großvater zu schicken, gefällt mir nicht, aber wenn ich muß, werde ich es tun. Ich bezweifle, daß jemand anders so geduldig und aufmerksam wäre – wenn Sie wissen, was ich meine.«

Bonner machte ein finsteres Gesicht.

Der Colonel fuhr sich mit den Fingern durchs Haar. »Diese Sache geht darüber, was Sie und ich glauben und meinen, hinaus. Bis Ende nächsten Monats muß ich meine Soldaten auf Erkundungszüge genau dorthin schicken, wo die Rancheria Ihres Großvaters liegt. Sie werden den Befehl haben, jeden Apachen aufzuspüren und ihn in ein Reservat zu bringen.

Wenn sie Widerstand leisten ... nun ... die möglichen Konsequenzen brauche ich Ihnen nicht auszumalen.«
»Nein, nicht nötig«, stimmte Bonner sarkastisch zu.
»Schauen Sie, Kincade, Sie wissen so gut wie ich, daß Reservate die einzig mögliche friedliche Lösung sind. Wir haben ausführlich darüber gesprochen. Ich weiß nicht, warum Sie deswegen mit mir streiten.«
»Mein Großvater ist alt. Es wird ihn umbringen, die Rancheria zu verlassen.«
Dunn sah ihm direkt in die Augen. »Es wird ihn auch umbringen, wenn er sie nicht verläßt.«
Später, auf seinem Weg in die Stadt, gestand Bonner sich ein, immer geahnt zu haben, daß der Tag kommen würde, an dem er auf seine Familie Einfluß ausüben mußte. Er wußte, er sollte dankbar dafür sein, daß er die Möglichkeit hatte, seinen Großvater vor den Vorhaben der Army zu warnen. Kein anderer Apachenführer hatte diesen Vorteil.
Bonner erinnerte sich, daß er der Army seine Dienste von Anfang an deshalb angeboten hatte, damit er Gianatah und seiner Gruppe helfen konnte. Es gab auch noch andere Gründe, aber keiner davon war so wichtig wie der, die zu beschützen, die er liebte. Wenn also die einzige Möglichkeit, das Leben seines Großvaters und seiner Leute zu retten, darin bestand, sie in ein Reservat umzusiedeln, warum fühlte er sich dann so sehr als Verräter?
Bonners Kiefermuskeln spannten sich an. Er beschloß, nicht darüber nachzudenken, bis er morgen zum Camp Grant reiten würde. Statt dessen konzentrierte er sich darauf, seine Erledigungen so schnell wie möglich hinter sich zu bringen. Der erste Punkt auf seiner Liste war die St. Joseph's Academy for Young Ladies. Schwester Monika vom Heiligen Herzen war diejenige, die ihm die Kapelle, die Klassenzimmer, die Schlafsäle und den Speisesaal zeigte. Sie war eine fromme Frau mit Humor, der durchschimmerte, als sie die Strapazen beschrieb, die sie und

sechs andere Nonnen zu bewältigen hatten, während sie von ihrem heimischen Konvent in St. Louis über San Francisco zu ihrer neuen Schule in Tucson zogen.
»Ich fürchte, es war fast zu viel für uns«, erklärte sie und verdrehte die Augen. »Auf dem Dampfer von San Francisco nach San Diego waren wir seekrank, und die Kutsche, die uns nach Yuma brachte, brach uns fast die Knochen. Es schien eine Ewigkeit zu dauern, bis wir den Colorado erreichten, und als wir ihn überquerten, wären wir fast ertrunken. Abgesehen davon bestand unser einziges Problem darin, Hochzeits- und andere Anträge abzuwehren, die wir unterwegs von einigen Herren bekamen«, erzählte sie leise lachend. »Es war ziemlich ... aufregend, wenn ich so sagen darf.«
»Das kann ich mir vorstellen«, meinte Bonner und unterdrückte ein Grinsen. Alles in allem war er von St. Joseph beeindruckt. Das Gebäude war hergerichtet worden und bot saubere und angenehme Unterbringung, was in Tucson eine Seltenheit darstellte.
»Der Lehrplan umfaßt jeden nützlichen und künstlerischen Zweig, der für junge Damen angemessen ist«, führte Schwester Monika aus. »Unser Schuljahr ist in zwei Semester unterteilt; es beginnt am ersten September und endet am neunundzwanzigsten Juni. Schülerinnen werden jederzeit aufgenommen und brauchen nur vom Eintrittsdatum ab zu bezahlen.« Am Ende der Führung brachte sie ihn in den Hof zurück. Drei ältere Schülerinnen, die auf dem Weg zur Kapelle waren, begannen zu flüstern und zu kichern, sobald sie Bonner sahen.
»Mädels! Benehmt euch«, schalt Schwester Monika.
Im Chor antworteten die drei: »Ja, Schwester« und eilten dann vorbei.
»Unsere Mädchen führen ein sehr behütetes Leben, Mr. Kincade. Selbst unsere externen Tagesschüler. Nach ihrer Ausbildung wird jedes Mädchen darauf vorbereitet sein, ihren Platz in

der Gesellschaft einzunehmen, einen passenden Ehemann zu finden und eine Familie zu gründen.«

»Und wenn sie das gar nicht möchte?«

»Ich fürchte, ich verstehe nicht ganz.«

»Meine Schwester Martine ... sie ist nicht so wie die Mädchen, die gerade an uns vorbeigingen. Zum einen trägt sie Wildlederhosen und fängt zu Pferd weggelaufene Rinder ein. Zum anderen jagt und häutet sie und näht die Häute zusammen, um Decken und Kleidung herzustellen. Sie ist halb Apachin ...«

Schwester Monika hob ihre Hand, um ihn zum Schweigen zu bringen. »Ich glaube, ich verstehe, Mr. Kincade.« Sie machte eine kleine Pause. »So gern wir Ihre Schwester aufnehmen würden, aber ich glaube fast, daß sie in solch einer stark strukturierten Umgebung wie St. Joseph nicht glücklich würde. Vielleicht wäre es besser, wenn Sie eine Hauslehrerin anstellen würden.«

»Ja, Schwester, ich glaube, Sie haben recht. Vielen Dank für die Führung durch Ihre Schule.« Er griff in seine Jackentasche, holte ein Geldstück heraus und drückte es ihr in die Hand. »Für die Armenkasse, Schwester.«

»Gott sei mit Ihnen, Mr. Kincade.«

Bonner war froh, daß er sich die Schule angesehen und mit Schwester Monika gesprochen hatte. Sein Vater würde ihm glauben, daß St. Joseph nicht der richtige Platz für Martine wäre.

Im Zeitungsgeschäft kaufte Bonner die neuesten Zeitungen aus San Diego, San Francisco, Boston und New York. Als er schon gehen wollte, wurde ihm bewußt, daß er die *Tucson Sun* gar nicht gesehen hatte.

»Sie war innerhalb von ein paar Stunden ausverkauft«, sagte der Verkäufer. »Aber ich habe noch ein gebrauchtes Exemplar, wenn Sie zerknitterte Seiten und Kaffeeflecken nicht stören.«

Bonner bedankte sich und klemmte sich die Zeitungen unter den Arm. In so vielen Zeitungen waren sicher mehrere Anzeigen von Hauslehrerinnen zu finden, die eine Stelle suchten. Während er nach Lehrerinnen suchte, konnte er herausfinden, was sonst so auf der Welt geschah. Er hatte schon lange keine der Großstadtzeitungen mehr gelesen, und er freute sich darauf, ein paar Stunden zu lesen. Da Camp Grant solch ein ruhiger und abgelegener Posten war, glaubte er, genügend Zeit dazu zu finden.

Als nächstes stand Doc Wilbur auf seiner Erledigungsliste, mit dem er über seinen Vater sprechen wollte, aber nach Auskunft der Haushälterin würde er bis Ende der Woche außer Haus sein. Während er zur Haltestelle der Postkutsche ritt, beschloß Bonner, den Militärarzt von Camp Grant zu konsultieren.

Mittags saß er vor der Kutschenhaltestelle und setzte eine telegraphische Nachricht an Logan auf. Er skizzierte kurz den Zustand des Vaters und bat Logan um seine fachliche Meinung und um seinen medizinischen Rat. Dann bat Bonner ihn, sich nach einer Hauslehrerin umzusehen. Bonner beschrieb genau die Qualifikationen, die sie besitzen mußte. Schließlich erinnerte er seinen Bruder an sein Versprechen, zu Martines Pubertätszeremonie nach Hause zu kommen.

Er bezahlte für die Nachricht und schickte sie mit der nächsten Postkutsche ab, dann schlenderte er hinüber zu Foster's Emporium, wo Clay Foster damit beschäftigt war, einem seiner Angestellten Anweisungen zu geben.

»Ich möchte eine Bestellung für King Kincade abholen«, sagte Bonner zu dem Verkäufer an der Theke. Während der Mann nach der Bestellung sah, suchte Bonner einige Packungen ausgezeichneten Tabaks für seinen Großvater aus. Er legte die Tabakpäckchen zusammen mit ein paar billigen Süßigkeiten auf die Theke. Erst letztes Jahr hatte er herausgefunden, daß sein Großvater eine Schwäche für Süßes hatte.

Aus dem Augenwinkel heraus beobachtete Bonner, wie der Verkäufer mit Foster sprach, der auf ein Regal zeigte, auf dem ein braun eingewickeltes Paket lag. Nicht das Paket zog Bonners Aufmerksamkeit auf sich, sondern der weiße Verband um Fosters Hand. Bonner räusperte sich und verdeckte sein Lächeln mit einer Hand.

In dem Augenblick kam der Angestellte zurück. Bonner bezahlte seine Einkäufe und ging. Er packte die Zeitungen und die anderen Waren in seine Satteltaschen, stieg auf und ritt die Straße hinunter zum Büro der *Tucson Sun*, um seine Anzeige zu bezahlen.

Von weitem sah er Ginny vor dem Büro stehen. Sie hatte die Arme fest über ihrem Umhang verschränkt, während sie darauf wartete, daß Greeley sich einen Fleck für sein Geschäft aussuchte. Sie war blaß und sah erschöpft und entmutigt aus, wie eine Frau, der man zu viele falsche Versprechungen gemacht hatte und die einmal zuviel enttäuscht worden war. Bonner kannte sie inzwischen gut genug, um zu wissen, daß sie wahrscheinlich die ganze Nacht damit verbracht hatte, über alles, was geschehen war, nachzudenken und sich um den morgigen Tag zu sorgen.

Was Sams Trinken betraf, war Bonner sich sicher, daß Ginny erst gestern abend begriffen hatte, wie ernst das Problem ihres Vaters war. Nach ihren Äußerungen zu schließen, schalt sie sich dafür, daß sie Sam geglaubt hatte, er könnte zu trinken aufhören, wenn er nur wollte. Sie war naiv gewesen, aber nur, weil sie die zerstörerische Wirkung von Schnaps noch nie erfahren hatte.

Bonner wußte nur zu gut, was sie bei einem Menschen anrichten konnte. Schnaps war für die Weißen das, was *tulapai* für die Apachen war. Es war mehr als nur ein starker Wille dazu nötig, um die Gewohnheit loszuwerden.

Wie er Ginny so ansah, hatte Bonner den Eindruck, daß sie mehr bedrückte als die Trinkerei ihres Vaters. Er überlegte, ob sie die gleiche sexuelle Frustration empfand wie er, vielleicht bedauerte sie sogar, daß sie die Dinge so weit hatte gehen lassen. Und dann war da noch die Feigheit ihres toten Verlobten.

Bonner stieg ab und ging zu ihr hinüber. Sobald sie ihn sah, straffte sie ihre Schultern. Es gab eine unbesiegbare Stärke in ihr, die nicht zu ihrer zarten Schönheit zu passen schien.

Weil sie sich in der Öffentlichkeit befanden und ihnen möglicherweise jemand zusah, blieb Bonner auf Armeslänge vor ihr stehen. »Du siehst müde aus. Ist alles in Ordnung?«

Sie legte ihren Kopf auf die Seite, um zu ihm aufzuschauen. »Ich habe nicht viel geschlafen. Ansonsten geht es mir gut.« Ihre schönen blauen Augen sahen tief in die seinen. »Und wie geht es dir?«

Ihre Frage ließ Erinnerungen aufflammen – an die Leidenschaft, die sie erlebt hatten, und an die Erfüllung, die ihnen versagt geblieben war. »Ich habe es überlebt.«

Halb nickte sie, halb lächelte sie. »Ich auch.«

Mit einiger Mühe zügelte Bonner seine Gedanken. »Hat dein Vater über deinen Verlobten die Wahrheit gesagt?«

Ginny sah zum Büro hinüber. »Ja, er entschuldigte sich dafür, daß er es mir all die Jahre lang verheimlicht hat, und sagte, es wäre nie die richtige Gelegenheit gekommen, um es mir zu sagen.«

»Er liebt dich, Ginny«, gab Bonner leise zu bedenken. »Er hat es dir wahrscheinlich deshalb nicht erzählt, weil er dir nicht weh tun wollte.«

Ginny seufzte. »Das bezweifle ich nicht. Ich glaube, ich bin vor allem anderen sauer auf mich selbst, weil ich Tom idealisiert und alle Anzeichen ignoriert habe.« Sie zog den Umhang fester um sich. »Es waren genug da. Ich hab' sie nur nicht gesehen ... oder wollte sie vielleicht nicht wahrhaben.«

Ein ungewohntes Gefühl schwappte in ihm hoch, als er sie ansah. Einen Moment lang konnte er kaum sprechen. »Ich bin gekommen, um meine Anzeige zu bezahlen ... und um dir zu sagen, daß ich auf dem Weg bin, die Stadt zu verlassen. Ich muß mich im Camp Grant zum Dienst melden. Ich weiß noch nicht, wie lange ich weg sein werde.« Er griff in seine Tasche und holte eine Handvoll Silberdollars heraus. »Wieviel kostet die Anzeige?«

Sie dachte einen Moment nach. »Vier, nein, drei Dollar.«

Als sie die Hand ausstreckte, um die Münzen anzunehmen, legte er sie in ihre kleine weiße Hand, umschloß sie mit seinen Fingern und drückte sie schnell.

Du bist dazu bestimmt, sie zu beschützen.

Die Worte, die der Windgeist gesprochen hatte, gingen ihm durch den Kopf. Über sie und alles andere, was der Geist gesagt hatte, hatte er lange nachgedacht und seine eigenen Schlüsse daraus gezogen. Soweit er wußte, war er der einzige, vor dem Ginny beschützt werden mußte. Gestern abend hatte sein Verlangen nach ihr ihren Ruf und ihre Zukunft in Gefahr gebracht. Er konnte es nicht wieder geschehen lassen.

Er trat von einem Fuß auf den anderen und fühlte sich unwohl bei dem, was er ihr sagen mußte – Worte, die sie verletzen mußten, die mit seinem Herzen in Konflikt standen.

»Ginny, ich muß dir etwas sagen – wegen gestern abend, über das, was zwischen uns geschehen ist. Es war mein Fehler. Ich habe dich ausgenützt, und ich glaube, es ist das beste, wenn ich nicht ...«

»Ausgenützt?« unterbrach sie ihn. »Nein, Bonner, das ist nicht richtig. Ich wollte ...«

»Hör mir zu, Ginny. Zwischen uns kann es nichts geben. Jetzt nicht und auch später nicht. Es steht zu viel auf dem Spiel.«

»Das hat sich geändert«, widersprach sie. »Ich habe gestern abend schon versucht, es dir zu sagen, aber du bist so schnell verschwunden, daß ich dich nicht mehr erwischte.«

»Was wolltest du mir denn sagen?«

»Was Pa gestern abend tat – was er weiterhin tun wird –, ich weiß, wohin es führen wird, nämlich dahin, wo das immer hinführt. Allmählich, in zwei oder drei Monaten, wird sein Trinken die Zeitung zerstören.« Sie schüttelte den Kopf. »Also, siehst du: es steht eigentlich gar nichts auf dem Spiel.«

Die Kraft der Frau ist stark.

Bonner starrte Ginny an, und in seinem Kopf fiel endlich der Groschen – er wußte plötzlich, was der Windgeist gemeint hatte. Ginnys Macht war die *Tucson Sun.*

Sie ist es, die dir helfen wird, deine Ziele zu erreichen.

Bonners Ziele waren klar. Er wollte dem Volk der Apachen helfen, wollte sie lehren, in der Welt des weißen Mannes zu leben, damit sie überleben konnten. Aber wie Ginny und die *Tucson Sun* helfen konnten, war noch unklar. Bonners Gedanken rasten auf der Suche nach einer logischen Antwort. Dann sah er vor seinem geistigen Auge, wie Ginny auf der Bürgerversammlung aufgestanden war und ihre Gründe dafür verteidigt hatte, daß sie es abgelehnt hatte, den Bericht des Stinnett-Jungen über den angeblichen Pferdediebstahl durch Apachen zu drucken.

»Du irrst dich, Ginny. Jetzt steht sogar noch mehr auf dem Spiel als zuvor«, hielt Bonner dagegen und war sich seiner Interpretation der Äußerung des Windgeistes sicher. »Du darfst deinen Vater oder die Zeitung nicht aufgeben.«

»Es gibt nichts, was ich tun könnte. Ich kann Pa nicht vom Trinken abhalten.« Ihre Stimme bebte vor Frustration.

»Ginny, du mußt trotz deines Vaters die Zeitung am Laufen halten. Tucson braucht eine ehrliche Zeitung, die sich nicht den Forderungen des Tucson-Rings beugt und keine falschen Geschichten von Indianerüberfällen druckt. Du kannst mithelfen, die Meinung der Leute zu ändern, indem du achtgibst, daß die *Sun* wahre Nachrichten bringt. *Du* kannst die Stimme der Wahrheit und der Vernunft sein, Ginny.«

»Ich?« Sie legte eine Hand auf ihr Herz, zu überrascht von seinem Vorschlag, um einen Widerspruch zustande zu bringen. »Die Leute werden überhaupt nicht beachten, was ich schreibe. Ich bin eine Frau! Du weißt doch, wie diese Leute sind, Bonner. Sie würden niemals die Bemühungen eines weiblichen Herausgebers unterstützen. Ja, wenn sie wüßten, daß ich die Leitartikel schreibe, dann würden sie …«

»Mach dir keine Sorgen darüber, was sie denken. Sei stark, Ginny. Gib deinen Vater und die Zeitung nicht auf, und auch die Leute von Tucson nicht.«

Ginny stand da und sah ihn an, während sich ihre Augen mit Tränen füllten. Ein Windstoß erfaßte ihr Haar und peitschte es ihr ins Gesicht.

»Danke, daß du vorbeigeschaut hast«, sagte sie plötzlich kühl. »Gute Reise.« Sie strich sich die Haarsträhnen aus dem Gesicht und wandte sich zur Tür. »Greeley, komm her, Junge.«

Bonner stand noch einen Moment da und sah ihr nach, dann drehte er sich um und ging weg.

Ginny lehnte sich an die geschlossene Tür. Ihr Vater saß an seinem Schreibtisch.

»War das Kincade, den ich da draußen hörte?« fragte Sam, an dessen zusammengekniffenen Augen Ginny sehen konnte, daß er starke Kopfschmerzen hatte.

»Ja, er ist auf dem Weg nach Camp Grant. Er kam vorbei, um seine Anzeige zu bezahlen.« Sie legte die Münzen auf seinen Tisch.

»Ach, es tut mir leid, daß ich ihn verpaßt habe. Ich wollte mich bei ihm entschuldigen … und bedanken«, erklärte er.

Zumindest erinnerte er sich an gestern abend und gab zu, daß eine Entschuldigung notwendig war. Sie betrachtete das als gutes Zeichen. Ein Zeichen wofür, wußte sie allerdings nicht.

»Du wirst warten müssen, bis er in die Stadt zurückkommt«, gab sie zurück und hängte ihren Umhang an den Haken neben der Tür. »Obwohl ich nicht weiß, wann das sein wird.« Sie ging zu der Tür, die in den Flur führte. »Wenn du nichts dagegen hast, dann nehme ich mir den Nachmittag frei, um ein paar persönliche Dinge nachzuholen.«

»Nein, ich ... Ginny, wir haben noch nicht über gestern abend gesprochen und ...«

Sie streifte an ihm vorbei. »Es gibt nichts, worüber wir zu sprechen hätten, Pa. Worte können den gestrigen Abend nicht ungeschehen machen – was du gesagt und getan hast. Deshalb wäre es mir gerade so lieb, wenn du gar nicht darüber sprichst. Wenn du in der Stadt als Trunkenbold bekannt werden willst, bitte schön. Aber erwarte nicht von mir, daß ich dabeistehe und zusehe, wie du dich zum Narren machst.«

»Ginny, bitte, Liebes.«

Ginny schloß die Bürotür hinter sich, ging ins Wohnzimmer, setzte sich aufs Sofa und verbrachte die folgende Stunde damit, träge ihre Sammlung von Spitzen durchzusehen. Sie hatten sie erfreut und ihr immer Frieden und Ruhe vermittelt, wenn sie sie in Händen gehalten hatte.

Sie bewahrte sie in der Brautschachtel ihrer Mutter auf. Die handbemalte, ovale Schachtel war eines der wenigen gefühlsbefrachteten Dinge, die Ginny nach Tucson hatte mitbringen können.

Sie nahm ein Stück *Point de gazé*-Spitze auf. »So fragil und doch so stark«, sagte sie und strich mit den Fingern über die feinen weißen Fäden.

Bonners Drängen, daß sie Pa und die Zeitung nicht aufgeben sollte, zeigte Ginny, daß sie sein Verlangen und Bedürfnis nach Liebe fehlinterpretiert hatte. Beschämt schloß sie die Augen und schüttelte den Kopf. Sie konnte sich vorstellen, was er von ihr dachte – daß sie naiv und töricht war, vielleicht sogar ein bißchen verzweifelt. Sie schauderte bei dem Gedanken daran, wie sehr sie sich ihm geöffnet und ihm gesagt hatte, daß nichts mehr auf dem Spiel stand. Sie hatte sich ihm

praktisch zu Füßen geworfen und ihn angefleht, sie zu nehmen.
»Ich liebe ihn«, sagte sie leise, nur zu Greeley. »Aber er liebt mich nicht.« Sie legte die Spitzen zurück in die Brautschachtel, streckte sich dann auf dem Sofa aus und schloß die Augen.

Fünfzehntes Kapitel

Indianer-Angelegenheiten

Am Donnerstagabend gab es eine große Bürgerversammlung. Das Komitee, das ernannt worden war, Zeugenaussagen über indianische Raubzüge entgegenzunehmen, bekam eidesstattliche Erklärungen von nahezu achtzig gutinformierten Bürgern und Offizieren der Armee. Sie bekunden den Verlust von Hunderten von Menschenleben und von Hunderttausenden von Dollars an Besitz während der letzten zwei Jahre ... Weitere Aussagen werden gesammelt und später in Buchform veröffentlicht.

Tucson Sun

Bonner ritt auf der alten Wagenstraße im Norden aus der Stadt und kam beim Rillito Creek vorbei. Da die Rancheria seines Großvaters einige Meilen näher lag als Camp Grant, beschloß er, erst dorthin zu reiten, um die unangenehme Nachricht loszuwerden.

Die Straße erstreckte sich vor ihm – er war sie tausendmal geritten auf dem Weg von der Firehorse Ranch oder der Rancheria seines Großvaters nach Tucson und zurück. Er kannte jede ausgefahrene Wagenspur, jedes Schlagloch und jeden Kaktus.

Die Wüste, durch die die Straße führte, war völlig verlassen und doch grandios. Sie konnte ein hartes Land sein, ein unversöhnliches Land, wenn man sie nicht verstand. Da er in Arizona geboren und aufgewachsen war, glaubte Bonner, daß er sie besser verstand als die meisten anderen Leute. Die Weißen sahen nur die unfruchtbare Häßlichkeit und Lebensfeindlichkeit, Bonner dagegen sah Schönheit und Harmonie.

Bereits seit der Zeit der Höhlenmenschen hatte es zwischen den Völkern, die die Wüste von Arizona bewohnten, Zusammenstöße gegeben. Bonner hatte in seiner Jugend ständig gehört, wie sehr die Apachen die Mexikaner haßten und wie die Regierung von Sonora auf Apachenskalps ein Kopfgeld ausgesetzt hatte. Er erinnerte sich an die Zeit, als Wagentrecks, vollgepackt mit weißen Siedlern, begannen, durch das Land der Apachen zu ziehen. Beide Völker hatten sich toleriert, was allerdings sofort nach der Bascom-Affäre aufgehört hatte. Dabei handelte es sich um einen Zwischenfall, bei dem Cochise fälschlicherweise beschuldigt worden war, einen weißen Jungen entführt zu haben, und danach waren Spannungen, Mißtrauen und Haß aufgekommen.

Bonner verstand die White Eyes nicht. Er verstand nicht, warum sie auf die Apachen herabsahen – sie wie wilde Tiere behandelten und sie lediglich als Hindernisse für ihren eigenen Zivilisationsprozeß betrachteten. Er verstand nicht, wie sie auf die Idee kommen konnten, daß das Land, auf dem die Apachen jahrhundertelang gelebt, gejagt und gearbeitet hatten, ihnen gehören könnte. Nur durch Eroberung, sagte er sich, durch Schicksal.

In den letzten zwei Jahren hatte er gesehen, wie die Steinhaufen, die die Gräber der von Indianern getöteten Reisenden markierten, zugenommen hatten. Ein aus Agavenholz oder spanischen Bajonettstielen gemachtes Kreuz identifizierte das Opfer als mexikanisch, als Sohn oder Tochter der heiligen Mutter Kirche. Die Gräber waren eine schmerzhafte Erinnerung daran, daß die Dinge schlimmer wurden statt besser.

Kurz vor Sonnenuntergang hielt er an, um sein Pferd am Arivaipa Creek zu tränken, einem seichten Fluß mit Kiesbett, der von riesigen Pappeln und Platanen eingesäumt war. Bonners Pferd schien es genauso eilig wie er zu haben, denn es löschte zügig seinen Durst und bewegte sich dann munter vorwärts, ab und zu auch durch das Wasser des Arivaipa Canyon platschend. Je weiter er hineinritt, desto höher wurden die Wände der Schlucht, desto näher rückten die aufragenden Klippen zusammen. Der respektlose Schrei eines Falken durchdrang die Luft, und sein Schatten schoß über die höchsten Vorgebirge.

Der Falke schrie wieder, allerdings entdeckte Bonner dieses Mal einen menschlichen Anklang in dem Laut und wußte, daß es der Ruf eines *vidette* war, eines Wachtpostens der Apachen, der irgendwo in den Klippen hoch über ihm versteckt saß. Von diesem Punkt an würde sein Vordringen sorgfältig beobachtet werden, bis die *videttes* in der Lage wären, ihn zu identifizieren.

Als es Nacht wurde, half ihm der Mond, den Weg durch den Canyon zu finden. Seine Gedanken wanderten zu Ginny. Wahrscheinlich hatte sie den Eindruck, er wolle sie nicht, weil er ihr ihren Vater und die Zeitung so sehr ans Herz gelegt hatte. Seine Gedanken wurden von vier berittenen Kriegern unterbrochen, die aus den Felsen heruntersausten, um ihn zu begrüßen. Wie bellende und jaulende Hunde umkreisten sie ihn, um ihn dann zum Dorf zu eskortieren.

Auf dem Talboden duckten sich ein paar Dutzend Wickiups in Familiengruppen zusammen. Ihre mit Häuten bedeckten Kuppeln sahen aus wie Melonenhälften, und ihre Türöffnungen richteten sich nach Osten. Vor jeder Tür brannte ein Lagerfeuer.

Kurz vor dem Dorf zügelte Bonner sein Pferd und ließ es anhalten. Er stieg ab und durchsuchte seine Satteltaschen, bis er schließlich den Tabak und die Süßigkeiten fand, die er für seinen Großvater gekauft hatte. Er steckte die kleinen Päckchen in seine Jackentasche und übergab sein Pferd einem

Jungen, der es zum Grasen auf die Weide im Talschluß führen würde.

In der Ferne sah Bonner die dunkle Gestalt seines Großvaters vor einem großen, zentralen Feuer stehen. Der alte Mann war fast so groß wie Bonner, und er hatte eine kerzengerade Haltung. Seine Haut hatte die Farbe gegerbten Leders. Obwohl Bonner sich freute, ihn zu sehen, besann er sich darauf, daß ein Mann keinc Erregung zeigen sollte. Er atmete aus und setzte eine neutrale Miene auf.

»Ich habe lange auf dein Kommen gewartet«, sagte Gianatah auf apache.

»Ich hatte viel zu tun«, antwortete Bonner in derselben Sprache. Er verzichtete absichtlich darauf, seine Arbeit für die Army zu erwähnen, da er um die Feindseligkeit wußte, mit der diese Nachricht aufgenommen werden würde. Früher oder später mußte er darauf zu sprechen kommen, wenn er den Grund seines Besuchs erklären würde. Es wäre besser, es erst später zu sagen, wenn sie schon etwas Zeit zusammen verbracht hätten, aber eine frühere Erwähnung würde ihn von der Anspannung und Sorge befreien.

Gianatah nickte. »Es ist gut für einen Mann, viel Arbeit zu haben. Komm. Wir werden essen und dann rauchen.«

»Ich habe dir Geschenke mitgebracht«, sagte Bonner und klopfte auf seine Jackentasche.

Der Gesichtsausdruck des alten Mannes war unbewegt, und doch bildete Bonner sich ein, er hätte die kleinen schwarzen Augen vor Freude aufleuchten sehen. Gianatah wandte sich ab und ging zum Feuer. Obwohl er weit über siebzig war, bewegte er sich mit der Behendigkeit eines wesentlich jüngeren Mannes. In seiner Jugend war er ein furchtloser Krieger gewesen. Seine waghalsigen Raubzüge nach Mexiko hinein waren Legende unter den Apachen. Im Unterschied zu anderen wohlhabenden Apachenmännern hatte er nur eine Frau, Kenitay, geheiratet. Sie hatten nur ein Kind, Bonners Mutter Ruey.

Kenitay war vor ein paar Jahren gestorben, als eine Pockenepidemie durch das Dorf fegte.

Bonner genoß Wildbret, Mescal und Kürbis. Der Hirsch war erst an diesem Morgen erlegt worden, während der Kürbis aus einer Grube kam, wo er nach der Ernte im Herbst getrocknet und aufbewahrt worden war. Diese Jahreszeit nannten die Apachen *Reich an Frucht.*

Die Chiricahua waren Nomaden, Gianatahs Volk dagegen bestand aus Farmern. Ihre Felder lagen an den Ufern des Arivaipa Creek, was die Bewässerung erleichterte. Hauptsächlich wurde Mais angebaut, aber sie ernteten auch verschiedene Bohnenarten und Kürbis.

Am Ende seiner Mahlzeit brach Gianatah den Knochen des Beins, das er verzehrt hatte, entzwei und bestrich mit dem Mark seine Unterarme. Im Einklang mit den Traditionen seines Volkes wischte Bonner das Fett seiner Hände an seinen Unterschenkeln ab.

Dann sprachen sie über kleine Dinge – die Ernte, das Wetter, die zunehmenden Schwierigkeiten, Jagdwild zu finden. Gianatah schien mit den meisten Dingen zufrieden zu sein, aber er vermißte die Freiheit, Touren jenseits der Berge zu unternehmen.

Er sah versonnen in die Flammen. »Als ich jung war, ritt ich mit meinen Kriegern nach Mexiko in die Weißen Berge, in den Westen, wo der große Fluß fließt, und ins Land der Zuni und der Pueblo. Unser Volk streifte wie das Wild umher. Aber das ist vorbei. Die White Eyes greifen uns an, wenn wir unser Dorf verlassen. Sie machen aus unseren Bergen Käfige und halten uns hier fest«, sagte er, und Kummer und Bitterkeit wogen schwer in seinen Worten.

Bonner erinnerte sich auch an die guten Zeiten. Im Winter, der *Geistergesicht* genannt wurde, hatten er und Logan viele Tage damit zugebracht, Gianatahs Geschichten über die heldenhaften Taten ihres Volkes und seine eigenen Jagden und Streifzüge zu lauschen. Sie hörten von den Mythen und Legenden ihres Volkes – wunderbare Geschichten von Sonne und Himmel, Mond und Sternen, Wolken und Stürmen. Gianatah hatte sie gelehrt, sich niederzuknien und zu Ussen zu beten um Kraft, Gesundheit, Weisheit und Schutz.

Im Frühling brachte er ihnen die Fertigkeiten bei, die sie brauchten, damit sie Krieger werden konnten. Sie erlernten die Kunst des Schießens – nicht nur mit Pfeil und Bogen, sondern auch mit Gewehren. Dann lernten sie Reiten und wie man wilde Pferde einfängt und zähmt. Es gab auch Lektionen in Disziplin, Prüfungen, um sie stark zu machen und ihnen die Kunst des Überlebens beizubringen. Sie lernten, weite Distanzen zu laufen, während sie im Mund Wasser transportierten. So eigneten sie sich auch die richtigen Atemgewohnheiten an. Außerdem wurde ihnen beigebracht, lange Zeitabschnitte ohne Nahrung oder Wasser auszukommen. Als sie alt genug waren, nahm Gianatah sie auf ihren ersten Jagdzug nach Mexiko mit.

»Was ist das für eine Arbeit, die du tust, mein Enkelsohn?« unterbrach Gianatahs Stimme Bonners Erinnerungen.

Bonner zögerte mit der Antwort. Es war soweit, nun mußte er über seinen Job und den Grund für sein Kommen sprechen. »Ich arbeite für die Army«, begann er, »aber ich trage nicht die blaue Jacke eines Soldaten, und ich trage auch nicht das rote Stirnband eines Kundschafters. Man nennt mich einen zivilen Garnisonsführer. Meine Aufgabe besteht darin, den *nantans* in den Army Camps und Forts zu helfen, das, was unsere Leute zu ihnen sagen, zu verstehen. Außerdem helfe ich meinen Apachenbrüdern zu verstehen, was die White Eyes sagen.«

Gianatahs Gesicht bekam nachdenkliche Falten, während er Bonner lange ansah. Schließlich sagte er: »*Enjuh*«, was bedeutete: »Es ist gut«, und fügte hinzu: »Ich habe in meinem Herzen viel Haß auf die Blaujacken, aber ich glaube, die Sache, die du tust, ist gut.«

Bonner lächelte erleichtert. »Sie ist *sehr* gut. Sie zeigt, daß viele der Blaujacken unser Volk verstehen wollen.«
»Verstehen die Blaujacken auch, daß wir uns wünschen, sie nähmen ihre Wagen und ihr Feuerwasser und gingen zurück an den Ort, wo die Sonne aufgeht?«
Bonner mußte lachen. Sein Großvater war genau wie alle anderen älteren Häuptlinge. Sie würden noch auf ihrem Sterbebett den weißen Mann hassen. »Ja, das verstehen sie, aber sie wollen dieses Land so sehr wie die Apachen, und sie werden nicht weggehen.«
Gianatah lachte kurz und bitter auf und warf einen kleinen Stein ins Feuer. »Dann mußt du noch einmal mit ihnen sprechen.«
»Du bist es, mit dem ich sprechen muß«, erwiderte Bonner in einem Ton, der ihm einen verkniffenen Blick des alten Mannes einbrachte. »Ich komme von dem *nantan* in Camp Lowell mit Worten, die ich dir nach seinem Wunsch bringen soll.« Bonner sah einen Moment weg und verwünschte die Tatsache, daß er derjenige war, der dies hier tun mußte, wußte aber gleichzeitig, daß er der *einzige* war, der es tun konnte. »Diese Worte – es sind Worte, die ich nicht aussprechen *möchte*, sondern aussprechen *muß*.«
Gianatahs Augen verhüllten sich, und seine Miene erschien so undurchdringlich wie Stein. »Letzte Nacht hörte ich den Ruf einer Eule. Es ist das schlechteste aller Zeichen.«
Bonner nickte. »Mein Großvater ist so weise wie die Eule.« Und stachelig wie ein Kaktus und störrisch wie ein Esel, dachte Bonner bei sich. »Du erinnerst dich, daß es der *nantan* in Camp Lowell, Colonel Dunn, war, der hierherkam im letzten Frühling, der Jahreszeit der Kleinen Adler. Er sagte, er würde die Blaujacken aus diesen Bergen und von der Rancheria fernhalten, so lange er kann.«
»Der *nantan* hat sein Wort gehalten«, gab Gianatah zu, »so wie ich meines gehalten habe, und wir leben in Frieden.«

»Aber die Pinal und die Chiricahua leben nicht in Frieden; und deshalb machen sie Ärger für alle Apachen.« Bonner beobachtete die Augen seines Großvaters. Sie schienen durch ihn hindurchzuschauen. »Der große *nantan* in Washington – an dem Ort, wo die Sonne aufgeht – möchte Frieden zwischen den White Eyes und allen Apachen. Der große *nantan* ist weise in allen Dingen. Er sagt, nur wenn alle unsere Leute in Reservaten leben, wird es Frieden geben.«

»Darüber haben wir schon gesprochen«, erinnerte Gianatah.

»Ja, wir haben darüber gesprochen. Und jetzt mußt du eine Entscheidung treffen. Viele unserer Leute frieren und hungern, weil sie auf dem Kriegspfad sind, anstatt Samen zu säen, weil sie rauben, statt zu jagen. Sie wollen die neuen Wege nicht annehmen.«

»Die alten Wege sind gut«, argumentierte Gianatah.

»Einige von ihnen, ja, aber nicht alle. Wenn unsere Leute überleben sollen, dann werden sie in die Reservate des weißen Mannes ziehen müssen. Man wird ihnen Nahrung und Kleidung geben, und die Blaujacken werden sie vor ihren Feinden schützen – vor den Mexikanern, den Papagos und den Komantschen.«

»Unsere Leute sind wie die Hirsche. Sie müssen umherstreifen können. Dieses Reservat – ich habe Cochise davon sprechen hören –, es ist wie ein Gehege für Pferde. Die Blaujacken möchten die Apachen in Gehege sperren und sie zähmen – wie sie es mit den Papagos gemacht haben, die keinen Stolz besitzen.«

»Stolz ist das Wort eines Kriegers, nicht das Wort eines großen Anführers.«

»Wir werden jetzt rauchen, und du wirst nichts mehr sagen.« Gianatah fixierte Bonner mit wilden Augen.

»Nein. Ich werde sagen, was zu sagen ich gekommen bin, und mein Großvater wird zuhören«, beharrte Bonner. »Colonel Dunn kann sein Wort, das er dir gegeben hat, nicht länger halten.

Wenn der neue Mond am Himmel auftaucht, wird er seinen berittenen Soldaten Befehl geben, den Arivaipa Canyon auszukundschaften und alle Apachen, die sie finden können, in das Reservat in den Weißen Bergen zu bringen.« Bonner setzte sich auf. »Hör auf mich, Großvater. Du bist alt, und deine Gruppe ist klein. Du hast nur wenige Krieger, um die Frauen und Kinder zu beschützen. Du kannst dich vor den Blaujacken nicht verstecken, und du kannst nicht ohne große Verluste gegen sie kämpfen. Du bist immer ein weiser Häuptling gewesen. Sei auch jetzt weise und höre meine Warnung. Wenn du dich weigerst, ins Reservat zu gehen, werden viele deiner Leute sterben.«

»*To-dah!* Nein! Wir werden nicht gehen. Das hier ist unsere Heimat.«

»Ihr könnt euch in den Weißen Bergen eine zweite Heimat schaffen«, argumentierte Bonner.

»Das ist nicht unser Land. Es ist nicht unser Volk.«

»Sprichst du für dein ganzes Volk oder nur für dich selbst?« forderte Bonner ihn heraus. Kein geachteter Apachenführer würde sich jemals erdreisten, die Autorität zu beanspruchen, für sein Volk zu sprechen, ohne eine Diskussion vor dem Rat. Bonners Blick traf den seines Großvaters, und Wille kämpfte gegen Wille.

Gianatahs knorriges Gesicht war verkniffen vor Ärger. »Mein Enkelsohn spricht mit zwei Zungen, mit der meiner Tochter und mit der ihres Ehemannes.«

Bonner atmete tief ein. »Ich spreche mit der Weisheit und Macht, die mir der Windgeist gegeben hat.« Bis jetzt hatte er noch niemandem vom Ergebnis seiner Wallfahrt erzählt. Er hoffte inständig, daß es seinen Großvater davon überzeugen würde, wie ernst die Lage war.

Gianatah kniff mißtrauisch die Augen zusammen. »Du hast die Höhle des Windes gefunden?«

»Ja.«

»Der Windgeist hat dir *diyi* gegeben?«

»*Diyi* gegen Feinde, die Kriegsmacht.«
»Der Geist des Windes hat dir gutes *diyi* gegeben«, sagte der alte Mann in ehrfürchtigem Ton und starrte ins Feuer. »Mein Geist wird über das nachdenken, was du gesagt hast.«
Bonner nickte in dem Wissen, daß heute abend nichts mehr zu sagen war. Er nahm die Päckchen aus seinen Taschen und gab sie seinem Großvater. »Ich habe dir Tabak und Süßigkeiten gebracht.«
Gianatah nahm die Geschenke entgegen. Bonner freute sich, als er die Päckchen öffnete, an dem Tabak schnupperte und ein Bonbon in den Mund schob.
Die vier Krieger, die Bonner durch den Canyon begleitet hatten, kamen ans Feuer und sagten Gianatah, sie wünschten zu tanzen, um die Ankunft ihres Apachenbruders zu feiern. Gianatah billigte ihre Bitte mit einem einfachen Nicken. Einige Augenblicke später schlossen sich zwei Älteste der Gruppe an; sie trugen Trommeln aus ausgehöhlten Baumstämmen, über die Häute gespannt waren. Die Trommler nahmen westlich des Feuers Platz und begannen einen langsamen, beharrlichen Rhythmus zu schlagen.
Andere kamen zu zweit und zu dritt. Die, die singen wollten, setzten sich neben die Trommler, während sich die Alten, die Kinder und die Zuschauer am Rande des Kreises um das Feuer niederließen.
Der Rhythmus der Trommeln erfüllte Bonners Ohren, aber nicht seine Gedanken. Er fragte sich, was er tun würde, wenn sein Großvater sich weigerte, ins Reservat zu ziehen.
Er beobachtete die Tänzer aus einigen Metern Entfernung. Sie begannen, auf der Stelle zu tanzen. Dann bewegten sie sich aufeinander zu, wechselten die Seiten, drehten sich und tanzten in einem Kreis um das Feuer. Als Gast mußte er warten, bis ihn jemand zum Tanz rufen würde.
Er guckte verstohlen zur Seite und sah, daß sein Großvater etwas von dem geschenkten Tabak in ein Eichenblatt gerollt

hatte. Zuerst blies er den Rauch nach Osten, dann nach Süden, Westen, Norden und schließlich nach oben und nach unten.

Bonner würde ihm bis Mitte März Zeit geben, sich wegen des Umzugs ins Reservat zu entscheiden, dann würde er wiederkommen. Wenn die Antwort nein lautete, dann stünden ihm nur zwei Möglichkeiten offen: Gianatah zu umgehen und direkt zu seinen Leuten zu sprechen, was ihn demütigen würde, oder zu versuchen, einen einsichtigeren Führer zu finden, der von Gianatah respektiert wurde und mit ihm sprechen könnte.

Die Sänger begannen mit ihrem Gesang. Einer von ihnen sang Bonner zu: »Du, Bonner Kincade, du bist bekannt als großer Krieger. Wir rufen dich zum Tanz.«

Alte Gewohnheiten sterben nie aus, dachte Bonner, während er seine Jacke und sein Hemd auszog und sich unter die Tänzer mischte. Er bewegte sich mit den anderen jungen Männern des Dorfes im Uhrzeigersinn um das Feuer. Bald glänzte seine Haut vor Schweiß. Er löste das Wildlederband an seinem Kopf und spürte, wie sein langes Haar seine Schultern streifte. Einer der Krieger gab ihm eine Rassel – ein kurzes Stück Holz, das mit Wildlederbändern, Bärenklauen, Knochenstückchen und kleinen Steinen geschmückt war.

»Hai-jah, hai-jah, huu huu«, sang Bonner mit hoher Stimme und schüttelte die Rassel. »Hai-jah, hai-jah, huu huu.«

Die Frauen legten noch mehr Holz ins Feuer, bis die Flammen so groß wurden wie die Tänzer. Kleine brennende Holzstückchen schossen aus dem Zentrum des Feuers auf und explodierten in den Nachthimmel. Asche regnete auf die Tänzer herab.

»Hai-jah, hai-jah, huu huu. Hai-jah, hai-jah, huu huu.« Die Stimmen einiger Dutzend Männer, Frauen und Kinder stimmten in den Gesang der Tänzer ein.

Bonner verlor sich bald im Zauber des Tanzes. Seine Gedanken wanderten zurück in eine andere Zeit, als er und Logan zugesehen hatten, wie die Crown Dancers eine Heilungszeremonie durchgeführt hatten für ihre Großmutter und mindestens ein

Dutzend andere, die die Pocken bekommen hatten. Die Crown Dancers hatten wunderschönen Kopfschmuck und dunkle Masken aus Tuch getragen und bis zum Morgengrauen getanzt und gesungen. Trotzdem waren ihre Großmutter und die anderen gestorben.

Danach war Logan in die Berge gegangen, um mit den Berggeistern zu sprechen. Drei Tage später kam er zurück und erklärte ihrer Mutter, daß er in den Osten auf eine Schule des weißen Mannes gehen und lernen wolle, um ein großer Medizinmann zu werden.

Der Tanz dauerte bis in die frühen Morgenstunden. Bonner machte gelegentlich eine Pause, um zu essen, sich zu unterhalten und *tulapai* zu trinken. Als der Tanz beendet war, lud ihn einer der unverheirateten Krieger ein, sich in seiner Hütte zur Ruhe zu legen.

Ein kleines Feuer, in einer flachen Vertiefung in der Mitte des Erdbodens, warf Schatten an die Wände des Wickiups. Mit Lederhäuten bedeckte Betten aus Reisig und Gras sahen nach einem langen Tag gut aus. Aber so müde er auch war, er konnte nicht schlafen. Die Stunden bis zur Morgendämmerung verbrachte er damit, an Ginny zu denken.

Nach dem, was zwischen ihnen geschehen war, hatte sie ein Recht darauf, eine Art Versprechen oder Verpflichtung von ihm zu erwarten. Statt dessen hatte er ihr versichert, es gebe keine Hoffnung für eine Beziehung zwischen ihnen. Noch schlimmer, er hatte ihre Vermutung, daß das Alkoholproblem ihres Vaters die *Sun* zerstören und dadurch das Risiko ausräumen würde, völlig ignoriert. Und dann hatte er sie obendrein noch gescholten, weil sie ihren Vater und die Zeitung aufgeben wollte.

Eine innere Stimme sagte ihm, er hätte anders reagieren, vielleicht ihr unausgesprochenes Angebot annehmen können, wenn ihm nicht der Gedanke gekommen wäre, daß Ginnys Macht die *Tucson Sun* war. Weil seine Ziele für die Apachen

mit Ginny und der *Sun* verbunden waren, hatte er versucht, sie davon zu überzeugen, die Zeitung zu erhalten.
Es waren seine Ziele, nicht die Ziele der Apachen und auch nicht die Ziele der Bürger von Tucson. Und schon gar nicht Ginnys Ziele.
Ginnys traurige Augen gingen ihm nach. Er hatte ihr weh getan, und er wußte es. Und doch würde er es wieder tun. Er hatte sich dem Volk der Apachen – seinem Volk – verpflichtet, und er würde sich nicht vor der Verpflichtung drücken, nicht einmal um der Liebe einer Frau willen.
Der Gedanke überrumpelte ihn. Er sah zu der Rauchöffnung der Hütte hoch. Das letzte, was er brauchen konnte, war, sich zu verlieben, noch dazu in eine weiße Frau. Er hatte nicht vor, sich oder Ginny die Art von Hölle zuzumuten, die seine Eltern durchlitten hatten.
Außerdem konnte er sich nicht vorstellen, daß Ginny sich an das Ranchleben gewöhnen könnte. Sie war eine Städterin. Er mochte bereit sein, gelegentlich die großen Städte aufzusuchen, aber sein Herz war im Apachenland, und er hatte nicht vor, es zu verlassen.
Bonner wartete, bis die Sonne hoch am Himmel stand, bevor er sein Pferd sattelte und seinen Aufbruch vorbereitete. Er fand seinen Großvater, der vor seinem Wickiup stand und einen neuen Bogen besaitete.
»Ich muß jetzt gehen.«
»Mögen wir lange genug leben, um uns wiederzusehen«, erwiderte Gianatah. Er streckte die Hand aus, um Bonners Unterarm zu fassen.
»Ich werde vor dem nächsten Neumond wiederkommen«, kündigte Bonner an. »Denk darüber nach, was ich dir gesagt habe.«
Mühelos bog Gianatah den Bogen zurecht.

Camp Grant lag fünfundfünfzig mit Beifuß und Yucca bedeckte Meilen nordöstlich von Tucson. Es war ein trostloser

Militärposten, der aus verwitterten Lehmziegelbauten bestand, mit lehmbedeckten mexikanischen Hütten und Zelten, die schon lange hätten ausrangiert werden sollen. Gegenüber dem Exerzierplatz lag eine Reihe von Zweizimmerhäuschen für Offiziere, das Büro des Adjutanten, die Wachstube, der Garnisonsbäcker, das Krankenrevier und Quartiere für die einfachen Soldaten. Daran grenzten das Kommissariat und die Lagerhäuser des Quartiermeisters, jeweils mit Gehegen dahinter.

Das Camp lag auf einer Hochebene, etwa fünfzehn Meter oberhalb des Zusammenflusses von San Pedro River und Arivaipa Creek. Außer gutem Wasser fast das ganze Jahr über gab es nichts, was die Lage oder das Camp bemerkenswert machte. First Lieutenant Royal E. Whitman hieß Bonner willkommen und schilderte ihm kurz, was geschehen war. Bonner mochte Whitman gleich von Anfang an, weil er bei ihm Verständnis und Mitgefühl für die Apachen spürte, was den meisten Offizieren – den meisten weißen Männern – fehlte. Darüber hinaus stellte er fest, daß Whitman intelligent, gewissenhaft und in seiner Arbeit engagiert war.

Bonner bekam das Quartier eines alleinstehenden Offiziers zugewiesen. Der letzte Bewohner hatte die Wände weiß gestrichen und den harten Fußboden aus Erde mit mehreren farbenfrohen Navajo-Teppichen bedeckt. Eine Reihe Flaschen, die voller Insekten waren, säumten das Fensterbrett, und eine polierte Waffenrüstung, die höchstwahrscheinlich einem der spanischen Conquistadores des sechzehnten Jahrhunderts gehört hatte, hing als Dekoration in der Ecke.

Der einzige Apache, den Bonner in den zwei Wochen seit seiner Ankunft gesehen hatte, war Little Britches, ein zehnjähriger Junge, den Whitman unter seine Fittiche genommen hatte.

Das Leben in dem Militärposten war eintönig. Zentrum des geselligen Lebens war die Kantine, wo man, abhängig vom Wetter, warmes oder kaltes Bier trinken konnte.

Bonner mochte Bier. Es machte ihn nicht so schwindelig wie *tulapai*, und es verursachte auch keine Kopfschmerzen. Im Unterschied zu den Soldaten saß er nicht in der Kantine herum, um zu schwatzen oder Karten zu spielen, während er trank. Er verbrachte seine Zeit mit Büchern und Zeitschriften, die er von den wenigen Offizieren, die sie besaßen, auslieh, und er begann, einen langen, ausführlichen Brief an seinen Bruder zu schreiben.

Bonners Brief informierte Logan über die gegenwärtige Lage des Territory, seinen jüngsten Zusammenstoß mit Clay Foster und über seine Theorie über Fosters Zugehörigkeit zum Tucson-Ring. Er erzählte Logan von seiner Konferenz mit Colonel Dunn und seinem darauf folgenden Besuch bei ihrem Großvater. Er dachte lange und angestrengt darüber nach, bevor er ihm von seiner Beziehung zu Ginny Sinclair erzählte. Er suchte nach den richtigen Worten, um seine Gefühle zu beschreiben, gab dann aber auf, da ihm klar wurde, daß Worte sie nicht vermitteln konnten. Er schloß den Brief mit seiner Enttäuschung darüber, daß er keine geeignete Hauslehrerin für Martine hatte finden können. In keiner der Zeitungen, die er durchgeforstet hatte, war auch nur eine Anzeige von einer Lehrerin auf Stellungssuche zu finden gewesen. Bonner gab seine Niederlage zu und beauftragte Logan mit der Aufgabe, jemanden zu finden.

Um der Langeweile von Camp Grant zu entfliehen, erklärte er sich freiwillig bereit, zu jagen und halbtägige Erkundungsritte anzuführen, die sich in einem Radius von höchstens zwanzig Meilen bewegten. Beim Aufsuchen der Ranches der Umgebung erfuhr Bonner, daß die Rancher den Apachen gegenüber ganz anders eingestellt waren als die Tucsoner Bürger. Eigentlich waren die Leute auf den Ranches freundlich zu ihnen und behandelten sie mit Respekt.

Bonner war gerade von einem Erkundungsritt östlich von Camp Grant zurückgekehrt, als er sah, wie fünf Apachenfrauen

mit einer weißen Flagge in das Camp kamen. Die Frauen gingen langsam über den Exerzierplatz, und ihr plötzliches Erscheinen brachte alle Aktivitäten zum Stillstand.
Bonner nahm seinem Pferd den Sattel ab und ließ es frei, damit es umherstreifen konnte, bis er es wieder brauchte. Er klopfte sich den Staub ab und ging auf die Frauen zu. Sie waren alt, und ihre Kleidung, oder was noch davon übrig war, hing in Fetzen.
Whitman kam aus seinem Büro gerannt. »Haben Sie sie gefragt, was sie wollen?«
»Noch nicht«, antwortete Bonner.
Whitman nickte. »Stellen Sie mich vor, und heißen Sie sie auf Camp Grant willkommen.«
Bonner übermittelte die Botschaft. Die Frauen murmelten und flüsterten untereinander und nickten. Bonner konnte sehen, daß sie Angst hatten. Er sah auch, daß sie froren und halb verhungert waren. Er beauftragte eine Ordonnanz, Dörrfleisch und warme Decken für die Besucher zu holen.
»Finden Sie heraus, was sie zu uns führt«, forderte Whitman ihn auf.
Bonner sprach ausführlich mit den Frauen und erfuhr, daß sie Arivaipa-Apachen waren auf der Suche nach einem Jungen, den eine Patrouille der Army im Norden gefangengenommen hatte. Die Frau, die die weiße Flagge getragen hatte, holte aus ihrer Rocktasche einen zerknitterten Zettel und reichte ihn Bonner. Er warf einen Blick darauf und gab ihn Whitman.
»Das ist von Major Green in Camp Apache«, stellte Whitman fest. »Er erklärt, daß diese Frauen nach einem Jungen zwischen zehn und zwölf Jahren suchen, der im Oktober am Salzfluß gefangengenommen wurde. Wenn wir ihn haben, sollen wir ihn herausgeben.«
»Es ist nur ein Junge hier, auf den diese Beschreibung paßt«, meinte Bonner.

Whitman wandte sich dem jungen Gefreiten zu, der ihm über den Exerzierplatz gefolgt war. »Sagen Sie Little Britches, er soll herkommen.«
Einige Minuten später kam der Gefreite mit dem Jungen zurück. Die Frauen schienen ihn zu erkennen, aber falls sie sich freuten, ihn zu sehen, zeigten sie keinerlei Gefühle. Die Frau mit der weißen Flagge sprach direkt mit dem Kind.
Bonner übersetzte. »Sie ist seine Tante. Sie sagt ihm, ihr Ehemann wünsche, daß er auf ihre Rancheria zurückkehrt.«
Dann antwortete der Junge, und Bonner übersetzte: »Little Britches will nicht mit ihnen zurückgehen. Er sagt, es gefalle ihm hier.«
»Ich kann für mich selbst sprechen«, sagte der Zehnjährige auf englisch zu Whitman. »Ich sage Squaws, ich möchte bleiben hier bei *nantan* Whitman. Viel Essen«, sagte er und rieb sich den Bauch. »Warme Kleidung«, fügte er hinzu und zupfte am Ärmel seines Wollhemds. »Sehr glücklich. Nicht gehen mit Squaws.«
Die Tante des Jungen sah niedergeschlagen aus. »Unser Volk ist arm«, erklärte sie Bonner. »Wir haben wenig Nahrung, und unsere Kleidung ist alt und zerrissen. Wir werden den Jungen nicht zwingen, mit uns zu kommen.«
Bonner übersetzte ihre Worte für Whitman und fügte ein paar eigene hinzu: »Ich möchte eine Empfehlung aussprechen, Sir.« Auf Whitmans Nicken hin fuhr er fort. »Laden Sie die Frauen ein, ein paar Tage hierzubleiben. Auf diese Weise haben sie Zeit, mit dem Jungen zu reden. Wenn er sich dann immer noch weigert, mit ihnen zu gehen, werden sie sich zumindest besser fühlen, wenn sie ihn hierlassen müssen.«
»Gute Idee, Kincade. Und während sie hier sind, werden wir ihnen zeigen, wie gastfreundlich die Blaujacken sein können.«
Bonner sprach das Angebot aus. Die Frauen sahen erst skeptisch drein, aber dann besprachen sie sich miteinander und

kamen zu einem Beschluß. »Wir werden zwei Sonnen lang bleiben. Dann gehen wir.«
Die Frauen schlugen gleich hinter den Kavalleriestallungen ihr Lager auf. Bonner blieb in der Nähe, damit er ihre Fragen und Bedürfnisse übersetzen konnte. Whitman ordnete an, man solle sie gut verköstigen, ihnen alte Decken geben sowie etwas Tabak und ein paar Meter eines groben weißen Tuchs, das Manta genannt wurde. Whitman schickte seinen Burschen zu den Offiziersfrauen und Wäscherinnen, um sie zu bitten, einige ihrer alten Kleider zu spenden. Die Squaws zeigten keinerlei äußeren Ausdruck von freudiger Erregung oder Dankbarkeit, aber eine Stunde nachdem sie die Sachen bekommen hatten, trugen sie sie bereits.
Am Morgen des dritten Tages brachen die Frauen auf. Am Ausgang des Camps drehte sich ihre Anführerin um und fragte Bonner, ob sie mit ein paar anderen ihrer Gruppe wiederkommen könnten. Nach Rücksprache mit Whitman freute sich Bonner, ihnen mitteilen zu können, daß sie alle willkommen waren, wenn sie in Frieden kämen.
Den ganzen Rest des Tages bis in den Abend hinein sprach man im Lager über Whitmans Einladung an die Apachen. Es war gerade Zapfenstreich, als Bonner auf ein Klopfen an seiner Tür reagierte.
»Lieutenant Whitman.« Bonner war über den unangekündigten Besuch überrascht. »Kann ich etwas für Sie tun, Sir?«
»Sie können mich hereinbitten, Kincade.«
Bonner trat zur Seite, um Whitman hereinzulassen, und wies auf einen mit Häuten bedeckten Stuhl. »Worüber möchten Sie sprechen?«
»Lieutenant Robinson scheint zu glauben, ich hätte heute einen schrecklichen Fehler gemacht.«
»Was für einen Fehler?«
»Er meint, ich hätte die Frauen nicht aufs Gelände lassen und ihnen keine Nahrung und keine Decken geben sollen.« Whit-

man rieb sich das Kinn. »Er macht sich noch mehr Sorgen darüber, daß ich sie eingeladen habe wiederzukommen.«
»Es waren alte Frauen, und sie kamen unter der weißen Flagge der Waffenruhe. Wenn Sie sie in ihrem Zustand zurückgewiesen hätten, wäre das unmenschlich gewesen.«
»Genau das habe ich mir auch gedacht, aber Robinson meint, daß man Apachen nicht trauen kann.«
Bonner starrte den Mann nur an. »Ich bin halb Apache, Sir. Ich weiß nicht, was ich sagen soll.«
»Bestätigen Sie mich einfach in dem Glauben, daß ich das Richtige getan habe.«
»Ich kann mir nicht vorstellen, daß das irgendeinen Schaden verursachen könnte«, meinte Bonner und verschränkte die Arme vor der Brust. »Meiner Meinung nach haben Sie genau das Richtige getan. Wenn ich mich nicht irre, dann will die Army, daß Sie die Apachen ermutigen, Frieden zu schließen, und genau das haben Sie getan.«
»Das ist die allgemeine Vorstellung – jedenfalls theoretisch. Das Problem ist, daß ich nicht dazu befugt war, ihnen die Gastfreundschaft des Postens zu gewähren oder sie zum Wiederkommen einzuladen.«
Bonner stand auf und sah aus dem Fenster. Über den Exerzierplatz hinweg sah er, wie ein Licht nach dem anderen ausging, da die Soldaten sich für die Nacht zur Ruhe legten.
Whitman stöhnte, als er aufstand. »Ich glaube, wir müssen einfach abwarten und sehen, was passiert.«
»Das glaube ich auch«, stimmte Bonner zu.
Als Whitman Bonners Hand schüttelte, lief ein müdes Lächeln über sein Gesicht. »Danke, Kincade.«

Acht Tage später kamen die Frauen zurück. Dieses Mal brachten sie noch andere Frauen ihrer Gruppe mit sowie auch einige Dinge, die sie hofften verkaufen zu können, damit sie noch mehr Manta kaufen konnten.

Lieutenant Whitman behandelte sie wie zuvor, und als sie sich zu gehen anschickten, erklärten sie Bonner, daß ihr Häuptling über Frieden verhandeln wolle.
Bonner übersetzte erfreut Whitmans Worte. »Ich würde mich freuen, mit eurem Häuptling über Frieden zu verhandeln.«

Sechzehntes Kapitel

Der Kutscher der Donnerstagspostkutsche aus dem Osten brachte die Nachricht, daß Anfang dieser Woche eine Gruppe von drei Männern und einer Frau diesseits des Apachenpasses von Indianern überfallen wurde und dabei ihr Vieh verlor; es gab jedoch keine Verletzten. Aus allen Richtungen kommen Nachrichten über Raubzüge von Apachen.

Arizona Citizen

Der Donnerstagmorgen kam und verging schnell. Als es zwölf Uhr mittags schlug, sah Ginny ungläubig auf die Uhr. Sie hatte sich einen Termin gesetzt und mußte noch die letzten paar Blätter drucken, bevor sie aus dem Haus ging, um Marino Carillo, den Inhaber der Gymnastic and Theatrical Company, zu interviewen. Seine Truppe würde die nächsten drei Wochen an den Samstag- und Sonntagabenden in der Stadt Vorstellungen geben.

Ein kalter Windstoß ließ Ginny von ihrer Arbeit aufsehen. Sie sah, wie sich die Bürotür öffnete und eine Frau hereinkam. Nachdem sie auf dem vorderen Schreibtisch eine Notiz hinterlassen hatte, ging sie ohne ein Wort wieder hinaus. Ein weiterer Windstoß zerknitterte das Blatt Papier, das Ginny über die Pappzwischenlage gelegt hatte.

»Zum Kuckuck«, Ginny guckte verstohlen zu ihrem Vater und fluchte leise vor sich hin. Das inzwischen reichlich zerknitterte Papier knüllte sie zu einer Kugel zusammen und warf es in das

Whiskyfaß, das sie für ihren Ausschuß aufgehoben hatte. Bei dem Tempo, in dem sie bis jetzt Fehler gemacht und Papier verdorben hatte, würde das Faß im Nu voll sein.

Du darfst deinen Vater und die Zeitung nicht aufgeben. Jedesmal, wenn sie frustriert war und sich ihre Entscheidungen noch einmal überlegte, nagten Bonners Worte an ihr.

Sie hatte sich fest vorgenommen, nicht darüber nachzudenken, was er gesagt hatte oder was sie gern von ihm gehört hätte. Aber jedesmal, wenn sie nicht aufpaßte, wurde sie wieder von all den Worten und Gefühlen überflutet.

Am Dienstag, gleich nach ihrem kurzen Gespräch mit Bonner, hatte Ginny sich verletzt, beschämt und gedemütigt gefühlt. Sie schämte sich beim Gedanken daran, was sie zu ihm gesagt hatte – daß nichts mehr auf dem Spiel stand. Sie hatte damit angedeutet, daß jetzt doch etwas zwischen ihnen sein konnte. Wie konnte sie so kühn sein, so schamlos? Sie hatte sich ihm praktisch an den Hals geworfen und ihn gebettelt, sich an sie zu binden. Er hatte mit ihr geschlafen – oder zumindest fast –, aber er hatte nie gesagt, daß er sie *liebte!* Wegen der Leidenschaft, die zwischen ihnen ausgebrochen war, hatte sie angenommen, daß er für sie die gleichen Gefühle hatte wie sie für ihn. Das war eine falsche Annahme gewesen. Seine Antwort war klar gewesen. Er wollte sie nicht, zumindest nicht so, wie sie ihn wollte.

Sie war dann zu dem Schluß gekommen, daß es das beste wäre, wenn sie ihren großen Koffer packte und die nächste Kutsche nach Kalifornien nähme. Von dort aus würde sie mit der Eisenbahn nach Boston oder Philadelphia fahren und sich für eine Stelle bei einer dieser Zeitungen, die sich für das Frauenstimmrecht einsetzten, bewerben, oder auch möglicherweise bei *Godey's Lady's Book,* da sie ja bereits mit ihrer Arbeit vertraut waren. Sobald sie sich etabliert hatte, konnte sie damit beginnen, ihrem Vater Geld zu schicken.

Aber am nächsten Morgen, nach einer schlaflosen Nacht, überwand sie ihren Stolz und besann sich eines Besseren. Sie konnte ganz einfach Pa nicht im Stich lassen oder seinen Traum aufgeben. Sie würde in Tucson bleiben und ihr Bestes tun. Wenn Pa an den Punkt käme, an dem er nicht mehr täglich einsatzfähig war, würde sie selbständig die Zeitung führen. Sie verfügte bereits über die meisten notwendigen Kenntnisse, und was sie noch wissen mußte, konnte sie in den nächsten paar Wochen lernen. Es würde für eine einzelne Person eine Menge Arbeit bedeuten, aber sie war bereit, es zu versuchen.

Das größte Hindernis wäre Tucson selbst. Mit etwas Glück und einer Menge Anstrengung und Mut könnte sie möglicherweise die Stadtbevölkerung dazu bringen, eine Frau als Herausgeberin zu akzeptieren – sicherlich nicht alle, aber einige von ihnen. Leute wie Mrs. Emma Brown zum Beispiel. Natürlich war da immer noch das ökonomische Problem, daß die *Sun* die dritte Zeitung in einer Stadt war, die eigentlich nur eine brauchte. Wenn sie durchhalten konnte, bis der *Arizonan* aufhören würde, hätte die *Sun* wesentlich bessere Erfolgsaussichten.

Du kannst die Stimme der Wahrheit und der Vernunft sein. Bonner hatte gesagt, Tucson brauche dringend eine Zeitung, die politisch unabhängig ist und in bezug auf die Apachen keine Vorurteile hat. Er hatte ihr versichert, sie könne die Meinung der Leute verändern, wenn sie einfach die Wahrheit berichten würde.

Ginny war mit großen Hoffnungen nach Tucson gekommen. Sie wünschte sich nicht nur Erfolg für die *Sun,* sondern hoffte auch, nach dem Vorbild ihres Vaters Journalistin zu werden – die Menschen mit gutrecherchierten Artikeln zu informieren und zu bilden und allmählich – wenn sich die Chance böte – auch mit zum Nachdenken anregenden Leitartikeln. Sie wollte mit ihrem Schreiben etwas bewirken – dazu beitragen, die Welt zu verbessern, und sie war zufrieden gewesen, mit Tucson anzufangen.

War es möglich, daß das, was sie wollte, sich mit dem deckte, was Bonner für sie wollte?
Ginny bewegte den Hebel, und die Platte preßte das Papier gegen die Typen. Als sie die Seite untersuchte, zog sie ein Gesicht. Der Druck war zu schwach. Entweder war mehr Tinte nötig, oder der Hebel war nicht stark genug gezogen worden. Sie wußte nur, wenn sie nicht aufhören würde, Fehler zu machen, dann würde sie nie irgendeine »Stimme« werden.
Die Tür öffnete sich wieder, und diesmal kam ein Mann herein, der einen Ordner in der Hand hatte.
»Ich kümmere mich darum«, erklärte Sam, stand von seinem Schreibtisch auf und ging zu dem Mann.
Ginny nickte und wandte sich wieder ihrer Arbeit zu. In den letzten vier Tagen hatte sie nur dann mit ihrem Vater gesprochen, wenn es die Umstände unbedingt erforderten. Die Anstrengung, ihren Ärger frisch zu halten, ermüdete sie allmählich, aber sie hatte nicht vor aufzugeben. Diesmal nicht. Wenn sie erst einmal einlenkte, würde er glauben, alles sei vergeben. Dann würde er den Zwischenfall vergessen und glauben, alles sei in Ordnung.
Aber nichts war in Ordnung Er hatte sein Versprechen, mit dem Trinken aufzuhören, nicht gehalten. Von jetzt an würde sie nie mehr auf ihn zählen können, nie mehr ihr ganzes Vertrauen und ihren Glauben in ihn setzen. Und jedesmal, wenn sie im Holzstoß oder ganz hinten in den Regalen oder unter einem Möbelstück eine Whiskyflasche fände, würde sie den Stich dieses gebrochenen Versprechens wieder von neuem spüren.
Sobald der Kunde gegangen war, ging Sam an seinen Schreibtisch zurück und schrieb weiter. Diese letzten paar Tage hatte er ungewöhnlich hart gearbeitet und das Büro nur aus geschäftlichen Anlässen verlassen. Er war der vorbildliche Geschäftsmann und Journalist gewesen.
Ginny guckte heimlich aus dem Augenwinkel zu ihm und

konnte kaum glauben, daß der gelehrte und fleißige Herr mit Brille am Schreibtisch der gleiche widerliche Säufer war, den Bonner neulich nachts nach Hause gebracht hatte, der Mann, von dem Bonner gesagt hatte, er sei ein Großmaul und ein Unruhestifter.

Es schien, als ob er zwei Persönlichkeiten hatte – eine, die sie liebte, und eine, die sie abstieß: Pa und Sam Sinclair. Sie waren so verschieden wie Tag und Nacht. Pa machte die Versprechen, und Sam brach sie.

Ginny hörte das frustrierte Seufzen ihres Vaters und sah, wie er die obere Hälfte seines Leitartikels durchkreuzte. Als er es ein paar Minuten später wieder tat, wußte Ginny, daß er Schwierigkeiten hatte. Schließlich hatte er seit dem frühen Morgen daran gearbeitet. Inzwischen wurde die Zeit knapp. Bis heute nachmittag mußte der Leitartikel fertig sein, sonst konnte er nicht in der morgigen Ausgabe erscheinen.

Greeley kroch unter der Druckerpresse hervor und bellte. »Eine Sekunde, mein Junge. Ich muß nur noch diese Formulare wegschließen.« Da sie wußte, daß Greeley sie nur unterbrach, wenn es dringend war, schloß sie ihre Arbeit so schnell wie möglich ab. Sie sah ihre tintenbefleckten Hände an und ihre schwarz verschmierte Schürze und zog es vor, Greeley durch die Küche zur Hintertür hinauszulassen, wo niemand sie sehen würde. Eine Zeitung zu drucken konnte eine schmutzige Angelegenheit sein – das hatte sie gerade bewiesen.

Nach Greeleys Pause würde sie nur noch eine halbe Stunde haben, um ihr Gesicht und ihre Hände von der Tinte zu reinigen, sich umzuziehen und die vier Blocks zum Stevens-Haus zu laufen, wo Senhor Carrillo und seine Truppe sich einquartiert hatten. Danach mußte sie zurück ins Büro, um den Artikel zu schreiben, den Text zu setzen und zu drucken. Die Zeitung fertig zu bekommen würde dieses Mal nicht so schwierig werden wie letztes Mal, da sie zwei der vier Seiten gestern

schon gedruckt hatten. Trotzdem würde es heute abend spät werden, bis die Zeitungen schließlich gebündelt wären.
Ginny schüttelte den Kopf und konnte nur hoffen, all die Energie aufzubringen, die nötig war, um alles durchzuziehen. Greeley half ihr, so gut er konnte, indem er sich darauf beschränkte, nur die Gewächse nahe an der Küchentür zu besprengen. Ginny bedankte sich mit einem Streicheln und ging mit ihm wieder hinein, um sich zurechtzumachen.
Eine Viertelstunde später eilte sie gewaschen, gekämmt und frisch angezogen ins Büro zurück. »Pa? Ich muß gehen. Ich habe ein Interview mit ...« Sie blieb abrupt stehen – ihr Vater saß nicht mehr an seinem Schreibtisch. »Pa?« rief sie noch einmal in der Annahme, er sei hinter der spanischen Wand, wo sie ihre zusätzlichen Druckvorräte aufbewahrten. Aber er antwortete nicht. Erst dann bemerkte sie, daß er seinen Schreibtisch so aufgeräumt hatte, wie er es tat, wenn er für den Tag fertig war.
»Er geht doch nicht weg, ohne seinen Leitartikel fertiggeschrieben zu haben«, dachte sie laut. Greeley legte den Kopf auf die Seite und sah zu ihr auf. »Er muß ihn fertiggemacht haben, während ich mich umgezogen habe.« Ginny durchsuchte erst den Arbeitstisch, dann das Durcheinander auf ihrem Schreibtisch und stöberte schließlich durch die Schreibtischschubladen ihres Vaters. Sie fand den Leitartikel – oder Bruchstücke davon – in der mittleren Schublade. Die Überschrift sprang ihr sofort ins Auge.

WIRD TUCSON VOM HASS ZERSTÖRT?

Eine schreckliche Krankheit fordert ihren Tribut von einer großen Anzahl der Tucsoner Bürger: der Haß. Allem Anschein nach verbreitet sie sich mit alarmierender Geschwindigkeit und infiziert nicht nur Einzelpersonen, sondern ganze Familien.

Mehrere schwere Fälle sah man am Montag, den 23. Januar während der Bürgerversammlung im Rathaus. Eine arme Seele mußte aus dem Gebäude gezerrt werden, weil der Haß in ihm so stark wurde, daß er wie ein Irrer herumschrie. Andere Leute zeigten verschiedene Symptome: Schimpfwörter, schmutzige Sprache, Bigotterie, extreme Rassenvorurteile, unkontrollierte Wutausbrüche.

Die Krankheit zieht man sich mündlich und durch falsche Zeitungsberichte zu, und sie wird wohl epidemische Ausmaße annehmen ...

Als sie die Worte ihres Vaters las, verstand Ginny, warum er Schwierigkeiten gehabt hatte. Der Artikel war schonungslos. Er war auch scharf und treffend und würde zum Nachdenken anregen, wenn sich die Leute nur Zeit nähmen, ihn zu lesen. Am oberen Rand der Seite hatte er ein paar Notizen für sich gemacht: schimpfe nicht, versuche, eine Lösung anzubieten, gib dem Schluß eine positive Note. Auf den unteren Rand hatte er ein vertrautes Zitat gekritzelt: »*Die einzigen guten Indianer, die ich je sah, waren tot.*« General Philip Henry Sheridan, Januar 1869. Und noch eine Notiz: zur Illustration der Aussage benutzen.

»Nur ein toter Indianer ist ein guter Indianer«, flüsterte Ginny und zitierte damit die bekanntere Version des inzwischen berühmten Zitats. Da sie wußte, wie Pa arbeitete, mit Notizen hier und dort, um sich an das zu erinnern, was er sagen wollte, konnte sie seinen Versuch erkennen, die Haltung der Öffentlichkeit den Apachen gegenüber mit abgebrühten, unsensiblen und unverantwortlichen Aussagen von Führern wie Sheridan zu verbinden. Sie hatte Pa oft sagen hören, daß die Männer mit Macht der Öffentlichkeit gegenüber, der sie dienten, ethisch verpflichtet seien, zu denken, bevor sie sprechen – weil das ganze Land sie hören und von ihren Aussagen beeinflußt würde.

Sie legte den Leitartikel an die Stelle zurück, wo sie ihn gefunden hatte, in der Hoffnung, daß ihr Vater lediglich an die frische Luft gegangen war, um seine Gedanken zu ordnen.

Eine lange Reihe mit Gütern beladener Wagen rollten quietschend und schwankend die Main Street hinunter. Die Maultiere stemmten sich gegen ihr Zaumzeug, um die Wagen durch die vom Regen aufgeweichten Straßen zu ziehen.
Statt zwischen ihnen hindurchzuschlüpfen, wie viele Leute es machten, und das Risiko einzugehen, mit Schlamm bespritzt zu werden, zog Ginny es vor, zu warten, bis sie vorbeigefahren waren. Als sie weit genug entfernt waren, arbeitete sie sich langsam über die Straße, indem sie über wassergefüllte Wagenspuren hüpfte und um Schlaglöcher herumging, die groß wie Ententeiche waren.
Das Interview war äußerst gut verlaufen, und während sie nach Hause lief, freute sie sich schon sehr darauf, den Artikel zu schreiben. Der verführerische Duft von bratendem Schweinefleisch, der aus dem »Shoo Fly«-Restaurant kam, erinnerte sie daran, unterwegs noch ein paar Lebensmittel einzukaufen.
Ginny ging in den erstbesten Laden und drückte sich in der Tür an einem Jungen vorbei, der eine große Holzkiste mit Lebensmitteln trug. Sie stellte in Gedanken eine Liste der Sachen auf, die sie brauchte, bog nach links in den ersten Gang ein und strebte zu den Regalen mit konservierten Lebensmitteln. »Schauen wir mal«, murmelte sie vor sich hin. »Ich brauche Erbsen und Bohnen in Dosen ...« Quer durch den Laden hörte sie Männer reden, aber sie achtete nicht darauf. Dann vernahm sie Clay Fosters deutlichen Südstaatenakzent.
»Entschuldigen Sie bitte, meine Herren, aber dies hier ist weder Zeit noch Ort, um dieses Thema zu diskutieren.«
Ginny lugte zwischen den Regalen hindurch und sah eine Gruppe gutangezogener Männer – nach dem Schnitt ihrer Kleidung zu schließen wahrscheinlich Händler der Region –

im Halbkreis um einen bauchigen Ofen stehen. Außer Clay Foster, dessen glänzendes blondes Haar ihn schnell erkennen ließ, standen sie alle mit dem Rücken zu ihr.

»Die Versammlung war meiner Meinung nach eine Verschwendung von Zeit und Energie«, sagte einer der Männer. »Sie hat nichts zuwege gebracht. Absolut nichts. Ich hätte es wissen sollen, daß dabei nichts herauskommen würde.«

Obwohl Ginny nicht lauschen wollte, ließen ihre journalistischen Instinkte sie an der Stelle verharren.

»Ich mache dich dafür verantwortlich, Foster«, fuhr derselbe Mann hörbar verärgert fort. Sie lugte durch einen Zwischenraum zwischen den Erbsendosen. »Du hast gesagt. wir würden aus der Versammlung mit grünem Licht für eine Miliz herauskommen. Statt dessen haben wir nichts als noch mehr Gerede.«

»Du kannst mir nicht die Schuld an dem Ergebnis geben, Mitch«, protestierte Foster. »Ich hatte ja nicht gewußt, daß es so viele Indianerfreunde in der Stadt gibt. Aus all dem Gerede hatte ich geschlossen, daß die meisten Leute die Apachen so satt haben wie wir. Wenn du auf Nummer Sicher gehen wolltest, hättest du es mir sagen sollen. Ich hätte mich schon darum gekümmert.«

Darum gekümmert? Ginny zog die Stirn in Falten. Was genau sollte das bedeuten?

»Klar hättest du das«, hielt ein anderer Mann dagegen. »Genauso, wie du dich um Kincade gekümmert hast. Du hast ihn richtig zusammengestaucht, oder? Hast ihm gezeigt, was Sache ist, stimmt's?«

Ginny konnte fast die Hitze von Clay Fosters Wut spüren. »Menschenskind, Kincade ist ein Wilder – von Kindesbeinen an in der Kriegsführung der Apachen ausgebildet. Versuch du mal, wie ein Gentleman mit ihm zu kämpfen, dann siehst du schon, wohin du kommst.«

Ginny machte ein finsteres Gesicht. Kein Gentleman würde

mit einem versteckten Messer auf einen unbewaffneten Gegner losgehen. Sie konnte gerade noch an sich halten, sonst hätte sie ihre Deckung aufgegeben und die Gruppe mit der Wahrheit von Fosters Feigheit und seinen schmutzigen Tricks ergötzt. Statt dessen wandte sie sich voll Abscheu ab und strebte zur Tür.

»Ich werde dir sagen, was der Knackpunkt war«, meldete sich ein neuer Sprecher zu Wort, dessen Stimme Ginny schon einmal gehört hatte, aber nicht mit einem Namen oder einem Gesicht zusammenbringen konnte. »Es war diese verflixte kritzelnde Frau, die vor allen aufgestanden ist und darüber palaverte, daß die *Tucson Sun* die Stimme der Wahrheit und Vernunft sein soll.« Wie ein professioneller Redner verlieh der Mann den Worten durch seine erhobene Stimme Nachdruck.

Ginnys Unterkiefer fiel herab. Sie blieb mitten im Gang wie angewurzelt stehen.

»Von der Sorte hab' ich schon welche kennengelernt«, meinte jemand anders. »Eine richtige Emanze. Würd' mich nich' wundern, wenn sie eine von den fanatischen Abstinenzlerinnen oder Stimmrechtskämpferinnen wäre.«

»Sie macht Schwierigkeiten«, kommentierte ein anderer. »Sie ist nichts als hübsches Gift.«

»Sie ist wirklich hübsch«, erklärte Clay Foster, und sein Ton ließ eine wesentlich tiefere Bedeutung hinter seinen Worten erkennen. »Eigentlich sehr hübsch. Aber sie ist nur eine Frau, meine Herren, und in den Händen des richtigen Mannes wird eine Frau – selbst eine eigensinnige Frau – recht fügsam.«

Ginny biß die Zähne aufeinander. Sie atmete so heftig, daß sie spürte, wie ihre Nasenflügel bebten.

»Und du glaubst, du bist dieser Mann – oder, Foster?«

»Tatsächlich, das glaube ich, mein Freund, das glaube ich.«

»Das will ich doch sehr hoffen, denn ich wette darauf, daß sie von jetzt an jeden Bericht über Indianer, der über ihren Tisch

geht, untersuchen und in Frage stellen wird. Ich glaube, ich brauche dich nicht daran zu erinnern, daß für uns eine Menge davon abhängt, was in den nächsten paar Monaten passiert.«
Ginny hob eine Augenbraue. Dieses ganze Gespräch klang allmählich sehr verdächtig.
»Kommt mir so vor, als ob jemand einen kleinen Schwatz mit den Sinclairs halten und sie davon überzeugen sollte, daß es besser ist, mit uns zu arbeiten, als gegen uns«, merkte der Mann an, den Clay Foster als Mitch angesprochen hatte.
»Sam ist kein Problem«, versicherte ihnen Foster. »Lad ihn auf einen Drink ein, und er wird alles tun, was du willst.« Ginny drehte sich der Magen um, während die Männer in sich hineinlachten. Ihr war nicht klar gewesen, daß Pas Alkoholproblem bereits überall bekannt war. Sie ballte eine Faust. Zum Kuckuck mit ihm! »Auf der anderen Seite wird Ginny«, fuhr er fort, »eine besondere Behandlung brauchen.«
»Du kommst mit ihr zurecht, Foster. Zeig ihr etwas von deinem altmodischen Südstaatlercharme, den du ...«
Was der Mann noch sagte, ging verloren, als zwei plaudernde Frauen hereinkamen, gefolgt von dem Jungen, an dem Ginny vor ein paar Minuten vorbeigegangen war. Einen Augenblick später brachen die Männer in Lachen aus, dem allgemeines Händeschütteln und Schulterklopfen folgte.
Ginny zwang sich dazu, stehenzubleiben, wo sie war, guckte zwischen den Regalen hindurch und prägte sich jedes Gesicht ein – ein oder zwei davon erkannte sie wieder –, während sie nacheinander den Laden verließen. Sobald sie draußen waren, fiel sie auf einem Tritthocker in sich zusammen und versuchte, sich zu beruhigen. Sie war so verärgert, daß sie zitterte.
Eine verflixte kritzelnde Frau! Schwierigkeiten! Hübsches Gift! Nur eine Frau! In den Händen des richtigen Mannes! Besondere Behandlung! Sie wußte nicht, welche der Beschreibungen sie mehr verabscheute. Alle zusammen brachten sie zum Kochen.

Wir wollen mal sehen, wie Clay Foster sie *fügsam macht* oder sie *behandelt!*
Eine halbe Stunde später war ihre Empörung unter Kontrolle, und sie hatte ihre Lebensmittel eingekauft und war auf dem Heimweg über die schlammige Straße, als sie ihren Vater aus einem Saloon kommen sah. Es war noch nicht einmal Abend, und er war bereits betrunken. Seine Augen waren glasig, und seine Lippen bewegten sich, als ob jemand sie kitzelte. Als er das Büro verlassen hatte, hatte sie in Wirklichkeit nicht daran geglaubt, daß er nur hinausgegangen war, um seine Gedanken zu sammeln, denn das tat er nie. Sie spürte, wie sich ihr Magen zusammenkrampfte, und sagte sich, daß genau das passiert war, was sie erwartet hatte.
Da sie sah, wie schwer es ihm fiel, die Schlaglöcher und ausgefahrenen Wagenspuren zu umgehen, holte Ginny ihn ein und faßte seinen Arm gerade noch rechtzeitig, bevor er das Gleichgewicht verlor.
»Ah, meine kleine Ginette kommt mir zu Hilfe!«
»Ja, Pa, deine kleine Ginette. Jetzt richte dich auf und halte dich an mir fest. Ich werde dich heimbringen und ausnüchtern, weil wir zu tun haben. Hörst du, Pa?«
Sein Blick traf den ihren. »Ich hör dich, Liebes. Ich verspreche, ich ...«
»Keine Versprechen mehr, Pa, bitte, *keine Versprechen mehr.«*

Nach drei Tassen starken schwarzen Kaffees und einer warmen und herzhaften Mahlzeit aus gebratenem Hühnchen, Kartoffelbrei und Bohnen aus der Dose begann Sam Sinclair, nüchtern zu werden. Während er fertig aß, laß Ginny den bruchstückhaften Leitartikel laut vor und machte am Rande einige eigene Notizen.
»Das ist zu streng«, meinte Sam, während er sich den Mund abwischte. »Es klingt zu sehr nach einer Predigt.«
»Nein, Pa«, widersprach sie. »Ich finde, es ist etwas, was

gesagt werden muß, und es könnte vielleicht etwas Gutes bewirken.«

Sam faltete langsam seine Serviette und legte sie neben seinen Teller. »Das bezweifle ich. Die Leute können sich selbst nicht so sehen, wie andere sie wahrnehmen. Sie werden es lesen und glauben, daß ich alle anderen mit Ausnahme von *ihnen* meine.«

»Vielleicht, aber zumindest rufst du den schrecklichen Haß, der hier herrscht, ins Bewußtsein. Das allein schon könnte etwas bewirken.«

Ein Ausdruck von Weltschmerz ging über Sams Gesicht. »Ich wünschte, ich besäße deinen Optimismus und Enthusiasmus«, sagte er und legte sein Besteck auf den Teller. »Es tut mir leid, Liebes, ich weiß einfach nicht, wie ich mit diesem Leitartikel weitermachen soll, und im Augenblick habe ich auch keine Idee, um ihn zu ändern.« Er legte seine Hände auf die Tischkante und schob seinen Stuhl zurück.

Ginny legte ihre Hand auf seine, um ihn aufzuhalten. »Laß mich dir helfen«, bat sie und beugte sich zu ihm. »Sag mir, was du sagen willst, und ich arbeite es aus.«

Er sah auf ihre Hand hinab. »Aber genau das ist es. Ich weiß nicht, was ich sagen will, Ginny. Ich hab' meinen roten Faden verloren.«

»Gut, dann fangen wir mit deinen Notizen hier an.« Sie sah auf das Blatt hinunter und las ihm seine Notizen vor. Sam schüttelte den Kopf und zuckte mit den Schultern. »Für mich sieht es so aus, als ob du vorhattest, die Dinge miteinander zu verbinden – zu illustrieren, wie die Menschen dazu neigen, irgendwelchen Führern blind zu folgen, ohne jemals die Wahrheit ihrer Worte oder ihre Motive in Frage zu stellen.«

»Das stimmt, aber ich konnte nicht die richtige Brücke finden, um die Zusammenhänge herzustellen.« Seine Stimme klang stumpf, als ob er die Hoffnung verloren und aufgegeben hätte. Ginny dachte an Bonner und an die Dinge, die er zu ihr vor dem Büro gesagt hatte an dem Tag, als er wegritt. Egal, wie schlimm die Dinge zwischen ihnen geendet hatten, und egal, wie entschlossen sie war, ihn zu vergessen – was er gesagt hatte, ergab wirklich Sinn. Sie konnte nicht zulassen, daß ihr Vater aufgab.

»Hör zu, Pa. Denke an all die Führer, deren Worte als Evangelium angenommen worden sind. Denk an all die Menschen, die ihren Glauben wechselten, weil irgendein Führer mit Rednertalent sie inspirierte. Die Öffentlichkeit findet es immer erst heraus, wenn es zu spät ist, daß man sie belogen oder ihnen falsche Informationen geliefert hat.«

Hartnäckig schüttelte Sam den Kopf. »Vergiß es, Ginny. Manche Dinge sind den Aufwand einfach nicht wert.«

Ginny konnte spüren, wie ihre Wangen vor Ärger heiß wurden. »Das stimmt, Pa. Manche Dinge sind den Aufwand nicht wert, aber das hier ist es. Wenn dein Leitartikel nur eine Person berührt und ihr hilft, den Haß zu erkennen, der diese Stadt durchdringt, dann hat er sich gelohnt.« Sie verschränkte die Arme, hielt den Rücken gerade gegen die Stuhllehne gedrückt und funkelte ihn an. »Außerdem können wir keine Zeitung ohne Leitartikel drucken, ganz einfach!«

Sam starrte sie lange Zeit an, als ob er seine Chancen darauf, daß sie ihn Frieden lassen würde, abschätzte. »Na gut«, meinte er nach einer Weile und gab sich geschlagen. Er schloß die Augen und rieb sich die Stirn. »Wenn ich vielleicht ... wenn ich vielleicht erläuterte, wie das mündliche Weitergeben Sheridans gefühllose Aussage verändert hat und sie in einen Kriegsschrei für Indianerhasser verwandelt hat? ›Nur ein toter Indianer ist ein guter Indianer!‹ Ich könnte deutlich machen, wie es so ein bekannter Gesellschaftsslogan geworden ist, der durch alle politischen Versammlungsräume, Ballhäuser und Salons des Landes hallt.«

»Das ist gut, Pa«, ermutigte sie ihn. »Mach weiter.« Mit ihren Abkürzungen gelang es ihr, so schnell zu schreiben, wie er sprach. Bevor sie sich versah, war der Leitartikel fertig.

Ginny strotzte vor Stolz. Selbst halb nüchtern war ihr Vater

noch ein brillanter Journalist. Seine Worte erfüllten sie mit Heiterkeit und tiefer Befriedigung. Wenn Bonner nicht gewesen wäre, hätte sie ihn vielleicht aufgegeben! Sie wußte jetzt, daß sie ihren Vater niemals würde aufgeben können, egal, wie unmöglich er wurde.
»Ich muß mich hinlegen und diese Kopfschmerzen loswerden«, erklärte Sam und stand auf. »Ich wäre sehr dankbar, wenn du den Leitartikel noch zurechtfeilen könntest. Ich seh' dich in etwa einer Stunde, und dann drucken wir die letzte Seite und falten und bündeln die Zeitungen.«
Drei Stunden später war Sam immer noch nicht aus seinem Schlafzimmer gekommen, und Ginny wußte, daß sie auf sich allein gestellt war. Eine so rasche Zunahme ihrer Verantwortung hatte sie nicht erwartet, aber so war es nun einmal, und heute lag es ganz an ihr, die Zeitung fertigzumachen.
Sie stand am Ende des Flurs, der zu ihrer Wohnung führte, und schaute auf die geschlossene Zimmertür ihres Vaters. Dann wandte sie sich um und betrachtete die Druckerpresse, ihren Tisch voller Setzschiffe und den Stapel unbedruckten Zeitungspapiers. Schließlich sah sie auf die Uhr.
»O Pa!« Sie schlug mit einer Faust gegen den Türrahmen, dann ging sie zurück ins Büro, zog ihre Druckerschürze an und machte sich an die Arbeit.

Trotz der Einwände und Bitten Ginnys verließ Sam am folgenden Freitag wieder das Büro, wie die Woche zuvor. Diesmal fand Ginny nicht einmal eine Spur eines angefangenen Leitartikels von ihm, was sie nicht überraschte, weil sie ihn nicht daran hatte arbeiten sehen.
Entmutigt setzte sie sich an ihren Schreibtisch und stützte den Kopf auf die Hände. Jeden Tag war sie mit etwas anderem konfrontiert worden, was ihr Vater nicht getan hatte und was sie nun erledigen mußte. *Ich habe ja nichts anderes erwartet,* erinnerte sie sich jedesmal.

Jetzt war die Frage, ob sie versuchen sollte, einen Leitartikel im journalistischen Stil ihres Vaters zu schreiben und die Leute glauben lassen, er habe ihn geschrieben? Oder sollte sie ihn in ihrem eigenen Stil schreiben und damit die Leser auf eine Veränderung in der Herausgeberschaft aufmerksam machen?
Sie konnte sich noch gut an die Blicke erinnern, die sie auf der Bürgerversammlung geerntet hatte, als sie zur Verteidigung der *Sun* aufgestanden war. Die braven Bürger von Tucson waren nicht sehr erfreut gewesen, daß eine Frau sich zu Wort gemeldet hatte. Mit einem Seufzer beschloß sie, die Wahrheit so lange sie konnte zu verheimlichen. Jetzt war es sicherlich nicht der richtige Augenblick, die Position der Zeitung zu riskieren.

Der Februar verflog so schnell, daß Ginny kaum einen Tag von dem anderen unterscheiden konnte. Das Stadtgespräch konzentrierte sich auf das Buch, das das Bürgerkomitee zusammenstellte: *Denkschrift und eidesstattliche Aussagen, die von Apachenindianern im Territory von Arizona in den Jahren 1869–1870 begangene Verbrechen aufzeigen.* Mit solch einem Titel würde es niemand für etwas anderes halten, als es tatsächlich war. Sobald es fertig wäre, sollte das Buch an all die führenden Zeitungen, öffentlichen Bibliotheken und überall dorthin geschickt werden, wo es sehr viele Leute einsehen konnten. Noch mehr Exemplare würde man an Gesetzgeber schicken und an Leute, die die öffentliche Meinung bildeten.
Hier und da wurde das Buch in den Seiten des *Arizona Citizen* erwähnt, um es im öffentlichen Bewußtsein zu halten. »Arizona wird erlöst sein und gedeihen. Nie hat es mehr Ermutigung in dieser Richtung gegeben als jetzt«, behauptete der Herausgeber des *Citizen.*
Nachdem sie wochenlang Artikel über den beklagenswerten Zustand der Straßen von Tucson geschrieben hatte, beendete Ginny ihre Serie mit der Geschichte über einen Hotelbesitzer

aus New York, der nach Tucson gekommen war, um sich umzusehen und eventuell ein Luxushotel mit zwanzig Zimmern und Restaurant zu eröffnen. Auf seinem Stadtrundgang fiel der Mann auf der Main Street in ein Schlagloch und brach sich ein Bein. Ginny schrieb: *Ärgerlich, empört und mit dem Schwur, niemals wieder in diese Stadt zu kommen, verließ er Tucson mit der Samstagskutsche. »Ich werde mein Geschäft in keine Stadt bringen, die sich nicht die Mühe macht, ihre Straßen vernünftig instand zu halten.«*

Am Dienstag nach Erscheinen der Zeitung bemerkte Ginny eine Gruppe von Männern, die Wagenladungen von Erde in die Schlaglöcher der Main Street schaufelten. Ginny lächelte. Die Macht der Presse, gepaart mit der Macht entgangener Gewerbesteuern, sorgte dafür, daß die Straßen repariert wurden. Bonner hatte recht – sie konnte wirklich etwas bewirken.

Das Lächeln auf ihren Lippen verblaßte. Jedesmal, wenn sie an Bonner dachte, spürte sie einen Schmerz, der tiefer war als der vorige.

Bis zum ersten März hatte sie einen regelmäßigen Arbeitsablauf entwickelt. Vormittags saß sie am vorderen Schreibtisch, erledigte ihre Buchhaltung und bediente Kunden, die Annoncen hereinbrachten, Hochzeitsanzeigen, Todes- und Geburtsanzeigen und Ankündigungen gesellschaftlicher Aktivitäten. Jeder, der irgendeine Art von Bericht über Indianer brachte, wurde gründlich befragt, wie er zu dieser Information gekommen war. Wenn die Antworten zu vage waren, dankte ihnen Ginny für den Bericht, ohne ihn in die Zeitung zu setzen. Nach dem, was sie kürzlich in dem Laden mitbekommen hatte, konnte sie nicht vorsichtig genug sein.

Nachmittags schrieb und bearbeitete sie alles, was sie am Morgen angenommen hatte, und machte den Schriftsatz.

Ihre Abende waren so voll wie ihre Tage, aber ruhiger. Sie verteilte ihre Zeit darauf, einerseits überregionale und nationale Zeitungen zu lesen, um landesweite Meldungen und

Auslandsnachrichten für die *Sun* herauszuziehen, und andererseits verglich sie Berichte, die der *Citizen* und der *Arizonan* geschrieben hatten, mit den Berichten der *Sun* über das gleiche Thema.

Nachts ging sie mit einem Buch zu Bett und las, bis die Wörter auf der Seite verschwammen. Dann löschte sie das Licht. Manchmal kam der Schlaf sofort, meistens jedoch erst viel später.

Für all die harte Arbeit, die sie tagein, tagaus leistete, glaubte sie als mindestes einen guten Nachtschlaf zu verdienen. Aber die Schlacht, die sie tagsüber kämpfte, nämlich sich so sehr zu beschäftigen, daß sie keine Zeit hatte, an Bonner zu denken – diese Schlacht verlor sie in den Nächten.

In den Wochen seit Bonner Tucson verlassen hatte, war sie erbarmungslos von den Bildern ihrer gemeinsamen Nacht heimgesucht worden, die ihr Blut in Wallung brachten und sie bis weit in die Nacht hinein rastlos und wach hielten.

Diesmal war Ginny an der Reihe, ihre Literaturgruppe zum Nachmittagstee einzuladen. Indy Garrity kam als erste an, gefolgt von Mrs. Brown und zwei ihrer Freundinnen: Mrs. Christensen, die Frau eines Händlers, und Mrs. Scott, die unverheiratete Schwester der Bankiersfrau. Die Gruppe diskutierte das Buch *Ein Bettler hoch zu Roß*, von dem sie nur zwei Exemplare hatten, die sie unter sich weitergegeben hatten.

Bevor das Treffen zu Ende war, nahm Ginny ihre neueste Ausgabe von *Harper's Weekly* zur Hand und schlug sie in der Mitte auf, wo sich die Anzeigen befanden. »Bestellen wir uns doch fünf Exemplare desselben Titels von Harper and Brothers in New York, damit jede von uns ihr eigenes haben kann. Wenn wir damit fertig sind, können wir es entweder behalten oder es der Stadtbücherei stiften.«

»Sie werden doch nicht das jämmerliche kleine Hinterzimmer des Pioneer News Depot als Bibliothek bezeichnen, oder?« Mrs. Brown sah wirklich niedergeschlagen aus.

Ginny lachte. »Nein, ich spreche von Tucsons *künftiger* Bibliothek. Irgendwann *müssen* wir eine bekommen, und dann wird sie Bücherspenden brauchen. Hier gibt es mehrere interessante Titel«, meinte sie mit Blick auf die Anzeige. »Da uns allen der *Bettler hoch zu Roß* gefiel, laßt uns doch *Gwendolines Ernte* oder *Gewonnen – nicht geworben* von derselben Autorin ausprobieren. Sie kosten fünfzig Cent. Mir ist klar, daß das ein bißchen teuer ist, aber denken Sie daran, wie gut es für unsere Bibliothek sein wird.«

Alle stimmten zu und entschieden sich dann für *Gewonnen – nicht geworben*, da sie fanden, es klinge wie eine Liebesgeschichte. Nach dem Treffen blieben Indy und Mrs. Brown zurück, um Ginny beim Abwasch zu helfen.

Ginnys Gedanken wanderten umher, während sie die Teller und Servietten wegräumte. Sie erinnerte sich an ihre Verblüffung darüber, daß Bonner so belesen war, und auch an ihre Überraschung, weil er trotz seines verwegen gutaussehenden Gesichts ein Gentleman war. Clay Foster, andererseits, sah ganz wie ein Gentleman aus und war doch keiner.

»In Anbetracht der Tatsache, daß es erst unser zweites Treffen ist, entwickeln sich die Dinge recht gut, finden Sie nicht?« fragte Mrs. Brown, während sie Teetassen und Untertassen stapelte.

Indy bürstete die Krümel von dem schneeweißen, spitzenbesetzten Tischtuch. »Sehr gut«, antwortete Indy. »Findest du nicht auch, Ginny?«

Ohne zu antworten, trug Ginny das gebrauchte Geschirr an Indy vorbei in die Küche.

»Ich glaube, sie hat Sie nicht gehört, meine Liebe«, bemerkte Mrs. Brown. »Ich wage zu behaupten, daß es heute nachmittag Momente gab, in denen sie ein wenig beunruhigt schien.«

»Ich bin sicher, daß sie zur Zeit eine Menge um die Ohren hat«, erklärte Indy und wiederholte Mrs. Browns Frage für Ginny, die jedoch in ihrer Arbeit fortfuhr, ohne zu reagieren. »Ginny!

Um Himmels willen.« Indy berührte den Arm ihrer Freundin. »Ich spreche mit dir.«
Ginny blieb abrupt stehen. »Es tut mir leid, meine Gedanken waren meilenweit entfernt. Was hast du denn gesagt?«
Indy lachte. »Es ist nicht wichtig, nur Geplauder.«
Als Ginny zurückkam, nahm Mrs. Brown ihre Hand. »Ginny, meine Liebe, ich hatte noch keine Gelegenheit, Ihnen zu sagen, wie gut mir Ihr Artikel über den Frauenrechtskongreß gefallen hat. Ich habe schon immer das Frauenstimmrecht und die Abstinenzbewegung unterstützt, aber natürlich werden diese Themen im *Citizen* oder *Arizonan* kaum jemals erwähnt. Ich freute mich sehr, in der *Sun* davon zu lesen. Nehmen Sie möglicherweise an der Konferenz in diesem Frühjahr teil?«
Ginny schüttelte den Kopf »Nein, ich kann nicht weg. Ich werde hier gebraucht.«
»Das ist wahr, meine Liebe. In der kurzen Zeit, die Sie und Ihr Vater in Tucson sind, haben mein Mann und ich recht großes Vertrauen in die *Sun* bekommen und uns sehr daran gewöhnt. Trotz all der schlechten Nachrichten über Indianer und Krieg in Europa gibt es in der *Sun* immer irgend etwas, das uns Hoffnung macht.« Sie drückte Ginnys Hand und lächelte. »Ich muß jetzt wirklich heimgehen, Mr. Brown erwartet mich schon. Versuchen Sie, nicht zu hart zu arbeiten, Ginny, und richten Sie Ihrem Vater meine besten Grüße aus.«
Sobald sie gegangen war, setzte Ginny sich aufs Sofa, um zu verschnaufen. »Sie erinnert mich an meine Mutter.«
»Das ist lustig«, meinte Indy, »sie erinnert mich auch an meine Mutter.«
Die zwei Frauen starrten einander einen Moment an und brachen dann in Gelächter aus. Als ihr Kichern einige Minuten später nachgelassen hatte, setzte sich Indy neben Ginny. »Warum erzählst du mir nicht, was dir zu schaffen macht?«
»Wie kommst du darauf, daß mir etwas zu schaffen macht?« Ginny verkrampfte sich und wich zurück.

»Ginny, du kannst deine Gefühle nicht sehr gut verstecken. Ich kann es genausowenig. Jim sagt mir immer, daß meine Augen meine Gedanken verraten.«

Ginny sah auf ihre Hände. Ihre Nagelhäute trugen Tintenspuren. »Es ist dieser schreckliche Clay Foster«, gab sie nach einer Weile zu. Beim bloßen Gedanken an ihn rang sie die Hände.

»Ich habe Jim erzählt, was du zufällig gehört hast«, sagte Indy. »Es überraschte ihn überhaupt nicht, was Foster sagte.«

Ginny nahm sich einen Moment, um ihre Gedanken zu sammeln. »Er macht mir angst, Indy.« Sie atmete tief ein. »Er kam neulich im Büro vorbei, ein paar Tage nach dem Vorfall in dem Laden, aber ich habe natürlich nicht verraten, daß ich gelauscht hatte. Er wollte mit meinem Vater sprechen, aber Pa war nicht da, also gab er sich statt dessen mit mir zufrieden. Er sagte, er führe eine Gruppe von Händlern an, deren einziges Interesse darin bestehe, Tucson gedeihen zu sehen, aber daß die Situation mit den Apachen sie viel koste. Dann erklärte er mir, daß die beiden anderen Zeitungen in der Stadt die Bemühungen der Händler unterstützten, indem sie alle Berichte über indianische Raubzüge veröffentlichten, egal, wie klein oder scheinbar unbedeutend sie wären.« Greeley legte seinen Kopf auf Ginnys Knie. Sie sah zu ihm hinunter und lächelte. »Er fuhr fort, Tucson brauche die Unterstützung der *Sun* und daß die Händler sich erkenntlich zeigen würden, indem sie die *Sun* mit Anzeigen unterstützen würden.« Ginny streichelte Greeleys Kopf. »Das Erschreckende daran ist der Umstand, wenn ich ihn nicht zufällig in dem Laden gehört hätte und nicht wüßte, was er vorhat, dann hätte ich denken können, er tue mir einen Gefallen.« Sie schüttelte den Kopf.

»Und wie ging das aus?«

»Ich versicherte ihm, daß Pa und ich nur solche Berichte veröffentlichen würden, die bestätigt werden könnten. Weil ich über seinen Bestechungsversuch so verärgert war, sagte ich, daß unser Raum für Anzeigen von Anfang an ausverkauft war und wir eigentlich nicht nach neuen Kunden suchten.«

Indy bekam große Augen. »Raum für Anzeigen ausverkauft? Das ist ja wunderbar, Ginny! Ich hatte keine Ahnung, daß es der *Sun* so ...«

»Das war eine Lüge«, unterbrach Ginny. »Einer Zeitung geht nie der Platz für Anzeigen aus.«

»Ach – natürlich.« Indy wurde rot vor Verlegenheit. »Das hätte ich mir denken können.«

»Ein paar Tage später kam er wieder vorbei und lud mich zum Tanz am Valentinstag ein. Ich sagte, ich tanze nicht – das stimmt auch, aber es hätte mich nicht davon abgehalten hinzugehen, wenn ich gewollt hätte. Gestern dann, als ich beim Einkaufen unterwegs war, traf ich ihn zufällig beim Zeitungsgeschäft, und er lud mich zum Abendessen ein an einem Abend meiner Wahl. Ich bedankte mich sehr höflich, erklärte ihm aber, daß ich keine Einladungen annehme.«

»Wie reagierte er darauf?« fragte Indy.

»Er sagte nichts, funkelte mich nur feindselig an und ging dann weg.«

Die Frauen sahen einander plötzlich in angespanntem Schweigen an. Ginny ließ ihren Blick zum Fenster schweifen. »Ich glaube, ich habe ihn mir zum Feind gemacht. Und wenn er so schlecht ist, wie ich glaube, dann kann man nicht vorhersagen, was er möglicherweise tut.«

Siebzehntes Kapitel

Brief aus Camp Grant

Ein privater Brief aus Camp Grant bringt uns die Nachricht, daß First Lieutenant Royal E. Whitman, Kommandeur der Dritten US-Kavallerie, mehrere Gruppen von feindlichen Apachen auf dem Gelände empfangen hat, von denen der letzten auch ein Kriegerhäuptling angehörte, der zu Friedensverhandlungen hereinkommen wollte. Der Häuptling erklärte, er sei der Anführer einer kleinen Gruppe von Arivaipa-Apachen. Er wolle sich selbst und seine Gruppe unter den Schutz der Regierung stellen. Auf eigene Verantwortung bot Whitman dem Häuptling Lebensmittelrationen, Decken und Schutz an.

Tucson Sun

Die Kühle des Morgens konnte Bonner nicht davon abhalten, im Fluß zu baden. Das war weit besser als die schlüpfrigen Holzbadewannen, in denen die Soldaten badeten. Nur mit einem Lendentuch bekleidet watete er in das eisige Wasser. Mit zusammengebissenen Zähnen machte er sich naß, seifte sich ganz ein, tauchte unter, erhob sich dann wie ein Phönix aus dem Fluß und schüttelte sich. Wasserperlen flogen in alle Richtungen.

Bonner hatte den Fluß in den letzten paar Wochen so oft besucht, daß er fast jeden Fisch an seiner Größe und Farbe erkannte. Einigen von ihnen hatte er sogar Namen gegeben: Da

war Freckles, eine pfannengroße Regenbogenforelle, die hinter einem Flußstein in dem seichten Wasser am Ufer hervorlugte und ihn ansah. Und Wiley, der sich ein paar Meter flußaufwärts in einem tiefen Wasserloch versteckte. Bei seinem ersten Besuch war Bonner zufällig über Wileys Laichgelege gestolpert und war spuckend und prustend in tiefem Wasser gelandet.
Die meisten dieser Besuche hatte er wegen seiner Gedanken an Ginny gemacht.
Ginny.
Ginny, wie sie vor ihrem Fenster steht und sich mit ihren Armen umschlingt. Ginnys angsterfüllter Blick, nachdem er ihr eine Haarlocke abgeschnitten hatte. Ginnys Augen in dem Moment, als er tief in sie eingedrungen war.
Er ging ans Ufer und trocknete sich mit einem alten Hemd ab. Seine Satteltaschen waren voll schmutziger Wäsche, die er den Wäscherinnen bringen wollte, sobald er zum Posten zurückkommen würde. Danach würde er nachsehen, ob das Postkommando zurückgekommen war. Bisher hatte er noch keinen Brief von Logan bekommen, aber Bonner rechnete sich aus, daß jetzt jeden Tag einer kommen konnte. Der Militärarzt hatte keine Erklärung für das Problem mit dem Bein seines Vaters geben können, aber wie er Logan kannte, würde sein Brief ein Dutzend oder mehr verschiedene medizinische Möglichkeiten enthalten und genauso viele Behandlungsmethoden.
Anschließend wollte er sich die Tucsoner Zeitungen holen. Er hatte es sich zur Gewohnheit gemacht, alle drei zu lesen und die Berichte zu vergleichen, die sich auf Indianer bezogen. Woche für Woche sah er, daß die Berichte der *Tucson Sun* gerecht waren, ohne die Verzerrung durch persönliche Gefühle, Vorurteile und Interpretation. Und die *Sun* unterstützte die Aktionen der Army, anstatt sie in Frage zu stellen. *Die Stimme der Wahrheit und der Vernunft.*
Er hatte festgestellt, daß die Anzahl der Anzeigen zugenommen hatte, woraus er schloß, daß die Zeitung florierte. Er war

ein wenig stolz und beruhigt darüber, daß er weder Ginnys Fähigkeiten noch das Potential der Zeitung unterschätzt hatte. Nach ihrem letzten Gespräch hatte er sich selbst nicht ausstehen können. Er hatte egoistisch nur an seine Ziele und überhaupt nicht an ihre Wünsche und Bedürfnisse gedacht. Er hatte sie in dem Glauben, er wolle sie nicht, zurückgelassen.

Er hätte ihr von der Macht erzählen sollen, die der Windgeist ihm gegeben hatte, um den Apachen zu helfen, und ihr erklären sollen, daß er diese Macht erst noch anwenden mußte. Er hätte ihr sagen sollen, daß auch sie Macht hatte – große Macht – und zwar durch die *Tucson Sun.* Statt sie zu schelten, weil sie ihren Vater und die Zeitung aufgeben wollte, hätte er ihr helfen sollen, die Notwendigkeit dafür zu sehen, mit ihrer Arbeit weiterzumachen – die *Sun* zu der Stimme zu machen, die sich gegen Angst und Haß ausspricht, und zu einem Leitlicht auf dem Weg zum Frieden.

Hätte, hätte, hätte – alles, was dabei herauskam, war Bedauern. Stirnrunzelnd stieg er auf sein Pferd und machte sich auf den Weg zurück zum Camp Grant. Auf halbem Wege schaute er auf und sah von zwei verschiedenen Signalfeuern auf den Berggipfeln weißen Rauch zum Himmel aufsteigen.

Sicherlich konnte Lieutenant Whitman es kaum erwarten zu erfahren, was die Rauchzeichen bedeuteten, deshalb gab er seinem Pferd die Fersen. »Los, Junge, vorwärts.« Das Tier fiel in vollen Galopp.

Wie erwartet schritt Whitman draußen vor seinem Büro auf und ab, als Bonner hereinritt. »Was bedeutet das, Kincade?« Whitman blieb stehen und zeigte auf die Berge. »Die Männer sind nervös, und ich ehrlich gesagt auch.«

»Es ist nichts Besorgniserregendes«, antwortete Bonner, während er abstieg. »Wir werden Besuch bekommen.«

»Besuch? Apachen, nehme ich an. Ich hoffe, sie kommen in Frieden.«

»Sie kommen, um zu reden.«

»Wann?«
Bonner wandte sich um und betrachtete die Rauchsignale. »Heute noch. Sie werden wahrscheinlich irgendwann heute nachmittag hier sein.«
»Ich hoffe sehr, Sie lesen diese Dinger richtig.«
Bonner lächelte und nickte. »Das hoffe ich auch. Ich würde nicht gern meinen Job verlieren, weil ich mich geirrt habe.«
Whitman beäugte Bonner kritisch. »Wenn Sie sich *irren*, dann brauchen Sie sich um einen Job keine Gedanken mehr zu machen. Dann sind Sie tot. Dann sind wir alle tot.«
Bonner behielt die Rauchsignale aufmerksam im Auge. Er empfahl Whitman, extra Wachtposten aufzustellen als Vorsichtsmaßnahme für den Fall, daß die Nachrichten ein Trick waren, um die Apachen in Schußweite des Postens zu bringen. Whitman ging einen Schritt weiter und gab Befehl, alle Offiziere und Soldaten sollten sich bewaffnen und kampfbereit halten, für den Fall, daß es irgendwelche Schwierigkeiten gäbe.
Eine Stunde nach dem Mittagessen tauchten fünfundzwanzig Apachenkrieger am Rande von Camp Grant auf. Einer der Indianer, ein kleiner, untersetzter Mann Anfang Vierzig, der eine mit Adlerfedern und Wildlederbändern geschmückte Lanze trug, trat vor und hob zum Gruß den Arm.
Lieutenant Whitman salutierte zur Antwort.
Der Apache sah dann Bonner an; seine kleinen Augen schienen ihn abzuschätzen. »Du bist Apache?« fragte er in ihrer Sprache.
Bonner antwortete in derselben Sprache. »Meine Mutter ist Apache, mein Vater ist weiß.« Er beobachtete den Häuptling wegen einer möglichen negativen Reaktion, aber es gab keine.
»Du wirst *meine* Worte zu dem *nantan* der Blaujacken sprechen?«
Bonner nickte.
»Wie weiß ich, daß du sie nicht veränderst?« Bonner war nicht überrascht, daß der Häuptling sich Sorgen machte, falsch übersetzt zu werden. Es hatte auf beiden Seiten eine Anzahl Vor-

fälle gegeben, bei denen die Übersetzung zu persönlichen oder politischen Zwecken absichtlich verändert worden war.

»Ich gebe dir mein Wort als Bruder, daß ich deine Worte so sprechen werde, wie du sie zu mir sprichst.« Der harte, unnachgiebig forschende Blick des Häuptlings gab Bonner das Gefühl, als ob er wieder zwölf wäre und versuchte, seinem Vater etwas zu verheimlichen.

Schließlich sagte der Häuptling: »Ich bin Eskiminzin, Häuptling des Volkes von Dark Rocks. Ich will mit dem *nantan* der Blaujacken Frieden machen.«

Eskiminzins Ruf als Kriegerhäuptling war unter den Arivaipa-Apachen berühmt. Er war ein Schwiegersohn von Santos und hatte die Führung übernommen, als Santos zu alt geworden war, um seine Gruppe zu führen. Trotz der heruntergekommenen Kleidung strömten Eskiminzin und seine Krieger eine Aura des Stolzes aus.

Bonner gab die Worte des Häuptlings genau so wieder, wie er sie gesprochen hatte.

»Sagen Sie ihm, ich freue mich, mit ihm über Frieden zu verhandeln«, erwiderte Whitman. »Bitten Sie ihn, mir in mein Büro zu folgen, wo wir uns setzen und rauchen können.«

Auf Bonners Übersetzung hin nickte Eskiminzin und folgte Whitman über den Exerzierplatz, dicht gefolgt von seinen Kriegern.

Bonner ging ein wenig zur Seite und besah sich die Krieger. Nur ein ein paar trugen Flinten und Karabiner, der Rest war mit Pfeil und Bogen, Kriegskeulen und Lanzen bewaffnet. Ihre Kleidung war nicht ausreichend, um sie warm zu halten, aber keiner von ihnen ließ sich anmerken, daß sie froren. Bonner war nicht überrascht. Apachen wurde beigebracht, ihr Unwohlsein genauso zu verbergen wie ihre Gefühle. Die Krieger trugen Lendenschurze, lange mexikanische Hemden und Wildledermokassins, die bis zur Mitte ihrer Oberschenkel reichten. Einige der Gruppe waren kaum alt genug, um die Novizenzeit

hinter sich zu haben, und doch hielten sie sich wie erfahrene Krieger.
Argwöhnische Blicke sagten Bonner, daß sie es nervös machte, von so vielen Soldaten umgeben zu sein, die alle bis an die Zähne bewaffnet waren. Er konnte es ihnen nicht übelnehmen. Sie gingen ein Risiko ein, indem sie hierherkamen.
Second Lieutenant Robinson wartete neben Whitmans Bürotür.
»Ich hätte es gern, daß Sie sich uns anschließen, Lieutenant«, sagte Whitman in einem Ton, der ausdrückte, daß er keinen Befehl, sondern eine Einladung aussprach.
»Danke, Sir«, erwiderte Robinson und trat zur Seite, um seinen kommandierenden Offizier zuerst das Büro betreten zu lassen.
Auf der Schwelle zögerte Eskiminzin, wandte sich dann um und winkte zweien seiner Leute, ihn zu begleiten. Bonner ging als letzter hinein und schloß die Tür hinter sich. Er bemerkte, daß der Rest von Eskiminzins Gruppe draußen neben der Tür Position bezogen hatte.

Sobald sie drinnen waren, schweifte der Blick des Häuptlings über jedes Möbelstück und jeden Gegenstand, das Tintenfaß und die Feder auf Whitmans Schreibtisch und die Bilder und Karten an der Wand eingeschlossen. Nachdem der Häuptling genug gesehen hatte, setzte er sich auf den Stuhl, den Whitman ihm anbot, und rückte an den Tisch heran, während seine beiden Begleiter rechts und links von ihm Platz nahmen. Whitman saß ihm direkt gegenüber, von Robinson und Bonner flankiert.
Whitmans Bursche brachte eine Holzschachtel voll Tabak und Zigarettenpapier und reichte es herum. Jeder rollte seinen Tabak und rauchte schweigend seine Zigarette.
Als der letzte Mann seine Zigarette ausgedrückt hatte, begann Eskiminzin zu sprechen und machte zwischen langen Sätzen Pausen, damit Bonner seine Worte übersetzen konnte.

»Er sagt, in seiner Gruppe gebe es einhundertundfünfzig Menschen. Mehr als die Hälfte davon sind Frauen, Kinder und Alte. Einige sind Pinal-Apachen.
Ihre Heimat war immer an den Ufern des Arivaipa Creeks gelegen, aber die Soldaten griffen sie an und zwangen sie, sich tief in die Berge zurückzuziehen.« Bonner konnte sehen, wie Eskiminzins Gesichtsausdruck sich veränderte, und wußte, daß der Häuptling mehr Englisch verstand, als er zugegeben hatte. »Jetzt haben sie keine Heimat mehr. Wo sie auch hingehen, fürchten sie, die Kavallerie würde kommen«, fuhr er fort. »Sie haben den Krieg satt. Sie wollen in ihre Heimat zurückkehren, ihre Felder bestellen und in Frieden leben.«
»Schlagen Sie ihm vor, seine Gruppe in den Norden, in die Weißen Berge zu bringen, wo andere Apachen in Frieden leben«, sagte Whitman.
Bonner gestattete sich einen Moment, um nachzudenken, und strich sich das Haar aus der Stirn. Statt Whitmans Botschaft zu übersetzen, beugte er sich zu ihm und sagte: »Ich weiß, daß es nicht meine Aufgabe ist, Sie zu beraten, Sir, aber gerade dieser Vorschlag wird nicht gut ankommen. Die Weißen Berge sind nicht ihr Land, und die Apachen der Weißen Berge sind nicht ihr Volk.«
Whitman nickte. »Verstehe.« Seine Stirn legte sich nachdenklich in Falten. »Zumindest glaube ich zu verstehen.«
»Ich werde es Ihnen später erklären«, versicherte ihm Bonner.
»Gut. In der Zwischenzeit ... sagen Sie ihm, daß ich nicht die Autorität dazu habe, einen Friedensvertrag mit ihm zu machen. Sagen Sie ihm, ich kann ihm nicht versprechen, daß der *nantap* im Osten ihm erlauben wird, sich eine dauerhafte Heimat einzurichten. Aber ... er kann seine Leute – in Frieden – hierherbringen, und ich gebe ihnen Lebensmittelrationen und Decken und gebe seine Wünsche an den Kommandierenden des Department weiter.«
Bonner wußte, wie die Army funktionierte. Whitmans Ange-

bot war beträchtlich mehr, als er erwartet hatte. Er hätte gedacht, der Lieutenant würde allerhöchstens eine Liste mit Eskiminzins Wünschen aufstellen und ihm sagen, er würde sie seinem kommandierenden Offizier vorlegen. Statt dessen hatte er vorübergehendes Asyl und Versorgung angeboten.

Bonner sah Robinson an. Dem Unteroffizier stand die Mißbilligung ins Gesicht geschrieben. Optimistisch gab Bonner das Angebot weiter.

»Nein, wir werden nicht im Schatten der Blaujacken leben«, hielt Eskiminzin mit einem Blick unerbittlicher Entschlossenheit dagegen. »Wir wollen in unsere Heimat zurückkehren.«

Bonner studierte das Gesicht des Häuptlings. Eskiminzin war kein Narr. Er mußte wissen, daß es ein Frieden zu Whitmans Bedingungen wäre, nicht zu den seinen, und er mußte wissen, daß Whitmans Angebot gut war.

Bonner übersetzte Eskiminzins Worte und fügte ein paar eigene hinzu. »Ich vermute, Eskiminzin ist hartnäckig, weil er das Gefühl hat, er würde seine Leute im Stich lassen, wenn er Ihr erstes Angebot schon annähme, egal, wie gut es ist. Verhandeln Sie mit ihm, bieten Sie ihm etwas anderes an, verlangen Sie eine Gegenleistung von ihm.«

»Ich kann nichts weiter anbieten.«

»Schauen Sie«, sagte Bonner und neigte sich auf die Seite, dem Offizier entgegen. »Wahrscheinlich braucht die ganze Gruppe dringend Kleidung, also ...«

»Das kann ich nicht! Nahrung, Decken – das ist alles!«

»Hören Sie mich zu Ende an!« bat Bonner und breitete seine Hände auf dem Tisch aus. »Wenn sich seine Leute erst einmal niedergelassen haben, und während Sie auf Nachricht von Stoneman warten, könnten Sie seine Leute in der Heuernte arbeiten lassen. Dann bezahlen Sie sie – nicht in Geld, sondern in Gutscheinen, mit denen sie Kleidung, oder was sie sonst brauchen, kaufen können.«

Whitman dachte lange Zeit nach, bevor er antwortete. »In

Ordnung, aber sonst nichts. Und ich will von ihm als Gegenleistung sein Einverständnis, daß sie alle paar Tage gezählt werden und daß jemand, der beim Appell nicht anwesend ist, keine Rationen bekommen wird.«
Bonner wandte sich an Eskiminzin und teilte ihm mit, was Whitman vorgeschlagen hatte. Der Häuptling sprach mit seinen Begleitern darüber. Bonner erwartete eine weitere Ablehnung und sprach deshalb zuerst. »Ich spreche als Bruder zu euch. Ihr seid in Frieden gekommen, und der *nantan* hat angeboten, euch hier – in Frieden – bleiben zu lassen, bis er zu seinem Häuptling sprechen kann. Es gibt nichts, was er sonst noch tun könnte, bevor er nicht im Rat gesprochen hat.«
Eskiminzins Gesichtsausdruck war fest und unnachgiebig. »Wenn ihr eure Leute zurück zum Arivaipa Canyon führt, dann kann der *nantan* nicht versprechen, daß ihr von den Soldaten nicht vertrieben oder getötet werdet. Und wenn du deine Leute dort läßt, wo sie jetzt sind, dann werden sie an Unterkühlung, Hunger oder Krankheit sterben.« Er sah einen Ausdruck von Schmerz über das Gesicht des Häuptlings huschen. »Aber wenn du sie hierherbringst, dann bekommen sie Nahrung, Decken und die Medizin des weißen Mannes. Mit der Zeit wird dein Volk wieder stark werden.«
Eskiminzin starrte Bonner mit dunklen und kalten kleinen Augen an. Schließlich sprach er. »Sag dem *nantan*, ich werde sein Angebot annehmen.«
Das Treffen war beendet.

Später, nach dem Abendessen, als Rang und Formalitäten wie üblich außer acht gelassen wurden, saß Bonner schweigend da, während Lieutenant Robinson Lieutenant Whitman gegenüber seine Besorgnis zum Ausdruck brachte. »Eskiminzin ist ein Unruhestifter. Ich habe seinen Namen schon gehört. Du machst dir was vor, Royal, wenn du wirklich glaubst, Eskiminzin will ernsthaft Frieden.«

»Warum würde er sonst herkommen?« fragte Whitman.
»Das hat er dir gesagt – er und seine Leute haben es satt, von der Kavallerie angegriffen zu werden. Sie wollen sich ausruhen, ihren Bauch füllen und sich aufwärmen. Sobald sie alles bekommen haben, was sie brauchen, werden sie wieder auf den Kriegspfad gehen. Das ist ihre Vorgehensweise.«
»Was ist denn mit dir passiert? Du warst doch früher nicht so pessimistisch. Du klingst allmählich so wie Oury und Foster und der Rest dieses Tucsoner Haufens.«
»Nichts ist mit mir passiert. Ich traue ihnen einfach nicht, das ist alles. Sie sind Apachen«, sagte Robinson, als ob das alles erklärte. »Ich kann nicht glauben, daß du ihnen all das angeboten hast. Ich weiß nicht, was du dir dabei gedacht hast.«
»Ich habe gedacht – und ich denke immer noch, daß dies der erste Schritt zu einem freiwilligen Friedensabkommen sein könnte, das angeblich Stoneman, Grant und alle anderen wollen!«
»Das ist das Schlüsselwort – angeblich«, konterte Robinson.
Whitman gab ein frustriertes Stöhnen von sich und drehte sich auf seinem Stiefelabsatz zum Fenster um. Nach einer Weile drehte er sich um und sah Bonner an, der in der Nähe saß. »Sie haben noch gar nichts dazu gesagt.«
Bonner setzte sich gerade hin. »Was soll ich denn sagen?«
»Ich weiß nicht. Irgend etwas!«
»Ich will Frieden«, sagte Bonner und erhob sich. »Das ist der Grund dafür, daß ich Führer für die Army geworden bin – um zu tun, was ich kann, um meinem Volk zu helfen.«
»*Ihr* Volk? Welches ist *Ihr* Volk, Kincade?« fragte Robinson.
Bonner gefiel Robinsons Ton nicht, aber er beschloß, ihn zu ignorieren. Er wandte sich an Whitman. »Was auch immer, ich glaube jedenfalls, Sie haben das Richtige getan.«
Whitman lächelte und klopfte Bonner die Schulter. »Danke. Ich sehe Sie morgen.«

Mehrere Tage nach Eskiminzins Weggang schwebten weiterhin Rauchsignale auf den Winden über den Bergen. Immer und immer wieder übermittelten sie die gleiche Botschaft: Kommt und verhandelt. Dann brannten die Feuer nieder, und schwarzer Rauch ersetzte den weißen.
Zwei Tage später konnte Bonner durch seinen Feldstecher Eskiminzins Gruppe ausmachen. Sie bewegten sich langsam zu Fuß aus den Vorbergen herunter. Die Hälfte der Frauen mühten sich unter dem Gewicht der Habseligkeiten ihrer Familie vorwärts. Die restlichen Frauen trugen Bretterwiegen auf dem Rücken oder führten kleine Kinder mit sich. Die Alten und Kranken lagen auf Bahren, die von den Kriegern getragen wurden.
Bonner schickte nach Whitman und wartete am Eingang des Camps. Ein tiefer, ungewohnter Schmerz erfüllte sein Herz, als er die Gruppe näher kommen sah. Von ihrer Kleidung waren kaum mehr als Fetzen übrig. Als sie nahe genug waren, so daß er seinen Feldstecher nicht mehr brauchte, sah er, daß eine Anzahl von ihnen barfuß ging. Ihre Füße waren blutig, und sie hinkten.
Er war nicht darauf vorbereitet, Apachen in solch einem Zustand zu sehen. Im Gegensatz zu den Vorurteilen der White Eyes, gab es an diesen Menschen nichts, was vermuten ließ, sie hielten sich für eine überlegene Rasse. Nichts, was ihre legendäre Kraft und Wildheit bezeugen würde.
Innerhalb weniger Minuten, nachdem sie am Rande des Camps angekommen waren, ließ Whitman sie zum Exerzierplatz eskortieren. Durch Bonner teilte er Eskiminzin mit, sie würden hier die Nacht verbringen, und morgen würde man sie zu einem Lagerplatz in der Nähe des Postens bringen.
Sowohl Offiziere wie auch Soldaten legten sich ins Zeug, um ein großes, zentrales Lagerfeuer zu entfachen und kleine Zelte aufzustellen. Sie gaben Decken und Nahrung aus. Der Militärarzt verband die blutigen Füße und behandelte eine Reihe von Krankheiten.

Früh am nächsten Morgen mobilisierte Whitman alle Wagen, Pferde und Maultiere des Postens und führte die Gruppe eine halbe Meile nach Osten zu einem Lagerplatz neben den Wassern des Arivaipa. Nachdem sie ihre Sachen von den Wagen abgeladen hatten, machten sie sich sofort an die Arbeit und bauten neue Wickiups, sammelten Steine für Lagerfeuer und hackten Holz.

Eskiminzin ging zu Bonner und Whitman hinüber. »Dies ist ein guter Platz«, erklärte er.

Bonner wußte, daß der Häuptling seinen Dank nicht deutlicher aussprechen konnte. Die Apachen waren äußerst reserviert, wenn es darum ging, Dankbarkeit zum Ausdruck zu bringen. Sie glaubten, man solle sie lieber spüren als aussprechen.

»Hier werdet ihr sicher sein«, versprach Whitman.

Zwei Tage später – Bonner las gerade seine Post, einen langen Brief von Logan – klopfte es an seiner Tür. Widerstrebend legte er den Brief zur Seite und stand auf, um nachzusehen. »Robinson. Kann ich etwas für Sie tun?«

»Lieutenant Whitman möchte Sie gern sehen. Es scheint, als ob eine weitere Gruppe Indianer zu uns käme.«

Bonner nahm seine Jacke von der Stuhllehne und ging mit Robinson nach draußen. Sie gingen mitten über den Exerzierplatz zum Rande des Camps, wo Whitman wartete.

Whitman sah durch seinen Feldstecher und meinte: »Sie sehen aus, als ob sie in besserer Verfassung wären als die anderen. Außerdem haben sie Pferde.«

Bonner schützte mit der Hand seine Augen vor der blendenden Sonne. Blinzelnd zählte er zwischen vierzig und fünfzig Männer, Frauen und Kinder. Er brauchte eine Minute oder zwei, um den Häuptling auszumachen.

Dann sah er ihn.

Bonners Mund wurde trocken. Gianatah. Er saß auf einem prachtvollen geschecktem Pony, in aufrechter Haltung und mit erhobenem Kopf. In seiner linken Hand hielt er eine Lanze, die mit Adlerfedern geschmückt war. Er war in Lederhosen mit Fransen gekleidet und trug eine Federhaube auf dem Kopf. Jeder Zentimeter an ihm sah nach Apachenhäuptling aus.

»Ich glaub' es nicht«, dachte Bonner laut.

»Wer ist es?« fragte Whitman.

»Gianatah, mein Großvater.«

»Ihr Großvater?« Whitman starrte Bonner völlig verblüfft an.

Gianatah zügelte sein Pferd und brachte es vor Bonner und Whitman zum Stehen. »Ich bin gekommen, um mit dem *nantan* Frieden zu schließen«, sagte er und sah Bonner direkt an.

»Sagen Sie ihm, ich biete ihm die gleichen Bedingungen an wie Eskiminzin«, sagte Whitman und beschrieb sie noch einmal im Detail.

Bonner konnte nicht glauben, daß sein Großvater tatsächlich hier war, um sich mitsamt seiner Gruppe auszuliefern. Er fragte sich, was der entscheidende Faktor gewesen war – das, was er ihm gesagt hatte, Gianatahs Treffen mit dem Rat oder die Nachricht von Eskiminzins Kapitulation. Letztlich spielte es keine Rolle, er war hier.

Im Unterschied zu Eskiminzin hinterfragte Gianatah die Bedingungen nicht, sondern nahm sie widerspruchslos an.

»Wenn Sie nichts dagegen hätten, Lieutenant, dann würde ich gern meinen Großvater und seine Leute zum Lagerplatz hinaus begleiten.«

»Ganz und gar nicht«, erwiderte Whitman mit verständnisvoller Miene. »Bleiben Sie eine Weile bei ihnen, wenn Sie möchten. Helfen Sie ihnen, sich einzurichten. Seien Sie versichert, daß ich nach Ihnen schicke, wenn ich Sie brauche.«

In jener Nacht kamen die beiden Apachengruppen zusammen und tanzten, um den Frieden zu feiern.

Bonner tanzte mit ihnen. Gegen Morgen ging er allein weg und kletterte hinter dem Lagerplatz in die Felsen hinauf. Er kletterte höher und höher, und sein Herz klopfte vor Anstrengung. Schließlich erreichte er den höchsten Punkt und konnte den gesamten Canyon überblicken.

Er sah auf das Lager hinunter, auf die frisch aufgestellten Wickiups, auf das zentrale Feuer, die Tänzer, die Gestalten seines Großvaters und Eskiminzins, die abseits des Feuers standen und zusahen, wie ihr Volk feierte.

So war es früher, dachte Bonner, bevor die White Eyes kamen und der Haß begann.

So sah der Frieden aus.

Zum ersten Mal konnte Bonner sein *diyi* spüren. Es war nicht die Art von Macht, die er sich vorgestellt hatte, aber es war trotzdem Macht. Eskiminzin und Gianatah waren Zeugen für diese Macht – sie waren beide durch seine Worte, seine Argumente beeinflußt worden. Es war die Macht, die die Apachen »Macht gegen Feinde« nannten, und der Feind war das Mißtrauen gewesen.

»Sprich zu mir, Wind«, sagte Bonner in die Nacht hinaus.

Kein Busch rührte sich. Kein Haar auf seinem Kopf bewegte sich.

Endlos scheinende Sekunden lang starrte er wartend und hoffend in die Dunkelheit. Schließlich schickte er sich an, zu gehen. Er dachte, es sei töricht zu glauben, daß er – ein einfacher Mensch – den Wind herbeirufen konnte.

»S...u...c...h...e...n...d...e...r!« rief eine Stimme aus weiter Ferne.

Bonner blieb stehen und sah umher. »Ich träume«, meinte er, als nichts weiter geschah. »Ich habe mir nur eingebildet, seine Stimme gehört zu haben.« Er hatte sich schon fast überzeugt, als er eine wogende Präsenz direkt aus den Felsen unter seinen Füßen heraufkommen spürte.

»Ich bin hier, Halbblut«, sagte der Wind und erhob sich aus dem Herzen der Erde.

»Ist der Preis für den Frieden bezahlt worden?« fragte Bonner und wartete ungeduldig auf die Antwort.
»Geduld«, mahnte der Wind.
»Ich war geduldig, ich will es wissen«, forderte Bonner ärgerlich.
Der Windgeist zog sich zu einem schlanken Trichter zusammen und wirbelte um Bonner herum. »Es steht dir nicht zu, es zu wissen. Ich habe dir viel *diyi* gegeben. Gebrauche es, wo du kannst.«

Den Rest der Nacht wurde Bonner von Ärger und Enttäuschung wach gehalten. Früh am nächsten Morgen ritt er zurück, um Logans Brief zu Ende zu lesen. Nachdem er sein Pferd versorgt hatte, sah er Whitman auf sich zukommen. Er hatte eine Zeitung in der Hand und schüttelte den Kopf.
»Haben Sie das gesehen?«
»Was?«
»Diesen Bericht. Ich kann es nicht glauben. Das klingt überhaupt nicht wie der Brief, den ich geschrieben hatte. Die *Sun* war immer so fair gewesen in der Art, wie sie unsere Briefe präsentierte. Sie haben niemals spekuliert oder Textverbesserungen vorgenommen. Sie berichteten die bloßen Fakten in einem ehrlichen, journalistischen Stil. Aber das hier – ich verstehe es nicht.« Whitman reichte ihm die Zeitung.
»Was?« Bonner sah den Druckvermerk auf der Aufmacherseite an. Es war die *Sun*. Er las den Bericht. *»Ein privater Brief aus Camp Grant bringt uns die Nachricht, daß First Lieutenant Royal E. Whitman, Kommandeur der Dritten US-Kavallerie, mehrere Gruppen von feindlichen Apachen auf dem Gelände empfangen hat ...«*
Da er Whitmans Brief gelesen hatte, konnte er die Unterschiede ausmachen – bezeichnende Unterschiede, die den ganzen Ton des Berichts veränderten. Die Wahl von Worten wie *feindliche* Apachen und *Krieger*häuptling. Und eine bestimmte Redewendung: *Auf eigene Verantwortung.*

Bonner gab ihm die Zeitung zurück. »Wenn Sie erlauben, Sir, dann würde ich gern in die Stadt reiten und herausfinden, aus welchem Grund das hier passiert ist. Ich kenne den Herausgeber und …«

»Sie haben meine Erlaubnis, Kincade. Aber bleiben Sie nicht zu lange weg, ich brauche Sie hier.«

Achtzehntes Kapitel

Brief aus Camp Grant
Friedensvereinbarung mit den Pinal – Wunderbare Hoffnungen

Camp Grant, 7. März 1871 – Die Aussichten, daß Ihre Stadt für einige Zeit nicht mehr von den Apachen belästigt wird, sind wirklich sehr gut. Lieut. Whitman, der kommandierende Offizier dieses Postens, hat soeben mit zwei Häuptlingen des Stammes der Pinal Frieden geschlossen, die zu all ihren Leuten Kuriere geschickt haben mit dem Ziel, sie ebenfalls in ein Reservat zu bringen. Dieser Frieden wurde unter den günstigsten Umständen geschlossen ... Egal, welcher andere Offizier hierherkommt – ich bin sehr zuversichtlich; wenn sie mit derselben Freundlichkeit und Gerechtigkeit behandelt werden wie jetzt durch den gegenwärtigen Kommandanten und Kommissar, dann haben die Einwohner von Arizona keine weiteren Übergriffe von diesem Stammesteil der Apachen zu befürchten ... Wenn diesen Indianern das San-Pedro-Tal und das Arivaipa-Tal zu bestellen überlassen wird und sie überzeugende Ermutigung bekommen, indem man ihnen Werkzeug, Saatgut etc. und alles, was sie für ihre neue Tätigkeit brauchen, aushändigt, dann glaube ich, werden wir keine dieser indianischen Greueltaten mehr haben, die die Geschichte dieses Territory so verdunkelt haben.

Ein Soldat
Arizona Citizen

Ginny saß an ihrem Schreibtisch mit einem frisch gespitzten Bleistift hinter dem Ohr und einem anderen in der Hand über die Überschrift gebeugt, die sie gerade für ihren Modeartikel entworfen hatte. DIE KAMELE SIND IM ANMARSCH! IHRE HÖCKER SIND VERBLÜFFEND.

Sie lächelte, als sie durchlas, was sie bisher geschrieben hatte. Die Fakten hatte sie direkt aus dem *Californian*, aber sie schrieb sie in eine leichte, humorvolle Modegeschichte um, von der sie glaubte, daß sie sowohl weibliche als auch männliche Leser ansprechen würde.

> *Auf den Straßen von San Francisco ist eine neue Mode erschienen, die beträchtliches Amüsement auslöst. Man nennt sie die »Griechische Kurve«. Allen Berichten zufolge haben bisher nur einige wenige Frauen gewagt, ihre Garderobe damit zu ergänzen, denn sie sieht extrem lächerlich aus. Damen, die auf Haute Couture großen Wert legen, finden sie recht feminin und elegant. Das Hauptmerkmal besteht darin, daß der Busen eingedrückt wird, und das Hinterteil zu einer unrealistischen Position angehoben wird. Das Hilfsmittel für letzteres ist ein künstliches Polster aus Roßhaar. In Verbindung mit sehr hohen Absätzen bringt die »Kurve« eine völlig neue Gangart hervor. Von den modebewußten Damen sagt man, daß sie nicht nur unter dem hänselnden Singsang kleiner Jungen zu leiden haben, die sie als Kamele bezeichnen, und unter erwachsenen Spöttern, die Ausdrücke wie »Kolikbuckel« und »lahme Känguruhs« gebrauchen, sondern auch unter Kreuzschmerzen.*

Sie machte ein paar Anmerkungen, um die soziale Szene, in der die »Griechische Kurve« erschien, zu schilder und endete mit einem Zitat eines Modebeobachters: »*Wenn ich mir jemals eine Frau nehmen sollte, dann muß sie die Höcker an der richtigen Stelle haben!*«

Sie verstaute den Artikel in der Schreibtischschublade und sah ihre Erledigungsliste durch. Die Dinge aufzuschreiben half ihr, den Überblick zu behalten.
Pa war den ganzen Vormittag unterwegs gewesen, um Anzeigenkunden zu werben. Das war eine der wenigen Aufgaben, die er noch ausführte. Erst letzte Woche hatte er ihr alle redaktionellen Pflichten übergeben und erklärt, er habe einfach nicht mehr das Bedürfnis zu schreiben. Ginny hatte angenommen, ihm aber gesagt, daß jetzt noch nicht die Zeit gekommen war, den Wechsel offiziell zu verkünden. Sie hatte ihm erklärt, daß sie die Zeitung erst besser etablieren wollte, bevor sie verlauten ließ, daß eine Frau die Herausgeberschaft der *Sun* übernommen hatte. Sam hatte sich einverstanden erklärt und versprochen, nichts zu sagen, aber Ginny konnte sich inzwischen nicht mehr auf seine Versprechen verlassen und dachte, es sei wahrscheinlich nur eine Frage der Zeit, bevor es durchsickerte.
Auf einem sauberen Blatt Papier begann sie, mit Ideen für die Ankündigung zu experimentieren. »Wegen Krankheit hat Sam Sinclair die Redaktion der *Sun* übergeben ...« Sie strich das Wort *Krankheit* durch. Trunkenheit war keine Krankheit. Als nächstes schrieb sie: »Während ich weiterhin als Berater fungieren werde, wird meine Tochter die Redaktion übernehmen.«
Ginnys Gedanken wurden unterbrochen, als jemand die Tür zum Büro öffnete. Indy Garrity kam herein, eingehüllt in einen schweren, taubengrauen Umhang mit einer Kapuze, die ihr Haar und einen großen Teil ihres Gesichts verhüllte.
»Ich hoffe, ich störe nicht.« Sie schloß die Tür hinter sich und ging zu Ginny.
Erst als sie die Kapuze zurückschob, sah Ginny die dunklen Ringe unter ihren Augen. »Indy! Geht es dir gut? Du siehst ... erschöpft aus.« »Schrecklich« wäre passender gewesen, aber sie wollte nicht auch noch Indys Gefühle verletzen, zusätzlich zu dem, was sie sonst noch quälte ...
»Ich habe die letzte Zeit nicht viel Schlaf bekommen«, gab Indy

zu. »Aber es wird mir wieder gutgehen, sobald Jim nach Hause kommt.«
»Und wann ist das?«
»Das weiß ich nicht. Ich hoffe bald.« Indy sah weg, aber Ginny sah noch, wie sich ihre Augen mit Tränen füllten.
»Indy! Um Himmels willen!« Ginny stand auf und kam an Indys Seite. »Hier, nimm mein Taschentuch«, sagte sie und zog ein mit Spitzen eingefaßtes Tüchlein aus ihrer Schürzentasche. Indy tupfte sich die Augen.
»Wo ist Jim denn?«
»Auf einem Erkundungsritt«, gab Indy schniefend Auskunft.
»Wie lange ist er schon weg?«
»Fünf ... sechs Tage ...« Sie nahm das Zittern aus ihrer Stimme. »Der wievielte ist heute? Der zwölfte oder der dreizehnte März?«
»Der dreizehnte«, antwortete Ginny. Sie hatte Indy noch nie so beunruhigt gesehen.
»Jim ist seit dem achten weg.«
Sechs Tage, dachte Ginny, eigentlich nicht lange für einen Erkundungsritt. Sie erinnerte sich, wie Jim einmal sagte, daß einige dieser Unternehmungen nur einen Tag brauchten, während andere eine Woche oder länger dauerten.
Es hing davon ab, wie weit sie zu reiten hatten und was ihre Mission umfaßte. Ginny fragte sich, ob es nicht an der Schwangerschaft lag, daß Indy sich unnötig Sorgen machte. »Ich verstehe nicht ganz, worüber du dir solche Sorgen machst«, gestand Ginny.
Indy verdrehte das Taschentuch so lange, bis es wie ein Stück geflochtenen Seils aussah. »Es ist nur, dieses Mal ... Es ist solch eine ... gefährliche Aktion. Ich weiß, daß er auf sich aufpassen kann. Er ist so gut wie eine ganze Armee, aber ... er ist nicht unbesiegbar.«
Ginny setzte Indy in einen Sessel und kniete sich neben sie. »Wo ist er hingeritten?«

»Er ...« Indys Blick schweifte durchs Büro, und ihre Augen waren groß und wachsam. »Ist dein Vater hier?«
Ginny schüttelte den Kopf. »Nein, er ist unterwegs, um Anzeigenkunden zu werben.«
»O Ginny«, sagte Indy mit einem langen Seufzer. »Seit Jim weggeritten ist, saß ich die ganze Zeit wie auf Kohlen. Ich hatte so sehr das Bedürfnis, zu kommen und mit dir zu reden – um meine Ängste mitzuteilen, aber Jim nahm mir das Versprechen ab, niemandem etwas zu sagen.« Sie nahm Ginnys Hand und hielt sie fest.
Ginny wußte nicht, was sie sagen sollte. Sie wollte Indy nicht drängen, ihr Versprechen zu brechen, und andererseits konnte sie sich nicht vorstellen, was so geheim sein konnte.
»Indy, was es auch immer ist, es wird bestimmt gut werden.«
»Ach, ich wünschte mir, ich könnte das glauben, aber ich kann es nicht. Ich weiß, was Jim vorhat«, sagte sie und begann zu schluchzen. »Ich will es dir erzählen, Ginny, aber du mußt mir schwören, daß du niemandem etwas sagst, nicht einmal deinem Vater.«
»Indy, du hast ein Versprechen gegeben ...«
»Und jetzt breche ich es. Ich *muß* einfach darüber reden, oder ich drehe durch. Du bist die einzige, der ich vertrauen kann.« Indys Brustkorb wogte, als ob sie alle ihre Gefühle aufgestaut hätte.
»Na gut, ich schwöre«, sagte Ginny zögernd.
Indy wickelte das Taschentuch wieder auf und putzte sich die Nase. »Jim zog los, um Lahte aufzuspüren«, sagte Indy, und die Worte purzelten nur so aus ihr heraus. »Er hat vor, ihn herzubringen und über seine Beziehung zu Clay Foster zu verhören.«
»Lahte?« Ginny dachte einen Moment nach, der Name kam ihr bekannt vor. Aber sie konnte sich nicht erinnern, warum. Dann kam es ihr: »Oh, natürlich! Der Apache, der Fishs Wagenkolonne überfiel.«

»Und neun Männer tötete«, ergänzte Indy. »Er ist ein ruchloser Abtrünniger. Nicht einmal Cochise will etwas mit ihm zu tun haben, weil er seine weiblichen Gefangenen vergewaltigt und alle seine männlichen Gefangenen skalpiert.«

»Ich habe geglaubt, alle Apachen vergewaltigen und skalpieren.«

Indy schüttelte den Kopf. »Das ist nicht ihr Brauch. Sie sind ein sehr abergläubisches Volk. Glück und Macht bedeuten eine Menge für sie. Wenn ein Krieger eine Frau vergewaltigt, dann riskiert er, sein Glück zu verlieren. Und was das Skalpieren betrifft, damit haben die Mexikaner angefangen.«

Ginny lief ein kalter Schauder über den Rücken, deshalb wollte sie so schnell wie möglich das Gespräch von diesen schauerlichen Verbrechen ablenken. »Jim zog aber nicht allein los, oder?«

»Nein, er hat drei Männer mitgenommen – Männer, die er letztes Jahr im Camp Bowie ausbildete. Versteh mich richtig, es sind gute Männer. Sie wissen so gut wie Jim, wie man Apachen bekämpft, aber ...«

»Aber du kannst dir trotzdem nicht helfen und machst dir Gedanken. Das verstehe ich, Indy. Ich glaube, das ist eine vollkommen natürliche Reaktion, aber du darfst dir nicht unnötig Sorgen machen. Du mußt an Jim glauben.«

»Wenn Lahte erst einmal weiß, daß er gejagt wird, wird er alles tun, um eine Gefangennahme zu verhindern, und Jim wird alles tun, um ihn zu fassen zu bekommen, weil das bedeutet, Clay Foster und den Tucson-Ring zu entlarven.«

»Woher weiß Jim, wo er nach ihm suchen muß?«

»Gianatah, Bonners Großvater, sagte es Bonner, und der schickte Colonel Dunn eine Nachricht. Bonner würde selbst Lahte jagen, aber bei all dem, was zur Zeit in Camp Grant los ist, konnte er dort nicht weg.«

Ginny tätschelte Indy die Schulter. »Ich glaube, es ist eine Überreaktion, aber in deinem Zustand ist das normal.«

»Nicht du auch noch, Ginny! Ich habe es so satt, etwas über meinen Zustand zu hören, daß ich schreien könnte!« Sie stieß heftig die Luft aus.
Ein wenig gekränkt dämpfte Ginny ihre Stimme. »Ich weiß, aber du bist nun einmal schwanger. Es ist eine wohlbekannte Tatsache, daß schwangere Frauen dazu neigen, emotionaler zu sein.«
Wie ein Kind preßte Indy die Hände auf ihre Ohren. »Na gut, na gut. Ich bin ein Nervenbündel, ich reagiere übertrieben und mache mehr daraus als nötig.« Sie beugte sich zu Ginny. »Und genau deshalb mußte ich mit dir sprechen. Ich wußte, dir würde es gelingen, mich zu beruhigen und meine Ängste zu relativieren. Schließlich bist du die Stimme der Wahrheit und der Vernunft.«
Von der Bemerkung überrascht zog Ginny die Stirn in Falten. Es war kein Spott darin, aber sie machte sie trotzdem ein wenig unruhig. Erst hatte Bonner gesagt, sie könnte die Stimme der Wahrheit und der Vernunft sein, und jetzt sagte Indy, sie sei es. Ginny wünschte sich allmählich, ihr würde ein anderes Motto einfallen. Etwas wie: »Die Wahrheit war und ist unser höchstes Ziel und wird es immer sein.« Oder: »Die Verfechterin der Wahrheit, Gerechtigkeit und gesunder Ethik.« Auf den zweiten Blick hätten diese beiden aber auch nicht funktioniert. Ginny lächelte Indy an und schob die anspruchsvoll klingenden Glaubensbekenntnisse beiseite. »Was du brauchst, ist eine gute Tasse Tee.«
»Ich persönlich glaube, daß sie einen Kuß braucht.«
Jim Garritys Stimme überrumpelte die beiden Frauen. Gleichzeitig wandten sie sich zur Tür um.
»Jim! O Jim!« Indy sprang aus ihrem Sessel hoch und flog in die wartenden Arme ihres Ehemannes. »Ich habe dich so sehr vermißt. Ich habe mir solche Sorgen gemacht.«
Jim lachte. »Ich habe dich auch vermißt, Mrs. Garrity.« Die Zärtlichkeit in Jims Ausdruck wärmte Ginny das Herz.

»Aber du solltest es besser wissen, als dir Sorgen um mich zu machen. Solange ich weiß, daß du auf mich wartest, werde ich es immer nach Hause schaffen.«
Ginny stand auf, ging zu ihrem Schreibtisch und setzte sich. Sie konnte sich nicht helfen, aber sie verspürte ein wenig Eifersucht auf die Liebe, die Jim und Indy verband. Das war die Art von Liebe, von der sie immer geträumt hatte.
Ihren Mann in ihren Armen festhaltend fragte Indy: »Wie wußtest du, daß du mich hier suchen mußtest?«
»Männliche Intuition«, sagte er und tippte sich mit dem Zeigefinger an die rechte Schläfe.
»Hast du Lahte mitgebracht?«
»Hattest du irgendwelche Zweifel daran, Frau?«
Sie lächelte und schüttelte den Kopf. »Nein, ich wußte, du würdest ihn finden. Deshalb habe ich mir auch Sorgen gemacht.«
Jim sah seine Frau an. »Ich nehme an, du hast es Ginny erzählt?«
Indy öffnete den Mund, um zu sprechen, aber es kam nichts heraus.
Jim sah über den Kopf seiner Frau hinweg zu Ginny.
Ginny legte ihren Kopf auf die Seite, setzte einen fragenden Blick auf und tat ihr Bestes, um verwirrt auszusehen, aber sie konnte an Jims Gesicht sehen, daß ihre Bemühungen, sich zu verstellen, vergeblich waren.
»Mhm«, meinte Jim, »es war wohl nicht sehr fair von mir, dich zu bitten, es *gar niemandem* zu erzählen.«
»Du bist nicht wütend auf mich, oder?« fragte Indy und sah dabei weniger besorgt aus, als ihr Tonfall vermuten ließ.
Jim lachte. »Nein.«
»Ich war nur so aufgeregt ... ich *mußte* es Ginny einfach erzählen.«
Ginny hob die Hand, als ob sie einen Schwur leisten wolle. »Sie ließ mich schwören, daß ich keiner Menschenseele etwas verraten würde, nicht einmal meinem Vater.«

»Gut«, sagte er in ernstem Ton. »Denn Clay Foster darf nicht erfahren, daß Lahte hinter Gitter ist. Wenn er Wind davon bekommt, wird er sich aus dem Staub machen. Ich habe jetzt genug gegen ihn vorliegen, um ihn drei- oder viermal zu hängen.«

Ginny rasten die Gedanken nur so durch den Kopf. Sie sah Schlagzeilen vor sich: Einheimischer Händler Anführer des Tucson-Rings; Tucsoner Händler der Sabotage an Kollegen angeklagt; Händler, Händel und Gemetzel. Das war die Sorte von Geschichte, die auch alle Zeitungen des Ostens bringen würden, vielleicht sogar die Auslandspresse. Sie erinnerte sich, daß ihr Vater Jim um einen Exklusivbericht gebeten hatte. »Ich hoffe, Sie sind immer noch bereit, der *Sun* einen Exklusivbericht zu geben.«

»Das habe ich Ihrem Vater schon zugesichert, aber es wird noch eine Weile dauern.«

»Natürlich. Ich freue mich darauf ... ich meine, ich weiß, mein Vater wird sich freuen, die Informationen zu bekommen. Das wird eine fabelhafte Story abgeben.«

»Hoffen wir nur, sie nimmt ein glückliches Ende und die Anklagen, die wir gegen Foster vorbringen, machen allen klar, daß Habsucht und Geiz des weißen Mannes der Grund für die meisten Indianerprobleme sind.« Er sah zu Indy hinunter und strich ihr eine Strähne aus dem Gesicht.

»Ich werde mir das notieren«, sagte Ginny. »Es wird sich sicher in den Artikel einbauen lassen.«

»Ich habe nur eine Bitte, Ginny. Ich würde es sehr schätzen, wenn Sie Gianatah dafür Anerkennung zollen würden, daß er Lahtes Aufenthaltsort enthüllt hat. Ich glaube, es könnte zur Verbesserung des Klimas beitragen.«

»Natürlich«, erwiderte Ginny und bemerkte, daß sie automatisch so reagiert hatte, als ob sie die Entscheidungen zu treffen hätte. »Ich ... ich bin sicher, mein Vater ist mehr als bereit, Gianatahs Verdienst anzuerkennen.«

Jim nickte und schien zufrieden zu sein. »Da wir gerade von Gianatah sprechen – ist Bonner schon zurückgekommen? Ich möchte ihm zu seinen Friedensverhandlungen mit Eskiminzin gratulieren. Der Gefreite, der die Nachricht nach Camp Lowell brachte, sagte, wenn Bonner nicht gewesen wäre, hätte Eskiminzin abgelehnt. Offensichtlich überzeugte Bonner ihn davon, daß die einzige Möglichkeit, sein Volk zu retten, in der Kapitulation liegt.«
»Frieden? Kapitulation? Wann ist all das geschehen?«
»Etwa vor einer Woche. Gerade, bevor ich mich auf die Suche nach Lahte machte. Eigentlich kam Whitmans Nachricht mit demselben Kurier, der Bonners Notiz brachte, wo Gianatah zu finden wäre.«
Indy sah verwirrt aus. »Ich kann nicht glauben, daß du nichts davon gehört hast, Ginny. Die ganze Stadt weiß es doch. Alle sind eigentlich recht optimistisch. Das heißt, alle außer John Wasson. In seinem Leitartikel machte er die Urteilsfähigkeit des Militärs schlecht und behauptete, selbst wenn die Apachen Frieden angeboten hätten, würden sie noch mehr Bestrafung verdienen.«
Frieden. Kapitulation. Die Worte hallten durch Ginnys Kopf und vermittelten ihr ein gutes Gefühl. Sie sah aus dem Fenster und fand, daß das Blau des Himmels kräftiger und das Weiß der Wolken leuchtender war. Sie lächelte in dem Gedanken, daß Bonner jetzt gerade sehr mit sich zufrieden sein mußte. Wirklich sehr zufrieden. Sie freute sich für ihn.
»Wie hat er das fertiggebracht?« fragte sie und wandte Jim wieder ihre Aufmerksamkeit zu.
Der Klang galoppierender Hufe lenkte Jims Blick zum Fenster. »Es sieht so aus, als ob Sie ihn gleich selbst fragen könnten. Er kommt gerade angeritten.«
Ginny schoß von ihrem Stuhl hoch. Ihr erster Impuls war es, durch den Raum zu laufen und die Tür zu verriegeln. Trotz der Freude, die sie über seinen Erfolg empfand, wollte sie Bonner jetzt und heute nicht sehen. Sie hatte sich heute morgen nicht

die Zeit genommen, ihr Haar richtig zu bürsten, und ihre Schürze wie auch ihre Hände hatten Tintenflecken. Selbst wenn sie nicht so schrecklich aussähe, würde sie ihn doch noch nicht sehen wollen, weil sie nach ihrem letzten Gespräch vor seinem Aufbruch noch ihre Gefühle ordnen mußte.

Ginny schätzte ihre Möglichkeiten ab und erkannte, daß sie keine hatte. Sie konnte sehen, wie Bonners Pferd vor dem Fenster schlitternd zum Stehen kam. Dann kam das Klimpern des Zaumzeugs, das Quietschen von Sattelleder und das keuchende Schnauben des Pferdes.

Sie hielt den Atem an und wartete. Innerhalb von Sekunden flog die Tür zum Büro auf, und Bonner stürmte herein. Sein dunkler, zorniger Blick fand sie hinter ihrem Schreibtisch und nagelte sie fest.

»Ist das die Art von Journalismus, die von Wahrheit und Vernunft spricht?« schmetterte er los. Eine gefaltete Zeitung schwingend näherte er sich ihr, Jim und Indy völlig ignorierend. Der Blitz in seinen wütenden schwarzen Augen ließ sie einen Schritt zurücktreten.

»Wovon sprichst du?« Sie schüttelte in äußerster Verwirrung den Kopf.

»Wie dein Vater den Camp-Grant-Brief bearbeitet hat, davon spreche ich. Nur ein paar gutplazierte Adjektive und redaktionelle Kürzungen, und der ganze Ton von Eskiminzins Kapitulation hat sich verändert.«

»Camp-Grant-Brief?« Sie senkte ihren Blick, und ihre Gedanken rasten, um sich an den Inhalt des Briefes zu erinnern.

Er sah sie kalt an. »Gib nur nicht vor, du wüßtest nicht, was darin steht«, warnte er.

Sie hatte keinerlei Absicht, etwas vorzutäuschen. Sie wußte es wirklich nicht. So viele militärische Briefe waren angekommen, einer aus Camp Apache, einer von Camp Bowie, ein oder zwei aus Camp Lowell. In ihrer Erinnerung verschwammen sie alle miteinander.

Bonner ließ ihr keine Zeit zu reagieren. Er trat noch einen Schritt auf sie zu und forderte: »Wo ist dein Vater? Ich will mit ihm reden.«

Ginny wich noch einen Schritt zurück, aber da war kein Platz mehr. Ihre Hände drückten sich gegen die Wand, als sie zu Bonner aufsah. »Er ist nicht hier«, sagte sie so ruhig, wie sie nur konnte – was in ihren eigenen Ohren überhaupt nicht ruhig klang.

»Wann kommt er zurück?«

»Bald, würde ich sagen, aber ich weiß es nicht sicher. Er ist ... er ist zur Zeit etwas *unberechenbar*«, sagte sie in der Annahme, er wisse, was sie meinte.

Bonner warf die Zeitung auf den Schreibtisch. »Ich glaubte, die *Sun* wäre anders als die anderen. Ich glaubte, *du* würdest sie anders machen, Ginny.«

Ginny spürte den scharfen Stich seiner Enttäuschung und hatte den verzweifelten Wunsch, ihm zu versichern, daß sie ihn nicht im Stich gelassen hatte. Aber wie konnte sie ihm das versichern, wenn sie den Brief nicht gelesen hatte? Und wie konnte er sie beschuldigen ohne einen Beweis dafür, daß sie etwas falsch gemacht hatte? Gegen den Ärger ankämpfend nahm sie die Zeitung, fand den Brief aus Camp Grant und fing an zu lesen. Nach der Hälfte wußte sie, daß sie ihn noch nie gesehen hatte. Das war der Brief, der von Eskiminzins Kapitulation sprach.

Sie starrte lange Zeit auf den Brief und sagte dann: »Bonner, ich ... ich weiß nicht, was hier passiert ist, aber ich habe diesen Brief noch nie gesehen.«

Seine onyxfarbenen Augen blitzten vor unverhohlenem Ärger. »Was willst du mir sagen, Ginny? Daß du die Briefe, die du veröffentlichst, nicht liest?«

»Nein!« schrie sie. »Natürlich tu ich das! Aber ...« Sie schüttelte den Kopf. »Ich lese alles, was über meinen Schreibtisch geht. Alles! Und ich drucke nichts, was ich nicht verifizieren kann. Du weißt es.«

»Das ergibt keinen Sinn. Einerseits behauptest du, alles zu lesen und zu verifizieren, und doch ist hier ein Brief in einer Zeitung, die *du* gedruckt hast, und du sagst, du hast ihn nie gelesen. Was soll ich denn davon halten?« Er warf fragend die Hände hoch.

Jim ging zu Bonner. »Kann ich mal sehen?« fragte er. Ginny reichte ihm die Zeitung. Schließlich wandte Jim sich an Ginny. »Wie ich schon sagte, Ginny, ich war da, als der Camp-Grant-Brief ankam. Das hier ist nicht der Brief, den ich gelesen habe.«

»Da hast du verdammt recht«, pflichtete Bonner bei. »Er ist nicht einmal annähernd ähnlich.« Er zog einen völlig zerknitterten Zettel aus der Innentasche seiner Jacke.

»*Das* ist der Brief, den Whitman von seinem Schreiber kopieren und an die Zeitungen verteilen ließ.« Er reichte Jim den Brief.

Jim las ihn schnell und gab ihn Ginny. »Das ist er, Ginny, der Brief, den ich gelesen habe.«

»Los, Ginny«, fuhr Bonner sie an. »Lies ihn und sage mir, daß dieser Brief und der deine identisch sind.«

Mit klopfendem Herzen verglich Ginny Whitmans Brief mit dem, den sie gedruckt hatte. Es war kein Vergleich. Zum einen war der Brief in der *Sun* nur halb so lang wie der von Whitman. Das meiste der guten Nachrichten war eliminiert worden. Und sie konnte sehen, was Bonner mit gutplazierten Adjektiven meinte – *feindliche* Apachen, *Krieger*häuptling. Noch schlimmer war die letzte Zeile, die nirgendwo in Whitmans Brief erschien: *Auf eigene Verantwortung bot Whitman dem Häuptling Lebensmittelrationen, Decken und Schutz an.*

»Na?« unterbrach Bonner ihre verwirrten Gedanken.

»Ich weiß nicht, was ich sagen soll. Es stimmt, sie sind nicht einmal annähernd gleich.« Sie schloß die Augen und betete um eine Antwort – eine Erklärung.

Draußen, auf der anderen Straßenseite, erklang Sam Sinclairs Stimme. »*Weep no more, my lady. Oh, weep no more …*« Augenblicklich wußte sie, daß ihr Gebet erhört worden war. Sie hatte das gar nicht gedruckt. Jemand anderes hatte es gedruckt. »Pa!« schrie sie und rannte zur Tür.

Neunzehntes Kapitel

Unser Brief aus Camp Grant spricht zuversichtlich von der Qualität des Friedens, der mit den Pinals geschlossen wurde. Wir hoffen, er ist dauerhaft, aber auf dieser Grundlage allein sollte noch niemand sich selbst oder sein Eigentum jemandem anvertrauen ... Selbst wenn sie in gutem Glauben Frieden angeboten haben, verdienen sie doch weitere Bestrafung, und eine schreckliche Züchtigung hätte ihre Friedensbekenntnisse wesentlich verläßlicher gemacht ... Der Indianer muß ganz massiv die Überlegenheit, Fähigkeit und Entschlossenheit der Regierung, ihn niederzuschmettern, spüren, bevor seine Bekenntnisse zum Frieden es wert sind, daß unsere Offiziere oder Leute darauf hören.

Arizona Citizen

Ginny stand an der Tür und beobachtete, wie ihr Vater ihr entgegenschwankte.

»*We will sing one song for our old Kentucky home*«, schmetterte er, bekam zwischendurch Schluckauf und fuhr dann fort: »*For our old Kentucky home, far away.*«

Indy berührte Ginny an der Schulter. »Jim und ich halten es für das beste, wenn wir jetzt gehen. Das hier geht dich, Bonner und deinen Vater an. Laß mich wissen, wenn ich etwas für dich tun kann.«

»Danke, das tue ich.«

Auf ihrem Weg zur Tür beugte Indy sich zu Ginny und flüsterte: »Sei nicht zu streng mit ihm.«

Ginny lächelte gequält. »Bin ich nicht.«
Als Jim und Indy heimwärts strebten, winkte Sam zum Abschied. »Schö', Schie wieda schu schehen, Major, Mrs. Major.« Er wollte salutieren, schlug sich aber statt dessen ins Auge.
Ginny hätte vielleicht darüber gelacht, wenn es irgend jemand anderes gewesen wäre, der sich zum Narren machte. Aber weil es ihr Vater war, fand sie sein Benehmen nicht im geringsten witzig. Sie empfand es als abstoßend, und ihn fand sie jämmerlich. Sie haßte dieses Gefühl und wußte, sie sollte mehr Verständnis haben, aber es ekelte sie an zu sehen, wie er sein Leben kaputtmachte. Sam Sinclair war ein brillanter Journalist und ein guter Geschäftsmann. Wenn sein Alkoholproblem nicht gewesen wäre, hätte er die *Tucson Sun* zum Informationsorgan des ganzen Arizona Territory machen können. Ginny zog die Mundwinkel herab. Sein Alkoholproblem war ein Problem, das er sich selbst ausgesucht hatte. Es gefiel ihm einfach zu trinken, und das bedeutete, daß es ihm gefiel, sein Leben zu ruinieren.
Was wiederum bedeutete, daß es nichts gab, was Ginny dagegen tun konnte.
Sobald Sam drinnen war, schloß Ginny die Tür, drehte den Schlüssel im Schloß um, stellte das Schild mit der Aufschrift GESCHLOSSEN ins Fenster und zog das Rollo herunter. Sie guckte nach Bonner, der bei Greeley hockte.
»Wir wollen mit dir sprechen, Pa«, sagte sie, als Sam zum Flur strebte. Als er sich nach ihr umdrehte, war ein wissender, vielleicht sogar besorgter Blick in seinen Augen. »Es hat mit dem Brief aus Camp Grant zu tun, den wir in der letzten Ausgabe abdruckten. Du hast ihn umgeschrieben, und ich will wissen, warum.« Sie klang sehr bestimmt.
Er sah sie stirnrunzelnd an, als ob er sich fragte, woher sie das wußte. »Er war ... schlecht geschrieben. Also habe ich ihn überarbeitet.«
»Genau, Pa«, stimmte sie zu. »Du hast ihn so zusammenge-

stutzt, daß praktisch nichts übrigblieb, dann ein paar anschauliche Adjektive hinzugefügt und eine persönliche Meinung zum Ausdruck gebracht – all das trotz der Tatsache, daß es gegen unsere Geschäftspolitik ist, Briefe zu bearbeiten, besonders Militärbriefe. Du hast ihn so redigiert, daß er dem Original nicht einmal mehr ähnlich ist.« Sie trat direkt vor ihn hin. Sein Atem roch wie das Innere eines Whiskyfasses; der Alkoholdampf war so stark, daß sie sicher war, wenn jemand ein Streichholz anfachte, würde das ganze Gebäude in Flammen aufgehen. »Meines Wissens hast du noch nie so etwas getan«, sagte sie und versuchte, vernünftig zu klingen. »Es ist unethisch, Pa; und du bist doch kein Mann ohne Ethik.« Sie legte die Hand auf seine Schulter und sprach leise: »Warum verrätst du mir nicht den wahren Grund, aus dem du den Brief verändert hast.«

»Hab' ich dir gesagt.«

»Ich weiß, was du mir gesagt hast, aber ich glaube es nicht.«

Er stolperte weg von ihr und stand schmollend mit dem Rücken zu ihr da. »Laß mich in Ruhe. Ich hab' nix zu sagen.«

»Clay Foster hat dir gedroht, stimmt's?« Nachdem, was sie in jenem Laden zufällig mitgehört hatte, schien das die wahrscheinlichste Erklärung zu sein.

»Laß gut sein, Ginny!« Sam setzte sich, stemmte die Ellbogen auf den Tisch und bedeckte mit den Händen sein Gesicht.

Ginny sah Bonner an. Ihr Blick fiel auf seinen Mund, der jetzt grimmig und bedrohlich zu einer Linie zusammengekniffen war, aber im Geiste sah sie ihn, wie er ausgesehen hatte, als er sie das letzte Mal geküßt hatte. Ihr Herz hüpfte vor sinnlichem Aufruhr. Entschlossen schob sie die liebe Erinnerung an den Kuß aus ihren Gedanken und wandte sich wieder ihrem Vater zu.

»Ich werde es nicht gut sein lassen, Pa. Ich werde dich genau hier, an diesem Tisch sitzen lassen, so lange, bis du mir sagst, was Clay Foster sagte, um dich zu bewegen, den Brief zu verändern.«

Sam sah nicht auf. »Ich hab's für dich getan, Ginny.« Seine Stimme flehte um ihr Verständnis. »Ich habe dir ein Versprechen gegeben. Ich hab' dich an diesen schrecklichen Ort gebracht, all unser Geld ausgegeben – und dann – hab' ich dich im Stich gelassen.«
Ginny atmete zitternd ein und war drauf und dran, ihm zu widersprechen, aber sie tat es nicht. Es wäre nicht ehrlich gewesen. Er hatte wirklich all das getan und sie enttäuscht, aber darüber hinaus hatte er auch sich selbst im Stich gelassen.
»Pa«, bohrte sie weiter. »Erzähl mir, womit Foster gedroht hat.«
Sam sah auf und murmelte: »Er meinte, wir seien besser dran, wenn wir *mit* dem Ring der Händler arbeiten anstatt dagegen.«
»Und weiter?« half sie nach.
Furcht, nackte Furcht glitzerte in Sams Augen. »Er sagte ...« Er senkte den Blick wieder und kniff seinen Mund zu.
»Erzähl es mir, Pa. Verrate mir, was er sagte.«
»Er drohte, wenn ich nicht nach seinen Wünschen handle, könnte einer von uns vielleicht einen Unfall haben«, brachte Sam mühsam hervor, ohne eine einzige Silbe zu verschlucken.
Einen Unfall? Ginny starrte ihren Vater an. »Was für eine Art Unfall?« fragte sie, aber vor ihrem geistigen Auge sah sie bereits die Antwort. Während sie in der Stadt unterwegs wären, könnte sie zufällig die Kugel eines Unbekannten treffen. Ein Pferd könnte in Panik geraten, davonhetzen und sie auf der Straße überrennen. Es gab unzählige Möglichkeiten, wie Foster einen Unfall inszenieren konnte.
Sam zuckte nur mit den Schultern.
Ginny begann zu zittern, als die erschreckenden Bilder in ihrem Kopf aufblitzten. Plötzlich war Bonner hinter ihr. Seine großen Hände umfaßten ihre Schultern, um ihr Halt zu geben, sie zu beruhigen und ihre Ängste zu besänftigen.
Mit gesenktem Blick murmelte Sam: »Kaum hatte ich den Brief

geändert, wußte ich, daß ich es bereuen würde.« Sein Geständnis schien ihn beträchtlich ernüchtert zu haben.
»Ich hätte ihm entgegentreten sollen, hätte ihn zur Hölle schicken sollen!«
»Ja, das hättest du tun sollen, Pa.«
»Es tut mir leid, Ginny, wirklich leid. Ich hab' dich schon wieder enttäuscht.« Ohne einen Blick in ihre Richtung stand er auf und und ging in Richtung Flur. »Ich werde es wiedergutmachen«, versicherte er. »Ich verspreche es.«
»Nein, Pa, keine Versprechen mehr!« Ein ersticktes, verzweifeltes Lachen entfuhr ihr, dann drehte sie sich um und vergrub ihr Gesicht an Bonners Schulter. Sie wurde von schrecklichen Bitterkeitsgefühlen überwältigt. Was hatte ihr Vater gesagt? Er habe es für sie getan? Hatte der Whisky sein Gehirn schon so verfaulen lassen, daß er glaubte, sie würde es gutheißen, wenn er einer Drohung nachgab und seine Integrität kompromittierte? Ginny schloß die Augen. Sie fühlte sich ausgelaugt, leer und leblos.
Bonners erster Gedanke war, daß er ein großer Narr war. Ginny hätte vollkommen recht gehabt, auf ihn böse zu sein. Es war falsch gewesen, daß er in ihr Büro gestürmt war und sie auf diese Art beschuldigt hatte. Er hatte sich kein bißchen anders verhalten als die White Eyes, die automatisch die Apachen für jeden Überfall auf eine Postkutsche, jeden Mord und jeden Diebstahl verantwortlich machten, ohne überhaupt zu wissen, ob sie es wirklich getan hatten. Und doch, nach all dem, was er getan hatte, war sie hier und suchte Trost bei ihm, anstatt ihn dafür zu schelten, daß er ihr nicht vertraut hatte.
»Ginny.« Er neigte seinen Kopf zu ihr und strich mit seinen Lippen über ihre Schläfe. »Es tut mir leid, Ginny. Ich hätte niemals an dir zweifeln dürfen. Ich weiß gar nicht, was passiert ist. Oder vielleicht doch – ich hatte gerade meinem Großvater geholfen, sich in einem vorläufigen Lager neben Eskiminzins Gruppe niederzulassen, als Whitman mir die *Sun* reichte und

mich auf den Camp-Grant-Brief hinwies. Ich hatte nur noch den einen Gedanken: ausgerechnet jetzt, wo alles gutzugehen schien – Eskiminzin hatte kapituliert; Gianatah hatte kapituliert – der Friede war eine echte Möglichkeit –, da nimmt die *Sun* einen guten, positiven Brief und ...«
»Ich weiß, Bonner, aber eigentlich sollte ich mich entschuldigen. Ich habe behauptet, ich verifiziere jeden Bericht, der über meinen Tisch geht.«
»Offensichtlich ging der Brief aus Camp Grant nicht über deinen Tisch, Ginny«, gab er zu bedenken.
Sie machte einen Schritt zurück und sah zu ihm auf. »Aber ich muß doch den Schriftsatz dafür gemacht haben. Ich *mußte* es doch setzen. Allerdings kann ich mich nicht daran erinnern.«
»Bist du dir sicher, dein Vater könnte nicht auch den Brief gesetzt haben?«
»Na ja, ich nehme an, er hätte es tun können – wenn ich gerade nicht im Büro war oder so.« Sie seufzte schwer. »Es tut mir einfach so leid, daß es passiert ist. Pa hat noch nie so etwas getan.«
Bonner zog sie in seine Arme zurück und hielt ihren Kopf sanft an seine Brust. Es war schon so lange her, daß er sie im Arm gehalten hatte; er hatte fast vergessen, wie es war – fast, aber nicht ganz. Er bezweifelte, jemals irgend etwas an Ginny zu vergessen. Sie war so ganz anders als jede andere Frau, die er kannte.
Sie schlang ihre Arme um seine Hüften und schmiegte sich an ihn. Die kleinen Bewegungen, mit denen sie sich an ihn kuschelte, ließen seine Männlichkeit anschwellen und fest werden. Innerhalb von Sekunden war er so gerade wie ein Pfeil und so hart wie Feuerstein. Sie *mußte* es spüren.
»Verflixt, Ginny, ich ...«
»Was?«
Er war sowohl körperlich erregt als auch innerlich aufgebracht. »Du kannst sicher spüren, *was*.« Er stellte sich vor, ins eiskalte

Wasser des San Pedro River einzutauchen; er dachte daran, wie er in Old Wileys Laichloch gefallen war, aber es half alles nichts. Es gab ein paar Dinge, die ein Mann nicht kontrollieren konnte, und dies war eines davon.

Mit etwas Amüsement in der Stimme beruhigte Ginny ihn: »Es ist in Ordnung, Bonner, ich versteh' schon.«

»Ich bin mir nicht sicher, ob dies der richtige Augenblick ist, es dir zu sagen, aber ich weiß auch nicht, ob oder wann ein besserer kommen wird.« Mit einem Finger unter ihrem Kinn hob er ihren Kopf hoch, so daß er ihr Gesicht sehen konnte. »Ich liebe dich, Ginny. Ich liebe dich. Ich will sicher sein, daß du das weißt.«

Der Kloß in ihrem Hals verhinderte Ginnys Antwort. Er liebte sie! Nach jenem letzten Gespräch vor einigen Wochen war sie sich sicher gewesen, sie würde diese Worte nie aus seinem Mund hören, hatte felsenfest geglaubt, was zwischen ihnen gewesen war, sei zu Ende gewesen, als er nach Camp Grant ritt. Aber jetzt war plötzlich alles anders. Er war hier, er hielt sie im Arm, und die Wärme seiner Liebe floß durch sie.

»Ich habe dir so wenig anzubieten, Ginny. Es ist verflixt egoistisch von mir, mir zu wünschen, daß du ein Teil meines Lebens wirst – egoistisch, weil ich weiß, wenn ich dich heirate, wird dir das nichts als Qual einbringen. Du wirst die Frau eines Halbbluts sein, eine Ausgestoßene, deine eigenen Leute werden dich als Verräterin betrachten. Außer Indy wird keine Frau – nicht einmal die Huren – in Tucson etwas mit dir zu tun haben wollen. Sie werden dich mit Verachtung behandeln ...«

»Bonner«, sagte sie und legte ihren Zeigefinger auf seine Lippen, um ihn zum Schweigen zu bringen. »Solange du mich liebst, können die mir nichts anhaben. Ich weiß, es wird nicht leicht sein, aber es ist auch nicht leicht, einen Säufer zum Vater zu haben oder ganz allein eine Zeitung herauszugeben. Ich bin stark, ich bin unverwüstlich. Ich bin ...«

»Verrückt«, ergänzte er ihren Satz, und bevor sie ihm widersprechen konnte, küßte er sie. Dann wurde ihm klar, daß er der Verrückte war – er war verrückt nach ihr, und er brauchte sie wie verrückt. Seine Nerven vibrierten. Auf indirekte Weise hatte er Ginny Sinclair gebeten, ihn zu heiraten, und sie hatte angenommen. Und dieser Kuß war ein Siegel.

Er drehte sie um, so daß sie mit dem Rücken an der Wand stand und er seine Hände kreativer einsetzen konnte, als sie nur zu halten – er gebrauchte sie, um ihre Brüste zu berühren, ihr die Schürze auszuziehen und die Vorderseite ihres Kleides aufzuknöpfen.

»Ginny. Himmel, Ginny, ich will dich«, murmelte er, während er ihren Hals mit heißen, feuchten Küssen bedeckte. Kaum hatte er das gesagt, wurde seine Aufmerksamkeit von einem Geräusch hinter ihm abgelenkt.

»Nun, was haben wir denn hier? Ein kleines Rendezvous?«

Bonner verfluchte sich im stillen. Wie oft hatte Gianatah ihn ermahnt, immer aufzupassen und niemals seine Deckung aufzugeben, nicht einmal für einen Augenblick!

»Was willst du, Foster?« Bonner drehte sich um und versuchte, mit einem Arm hinter sich Ginny dort zu halten, wo sie war, sie Fosters Blick zu entziehen. Aber er spürte, wie sie sich seinem Griff entwand, und wußte, wenn er sie nicht festbinden wollte, dann konnte er sie nicht daran hindern, zu tun, was sie wollte.

»Ich bin gekommen, um mit Ginny zu reden«, erklärte Clay und folgte mit seinem Blick ihrer aufgelösten Gestalt durch den Raum. »Ich hoffte, ich könnte sie davon überzeugen, mit mir zu Abend zu essen, aber jetzt sehe ich, daß es eine Zeitverschwendung gewesen wäre.« Er schaute zurück zu Bonner, und in seinen Augen blitzte eisige Verachtung. »Jetzt weiß ich auch, warum sie all meine anderen Einladungen ablehnte, obwohl ich mir im Leben nicht denken kann, was sie in einem schmutzigen Halbblut wie dir sieht.«

Mit drei Schritten war Bonner bei ihm, hatte Foster im Griff und würgte ihm den Atem aus dem Leib.

Ginny schrie auf. »Bonner, nein! Er ist es nicht wert. Laß ihn gehen.«
Sie konnte schreien, soviel sie wollte, aber Bonner hatte nicht vor, ihn loszulassen, diesmal nicht. Er hätte sich schon längst um ihn kümmern sollen, anstatt all diese Jahre mit ihm zu spielen wie die Katze mit der Maus. Mit dem Arm hielt Bonner Fosters Kopf fest und griff nach seinem Messer. Mit dem sechsschüssigen Revolver war er gut, aber mit dem Messer war er ein Meister. Niemand konnte es ihm gleichtun. Ein kleiner Schnitt hier, ein gutplazierter Stich dort, und Clay würde nie wieder in Betracht ziehen, eine Frau zum Essen einzuladen.
Ein Vorgeschmack floß durch seine Venen wie warmer *tiswin*.
Dann war Ginny da und bat ihn, Foster loszulassen.
»Bonner, hör mir zu, hör gut zu. Jim hat sich so viel Mühe gemacht. Er hat alles erledigt. Er würde es gar nicht schätzen, wenn du ihm die Sache verderben würdest ...«
Bonner war nicht bereit, sich aufhalten zu lassen. Auf diesen Moment hatte er gewartet. Mit gezücktem Messer sagte er: »Besser, sie liebt ein dreckiges Halbblut wie mich als einen Mör...« Eine Alarmglocke klingelte in seinem Kopf und ermahnte ihn innezuhalten. Was hatte Ginny da gesagt? Jim hatte sich so viel Mühe gemacht? Er schaute zu ihr hinüber und sah ihre großen Augen. Sie hatte versucht, ihm etwas zu sagen, und er hatte nicht hingehört.
Sie fing seinen Blick auf und deutete ein Lächeln an.
»Glaub mir, Bonner, nach dem, wie er meinen Vater bedroht hat, gibt es nichts, was ich lieber sähe, als daß du seinen Skalp nimmst, aber es ist nicht an uns, zu entscheiden ...« Selbst wenn sie nicht flehentlich ihre Hand auf seinen Arm gelegt hätte, hätten ihn doch ihre Worte aufgehalten. Mit seinen Augen fragte er sie, ob sie wirklich meinte, was er zu verstehen glaubte.
Sie biß sich auf die Unterlippe und nickte ihm leicht zu.
Bonner ließ Foster so plötzlich los, daß der Mann das Gleichge-

wicht verlor und auf die Knie fiel. »Vergiß es, Foster, nichts wird dir helfen, nicht einmal ein Kniefall. Du bist ein toter Mann.«

»Du Bas …« Foster blieben die Worte in der Kehle stecken, als Bonners Messer vor seinen Augen blitzte. »O Gott!« schrie er. Mit einem Schlag schnitt Bonner ein großes Büschel von Fosters glänzendem blonden Haar ab, schlitzte dann seine eigene Handfläche etwas ein, so daß Blutstropfen das Haar befleckten. Er hielt seine Trophäe hoch, so daß Foster sie sehen konnte, und brach in Lachen aus, als Foster schrie: »Du hast mich skalpiert! Mein Gott, o mein Gott.« Banner trat von Foster weg und öffnete die Tür.

»Raus, bevor es mir einfällt, eines deiner Ohren abzuschneiden, um es auf den Pfosten meines Wigwams zu hängen.«

Foster kam mühsam auf die Füße und rannte dann davon.

Als er außer Sichtweite war, schloß Bonner die Tür und sagte grinsend zu Ginny: »Komm her, du schlimme, schlimme Frau.«

Auf Bonners Bitte hin schloß Ginny das Zeitungsbüro ab und ging neben ihm mitten über die Main Street zu Jim und Indys Häuschen, wo sie den Nachmittag mit Essen und Reden verbrachten.

Bonner erzählte den Garritys, wie Clay Foster ins Büro gekommen war und den folgenden Streit. Er gab zu, wenn Ginnys Überzeugungskräfte nicht gewesen wären, hätte er Foster auf der Stelle getötet.

Jim lehnte sich in seinem Stuhl zurück. »Ich glaube, Ginny, ich schulde dir Dank dafür, daß du meinem *wilden* Freund hier etwas Vernunft beigebracht hast. Du kannst darauf wetten – hätte er Foster getötet, dann hätten ihn die braven Bürger von Tucson des Mordes angeklagt und ihn am nächsten Baum aufgeknüpft.«

Ginny machte eine Grimasse bei dem Bild, das durch ihren

Kopf huschte. »Ich bin nur dankbar, daß Sie bei mir nach Indy suchten, sonst hätte ich nicht gewußt, daß Fosters Schicksal bereits besiegelt ist.«
Bonner schaute Ginny an und lächelte. »Ich muß Ihnen noch gebührend meinen Dank bezeugen, Miss Sinclair.«
Eine lästige Röte schlich sich auf Ginnys Wangen. Sie wußte ganz genau, auf welche Weise er ihr danken wollte, und aller Wahrscheinlichkeit nach wußten Jim und Indy es auch. Bonners Anspielung war etwa so diskret gewesen wie ein Schrei.
Während Ginny und Indy in der Küche das Essen zubereiteten, erzählte Jim Bonner die Einzelheiten von Lahtes Gefangennahme. »Wir gerieten in einen kleinen Geschicklichkeitswettbewerb«, sagte Jim und senkte seine Stimme, aber er war nicht leise genug, daß die Frauen nicht jedes Wort hätten hören können. Indy klammerte sich an die Kante des Arbeitstisches, als sie hörte, wie ihr Mann den Messerkampf beschrieb, der zwischen ihm und Lahte stattgefunden hatte.
»Er war geschickt mit seinen Füßen, das muß ich ihm lassen, schneller als ich«, gab Jim zu. »Ein paarmal glaubte ich fest, jetzt hat er mich.«
»Es ist nicht die Schnelligkeit eines Mannes mit dem Messer, die zählt«, erklärte Bonner. »Es sind seine Nerven. Du mußt Risiken eingehen, das Unerwartete tun. Aber das weißt du ja.«
»Ja, ich glaube schon, sonst säße ich jetzt nicht hier.«
Indy begann zu zittern, und Ginny legte ihr tröstend den Arm um die Schultern. »Denk nicht darüber nach«, flüsterte sie. »Er ist hier, und er ist unverletzt.«
Indy umklammerte Ginnys Hand. »Manchmal wünschte ich mir, ich hätte mich in einen netten, gesetzten Bankier verliebt statt in einen tollkühnen Kavallerieoffizier.«
Im Wohnzimmer draußen wandte sich das Gespräch der Kapitulation von Eskiminzin zu. Nachdem sie das Schmorfleisch in den Backofen geschoben hatten, kamen Indy und Ginny an den Tisch zurück.

»Aber ich habe nie geglaubt«, sagte Bonner gerade, als die Frauen sich setzten, »ich würde den Tag erleben, an dem Gianatah kapituliert.«
»Ich erinnere mich, daß er besonders störrisch war, mit einer heftigen Abneigung gegen die White Eyes.«
»Da erinnerst du dich richtig«, bestätigte Bonner.
»Was mich wirklich überrascht, ist, daß Whitman ohne Befehl handelte. Er ist ein großes Risiko eingegangen, weißt du.«
Bonner rieb sich nachdenklich das Kinn. »Ich weiß es, und er weiß es auch. Aber du mußt verstehen, daß er nicht an seine Karriere dachte, sondern an den Frieden. Er sagte mir, er habe sich gefühlt, als ob er die Antwort auf das ganze Indianerproblem in *seinen* Händen gehabt hätte.«
»Wie war denn die Atmosphäre, als du dort weggeritten bist?«
»Friedlich«, antwortete Bonner mit einem leichten Lachen. »Gleich nach Eskiminzins Kapitulation schickte Whitman einen genauen Bericht an Stoneman, aber er hat noch keine Reaktion darauf bekommen. Inzwischen läßt er sich von der allgemeinen Regierungspolitik in ähnlichen Situationen leiten. Als ich diesen Morgen losritt, lebten und arbeiteten eine Meile stromaufwärts vom Posten etwa dreihundert Apachen zusammen. Eskiminzin machte sich daran, Kuriere zu anderen Gruppen zu schicken, um sie zu ermutigen, ebenfalls zu kommen. Es läßt sich nicht abschätzen, wie viele dasein werden, wenn ich zurückkomme.«
Jim setzte sich auf und hatte einen ergriffenen Ausdruck im Gesicht, so als ob er gerade ein tiefes, dunkles Geheimnis entdeckt hätte. »Wenn noch mehr Gruppen kommen, könnte es der Anfang ... Himmel, Bonner. Ist dir klar, was das werden könnte?« Jim ignorierte Bonners Nicken und fuhr fort. »Es liegt im Bereich des Vorstellbaren, daß die gesamte Nation der Apachen dich erwartet, wenn du zurückkehrst.«
»Das wäre doch etwas, nicht?«
Jim gluckste. »Genau, das wär' was!«

Nach dem Abendessen gingen Ginny und Indy hinaus, um Paco zu füttern. Der kleine Esel war nicht nur ein Bettler, sondern auch eine Nervensäge geworden. Jeden Abend gegen acht Uhr schrie er jetzt vor der Haustür, bis Indy hinausging und ihm etwas zu fressen gab. Weil er so laut und hartnäckig war, erzählte Indy, hatte sie immer ein paar Karotten auf Vorrat.

Heute gab Ginny Paco seine Karotten. Sie paßte gut auf, daß ihre Finger seinen Zähnen nicht zu nahe kamen. So leicht, wie er die Karotten schnappte – wenn ihr Finger dazwischenkäme …

»Ich glaube, es ist Zeit, daß Bonner mich nach Hause bringt«, meinte Ginny. »Das war vielleicht ein Tag.«

Die Worte waren ihr kaum über die Lippen gekommen, als Jim und Bonner heraustraten. »Ich werde froh sein, wenn der Frühling kommt«, verkündete Jim. »Ich habe genug von diesem kalten Wetten.«

»Ich auch«, stimmte Bonner zu und dachte vor allem an all die Nächte, in denen er in das eisige Wasser des San Pedro River getaucht war. Aber das war jetzt vorbei, heute würde seine Frustration enden. Heute nacht würde er in Ginnys warmen, bereiten Körper eintauchen. Der bloße Gedanke daran, sie endlich zu besitzen, ließ ihn steif werden.

»Bist du bereit?« fragte er bedeutungsvoll.

»Ja.« Ginny beeilte sich, gab Paco die letzte Karotte, kraulte ihm die strubbelige Mähne zwischen den riesigen Ohren und ging dann zu Bonner hinüber, der auf sie wartete. »Ich bin bereit.« Ein bestimmter Blick – er war nicht sicher, wie er zu nennen war, vielleicht Eifer oder Vorfreude – trat in ihre Augen und zeigte ihm, daß sie die volle Bedeutung seiner Frage erfaßt hatte.

»Ich glaube, wir reiten diesmal, anstatt zu gehen«, schlug er vor und überprüfte den Sattelgurt seines Pferdes.

»A-aber ich bin noch nie geritten. Ich …«

»Na gut, dann ist es jetzt Zeit, daß du es lernst.« Bevor ihr etwas einfiel, wie sie sich aus der Affäre ziehen konnte, hob Bonner sie hoch in den Sattel und schwang sich schnell hinter sie.

»Ginny, ich arbeite daran, Ihnen den Exklusivbericht so schnell wie möglich zu besorgen«, versicherte Jim, während er Pacos Ohren kraulte. »Ich habe das Gefühl, jetzt, da wir Lahte haben, wird Colonel Dunn den Sheriff kurzfristig bitten, Foster zu verhaften. Er ist ein zu großer Fisch, um ihn davonkommen zu lassen.«

Bonner nahm die Zügel in seine linke Hand und schlang seinen rechten Arm um Ginnys Taille. »Danke für das Abendessen.«

»Ja, vielen Dank, euch beiden«, schloß Ginny sich mit etwas zittriger Stimme an.

»Übrigens, Bonner, es gibt noch etwas, was ich dir sagen wollte.« Jim ging zu dem Pferd hinüber. »Ich gratuliere dir zu den Friedensverhandlungen mit Eskiminzin und Gianatah. In den kommenden Jahren wird dir die Geschichte vielleicht nicht die angemessene Anerkennung zollen, aber ich werde es tun. Ich werde darauf achten, daß es in meinem Protokoll gut dokumentiert wird, und ich werde mein Bestes tun, so viele Leute wie möglich wissen zu lassen, was du erreicht hast.«

Als sich die beiden die Hände schüttelten, fügte Ginny hinzu: »Ich werde ebenfalls meinen Beitrag dazu leisten. Die nächste Ausgabe der *Tucson Sun* wird die Geschichte im Detail bringen. Das heißt, wenn Mr. Kincade hier mir einen Exklusivbericht gibt.« Ginny lehnte sich zur Seite, um ihn anzuschauen.

Bonner lachte und steuerte dann sein Pferd die Main Street hinauf.

Das Büro der *Tucson Sun* war völlig dunkel. Nicht einmal ein Licht in der Wohnung. Als sie näher kamen, wurde Ginnys

Puls unruhig. Sie machte sich auf die peinlichen Momente nach dem Absteigen gefaßt, wenn sie hineingehen würden. Sie beschloß vorzuschlagen, daß sie in ihr Zimmer gingen. Sie wünschte sich, es gäbe einen anderen Ort, wo sie sich keine Gedanken machen brauchten, gehört zu werden. Aber ihr fiel nichts ein.

»Ich bringe dich noch nicht heim, noch nicht«, erklärte Bonner, als ob er ihren Wunsch erfüllen wollte – als ob er ihre Gedanken gelesen hätte!

»Ich ... ich verstehe nicht ganz. Wohin bringst du mich?«

»Ich habe ein Lager – ein Stück außerhalb der Stadt.«

Ginny spürte, wie ihr ein Schauer über den Rücken lief bei der Aussicht, ganz allein mit ihm zu sein. Sie erschauerte wieder, als seine Hand über ihre Magengrube strich und sich um ihre linke Brust legte. Ein schwacher, maunzender Laut entschlüpfte ihr. Sie lehnte sich an ihn und kuschelte ihren Kopf unter sein Kinn.

»Ich liebe dich«, flüsterte er. Dann sagte er die Worte auf apache wie auch noch andere Worte, deren Bedeutung auf seiner Zunge ganz klar war.

Im Vertrauen auf Bonners Fähigkeit, sein Pferd zu beherrschen, ließ Ginny den Sattelknauf los. Sie zog ihre Hände über ihre Oberschenkel zurück zu seinen Oberschenkeln. Sie spürte, wie er sich straffte. Er paßte seine Haltung an und setzte sich aufrecht. Ginny bekam eine Gänsehaut. Daß sie schon mit einer kleinen Berührung solch eine Wirkung auf ihn ausüben konnte, gab ihr ein hinreißendes Machtbewußtsein und ermutigte sie, mit anderen Möglichkeiten, seine Sinne zu erregen, zu experimentieren.

Sie spreizte langsam die Finger, bis sie mit dem Wildlederband in Berührung kam, das in Kreuzstichen seitlich an seinen Hosenbeinen entlanglief. Sie zögerte einen Moment, dann schob sie jeweils zwei Finger zwischen die Bänder und zeichnete kleine Kreise auf seine Haut.

»Tu das nicht, Ginny«, warnte er mit dunkler, heiserer Stimme, »sonst schaffen wir es nicht mehr bis zum Lager.«
Unbekümmert ignorierte sie seine Warnung. Als sie schließlich den Stadtrand erreicht hatten, war sie so kühn geworden, die Unterseiten seiner Schenkel zu massieren und ihre Hände zwischen sein Gesäß und den McClellan-Sattel zu schieben.
Jede ihrer Bewegungen beantwortete er mit einer eigenen, streichelte ihre Brust, schnippte mit seinem Daumen über ihre versteifte Brustwarze. Er setzte heiße, feuchte Küsse seitlich auf ihren Hals, dann strich er ihr Haar zur Seite und küßte ihren Nacken.
Ginny schloß die Augen und genoß jedes Prickeln und jedes Kribbeln. In Bonners Armen fühlte sie sich warm, geborgen und geliebt. Wenn nicht das Quietschen des Sattelleders und ein gelegentliches Wiehern gewesen wären, hätte sie fast vergessen, daß sie auf einem Pferd saßen.
Mit einer Anstrengung, die Bonner einen Moment lang glaubte nicht aufbringen zu können, nahm er seine Gedanken zusammen und führte sein Pferd in die schützende Baumgruppe. Der Klang plätschernden Wassers drang an seine Ohren. Als sie zur Lichtung kamen, hielt er das Pferd an.
»Wir sind da, Ginny«, murmelte er und beugte sich um ihre linke Seite. Er drückte seine Lippen auf die empfindliche Gegend unter ihrem Ohr und lächelte, als sie ihren Kopf gegen seine Schulter zurückfallen ließ.
»Wo?« Ihre Stimme klang fast rostig.
»In meinem Zuhause mitten in der Wildnis.« Er setzte sie aufrecht, versicherte sich, daß sie sich gut am Sattel festhielt, und stieg dann ab. »Komm«, lockte er sie und streckte ihr die Arme entgegen. Sie hatte einen schläfrigen, verträumten Blick auf dem Gesicht, der ihm gefiel, weil er wußte, er hatte ihn dorthin gezaubert. Er umgriff ihre Taille und zog sie langsam zu sich.
Wochenlang hatte er an all die Dinge gedacht, die er das letzte

Mal, als sie zusammengewesen waren, hätte sagen und tun sollen. Er hatte sich geschworen, wenn er jemals eine zweite Chance bekäme, dann würde er es wiedergutmachen, all die richtigen Worte sagen und sie so lieben, wie sie es sich in ihren kühnsten Träumen noch nicht vorgestellt hatte. Kein Bedauern mehr.

Mit einem Lächeln schlang sie ihre Arme um seinen Hals und küßte ihn. Er zog sie nahe zu sich. Seine Hände legten sich um ihre Gesäßbacken und hoben sie an, damit sie spüren konnte, wie sehr er sie begehrte. Er wußte, daß sie ihn spürte, als sie in seinen Mund stöhnte und begann, ihre Hüften gegen die seinen zu mahlen.

Er zog sich leicht zurück. »Ich werde uns ein Feuer machen und dann mein Bettzeug ausrollen.« Er sah, wie sie erschauerte. »Ist dir kalt?«

»Nein, mir ist nur ...« Sie zuckte hilflos mit den Schultern.

Er nahm seine Wildlederjacke ab und legte sie über ihre Schultern, obwohl er wußte, daß es nicht die kühle Märzluft war, die sie frösteln ließ. Sie sah zu ihm auf, als sie sich in die Jacke einwickelte.

»Ich liebe dich«, wisperte sie und hob ihre Hände an sein Gesicht. Unendlich zart strich sie mit den Fingerspitzen über seinen Mund. »Ich glaube, ich habe mich in dich verliebt an jenem ersten Tag ... als du mit den Fish-and-Company-Wagen in die Stadt geritten kamst. Da war etwas an dir ... ich konnte meinen Blick nicht von dir abwenden, genau wie jetzt«, flüsterte sie und starrte auf seinen Mund.

Ohne jede Warnung nahm Bonner sie in seinen Armen hoch und trug sie zu einem kleinen Felsblock neben dem Fluß. Er setzte sie sanft ab und ließ sie mit einem bestimmten »Warte hier« zurück, während er das Feuer machte.

Ein paar Minuten später hatte er ein ordentliches Lagerfeuer entfacht, und kurz danach hatte er daneben sein Bettzeug aufgerollt. Noch neben den Decken hockend sah er zu Ginny auf und lockte sie mit dem Finger. »Komm her.«

Ginny machte einen Schritt auf ihn zu und dann noch einen. Dann eilte sie zu ihm hinüber und fiel auf dem Bett vor ihm auf die Knie. Einen Moment lang taten sie nichts weiter, als einander anzuschauen, und dann schob sich Ginny langsam in das V seiner muskulösen Beine.

»Ginny, ich glaube, es wäre bequemer für dich, wenn du dich niederlegtest«, meinte er, aber als ihre Hände an den Innenseiten seiner Schenkel aufwärtsglitten, wich jeder Gedanke an Bewegung aus seinem Kopf.

»Noch nicht«, hauchte sie. »Erst möchte ich ... möchte ich dich berühren«, flüsterte sie in dem Moment, als ihre Hände in der Mitte des V sich trafen.

Bonner stöhnte leise. Er wußte nicht, wie lange er noch in der Hocke bleiben konnte, aber der Gedanke, aufzustehen und das zu verpassen, was ihre Hände mit ihm machten, war schlimmer als jeder Krampf, den er bekommen könnte.

Er wollte keine Sekunde kostbarer Zeit verschwenden, und so schälte er seine Jacke von ihren Schultern, rollte sie halbherzig zusammen und warf sie an das obere Ende des Bettzeugs. Langsam schoben seine Hände ihren Umhang zurück und begannen, die winzigen Knöpfe an der Vorderseite ihres Kleides aufzuknöpfen. Er hoffte inständig, daß sie nicht eine dieser Frauen war, die mehrere Lagen Unterwäsche trugen. Als der letzte Knopf geöffnet und das letzte Band gelöst war, schob er die Kleidungsstücke beiseite und streichelte sanft ihre bloßen Schultern. Ihr Fleisch erschauerte unter seinen Händen, während er ihr zartes Schlüsselbein nachzog und dann tiefer ging, um ihre Brüste zu umkreisen. Ihm kam der Gedanke, daß diese wunderschönen Brüste eines Tages Nahrung für ein Baby liefern würden – *sein* Baby, wenn es nach seinem Willen ginge. Und er würde seinen Willen bekommen.

Sein Kind.

Er schoß hoch und riß sich die Hosen und Mokassins vom Leib. Als er sich bückte, um seine Kleider zur Seite zu legen, spürte er, wie Ginny nach seinem Knöchel faßte. Er schaute zu ihr und sah sie ihren Zeigefinger krümmen – eine inzwischen vertraute Geste.

Sie hatte den Rest ihrer Kleidung ausgezogen und lag nackt vor ihm ausgestreckt mit dem Kopf auf seiner Jacke. Der Feuerschein umhüllte ihren bloßen Körper mit einem goldenen Leuchten. Ein überwältigendes Gefühl machte sich in seiner Herzgegend breit. Er hätte nie gedacht, daß es solch ein tiefes, unergründliches Gefühl sein könnte, eine Frau zu lieben. Es tat fast weh, aber es war eine gute Art von Schmerz.

Ginny blickte zu ihm hinauf. Sie hätte sich nie vorgestellt, daß der Körper eines Mannes so schön sein konnte wie der von Bonner. Er war in jeder Weise vollkommen. Nirgendwo an seinem Körper gab es auch nur ein Gramm überflüssiges Fleisch, er bestand ganz aus Sehnen, Muskeln und sonnengebräunter Haut. Als er sich nicht bewegte, krümmte sie wieder ihren Finger. »Komm her«, wisperte sie. Augenblicklich fiel er neben ihr auf die Knie.

Als ob sie keinen eigenen Willen hätte, griff sie nach dem Teil von ihm, den sie am meisten begehrte, und hörte, wie er die Luft einsog, als ihre Hand ihn umkreiste. Kühn erforschte sie seine ganze Länge, das Gewicht, die Form und die Oberfläche. Kein Zentimeter an ihm blieb unberührt.

»Gott, Ginny, ich ...« Er umschloß ihre Hand mit der seinen und griff fester zu.

Ginnys Mund wurde trocken, als sie zusah, wie er sich in ihrer Hand vor und zurück bewegte und anscheinend jedesmal größer und fester wurde. Sie stemmte sich auf ihrem Ellbogen hoch und folgte dem unerklärlichen Drang, diesen intimsten Teil von ihm zu küssen. Bevor sie es sich noch einmal überlegen konnte, war seine Hand hinter ihrem Kopf und nahm ihr die Entscheidung ab. Sie hörte ein leises Stöhnen, aber sie war sich nicht sicher, ob es von ihm oder von ihr gekommen war.

Sanft und geduldig führte er sie in die Kunst ein, einen Mann zu befriedigen, aber in Wahrheit war das Vergnügen auf ihrer Seite – eine Befriedigung, die Augenblicke später tausendfach zu ihr zurückkam, als er seinen Kopf zwischen ihren Schenkeln in die richtige Position brachte und sie so intim küßte, wie sie ihn geküßt hatte.

Das war eine Art der körperlichen Liebe, die völlig neu für sie war – neu und wundervoll und sogar ein wenig beunruhigend wegen der überwältigenden Empfindungen, die durch ihren Körper vibrierten. »Bonner«, rief sie aus und war sich unsicher, was sie eigentlich wollte. »Bitte ...«

Sie klang, als ob sie bettelte, und tatsächlich bettelte sie ihn aufzuhören und bat gleichzeitig um mehr, um das Feuer zu löschen, das er in ihr angefacht hatte.

Bonner erhob sich über ihr und betrachtete sie fasziniert. Er wollte sichergehen, daß sie alles spürte, was sie verdiente, alles, was bisher die Umstände verhindert hatten. Aber als er sah, wie die Verzückung ihr Gesicht erleuchtete, verlor er fast die Fassung.

Wie ein Bildhauer bewegte er seine Hände über ihren Körper, von der Schulter bis zum Fußknöchel. Er knetete ihre Brüste, während sie sich unter ihm wand, als ob er sie formte, und stöhnte über ihre Seidigkeit. Er konnte nicht anders, er mußte mit der Zunge über ihr bebendes Fleisch fahren. Ihr Geschmack, ihre Haut unter seiner Zunge war berauschend, kraftvoller als Agavenbranntwein.

»Bonner«, stöhnte Ginny, während ihre Hände suchend seinen Brustkorb einrahmten. »Bitte, jetzt ...«

Langsam krümmte sich sein Mund zu einem Lächeln. Er nahm sie bei den Schultern, und mit einem kraftvollen Stoß schob er sich in ihre feuchte Hitze, und Ginny schnappte mit großen Augen nach Luft. Dann lächelte auch sie, und die Befriedigung floß in Wellen durch ihre feinen Gesichtszüge.

Bonner bewegte sich über ihr, in der Erregung schwelgend, und mit seinem Kuß ahmte er die Bewegung seines Unterleibs nach. Drei Monate lang hatte er schon diese Frau begehrt, von ihr geträumt, sich vorgestellt, wie sie sich anfühlen würde, wenn er in ihr war, und diese aufgebaute Spannung trieb ihn tiefer, schneller und intensiver in sie hinein, bis er sich nicht länger zurückhalten konnte. Er spannte sich an und drang ein letztes Mal tief in sie ein – das band sie für immer aneinander.

Ginny lehnte ihren Rücken gegen Bonners großen Körper. Sie war erschöpft, vollkommen und auf wunderbare Weise erschöpft. Ihre körperliche Vereinigung war unglaublich gewesen, eine Erfahrung, die sie nie vergessen würde. Ein, zwei Meter neben ihnen knisterte das Feuer. Glühendrote Funken sprangen hoch in den Nachthimmel.

Ein Windstoß pfiff durch die Bäume. Ginny zog sich die Decke bis unters Kinn. Sie hatte noch nie unter freiem Himmel geschlafen und stellte sich vor, daß sie ohne Bonner Angst hätte. Überall um sie herum gab es Geräusche – Vogelschreie, Wasser, das über Steine plätscherte, das Rufen einer Eule, die Serenade eines Koyoten: die Geräusche der Nacht.

»S...u...c...h...e...n...d...e?«

Ginny stützte sich auf ihren Ellbogen und blinzelte in die Nacht. »Wer ist da?« fragte sie. Aber da war nur ein stilles schwarzes Schweigen. Sie spitzte die Ohren und hörte etwas. Schritte? Ein leises Pfeifen? Ein langer, luftiger Seufzer? Dann kam es wieder – es war deutlich die Stimme eines Mannes.

»S...u...c...h...e...n...d...e!«

»Bonner, Bonner, wach auf«, rief sie mit schwacher, verängstigter Stimme. »Hier ist jemand.«

Sein Oberkörper schoß hoch, und die Decke klappte zurück. »Wer denn?«

»Ich weiß nicht! Er flüsterte etwas.«

Bonner war jetzt ganz wach und spähte umher. »Was hat er gesagt?«

»Es klang wie ... Suchende ... nur, daß es ganz langgezogen war.«
»Suchende?« Bonner schlang einen Arm um Ginny und zog sie an sich. »Es ist alles in Ordnung, Ginny. Egal, was du hörst oder siehst, du mußt mir glauben, es gibt nichts, wovor du dich fürchten müßtest.«
»Ich verstehe nicht, was ...«
»Schhh«, wisperte Bonner in ihr Ohr, und dann sprach er über ihren Kopf hinweg in die Nacht: »Ich bin hier, Wind, ich bin hier.«
Ginny traute ihren Augen nicht. Ein Wirbelwind tauchte am Rande des Lagerplatzes auf, und oben tauchte aus dem Trichter ein Kopf auf. Er sprach zu Bonner.
»Das hast du gut gemacht, Halbblut. Du hast deine Macht weise eingesetzt, aber es muß immer noch ein Preis bezahlt werden für den Frieden, den du suchst. Du wirst deine Macht in den kommenden Tagen sehr brauchen.«
»Was ist mit Ginny und ihrer Macht?«
»Jetzt, da ihr eins seid, wird eure Macht auch eins sein.« Als ob er sich Ginny näher besehen wollte, dehnte der Geist sich weiter in ihre Richtung. Sein langes graues Haar wirbelte um sein Gesicht. Dann sah er Bonner an.
»Wir werden uns wiedersehen, Halbblut. Ich werde aus dem Nichts zu dir kommen.« Plötzlich begann der Windgeist, sich in einem Kreis um sie zu bewegen und kam näher und näher, bis seine wabernde Gegenwart sie in einem Kokon von Wärme und Liebe einhüllte.

Zwanzigstes Kapitel

Endlich vernünftig

> In die Gesetzesvorlage zur Bewilligung von Geldern für die Indianer, die vom Kongreß vor ein paar Wochen verabschiedet wurde, ist ein Vorbehalt eingefügt worden, der besagt, daß ab sofort keine indianische Nation oder Stammesgruppe innerhalb der Vereinigten Staaten als unabhängige Nation, Stamm oder Macht anerkannt werden soll, mit der die Vereinigten Staaten Verträge abschließen könnten.
>
> *Arizona Citizen*

Eine sanfte Brise berührte Ginnys Gesicht und weckte sie auf. Einen Augenblick lang wußte sie nicht, wo sie war, und bekam Panik. Dann spürte sie, wie Bonners Arm sich enger um ihre Taille legte, und die Erinnerung kam wieder.
Sie kuschelte sich in die Biegung seines Körpers und sah zu, wie der Morgenhimmel errötete. Irgendwo in ihrem Hinterkopf schwebte ein traumartiges Bild in dem Halbdunkel zwischen Wachen und Schlafen. Es schwankte vor und zurück, und seine Gestalt war so verzerrt, daß sie nicht erkennen konnte, ob es Mensch oder Tier war. Sie schloß die Augen in der Hoffnung, den Traum noch einmal zurückzuholen. Das Bild blieb da, wurde aber nicht klarer als zuvor. Dann kam eine Stimme – ein leises Flüstern: »Wir werden uns wiedersehen. Ich werde aus dem Nichts zu dir kommen.«
»Bonner!« Sie drehte sich mit rasendem Herzen zu ihm um.

»Was ist los?« fragte er mit verschlafener Stimme.
»Ich habe etwas gesehen – gehört – ich weiß nicht, was es war.«
»Es ist nur der Wind«, beruhigte er sie und zog sie an sich. »Hier ist es immer windig.«
»Nein, ich denke ...« protestierte sie, aber er unterbrach sie mit einem Kuß.
»Du denkst zuviel, Ginny«, murmelte er, während er sie noch fester an sich zog.
Danach dachte sie an nichts mehr, danach spürte sie nur noch die Gefühle, die er in ihr auslöste, und hinterher waren das Bild und die Erinnerung daran verschwunden.

Tucson wachte gerade auf, als Bonner und Ginny zum Büro der *Sun* zurückkehrten.
Sobald sie drinnen waren, wandte Ginny sich ihm zu und schlang ihre Arme um seinen Hals. »Ich wünschte, du müßtest nicht weg.«
»Das wünschte ich mir auch, aber Befehl ist Befehl«, erwiderte er und küßte sie sanft auf den Mund.
»Wie lange, glaubst du, wirst du weg sein?« Ihr graute vor dem Gedanken an seine Abwesenheit.
Er schüttelte den Kopf. »Ich weiß es nicht. Ein paar Wochen, vielleicht auch länger – es hängt davon ab, wie die Dinge im Reservat laufen. Sie haben nur noch einen weiteren Übersetzer.« Er nahm sie bei den Schultern und zwang sie, ihn anzusehen. »Während ich weg bin, möchte ich, daß du lange und gründlich darüber nachdenkst, auf was du dich einläßt, wenn du mich heiratest. Und laß dich nicht von dem beeinflussen, was gestern abend und heute früh geschehen ist.«
»Ich muß nicht mehr darüber nachdenken, Bonner. Ich liebe dich. Ich will den Rest meines Lebens mit dir verbringen.« Sie schaute zu Boden und erklärte: »Ich will deine Frau sein, mit dir Kinder haben, kleine Jungen mit schwarzen Haaren und schwarzen Augen, genau wie du.« Es kam ihr in den Sinn, daß

sie möglicherweise schon schwanger war, aber sie glaubte nicht, daß es schon Zeit war, darüber zu sprechen. Sie wollte nicht, daß er sich Sorgen um sie machte, während er weg war.
Er zog sie in seine Arme. »Ich möchte das auch«, sagte er. »Aber ich wünsche mir noch mehr, daß du nichts bereuen mußt; kein hätte, würde, könnte.« Als sie ihren Kopf schüttelte, hielt er ihr Gesicht mit beiden Händen fest, um sie daran zu hindern. »Hör mir zu, Ginny. Von jetzt an wird alles anders sein. Ich kenne Clay Foster. Er wird allen erzählen, was er gestern gesehen hat. Sobald sich die Nachricht verbreitet, werden die Leute anfangen, dich anders zu behandeln, und das Geschäft wird zurückgehen. Du kannst noch etwas Zeit gewinnen, indem du seine Anschuldigungen abstreitest. Sag den Leuten, daß du ihn abgewiesen hast und er versucht, sich zu rächen.«
»Aber das wäre eine Lüge.«
»Nicht ganz. Du hast ihn doch abgewiesen, ich hörte, wie er es sagte. Das könnte dich retten, Ginny, und die *Sun* auch.«

Bonner war schon vier Wochen weg und einen Tag, acht Stunden und zwei Minuten – nicht, daß Ginny nachzählte. Seine Vorhersage, daß Clay Foster über das sprechen würde, was er gesehen hatte, erwies sich als zutreffend. Zuerst war sie zu beschäftigt gewesen um zu bemerken, daß etwas nicht stimmte. Dann waren die Frauen der Händler zu beschäftigt, um mit ihr zu schwatzen, wenn sie zum Einkaufen kam. Bald wandten sich Leute demonstrativ von ihr ab, denen sie normalerweise zuwinkte. Schließlich wurden ausgelaufene Anzeigenverträge nicht mehr erneuert.
All das erreichte am Tag des literarischen Treffens seinen Höhepunkt. Indy und Mrs. Brown waren die einzigen, die sich bei Indy versammelten.
»Ich glaube nicht, daß die anderen noch kommen«, meinte

Mrs. Brown, nachdem sie eine halbe Stunde gewartet hatten. Sie setzte ihre Teetasse ab. »Ich nehme an, meine Liebe, daß sie Gerüchte über Sie und Mr. Kincade gehört haben.«
»Gerüchte?« Sie hätte darauf vorbereitet sein sollen, aber sie war es nicht.
»Ich finde, offengestanden, er ist ein ganz und gar charmanter Mann«, fuhr Mrs. Brown in ihrer gewohnt kultivierten Art fort, die Ginny inzwischen liebengelernt hatte. Lächelnd fügte die ältere Frau hinzu: »Er erinnert mich an meinen lieben Rolfe in den Tagen vor dem Krieg. Er gab solch eine schneidige Figur ab in seiner Uniform. Ich nehme an, es liegt an Mr. Kincades gemischtem Blut. Wir Leute aus dem Osten sind ein wenig aufgeschlossener. Schauen Sie sich nur Ely Parker, den Mitarbeiter des Präsidenten, an. Er ist ein Vollblut-Seneca-Indianer, und er wird zu den besten Partys der einflußreichsten Gastgeberinnen eingeladen.«
Ginny guckte zu Indy, die plötzlich sehr blaß aussah.
»Ich fürchte, ich habe mir Mr. Foster zum Feind gemacht«, erklärte sie. »Er hat mich wiederholt zum Abendessen eingeladen und ins Theater, aber ich habe immer abgelehnt. Ich erinnere mich, daß er vor über einem Monat im Büro vorbeikam und Bonner hier vorfand und ... nun, ich denke ...«
Indy setzte sich auf. »Ich erinnere mich daran, das war nämlich der Tag, an dem Jim von seinem Erkundungsritt zurückkam und mich nicht zu Hause vorfand, und da suchte er bei dir im Büro nach mir. Er war nur ein paar Minuten dagewesen, als Bonner hereinkam. Er war aufgebracht, soweit ich mich erinnere – wegen eines Briefes über die Indianersituation in Camp Grant.«
»Das stimmt. Dann kam Clay vorbei – gleich nachdem du mit Jim gegangen warst«, fügte Ginny hinzu und dankte Indy im stillen für ihre Hilfe. »Sobald Clay Bonner sah, begann er, schreckliche Dinge über uns zu sagen. Bonner bedrohte ihn, und er ging. Ich war so schockiert, daß Bonner darauf bestand,

ich solle das Büro abschließen, und dann brachte er mich zu euch.«
»Für mich klingt es so, als ob Clay eifersüchtig wäre«, versuchte Mrs. Brown zu erklären. »Ich weiß, daß er und Mr. Kincade schon jahrelang uneins waren, und das wäre ein weiterer Grund für ihn, bösartige Gerüchte in die Welt zu setzen.«
Ginny neigte den Kopf. Sie hoffte, Gott würde ihr diese halbe Lüge vergeben, aber sie wußte nicht, was sie sonst hätte tun können. Wenn sie die Gerüchte nicht aus der Welt schaffen konnte, wäre die *Sun* in ein paar Monaten nicht mehr im Geschäft, und sie und ihr Vater säßen auf der Straße.
Später, nachdem Mrs. Brown gegangen war, wandte Indy sich an Ginny. »Ich meine, sie hat es dir geglaubt, und selbst wenn nicht, dann glaube ich, daß sie dich genug mag, um es zumindest vorzugeben. So oder so wird sie das Gerede genauso wirkungsvoll stoppen, wie Clay Foster es in die Welt setzte.«
»Es tut mir leid, dich da mit hineinzuziehen«, sagte Ginny und nahm Indys Hand.
»Ich weiß noch, wie ich dich warnte, was passieren würde und ...« Indy schüttelte den Kopf. »Tut mir leid, Ginny, ich sollte dich nicht belehren. Du konntest es genausowenig verhindern, dich in Bonner zu verlieben, wie es mir mit Jim ging. Ich hoffe nur, daß ihr beiden zusammensein könnt.«
»Ich auch.«

Auf dem Heimweg machte Ginny einen kleinen Umweg und schaute beim Zeitungsladen vorbei, um die auswärtigen Zeitungen mitzunehmen und nachzusehen, ob Post für sie da war. Sie fand einen Brief von Bonner vor – sie erkannte sofort die große, selbstbewußte Handschrift.
Sie beeilte sich, nach Hause zu kommen, um ihn zu lesen. Das war der dritte Brief von Bonner, seit er weg war. Sie liebte es, seine Briefe zu lesen – nicht nur wegen der persönlichen Nachricht, die ihre Stimmung hob und ihre Hoffnung nährte, son-

dern auch wegen der Informationen aus erster Hand, die er ihr schickte, damit sie sie in ihre Artikel und Leitartikel einbaute.

> Mehr als fünfhundert Apachen sind jetzt hier. Mit jedem Tag kommen mehr an. Sie stellen sich vor Lieutenant Whitman auf und geben ihre Namen an, die dann in Listen eingetragen werden.
> Erinnerst Du Dich, ich sagte Dir, daß Whitman keine formale Legitimation hatte, ein Reservat einzurichten – daß er ein ziemliches Risiko eingegangen war, weil er glaubte, er habe die Chance zum Frieden im Territory in seinen Händen. Du erinnerst dich sicher auch daran, daß er sofort einen Brief an General George Stoneman im Hauptquartier des Department geschickt hatte, um ihm die Situation zu schildern und um Anweisungen zu erbitten. Heute kam Whitmans Brief ungeöffnet zurück mit einer Notiz, daß die angemessene Umschlagsnotiz fehlte, die sonst den Inhalt anzeigt. Dem Beamten zufolge, der den Brief zurückschickte, hatte Whitman die militärische Etikette verletzt. Also warten wir immer noch darauf zu erfahren, ob das, was wir hier tun, für die Regierung annehmbar ist.

Ginny seufzte frustriert. Etikette! Der Friede hing in der Luft dank eines wichtigtuerischen Bürohengstes, der beschloß, über die Post, die er bekam, Macht auszuüben. Was höchstens ein paar Wochen gedauert hätte, würde jetzt ein paar Monate brauchen. Bei solchen Gelegenheiten hinterfragte Ginny ihre Loyalität der Regierung der Vereinigten Staaten gegenüber. Schweren Herzens las sie weiter.

> Wie jeden Frühling ist das Wasser ausgetrocknet, dort, wo der Arivaipa Creek und der San Pedro River zusammenfließen. Whitman hat Anweisung gegeben, die Apa-

chen fünf Meilen flußaufwärts zu bringen, zum Eingang des Canyon, wo das Wasser das ganze Jahr fließt. Meinem Großvater scheint dieser Platz zu gefallen. Die Palo-Verde-Bäume sind grün und mit kleinen gelben Blüten übersät. Viele haben angefangen, das fruchtbare Land an den Wassern des San Pedro River zu bestellen. Whitman hat Mais- und Kürbissamen ausgegeben.

Ich habe mehrere Gruppen in die Berge begleitet, um Agavenblätter zu sammeln und Wild zu jagen. Whitman zögert, sie ohne einen militärischen Führer ziehen zu lassen, denn wenn irgend etwas passiert, muß er die Verantwortung dafür tragen.

Wir haben für die Apachen einen Weg gefunden, wie sie Geld verdienen können, damit sie Kleidung und andere notwendige Dinge kaufen können. Sie haben sich darauf verlegt, Heu zu ernten, das Whitman ihnen abkauft. Aber statt Geld gibt er ihnen Gutscheine, mit denen sie im Laden des Händlers Waren kaufen können.

Ginny bewahrte Bonners Briefe neben ihrem Bett auf und las sie immer wieder. Durch seine Briefe konnte sie ihn weiter kennenlernen und den Menschen und seine Ziele besser verstehen lernen. Bonner Kincade lebte und arbeitete mit einem Ziel im Kopf – er wollte dazu beitragen, einem Land, das vor Haß verrückt geworden war, Frieden zu bringen.

* * *

Das friedliche Zwischenspiel nach der Kapitulation der Apachen war nur zu bald beendet. Jeden Tag kamen neue Berichte von indianischen Verwüstungen in das Büro der *Sun.*

Nachrichten, die Bonner bereits an Ginny weitergegeben hatte, erreichten jetzt auch die anderen Zeitungen. Die Tatsache, daß Whitman den Apachen für das Pfund Heu einen Cent bezahlte, rief großes Murren und Klagen unter den Vertragshändlern von Tucson hervor. Sie beschwerten sich, daß die Apachen ihre Preise unterböten und ihnen damit ihr Geschäft wegnähmen.

Mitte März bekam Ginny einen Bericht, daß Präsident Grants Indianerpolitik auch auf Arizona ausgeweitet werden solle und daß ein Mitglied der Niederländischen Reformierten Kirche eine neue Indianerbehörde aufbauen würde. Vom Kommandeur des Department, General George Stoneman, wurde ein militärischer Befehl ausgegeben, eine energische, nachhaltige und unnachgiebige Winterkampagne gegen die Apachen einzuleiten und durchzuführen. Patrouillen würden einen Radius von dreißig Meilen um das Infanterie-Camp abdecken.

Der *Arizona Citizen* verbreitete sich über einen Befehl aus dem Hauptquartier, der den Verkauf von alkoholischen Getränken an jegliche Militärposten verbot. Ginny war entsetzt, als der *Citizen* vorschlug, die Ausgabe von Lebensmittelrationen an die Indianer sollte ebenso verboten werden. Der Autor – entweder Wasson oder sein Redaktionsassistent – sprachen von Postenkommandeuren, die auf Kosten der Regierung untätige Indianer durchfütterten. Ginny wollte sich nicht einmal vorstellen, wie Bonner das kommentieren würde.

Die Berichte über von Indianern verübte Morde verdreifachten sich, und Ginny fragte sich, wie viele davon wahr waren und wie viele erfunden. Der Citizen trug dazu bei, die Ängste der weißen Bevölkerung zu schüren und hochzujagen. Protestversammlungen wurden abgehalten, und die Sprecher schrien ihre Empörung heraus.

Ginny wurde informiert, daß sich ein Komitee für öffentliche Sicherheit gebildet hatte. Sie fragte sich, ob das nicht nur ein anderer Name für eine Bürgermiliz war. Sie hatten William Oury, einen früheren Texas-Ranger und ehemaligen Indianerjäger, zum Anführer ernannt. Ginny hatte Oury ein- oder zweimal gesehen, war ihm aber nie vorgestellt worden. Sie

wußte, daß er in der Revolution von Texas gekämpft hatte und haarscharf dem Massaker von Alamo entgangen war.
In den beiden letzten Wochen hatte es Berichte über eine Anzahl von Raubzügen und Tötungsdelikten im Tal von Santa Cruz und im San-Pedro-Tal gegeben. Durch Indy erfuhr Ginny, daß die Leute allmählich Lieutenant Whitman verdächtigten, eine Horde von Dieben und Mördern zu beherbergen – daß seine sogenannten friedlichen Reservatsapachen unter dem Vorwand, zu jagen oder Agavenblätter zu sammeln, die Rancheria verließen und statt dessen raubten und mordeten.
»Es ist nicht wahr, Indy«, rief Ginny unter Tränen aus. »Bonner schrieb mir, daß er die Gruppen zum Jagen und Sammeln begleitet und daß Whitman darauf achtet, sie nicht allein ziehen zu lassen.«
»Ich weiß, daß es nicht wahr ist«, erwiderte Indy. »Jim hat Beweise dafür, daß es die Chiricahuas sind, die rauben und morden. Aber die Leuten wollen nicht zuhören – sie hören nur noch, was sie hören wollen. Sie lauern nur auf irgendeine Gelegenheit, die ›Futterstation‹, wie sie sie nennen, draußen in Camp Grant zu zerstören.« Sie schritt auf und ab, ihre Hand hatte sie oben auf ihren Bauch gelegt. »Ich würde alles darum geben, diesen Ort zu verlassen. Hier will ich kein Kind aufziehen. Hier gibt es zu viel Haß. Wie dein Vater schon sagte: es ist eine Krankheit.«

Seite an Seite saßen Bonner Kincade und Lieutenant Royal Whitman auf ihren Pferden und sahen über das friedliche Apachenlager hinweg.
Whitman lachte leise und zufrieden in sich hinein. »Ich hätte nie gedacht, daß ich es noch erleben würde, einem Apachenlager so nahe zu sein, ohne Angst zu haben.« Er machte eine Bewegung mit seiner behandschuhten Hand.
»Schauen Sie sie an, Kincade. Gott, was für ein großartiger Anblick. Wie viele sind es jetzt – vier Gruppen? Fünf? Ich habe fast den Überblick verloren.«

»Fünf Gruppen«, bestätigte Bonner. »Fünfhundertundzehn Männer, Frauen und Kinder.« Seine Worte schmeckten nach Galle, und er wußte nicht, aus welchem Grund. Seine Lebensaufgabe war es, dem Volk der Apachen Frieden zu bringen. Sie zur Kapitulation zu überreden war das Ziel, dem er sich gewidmet hatte und für das er alle eigenen Wünsche und Bedürfnisse zurückgestellt hatte. Und jetzt wurde sein Traum Wirklichkeit. Trotzdem hatte er kein Gefühl der Befriedigung. Würde es sich erst einstellen, wenn alle Apachen kapituliert hätten? fragte er sich. In seinem tiefsten Inneren wußte er die Antwort: Nein. Es lag keine Freude darin, die Nation der Apachen auf die Knie zu bringen. Das war kein Grund zum Feiern. Sie kapitulierten nur aus einem einzigen Grund: um zu überleben. Befriedigung würde er darüber nie empfinden, aber das Gefühl, etwas erreicht zu haben, ja.

Das würde reichen müssen.

»Fünfhundertundzehn«, wiederholte Whitman und schüttelte den Kopf, als ob er es nicht glauben könne. »Ich würde sagen, sie sind der lebendige Beweis dafür, daß die Kritiker sich irren. Apachen können wirklich in Frieden und Harmonie zusammenleben Mensch, ich hatte im letzten Monat mit ihnen weniger Probleme als mit meinen eigenen Männern!« Er setzte sich in seinem Sattel zurecht und sah schweigend über das Lager. Eine Weile später sagte er: »All das ist Ihr Verdienst, Kincade, weil die Apachen Sie respektieren und Ihnen vertrauen. Außer Ihnen hätte niemand anders das fertigbringen können.«

Bonner räusperte sich. Bei Komplimenten fühlte er sich immer unwohl. »Ich habe ihnen nur gesagt, was sie ohnehin schon wußten – daß die Kapitulation ihre einzige Überlebenschance ist.«

»Darum beneide ich Sie nicht, mein Freund. Sie haben ihren Stolz. Sie würden eigentlich viel Besseres verdienen, als sie bekommen. In den letzten paar Wochen habe ich tiefe Achtung vor ihnen bekommen. Einige von ihnen sind fast nackt hier angekommen, und doch schämten sie sich nicht. Und die Frauen, mein Gott, die Frauen! Jeden Tag gehen sie hinaus auf die Felder und verrichten mit heiterer Miene Sklavenarbeit, um sich und ihre Kinder kleiden zu können.«

Bonner fand es überraschend, daß Whitman als Militärangehöriger in so vielen Dingen mit ihm übereinstimmte, vor allem in der Art, wie er mit dem Volk der Apachen umging. Der Lieutenant erledigte vieles gern selbst: anstatt einen seiner untergebenen Offiziere zu schicken, um die Rancheria in Augenschein zu nehmen, sattelte er jeden Morgen sein Pferd und ritt selbst hinaus. Er machte es sich zur Angewohnheit, die Fragen der Leute zu beantworten, sich um ihre Anliegen zu kümmern und ihnen in einfacher, direkter Sprache alles zu erklären, was sie wissen wollten. Seine Herzlichkeit und sein Mitgefühl brachten ihm Eskiminzins Achtung und Vertrauen ein.

Bonner sah, wie ein uniformierter Soldat in gestrecktem Galopp auf die Rancheria zuritt und eine Staubwolke hinter sich herzog. Bonner und Whitman ritten den Hügel hinunter ihm entgegen.

»Entschuldigen Sie, Sir«, rief der junge Gefreite und salutierte. »Captain Stanwood ist im Posten angekommen, um Ihr Kommando zu übernehmen. Er wünscht Sie so bald wie möglich zu sprechen, um die Lage der Apachen zu erörtern. Er sagt, er hat Befehle von General Stoneman.«

Whitman warf Bonner einen besorgten Blick zu und sagte zu dem Gefreiten: »Danke, Hensley. Reiten Sie zurück, und teilen Sie ihm mit, daß ich sofort komme.«

»Ja, Sir.« Der junge Soldat riß sein Pferd herum und galoppierte davon.

»Ich bin mir nicht ganz sicher, was das bedeutet, Kincade, aber ich kenne Stanwood. Er ist ein gerechter Mann. Ich vermute, daß er keine drastischen Veränderungen anordnet.« Er nahm seine Zügel auf. »Ich sehe Sie beim Abendessen in meinem Quartier, sieben Uhr.«

Bonner starrte ihm noch lange nach, bis nur noch eine Staubspur zu sehen war. Er hoffte inständig, Stanwood hatte Befehl, daß Whitman genau so weitermachen solle wie bisher.
Bonner verbrachte den Nachmittag mit seinem Großvater, dem er beibrachte, wie man einen sechsschüssigen Revolver handhabt. Gianatah lernte schnell, und nach ein paar Stunden konnte er einen kleinen Zweig von einem Baum schießen, aber er weigerte sich, Bonners Patronengurt umzuschnallen und das schnelle Ziehen zu lernen.
»Ich will so etwas nicht tragen«, erklärte er und schnippte mit dem Finger gegen den Ledergurt, der um Bonners Hüften hing. Gianatah schaute den Revolver in seiner Hand an, und dann Bonners Pistolenhalfter. Er schob den Lauf der Waffe in den Bund seiner Wildlederhose. »Das guter Platz, Feuerstock zu tragen«, meinte er und tätschelte den Revolver.
Bonner verzichtete wohlweislich darauf, mit ihm zu streiten. Wenn Gianatah einmal eine Entscheidung getroffen hatte, war sie unumstößlich. »Ich dachte, wenn hier alles eingerichtet ist, könnte ich nach Hause gehen und meine Mutter und meine Schwester zu einem Besuch hierherbringen. Würde dir das gefallen?«
Gianatah strebte zu seinem Wickiup. »Sie bleiben lange?«
»Nein, wahrscheinlich nur ein paar Tage.«
»Dann können sie kommen.«
Bonner blieb abrupt stehen, da er nicht sicher war, ob er seinen Großvater recht verstanden hatte. Er dachte über das nach, was er gesagt hatte, und mußte lachen.
Bonner folgte seinem Großvater in die Hütte und setzte sich auf einen Stapel Tierhäute. »Logan kommt in ein paar Monaten heim. Er ist jetzt ein Medizinmann, weißt du.«
Gianatah nahm den Pfeil zur Hand, an dem er vorher gearbeitet hatte. Bonner beobachtete seine Hände – sie waren immer noch flexibel, geschickt und ruhig –, wie sie die Sehne fest um den Stamm wickelten. Er lächelte über die Erinnerung daran, wie

sein Großvater ihn und Logan auf ihre erste Jagd mitgenommen hatte. Jeder von ihnen war mit einem Köcher voll Pfeile losgezogen, die sie selbst hergestellt hatten. Am Ende des Tages hatten sie alles außer ihrer Beute getroffen und kamen mit weniger als der Hälfte ihrer Pfeile wieder zurück und ohne irgendeinen Beitrag für den Kochtopf.
»Das habe ich von deiner Schwester gehört. Er macht Medizin für die White Eyes.«
»Ja«, bestätigte Bonner und versuchte, im Gesicht des alten Mannes zu lesen. »Sobald er nach Hause kommt, will ich versuchen, ihn davon zu überzeugen, hierzubleiben und auch für die Apachen Medizin zu machen.« Bonner senkte seinen Kopf. »In letzter Zeit habe ich anscheinend recht viel geredet. Ich wüßte nur gern, ob überhaupt jemand zuhört.«
Gianatah sah von seiner Arbeit auf. »Ich höre zu. Und jetzt bin ich hier.«
Bonner war einen Augenblick lang sprachlos vor Überraschung. Sein Großvater hatte nie seine Gründe für die Kapitulation erwähnt, und Bonner hatte angenommen, daß Eskiminzin ausschlaggebend gewesen war. Jetzt wurde er eines anderen belehrt. Gianatah war hier, weil er *ihm* vertraut hatte – *seiner* Macht vertraut hatte. »Ich hoffe, ich habe weise gesprochen.«
»Die Berggeister sind stark in dir. Stelle ihre Weisheit nicht in Frage.«

Einundzwanzigstes Kapitel

Interview mit General Stoneman Bericht des von den Bürgern ernannten Komitees

> Ihr Komitee traf General Stoneman am Abend des 25. März. Es wurde ihm eine »Denkschrift« vorgelegt, die angeblich von den Einwohnern von Tubac und denen im Santa-Cruz-Tal zusammengestellt und unterschrieben wurde... Er entschied, daß eine Gemeinschaft, die 500 Männer aufweist, selbst für sich sorgen kann ... und erklärte, daß die Leute von Tucson und Umgebung nicht mehr erwarten können, als bereits getan wurde, und daß er nur für jeden fünften Kavalleriesoldaten ein Pferd hatte. Er bedauerte, daß er in seinen Mitteln, mit denen er die von ihm erwartete Arbeit tun kann, so eingeschränkt ist.
>
> *Arizona Citizen*

Die Atmosphäre in Tucson war geladen ,und die Stimmung war gedrückt. Die Regierung der Vereinigten Staaten würde ihnen mit ihrem Indianerproblem nicht helfen, so viel hatten die Leute inzwischen begriffen. General Stoneman hatte gesagt, es liege bei den Bürgern, sich selbst zu schützen.

Jeden Tag, wohin sie auch kam, hörte Ginny, wie die Leute sich beklagten und lamentierten. Sie waren wütend, gekränkt, enttäuscht. Einige schienen alle Hoffnung aufgegeben zu haben, jemals in Frieden leben zu können. Sie hatten sowohl die Army als auch die Indianer satt. Und sie waren auch der Versammlungen und Debatten überdrüssig, die nichts bewirkten.

Der *Citizen* brachte die Nachricht von Captain Stanwoods Ankunft in Camp Grant. In seinem Leitartikel kommentierte Wasson:

> Wir haben nichts als vorteilhafte Bemerkungen über Captain Stanwood als sorgfältigen Offizier gehört, und wir glauben, wenn er nicht durch einen ausdrücklichen Befehl davon abgehalten wird, wird er die Wilden christianisieren, gemäß dem Plan, der von Henry Ward Beecher für die Schläger an der Grenze von Kansas vor fünfzehn Jahren empfohlen wurde – erst mit Flintenkugeln, und danach mit Bibelzitaten.

Ginny brachte einen ausführlichen Bericht über die Ankunft des Captain, verzichtete aber darauf, ihn zu kommentieren:

> Auf dem Wege nach Camp Grant traf Captain Stanwood mit General George Stoneman zusammen, wobei der Captain mündliche Befehle erhielt, daß er weiterhin den dort niedergelassenen Apachen Versorgung bieten solle und daß sie als Kriegsgefangene zu betrachten seien. Zusätzlich wurde der Captain angewiesen, eine Gruppe Soldaten ständig auf Erkundungsritte zu schicken.
>
> Nachdem er das Reservat und die Verteilung von Versorgung und Arbeit ausgiebig untersucht hatte, kam Stanwood zu dem Schluß, daß die Apachen in ihrem Wunsch nach Frieden aufrichtig sind, und er sieht keinen Grund, irgendwelche von Lieutenant Whitmans Maßnahmen oder Vorgehensweisen zu verändern.

Das war nicht das erste Mal, daß Ginnys Bericht sich deutlich von dem des Citizen unterschied, aber es war das erste Mal, daß die Leute sie auf der Straße ansprachen und nach dem Grund dafür fragten. Sie antwortete vorsichtig darauf und erklärte den Leuten, daß alle Zeitungen die gleichen offiziellen Berichte erhielten und daß der Unterschied einfach in dem lag, was der Redakteur auswählte.

Es war die Überraschung ihres Lebens, als eine Woche später die Zeitung von San Diego ihren Artikel wieder abdruckte und Bemerkungen darüber machte, daß die *Tucson Sun* mit wohlgesinntem Optimismus berichtete, während all die anderen Zeitungen des Territory ausschließlich negativ klangen.

Ginny wurde vor Stolz ein paar Zentimeter größer. Sie wollte die gute Nachricht so gern ihrem Vater erzählen, aber er war bereits ausgegangen, und man konnte nicht wissen, wann er zurückkam. Sie wußte, Bonner würde sich freuen, aber sie würde mit ihrer Neuigkeit warten müssen, bis er nach Tucson zurückkäme.

Dank Mrs. Brown war das Gerede über sie und Bonner beinahe zum Stillstand gekommen. Es konnte jedoch jederzeit wieder aufflammen, wenn auch nur *ein* Mensch mitbekommen würde, wie sie Bonner einen Brief schickte, deshalb konnte sie es nicht riskieren.

Außerdem war es die einzige gute Nachricht. Sie hatte keine Lust, ihm zu schildern, wie angespannt die Lage in Tucson war oder wie oft die Alarmtrommel die Leute ins Rathaus rief.

Die Trommel ertönte so oft, daß Ginny den Eindruck hatte, sie verbrachte mehr Zeit bei diesen improvisierten Versammlungen als im Büro. Die Nachrichten waren immer die gleichen: Berichte von Männern, die überfallen worden waren, während sie eine Straße bauten, und die alle getötet und schrecklich verstümmelt wurden. Wagenkolonnen, die überfallen worden waren, gestohlenes Eigentum, verwundete Menschen, weggelaufenes Vieh.

Gegen Mitte April kam ein Kurier der Papago nach Tucson geritten und brachte den Bericht, daß Apachen im Gebiet der Mission von San Xavier mit einem Dutzend Rindern und sieben Pferden abgehauen waren. Gegen Mittag hatte sich eine Gruppe von Bürgern in den Sattel geschwungen und sie verfolgt. Sie hatten nur einen Apachen getötet, aber alles Vieh wieder eingefangen und kamen siegreich nach Tucson zurück.
Ein paar Tage später überfielen vier Apachen die San-Pedro-Siedlung. Ein Mann wurde umgebracht, und die Indianer machten sich mit einem Joch Ochsen und einem Pferd davon. Mehrere Männer der Siedlung folgten der Spur, aber sie wurden selbst angegriffen, als die Räuber sich mit einer viel größeren Gruppe von etwa hundert Indianerkriegern vereinigten.
Die Trommel dröhnte wieder, als Ginny und Indy auf dem Heimweg vom »Shoo Fly« waren. Jim war unterwegs, und sie hatten sich ein Abendessen im Restaurant gegönnt.
»Ich frage mich, was es diesmal wieder ist«, sagte Ginny, als sie an den Trommlern vorbeikamen.
Indy nahm Ginny am Arm und schlug die Richtung zum Rathaus ein. »Das finden wir nur heraus, wenn wir bei der Versammlung mitmachen.«
Ginny war es zur Gewohnheit geworden, in den letzten Reihen Platz zu nehmen, wo ihre Anwesenheit nicht auffallen würde und niemand ihren Gesichtsausdruck und ihre Reaktionen sehen konnte.
All die Wochen, die sie allein gekommen war, hatte keine einzige Person sie gefragt, wo ihr Vater war. Offensichtlich wußten sie es. Es wäre eher schwierig gewesen, es nicht zu bemerken, wurde ihr bewußt. Sam versuchte gar nicht, seine Trunksucht zu verbergen Manchmal schien er sie fast zur Schau zu stellen. Die meisten Nachmittage und jeden Abend verbrachte er in dem einen oder anderen Saloon. Er war einer der Stammgäste geworden, einer der stadtbekannten Trinker.
Sie mußte auch annehmen, die Leute wußten, daß sie inzwi-

schen vollständig die Leitung der *Tucson Sun* übernommen hatte, daß sie jetzt alle Artikel und Leitartikel schrieb. Sie hatte in der letzten Zeit allein um Anzeigenkunden geworben, sie hatte Berichte vom Sheriff und aus Camp Lowell allein angenommen, sie hatte die Büroarbeiten erledigt, Nachrichten angenommen, Fakten recherchiert, die Zeitung zusammengestellt – alles allein. Die Stadtbevölkerung hätte blind sein müssen, es nicht zu bemerken. Überraschenderweise hatte sie nur ein paar ansässige Kunden verloren, die sie jedoch schnell mit den Versandhändlern von außerhalb hatte ersetzen können.

Der Mangel an Reaktionen auf ihre Herausgeberschaft ließ Ginny erkennen, daß sie die Leute falsch eingeschätzt hatte, und dieses Mal war sie froh, sich geirrt zu haben.

Sie sah sich im Rathaus um und suchte nach bekannten Gesichtern. Diese Versammlung war nicht so gut besucht wie die vorigen, aber das Hauptthema war dasselbe: die Apachen.

»Es kann keinen Zweifel daran geben, daß die Indianer, die von Camp Grant versorgt werden, diejenigen sind, die letzten Montag San Xavier überfielen«, behauptete ein Mann. »Weil sie verfolgt wurden und ihnen ihre Beute abgenommen wurde, kehrten sie in ihr Asyl zurück, ruhten sich aus, stellten eine größere Gruppe zusammen und griffen dann die San-Pedro-Siedlung an.«

Esra Hurt, einer der wenigen Männer in der Stadt, die immer noch an die Army glaubten, stand auf und brachte seine Meinung zum Ausdruck. »Als Lieutenant Whitman letztes Jahr hierherkam, hielten wir ihn alle für einen guten und ehrlichen Mann. Was mich betrifft, hat sich nichts daran geändert. Wenn er sagt, daß keine seiner Indianer in großen Zahlen die Rancheria verlassen haben, dann glaube ich ihm.«

»Du bist ein Narr«, gab der erste Sprecher zurück. »Die Rancheria liegt im Canyon, fünf Meilen vom Posten entfernt, und mehr als fünfhundert von den roten Teufeln haben sich dort niedergelassen. Willst du vielleicht behaupten, daß du ehrlich glaubst, Whitman kann sie alle unter Kontrolle halten, und das jederzeit? Das hat er vielleicht am Anfang geschafft, als nur ein paar von ihnen da waren, aber jetzt geht das bestimmt nicht mehr.«

Je mehr Leute ins Rathaus kamen, desto ängstlicher und unruhiger wurde die Atmosphäre. Die Männer schienen bereit zu sein, sich für die Sache zu bewaffnen, vorausgesetzt, sie konnten die Tiere bekommen, die sie brauchten. Das Gespräch heizte sich mehr und mehr auf, und die prominenten Sprecher untermauerten ihr Bestreben danach, jetzt gleich, noch heute abend eine Miliz aufzustellen.

Unmittelbar vor Ginny meldete sich ein Mann zu Wort. »Also, ich zumindest werd' nich' Kopf und Kragen riskieren ohne Garantie, daß die Army uns unterstützt.«

»Dann bist du ein Feigling!« erklang eine Stimme. Ginny konnte den Sprecher nicht sehen, aber hören. »Das ist unser Land, für das wir kämpfen! Es sind unsere Frauen und unsere Kinder!«

»Du brauchst mir nich' mit der Fahne vor 'm Gesicht herumzuwedeln, Seth. Ich hab' bereits diesen Krieg gekämpft und fast alles, was ich hatte, verloren. Nicht noch mal!«

»Er hat recht!« rief ein anderer Mann aus dem vorderen Teil des Raumes. »Warum sollten wir das ganze Risiko auf uns nehmen?«

Während der folgenden Debatte entstand Gebrüll, und der Ruf nach der Miliz wurde vehement bekämpft mit dem Argument, daß es Stonemans Aufgabe sei. Wie alle Versammlungen zuvor schien diese auf die gleiche Mauer zu treffen, und wütende Rufe schwollen zu Chaos an.

»Gentlemen! Gentlemen!« Clay Fosters autoritätsschwangere Stimme erhob sich über den allgemeinen Tumult, und allmählich stellte sich Ruhe ein.

Ginny und Indy warfen sich vielsagende Blicke zu.

»Auf diese Art und Weise werden wir gar nichts zustande bringen«, fuhr Foster fort, und jetzt wandten sich ihm aller Augen zu. Für Ginnys Empfinden sah er sehr wichtigtuerisch aus.
William Oury stand neben ihm auf. »Freunde, hören Sie mir bitte zu. Ich mache es kurz. Ihnen geht die Zeit aus Die Regierung hat klare Position bezogen: Tucson muß sich selbst beschützen.«
»Tucson ist nicht belagert und wird auch nicht angegriffen werden!« argumentierte Esra Hurt. »Ich schlage vor, wir warten ab und lassen Whitman und seine Armyjungs ihre Arbeit machen. Soviel ich höre, strömen Apachen auch in andere Posten. Es gibt auch gar nicht so viele von ihnen: höchstens ein paar tausend. Wenn die Dinge so weiterlaufen wie im Augenblick, dann wird es nicht lange dauern, bis sie alle Frieden machen wollen, und das wäre mir entschieden lieber als Krieg!«
»Es wird nie Frieden geben, Mann. Je länger wir warten, bis wir etwas unternehmen, desto schlimmer wird die Lage meiner Meinung nach«, widersprach Oury. »Bald wird es im Territory keine weißen Männer mehr geben.«
Wieder erhob sich Gebrüll, aber dieses Mal wurden die Abweichler bei weitem übertönt. Tränen verschleierten Ginnys Blick, und sie schüttelte schweigend den Kopf. Sie spürte, wie Indy ihren Arm berührte, und es tröstete sie, daß ihre Freundin bei ihr war.
Unwissenheit und Angst waren mächtige Waffen, und Ginny wußte, sie hatte keine Möglichkeit, einzugreifen, als der Ruf laut wurde, Offiziere zu wählen. Ihre Hilflosigkeit machte sie wütend. Was konnte sie sagen oder schreiben, was würde ihnen begreiflich machen, wie sehr sie sich irrten, wenn sie glaubten, nur Blutvergießen würde Frieden schaffen?
Ginny hielt ihren Bleistift umklammert, als die Stimmen verlesen wurden, und kritzelte »keine Überraschung« auf ihren

Block, als William Oury zum Kommandeur der Miliz gewählt wurde.
Für die benötigten Pferde ließ man einen Hut durch die Reihen gehen, aber das Spendenaufkommen war gering: nur fünfzig Dollar – das würde nicht reichen.
Als der Hut zu Ginny kam, warf sie nur einen Bleistiftstummel hinein. Dann nahm Indy den Hut, trug ihn nach vorne und stellte ihn vor Foster.
»Ziemlich magere Ausbeute, wenn Sie mich fragen«, meinte sie und kehrte auf ihren Platz zurück.
Die Versammlung wurde geschlossen.
Ginny und Indy waren mitten auf dem Heimweg, als Clay Foster ihnen entgegentrat.
»Guten Abend, die Damen. Hatten Sie einen angenehmen Abend?«
Ginny nahm Indy am Arm und versuchte, um ihn herumzugehen.
»Nicht so schnell, Miss Sinclair. Ich habe Ihnen etwas zu sagen, und ich glaube, Sie sollten lieber zuhören.«
»Gehen Sie uns aus dem Weg, Clay«, sagte Ginny entschlossen.
»Ich habe schon Ihren Vater gewarnt, und jetzt warne ich Sie. Gewissen Leuten aus der Gegend gefällt der Ton Ihrer Leitartikel nicht. Ich würde Ihnen empfehlen, Ihre Artikel mit der öffentlichen Meinung in Einklang zu bringen.«
Ginny nahm eine entschlossene Haltung an, als sie die Drohung in seiner Stimme hörte. »Und wenn ich es nicht tue?«
Clay Foster setzte ein dunkles, hämisches Grinsen auf. »Dann passen Sie besser gut auf sich auf. Soweit ich sehen kann, ist Ihr Halbblut nicht hier, um Sie zu beschützen.«
Ginny ließ sich nicht ködern und riß ihr Kinn hoch. »Danke für die Warnung, aber ich bin nicht mein Vater, mich können Sie nicht einschüchtern, Mr. Foster.« Ginny straffte ihre Schultern. »Und wenn Sie uns nicht augenblicklich den Weg freige-

ben, dann schreien wir die ganze Stadt zusammen, hören Sie?«
Sie schob sich an ihm vorbei, und er ergriff gnadenlos den Ärmel ihres Kleides. Ginny riß sich los und spürte, wie der Ärmel zerriß. »Hilfe!« schrie sie. »Hilfe!«
Indy warf ihren Umhang auf den Boden und stimmte mit ein: »Hilfe! Helft uns!«
Clay rannte feige davon, und die beiden hörten zu schreien auf. Sofort gingen die Türen auf, und Leute kamen heraus, um nachzusehen, was passiert war.
»Alles in Ordnung«, beruhigte Ginny diejenigen, die ihnen zu Hilfe eilten. »Vielen Dank, es geht uns gut. Es war nur ein Betrunkener, und unser Schreien hat ihn verscheucht.«
Hinterher waren sie sich einig, daß sie das Richtige getan hatten, indem sie Clay Foster nicht beschuldigten. Auf ihn warteten größere Dinge, und sie wollten nicht das Risiko eingehen, Jims Plänen ins Gehege zu kommen.
Am nächsten Tag kaufte Ginny eine Deringer-Pistole mit Perlmuttgriff; den Verkäufer heuerte sie an, ihr außerhalb der Stadt den Gebrauch der Waffe beizubringen. Irgend etwas sagte ihr, daß Clay Foster sich nicht mit mündlichen Drohungen zufriedengeben würde, deshalb wollte sie vorbereitet sein.

Ginny war die erste, die im Laden von E. N. Fish and Co. ein Exemplar der »Denkschrift und eidesstattlichen Aussagen«, die das neue Komitee veröffentlicht hatte, erstand. Sie nahm sie mit ins Büro und verglich sie mit den zahlreichen Notizen, die sie früher gemacht hatte. Sie war nicht überrascht, große Unterschiede festzustellen: Es waren keine ausgesprochenen Lügen, aber doch lange Ausarbeitungen, die die Wahrheit verzerrten. Je mehr Bürger diese Pamphlete in die Hand bekamen, desto mehr wuchs die Empörung.
Ginny verglich Tucson mit einem Teetopf, der unbeaufsichtigt auf dem Herd steht. Das Wasser war bereits am Kochen, und

wenn nicht bald jemand den Topf wegstellte, würde er überkochen und sein Boden durchschmoren.

Es wurde bereits Ende April, aber Bonner war immer noch nicht aus Camp Grant zurückgekehrt. In seinem letzten Brief schrieb er, er glaube, bald kommen zu können, aber wie bald genau, wußte er nicht. Er bat Ginny, Geduld zu haben, und teilte ihr mit, daß alles gut lief – eigentlich besser, als er hatte hoffen können.

Bonner war dabei, seine Aufgabe als Friedensstifter zu erfüllen. Er konnte sehen, wie seine Ziele näher rückten, und das machte Ginny froh.

Sie betete darum, daß die Freiwilligenmiliz Bonner und seinen Plänen nicht in die Quere kommen würde, aber wenn nicht irgend etwas geschähe, um zu beweisen, daß es nicht die Indianer von Camp Grant gewesen waren, die San Xavier und San Pedro überfallen hatten, dann würde die Miliz höchstwahrscheinlich mehr tun, als nur in die Quere zu kommen.

Zweiundachtzig Männer hatten sich der Sache zur Verfügung gestellt und sich in die Listen des Komitees zur öffentlichen Sicherheit eingetragen. Sie hatten ein Schriftstück entworfen, das besagte, daß sie, wenn nur noch *ein* weiteres Vergehen passiere, jeden Apachen im Arizona Territory auslöschen würden.

Oury hatte so feierlich gesprochen, als ob es um einen heiligen Krieg ginge.

Ginny wußte, daß Jim Garrity Bonner über das, was in Tucson geschah, auf dem laufenden hielt. Sie wußte ebenfalls, daß Bonner alle Zeitungen bekam und sie andächtig las.

Allein dieser Gedanke an ihn ließ sie spüren, wie schrecklich sie ihn vermißte. Mit jedem Tag wurde sie ein bißchen niedergeschlagener. Als sie Anfang März ihre Regel bekommen hatte, fiel sie fast in Trauer. Bis dahin war ihr gar nicht bewußt gewesen, wie sehr sie sich darauf gefreut hatte, Bonners Kind auszutragen.

Ginny seufzte und versuchte, sich auf die Worte des Reverends zu konzentrieren. Sie und Indy waren die letzten sechs Wochen regelmäßig zur Kirche gegangen. Die Bänke waren voll von Frauen und Kindern, aber es waren nur wenige Männer anwesend – ein Umstand, der Ginny erst in diesem Moment auffiel. Der Reverend predigte darüber, wie der Teufel Menschen dazu gebraucht, seine Absichten auszuführen, und wie die Menschen oft nicht einmal wußten, daß sie benutzt wurden.
Da sie neben einem offenen Fenster saß, spürte Ginny, wie ein warmes Lüftchen ihr Haar bewegte, und sie sah hinaus.
Das frisch angesäte Gras rund um die Kirche wuchs und versprach in der lehmbraunen Stadt ein heller Farbfleck zu werden.
Der Lufthauch spielte mit den Haarsträhnen, die sich aus ihrem Knoten gelöst hatten. Als sie sie ordnete, fiel ihr die Nacht ein, in der Bonner und sie zu seinem Lager beim Fluß geritten waren. Hinter ihr sitzend, hatte er ihr das Haar aus dem Nacken gestrichen und sie leidenschaftlich geküßt. Ginny ließ sich ganz in diese Erinnerung hineinfallen und legte den Kopf auf die Seite. Die Vorstellung war so stark, daß sie fast seinen Mund spüren konnte, wie er sie berührte und liebkoste – warm, zärtlich, ach so ...
Da bekam sie Indys Ellbogen in die Seite und wurde aus ihren Tagträumen gerissen.
»Was denn?« fragte Ginny ein wenig unwirsch.
»Die Leute schauen dich an«, wisperte Indy, fast ohne den Mund zu bewegen.
»Schauen mich an?« Erst dann merkte Ginny, daß sie sich offensichtlich von ihren Vorstellungen ein wenig hatte überwältigen lassen. »Ach, Entschuldigung, ich dachte gerade an ...«
»Bonner, ich weiß, das verrät dein verträumter Blick, aber wir sind hier in der Kirche. Versuche, dich auf die Predigt zu konzentrieren.«
»Ich werd's versuchen«, versicherte Ginny, aber inzwischen

wußte sie, daß es ihr nicht gelingen würde. Es war sowieso eine langweilige Predigt, die nichts mit ihr zu tun hatte. Clay Foster war der einzige Teufel, den sie kannte, und sie hatte sich geweigert, sich von ihm benutzen zu lassen. Sie seufzte und blickte starr auf die Kanzel und den Mann in Schwarz, der dahinter stand.

Sie machte einen weiteren heldenhaften Versuch, auf die Predigt zu hören, aber nach einer Weile schweifte ihr Blick wieder zum Fenster hinaus. Wenigstens nachts konnte sie soviel sie wollte an Bonner denken, ohne unterbrochen zu werden. Sie freute sich schon darauf, ins Bett zu gehen, nur damit sie von ihm träumen konnte.

In letzter Zeit jedoch war ein anderer Traum in ihr aufgetaucht – sie liegt in Bonners Armen, eng an ihn gekuschelt, als sie plötzlich eine Stimme hört, die wie der Wind durch die Bäume säuselt: »S...u...c...h...e...n...d...e.«

Das Lüftchen draußen frischte auf und blies durchs Fenster, erwischte die Bänder, die von ihrem Hut hingen, und schlug sie ihr ums Gesicht. Mit der Bö kam ihr ein Bild – ein trichterähnliches Geschöpf aus Staub und Wind. Sein Gesicht war alt und verwittert – und indianisch.

»Zur Zeit ist der Teufel in Tucson!« rief der Prediger von der Kanzel herunter.

Ginnys Aufmerksamkeit war augenblicklich wieder bei ihm. Sie hatte noch nie erlebt, daß er so laut wurde.

»Er geht über unsere Straßen, spricht zu unseren Freunden und Nachbarn. Ich flehe euch an, laßt euch nicht von seiner bösen Zunge beeinflussen. Scheucht ihn weg und erklärt ihm, daß ihr den Fußstapfen des Herrn folgt.« Er neigte den Kopf. »In Jesu Namen beten wir. Amen.«

»Amen«, wiederholte Ginny. Sie fragte sich, was die Predigt zu solch einem leidenschaftlichen Schluß gebracht hatte – sie hatte offensichtlich etwas verpaßt. Sie wollte daran denken, Indy danach zu fragen.

Auf dem Heimweg bemerkte Ginny, daß anscheinend mehr Leute unterwegs waren als sonst: Vielleicht zog sie das warme Wetter nach draußen. Der Stall des Pferdeverleihers summte nur so vor Männern, die ihre Sättel reparieren und ihre Pferde beschlagen lassen wollten. Der Amboß des Hufschmieds hämmerte einen stetigen Rhythmus, während er Hufeisen und Nägel lieferte. Als Ginny an der Werkstatt des Waffenschmieds vorbei kam, hörte sie zwei Männer um Gewehre handeln.

Irgend etwas geht vor sich, sagte sie sich. Sie wußte nicht genau, was es war, aber es lag eine Unruhe in der Luft. Die Leute verhielten sich anders als sonst, und ihre Nerven lagen blank.

Den restlichen Sonntagnachmittag verbrachte sie mit Indy; die beiden sahen die Babysachen durch, die Indy genäht und gekauft hatte. Das einzige, was Indy fehlte, war ein Taufkleid. Ginny fiel ein besonders feines Stück Spitze ein, das sie in der Brautschachtel ihrer Mutter aufbewahrte. Eingenäht in ein weißes Taufkleid würde es reizend aussehen. Ginny beschloß, bei ihrem nächsten Einkauf nach einem ähnlichen Stück zu suchen.

Die nächsten Tage nahm Ginny aufmerksam wahr, was um sie herum vorging. Tucson dröhnte immer noch vor ungewohnter Aktivität, und die Leute – allerdings nur die Männer – verhielten sich weiterhin seltsam. Ginny wußte, daß sie sich das nicht einbildete.

Mit Sicherheit war irgend etwas im Gange.

Aus ihrem Bürofenster konnte Ginny einen Großteil der Stadt überblicken. Mehr als einmal hatte sie gesehen, wie Freunde sich mißtrauische Blicke zuwarfen, als sie sich auf der Straße begegneten. Am späten Mittwochnachmittag sprach Clay Foster den Bäcker vor seinem Laden gegenüber der *Sun* an. Clay rückte so nahe an den armen Mann heran, daß Ginny dachte, er würde in ihn hineinkriechen – allein dieser Anblick machte sie schon nervös. Während Foster sprach, sah er sich ständig um, als ob er befürchtete, jemand könnte das Gespräch mithören. Das Gesicht des Bäckers verriet Ginny, daß ihm nicht gefiel, was er hörte. Nichtsdestotrotz schüttelten sie sich die Hand, bevor sie ihrer Wege gingen.

Donnerstag abend war Ginny eifrig damit beschäftigt, den Text für die Samstagszeitung zu setzen, als Greeley aufstand und ihr zu verstehen gab, daß er nach draußen mußte. Sie legte ihre Arbeit zur Seite und ließ ihn durch die Küche hinaus, ohne eine Lampe mitzunehmen. Greeley brauchte nie sehr lange, und er fand seinen Lieblingsfleck auch ohne Licht.

Es war für die Jahreszeit ein ungewöhnlich warmer Tag gewesen, aber bei Einbruch der Dunkelheit bekam die Luft eine erfrischende Kühle. Nach der stickigen Büroluft und dem allgegenwärtigen Tintengeruch fand Ginny die frische Luft belebend und atmete tief ein.

Dunkle Wolken schwebten über den Himmel und verbargen den Mond. In der ruhigen Nacht waren lediglich Greeleys Schnüffelgeräusche zu hören. Zwei Lehmziegelhäuser weiter fiel Ginny das Aufflammen eines Streichholzes auf. Sie machte einen Schritt in diese Richtung, besann sich dann aber eines Besseren. Dies hier war Tucson, nicht San Francisco. Hier wanderte man nicht im Dunkeln zwischen den Häusern umher.

»Entweder machst du bei uns mit oder nicht, Mulligan«, forderte eine gedämpfte Stimme. Der Name Mulligan zog Ginnys Aufmerksamkeit auf sich und ließ sie weiter zuhören, anstatt sich abzuwenden und das Gespräch zu ignorieren, wie es ihre guten Manieren normalerweise von ihr verlangt hätten. Seit jenem Tag vor dem Congress Hall Saloon, als er versuchte, erst Greeley und dann sie zu erschießen, hatte sie ihn nicht mehr gesehen und auch gehofft, nie wieder von ihm zu hören.

»Wie kommst du darauf, daß du den Papagos trauen kannst?« forschte Mulligan nach. »Sie sind Rothäute. Rothaut ist Rothaut bei mir. Keiner von denen taugt was.«

»Weil sie die Apachen sogar noch mehr hassen als wir«, antwortete der andere Mann. Ginny konnte ihn nicht an der Stimme erkennen. »Sie sagten, sie würden sich unserer Expedition anschließen, und ich glaube ihnen. Aber zu deiner Beruhigung: Es kommt auch eine Gruppe Mexikaner, und du weißt, wie sie die Apachen hassen!«
»Ich hab' gedacht, die Freiwilligenmiliz kümmert sich um die Apachen.« Mulligan räusperte sich und spuckte aus.
»Ja, das haben wir auch mal gedacht. Aber anscheinend wollen ja die meisten von denen nur reden. Bloß ein paar von ihnen – Oury, Foster, Elias –, haben den Mumm, was zu unternehmen, und die sind's, die hinter dieser Unternehmung stehen.«
»Ich überleg's mir«, meinte Mulligan.
»Also, überleg dir's lieber schnell, weil wir morgen nachmittag schon loslegen.«
»Morgen? Himmel! Da bleibt mir ja nicht viel Zeit. Wo trefft ihr euch?«
»Hab' dir ja schon gesagt, bevor es nicht vorbei ist, soll es keiner mitkriegen. Wir wollen nicht, daß uns noch jemand aufhält, deswegen reiten wir einzeln und zu zweit und auf verschiedenen Straßen aus der Stadt hinaus. Die Papagos wollen am Rillito auf uns warten, ungefähr acht Meilen nördlich. Wenn du mitkommen willst, mußt du Essen und Wasser für ein paar Tage einpacken. Jeder bringt seine eigenen Waffen mit, aber die Papagos liefern die Kampfkeulen.«
»Kampfkeulen? Wozu?«
»Hast du keine Phantasie, Mulligan?«
Auf ein langes Schweigen folgte: »Klingt gut.«
»Darauf kannste wetten.« Ginny hörte ein Kichern und dann ein Geräusch, das wie Schulterklopfen klang. »Wir überraschen diese Camp-Grant-Indianer. Die werden nicht mal wissen, was über sie gekommen ist.«
»Also gut, ich bin dabei«, sagte Mulligan mit resignierter Stimme.

»Ich sag' es Oury. Inzwischen mußt du mir schwören, daß du niemand was sagst, besonders keinen schwatzhaften Frauen oder Soldaten.«
»Ja, ja, das schwör' ich.«
»Morgen dann.«
»Ich treff euch am Rillito.«
Eine schreckliche Angst krampfte Ginny das Herz zusammen und machte sie schwach und schwindlig. Sie rührte sich nicht von der Stelle, damit sie keiner hören konnte. Schließlich hörte sie am Klimpern von Sporen, daß sie weg waren. Sie nahm Greeley und sah zu, daß sie ins Haus kam.
Verstört ging Ginny durch die Küche und durchs Wohnzimmer ins Büro und setzte sich an ihren Schreibtisch. Jetzt wußte sie, woher die seltsame Anspannung in Tucson herrührte.
Die Bürger schmiedeten heimlich Pläne für einen Überfall auf die Apachen von Camp Grant.

Zweiundzwanzigstes Kapitel

Seit vielen Jahren hat Tucson keine so vollständige Stagnation der Wirtschaft mehr erlebt wie zur Zeit. Durch indianische Feindseligkeiten werden die Ressourcen des ganzen Landes allmählich abgeschnitten, und sehr viele, die bis vor einiger Zeit einträgliche Arbeit im Bestellen von Land in den Tälern gefunden hatten, sind dort entweder begraben worden oder haben das Territory verlassen. Den wenigen, die bleiben, wollen wir sagen: Verteidigt euer Heim und paßt gut auf, nur noch eine Weile; ein glückliches und friedliches Zeitalter steht vor der Tür.

The Arizonan, letzte Ausgabe

Ginny starrte auf den halbfertigen Leitartikel auf ihrem Schreibtisch. Mit Informationen aus Bonners Briefen hatte sie eine Art Fortschrittsbericht über die Camp-Grant-Indianer zusammengestellt.

Still flossen die Tränen über ihre Wangen, fielen auf das Papier und ließen die Tinte zerlaufen. Sie ballte die Fäuste, und einen Augenblick später wischte sie alles vom Tisch: Papiere, Federhalter, Bleistifte, Tinte – alles flog durch den Raum.

Greeley suchte unter Sams Schreibtisch Deckung.

Sie starrte auf den leeren Tisch, während ihre Gedanken in zehn verschiedene Richtungen rasten. Plötzlich fiel ihr siedendheiß etwas ein.

»Bonner!« rief sie aus. »O mein Gott!« Sie sprang auf die Füße.

Panik durchfuhr sie wie ein Blitz und raubte ihr den Atem. Aus seinen Briefen wußte sie, daß er mit seinem Großvater auf der Rancheria mehr Zeit verbrachte als auf dem Armyposten. Das hieß, er würde wahrscheinlich auch zum Zeitpunkt des Milizüberfalls dort sein. Keuchend und zitternd vor Schock stand sie da und starrte ins Leere.

In ihren Ohren begann eine Art Puls zu schlagen – wie das Pendel einer Uhr, das die Sekunden zählte.

Sie rannte hinter dem Schreibtisch hervor zur Tür, blieb aber davor stehen. »Was mache ich denn?« fragte sie atemlos. Sie lehnte sich mit dem Rücken gegen die Tür. Sie mußte sich beruhigen und vernünftig überlegen. Sie würde überhaupt nichts erreichen, wenn sie mitten in der Nacht schreiend auf die Straße hinausstürzte.

»Beruhige dich«, sagte sie laut zu sich selbst. »Vor morgen nachmittag reiten sie nicht los.« Das hatte der Mann jedenfalls gesagt. Morgen, morgen nachmittag. Sie hatte noch Zeit.

Zeit wofür? Zeit, um sie aufzuhalten, schrie es in ihr. Aber wie?

»Jimmy crack corn and I don't care. Jimmy crack corn and I don't . . .«

»Pa!« Ginny seufzte erleichtert auf. Ihr Vater würde wissen, was zu tun sei. Sie wandte sich um und öffnete die Tür. »Pa! Ach, Pa, ich bin so froh, daß du zu Hause bist. Ich brauche . . .«

Er stolperte über die Türschwelle und fiel vornüber zu Boden.

»Pa!« Ginny kniete sich nieder und drehte ihn um. Seine Augen waren geschlossen, und auf seiner Stirn prangte ein scheußlicher Bluterguß. »O nein, Pa!« Sie schüttelte ihn, aber er reagierte nicht.

Ginny stand auf und brach in wildes Schluchzen aus. Schließlich unterdrückte sie die Schluchzer, zog ihren Vater ganz hinein und stieß mit dem Fuß die Tür zu. Eine ganze Weile stand sie da, schaute zu ihm hinunter und fragte sich, wie sie ihn wiederbeleben könnte. Dann wurde ihr klar, daß er selbst dann, wenn sie damit Erfolg hätte, nicht in der Verfassung wäre, ihr einen Rat zu geben. Sie müßte anderswo Hilfe finden.

Sie atmete tief ein und wischte sich die Tränen aus den Augen. Sie mußte sich in den Griff bekommen, und zwar sofort.

»Denken, ich muß denken.« Sie ballte die Fäuste und ging um ihren bewußtlosen Vater herum an ihren Schreibtisch. Sie versuchte, sich auf das zu konzentrieren, was sie mitgehört hatte, damit sie eine klare Vorstellung davon in ihrem Kopf bekäme. Oury, Foster und Elias führten die Unternehmung an, erinnerte sie sich und setzte sich. Der Mann, der mit Mulligan gesprochen hatte, hatte das Bürgerkomitee als Ganzes schlechtgemacht und erklärt, daß nur ein paar von ihnen den Nerv hatten, etwas zu unternehmen. Also war es eine kleine Gruppe, schloß sie daraus. Nein, korrigierte sie sich, eigentlich nicht klein, denn einige Mexikaner und Papagos wollten sich ihnen beim Rillito anschließen; und die Papagos lieferten Kampfkeulen – nur der Himmel wußte, wofür.

Sie zwang sich, eine Weile sitzenzubleiben. Sie brauchte einen Plan, aber sie konnte an nichts anderes denken als daran, daß Bonner umgebracht werden könnte, und sein Großvater und Dutzende – vielleicht sogar Hunderte anderer unschuldiger Männer, Frauen und Kinder.

Sie stützte ihre Ellbogen auf den Schreibtisch und legte den Kopf in die Hände. »Ich muß Hilfe finden«, sagte sie wieder laut vor sich hin. »Am besten rede ich mit ...« Im Geiste hakte sie eine Liste von Menschen ab, denen sie trauen konnte. Die Liste war allerdings kurz: Indy, Mrs. Brown, Jim.

Jim Garrity! Jim würde am ehesten wissen, was zu tun war. Ginny sah auf die Uhr – es war bereits Mitternacht. Sollte sie bis zum Morgen warten? Nein, je eher sie Jim informierte, desto besser. In diesem Falle war die späte Stunde kein Hinderungsgrund, denn schließlich standen Menschenleben auf dem Spiel.

Jetzt, da sie wußte, was sie als nächstes tun wollte, war sie ruhiger und nahm sich ein paar Minuten Zeit, um sich um ihren Vater zu kümmern. Sie würde ihn niemals bis in sein Zimmer bringen, dazu war er zu groß und zu schwer, aber sie konnte ihn zumindest zudecken und ihm ein Kissen unter den Kopf legen.

Sobald sie das getan hatte, sammelte sie die Schreibtischutensilien vom Fußboden auf und räumte sie weg. Sie wollte nicht riskieren, daß Pa aufwachte und glaubte, das Büro sei verwüstet worden. Sie überlegte noch, ob sie ihm eine Nachricht hinterlassen sollte, aber dazu war keine Zeit mehr. Außerdem würde er noch stundenlang außer Gefecht sein.

Sie eilte zur Tür, blieb einen Moment stehen, rannte zum Schreibtisch zurück, holte die kleine Derringer-Pistole und die Schachtel Munition heraus und stopfte sie sich in die Tasche.

»Greeley, komm, mein Junge.« Sie nahm seine Leine und ihren Umhang von dem Haken neben der Tür. »Wir machen einen kleinen Spaziergang«, lockte sie ihn und hakte die Leine in sein Halsband ein. »Hoffen wir nur, daß wir unterwegs niemandem begegnen.«

Halb ging, halb rannte Ginny in der Mitte der Main Street und hielt sich von den dunklen Ecken zwischen den Gebäuden fern. Sie mußte auf dem Weg zu Indy nur an einem einzigen Saloon vorbei, der hell erleuchtet war. Sie ging auf die gegenüberliegende Straßenseite und machte einen Satz durch den gelben Lichtstreifen, der aus der offenen Tür strömte.

»Hey, du, hübsches Fräuleinchen, komm mal her!« rief ein Mann.

Ginny raffte ihre Röcke und rannte davon.

Atemlos erreichte Ginny Indy Garritys Häuschen. Sie hämmerte an die Tür.

Eine Weile später meldete Indy sich. »Wer ist da?« fragte sie von drinnen.

»Ich bin's, Ginny.«

Eine schläfrig aussehende Indy öffnete vorsichtig die Tür. »Ginny! Was machst du denn draußen zu dieser Nachtzeit?«
»Ich muß ... ich muß mit Jim sprechen, es ist dringend!«
Indy öffnete die Tür und zog ihre Freundin hinein. »Er ist nicht hier. Er ist auf einem Erkundungsritt in der Nähe der mexikanischen ...«
Ginny ergriff Indys Arm. »Wann ...« Sie unterdrückte einen atemlosen Schluchzer. »Wann kommt er zurück?«
Indys Augen weiteten sich vor Schreck. »Ein paar Tage, eine Woche – ich weiß es nie genau.« Sie nahm Ginnys Hand von ihrem Arm und umklammerte sie. »Was ist denn los?«
Ginny atmete schwer vor Anstrengung und Angst. »Es ist Bonner ... die Apachen ... und ... die Miliz.« Als ihr klar wurde, daß ihre Äußerungen nicht zu verstehen waren, legte sie die Hand an ihren Hals, um zu signalisieren, daß sie erst wieder zu Atem kommen mußte. Nicht lange danach konnte sie Indy erzählen, was sie zufällig mitgehört hatte.
»Guter Gott«, hauchte Indy und sank auf den nächsten Stuhl.
Ginny stand über ihr und rang hilflos die Hände. »Ich zählte darauf, daß Jim wissen würde, was zu ...« Die Stimme versagte ihr, und sie gab den Tränen nach.
Indy legte die Hände zusammen, als ob sie um Stärke betete. Sie starrte mit leerem Blick zur Tür. »Nur weil Jim nicht da ist, heißt das noch nicht, daß es keine Hilfe gibt«, erklärte sie über ihre Fingerspitzen hinweg. »Laß mich einen Moment nachdenken. Wenn Jim hier wäre, dann würde er ... O Gott, was würde er tun? Er würde ...« Sie legte die Hände an ihre Schläfen und rieb sie. »Er würde zu Colonel Dunn reiten«, stieß sie hervor und packte Ginny. Dann bekräftigte sie es mit etwas mehr Überzeugung: »Genau, das würde er tun, da bin ich mir sicher.«
Mit einiger Anstrengung riß Ginny sich am Riemen. Sie drückte Indys Hände und ließ sie dann los. »Dann muß ich das tun«, folgerte sie und machte einen Schritt auf die Tür zu.

»Ginny, warte!« Indy stand mühsam auf. »Hör mir zu. Es ist noch Zeit. Du hast gesagt, sie ziehen nicht vor morgen nachmittag los.«

»Ja, aber wenn ich jetzt gehe ...«

Indy schüttelte den Kopf. »Du kannst jetzt nicht gehen. Ich kenne diese Stadt. Du bist schon ein großes Risiko eingegangen, zu dieser nächtlichen Stunde allein hierherzukommen. Zwischen hier und Camp Lowell gibt es nichts als Ärger auf den Straßen.« Indy legte den Arm um Ginny und ging mit ihr zum Eßtisch. »Wir trinken jetzt eine Tasse Tee, beruhigen uns und sprechen die Lage durch. Am Morgen gehen wir dann als erstes zusammen zu Colonel Dunn. Dann hat er immer noch genug Zeit, um etwas zu unternehmen.«

»Bist du dir sicher?«

»Ganz sicher«, antwortete Indy.

»Du hast recht«, stimmte Ginny zögernd zu. Allerdings hatte sie keine Ahnung, wie sie die nächsten sechs Stunden überstehen sollte. Das würde die längste Nacht ihres Lebens werden. Sie spürte, wie Greeley an seiner Leine zog. Sie hatte ihn fast vergessen. Sie bückte sich und legte ihre Arme um ihn. »Du bist ein guter Junge, Greeley.« Sie sah zu Indy auf. »Ich habe ihn zum Schutz mitgenommen, ich hoffe, es macht dir nichts aus.«

Indy beugte sich über ihn und nahm ihm die Leine ab. »Natürlich macht es mir nichts aus. Ich liebe Tiere, das weißt du doch.« Sie kraulte seine Ohren.

»Wenn Colonel Dunn uns nicht hilft, dann weiß ich nicht, was wir noch tun könnten. Ich glaube nicht, daß es noch irgend jemanden gibt, den wir fragen können.«

Indy sah verwirrt aus. »Er wird uns helfen, aber warum glaubst du, daß es sonst niemand tun würde? Ob du es glaubst oder nicht, es gibt wirklich Leute in Tucson, die die Apachen nicht hassen, Leute, die wie wir denken.«

»Vielleicht ein paar«, murmelte Ginny. »Aber nicht die Mehrheit. Hast du nicht gemerkt, wie seltsam sich die Leute in den letzten Tagen verhielten? Ich glaube, es fing letzten Sonntag an. Ich bemerkte es auf dem Heimweg von der Kirche.« Ginny fuhr fort, Indy ihre Beobachtungen zu schildern.

»Ich erinnere mich, daß ich mich gewundert hatte, wie viele Menschen durcheinanderliefen, aber dann war ich sehr beschäftigt und dachte nicht mehr daran.«

Ginny winkte ab. »Ich glaube, die halbe Stadt – das heißt, die männliche Hälfte – weiß, was vor sich geht, und nicht ein einziger von ihnen hat vor, etwas dagegen zu unternehmen. Wie können die Leute einfach zuschauen und so etwas geschehen lassen?«

»Ich weiß nicht, Ginny, ich weiß es einfach nicht.«

Nach zwei Tassen Tee überredete Indy Ginny, sich hinzulegen und bis Sonnenaufgang auszuruhen. Keine der beiden Frauen tat ein Auge zu, statt dessen redeten und weinten sie bis zum frühen Morgen. Bei Sonnenaufgang waren sie schon zur Tür hinaus und auf ihrem Weg zu Colonel Dunn.

* * *

»Er ist nicht da«, erklärte ihnen ein junger Gefreiter mit unerfahrenem Gesicht vor dem Zelt des Colonels. »Er hat sich in der Stadt einquartiert. Ich denke, er hat das Zelten satt.«

»Wo in der Stadt?« fragte Ginny und versuchte, ihre Stimme zu beherrschen.

»Ich weiß es wirklich nicht, Ma'am. Der Colonel hält es nicht für angebracht, Leuten wie mir vertrauliche Dinge zu erzählen.«

»Vielen Dank, Gefreiter«, sagte Indy. »Sollte er zurückkommen, würden Sie ihm dann bitte ausrichten, daß Major Garritys Frau ihn in einer dringenden Angelegenheit sprechen muß?«

»Gewiß, Ma'am, das mache ich.«

Mit Greeley im Schlepptau gingen Ginny und Indy zurück in die Stadt. »Wir sollten vielleicht zuerst beim Stevens-Haus nachsehen«, schlug Indy vor. »Wenn er dort nicht ist – na ja, dann suchen wir einfach weiter, bis wir ihn finden.«

Der Colonel war weder im Stevens-Haus noch im »Shoo Fly«, dem Pioneer News Depot oder sonst einem der anderen zehn Häuser zu finden, in denen sie ihn suchten. Ginny machte sich allmählich Sorgen um Indy, die in offensichtlichem Unbehagen ihren Bauch hielt, aber sich weigerte aufzugeben, bevor sie den Colonel gefunden hatten.

Der Vormittag verging. Vor dem Congress Hall Saloon erkannte Ginny drei Männer wieder, die auf der Bürgerversammlung gewesen waren. Sie machten sich gerade bereit, ihre Pferde zu besteigen. Ginny stupste Indy an und wisperte: »Diese drei, die gehören dazu, die habe ich bei den Versammlungen gesehen. Sie müssen beschlossen haben, früher loszureiten.« In ihrer Stimme schwang Furcht mit. Auf der Südseite des Kirchplatzes war Mulligan dabei, sein Pferd zu satteln. Ginny machte Indy darauf aufmerksam, und die beiden warteten in einer Gasse, bis er weg war. Ginny hätte er vielleicht nicht erkannt, aber Greeley mit ziemlicher Wahrscheinlichkeit doch. Sie gingen weiter und liefen ein paar Minuten später William Oury über den Weg, der mit einer Flinte unter dem einen Arm und zusammengerolltem Bettzeug unter dem anderen zum Gehege hinter seinem Haus ging.

»Guten Morgen, die Damen«, grüßte er und hob respektvoll den Finger an den Rand seines Stetson-Hutes. »Schöner Tag heute, nicht wahr?«

Ginny wandte ihr Gesicht ab aus Angst, es könnte ihre Gefühle verraten.

»Haben Sie zufälligerweise Colonel Dunn gesehen?« wagte Indy sich vor.

Ginny mußte sich beherrschen, nicht zu ihm zu eilen und ihm

zu verkünden, daß sie wußte, wohin er wollte und was er vorhatte. Aber sie hatte Angst, denn er hatte eine Mission zu bewahren, Männer, die auf ihn zählten. Er könnte die beiden Frauen als Bedrohung für seine Pläne betrachten und Maßnahmen ergreifen, um sie daran zu hindern, es anderen weiterzusagen. Es müßten drastische Maßnahmen sein, um sie im Zaum zu halten. Ginny wollte diesen Gedanken nicht weiterspinnen. Mit rasendem Herzen biß sie die Zähne zusammen und ließ Indy reden.

»Ich habe ihn tatsächlich gesehen«, sagte Oury, »ungefähr vor einer Stunde. Er wollte zum *Lord-and-Williams*-Korral, weil sein Pferd ein Hufeisen verlor.«

»Gott sei Dank, wir haben die ganze Stadt nach ihm abgesucht. Ich muß meinem Mann eine Nachricht übermitteln. Dann suchen wir ihm beim Korral. Vielen Dank.« Sobald sie Ourys Haus hinter sich gelassen hatten, ließ Indy einen langen Seufzer los. »Ich weiß gar nicht, was in mich gefahren ist, daß ich ihn ansprach. Es kam einfach heraus.«

»Die Nerven«, meinte Ginny, »wahrscheinlich nur die Nerven.« Ihre Nerven waren so angespannt, daß sie kaum sprechen konnte.

Ginny und Indy waren hoch erfreut, als sie Colonel Dunns blaue Uniform erspähten. Er hob sich gegen den braunen Korral und das braune Gebäude dahinter ab.

»Mrs. Garrity, was für eine angenehme Überraschung. Wie nett, Sie zu sehen«, grüßte der Offizier, als sie näher kamen.

»Wir müssen mit Ihnen sprechen, Colonel. Es ist vertraulich«, erklärte Indy mit ruhiger Stimme, die nicht einmal den Hufschmied oder seinen Helfer aufmerksam machte.

»Ja, natürlich. Sollen wir dort drüben im Schatten sprechen?«

Die drei gingen hinüber in den großen Schattenfleck, den das große Vordach des Korrals warf. Indy verlor keine Zeit und informierte ihn über das, was Ginny ihr erzählt hatte.

Der Colonel nahm die Nachricht ohne erkennbare Aufregung

auf. »Also das war es, was im Gange war.« Er nickte. »Ich dachte schon an so etwas, aber ich war mir nicht sicher. Darf ich fragen, wie Sie zu dieser Information kommen?«

»Ich habe ihr erzählt«, meldete Ginny sich zu Wort, »wie ich gestern abend mit meinem Hund hinausging und zufällig zwei Männer darüber reden hörte.« Sie sah ihm direkt in die Augen. »Bitte, Colonel, Sie müssen etwas tun, und zwar sofort. Wir haben wertvolle Zeit verbraucht, während wir die ganze Stadt nach Ihnen absuchten. Auf unserem Weg hierher sahen wir Mulligan, Oury und einige andere, wie sie sich daranmachten, aus der Stadt zu reiten.«

Er rieb sich das Kinn und sah zu ihr hinunter. »Entschuldigen Sie, ich kenne Ihren Namen nicht.«

»Ginny. Ginny Sinclair.«

»Haben Sie irgendeine Art von persönlichem Interesse in dieser Sache, oder ...«

»Ja, das könnte man sagen. Ich habe vor, Bonner Kincade zu heiraten.« Sie sah ihm kühn ins Gesicht. »Aber wenn Sie nichts unternehmen, um diese Männer von einem Angriff auf die Rancheria abzuhalten, dann werden nicht nur eine Menge unschuldige Apachen umgebracht, sondern möglicherweise auch Bonner.« Der bloße Gedanke daran, was geschehen könnte, war fast nicht zu ertragen. Sie schlug die zitternden Hände vors Gesicht und schloß die Augen.

»Ira!« rief der Colonel über die Köpfe der Frauen hinweg. »Haben Sie das Pferd beschlagen, sind Sie fertig?«

»Ja, Sir«, rief der Hufschmied zurück.

Der Colonel wandte seine Aufmerksamkeit wieder Ginny zu. »Ich verspreche Ihnen, Miss Sinclair, Bonner oder den anderen Apachen wird nichts geschehen. Ich kümmere mich sofort darum. Ich schicke zwei meiner besten Männer nach Camp Grant, um Captain Stanwood zu warnen, dann werden sie die Sache in die Hand nehmen.«

Indy seufzte erleichtert. »Vielen Dank, Colonel. Ich wußte, wir

können auf Sie zählen.« Sie nahm Ginnys Hand und drückte sie fest.
»Glauben Sie mir, Mrs. Garrity, ich will genausowenig wie Sie, daß diese Apachen verletzt werden.«
Ginny nahm ihren Mut zusammen und verkündete: »Ich will mit ihnen reiten.«
Sein Blick ließ erkennen, daß er dachte, sie habe den Verstand verloren. »Miss Sinclair, ich glaube nicht ...«
»Bitte! Ich bestehe darauf«, unterbrach sie ihn. »Ich will mit Ihnen ziehen, und ich werde Ihnen nicht in die Quere kommen, das verspreche ich.«
Er schüttelte den Kopf. »Es steht ganz außer Frage, es tut mir leid.«
»Bitte.« Sie ergriff seinen Arm.
»Nein, das ist unmöglich.« Er nahm sachte ihre Hand von seinem Arm und ging weg. Ohne einen Blick zurück ging er zu seinem Pferd und stieg auf. Er gab dem Tier leicht die Fersen und ritt zu Indy und Ginny zurück.
»Ich versichere Ihnen, Miss Sinclair«, sagte er, während er seine Panzerhandschuhe anzog, »ich werde mich ganz sicher darum kümmern. Bonner Kincade ist mein bester Führer, und außerdem mag ich ihn und betrachte ihn als Freund. Er würde es gar nicht schätzen, wenn ich es zuließe, daß Sie meine Männer auf solch einer gefährlichen Mission begleiten. Das wissen Sie sicher auch.«
Ginny wußte nur, daß es zwecklos war, Colonel Dunn davon zu überzeugen, sie mit seinen Männern ziehen zu lassen.
Sie würde ihnen auf eigene Faust folgen müssen.
»Es tut mir leid, Colonel«, sagte sie mit vorgetäuschter Reue. »Ich habe mir nur solche Sorgen gemacht. Sie haben natürlich recht, ich wäre nur im Weg. Aber diese Sache ist sehr beunruhigend, das können Sie sich sicher vorstellen.«
»Ja, das ist mir klar, aber Sie haben das Richtige getan, indem Sie mich darauf aufmerksam machten. Jetzt lassen Sie mich das

machen.« Er berührte mit dem Zeigefinger die Krempe seines Kampfhutes und ritt weg in Richtung Camp Lowell.

Ginny starrte ihm schweigend nach, während er außer Sichtweite ritt, dann stellte sie trocken fest: »Ich brauche ein Pferd.«

»Ein Pferd? Wozu?« Kaum hatte Indy die Frage gestellt, schon schnappte sie nach Luft. »Nein, Ginny, du darfst nicht einmal daran denken.«

»Zu spät, ich habe mich schon entschlossen. Ich werde mir ein Pferd besorgen und seinen Männern nach Camp Grant folgen.«

»Das ist zu gefährlich!«

Ginny nahm Indys Ellbogen und führte sie vom Korral weg. »Die Gefahr ist mir egal. Ich werde es tun – nichts und niemand kann mich davon abhalten. Wenn Jim da draußen wäre und überfallen werden sollte, dann würdest du das gleiche tun. Versuch nicht, mir etwas anderes zu erzählen.«

Indy rollte mit dem Kopf und stöhnte dann resigniert. »Natürlich, ich würde alles tun, um ihn zu retten, alles!« Ein Lächeln zitterte auf ihren Lippen, und in ihren Augen glitzerten Tränen. »Wie kann ich dir helfen?«

Ginny umarmte Indy »Danke für deine Freundschaft.« Ginny legte ihre Stirn an Indys Stirn. »Es wird gutgehen, nicht wahr, Indy? Die Soldaten werden rechtzeitig hinkommen, um die Rancheria zu warnen?«

»Es *muß* gutgehen«, meinte Indy, »es *muß* einfach gutgehen.« Sie wandte sich ab und begann, die Straße hinunterzugehen. »Komm, wir beschaffen das Pferd und die anderen Sachen, die du brauchen wirst.« Sie sah über die Schulter zurück und fragte: »Du liebe Zeit, Ginny – kannst du überhaupt reiten?«

Mit zwei langen, schnellen Schritten war Ginny an ihrer Seite. »Nein, aber ich werde es lernen. Ich habe keine Angst. Ich bin mit Bonner den ganzen Weg zum Fluß hinausgeritten, daher weiß ich ungefähr, was ich tun muß.«

»Du wirst es richtig machen«, versicherte Indy.

»Ich dachte mir, Greeley zum Schutz mitzunehmen. Was meinst du?«
»Ich finde, du solltest statt dessen lieber deine Derringer mitnehmen. Ein Bellen, und Greeley verrät dich. Laß ihn bei mir, ich kümmere mich um ihn, während du unterwegs bist. Und jetzt, beeil dich, die Zeit läuft uns davon.«

Kaum eine halbe Stunde später hatten sie ein Pferd samt Zubehör gemietet. Ginny sah genau zu, als der Stalljunge das Pferd sattelte und aufzäumte. Sie hielt sich am Sattelknauf fest, trat mit dem Fuß in den Steigbügel und stieg auf. Den ganzen Weg zu Indys Häuschen zurück lauschte Ginny auf Indy, die ihr das A und O der Reitkunst vortrug.
»Wann, glaubst du, werden die Soldaten aus der Stadt reiten?«
»Sie müssen erst informiert und instruiert werden, dann pakken sie ihre Sachen zusammen – ich würde sagen, sie brauchen zwischen fünfundvierzig Minuten und einer Stunde. Wenn sie losreiten, nehmen sie die große Hauptstraße, das heißt, daß sie genau bei uns vorbeikommen. Schnell jetzt, du mußt dich noch umziehen«, sagte sie, als sie ins Schlafzimmer strebte. Dort durchsuchte sie eine Truhe und brachte eine Hose in kleiner Größe und ein kariertes Hemd zum Vorschein. »Zieh das hier an. In Hosen reitet es sich leichter als im Rock, und sie werden deine Beine gegen Sträucher schützen.«
Fraglos folgte Ginny den Anweisungen, obwohl sie eine starke Abneigung gegen Hosen hatte. Als nächstes kam ein Schlapphut und eine warme Jacke mit Wollfutter.
»In der Wüste ist es nachts immer noch kalt. Wir binden die Jacke mit dem Bettzeug zusammen, dann hast du sie parat, wenn du sie brauchst.« Sie reichte Ginny die Jacke und machte sich dann daran, zwei Feldflaschen zusammenzupacken, etwas Dörrfleisch und noch einige andere Dinge. Schließlich war alles fertig. Sie hatten kaum das Pferd bepackt, als sie schon die Soldaten vorbeikommen sahen.

Ginny stieg auf und nahm die Zügel in die Hand. »Indy, ich ...«
»Sag nichts, sonst fange ich zu weinen an«, warnte Indy. »Nur – bitte, sei vorsichtig.«
Ginny atmete tief durch und nickte. »Paß auf Greeley auf und ...« Sie verschluckte den Rest, sah Indy eindringlich an, ließ das Pferd wenden und ritt auf die Straße hinaus.

* * *

Am Stadtrand ließ Ginny das Pferd langsamer gehen, damit die Soldaten einen ordentlichen Vorsprung vor ihr bekamen. Ihre Pferde hinterließen solch eine deutliche Staubspur, daß es kein Problem sein würde, ihnen zu folgen. Allerdings machte sie sich Gedanken darüber, was sie sagen könnte, wenn sie sie entdecken würden. Wenn der Colonel sie nicht vor ihr gewarnt hatte, was sie bezweifelte, dann hatten sie keinen Grund anzunehmen, daß sie ihnen folgte. Sie würde einfach sagen, daß sie unterwegs sei, um einen der Rancher zu interviewen.
Wenn sie aber wissen sollten, wer sie war, und sie aufhalten wollten, dann würde sie sie mit dem Geld, das Indy ihr gegeben hatte, bestechen, sie mitzunehmen. »Die einzigen Menschen, die so arm sind wie die Indianer, sind Soldaten«, hatte Indy ihr erklärt. »Egal, worum es geht – sie sind leicht zu bestechen.«
Ein Pferd zu reiten war gar nicht so schwierig, wie Ginny erwartet hatte – oder das Pferd war außergewöhnlich gut trainiert und gehorsam. Gegen Ende der ersten Stunde hatte sie genug Selbstvertrauen, »um ihren Sitz zu finden«, wie Indy es genannt hatte.
Während der Hitze des Tages war Ginny froh über den Hut, den Indy ihr aufgedrängt hatte. Seine breite Krempe schützte ihr Gesicht und ihren Nacken vor der stechenden Sonne. So häßlich sie auch waren, so dankbar war sie doch für die Hosen.

Sie konnte sich vorstellen, wie ein Rock ihre Bequemlichkeit und Beweglichkeit behindert hätte.
Bonner. Sein Name hallte durch ihren Kopf, zusammen mit den Namen von Gianatah und Eskiminzin. Bonner hatte sie so oft in seinen Briefen geschildert, daß Ginny das Gefühl hatte, sie fast zu kennen. Sie waren nicht einfach nur Apachen – sie waren Menschen. Menschen, die ihr inzwischen nicht mehr gleichgültig sein konnten.
Sie spürte, wie sich in ihren Augen die Tränen sammelten, und sie wußte, sie mußte diese Gedanken loswerden, sonst wären sie ihr Ruin. Sie wandte ihre Aufmerksamkeit der Landschaft zu und zwang sich zu guten, positiven Gedanken.
Es war Hochwinter gewesen, als sie und ihr Vater nach Tucson aufgebrochen waren. Sie erinnerte sich daran, wie sie gedacht hatte, daß die Wüste nur ein häßliches Nichts war. Als sie jetzt die Wüstenlandschaft um sich her betrachtete, war sie überrascht, daß sie ganz und gar nicht häßlich war. Der Boden war voll lebendiger Farbe. Es gab Büschel von Wüstengras und Ansammlungen stacheliger Büsche mit großen, goldfarbenen Blüten, die aus mit Wachs überzogenen schaufelartigen Blättern hervorwuchsen. Aber am beeindruckendsten war der gelegentliche Saguaro, der hoch und gerade mit ausgestreckten Armen dastand, als ob er ihr zuwinken und sie ermutigen wollte, weiterzumachen.
Ginny war sich nicht sicher, wie viele Meilen sie geritten war, als sie plötzlich bemerkte, daß die Staubspur vor ihr dicker geworden war und eine große Wolke bildete. Sie dachte einen Moment nach und kam zu dem Schluß, daß mehr Staub mehr Pferde und mehr Leute bedeuten mußte. Vielleicht ein Wagenzug oder ein Sondertrupp Soldaten, die ins Camp Lowell zurückkehrten.
Was auch immer der Grund war, sie durfte nicht gesehen werden. Mit diesem Gedanken lenkte sie ihr Pferd von der Straße weg in Richtung Nordosten, auf eine Felsgruppe zu.

Die Staubwolke stieg hoch in die Luft, als ob eine große Zahl Pferde auf einem Fleck zusammengekommen wäre, dann begann sie langsam, sich aufzulösen. Als die Luft klar wurde, spähte Ginny in die Ferne und sah eine Anzahl Gestalten herumlaufen. Mindestens ein Dutzend Männer und Pferde versperrten die Straße.

Sie wartete ungeduldig darauf, daß die Soldaten weiterritten, und suchte nach ihrer Staubspur. Ginny wartete im Schatten der Felsen eine kleine Ewigkeit, begierig darauf, weiterzureiten, aber nichts bewegte sich, nicht einmal in Richtung Tucson. Ginny legte die Stirn in Falten und fragte sich, was da vor sich ging, aber sie hatte nicht vor, sich zu nähern, um es herauszufinden, das Risiko konnte sie nicht eingehen.

Sie wartete noch eine Weile, kam aber zu dem Schluß, daß sie weiterreiten mußte, mit oder ohne Soldaten. »Wenn du sie verlierst«, hörte sie Indy noch sagen, »dann folge einfach den ausgefahrenen Wagenspuren. Camp Grant ist weniger als fünfzig Meilen vom Stadtrand entfernt.«

Sie lenkte das Pferd von den Steinen weg und allmählich wieder zur Straße. Als sie über die Schulter zurückschaute, sah sie, wie sich Rauch in die Luft kräuselte, und schloß daraus, daß an die Stelle der Staubwolke von vorhin jetzt ein Lagerfeuer getreten war.

Sie konnte sich nicht erklären, was mit den Soldaten passiert war, und obwohl die Vorstellung, ganz allein hier draußen zu sein, furchteinflößend war, wußte sie, daß sie es nicht ändern konnte. Ginny schüttelte den Kopf und ritt weiter, sah sich aber immer wieder um für den Fall, daß die Soldaten sich ihr von hinten genähert hätten.

Aber als die Stunden vergingen und es immer noch kein Zeichen von ihnen gab, fühlte Ginny sich allmählich unsicher und ängstlich. Was hatte sie auf die Idee gebracht, daß sie, Ginny Sinclair, in der Stadt geboren und aufgewachsen, die Situation retten könnte? Sie hatte in solchen Dingen keine

Erfahrung. Sie war eine Zeitungsfrau, eine Journalistin, und keine Abenteurerin. Die einzigen Abenteuer, die sie je erlebt hatte, waren die, die sie durch ihre Romanfiguren erlebt hatte, durch Joaquin Murietta und andere.

Ihr wurde klar, daß sie diese Sache nicht geplant hatte, es war einfach passiert. Sie hatte alle vernünftigen und praktischen Dinge getan, um Hilfe zu bekommen, aber am Ende hatte nichts davon funktioniert.

Jetzt lag es an ihr – nicht, weil sie es sich ausgesucht hatte, sondern weil es nötig war. Vielleicht würde sie eines Tages auf diese Reise zurückschauen wie auf ein Abenteuer, aber im Augenblick konnte sie an nichts anderes denken als daran, was geschehen würde, wenn sie es nicht schaffte.

Sie überwand ihre Ängste und brachte ihr Pferd in einen langsamen Galopp. Die Sonne ging langsam unter, und sie mußte vor Einbruch der Dunkelheit noch ein paar Meilen zurücklegen.

In der Dämmerung hielt sie kurz bei einem Fluß an und ließ ihr Pferd trinken. Sie gab gut acht, die Zügel nicht loszulassen, damit es nicht abwandern und davonlaufen konnte. Das Pferd trank sich satt und schüttelte sich. Ginny band die Zügel an einen robusten Busch und durchsuchte ihre Satteltaschen, bis sie das frische Obst fand, das Indy für sie eingepackt hatte.

Nachdem sie einen großen Apfel gegessen und etwas Wasser aus der Feldflasche getrunken hatte, ging sie umher und vertrat sich die Beine. Sie wollte am liebsten gleich wieder los, aber sie mußte an ihr Pferd denken.

Als Ginny wieder aufstieg, hatte die Dunkelheit eingesetzt. Ein heller Halbmond schwebte am Himmel und erhellte die Straße ausreichend. Sie ließ das Pferd im Schritt seinen Weg zwischen den tiefen Wagenfurchen und den Schlaglöchern finden.

Die Stille der Nacht wurde vom Klappern der Hufe gegen die harte Erde und ab und zu vom Schrei eines unsichtbaren Wüstengeschöpfes unterbrochen.

Ginny ließ ihren Kopf kreisen, um die Steifheit aus ihrem Nacken zu bekommen. Sie wurde allmählich müde, aber sie mußte weiter. Wenn sie bis morgen vormittag Camp Grant erreichte, dann wäre noch genügend Zeit für den diensthabenden Kommandeur, die Rancheria zu warnen – das hieß, falls die Bürgerwehrtruppe sich an ihren Zeitplan hielt.
Sie hatte sich gefragt, wie weit sie ihr voraus waren. Ein paar Stunden? Oder mehr? Sie würde gut aufpassen müssen. Wenn sie anhalten und ein Nachtlager aufschlagen würden, dann gäbe es sicher auch ein Lagerfeuer, was sie kaum übersehen konnte.

»Ein Reiter hierher unterwegs!« Der Wachtposten ritt zurück ins Lager und überbrachte seine Warnung. »Er ist allein, soweit ich das sehen konnte.«
Clay Foster erhob sich. »Das muß jemand von der Blockade sein.«
William Oury goß den Kaffee aus seiner Blechtasse auf einen Kaktus. »Wahrscheinlich. Sehen wir nach, wer es ist.«
Oury machte den vom Mondlicht erhellten Reiter als erster aus. »Er reitet sehr langsam, als ob er den Weg nicht sicher wüßte.«
»Entweder das, oder er sucht nach uns«, sagte Foster. »Hey! Du da!«
Ginny hielt die Luft an. Man hatte sie gesehen; und die Stimme – Clay Foster! Woher kam er denn? Sie hatte doch so gut aufgepaßt. Furcht erfüllte sie.
Sie stieß ihre Stiefelabsätze in die Seiten des Rotfuchses. Das Pferd schoß vorwärts und explodierte in einen gestreckten Galopp.
Sie sah schnell über ihre Schulter. Es waren zwei – Foster und ein weiterer Mann. Sie sah, wie sie ihre Pferde mit Peitschen vorwärts trieben und ihr nachjagten.
»Stehenbleiben!«

»Ich schieße!«
Ginny duckte sich tief über den Hals des Wallachs. Sie trieb ihn noch mehr an und spürte, wie er sich anstrengte, um ihr zu gehorchen. Sie wußte, solange sie auf der Straße blieb, hätten ihre Verfolger keine Mühe, ihr zu folgen, aber wenn sie in die Wüste hinausritt, könnte sie sie vielleicht abschütteln.
Die weite schwarze Fläche gähnte vor ihr und versprach Freiheit, während das Pferd vorwärts jagte. Hochstimmung erfüllte sie, als das Hämmern der Hufe hinter ihr schwächer wurde – oder waren sie mit ihrem Pferd in Schritt gefallen?
Ginny wandte sich um, und der flüchtige Blick über die Schulter ließ nichts außer schwarzer Erde erkennen. Sie atmete erleichtert auf, schrie dann jedoch verzweifelt, als aus der Dunkelheit ein Arm nach ihr griff und sie aus ihrem Sattel zog.

Das Bürgerwehrlager war durch ein Agavendickicht vor der Straße verborgen. Eine ansehnliche Gruppe hatte sich hier zusammengefunden – einhundertundfünfzig oder mehr –, hauptsächlich Papagos und Mexikaner. Ginny zählte nur sechs Amerikaner, Männer aus der Stadt, denen sie Anzeigen verkauft hatte. Einige von Tucsons führenden Bürgern.
Sie amüsierten sich ziemlich auf ihre Kosten, besonders Clay Foster. Als er entdeckte, wen er da gekapert hatte, lachte er sich schief.
»Sie überraschen mich immer wieder, Miss Sinclair«, grinste er breit. »Sie sind eine erstaunliche Frau.«
»Unglücklicherweise habe ich nicht die gleiche Meinung von Ihnen, Mr. Foster. Sie sind nichts als ein Feigling und ein Mör...«
Er schlug ihr ins Gesicht.
Ginny taumelte rückwärts und fiel zu Boden. Sie lag seitlich auf der Erde und spürte ein Stechen im Gesicht. Noch nie in ihrem Leben hatte sie eine solch tiefe Abneigung gegen einen Menschen empfunden, solch einen Haß. Sie wünschte jetzt, sie

hätte ihre Pistole nicht in die Jackentasche gesteckt, aber Indy hatte es für zu gefährlich gehalten, sie in der Hosentasche zu transportieren. Sie hätte Clay Foster mit Leichtigkeit und ohne das leiseste Bedauern erschießen können.

Er griff ihren Arm und zerrte sie in eine sitzende Position, packte sie an den Haaren und riß ihren Kopf zurück, so daß sie gezwungen war, ihn anzusehen. Ein sadistisch-lüsternes Grinsen lief über sein Gesicht. »Sie haben uns hier ein ziemliches Problem beschert, Ginny. Was soll ich denn jetzt mit Ihnen tun?«

»Lassen Sie mich gehen«, schlug sie vor und strich sich das Haar aus den Augen.

»Erstaunlich und amüsant«, bemerkte Clay. »Die vollkommene Frau.« Er sah ihr in die Augen. »Zu schade, daß Sie Halbblutabschaum bevorzugen.«

Rasende Wut durchschoß Ginny. »Bonner Kincade ist ein richtiger Mann, im Gegensatz zu Ihnen«, schnappte sie. »Wenn er herausfindet, was Sie ...«

»Ich glaube, bis Sie ihn wiedersehen, wird es ihm egal sein – dann ist er nämlich tot und Lahte auch.«

Ginny nahm seinen Köder nicht an. Als sie versuchte wegzuschauen, zupfte er wieder an ihrem Haar und lächelte. »Wissen Sie, das wird mir guttun, diesen halbindianischen Tunichtgut vor Ihren Augen umzubringen. Ich hoffe doch, Sie sind keine von den zimperlichen Frauen, die beim Anblick von Blut ohnmächtig werden.«

»Nein! Clay, bitte. Hören Sie mir zu.« Der kalte, gefühllose Ausdruck in seinen Augen ging ihr durch Mark und Bein, aber sie machte weiter in der Hoffnung, die anderen zu erreichen. Sie versuchte, auf die Füße zu kommen. »Sie alle, bitte, hören Sie mir zu! Das können Sie nicht tun, es ist Mord. Niemand wird Ihnen dafür danken. Sie werden unschuldige Menschen töten – Menschen, die nichts anderes wollen, als in Frieden zu leben.«

Als Foster seinen Griff lockerte, sah sie sich in dem Kreis um. Keiner schien von ihrem Appell bewegt zu sein. Die Papagos saßen mit unbeweglichen Gesichtern zusammen. Jeder von ihnen trug einen Bogen und einen Köcher voller Pfeile. Sie wandte sich den Mexikanern zu, aber ihr Blick wurde von einem Haufen tückisch aussehender Agavenkeulen angezogen. Kampfkeulen.

Ihr Magen drehte sich um, und ihr wurde übel.

Foster knurrte und riß sie zu sich. »Nette Rede, Ginny. War das nur für Bonner oder für die ganze gräßliche Bande?«

»Bastard!«

»Ginny, Ginny, sehen Sie denn nicht? Niemand gibt etwas darauf, was Sie zu sagen haben.«

Sie kämpfte gegen ihn an, kämpfte mit allem, was sie hatte, aber es war vergeblich – er war zu stark.

»Lassen Sie mich los! Verflixt, lassen Sie mich los!«

Ginny wollte nicht aufgeben. Sie ballte die Fäuste und boxte auf ihn ein, und es gelang ihr, sich aus Fosters Griff zu befreien. Er packte sie wieder, und sie trat wild um sich und schrie, so laut sie konnte.

Oury eilte herüber, um zu helfen, erwischte ihre wirbelnden Arme und drehte sie ihr auf den Rücken. »Ich wünschte sehr, Sie wären uns nicht hierher gefolgt, Ma'am.« Er band ein Seil um ihre Handgelenke und zog es fest, dann schaute er Foster an. »Das hier soll nichts Persönliches sein, Foster, es ist Pflicht. Warum reiten Sie nicht zurück und bringen sie nach Tucson. Bis Sie dort sind, haben wir unsere Arbeit getan.«

»Teufel, nein! Ich habe zu hart für das hier gearbeitet, um es zu verpassen. Sie hat sich das selbst eingebrockt, jetzt kann sie die Suppe auslöffeln. Außerdem wird sie etwas haben, worüber sie schreiben kann. All diese Artikel über Frauenrechte und diese Fortsetzungsromane habe ich inzwischen wirklich über.«

»Dann kümmern Sie sich um sie und sehen zu, daß sie niemandem in die Quere kommt«, sagte Oury, offensichtlich verärgert, und ging weg.

»Es ist mir ein Vergnügen«, rief Foster ihm nach. Er wandte sich wieder um und betrachtete sie kühn. Einen Moment später ging er zu den anderen ans Lagerfeuer. Ginny war sich nicht sicher, was von ihr erwartet wurde, und sah sich nach einem Platz um. Sie setzte sich vor einen großen Stein, lehnte sich zurück und funkelte die Männer um sie herum an.

Da war Sidney DeLong, ein Transportunternehmer und Händler. Er hatte sie immer als gebildeter und kultivierter Mann beeindruckt. Offensichtlich hatte sie ihn nicht richtig eingeschätzt. Neben ihm saß der Hufschmied der Stadt, Charlie Etchells. Als er merkte, daß sie ihn anschaute, senkte er den Blick. Am meisten war Ginny überrascht, Mr. Bennett zu sehen, den freundlichen Manager von Stevens House, dem besten Hotel von Tucson. Letzten Sonntag hatte er hinter ihr in der Kirche gesessen, und jetzt war er hier – ein Bürgerwehrler, ein Mann, der vorhatte, zu morden.

Trotz ihrer Anstrengungen, ihre Gefühle unter Kontrolle zu halten und nicht zu weinen, verengte sich Ginnys Kehle und begann zu brennen. Sie hatte ihnen zugehört und kannte jetzt ihren Plan – bei Sonnenaufgang wollten sie angreifen und die Apachen im Schlaf niederknüppeln, bevor sie irgendeinen Alarm auslösen konnten. Falls es Alarm gäbe, würden sie ihre restlichen Waffen einsetzen.

Ginny ließ ihren Kopf hängen und weinte, bis sie keine Tränen mehr hatte.

Dann betete sie – für Bonner, für seinen Großvater und für alle Apachen.

Irgend jemand – wegen des Tränenschleiers konnte sie ihn nicht erkennen – nahm ihre Jacke und legte sie ihr um die Schultern. Hätte sie die Energie gehabt, hätte sie sie aus Trotz abgeschüttelt.

Als Ginny erwachte, war die Sonne schon längere Zeit am Himmel. Foster stand vor ihr und starrte auf sie hinunter.
»Gut geschlafen, Ginny?«
Sie verweigerte eine Antwort.
»Es ist Zeit aufzubrechen«, sagte Clay und packte ihren Arm. Sie schrie vor Schmerz auf, als er sie brutal auf die Füße zerrte. Er ignorierte ihren Schrei, warf ihre Jacke über den Arm und schob sie auf die Pferde zu. Sie fragte sich, wie sie reiten sollte mit auf den Rücken gebundenen Händen, aber ihre Frage wurde schnell beantwortet, als er den Strick löste.
Sofort begann Ginny, ihre Handgelenke zu reiben. Wo das faserige Seil in ihr zartes Fleisch geschnitten hatte, waren sie rot und wund. Ihre Hände waren kalt und fast taub.
»Steig auf«, befahl er ihr wie ein General. Weil ihre Hände nicht richtig durchblutet waren, konnte sie sich nicht am Sattelknauf festhalten, um sich hochzuziehen. Nach zwei vergeblichen Versuchen half Foster ihr hinauf und hielt ihr Bein fest – wahrscheinlich, damit sie ihn nicht treten konnte.
Oury saß vor ihr auf seinem Pferd und hielt ihr Zaumzeug fest. Offensichtlich erwartete er, daß sie zu fliehen versuchte, und tat alles, um sie daran zu hindern. Sobald sie richtig saß, griff Foster nach ihren Händen, band sie zusammen und befestigte sie am Sattelknauf.
»Nein, bitte, sie sind so wund.«
»Maul halten, Ginny, oder ich kneble dich auch noch.«
Sie wollte nicht geknebelt werden, also verhielt sie sich still und litt schweigend. Sie sah sich um, als er ihre Jacke wieder auf ihr Bettzeug band. Die Pistole! Sie war in ihrer Jackentasche. Warum hatte sie letzte Nacht nicht daran gedacht? Weil sie zu müde war, um zu denken, sagte sie sich, und selbst wenn sie daran gedacht hätte, hätte es nichts genutzt. Da ihre Hände auf den Rücken gebunden waren, hätte sie gar nichts damit anfangen können, selbst wenn es ihr gelungen wäre, sie herauszuschmuggeln.

Nichtsdestotrotz gab ihr der Gedanke an die kleine Pistole in ihrer Nähe ein wenig Trost.
Sie zogen los, verließen aber bald die Straße. Weil die Papagos zu Fuß liefen, kamen sie nur langsam voran. Ginny bemerkte eine Spannung zwischen den Weißen; sie fuhren sich gegenseitig an wie Hunde über einem Knochen. Je höher sie kletterten, desto kälter wurde es, aber die Männer waren noch genauso gereizt.
Am späteren Vormittag fand Elias, der Anführer der Bürgerwehr, einen besseren Pfad, auf dem die Gewächse des Flußufers Deckung boten und der nordwärts führte. Kurz vor Mittag erreichten sie eine große, gut getarnte Lichtung, und er ließ die Truppe anhalten.
»Wir werden hier bis zum Einbruch der Dunkelheit lagern«, verkündete er so laut, daß es selbst bis zu Ginny am Ende der Kolonne durchdrang. Die berittenen Männer stiegen ab.
Da ihre Hände an den Sattelknauf gebunden waren, mußte Ginny zwangsläufig warten, bis Foster sie schließlich losband und ihr herunterhalf. Sie schauderte zusammen, als er seine Hände um ihre Taille legte. Es ärgerte sie maßlos, daß sie sich bei ihm abstützen mußte, aber sie hatte keine andere Wahl. Er hielt sie ein paar Sekunden länger als notwendig, während seine Lippen den ihren gefährlich nahe kamen.
»Wenn das hier alles vorbei ist«, sagte er leise, »dann schlafe ich mit dir.«
»Eher würde ich mit dem Teufel schlafen!« gab Ginny verächtlich zurück. Er stieß sie von sich gegen das Pferd, dann stampfte er davon. Eine ganze Weile stand sie da und versuchte, wieder zu Atem zu kommen und ihre Sinne zu sammeln. Sie dachte an die Derringer-Pistole und tastete nach ihr in den Falten ihrer Jacke.
Da war sie, vor den Männern verborgen, geladen und schußbereit. Selbst mit zusammengebundenen Händen wußte sie, daß sie sie greifen konnte, aber sie jetzt herauszunehmen, nur um

Clay Foster zu erschießen, würde weder Bonner noch den Apachen helfen. Sie mußte warten, bis die Bürgerwehr in Reichweite der Rancheria war, dann würde ein Schuß das Lager warnen, und die Angreifer stünden einer Armee von Kriegern gegenüber.

In der Zwischenzeit würde sie versuchen, ihre Hände freizubekommen. Stundenlang bearbeitete sie mit den Zähnen den Strick, wenn gerade niemand zusah.

Sie hörte aufmerksam zu, wenn die Männer sprachen. Elias hatte einen Kundschafter ausgeschickt, um den genauen Ort des Lagers auszumachen. Er war zurückgekommen und hatte berichtet, daß sie noch gut zehn Meilen zu reiten hatten, bevor sie die Rancheria erreichten.

Als es Abend wurde und die Temperatur sank, fragte Ginny Foster, ob er ihr die Jacke reichen könne. »Sie brauchen mich nicht einmal loszubinden, legen Sie sie mir einfach um die Schultern.«

»Ich tue alles für das Wohlbefinden einer Lady.« Kurz darauf legte er sie ihr um.

»Bitte, machen Sie den Kragenknopf zu, damit sie nicht herunterfällt.«

Er sah sie kritisch an, kam jedoch ihrer Bitte nach. »Sonst noch was?« fragte er sarkastisch.

»Nein.« Sie biß sich auf die Unterlippe und funkelte ihn an.

Vor Sonnenaufgang lief der Befehl zum Aufsteigen durch das Lager. Foster setzte Ginny auf ihr Pferd und fesselte sie wie zuvor an den Sattelknauf. »Das wär's, Ginny.« Seine Augen glänzten vor fiebriger Aufregung. »In ein paar Stunden ist alles vorbei, und wir reiten als heldenhafte Eroberer nach Tucson zurück.«

»Unschuldige Menschen zu töten ist alles andere als heldenhaft«, fauchte sie ihn an. »Aber andererseits würde ich von einem Mann, der seine Händlerkollegen sabotiert, auch nicht erwarten, daß er weiß, was wahres Heldentum ist.«

»Sabotage? Was zum Teufel redest du da?«
»Letzten Januar, die Fish-and-Company-Wagenkolonne, neun tote Männer – hm?« Sie schnalzte mißbilligend mit der Zunge. »Wie schnell wir doch vergessen.«
Er schielte zu ihr hinauf, und sein Gesicht war eine finstere Maske aus Wut.
Einen Augenblick lang glaubte sie, er würde sie schlagen, aber dann griff er in seine Tasche und zog ein Tuch heraus. »Es könnte gefährlich werden, so viel über anderer Leute Angelegenheiten zu wissen.«
»Ich habe keine Angst vor dir.«
Gnadenlos stopfte er ihr das Tuch zwischen die Zähne und band es am Hinterkopf zusammen. »Entweder bist du sehr töricht oder sehr mutig.«
In dem Moment kam Elias herangeritten. »Du hast die Verantwortung für sie, Foster. Wenn sie irgendwas tut, um …«
»Sie tut nichts«, schnitt Foster ihm das Wort ab. »Ich habe alles unter Kontrolle.«
Elias sah Ginny scharf und kalt an, dann nickte er. »Das will ich hoffen.«
Kurz darauf ritten sie los. Immer noch entschlossen, ihre Hände zu befreien, bearbeitete Ginny die Unterseite des Seils über der scharfen Kante des Sattelknaufs.
Jetzt ritten sie stromaufwärts. Die Männer teilten sich in zwei Gruppen auf. Die Papagos folgten Oury nach Norden, und die Mexikaner und Weißen hielten sich nach Süden.
Ginny wußte, es konnte sich nur noch um Minuten handeln, bis Elias das Haltesignal gab. Dann würden sie ihre Pferde anpflocken und sich zu Fuß an das Lager anschleichen.
Panische Angst tobte in ihr. Sie hatte ihre Hände immer noch nicht von der Fessel befreien können, und jetzt hatte sie fast keine Zeit mehr. Während sie Foster, der vor ihr ritt und ihr Pferd führte, aufmerksam beobachtete, beugte sie sich vor, bis sie die rechte Seite ihrer Jacke berühren konnte. Unter bren-

nenden Schmerzen zog sie den Stoff zu sich, bis sie die Tasche fand.
Elias gab das Signal zum Anhalten, und Ginny konnte in der ersten Morgendämmerung die Wickiups sehen. Sie standen wie Heumännchen im Feld. Fieberhaft versuchte sie die Derringer zu fassen zu bekommen, aber ihre Finger waren so gefühllos, daß sie nichts spüren konnte.
Foster stieg ab, pflockte sein Pferd an und kam zu ihr zurück. »Wenn alles so läuft, wie ich glaube, dann bin ich nicht lange weg.«
Ginny schrie ihn an, aber der Knebel ließ nur einen gedämpften Laut durchdringen. Während er über ihre Bemühungen lachte, pflockte er ihr Pferd neben seinem an und ging dann zu den anderen.
Ginny sah in blankem Entsetzen zu, wie die Männer ihre Waffen bereitmachten. Sobald sie losgingen und sich wie Schlangen durch die Wüstenvegetation bewegten, versuchte sie mit aller Kraft, die Pistole zu fassen. Endlich schlossen sich ihre Finger um den Lauf.

Dreiundzwanzigstes Kapitel

Blutige Vergeltung

> Die Politik, feindliche Indianer mit Nahrung, Waffen und Munition zu versorgen, hat ihre blutigen Früchte hervorgebracht ... die Duldsamkeit der Bürger war erschöpft, und sie sannen auf Vergeltung; deshalb zogen sie mit über hundert Papagos zur Unterstützung am 28. April aus, erreichten Arivaipa letzten Sonntagmorgen, töteten 83, nahmen 28 Kinder gefangen, und 7 flohen ... Die Tötung war durch Selbstverteidigung gerechtfertigt ... Es wäre eine grobe Verleumdung zu behaupten, dieser Vorfall bringe einen barbarischen Geist in unserem Volk zum Vorschein.
>
> *Arizona Citizen*

Ginny zitterte am ganzen Leib, als sie schließlich die Pistole aus ihrer Jackentasche zog. Sie umschloß sie mit ihren tauben Händen und versuchte, sie festzuhalten. Schnell keuchend gelang es ihr endlich, ihre Finger um den Griff zu legen. Vorsichtig zielte sie über die linke Schulter ihres Pferdes in die Dunkelheit.

Der Schrei einer Frau zerriß die Stille.

Zu spät, dachte Ginny, als sie abdrückte. Ihr Warnschuß kam zu spät! Sie wollte einen zweiten Schuß abfeuern, aber ein weiterer Schrei – der eines Kindes – hielt sie auf.

Einen Moment lang hingen ihre Nerven an einem seidenen Faden. Dann war ihr klar, was sie zu tun hatte.

In der Pistole waren noch fünf Schuß. Fünf tote Angreifer bedeuteten fünf gerettete Leben.
Zunächst jedoch mußte sie sich von Knebel und Fessel befreien. Verzweifelt schob sie sich, soweit sie konnte, zum hinteren Ende des Sattels, dann beugte sie sich vor und scheuerte ihre rechte Wange über den Sattelknauf in der Hoffnung, das Tuch bei seiner ausgefransten Kante zu erwischen. Nach einigen vergeblichen Versuchen verfing es sich, und sie konnte sich den Knebel aus dem Mund ziehen.
Ginny lockerte ihren Unterkiefer, und dann biß und zupfte sie an dem Seil um ihre Handgelenke. Ihre Kiefer schmerzten, und sie schmeckte Blut. Tränen brannten in ihren Augen, aber sie wollte nicht aufgeben. Beim letzten wilden Biß gab das Seil nach. Ihre Hände waren frei.
Alptraumhafte Schreie hallten aus dem Lager herüber. Ginny schluchzte, als sie sich über das Pferd beugte und die Zügel hoch- und den Pflock herausriß. Samt Pflock nahm Ginny die Zügel in die Hand und grub ihre Stiefelabsätze in die Flanken des Pferdes. Das Tier schoß vorwärts, als ob es ihre Not spürte. Sie lenkte es auf das Lager zu, ließ aber die Zügel locker, damit es selbst den Weg über den Wüstenboden finden konnte. Unter dem steten Druck ihrer Knie rannte es schneller und schneller. Ein Lagerhund bellte, dann ein zweiter. Ihr Bellen ging in klagendes Geheul über. Ein Wickiup ging in Flammen auf, und der Gestank von brennenden Tierhäuten wehte durch die Luft, die voller Lärm war. Schreie – überall die panischen Schreie und Stimmen unter den Schlägen der Kampfkeulen.
Flinten spuckten hellrote Flammen. Männer, Frauen und Kinder rannten verzweifelt, um Deckung und Sicherheit zu finden. Babys schrien. Immer wieder waren Pistolenschüsse zu hören. Am Rande des Lagers glitt Ginny vom Sattel und rannte vorwärts. Überall sah sie Papagos mit nacktem Oberkörper, die Frauen und Kinder aus den Hütten zerrten, sie vergewaltigten, niederknüppelten und vor ihren Augen verstümmelten.

»Bonner! Bonner!« schrie Ginny und drehte sich um die eigene Achse.
Ein panischer Schrei hinter ihr brachte Ginny wieder zu Sinnen. Sie rannte in das nächste Wickiup, wo sie einen Papagokrieger fand, der einem jungen Mädchen die Kleider vom Leib riß.
»Halt!« rief Ginny. Er hielt inne, wandte sich um und ging mit erhobener Keule auf sie los. Ohne einen Augenblick zu zögern, richtete Ginny die Pistole auf seine Brust und feuerte.
»Komm, los!« rief Ginny dem erschreckten Mädchen zu. »Sofort!« Als der Krieger tot zu Boden fiel, flog das halbnackte Mädchen in Ginnys Arme. Zusammen flohen sie aus der Hütte.
Wüstensand und schwarzer Rauch wirbelte in stickigen Wolken um sie herum. Ginny legte den Arm um das Mädchen, und sie rannten gebückt zum nördlichen Rand des Lagers, wo sie andere um ihr Leben rennen sahen.
»Lauf«, schrie sie und schob das Mädchen von ihr weg. »Lauf!« Das Mädchen hastete den Erddamm hinauf und ins Gebüsch.
Ginny wandte sich wieder dem Tumult zu und hielt die Pistole schußbereit vor sich.
Oury stürzte an ihr vorbei, und die Klinge seines Messers glänzte im Schein der brennenden Hütten. Ginny zielte und drückte ab. Sie schoß daneben, und Sekunden danach streckte er eine Frau nieder.
Ginny rannte ihm nach, entschlossen, ihn zu töten, doch in dem Moment kam vor ihr ein alter Mann aus den Flammen geschwankt. Ginny ließ von Oury ab und rannte statt dessen, um dem alten Mann zu helfen. »Mitkommen«, rief sie. Er wehrte sich gegen sie, aber Ginny hielt ihn fest. Sie wußte, daß er glaubte, sie gehöre zu den Angreifern, aber sie hatte keine Zeit zu erklären. Mit aller Kraft zog sie ihn an den Rand des Lagers. Sie wollte ihn wie das Mädchen in Sicherheit schicken, aber er brach zusammen.

»Aufstehen, Sie müssen aufstehen!« schrie sie und sah sich panisch um, ob jemand sie bemerkt hatte. Sie sah, daß seine Wildlederhose voller Blut war. Ginny stellte sich hinter ihn, griff ihm unter die Arme und zog ihn. Aber er war groß und schwer und kaum zu bewegen. Sie zog weiter, während verzweifelte Schluchzer ihr die Kehle zuschnürten.
»Brauchst du Hilfe?«
Sie riß ihren Kopf hoch, und äußerstes Entsetzen durchfuhr sie. Clay Foster stand vor ihr und zielte mit einer Pistole auf den alten Mann.
»Clay«, flüsterte sie.
Er lächelte. »Ich weiß nicht, wie du es geschafft hast, dich zu befreien, Ginny, aber ich bin beeindruckt. Du bist eine tolle Frau – aber das erwähnte ich bereits, nicht? Zu schade, daß du eine Indianersympathisantin bist.«
»Clay, bitte«, bettelte Ginny. »Verschone ihn. Er ist ein alter Mann, und außerdem ist er schwer verwundet. Um Gottes willen, laß ihn in Ruhe!«
»Er ist ein Apache, Ginny. Du kennst das Sprichwort«, sagte Clay und richtete die Pistole auf den Kopf des alten Mannes. »Nur ein toter Indianer ist ein ...«
»Nein!« Ginny hob ihre Derringer und zielte auf Clays Brust. »Ich habe noch drei Schüsse. Wenn du ihn erschießt, erschieße ich dich.«
»Ginny, Ginny«, nuschelte Clay und begegnete ihrem Blick. »Du willst mich doch nicht umbringen.« Sein Gesicht zeigte nichts als diese überhebliche Arroganz, die sie schon immer an ihm gehaßt hatte.
Ohne Warnung trat er zu, und die Spitze seines Stiefels traf Ginnys Handgelenk. Die Pistole flog ihr aus der Hand. Ein heißer Schmerz durchzuckte ihren rechten Arm. Sie taumelte zurück und fiel gegen den alten Mann.
»Ich wollte dir wirklich nicht weh tun, Ginny, aber du hast mir keine Wahl ...«

Kreischend wie ein Adler zerriß ein wilder Schrei die Dämmerung, und ein Apache im Lendenschurz stürzte sich von hinten auf Foster und riß ihn zu Boden.
Fosters Pistole ging los, und Ginny spürte, wie etwas an ihrem Kopf vorbeisauste. Der Apache sprang auf.
»Steh auf, du mörderischer Bastard. Ich will dein Gesicht sehen, wenn ich dich töte.«
Ginny blinzelte. »Bonner! Mein Gott, Bonner«, schrie sie und traute ihren Augen nicht. Er war hier und lebte!
»Was läßt dich glauben, du könntest mich töten, Kincade? Ich habe eine Pistole, du hast nur ein Messer.«
Bonner lächelte gelassen. Er wiegte sich auf seinen Fußballen vor und zurück, als ob er seinen Stand sichern wollte. Ginny sah, wie seine Beinmuskeln sich wie Flüssigkeit unter seiner Haut bewegten.
»Mach schon, schieß auf mich«, höhnte Bonner. Seine Klinge glitzerte, als er sie vor Fosters Gesicht hin und her schwenkte wie eine kleine Flagge.
Über den Galiuro-Bergen brach der Morgen mit seinem klaren Licht herein. Ginny saß hinter dem alten Mann und hielt ihre rechte Hand. Ihr Handgelenk war gebrochen, aber sie spürte den Schmerz kaum.
Sie schaute zwischen Bonner und Clay Foster hin und her und zitterte vor Angst um den Mann, den sie liebte. Sie wußte, daß er ungewöhnlich gut mit dem Messer umgehen konnte und Foster schon einmal besiegt hatte, aber sein Gegner besaß keinerlei Anstand, er war unberechenbar.
Foster warf seine Pistole weg und breitete die Arme aus. »Du bringst doch keinen unbewaffneten Mann um, oder?«
»Wie viele der alten Männer, Frauen und Kinder, die du gerade getötet hast, waren bewaffnet?«
»Aber das hier ist Krieg!« erklärte Foster.
»Nein.« Bonner schüttelte den Kopf. »Krieg ist es, wenn Armeen gegeneinander kämpfen. Was du hier veranstaltet

hast, ist ein Massaker!« Wie ein Berglöwe schlich er auf Foster zu.

Foster drehte sich um und rannte los.

Mit vor Haß versteinertem Gesicht zog Bonner langsam seinen rechten Arm zurück und schnellte ihn nach vorne. Das Messer flog durch die Luft und traf sein Ziel – es bohrte sich tief mitten in Fosters Rücken.

Ginny hielt die Luft an und schlug die Hand vor den Mund.

Foster blieb abrupt stehen, dann fiel er nach vorne und schlug auf. Im Todeskampf wand sich sein Körper und zuckte. Dann blieb er leblos liegen.

»Ginny!« Bonner packte ihren unverletzten Arm und zog sie auf die Beine. »Du mußt hier raus!«

Sie schaute sich um. »Der alte Mann. Ich ... ich kann nicht ... ich will ihn nicht verlassen, er ist verletzt.«

Bonner bückte sich und half dem alten Mann auf, legte seinen linken Arm um sich und führte ihn aus der Gefahrenzone. Ginny folgte Bonners Beispiel und legte den anderen Arm des alten Mannes um sich. Zusammen brachten sie ihn den Hang hinauf zu einem Versteck zwischen ein paar Felsen und Büschen.

Sobald sie ihn abgesetzt hatten, untersuchte Bonner sein Bein. Er wandte sich an Ginny. »Gib mir dein Halstuch.«

Sie zog es sich über den Kopf und gab es ihm. Er knüpfte es auf und wickelte es um das Bein des Alten. »Das wird im Augenblick genügen müssen.« Er sah zu ihr auf. »Bist du verletzt?«

»Mein Handgelenk ist gebrochen, aber das heilt wieder.«

Er sah sie lange an. »Bleib hier und beweg dich nicht, bis ich wiederkomme.«

Ginny warf sich auf ihn. »Nein, Bonner, bitte, bleib bei uns! Das sind zu viele da unten, die bringen dich um!«

Seine Arme umgaben sie. »Ich muß gehen, Ginny, ich muß wirklich.« Er küßte sie schnell auf den Mund. »Ich liebe dich.«

Die Sonne stand am Himmel, und man hörte keine Schreie von Sterbenden mehr. Nachdem Ginny dem alten Mann bedeutet hatte zu bleiben, wo er war, schlüpfte sie hinter den Büschen hervor und schaute auf das Apachenlager hinunter.
Die mordgierigen Angreifer waren weg, und das Lager war still. Verkohlte Wickiups waren über die Lichtung verstreut, und schwarzer Rauch kräuselte sich über das Lager. Geier kreisten darüber, stachen hin und wieder herunter und stiegen wieder in den Himmel auf. Ginny wußte, daß sie darauf erpicht waren, sich an den Leichen gütlich zu tun, die über den Boden verstreut lagen.
Sie bebte vor Schluchzen. Bonner war nirgends zu sehen, aber sie konnte nicht akzeptieren, daß er tot war. »Bonner!« rief sie in die unheimliche Stille hinaus. »Bonner!«
Hinter ihr bewegte sich etwas. Sie bekam Gänsehaut. Langsam wandte sie den Kopf, um nachzusehen, wer oder was es war.
»Ginny.«
Sie schnappte nach Luft; bei seinem blutverschmierten Anblick blieb ihr fast das Herz stehen. »Bonner, ach Bonner. Du bist ...«
Er ließ sich auf die Knie fallen. »Mir ist nichts passiert«, sagte er so leise, daß sie ihn kaum hörte. Sie rannte zu ihm, ließ sich neben ihn fallen und nahm ihn in die Arme. »Ich brauche nur – dich, Ginny, nur dich brauche ich.«

Ginny stand vor dem geöffneten Schlafzimmerfenster und sah zu, wie die Sonne über den felsigen Klippen aufging, die die Nordhälfte der Firehorse Ranch einkreisten. Sie war erst zwei Wochen mit Bonner hier, aber sie hatte sich bereits in diesen Ort und in seine Familie verliebt. Wenn sie sich nur nicht so verloren und abgeschnitten fühlte, dann käme sie sich ganz zu Hause vor.
Wie Lieutenant Whitman ihr in Camp Grant gesagt hatte, würde es Zeit brauchen. Sie hatte eine Woche dort mit Bonner

verbracht und hatte Angst, von seiner Seite zu weichen, während er sich von den Schußwunden im rechten Brustkorb und Arm erholte. Sobald der Militärarzt ihn für transportfähig erklärt hatte, stellte Whitman eine Eskorte auf, die sie auf die Ranch brachte. Jetzt war Bonner fast wieder gesund, und Ginny ...

»Was siehst du dort draußen, Ginny?« flüsterte Bonner und trat hinter sie.

Sie schloß die Augen, während sich seine Arme um ihre Taille schlangen. Sie wollte etwas erfinden – irgend etwas über die Schönheit des Sonnenaufgangs und wie er sie an Neuanfänge denken ließ –, aber statt dessen sagte sie ihm die Wahrheit: »Ich sehe Frauen und Kinder laufen, weinen, schreien ...«

Sie atmete tief durch und spürte Bonner an ihrem Rücken. Sie dankte Gott, daß er hier bei ihr war, aber wie viele aus dem Lager konnten diesen Morgen mit ihren Lieben verbringen?

»Du mußt es hinter dir lassen, Ginny, und du mußt aufhören, dich dafür verantwortlich zu machen. Du hast alles getan, was du konntest, um das Lager zu warnen, während Foster und Oury alles taten, was sie konnten, um dich aufzuhalten.«

Sie schüttelte den Kopf. »Ich denke immer noch, ich hätte irgend etwas anders machen sollen, hätte schneller sein sollen oder ...«

Bonner riß sie herum, so daß sie ihm ins Gesicht sehen mußte. Seine schwarzen Augen durchbohrten sie. »Du wärst nicht durchgekommen, egal, was du getan hättest, verstehst du? Nicht einmal die zwei besten Soldaten von Colonel Dunn kamen durch, Ginny. Das mußt du akzeptieren. Du hast alles getan, was du konntest.«

Sie nickte und legte mit Tränen in den Augen ihren Kopf an Bonners Brust. Er hatte recht, und sie wußte es. Sie wußte, daß er noch seine eigenen Gefühle verarbeiten mußte, was seinen Großvater und Eskiminzins Leute anging, und sie wollte ihm helfen. Sie wollte stark sein, aber ihr Schuldgefühl lähmte sie.

»Ich wünschte, ich wäre mehr so wie du«, sagte sie und preßte ihre Wange gegen seine Brust. Die weißen Verbände stachen von seiner bronzefarbenen Haut ab. Sie horchte auf sein Herz, das gleichmäßig an ihrem Ohr klopfte. Vor drei Wochen hatte sie gefürchtet, es würde nie mehr schlagen. »Ich habe nicht deine Kraft, Bonner. Die werde ich wohl nie haben.«
Er legte einen Finger unter ihr Kinn und hob ihren Kopf an. Sie begegnete seinem liebevollen Blick. »Vielleicht könntest du über das, was geschehen ist, schreiben«, schlug er vor. »Einen Artikel oder eine Geschichte ...«
»Nein!« Entsetzt wich Ginny zurück. »O Gott, das brächte ich nicht fertig. Ich könnte niemals darüber schreiben, niemals! Es war zu schrecklich.« Die Bilder kehrten zurück, das Weinen, die Schreie. Schluchzen kam in ihr hoch.
Bonner legte seine Arme um ihren Körper und zog sie an sich. Sie schien in seinen Armen zu schmelzen, als ob sie nicht allein stehen könnte, und es griff ihm ans Herz. Er würde ihr helfen, sie lieben. Sie würden sich gegenseitig helfen.
»Du hast die Kraft, Ginny«, versicherte er ihr. »Du weißt es nur noch nicht. Hab Geduld. Du wirst sie bekommen.«
»Wie denn?« fragte sie. »Bonner, wie können wir nach so etwas weitermachen? Wie können wir vergessen?«
»Wir vergessen nicht. Wir tragen die Last und gehen vorwärts. Wir bekennen uns zu dem, was wir getan haben, und akzeptieren, was wir nicht beeinflussen können. Ich bin derjenige, der Eskiminzin davon überzeugte, seine Gruppe herzubringen. Ich versicherte ihm, daß er und seine Leute sicher wären. Meinetwegen kam auch mein Großvater ins Camp, weil er mir *glaubte*, mir *vertraute*.« Er spürte seine Schuldgefühle neu aufwallen, aber auch ein Gefühl der Entschlossenheit. Die Toten waren begraben. Für sie konnte er nichts mehr tun, aber für die Lebenden.
»Dein Großvater?« wisperte Ginny heiser. »Hat er ... War er?«

Er strich mit der Hand durch ihr Haar. »Erinnerst du dich an den alten Mann, den du gerettet hast? Das ist Gianatah, mein Großvater.«
Ginny sah zu ihm auf. »Dein Großvater? Warum hast du mir das nicht gesagt? O Bonner, ich hatte ja keine Ahnung. Er verhielt sich, als ob er nicht einmal deinen Name wüßte!«
Bonner lachte tief und kehlig. »Ach, er kennt meinen Namen, aber es nicht die Art der Apachen, eine Person beim Namen zu nennen. Mein Großvater findet andere Möglichkeiten, meine Aufmerksamkeit zu gewinnen.«
Das Lachen in seiner Kehle berührte Ginny. Sie umarmte ihn fest. »Du hast so hart dafür gearbeitet, Frieden zu schaffen«, sagte sie, »und zum ersten Mal gab es echte Hoffnung.«
Bonner nahm Ginny an der Hand und ging mit ihr nach draußen. »Es gibt immer noch Hoffnung. Gianatah und Eskiminzin wissen, daß es nicht die Soldaten waren, die sie überfielen. Sie haben Lieutenant Whitman erklärt, daß sie zu dem Frieden stehen, den sie geschlossen haben.« Seine Arme umfaßten sie enger. Mit seinen Lippen berührte er ihr Haar.
Ginny lächelte. Frieden. Es schien unmöglich, daß es immer noch Hoffnung gab – so unmöglich, wie einen Artikel über das zu schreiben, was sie erlebt hatte. Bonner hingegen glaubte, daß sie es konnte. Vielleicht konnte sie es wirklich, wenn sie es versuchte.
»Bonner, ich liebe dich so.« Sie schlang ihre Arme um ihn. »Ich werde nie vergessen, wie ich dort stand und über das verkohlte und blutige Schlachtfeld schaute und glaubte, du seist irgendwo dort draußen – und daß du nie zurückkommen würdest.«
»Ich werde immer zu dir zurückkommen, Ginny. Immer.« Er näherte sich ihrem Mund und küßte sie lang und heftig.
»Greeley!« Martines Schrei schrillte durch die Luft und unterbrach ihr Tête-à-tête.
Ginny wandte den Kopf und sah, wie seine Schwester über den

Hof schoß; ihre langen schwarzen Zöpfe baumelten, während sie Greeley nachrannte.
»Greeley! Böser Hund! Komm her. Das ist mein Schuh, meiner, hörst du?«
»Martine! Was ist das für ein Radau?« fragte King Kincade, der ohne seinen Krückstock in der offenen Tür des Ranchhauses erschien. Ruey drückte sich an ihm vorbei und wischte sich die Hände an einem Lappen ab.
»Martine!«
»Dieser – dieser Hund, den Jim und Indy letzte Woche mitbrachten, hat zwei Paar von meinen Schuhen kaputtgemacht!« heulte das Mädchen.
Ginny verbarg ihr Lachen an Bonners Brust. Sie sah, wie ihr Hund zu King und Ruey rannte, um Schutz zu suchen. »Wenigstens deine Eltern mögen ihn«, meinte sie.
»Das liegt nur daran, weil er noch keinen ihrer Schuhe erwischt hat – aber andererseits würde niemand, der bei Sinnen ist, einen von Pas Stiefeln wegnehmen, und Ma trägt das einzige Paar, das sie hat, an den Füßen.«
Greeley hüpfte auf die Veranda und stürzte sich geradezu auf King. Der große Mann lachte und hockte sich nieder, um dem Hund das Fell zu zausen.
»Greeley hat meinen Vater nie gemocht. Ich glaube, er hat den Whiskygeruch mit Mulligan zusammengebracht«, seufzte sie.
»Dein Vater hat eine neue Chance, Ginny. Der Job in Boston, den er angenommen hat, ist perfekt für ihn.«
»Bis er wieder zu trinken anfängt und ihn verliert«, gab sie zurück und haßte gleichzeitig ihren Pessimismus. Fünf Jahre leere Versprechungen hatten sie dazu gebracht, ihn auf diese Weise zu sehen. »Ich weiß nicht – vielleicht überrascht er mich ja. Ich werde ihn vermissen. Vielleicht können wir ihn in ein, zwei Jahren besuchen.«
»Wenn die Dinge hier zur Ruhe kommen. Ich mag Boston. Ich hätte nichts dagegen, wieder dorthin zu kommen.«

Aus dem Osten kam ein Staubwirbel über den Wüstenboden angetanzt und überquerte die Grenzen der Firehorse Ranch. Die Pferde scharrten ruhelos im Korral, ihre Nüstern bebten, und ihre Ohren waren flach an den Kopf gelegt.

Ginny hörte ein Brüllen und fuhr zusammen. »Was ist das?« fragte sie.

»Der Wind«, flüsterte Bonner ihr ins Ohr. »Schhh. Er kommt.«

»Was meinst du mit ›er kommt‹?«

»Geduld, Ginny. Du mußt lernen, Geduld zu haben.«

»S...u...c...h...e...n...d...e!« rief der Wind in einem brausenden Geräusch.

»Wir sind hier, Wind«, antwortete Bonner, Ginnys fragenden Blick ignorierend.

Der Windgeist umkreiste das Gehege und verwandelte sich in einen großen, geschmeidigen Trichter. Oben aus dem Trichter kam ein ergrauter Kopf heraus.

Ginny schnappte nach Luft, aber sie hatte keine Angst. Sie hatte diesen Wirbelwind schon in ihren Träumen gesehen, nur jetzt, in Bonners Armen, wußte sie, daß sie nicht träumte.

»Du hast noch viel zu tun, Halbblut«, röhrte der Wind. »Das Volk der Apachen braucht dich noch.«

»Ich weiß.« Stolz klang in Bonners Stimme mit. Entschlossenheit.

Der Windgeist wandte seinen Blick zu Ginny. »Frau!«

Sie straffte sich wie ein Soldat bei seinem befehlsartigen Ton.

»Deine Macht ist groß. Du mußt sie gebrauchen, um dem Halbblut zu helfen.«

Ginny schluckte. »Wie denn?« fragte sie. »Was kann ich tun?«

»Du hast Worte«, sagte der Wind, und in diesem Moment wurde es ihr klar: Sie hatte Worte und damit Macht. Sie konnte den Menschen helfen, die Wahrheit zu sehen. Mut durchfloß sie.

Der Wind bewegte sich rastlos umher. »Wir werden uns wieder treffen, Suchende. Ich werde aus dem Nichts zu euch kommen.

Der Windgeist wirbelte um ihre Füße und Beine, flößte ihnen Kraft ein und machte sie eins. Ginny drehte sich in Bonners Armen um und erhob ihren Mund zu ihm. Eins im Körper, dachte sie, eins im Geiste und eins in der Hoffnung.